O TEATRO DE SABBATH

Obras de Philip Roth publicadas pela Companhia das Letras

Adeus, Columbus
O animal agonizante
O avesso da vida
Casei com um comunista
O complexo de Portnoy
Complô contra a América
Entre nós
Fantasma sai de cena
Os fatos
Homem comum
A humilhação
Indignação
A marca humana
Nêmesis
Operação Shylock
Pastoral americana
Patrimônio
O professor do desejo
Quando ela era boa
O teatro de Sabbath
Zuckerman acorrentado

PHILIP ROTH

O teatro de Sabbath

Tradução
Rubens Figueiredo

2ª edição
1ª reimpressão

COMPANHIA DAS LETRAS

Grafia atualizada segundo o Acordo Ortográfico da Língua Portuguesa de 1990, que entrou em vigor no Brasil em 2009.

Título original
Sabbath's theather

Imagem de capa
Matrose und Mädchen (1926), de Otto Dix. Design Vintage. Londres

Preparação
Marcos Luiz Fernandes

Revisão
Renato Potenza Rodrigues
Adriana Moretto

Dados Internacionais de Catalogação na Publicação (CIP)
(Câmara Brasileira do Livro, SP, Brasil)

Roth, Philip, 1933-2018.
O teatro de Sabbath / Philip Roth ; tadução Rubens Figueiredo — São Paulo : Companhia das Letras, 1997.

Título original : Sabbath's theather.
ISBN 978-85-7164-650-6

1. Romance norte-americano I. Título.

97-1165 CDD-813.5

Índices para catálogo sistemático:
1. Romances : Século 20 : Literatura norte-americana 813.5
2. Século 20 : Romances : Literatura norte-americana 813.5

[2018]

EDITORA SCHWARCZ S.A.
Rua Bandeira Paulista, 702, cj. 32
04532-002 — São Paulo — SP
Telefone: (11) 3707-3500
www.companhiadasletras.com.br
www.blogdacompanhia.com.br
facebook.com/companhiadasletras
instagram.com/companhiadasletras
twitter.com/cialetras

Para dois amigos
Janet Hobhouse 1948-1991
Melvin Tumin 1919-1994

O autor agradece a permissão para citar "Meru" e alguns versos de "For Anne Gregory", de *the Poems of W B. Yeats: a New Edition*, organizado por Richard J. Finneran, © 1934 da Macmillan Publishing Company, renovado em 1962 por Bertha Georgie Yeats; "The Sheik of Araby", de Harry B. Smith, Ted Snyder e Francis Wheeler. Todos os direitos reservados. "Made in USA", utilizado com a permissão da Warner Bros. Publications Inc. A citação da p. 108 é de *Western Attitudes Toward Death from the Middle Ages to the Present*, de Philippe Ariès, Johns Hopkins University Press, 1974. A citação da p. 317 é de "A proposal to classify *happiness* as a psychiatric disorder", de R. P. Bentall, *Journal of Medical Ethics*, junho de 1992.

PRÓSPERO: *A cada três pensamentos, um será dedicado ao meu túmulo.*

A *tempestade*, ato V, cena I

1. NADA CUMPRE O QUE PROMETEU

Ou você abre mão de trepar com as outras ou o nosso caso está encerrado.

Esse foi o ultimato, o ultimato enlouquecedoramente inverossímil, totalmente imprevisto, que a mulher de cinquenta e dois anos apresentou, chorando, ao seu amante de sessenta e quatro anos, no aniversário de um relacionamento que persistira com uma surpreendente licenciosidade — e esse, de forma não menos surpreendente, era o segredo deles — durante treze anos. Mas agora, com o refluxo das infusões hormonais, com a próstata inchando e, na certa, com apenas uns poucos anos de potência mais ou menos segura para ele — e com um resto de vida que talvez não fosse muito além disso —, aqui, ao se aproximar do final de tudo, ele, sob pena de perdê-la, se via compelido a fazer das tripas coração.

Ela era Drenka Balich, a popular sócia do dono da pousada, tanto nos negócios como no casamento, estimada pela atenção com que tratava todos os seus hóspedes, por seu coração afetuoso, por sua ternura maternal não apenas com as crianças e os velhos que os visitavam, mas também com as moças contratadas para limpar os quartos e servir as refeições, e ele era o esquecido titereiro Mickey Sabbath, um homem baixo, corpulento, de barba branca, com olhos verdes que metiam medo e doloridos dedos artríticos, o qual, caso tivesse dito sim para Jim Henson, remotos trinta anos atrás, antes de o programa *Vila Sésamo* ter começado, quando Henson o levou para almoçar no Upper East Side e perguntou se não queria juntar-se à sua rodinha de quatro ou cinco pessoas, poderia ter ficado dentro do boneco Garibaldo por todos esses anos. Em vez de Carrol Spinney, teria sido Sabbath a pessoa dentro do Garibaldo, Sabbath é que teria ganhado uma estrela na Calçada da Fama de Hollywood, Sabbath é que teria ido à China com Bob Hope — ou pelo menos era isso que a sua esposa, Roseanna, adorava recordar diante do marido, quando ainda enchia a cara de bebida por dois motivos, para ela, irrefutáveis: por tudo aquilo que não havia acontecido e por tudo aquilo que havia acontecido. Porém, como Sabbath não teria sido de modo algum mais feliz dentro do Garibaldo do que se sentia dentro de Roseanna, ele não se magoava muito com aquela aporrinhação. Em 1989, quando Sabbath se vira desmoralizado publicamente em razão do grosseiro assédio sexual a uma moça quarenta anos mais nova do que ele, Roseanna teve de ser internada durante um mês em uma instituição psiquiátrica em virtude do colapso alcoólico provocado pela humilhação do escândalo.

— Será que um parceiro monógamo não é o bastante para você? — Sabbath perguntou a Drenka. — Você gosta tanto da monogamia com seu marido que quer ter isso também comigo? Será que você não enxerga nenhuma ligação entre a invejável fidelidade do seu marido e o fato de que ele rejeita você fisicamente? — Sabbath prosseguiu, falando com pompa: — Nós, que jamais deixamos de nos excitar um ao outro, nunca nos impusemos promessas, nada de juras, nada de restrições, ao passo que, com ele, trepar é uma coisa nojenta, ainda que só durante os dois minutos por mês em que ele dobra você em cima da mesa de jantar e resolve tudo por trás. E por que é assim? Matija é grande, vigoroso, viril, a cabeça cheia de cabelos pretos feito um porco-espinho. Os cabelos dele são *espinhos*. Todas as senhoras idosas da cidade estão apaixonadas por ele, e não apenas por causa do seu charme eslavo. Os olhares dele deixam as mulheres doidas. As suas garçonetezinhas ficam malucas com a fenda que ele tem no meio do queixo. Eu vi o seu marido na cozinha, em agosto, quando o calor é enorme e os fregueses ficam esperando por mesas no terraço. Eu o vi muito atarefado preparando o jantar, colocando aqueles espetinhos na grelha, com a camiseta toda ensopada. Ele todo brilhava de gordura, até a *mim* o seu marido excita. Só a esposa é que ele rejeita. Por quê? A natureza ostensivamente monogâmica, essa é a razão.

Drenka se aconchegou chorosa ao seu lado, enquanto subiam a encosta íngreme e arborizada rumo ao ponto onde corria borbulhante o riacho em que tomavam banho, água clara que ondulava sobre uma escada de pedras de granito, formando débeis espirais entre as bétulas verde-prateadas que pendiam junto às margens, curvadas pela força das tempestades. Durante os primeiros meses do seu relacionamento, em uma expedição solitária em busca de um ninho de amor, ela havia descoberto, em meio a um arvoredo de velhos abetos, não distante do riacho, três pedras grandes, cada uma do tamanho de um pequeno elefante, em torno da clareira triangular que eles passariam a utilizar, em vez de uma casa. Por causa da lama, da neve ou dos caçadores bêbados que disparavam para dentro do mato, o cume do morro não era acessível em todas as estações, mas entre maio e o início de outubro, salvo quando chovia, era para lá que os dois se retiravam a fim de renovar suas vidas. Certa vez, anos atrás, um helicóptero surgira do nada e, por alguns instantes, ficara pairando a trinta metros de altura enquanto eles dois se achavam nus na barraca de lona, lá embaixo, mas a não ser isso, embora o Grotto, nome pelo qual passaram a chamar o seu esconderijo, se achasse a quinze minutos a pé da única estrada asfaltada ligando Madamaska Falls ao vale, nenhuma presença humana jamais ameaçara o seu acampamento.

Drenka era uma mulher croata, de pele escura e aspecto italianado, oriunda do litoral da Dalmácia, baixa como Sabbath, de corpo cheio e firme, naquele limite provocante da mulher que está à beira de ultrapassar o seu peso, a forma do seu corpo, no que tinha de mais abundante, lembrando aquelas estatuetas de argila modeladas por volta de 2000 a.C., bonequinhas gorduchas com peitões e quadris grandes, encontradas sob a terra por toda parte, desde a Europa até a Ásia Menor, e cultuadas sob uma dúzia de nomes diferentes como a grande mãe dos deuses. Ela era bonita de um modo um tanto burocrático, profissional, exceto pelo nariz, um nariz sem ponte, de lutador de boxe, que criava uma espécie de borrão no centro do seu rosto, um nariz levemente fora de prumo em relação à boca farta e aos grandes olhos escuros, e o sinal revelador, conforme Sabbath viria a descobrir, de tudo o que havia de maleável e indeterminado na sua natureza aparentemente bem distribuída. Drenka tinha o ar de uma mulher que tivesse sido espancada, magoada na mais remota infância por alguma desgraça avassaladora, quando na verdade era filha de pais gentis, ambos professores secundários, religiosamente dedicados às banalidades tirânicas do partido comunista de Tito. Filha única, ela fora amada com abundância por essas pessoas bondosas e melancólicas.

A desgraça na família fora desencadeada por Drenka. Com vinte e dois anos, auxiliar de contabilidade na ferrovia nacional, ela se casou com Matija Balić, um garçom jovem e bonito, dotado de ambição, que ela conhecera quando fora passar férias no hotel do sindicato dos trabalhadores da ferrovia, na ilha de Brač, ao largo do porto de Split. Os dois partiram para Trieste a fim de passar a lua de mel e nunca voltaram para casa. Fugiram não apenas para se tornarem ricos no Ocidente mas também porque o avô de Matija fora preso em 1948, quando Tito rompeu com a União Soviética, e o avô, um burocrata do partido local, comunista desde 1923 e um idealista no tocante à grande Mãe Rússia, tivera a audácia de discutir o assunto publicamente.

— Meus pais — Drenka havia explicado para Sabbath — eram comunistas convictos e amavam o Camarada Tito, que ficava lá plantado com o seu sorriso, como um monstro sorridente, e então, muito cedo, imaginei como poderia amar Tito mais do que qualquer criança na Iugoslávia. Éramos todos Pioneiros, meninos e meninas que iam passear, cantando, com um cachecol vermelho no pescoço. Cantávamos músicas sobre Tito e sobre como ele era a flor, a violeta, e sobre como todos os jovens o adoravam. Mas com Matija era diferente. Era um garotinho que amava o seu avô. E alguém apontou o avô dele — é essa a palavra? Delatou. Ele foi delatado. Como um inimigo do regime. E os inimigos do regime eram todos enviados para aquela prisão horrenda. Fazia um tempo horrível quando eles foram atirados em navios, feito gado. Levados de barco do continente para a ilha. Quem sobrevivesse, muito bem; quem não conseguia, azar. Era um lugar onde só havia pedras. Tudo que tinham para fazer era trabalhar naquelas pedras, quebrar as pedras, sem motivo algum. Muitas famílias tinham parentes que foram para Goli Otok, que quer dizer Ilha Nua. As pessoas delatavam as outras por qualquer motivo — para obter uma promoção, por ódio, por fosse lá o que fosse. Havia sempre uma grande ameaça pairando no ar, para que todo mundo agisse direito, e agir direito era ser a favor do regime. Nessa ilha, as pessoas não eram alimentadas, nem sequer lhes davam água. Uma ilha bem perto da costa, um pouco ao norte de Split — da costa, dava para ver a ilha, a distância. O avô dele pegou hepatite, lá, e morreu pouco depois de Matija se formar no curso secundário. Morreu de cirrose. Havia sofrido por todos aqueles anos. Os prisioneiros enviavam cartões para suas casas e, nos cartões, tinham que declarar que estavam regenerados. A mãe de Matija disse para ele que o pai dela não era bom e não ouvia o Camarada Tito e que por isso fora para a prisão. Matija tinha nove anos. A mãe sabia o que estava dizendo quando lhe falou aquilo. Desse modo, Matija não seria estimulado a dizer alguma coisa diferente, na escola. Seu avô disse que ele seria bom e amaria o *Drug** Tito, desse modo ficaria na cadeia apenas por dez meses. Mas lá pegou hepatite. Quando voltou, a mãe de Matija fez uma grande festa. Ele voltou, tinha quarenta quilos. Umas noventa libras, mais ou menos. Assim como Maté, ele era um homem grande. Totalmente destruído, fisicamente. Um cara o delatou e foi só. Por isso Matija queria fugir depois de casar.

— E por que *você* queria fugir?

— Eu? Não ligo para política. Eu era que nem os meus pais. Durante a antiga Iugoslávia, o rei e tudo isso, antes do comunismo, eles amavam o rei. Então veio o comunismo e eles amaram o comunismo. Eu não ligava, por isso disse sim, está certo, para o monstro sorridente. O que eu amava era a aventura. A América parecia tão grande, tão cheia de encanto e tão gigantescamente

* *Amigo*, em russo. (N. T.)

diferente. América! Hollywood! Dinheiro! Por que fugi? Eu era uma menina. Iria para onde houvesse mais diversão.

Drenka envergonhou os pais ao fugir para este país imperialista, partiu o coração deles, e eles também morreram, ambos de câncer, não muito depois da sua deserção. Porém, ela amava tanto o dinheiro e amava tanto a "diversão" que provavelmente fora graças às atenções afetuosas daquele casal de comunistas convictos que o seu corpo jovem e farto, com um rosto tentador de assassina, não fizera consigo mesmo algo ainda mais caprichoso do que se tornar escravo do capitalismo.

O único homem de quem ela admitiria ter cobrado algo para passar a noite era o titereiro Sabbath e, ao longo de treze anos, isso ocorrera apenas uma vez, quando ele apresentara a proposta de Christa, a refugiada alemã que trabalhava na loja de comidas finas em troca de refeições e um quarto para dormir, a qual Sabbath havia observado e pacientemente recrutado para o seu deleite conjunto.

— Em dinheiro vivo — Drenka pediu a Sabbath, embora durante vários meses, desde quando Sabbath havia topado pela primeira vez com Christa, ao lhe dar carona para a cidade, Drenka tenha esperado ansiosamente a aventura, com não menos excitação do que Sabbath, e não foi preciso insistir para que cooperasse. — Cédulas novinhas — disse ela, estreitando os olhos com ar gozador, mas falando sério. — Estalando de novas.

Adaptando-se sem hesitação ao papel que Drenka rapidamente inventara para ele, Sabbath perguntou:

— Quantas?

E ela respondeu, com rispidez:

— Dez.

— Não posso pagar dez.

— Então, esqueça. Cai fora.

— Você é uma mulher muito difícil.

— Pois é, sou difícil — ela retrucou, com prazer. — Tenho noção do meu valor.

— Deu trabalho conseguir esse negócio, sabia? Não foi moleza chegar a esse ponto. Christa pode ser uma criança instável, mas ainda requer um bocado de atenção. Eu é que devia ser pago por você.

— Não quero ser tratada como uma piranha de mentira. Quero ser tratada como uma piranha de verdade. Mil dólares, senão fico em casa.

— Você está pedindo o impossível.

— Então pode esquecer tudo.

— Quinhentos.

— Setecentos e cinquenta.

— Quinhentos. É o máximo que posso dar.

— Então quero que me pague antes de eu ir para lá. Quero entrar lá com o dinheiro na minha bolsa, sabendo que tenho um trabalho para fazer. Quero me sentir como uma piranha de verdade.

— Eu duvido — comentou Sabbath — que só o dinheiro baste para você se sentir uma piranha de verdade.

— Para mim vai ser o bastante, sim.

— Sorte sua.

— Sorte *sua* — retrucou Drenka, com ar de desafio. — Tudo bem, quinhentos. Mas antecipado. Quero receber a grana uma noite antes.

Os termos do acordo foram negociados enquanto os dois se bolinavam sob a barraca de lona, no Grotto.

Na verdade, Sabbath não tinha o menor interesse em dinheiro. Mas desde que a artrite pusera fim à sua carreira de titereiro nos festivais internacionais e a sua Oficina de Fantoches já não era bem-vinda no programa de bacharelado das faculdades em virtude de ele ter sido desmascarado como um degenerado, Sabbath dependia da sua esposa para viver e, por isso, não era sem sofrer que ele ia tirar cinco das duzentas e vinte notas de cem dólares que Roseanna ganhava por ano na escola secundária regional, e depois entregá-las para uma mulher cuja renda familiar chegava a cento e cinquenta mil dólares por ano.

Ele podia, é claro, ter mandado Drenka parar com aquela besteira, sobretudo porque, com ou sem o dinheiro, ela teria tomado parte do encontro a três com o mesmo ardor, mas concordar por uma noite em se fazer passar pelo cliente de uma prostituta parecia ser o equivalente, para Sabbath, do que seria, para Drenka, fingir ser a prostituta. Além do mais, Sabbath não tinha o direito de recusar

— o desprendimento licencioso de Drenka devia a ele o seu pleno desabrochar. A eficiência sistemática de Drenka como gerente da pousada — o prazer de depositar no banco, ano após ano, toda aquela grana — poderia há muito tempo ter mumificado sua vida sexual, caso Sabbath, com base na linha achatada do seu nariz e na forma roliça dos seus membros — e em nada mais do que isso, como ponto de partida —, não tivesse suspeitado que o perfeccionismo de Drenka Balich no trabalho não constituía a sua única inclinação imoderada. Fora Sabbath que, passo a passo, como o mais paciente instrutor do mundo, a auxiliara no processo de se distanciar da sua vida disciplinada e descobrir a indecência a fim de suplementar as deficiências de sua dieta regular.

Indecência? Quem sabe? Faça como quiser, disse Sabbath, e ela fez e gostou e gostou de contar a ele o quanto havia gostado, não menos do que ele gostou de ter ouvido Drenka contar. Homens casados, depois de passar o fim de semana na pousada com suas esposas e filhos, telefonavam em segredo para Drenka, dos seus escritórios, para dizer que precisavam muito vê-la. O escavador, o carpinteiro, o eletricista, o pintor, todos os trabalhadores que prestavam serviços à pousada invariavelmente davam um jeito de vir almoçar perto do escritório onde Drenka cuidava dos livros de contabilidade. Uma vez que Sabbath havia sancionado para ela a força que queria sempre mais e mais — uma força cujas solicitações ela jamais repudiara totalmente, mesmo antes de Sabbath ter aparecido —, os homens começaram a compreender que aquela mulher baixa, de meia-idade, com um aspecto menos do que sensacional, tolhida por toda aquela sua cortesia sorridente, era na verdade dotada de uma carnalidade bem parecida com a que eles mesmos possuíam. Dentro dessa mulher havia alguém que pensava como um homem. E o homem igual a quem ela pensava era Sabbath. Como Drenka dizia, ela era o melhor parceiro de Sabbath.

Como ele poderia, em sã consciência, negar os quinhentos dólares? Dizer "não" não fazia parte do acordo entre eles. Para ser aquilo que ela aprendera a querer ser (ser aquilo que ele precisava que Drenka fosse), o que ela precisava de Sabbath era um "sim". Não importa se ela fosse usar o dinheiro para comprar ferramentas elétricas para a oficina que o seu filho tinha no porão. Matthew era casado e membro da polícia estadual, aquartelado no vale; Drenka o adorava e, depois que o filho se tornara tira, vivia preocupada com ele o tempo todo. Matthew não era grande e bonito, com cabelos pretos de porco-espinho e uma grande fenda no queixo como o pai, cujo nome anglicizado recebera, mas descendia de forma muito mais patente de Drenka, com estatura baixa — com apenas um metro e setenta e dois, sessenta quilos, era o menor na sua turma da academia de polícia, além de ser o mais jovem —, e tinha no centro do rosto uma espécie de borrão, o nariz sem nariz, uma réplica do nariz de Drenka. Matthew fora preparado para um dia se tornar proprietário da pousada e deixara seu pai desolado ao abandonar a escola de administração hoteleira depois de apenas um ano para se tornar um policial musculoso, de cabelo cortado à escovinha, com o chapéu de aba larga, o distintivo e muito poder, o tira pirralho para quem o melhor emprego do mundo estava logo na primeira tarefa que arranjou, vigiar o tráfego com o radar do pelotão de trânsito, dirigindo o carro-patrulha para cima e para baixo pela autoestrada. Você encontra tanta gente, cada carro que você para é diferente, uma pessoa diferente, circunstâncias diferentes, uma velocidade diferente... Drenka repetia para Sabbath tudo que Matthew Junior lhe contava sobre a vida de policial, desde o dia em que entrara na academia, sete anos antes, e lá os instrutores começaram a berrar com eles e Matthew jurou para sua mãe: "Não vou deixar que isso me abale". Até o dia em que ele se formou e, pequeno como era, foi contemplado com uma condecoração por seu desempenho no quesito forma física e os superiores disseram, a ele e a seus colegas que haviam sobrevivido ao curso de vinte e quatro semanas: "Vocês não são Deus, mas são o que existe de mais próximo dele". Drenka descreveu para Sabbath as virtudes da pistola de Matthew, de nove milímetros e quinze tiros, e como agora ele a levava em sua bota ou na parte de trás do seu cinturão quando não estava de serviço e como isso a deixava apavorada. Drenka vivia com medo de que seu filho fosse morto, sobretudo quando foi transferido do pelotão de trânsito para o quartel e tinha de cumprir o turno da meia-noite, a intervalos de umas poucas semanas. Matthew mesmo passou a adorar fazer patrulha no seu carro, quase tanto quanto gostara de operar o radar.

— Assim que você sai para fazer a ronda, vira o seu próprio chefe. Quando a gente entra naquele carro, pode fazer o que bem entender. Liberdade, mãe. Liberdade à beça. A menos que aconteça alguma coisa, tudo o que você tem a fazer é ficar rodando. Sozinho no carro, dirigindo, seguindo pelas estradas até que eles chamem você por algum motivo.

Ele se firmara naquilo que a polícia estadual denominava a Patrulha do Norte. Conhecia a área, todas as estradas, os bosques, conhecia o comércio nas cidades e sentia uma enorme satisfação masculina em dirigir de noite, verificando as lojas, verificando os bancos, verificando os bares, observando as pessoas que saíam dos bares a fim de ver se não estavam muito bêbadas. Matthew dizia a sua mãe que tinha uma poltrona na primeira fila para assistir ao maior espetáculo da Terra — acidentes, assaltos, brigas domésticas, suicídios. A maioria das pessoas nunca vê a vítima de um suicídio, mas uma garota que fora colega de escola de Matthew havia estourado os miolos no bosque, sentou-se ao pé de um carvalho e meteu uma bala na cabeça, e Matthew, no seu primeiro ano após terminar a academia, era o guarda que estava no local da ocorrência, foi ele que chamou o médico-legista e esperou sua chegada. Matthew contou a sua mãe que, naquele primeiro ano, ele estava tão cheio de si, se sentia tão invencível, que acreditava poder segurar as balas com os dentes. Matthew intervém em uma briga doméstica na qual ambas as pessoas estão bêbadas, berrando uma com a outra, cheias de ódio uma pela outra, trocando murros, e ele, o seu filho, conversa com elas, as acalma de tal forma que, quando vai embora, tudo está bem e ninguém precisa ser algemado e preso por violação da ordem pública. E às vezes as pessoas são tão más que ele tem de prendê-las, algema a mulher e algema o homem e espera que chegue um outro policial e, juntos, os dois conduzem o casal antes que se matem um ao outro. Quando um menino apontou uma arma em uma pizzaria na 63, mostrando a arma para todo mundo antes de sair, foi Matthew que achou o carro que o garoto estava dirigindo e, sem ajuda de ninguém, ciente de que o garoto tinha uma arma, lhe disse pelo megafone para sair do carro com as mãos para cima e segurava a sua própria arma apontada para o garoto... e essas histórias, deixando patente para sua mãe que Matthew era um bom policial que queria fazer um bom trabalho, fazer as coisas conforme lhe haviam ensinado, essas histórias ao mesmo tempo a assustavam tanto que ela comprou um rastreador, uma caixinha com uma antena e um cristal para monitorar os sinais do rádio da polícia na frequência de Matthew, e às vezes, quando ele estava escalado no turno da meia-noite e Drenka não conseguia dormir, ela ligava o rastreador toda vez que Matthew era chamado, e assim sabia mais ou menos onde ele se achava e para onde estava indo e se ainda estava vivo. Quando ouvia o seu número ser chamado — 415B — ela estava acordada. Mas o pai de Matthew também estava — e enfurecido por ser lembrado uma vez mais de que o filho a quem ele havia treinado todos os verões para trabalhar na cozinha, o herdeiro do negócio que ele havia construído a partir do nada, como um imigrante sem um tostão no bolso, era agora um especialista em caratê e judô, que às três da madrugada ficava rodando feito um palerma em uma caminhonete velha que atravessava Battle Mountain com uma lentidão desconfiada. O rancor entre pai e filho crescera tanto que apenas com Sabbath a mãe conseguia dividir seus temores acerca da segurança de Matthew e dar vazão ao seu orgulho pela quantidade de movimento que seu filho era capaz de realizar em um carro no prazo de uma semana: "Lá na rua é que é bom", Matthew lhe dizia. "Tem sempre alguma coisa, excesso de velocidade, avanço de sinal, carros mal estacionados, todo tipo de infração..." Para Sabbath, portanto, não foi surpresa alguma quando Drenka admitiu que com os quinhentos dólares ela comprara, para o aniversário de Matthew, uma serra portátil de mesa Makita e um belo jogo de lâminas especiais para abrir caneluras.

No final das contas, as coisas não podiam ter funcionado melhor, para todo mundo. Drenka havia encontrado a maneira de ser a melhor amiga do marido. O ex-mestre dos fantoches do Teatro Indecente de Manhattan tornou mais do que meramente toleráveis, para Drenka, as rotinas do casamento, que antes quase a matavam — agora Drenka tinha grande apreço por essas rotinas, pois serviam de contrapeso para os seus desregramentos. Em vez de ferver de raiva com o seu marido sem imaginação, ela na verdade nunca apreciara tanto a apatia de Matija.

Quinhentos foi *barato* em vista de tudo o que todos estavam ganhando em termos de consolo e satisfação, e assim, por mais que Sabbath se sentisse perturbado ao entregar aquelas notas novinhas, estalando, ele exibia diante de Drenka o mesmo sangue-frio que ela simulava, apreciando ligeiramente aquele clichê de cinema, enquanto ela dobrava as notas ao meio e enfiava no seu sutiã, entre os seios, cuja macia fartura jamais deixara de cativar Sabbath. Era de imaginar que fosse de outro modo, com a musculatura perdendo sua firmeza por todo o corpo, mas mesmo onde a pele de Drenka se tornara ressecada, na base do seu pescoço, mesmo aquele diamante, do tamanho da palma da mão, desenhado pela carne minuciosamente hachurada intensificava não apenas o seu contínuo fascínio como também o sentimento de ternura que Sabbath experimentava em relação a ela. Sabbath estava agora a seis breves anos dos setenta: o que o fazia agarrar as nádegas, que se alargavam, como se o Tempo tatuador não tivesse ornamentado suas duas faces com festões cômicos, era o fato de ele saber, de forma inevitável, que o jogo estava prestes a chegar ao fim.

Ultimamente, quando Sabbath chupava os seios úberes de Drenka — úbere, a raiz da palavra *exuberante*, que é formada de *ex* e *uberare*, ser fecundo, transbordar, como a deusa Juno estirada no quadro de Tintoretto, no qual a Via Láctea jorra dos seus peitos —, quando chupava com um frenesi insaciável que fazia Drenka virar a cabeça em êxtase para trás e gemer (como a própria Juno pode um dia ter gemido), "Dá para sentir lá embaixo na minha boceta", ele estava possuído pelo mais ardente desejo da sua falecida mãezinha. A primazia dela era quase tão absoluta quanto fora na primeira e incomparável década que passaram juntos. Sabbath sentia algo próximo da veneração por aquela ideia natural de destino que a mãe possuía, e também — em uma mulher com tanta vitalidade física quanto um cavalo — pela alma embutida em toda aquela energia vibrante, uma alma de presença tão inquestionável quanto os bolos cheirosos no forno, quando Sabbath chegava da escola. As emoções se misturavam nele, emoções que Sabbath não experimentava desde os oito ou nove anos de idade, quando a mãe descobrira o maior prazer do mundo em cuidar de seus dois filhos. Sim, esse fora o auge da vida dela, criar Morty e Mickey. Como a memória da sua mãe, como o seu *significado* se expandia em Sabbath quando ele lembrava a alegria com a qual, a cada primavera, ela preparava tudo para a Páscoa, todo o trabalho de pegar os pratos que ficavam um ano inteiro fechados, dois jogos de pratos, e depois trazer suas caixas de papelão que ficavam na garagem, os pratos de vidro da Páscoa, todo o trabalho de lavar os pratos, empilhar — tudo em menos de um dia, entre a hora em que ele e Morty saíam para a escola de manhã cedo e a hora em que voltavam à tarde, ela havia esvaziado a despensa de todo *chumitz** e limpado e esfregado a cozinha de acordo com todas as prescrições do dia santo. Do jeito que ela se entregava a suas tarefas, era difícil dizer se era ela que atendia às necessidades ou as necessidades que atendiam a ela. Uma mulher franzina, com nariz grande, cabelo escuro e ondulado, ela saltava e voava feito um pássaro em um arbusto de morangos, trinando e chilreando uma série de notas de uma limpidez tão cristalina como o canto de um cardeal, melodia que ela vibrava com a mesma naturalidade com que tirava a poeira, passava roupa, remendava, lustrava e costurava. Dobrar, endireitar, arrumar, empilhar, embrulhar, separar, abrir, ordenar, embalar — seus dedos ágeis nunca paravam, assim como o seu perpétuo assovio, por todo o tempo da infância de Sabbath. Era assim que ela vivia contente, imersa em tudo o que tinha de ser feito para manter as contas do seu marido em ordem, para viver em paz ao lado da sua sogra idosa, para cuidar das necessidades diárias dos dois meninos, e por menos dinheiro que rendesse o comércio de produtos granjeiros, e mesmo durante os piores momentos da Depressão, ela dava um jeito de inventar um orçamento que não prejudicasse o desenvolvimento feliz dos meninos e cuidou para que, por exemplo, tudo o que Morty legou para Mickey, o que abrangia quase tudo que Mickey vestia, estivesse impecavelmente remendado, com ar de coisa nova, sem uma única mancha de sujeira. Com orgulho, seu marido declarava aos seus fregueses que a esposa tinha olhos atrás da cabeça e dois pares de mãos.

* Alimentos proibidos para os judeus no período da Páscoa, sobretudo pão ou bolo feitos com fermento. (N. T.)

Então Morty foi para a guerra e tudo mudou. Sempre haviam feito tudo como uma família. Nunca se haviam separado. Nunca foram tão pobres que tivessem de alugar a casa no verão e, como acontecia com a metade dos vizinhos que moravam tão perto da praia quanto eles, se mudar para um apartamentozinho nojento em cima da garagem, mas ainda eram uma família pobre, pelos padrões americanos, e nenhum deles jamais tinha viajado para lugar algum. Mas então Morty partiu e, pela primeira vez na sua vida, Mickey dormiu sozinho no quarto. Certa vez eles foram visitar Morty, que estava em treinamento em Oswego, Nova York. Durante seis meses, Morty ficou treinando em Atlantic City e eles iam vê-lo aos domingos. Quando Morty entrou na escola de pilotos na Carolina do Norte, eles fizeram a longa viagem até o Sul, muito embora seu pai tenha precisado deixar o caminhão com o vizinho, a quem pagou para cuidar das entregas durante os dias em que a família esteve fora. Morty tinha a pele ruim e não era especialmente bonito, não se saía muito bem na escola — um aluno de conceito B e C em tudo, exceto ginástica e trabalhos manuais —, nunca tivera muito sucesso com as garotas, embora todos soubessem que, graças à sua força física e à sua personalidade forte, ele saberia se safar na vida, quaisquer que fossem as dificuldades que surgissem. Tocou clarinete em uma orquestra de baile na escola secundária. Foi um astro da pista de atletismo. Um tremendo nadador. Ajudava o pai a cuidar dos negócios. Ajudava a mãe a cuidar da casa. Era habilidoso com as mãos, mas isso todos eles eram: a delicadeza do seu pai examinando os ovos contra a luz, a exaustiva destreza de sua mãe ao arrumar a casa — a habilidade digital dos Sabbath que também Mickey, um dia, viria a exibir ao mundo. Toda a liberdade deles residia em suas mãos. Morty era capaz de fazer consertos hidráulicos, instalações elétricas, qualquer coisa. Dê para o Morty, sua mãe costumava dizer, o Morty vai consertar. E ela não estava exagerando quando dizia que ele era o melhor irmão mais velho que o mundo já vira. Com dezoito anos, se alistou na força aérea, um garoto recém-saído da escola secundária de Asbury, não esperou ser recrutado. Partiu com dezoito anos e morreu com vinte. Morto nas Filipinas, no dia 12 de dezembro de 1944.

Durante quase um ano a mãe de Sabbath não saiu da cama. Não conseguia. Nunca mais se referiram a ela como uma mulher com olhos atrás da cabeça. Às vezes, ela agia como se nem mesmo tivesse olhos na frente da cabeça e, até onde o filho sobrevivente conseguia lembrar, enquanto arquejava e sorvia com sofreguidão como se fosse deixar Drenka seca, nunca mais ouviram sua mãe assoviar a canção que era a sua rubrica. Agora o chalé à beira-mar permanecia em silêncio enquanto Sabbath vinha caminhando pela ruazinha arenosa depois da aula e, até entrar em casa, ele não saberia dizer se a mãe estava lá ou não. Nenhum bolo de mel, nenhum pão de tâmaras e nozes, nenhum bolinho, nada mais assando no forno depois da escola. Quando o tempo ficava bom, ela se sentava no banco do passeio de tábuas voltado para a praia, o local para onde ela costumava correr com os garotos ao raiar do dia, a fim de comprar linguados ainda nos barcos de pesca, pela metade do preço que cobravam no armazém. Após a guerra, quando todo mundo voltou para casa, ela ia até lá para conversar com Morty. À medida que as décadas passavam, ela conversava mais e mais com ele, tanto assim que, quando Sabbath teve de deixá-la no asilo em Long Branch, com noventa anos de idade, ela só falava com Morty. Durante os dois últimos anos de vida, ela não tivera a menor ideia de quem fosse Sabbath, quando ele ia visitá-la, após quatro horas e meia de viagem. Deixara de reconhecer o filho vivo. Mas isso havia começado muito antes, já em 1944.

E agora Sabbath conversava com *ela*. E isso era algo que ele não havia esperado. Para o seu pai, que jamais abandonara Mickey, por mais que a morte de Morty também o tivesse abalado, o pai que desde muito tempo se colocava sempre do lado de Mickey, por mais incompreensível que fosse para ele a vida do filho quando Mickey partiu para o mar após a escola secundária ou quando começou a se apresentar manipulando fantoches nas ruas de Nova York, para o seu falecido pai, um homem simples, de pouca instrução, que, ao contrário da mãe, havia nascido do outro lado do oceano e viera para a América por conta própria com treze anos e que, sete anos depois, já havia ganhado dinheiro bastante para enviar para seus pais e seus dois irmãos menores, para o seu pai Sabbath jamais sussurrara uma única palavra, desde que o aposentado comerciante de produtos granjeiros morrera enquanto dormia, com oitenta e um anos, catorze anos antes. Ele nunca sentira a sombra da presença do seu pai pairando em volta. Isso não apenas porque seu pai fora a pessoa menos falante da família, mas porque jamais se oferecera a Sabbath nenhum indício que o persuadisse de que os mortos não fossem nada mais do que mortos. Falar com eles, e admitir isso, significava ser complacente com a mais defensável das atividades humanas irracionais, mas para Sabbath, mesmo assim, era algo totalmente estranho. Sabbath era um homem realista, ferozmente realista, tanto assim que aos sessenta e quatro anos de idade ele podia renunciar a tudo, menos a fazer contato com os vivos, e nem de longe queria saber de trocar ideias com os mortos.

No entanto, era precisamente isso que ele fazia agora, todos os dias. Sua mãe estava ali todos os dias e Sabbath falava com ela, e ela trocava confidências com o filho. Em termos precisos, de que forma você *está* presente, mãe? Você está aqui ou está em toda parte? Você se pareceria consigo mesma se eu tivesse meios de vê-la? A imagem na minha memória vive mudando. Você sabe apenas o que sabia quando estava viva ou agora sabe tudo, ou será que já não se trata mais de "saber"? Qual é a história? Você continua tão amargamente triste quanto antes? Essa seria a melhor notícia do mundo — saber que você está assoviando de novo como antigamente, feliz porque Morty está ao seu lado. Ele está? E o papai também? E, se estão os três, por que Deus não estaria também? Ou uma existência incorpórea é exatamente igual a tudo o mais, na natureza das coisas, e Deus não é mais necessário aí do que é aqui? Ou você não se pergunta o que significa estar morta, da mesma forma como não se perguntava o que significava estar viva? Estar morta é apenas uma coisa que você faz, assim como arrumar a casa?

Bizarra, incompreensível, ridícula, nem por isso a visitação era menos real: por mais que Sabbath explicasse aquilo para si mesmo, não conseguia fazer sua mãe ir embora. Sabia que ela estava ali, do mesmo modo que sabia quando estava no sol ou na sombra. Havia algo demasiado natural na sua forma de perceber a presença da mãe para que a percepção simplesmente evaporasse em face da sua resistência zombeteira. Ela não aparecia apenas quando Sabbath estava desesperado, aquilo não acontecia apenas no meio da noite, quando ele despertava com uma necessidade desesperadora de um substituto para tudo aquilo que ia desaparecendo — sua mãe estava no bosque, lá em cima no Grotto, com ele e Drenka, pairando acima de seus corpos seminus, como um helicóptero. Talvez o helicóptero tenha *sido* a sua mãe. Sua mãe morta estava com ele, observando, em toda parte, rondando seus passos. Em vida, sua mãe não lhe dera muita atenção. Agora, havia voltado para conduzi-lo até a sua morte.

Se trepasse com outras mulheres, o caso estava acabado.

Ele perguntou por quê.

— Porque eu quero.

— Não vai dar certo.

— Não vai? — indagou Drenka, com jeito de choro. — Daria, se você me amasse.

— Mas amor é escravidão?

— Você é o homem da minha vida! Não Matija, mas você! Ou eu sou a sua mulher, a sua *única* mulher, ou tudo vai *ter* que acabar!

Foi uma semana antes do dia em memória dos soldados mortos na guerra, uma luminosa tarde de maio, e nos bosques um vento firme derrubava os brotos das folhas novas do alto das árvores grandes e o aroma doce de tudo florindo, desabrochando e crescendo trazia à sua memória a barbearia de Sciarappa, em Bradley, aonde Morty o levava para cortar o cabelo quando era garoto e aonde eles levavam suas roupas para que a esposa de Sciarappa as consertasse. Nada mais era só o que era; tudo o fazia lembrar outra coisa, desaparecida muito tempo antes, ou lembrar tudo aquilo que estava desaparecendo a sua volta. Mentalmente, ele se dirigia a sua mãe. "E sentir os cheiros, você pode? De algum modo, você percebe a diferença quando está ao ar livre? Estar morto é ainda pior do que estar vivo? Ou será que a senhora Balich é que é o grande horror? Ou, de um jeito ou de outro, será que essas trivialidades não importam mais a você?"

Ou Sabbath estava sentado no colo da mãe, ou ela estava sentada no colo dele. Talvez ela entrasse serpenteando pelo seu nariz, junto com o aroma da montanha que florescia, soprando dentro dele como oxigênio. Rodeando Sabbath e incorporada a ele.

— E quando foi que você decidiu isso? O que aconteceu que levou você a essa ideia? Você está diferente, Drenka.

— Não estou diferente. *Eu sou assim.* Diga que será fiel a mim. Por favor, diga que é isso que você vai fazer!

— Primeiro me explique por quê.

— Estou *sofrendo.*

Estava mesmo. Ele já a vira sofrer e era assim que ela ficava. Uma nódoa se expandia a partir do centro do seu rosto de modo bem parecido com um apagador que atravessasse um quadro-negro e deixasse na sua esteira uma larga faixa de negação de sentido. Já não dava para ver um rosto, mas apenas uma bacia cheia de assombro. Sempre que a rixa entre seu filho e seu marido explodia em uma briga de berros, Drenka acabava como estava agora, com o mesmo aspecto horrível, quando vinha ao encontro de Sabbath, desnorteada e incoerente de tanto medo, toda sua astúcia jovial se evaporava diante da incrível capacidade dos dois de se enfurecer e pôr em prática uma retórica abjeta. Para acalmá-la, Sabbath garantia — no fundo, sem a menor convicção — que eles não iriam se matar. Porém mais de uma vez ele vislumbrara o que podia estar fervendo por baixo da tampa da implacável cortesia e boas maneiras que tornavam os homens da família Balich tão impenetravelmente opacos. Por que o rapaz *se tornara* policial? Por que queria ficar na rua, arriscando a vida perseguindo criminosos, com revólver, algemas e um pequeno cassetete letal, quando havia uma pequena fortuna para ele pôr no bolso apenas agradando os hóspedes felizes da pousada? E, após sete anos, por que o pai cordial não podia perdoar o seu filho? Por que toda vez que se encontravam ele acabava acusando o filho de ter destruído a sua vida? Admitindo que cada um deles tinha sua realidade oculta, que como todo mundo eles não eram destituídos de dualidade, admitindo que eles não eram pessoas totalmente racionais e que não possuíam nenhum senso de humor ou ironia de espécie alguma — com tudo isso, onde ficava o *fundo* desses dois Matthew? Sabbath, no íntimo, reconhecia que Drenka tinha bons motivos para se sentir agitada diante da força apavorante do antagonismo dos dois (sobretudo levando em conta que um deles estava armado), mas como Drenka nunca, nem de longe, era o alvo para eles, Sabbath a aconselhava a não interferir nem tomar partido — com o tempo, o fogo ia ter de baixar etc. etc. E afinal, quando o terror começava a se dissipar e a vivacidade que caracterizava Drenka voltava a delinear suas feições, ela dizia a Sabbath que o amava, que não podia de jeito nenhum viver sem ele, que, conforme ela se expressara, de forma bastante espartana, "eu não poderia cumprir minhas responsabilidades sem você". Sem aquilo que eles realizavam juntos, ela nunca conseguiria ser tão boa como era! Lambendo aqueles peitos volumosos, cuja realidade carnal parecia de uma excentricidade não menos fascinante do que seria quando Drenka tinha catorze anos, Sabbath lhe disse que sentia o mesmo a respeito dela, concedeu isso erguendo os olhos para ela com aquele sorriso que não deixava totalmente claro de quem ou de que exatamente ele pretendia zombar — confessou-o, sem dúvida, com nada de semelhante ao ardor declamatório de Drenka, disse aquilo quase deliberadamente de forma a dar a impressão de algo superficial e, mesmo assim, pondo de lado todos os seus ornamentos irônicos, dissera a verdade quando falou "sinto a mesma coisa por você". Para Sabbath, a vida sem a esposa promíscua do próspero dono de pousada era tão inimaginável quanto seria para ela viver sem o impiedoso titereiro. Ninguém para conspirar, ninguém no mundo com quem ela pudesse dar rédea solta à mais vital de suas necessidades!

— E você? — ele perguntou. — Você vai ser fiel a mim? É isso que está propondo?

— Eu não *quero* mais ninguém.

— Desde quando? Drenka, vejo que você está sofrendo, não quero que sofra, mas não posso levar a sério o que está me pedindo. Como justifica sua vontade de impor a mim restrições que você nunca impôs a si mesma? Você está pedindo fidelidade de um tipo que você mesma jamais se preocupou em conceder ao seu marido e que, caso eu fizesse aquilo que você quer de mim, ainda estaria recusando a ele, por *minha* causa. Você quer monogamia fora do casamento e adultério no casamento. Talvez você tenha razão e seja mesmo o único modo de dar certo. Mas para isso você vai ter que achar um velho mais probo do que eu. — Apurado. Formal. Exatidão perfeita e exagerada.

— Sua resposta é não.

— Como poderia ser sim?

— E então você agora vai se livrar de mim? Da noite para o dia? Tão fácil assim? Após treze anos?

— Você me deixa confuso. Não consigo seguir seu raciocínio. Afinal, o que está acontecendo realmente aqui hoje? Foi você, e não eu, que propôs esse ultimato, de repente, sem mais nem menos. Foi você que me empurrou na parede com essa história de "ou isso ou aquilo". É você que está se livrando de *mim*, da noite para o dia... a menos, é claro, que eu consinta, da noite para o dia, em me tornar uma criatura sexual de um tipo que você mesma jamais sonhou ser. A fim de preservar aquilo que nós, de maneira notável, conseguimos manter vivo obedecendo com toda franqueza aos nossos desejos sexuais — está me acompanhando? —, os *meus* desejos sexuais precisam ser deturpados, uma vez que é indiscutível que, assim como você — quer dizer, como você foi até hoje —, eu não sou, por natureza, inclinação, prática ou crença, um ser monógamo. E tenho dito. Você quer impor uma condição que ou me deforma, ou me transforma em um homem desonesto em relação a você. Mas, assim como todas as demais criaturas vivas, eu sofro quando me vejo deformado. E me choca, devo acrescentar, pensar que a franqueza que nos sustentou e excitou a ambos, a franqueza que proporciona esse contraste tão saudável diante da rotina de falsidade que é a marca registrada de cem milhões de casamentos, inclusive o seu e o meu, agora tem menos apelo para o seu paladar do que o consolo das mentiras convencionais e do puritanismo repressivo. Como um desafio autoimposto, o puritanismo repressivo me parece bom, mas vira puro titoísmo, Drenka, *titoísmo desumano*, quando tenta impor as suas normas sobre os outros por meio da supressão farisaica do lado satânico do sexo.

— Você *parece* o idiota do Tito quando quer me dar essas lições de moral! Faça o favor de parar com isso!

Eles não haviam armado a barraca de lona nem removido uma única peça de roupa, permaneciam de suéter e jeans, e Sabbath estava sentado e recostado em uma pedra, com o seu gorro de marinheiro, feito de tricô. Enquanto isso, Drenka, a largas passadas, percorria em círculos ligeiros o anel formado pelas pedras do tamanho de elefantes, enfiando as mãos aflitas nos cabelos ou estendendo os braços para a frente a fim de tocar, com a ponta dos dedos, a superfície fria e familiar das paredes ásperas do seu refúgio — e, aos olhos de Sabbath, não podia deixar de lembrar Nikki, no último ato da peça O *jardim das cerejeiras*. Nikki, sua primeira esposa, a frágil e etérea jovem greco-americana cujo difuso sentimento de crise ele confundira com um espírito profundo e a quem Sabbath apelidara, à maneira tchekhoviana, "Uma-Crise-por-Dia", até que veio um dia em que a crise de ser ela mesma simplesmente a arrebatou do mundo de uma vez por todas.

O *jardim das cerejeiras* foi uma das primeiras peças que Sabbath dirigiu em Nova York, após os dois anos na escola de fantoches, em Roma, graças a uma bolsa de estudos para veteranos do exército. Nikki fizera o papel de madame Ranievskaia, uma mulher arruinada e petulante, apesar de ser absurdamente jovem para o papel, contrabalançando com sutileza a sátira e o patos. No último ato, quando tudo está acondicionado para a mudança e a atormentada família se prepara para abandonar para sempre seu lar ancestral, Sabbath pediu a Nikki que caminhasse em silêncio pelo aposento vazio, roçando a ponta dos dedos nas paredes. Nada de lágrimas, por favor. Apenas dar uma volta no aposento encostando os dedos nas paredes nuas e depois sair — isso vai ser o bastante. E tudo aquilo que ele pediu, Nikki fez com esmero... mas, para ele, nada resultava satisfatório pois em tudo que Nikki representava, por melhor que fosse, ela ainda seria também a Nikki. Esse "também", nos atores, acabou levando Sabbath de volta aos fantoches, que nunca precisavam fingir, nunca representavam. O fato de Sabbath gerar os seus movimentos e emprestar a todos eles uma voz jamais comprometeu em nada a sua realidade, aos olhos de Sabbath, ao passo que Nikki, forte e impetuosa e com todo o seu talento, parecia sempre pouco convincente, para ele, pois era uma pessoa real. Com os bonecos, nunca era preciso banir o ator do papel. Nada havia de falso ou artificial nos bonecos, tampouco eram "metáforas" de seres humanos. Eram o que eram, e ninguém precisava se preocupar com o fato de um boneco um dia desaparecer da face da Terra, como fizera Nikki.

— Por que — gritou Drenka — você está brincando comigo? É *claro* que está querendo me levar na conversa, você leva todo mundo na conversa, essa sua *lábia* engana todo mundo...

— Sei, sei — retrucou ele. — O rei dos espertalhões com frequência suscitava a sensação de uma exuberante falta de seriedade justamente quando era maior a seriedade com que expunha suas ideias. A racionalidade minuciosa, escrupulosa e loquaz despertava uma desconfiança generalizada quando Morris Sabbath era o orador. Embora nem mesmo ele pudesse ter sempre certeza de que um absurdo tão bem articulado fosse efetivamente um absurdo. Não, nada havia de simples em ser um impostor...

— Pare! Pare com isso, por favor, parece um doido!

— Só se *você* parar de bancar a idiota! Por que foi que esse problema deixou você de repente assim tão cabeça-dura? O que devo fazer exatamente, Drenka? Um juramento? Você vai me submeter a um juramento? Quais são as palavras desse juramento? Por obséquio, faça a lista de tudo que estou proibido de fazer. Penetração. É isso, é só isso? E um beijo, pode? E um telefonema? E por acaso você vai fazer também o mesmo juramento? E como vou saber se você manteve a palavra? Até hoje, você nunca fez isso.

E logo agora que Silvija estava para voltar, refletiu Sabbath. Seria isso que provocara toda essa história, o medo que Drenka sentiu daquilo que ela seria impelida a fazer com Sabbath no auge da excitação? No verão anterior, Silvija, a sobrinha de Matija, viera morar com os Balich enquanto trabalhava como garçonete no salão de jantar da pousada. Silvija era uma estudante de dezoito anos, que cursava faculdade em Split, e viera passar as férias na América a fim de aprimorar o seu inglês. Tendo deixado de lado todo e qualquer receio após vinte e quatro horas, Drenka passou a trazer para Sabbath, às vezes amassadas no bolso, às vezes escondidas no fundo da bolsa, as roupas íntimas e suadas de Silvija. Drenka as vestia para ele e fingia ser Silvija. Ela fazia as peças de roupa correr para cima e para baixo ao longo da sua barba branca e as comprimia de encontro aos lábios entreabertos de Sabbath. Envolvia a sua ereção nas alças e taças dos sutiãs, sufocava-o enrolando seu rosto com o tecido sedoso do pequenino sutiã de Silvija. Drenka enfiava as pernas no biquíni de Silvija e o fazia subir o mais que podia, em suas ancas robustas.

— Fale aquelas coisas — ele lhe pedia. — Fale tudo.

E ela dizia:

— Está bem, você tem a minha permissão, seu velho sujo, está bem — Drenka dizia. — Você pode ficar com ela, eu dou ela para você, pode possuir a sua xoxotinha jovem e estreita, seu velho sujo e nojento...

Silvija era uma criatura frágil, seráfica, com a pele muito branca e cabelos vermelhos anelados; usava óculos redondos e pequenos, com aro de metal, que lhe davam um ar de menina estudiosa.

— Fotos — Sabbath instruiu Drenka —, encontre fotografias. Deve haver fotografias, todas elas tiram fotos.

Não, de jeito nenhum. Não a pequenina e meiga Silvija. Impossível, explicou Drenka, mas no dia seguinte, vasculhando a cômoda de Silvija, Drenka encontrou, embaixo das camisolas de algodão, uma pilha de fotos Polaroid que Silvija havia trazido de Split, a fim de matar saudades de casa. Eram sobretudo fotos da mãe e do pai, da irmã mais velha, do namorado, do cachorro, mas uma das fotos era de Silvija e de outra moça da sua idade, vestindo apenas meias-calças e posando de lado, no vão da porta entre dois cômodos de um apartamento. A outra moça era bem maior do que Silvija, uma jovem robusta, corpulenta, de peitos grandes, com uma carona de abóbora, que abraçava com força Silvija por trás, ao passo que Silvija se curvava para a frente, suas diminutas nádegas comprimidas de encontro à virilha da outra. A cabeça de Silvija estava jogada para trás e sua boca, muito aberta, simulando um êxtase ou talvez apenas rindo às gargalhadas da bobagem que as duas estavam fazendo ali. No verso da fotografia, na faixa de um centímetro, no alto, onde Silvija identificava meticulosamente as pessoas que apareciam em cada retrato, ela havia escrito em servo-croata: "Nera odpozadi" — Nera por trás. O *odpozadi* não era menos excitante do que a fotografia, e Sabbath olhava o tempo todo os dois lados do retrato, enquanto Drenka improvisava para ele suas manobras com o sutiã de brinquedo de Silvija. Uma segunda-feira, quando a cozinha da pousada estava fechada e Matija havia levado Silvija para visitar os pontos históricos de Boston, Drenka se espremeu toda para entrar no vestido folclórico de camponesa, com saia preta e corpete bordado muito justo, no qual Silvija, bem como todas as demais garçonetes, servia os fregueses dos Balich e, no quarto de hóspedes onde Silvija estava passando o verão, Drenka se deitou toda vestida, atravessada na cama. Ali ela foi "seduzida", "Silvija", que suplicava o tempo todo ao "senhor Sabbath" que prometesse nunca contar à sua tia e ao seu tio o que ela havia aceitado fazer em troca de dinheiro.

— Eu nunca estive com um homem antes. Só o meu namorado, e ele goza muito depressa. Nunca estive com um homem como o senhor.

— Posso gozar dentro de você, Silvija?

— Sim, sim, sempre quis que um homem gozasse dentro de mim. Mas nunca conte nada ao meu tio nem à minha tia!

— Eu trepo com a sua tia. Trepo com Drenka.

— Ah, é mesmo? Minha tia? Você? E ela trepa melhor do que eu?

— Não, de jeito nenhum.

— A xoxota dela é tão apertadinha como a minha?

— Ah, Silvija... Sua tia está junto à porta. Ela está nos olhando!

— Oh, meu Deus!

— Ela quer trepar com a gente também.

— Oh, meu Deus, nunca tentei isso antes...

Pouca coisa ficou sem ser experimentada naquela primeira tarde, e Sabbath já estava bem longe do quarto de Silvija horas antes de a moça retornar com o tio. Não poderiam ter se divertido mais — foi o que disseram Matija, Silvija, Drenka e Sabbath. Todo mundo ficou feliz naquele verão, inclusive a esposa de Sabbath, com quem ele se mostrou gentil e bem-disposto como não fazia havia muitos anos — agora, certas vezes, durante o café da manhã, ele não apenas fingia querer saber a respeito da sua reunião nos Alcoólicos Anônimos como também fingia ouvir a sua resposta. E Matija, que nas folgas de segunda-feira levava Silvija de carro para Vermont, New Hampshire e até, uma vez, para a parte mais remota de Cape Cod, parecia ter redescoberto, no papel de tio da filha de sua irmã, algo semelhante à satisfação que tempos atrás provara ao fazer, com sucesso, do seu filho um verdadeiro americano. O verão fora um idílio para todos, e quando Silvija voltou para sua casa depois do Dia do Trabalho falava um inglês cativante e diferente e levava uma carta de Drenka para os seus pais — mas *não* a carta escrita diabolicamente em inglês por Sabbath — reiterando o convite para que a moça voltasse a fim de trabalhar no restaurante e morar com eles de novo no próximo verão.

Quanto à pergunta de Sabbath — se ela mesma, caso prestasse um juramento de fidelidade, teria força de vontade para manter a palavra —, Drenka respondeu que é claro que teria, sim, pois ela o *amava*.

— Você também ama o seu marido. Você ama Matija.

— Não é a mesma coisa.

— Mas e daqui a seis meses? Durante anos e anos você teve raiva e teve ódio dele. Sentia-se tão aprisionada por ele que chegou até a pensar em envenenar o seu marido. Um homem estava deixando você doida a esse ponto. Então você começou a amar outro homem e em boa hora descobriu que podia também amar Matija. Quando você não precisou mais fingir que o desejava, pôde ser uma esposa boa e feliz para ele. Por sua causa, Drenka, eu não sou totalmente horrível com Roseanna. Admiro Roseanna, ela é um verdadeiro soldado que toda noite marcha para os Alcoólicos Anônimos, essas reuniões são para ela o mesmo que isto aqui para nós, uma outra vida capaz de tornar suportável o nosso lar. Mas agora você quer mudar tudo isso, não apenas para nós, mas para Roseanna e Matija. No entanto, você não me explicou por que motivo quer fazer isso.

— Porque quero ouvir você dizer, após treze anos, "Drenka, eu amo você, e você é a única mulher que eu desejo". Chegou a hora de você me *dizer* isso!

— Por que chegou a hora? Aconteceu alguma coisa que eu não vi?

Ela estava chorando de novo quando disse:

— Às vezes acho que você não percebe nada.

— Não é verdade. Essa não. Discordo. Não creio de modo algum que eu não perceba nada. Percebi muito bem o fato de que você ficou apavorada com a ideia de deixar Matija, mesmo quando as coisas estavam piores do que nunca, porque se você partisse sairia com uma mão na frente e outra atrás, sem a sua parte nos lucros da pousada. Tinha medo de deixar Matija porque ele fala a mesma língua que você e a mantém ligada ao seu passado. Tinha medo de deixar Matija porque, sem dúvida nenhuma, ele é um homem gentil, forte e responsável. Mas, acima de tudo, Matija significa dinheiro. Apesar de todo esse amor que tem por mim, você nunca sugeriu, nem uma vez sequer, que deixássemos nossos parceiros e fugíssemos juntos, pela simples razão de que eu sou um duro e ele é rico. Você não quer ser a esposa de um homem pobre, embora não se importe em ser a namorada de um homem pobre, sobretudo quando você pode, de quebra, e com o estímulo desse homem pobre, trepar com todo mundo.

Isso fez Drenka sorrir — mesmo em seu infortúnio, ela abria aquele sorriso maroto que poucos homens além de Sabbath até então haviam sabido admirar.

— Ah, é? E se eu tivesse declarado que ia deixar Matija você fugiria comigo? Por mais burra que eu seja? É? Por pior que seja o meu sotaque? Sem toda essa vida à qual estou ligada? É claro que é você que torna possível o meu casamento com Matija, mas é Matija que faz as coisas se acertarem para *você* também.

— Quer dizer que você continua com Matija para me fazer feliz.

— Sem tirar nem pôr, é exatamente isso!

— E isso também explica o outro homem.

— Mas é claro que sim!

— E Christa?

— É claro que foi por você. Você sabe que foi por você. Para agradar, para excitar você, para lhe dar aquilo que você desejava, para lhe dar a mulher que você nunca teve! Eu amo você, Mickey. Adoro me sujar por sua causa, fazer tudo por você. Eu daria qualquer coisa para você, mas não posso mais suportar que tenha outras mulheres. Isso me fere demais. A dor é grande demais!

Na realidade, desde que havia dado carona para Christa muitos anos atrás, Sabbath não era mais o libertino intrépido que Drenka declarava que não podia mais tolerar e, em consequência, ela já possuía ao seu lado o homem monógamo que queria, embora não soubesse disso. Para outras mulheres que não ela, Sabbath a essa altura era um homem muito desinteressante, não apenas por ser absurdamente barbado, teimosamente excêntrico, gordo demais e muito envelhecido, em todos os aspectos mais óbvios do termo, mas também porque, após o escândalo de quatro anos antes com Kathy Goolsbee, ele se dedicara mais do que nunca a angariar a antipatia de toda e qualquer pessoa, como se estivesse, de fato, lutando pelos seus direitos. O que Sabbath insistia em contar para Drenka, e ela insistia em acreditar, eram mentiras, e mesmo assim iludir Drenka quanto aos seus poderes de sedução era algo tão fácil que o deixava admirado, e se Sabbath manifestava resistência à ideia de reprimir seus impulsos não o fazia para iludir também a si mesmo, ou para vangloriar-se aos olhos de Drenka, mas porque a situação era irresistível: a ingênua Drenka implorando com ardor: "O que aconteceu? Me conte tudo. Não deixe nada de fora", mesmo enquanto Sabbath se soltava dentro dela, daquele mesmo modo que Nera fingia penetrar Silvija, na foto Polaroid. Drenka recordava-se dos menores detalhes das histórias excitantes de Sabbath, muito depois de ter esquecido as linhas gerais do caso, mas ele, de uma forma um tanto ingênua, se mostrava transfigurado com as histórias dela, a diferença estando em que as de Drenka eram sobre pessoas reais. Sabbath sabia, que eram pessoas reais porque, após cada caso novo ter começado, ele ficava ouvindo na extensão enquanto Drenka, ao seu lado na cama, segurando o telefone sem fio com uma das mãos e a ereção dele com a outra, ia enlouquecendo o seu mais recente amante, com palavras que nunca deixavam de produzir efeito. E, depois, todos esses indivíduos saciados diziam a ela exatamente a mesma coisa: o eletricista de rabo de cavalo com quem Drenka tomou banhos, no apartamento dele, o psiquiatra sisudo com quem ela se encontrava a cada duas terças-feiras em um motel do outro lado da fronteira estadual, o jovem músico que veio tocar jazz, um verão, no piano da pousada, o estrangeiro sem nome, de meia-idade, com um sorriso igual ao de JFK, com quem Drenka se encontrara no elevador do hotel Ritz-Carlton... todos eles diziam, assim que recobravam o fôlego — e Sabbath os ouvia dizer, desejava ansiosamente que dissessem, exultava quando diziam, sabia ele mesmo ser aquela uma das poucas e maravilhosas verdades totalmente indiscutíveis e inequívocas às quais um homem podia consagrar sua vida — todos eles diziam para Drenka: "Não existe outra no mundo como você".

E agora ela vinha lhe dizer que não queria mais ser essa mulher unanimemente reconhecida como incomparável a todas as outras. Com cinquenta e dois anos, estimulante o suficiente para deixar afoitos mesmo os homens mais convencionais, Drenka desejava mudar e se transformar em outra pessoa — mas será que ela sabia por quê? O reino secreto das emoções e dos disfarces, essa era a poesia da sua existência. Sua crueza constituía a força mais característica na sua vida, à qual conferia o seu traço distintivo. Sem isso, o que era ela? Sem isso, o que era *ele*? Drenka era o último vínculo de Sabbath com outro mundo, ela e o seu grande apetite pelo proibido. Como mestre desencaminhador de tudo o que fosse trivial, Sabbath jamais treinara uma discípula mais talentosa; em lugar de se verem amarrados por um contrato, os dois se achavam ligados pelo instinto e, juntos, podiam erotizar qualquer coisa (exceto seus cônjuges). O casamento dos dois clamava por um contracasamento, no qual os adúlteros abrissem carga contra o seu sentimento de prisão. Afinal, ela não era capaz de reconhecer uma coisa maravilhosa quando a encontrava?

Sabbath a atormentava de modo tão implacável porque estava lutando pela própria vida.

Drenka não apenas falava como se estivesse lutando pela própria vida como também suas feições davam essa impressão, parecia que o fantasma era Drenka e não a mãe de Sabbath. Durante os seis últimos meses, mais ou menos, Drenka vinha sofrendo de dores abdominais e náuseas, e Sabbath agora se perguntava se não seriam sintomas decorrentes da ansiedade que viera crescendo dentro dela à medida que se aproximava o dia de maio que havia escolhido para lhe apresentar aquele ultimato maluco. Até então, Sabbath preferia atribuir as cólicas e os ocasionais acessos de vômito às pressões que ela sofria na pousada. Tendo trabalhado ali por mais de vinte e três anos, ela mesma não se mostrava surpresa pelo tributo que o trabalho vinha agora cobrar da sua saúde.

— A gente precisa conhecer a comida — Drenka se lamentava com desalento —, a gente precisa conhecer as leis, a gente precisa conhecer todos os aspectos da vida. É o que acontece nesse ramo de negócio, Mickey, quando é preciso atender o público o tempo todo você acaba virando um caso perdido. E Matija ainda não pode ser flexível. Tem esse regulamento, tem aquele regulamento, mas o mais sensato é acomodar as pessoas onde for possível, em vez de dizer sempre não. Se ao menos eu pudesse dar um tempo nos livros de contabilidade de vez em quando. Se eu pudesse deixar nossos empregados trabalharem sozinhos de vez em quando. Nossos empregados mais antigos são pessoas cheias de problemas na vida. Tem os que são casados, as arrumadeiras, os que lavam a louça e, pelo jeito que eles se comportam, dá para adivinhar se está acontecendo alguma coisa que nada tem a ver com a gente. Eles trazem para o trabalho o que acontece lá fora. E nunca procuram o Matija para contar o que está acontecendo de errado. Procuram a mim, porque sou mais acessível. O verão inteiro ele fica para lá e para cá, e quando lhe digo "Fulano fez isso, fez aquilo", Matija me diz: "Por que você vive me trazendo esses problemas? Por que não me conta alguma coisa boa?". Ora, é porque estou preocupada com alguma coisa que está acontecendo. E esses garotos que são nossos empregados? Não quero saber de contratar mais garotos. Eles não sabem nada, nada, nada. E então eu mesma trato de fazer o trabalho deles e limpo o chão todo, como se eu fosse o garoto. Tem bandeja para todo lado. Eu venho e limpo tudo. Carrego as bandejas. Viro ajudante de garçom. Isso acaba com a gente, Mickey. Se ao menos tivéssemos conosco o nosso filho. Mas Matthew acha burrice esse trabalho. E às vezes acho que ele tem razão. Temos um seguro contra terceiros no valor de um milhão de dólares. Agora eu preciso conseguir *outro* milhão de dólares. Foi o que nos aconselharam. E o píer na praia da pousada, do qual todo mundo gosta tanto? A companhia de seguro diz: "Nunca mais faça isso. Alguém pode se machucar". Assim, as coisas boas que a gente gostaria de fazer para os clientes americanos acabam sempre criando problemas para nós. E agora... tem os computadores!

O grande objetivo era comprar computadores antes do verão, um sistema dispendioso que devia ser conectado em todas as dependências da pousada. Todo mundo precisava aprender a usar o novo sistema e Drenka precisava ensiná-los depois de ter aprendido, ela mesma, em um curso de dois meses, na faculdade comunitária de Mount Kendall (curso que Sabbath também frequentara, de modo que uma vez por semana os dois pudessem se encontrar depois da aula, nos arredores de Mount Kendall, no motel Bo-Peep). Para Drenka, com sua prática em lidar com os livros de contabilidade, o curso de computador havia sido moleza, mas ensinar seus empregados não fora nada fácil.

— A gente tem que pensar como o computador pensa — ela explicou para Sabbath. — A maior parte de meus empregados não pensa sequer como um ser humano.

— Então por que você continua a se matar para ensinar a eles? Vive ficando doente, já não se alegra mais com nada.

— Eu me alegro, sim. Com o dinheiro. Ainda gosto do dinheiro. Além do mais, o meu trabalho não é o mais duro que existe. Na cozinha está o trabalho mais pesado. Eu não me importo que meu trabalho seja muito duro, que a tensão emocional seja muito grande. A energia física necessária na cozinha, a pessoa tem que ser um cavalo para aguentar. Matija é um cavalheiro, graças a Deus, e não se enraivece porque o trabalho mais pesado fica por conta dele. É verdade, eu me alegro com o lucro. Eu me alegro em ver nosso negócio andando bem. Apenas neste ano, pela primeira vez em vinte e três anos, não conseguimos avançar financeiramente. É mais uma coisa para me deixar aborrecida. Vamos acabar andando para trás. Controlo as contas, verifico semana após semana quanto o nosso restaurante vem perdendo desde Reagan. Nos anos 80, as pessoas de Boston vinham para cá. Não se importavam em jantar às nove e meia na noite de sábado, e assim a gente ganhava mais. Mas o pessoal daqui de perto não quer fazer isso. Naquela época, havia muito dinheiro e nenhuma concorrência...

Não é de admirar que ela tivesse cólicas... o trabalho duro, a preocupação, os lucros em baixa, os novos computadores chegando e além disso todos os homens dela. E eu — e o trabalho que eu dava! Isso é que era trabalho de cavalo.

— Não posso fazer tudo — Drenka se queixava a Sabbath, quando a dor se tornava pior. — Só posso ser aquilo que *sou*. O que, conforme Sabbath ainda acreditava, queria dizer alguém que ainda *podia* fazer tudo.

No momento em que trepava com Drenka lá no Grotto, e a sua mãe se debruçava por trás do seu ombro, quase em cima dele, como o juiz na base do batedor em um jogo de beisebol, de olhos voltados para a frente, de pé, logo atrás do apanhador, Sabbath ficava imaginando se sua mãe havia, de algum modo, saltado para fora da vagina de Drenka um segundo antes de ele penetrar nela, ficava imaginando se era ali que o espírito da sua mãe se alojava, todo encolhido, pacientemente à espera da aparição do filho. De onde mais poderiam vir os fantasmas? Ao contrário de Drenka, que por qualquer motivo parecia se deixar tolher por tabus, o pequenino dínamo que vinha a ser a sua mãe se achava agora fora do alcance de todo e qualquer tabu — ela podia estar à espreita de Sabbath em qualquer parte e, onde quer que estivesse, Sabbath podia detectar sua presença, como se houvesse algo sobrenatural também nele, como se ele irradiasse um feixe de ondas filiais que iam ricochetear na presença invisível da sua mãe e forneciam a ela sua localização exata. Ou isso, ou ele estava ficando doido. De um modo ou de outro, Sabbath sabia que ela estava a cerca de trinta centímetros à direita do rosto exangue de Drenka. Talvez ela estivesse não só ouvindo, dali, cada palavra dele, cada palavra provocadora que ela tinha talvez o poder de um titereiro para *fazê-lo* falar. Podia até mesmo ser ela quem estava arrastando Sabbath no rumo do desastre que seria perder o seu único consolo na vida. De repente, o enfoque da sua mãe havia mudado e, pela primeira vez desde 1944, o filho sobrevivente se tornara mais real para ela do que o filho morto.

A última perversão dos libertinos, refletiu Sabbath, à procura de uma solução para o dilema — a última perversão dos libertinos é ser fiel. Por que não responder a Drenka "Está certo, querida, farei isso"?

Drenka havia se deixado cair, exausta, sobre a grande laje de granito perto do centro do seu reduto no bosque, onde às vezes os dois sentavam nos dias bonitos como esse, para comer os sanduíches que ela havia trazido em sua mochila. Do lado dos pés de Drenka, a relva exalava um aroma murcho, as primeiras flores silvestres da primavera, ali onde ela as arrancara uma semana antes, enquanto vinha subindo a pé pelo mato, ao encontro de Sabbath. Todo ano ela lhe ensinava o nome das flores, na língua dela e na dele, e um ano depois Sabbath já não conseguia lembrar nem mesmo os nomes em inglês. Havia quase trinta anos que Sabbath se exilava nessas montanhas, e mesmo assim não sabia o nome de quase nada. Não havia nada daquilo, no lugar de onde ele viera. Todas essas coisas que cresciam em redor, lá, não vinham ao caso. Ele era do litoral. Lá, havia areia e oceano, horizonte e céu, dia e noite — a luz, a escuridão, a maré, as estrelas, os barcos, o sol, as neblinas, as gaivotas. Os molhes, os píeres, a calçada de tábuas ao longo da praia, o estrondo das ondas, silêncio, mar sem fim. Onde ele cresceu, havia o Atlântico. Dava para tocar com os dedos o ponto onde a América começava. Eles moravam em um bangalô revestido de estuque, a duas pequenas ruas da extremidade da América. A casa. A varanda. Os tabiques. A geladeira. A banheira. O linóleo. A vassoura. A despensa. As formigas. O sofá. O rádio. A garagem. A ducha do lado de fora da casa com o piso de ripas de madeira que Morty montara e o ralo que sempre entupia. No verão, a brisa salgada do mar e a luz deslumbrante; em setembro, os furacões; em janeiro, as tormentas. Eles tinham janeiro, fevereiro, março, abril, maio, junho, julho, agosto, setembro, outubro, novembro, dezembro. E depois janeiro. E depois de novo janeiro, nunca terminava a reserva de janeiros, maios, março s. Agosto, dezembro, abril — cite um mês qualquer, e eles tinham esse mês aos montes. Tinham até não acabar mais. Ele crescera cercado pelo infinito e pela sua mãe — no começo, eles eram uma coisa só. Sua mãe, sua mãe, sua mãe, sua mãe, sua mãe... e então havia sua mãe, seu pai, avó, Morty e o Atlântico no final da rua. O oceano, a praia, as duas primeiras ruas da América, depois a casa e, na casa, a mãe que nunca parou de assoviar, até dezembro de 1944.

Se Morty tivesse voltado para casa vivo, se o infinito tivesse terminado de maneira natural, em lugar de chegar ao fim com um telegrama, se após a guerra Morty tivesse começado a trabalhar como eletricista e encanador para os outros, se tivesse se tornado construtor no litoral, se tivesse entrado no ramo da construção no momento exato em que começava o surto da indústria de construção civil no município de Monmouth... Não importa. Faça sua escolha. Ser traído pela fantasia do infinito ou pelo fato da finitude. Não, Sabbath só poderia ter se tornado Sabbath, implorar pelo que implorava, se comprometer com o que estava comprometido, dizer aquilo que ele não desejaria parar de dizer.

— Vou lhe dizer uma coisa — na sua entonação do tipo o suprassumo-da-amabilidade-humana. — Vou propor um pacto. Farei o sacrifício que você me pede. Abrirei mão de toda e qualquer mulher, exceto você. Direi "Drenka, amo só você e desejo só você e farei qualquer juramento ao qual você quiser me submeter, especificando tudo aquilo que estou proibido de fazer". Mas em troca você deve fazer um sacrifício para mim.

— Vou fazer! — Excitada, ela se pôs de pé. — Eu quero! Nunca mais outro homem! Só você! Até o fim!

— Não — disse ele, aproximando-se com os braços estendidos para ela. — Não, não. Não é isso que quero. Isso, você mesma me diz, não constitui nenhum sacrifício. Não, estou pedindo algo capaz de pôr à prova o seu estoicismo e testar a sua honestidade, assim como você estará pondo à prova a minha, uma tarefa tão repugnante para você quanto para mim é quebrar o sacramento da infidelidade.

Seus braços a rodeavam, agora, agarrando as nádegas rechonchudas de Drenka por trás da calça jeans. *Eu gosto quando eu me viro e você pode ver minha bunda. Todos os homens gostam disso. Mas só você mete aí, só você, Mickey, pode me foder aí!* Não era verdade, mas era um sentimento bonito.

— Vou abrir mão de todas as outras mulheres e em troca —ele lhe disse — você deve chupar o pau do seu marido duas vezes por semana.

— Aaargh!

— Aaargh, sim. Aaargh, exatamente. Você já está com ânsias de vômito. "Aaargh, eu nunca poderia fazer uma coisas dessas!" Será que não posso arranjar uma coisa mais suportável? Não.

Soluçando, ela se soltou dos braços de Sabbath e suplicou:

— Fale *sério... isto é sério*!

— Estou falando sério. O que há de tão detestável nisso? É apenas a monogamia no seu aspecto mais desumano. Finja que ele é outra pessoa. É isso que todas as mulheres decentes fazem. Finja que é o eletricista. Finja que é o magnata dos cartões de crédito. Em todo caso, Matija goza em dois segundos. Você vai conseguir tudo o que deseja e, de quebra, oferecer uma surpresa ao seu marido, e vai tomar apenas quatro segundos por semana. E pense só como isso vai *me* deixar excitado. A coisa mais promíscua que você já fez na vida. Chupar o pau do seu marido para contentar o seu amante. Você queria se sentir como uma prostituta de verdade? Desse jeito você vai sentir isso.

— Pare! — ela gritou, colocando as mãos sobre a boca de Sabbath. — Estou com câncer, Mickey! Pare com isso! A dor que sinto é por causa do câncer! Nem consigo acreditar! Não *consigo*! Posso *morrer*!

Nesse instante, aconteceu a coisa mais esquisita do mundo. Pela segunda vez em um ano, um helicóptero veio voando sobre o bosque, deu a volta para trás e ficou pairando bem acima deles. Dessa vez, tinha de ser a mãe de Sabbath.

— Ah, meu Deus — exclamou Drenka e, com os braços em volta dele, apertou tanto que o peso de seu abraço fez os joelhos de Sabbath se dobrarem, ou talvez seus joelhos fossem mesmo se dobrar, de um jeito ou de outro.

Mãe, ele pensou, não pode ser verdade. Primeiro Morty, depois você, depois Nikki, agora Drenka. Não há nada no mundo que cumpra o que prometeu.

— Ah, eu queria, ah — gritou Drenka enquanto a energia do helicóptero rugia acima deles, uma força dinâmica capaz de ampliar a solidão monstruosa, uma muralha de barulho desmoronando em cima deles, todo o edifício carnal dos dois ruindo. — Eu queria que você dissesse *sem saber*, queria que você dissesse *por conta própria*. — E aqui Drenka começou a chorar o choro que autentica o último ato de uma tragédia clássica. — Posso morrer! Se eles não conseguirem deter o câncer, meu querido, vou morrer em um ano!

Por misericórdia, ela estava morta em seis meses, liquidada por uma embolia pulmonar antes que o câncer tivesse tempo de matá-la, depois de se espalhar, de forma onívora, a partir dos ovários, para todo o seu organismo, a fim de torturar Drenka de um modo que foi além até mesmo da capacidade de resistência da sua força implacável.

Incapaz de dormir, Sabbath jazia deitado ao lado de Roseanna, dominado por uma emoção assombrosa, deformadora, da qual nunca antes tivera nenhuma notícia. Agora, Sabbath tinha ciúme de todos os homens acerca dos quais, quando Drenka estava viva, nunca se cansava de ouvir falar. Sabbath pensava nos homens com quem ela se encontrara em elevadores, aeroportos, estacionamentos, lojas de departamento, nos congressos da associação de hoteleiros e nas convenções de donos de restaurantes, homens que ela precisava ter porque seus olhares a atraíam, homens com quem ela dormira uma única vez ou tivera longos casos libidinosos, homens que, cinco ou seis anos depois de terem ido para a cama com Drenka, telefonavam para ela de forma inesperada, na pousada, a fim de exaltar aquela mulher, elogiá-la, muitas vezes sem poupar as obscenidades explícitas para lhe dizer como ela era a mulher menos inibida que já haviam encontrado. Sabbath se lembrava de Drenka lhe explicando — porque ele lhe pedira — o que exatamente a levara a escolher determinado homem em lugar de outro, e agora ele se sentia como o mais inocente e idiota dos maridos enganados que descobre a verdadeira história de uma esposa infiel — ele se sentia tão idiota quanto o santo e simplório dr. Charles Bovary. E pensar que, um dia, isso lhe provocara um prazer diabólico! Que felicidade! Quando ela estava viva, nada o excitava ou divertia mais do que ouvir, com todos os detalhes, as histórias da segunda vida de Drenka. A *terceira* vida de Drenka — *Sabbath* era a segunda.

— É uma sensação física que me dá. É a aparência, eu quase podia dizer que é algo químico. Tem uma energia que eu sinto. É uma coisa que me deixa muito agitada e então eu sinto esse troço, me torno sexualizada, e dá para sentir nos meus mamilos. Dá para sentir dentro do meu corpo. Se ele é sensual, se é forte, o jeito que anda, o jeito que senta, o jeito que é, se é malicioso. Caras com lábios pequenos e ressecados, eles me deixam transtornada, ou então se eles têm cheiro de livro — você sabe como é, esse cheiro seco de lápis que os homens têm. Muitas vezes olho para as mãos deles para ver se têm mãos fortes, expressivas. Depois, deduzo se têm ou não um pau bem grande. Se há alguma verdade nisso, não sei, mas em todo caso faço isso como se fosse uma pequena pesquisa. Um certo tipo de confiança no jeito que eles têm de andar. Não é que tenham que parecer elegantes — é mais uma aparência animalesca por trás da elegância. Então é uma coisa muito intuitiva. E sei logo de cara e sempre soube. E aí eu digo: "Está certo, vou trepar com ele". Bem, eu preciso abrir o caminho para ele. Então olho para o homem e fico paquerando. Rio ou mostro minhas pernas e dou algum tipo de sinal de que está tudo bem. Às vezes chego a fazer algum gesto mais atrevido. "Eu não ficaria admirada se tivesse um caso com você." É isso aí — Drenka dizia, rindo, diante do alcance da própria impetuosidade. — Eu podia dizer algo assim. Aquele cara que peguei em Aspen, senti o interesse dele. Mas ele tinha cinquenta e poucos anos e aí fico sempre me perguntando se eles serão mesmo capazes. Com um cara mais jovem, a gente sabe que a coisa é mais fácil. Com um cara mais velho, não dá para saber. Mas senti aquele tipo de vibração e fiquei mesmo alvoroçada. E, você sabe como é, ou eu chego o braço mais perto dele, ou ele chega o braço mais perto de mim e ficamos logo sabendo que nós dois estamos juntos dentro dessa aura de sensação sexual, da qual todas as demais pessoas na sala estão excluídas. Acho que com aquele homem declarei abertamente que estava tudo bem, que eu estava interessada.

O atrevimento com que ela ia atrás deles! O ardor e a perícia com que ela os estimulava! O deleite que Drenka experimentava ao vê-los se masturbar! E o prazer que ela sentia ao contar tudo que aprendera sobre a luxúria e o que vem a ser isso para os homens... e o tormento que tudo isso era agora para Sabbath. Ele não tivera a menor ideia de que poderia vir a sentir uma aflição como essa.

— O que eu gostava mesmo era de ver como eles eram sozinhos. Eu podia ser a observadora ali, e ver como brincavam com o pau e como era constituído, qual a sua forma, e quando endurecia e também o jeito que seguravam com a mão, isso me deixava doida. Cada um masturba o pau de um jeito diferente. E quando eles se soltam, quando eles se deixam soltar, isso é muito excitante. Ver os homens gozando desse jeito. Aquele tal de Lewis, ele já tinha mais de sessenta anos e contou que nunca havia se masturbado diante de uma mulher. Ele segurava com a mão mais ou menos assim — Drenka virou o pulso de tal forma que seu mindinho ficou em cima do punho fechado e o segundo nó do polegar ficou embaixo. — Pois é, ver essa particularidade e, como estou explicando, ver quando eles ficam tão acesos que não conseguem mais se conter, apesar da timidez, isso tudo é muito excitante. É disso que mais gosto, ver os homens perdendo o controle.

Nos mais tímidos, Drenka delicadamente chupava o pau por alguns minutos e depois pegava a mão deles e colocava em posição e os ajudava por certo tempo até que estivessem no caminho seguro e pudessem ir até o fim sozinhos. Depois, com suavidade, começando a bolinar-se, Drenka se inclinava para trás e ficava olhando. Dias depois, quando se encontrava com Sabbath, dava a ele uma demonstração das "particularidades" da técnica de cada um daqueles homens. Sabbath ficava extremamente excitado com isso... que agora o deixava com ciúme, louco de ciúme — agora que Drenka estava morta, Sabbath queria segurá-la, sacudi-la com força e gritar e mandar que parasse com aquilo tudo.

— Só eu! Você pode trepar com seu marido quando for obrigada, mas fora isso ninguém a não ser eu!

Na verdade, ele não queria que Drenka trepasse nem com Matija. Menos do que com qualquer outro homem. Nas raras ocasiões em que ela o informava a respeito daqueles detalhes, Sabbath não se sentia nem um pouco excitado, não lhe provocavam o menor interesse erótico. Todavia, agora, era difícil haver uma noite em que Sabbath se visse livre da lembrança mortificante de Drenka deixando que seu marido a tomasse como uma esposa.

— Observando Matija na cama, percebi a sua ereção. Tive certeza de que ele não ia fazer nada sem que eu tomasse a iniciativa, por isso rapidamente me despi. Eu não ia conseguir ficar a fim nem se tivesse sentimentos fortes, carinhosos em relação ao meu marido. Ver o pau duro dele, menor do que o seu, Mickey, e com o prepúcio, que, quando é puxado para baixo, mostra um pau muito mais vermelho do que o seu... pensar no jeito que nós tínhamos acabado de trepar... bem, desejando o seu pau grande, duro, era quase uma coisa dolorosa. Como eu poderia me entregar a esse homem que me ama? Quando me penetrou, deitado em cima de mim, Matija gemia, e não me lembro de ter ouvido antes Matija gemer tão alto. Era quase como se estivesse chorando. Como ele nunca demorava muito para gozar, tudo acabou bem depressa. Depois de dormir uma ou duas horas, acordei com dor de barriga. Tive de vomitar e tomar um Mylanta.

Como ele teve coragem! Que *chutzpah!* Sabbath quis matar Matija. E por que *eu* não matei? Por que *nós* não matamos? Cão incircunciso! Queria meter um cacete na cara dele, bem *assim*!

...Num dia de sol radiante, em fevereiro, Sabbath encontrou o viúvo de Drenka na Stop & Shop de Cumberland. Pela primeira vez naquele inverno, houve quatro dias seguidos sem nevar e, assim, depois de vestir um velho gorro de marinheiro feito de tricô, passar o esfregão no chão do banheiro e da cozinha e passar o aspirador de pó na casa toda, Sabbath seguiu de carro para Cumberland — em boa parte do caminho, cego pela luz dos colossais montes de neve que se acumulavam na margem da estrada — para fazer compras no mercado, uma de suas tarefas domésticas semanais. E lá estava Matija, quase irreconhecível desde quando o vira no enterro, mudo e com o rosto duro feito pedra. Seu cabelo preto ficara branco, completamente branco em apenas três meses. Parecia tão fraco, tão franzino, o rosto tão macilento — e tudo isso em apenas três meses! Podia passar por um ancião aposentado, mais velho do que Sabbath, e na verdade tinha apenas pouco mais de cinquenta anos. Todos os anos, a pousada ficava fechada entre o Ano-Novo e o dia 1º de abril, desse modo Matija podia sair despreocupado para comprar as coisas de que precisava para viver sozinho na nova e grande casa dos Balich, em frente à pousada, do outro lado do lago.

Balich estava bem atrás de Sabbath na fila do caixa e, embora tenha cumprimentado com a cabeça quando Sabbath olhou na sua direção, não deu o menor sinal de o haver reconhecido.

— Senhor Balich, meu nome é Mickey Sabbath.

— Sim? Como tem passado?

— O nome Mickey Sabbath significa algo para o senhor?

— Sim — respondeu Balich com cordialidade, após fingir ter puxado pela memória um instante. — Acho que você foi um dos meus fregueses. Estou lembrando de você lá na pousada.

— Não — respondeu Sabbath —, vivo em Madamaska Falls mas nós não costumamos comer fora.

— Sei — retrucou Balich e, após ficar sorrindo por mais alguns segundos, retornou sombrio aos seus pensamentos.

— Vou contar como nos conhecemos — disse Sabbath.

— Pois não.

— Minha esposa era professora de arte do seu filho no curso secundário. Roseanna Sabbath. Ela e o seu Matthew ficaram muito amigos.

— Ahhh. — De novo ele sorriu com cordialidade.

Até então, Sabbath nunca percebera o quanto de cortesia e de discreto cavalheirismo europeu havia no marido de Drenka. Talvez fosse o cabelo branco, a dor, o sotaque, mas Matija irradiava em torno de si o ar magisterial de um diplomata idoso de um país pequeno. Não, Sabbath não conhecia esse aspecto do homem, a postura nobre o surpreendeu, mas acontece que, antes, na maior parte das vezes, o *outro homem* era apenas um borrão. Mesmo quando se trata do nosso melhor amigo ou do cara que mora do outro lado da rua e que mais de uma vez carregou a bateria do nosso carro com a bateria do carro dele, mesmo assim o outro homem *vira* um borrão. Ele se torna o *marido* e a imaginação simpática se retrai, junto com a consciência.

Antes disso, a única ocasião em que Sabbath pôde observar

Matija em público foi no mês de abril, antes do escândalo de Kathy Goolsbee, quando Sabbath foi para a pousada na terceira terça-feira do mês — e os trinta ou mais rotarianos estavam lá reunidos para o seu almoço comemorativo, a exemplo do que acontece toda terceira terça-feira do mês — como convidado de Gus Kroll, o proprietário do posto de gasolina, que nunca deixava de repetir para Sabbath as piadas contadas pelos caminhoneiros que paravam para reabastecer e usar as dependências do posto. Gus tinha em Sabbath uma ótima plateia porque, mesmo quando as piadas não eram de primeira linha, o fato de Gus raramente se preocupar em usar sua dentadura quando as contava constituía, por si só, fonte suficiente de diversão para Sabbath. O gosto apaixonado de Gus em repetir as piadas havia levado Sabbath, tempos atrás, a entender que eram elas que davam unidade à visão de mundo de Gus, que só elas correspondiam à sua necessidade espiritual de uma narrativa esclarecedora, graças à qual era capaz de encarar um dia depois do outro trabalhando na bomba de gasolina. A cada piada que jorrava da boca desdentada de Gus, Sabbath adquiria a certeza de que nem mesmo um cara simples como Gus estava livre da necessidade humana de encontrar uma linha de significação para a vida capaz de abranger tudo aquilo que não se encontra na tevê.

Sabbath perguntou a Gus se ele faria a gentileza de convidá-lo para a reunião a fim de ouvir o discurso que Matija Balich ia proferir para o Rotary Club sobre o tema "A administração de pousadas, hoje". Nessa altura, Sabbath já sabia que Matija andava desesperado preparando seu discurso havia semanas — Sabbath até já tinha lido o discurso, ou pelo menos sua primeira versão resumida, quando Drenka o trouxera para ele. Drenka havia datilografado as seis páginas para o marido, fizera o melhor possível para corrigir os erros, mas queria que Sabbath fizesse outra revisão do inglês e ele, amavelmente, concordou em ajudar.

— É fascinante — disse Sabbath, depois de ler duas vezes.

— É mesmo?

— O discurso segue firme no trilho feito um trem. Sem brincadeira, é uma maravilha. Mas tem dois problemas. É curto demais. Ele não é exaustivo o bastante. Precisa ficar três vezes maior. E esta expressão, esta expressão idiomática aqui, está errada. Não se diz "é preciso cuidar do feijão com couve" quando nos referimos às coisas básicas de uma tarefa...

— Ah, não?

— Quem disse a ele que era "feijão com couve", Drenka?

— Foi a burra da Drenka — ela respondeu.

— Feijão com *arroz* — corrigiu Sabbath.

— Feijão com arroz — ela repetiu em voz alta e anotou no verso da última página.

— E anote também aí que ele para muito cedo — disse Sabbath. — Precisa ser pelo menos três vezes mais comprido. Esse é um assunto que ninguém conhece.

Gus passou com o reboque na Brick Furnace Road para pegar Sabbath e, logo que partiram, pôs-se a distrair o amigo com aquilo que sabia representar um tabu para as pessoas que ele chamava de "caras da igreja", na cidade.

— Está a fim de ouvir uma piada que não dá uma imagem muito bonita das mulheres? — Gus perguntou.

— É a única coisa que estou a fim de ouvir.

— Pois bem, tinha um motorista de caminhão que, toda vez que viajava, a mulher sentia frio e solidão. Então, quando ele volta de uma de suas viagens, traz para ela um gambá, grande, peludo e vivo, e diz à mulher que da próxima vez que ele viajar ela deve levar o gambá para a cama e, quando for dormir, deve colocar o gambá entre as pernas. Aí ela pergunta para o marido: "Mas e o cheiro?". E ele responde: "O gambá vai se acostumar com o cheiro. Eu me acostumei".

— Bem, se você gostou dessa — prosseguiu Gus, ao ouvir a risada de Sabbath — tenho outra na mesma linha — e assim chegaram bem depressa ao local da reunião.

Os rotarianos já andavam de um lado para outro na rústica sala do bar, com as vigas do teto expostas e a alegre lareira de ladrilhos, todos espremidos naquela salinha miúda, talvez por causa do fogo aconchegante que ardia ali, naquele dia frio e ventoso de primavera, ou talvez por causa das travessas de *ćevapčići* no bar, um prato típico iugoslavo que era também um prato típico da pousada.

— Tenho que alimentar você com *ćevapčići* — dissera Drenka

a Sabbath, quando ainda eram amantes recentes e faziam aquelas brincadeiras pós-coito na cama.

— Alimente-me do jeito que quiser.

— Três tipos de carne — ela lhe disse. — Boi, porco e carneiro. Tudo moído. Depois a gente junta umas cebolas e um pouco de pimenta. É feito um bolo de carne, mas de um formato diferente. Bem pequeno. É obrigatório comer *ćevapčići* com cebola. Uma cebola cortada em pedacinhos pequenos. Pode colocar também umas pimentinhas. Vermelhas. Bem quente.

— Não parece nada ruim, afinal — disse Sabbath, cheio de prazer com ela, um sorriso só.

— É isso mesmo, vou alimentar você com *ćevapčići* — Drenka repetiu, cheia de admiração.

— E eu, em troca, vou trepar com você até arrebentar.

— Ah, meu namoradinho americano, isso quer dizer que você vai trepar comigo a sério?

— Muito sério.

— Quer dizer, com força?

— Com muita força.

— E quer dizer o que mais? Aprendi isso na língua da Croácia, dizer todas as palavras de tudo o que penso e não ser tímida, mas nunca ninguém me ensinou nada disso na língua dos americanos. Ensine-me! Ensine-me! Ensine-me o que tudo quer dizer em americano!

— Isso quer dizer de todos os lados e maneiras possíveis.

E então, da mesma forma meticulosa que Drenka lhe havia explicado como preparar *ćevapčići*, Sabbath tratou de ensiná-la o que queria dizer de todos os lados e maneiras possíveis.

...Ou talvez os rotarianos estivessem naquela sala porque Drenka, servindo no bar, vestia uma blusa de crepe preto com botões e gola em V, que fazia inteira justiça a suas formas rechonchudas, toda vez que ela abaixava para colocar gelo em um copo. Sabbath ficou afastado, de pé, junto à porta, por quase meia hora, vendo-a flertar com o quiroprático, um sujeito jovem e forte que trovejava sua risada espalhafatosa e não conseguia ocultar com eficiência a sua orientação sexual, e depois com o ex-deputado estadual, proprietário de três agências do Cumberland BanCorp, e, por fim, até mesmo com Gus, que, a essa altura, já havia afixado de forma conveniente as duas partes da sua dentadura e, para aquela ocasião especial, enrolado uma gravata na gola do seu macacão de trabalho, e era exatamente o tipo de homem que Sabbath gostaria de ver trepar com Drenka, para se certificar de que ela era mesmo tão maravilhosa quanto ele achava que era. Ah, ela estava alegre, é claro — a única mulher no meio de todos aqueles homens, o estímulo delicioso que servia a eles o estimulante delicioso, em pleno êxtase apenas por estar viva.

Quando Sabbath abriu caminho até o bar no meio do tumulto e pediu uma cerveja, ela expressou sua surpresa com a presença dele, ficando branca no mesmo instante.

— De que tipo o senhor deseja, senhor Sabbath?

— Você tem Xoxota iugoslava?

— Da torneira ou em garrafa?

— Qual você recomenda?

— Da torneira faz mais espuma — Drenka respondeu, sorrindo para ele, agora que havia recuperado seu humor ágil, um sorriso que Sabbath teria tomado por uma espantosa confissão pública do seu segredo, caso não tivesse visto o mesmo sorriso lançado para Gus, havia poucos minutos.

— Pode me trazer uma, por favor? — disse ele, piscando o olho. — Gosto de espuma.

Quando o almoço terminou — grandes costeletas de porco com rodelas de maçã e molho de Calvados, *sundaes* de chocolate, charutos e, para aqueles que desejassem uma bebida após a refeição, Prošek, um vinho branco adocicado da Dalmácia que Drenka, nas funções de encantadora anfitriã do Velho Mundo, servia de graça aos hóspedes pagantes, a título de cortesia da casa —, Matija foi apresentado pelo presidente do Rotary como "Matt Balik". O dono da pousada vestia um suéter de cashmere vermelho com gola rulê, paletó com botões dourados, calças novas feitas com tecido de sarja dupla, e botas novinhas em folha, sem um risco, lustradas até reluzir. Assim todo embecado, ele parecia, de modo impressionante, ainda mais musculoso do que quando estava trabalhando de camiseta e jeans surrado. O fascínio de uma figura masculina de musculatura compacta, vestida de maneira convencional para um evento social. *Uma aparência animalesca por baixo da elegância.* Sabbath possuíra também algo assim, tempos atrás, ou pelo menos era o que Nikki lhe dizia quando fazia pressão para que ele comprasse um terno azul com colete, para que o mundo todo pudesse apreciá-lo em toda a sua glória. O glorioso Sabbath. Eram os anos 50.

A paixão de Matija consistia em reconstruir os muros de pedra desmoronados nos duzentos mil metros quadrados do campo adjacente à casa e à pousada. Na ilha de Brač, onde tinha parentes e trabalhava como garçom quando conheceu Drenka, havia a tradição do ofício de pedreiro e, enquanto estava na ilha, Matija aproveitava seus dias de folga para ajudar um primo que estava construindo uma casa de pedra. E, é claro, Matija jamais se esqueceu do avô quebrando pedras nas pedreiras, um homem idoso preso em Goli Otok como inimigo do regime... Tudo isso tornava a atividade de arrastar pedregulhos e colocá-los no lugar quase um ritual comemorativo, para Matija. Era assim que ele passava suas folgas do trabalho na cozinha: meia hora ao ar livre empurrando pedras e estava pronto para mais três, quatro, cinco horas de pé, em uma temperatura elevada. Matija passava boa parte do inverno empurrando aquelas pedras.

— Seus únicos amigos — contava Drenka, com tristeza — são os muros e eu.

— Certas pessoas — começou Matija — acham divertido esse trabalho. Não é divertido. É um negócio. Leiam as revistas sobre as indústrias. As pessoas dizem: "Quero deixar essa vida de empregado de fábrica. Uma pousada, esse é o meu sonho". Mas eu me dedico a esta pousada como se estivesse *indo* todo dia para um emprego numa fábrica.

A cadência da leitura de Matija tornava possível que a plateia o acompanhasse sem problemas, apesar do seu sotaque carregado. No final de cada frase, ele concedia à plateia um intervalo comprido a fim de refletirem sobre todas as implicações daquilo que havia acabado de dizer. Sabbath apreciava as pausas não menos do que a monotonia das frases sem inflexão que as pausas separavam, frases que o fizeram lembrar pela primeira vez em muitos anos um arquipélago solitário de ilhas inabitáveis pelas quais passavam os barcos mercantes, deixando Veracruz ao sul. Sabbath apreciava as pausas porque ele era o responsável por elas. Dissera a Drenka que instruísse Matija a não ter pressa. Os oradores amadores sempre saem em disparada. Não corra, Sabbath pediu a Drenka que dissesse ao marido. Há muita coisa aqui para a plateia digerir. Quanto mais lento melhor.

— Por exemplo, por duas vezes enfrentamos uma auditoria — Matija contou.

Através das amplas janelas da sacada na frente da sala de jantar em forma de retângulo, Sabbath e os convidados do seu lado da mesa podiam ver com toda clareza o vento encrespando o lago Madamaska. Seus olhos percorreram, de uma ponta à outra, a superfície do lago transformado em uma enorme tábua de lavar roupa, antes que Matija tivesse concluído que o impacto das duas auditorias havia sido plenamente absorvido.

— Nada há de errado — ele prosseguiu, em seguida. Minha esposa mantém os livros contábeis em perfeita ordem e temos um contador que nos orienta. Portanto, administramos a pousada como um negócio e ela representa nosso meio de vida. Se a gente cuida do feijão com arroz, o negócio anda sozinho. Se a gente não faz isso e fica conversando com os hóspedes o tempo todo, está perdendo dinheiro.

— Anos atrás, não abríamos o restaurante a tarde inteira, no sábado. Ainda não abrimos. Mas damos um jeito para que a comida esteja disponível para as pessoas. O macete é dar a elas o que querem, em vez de dizer não, essa é a minha regra, eu tenho essa regra. Sou muito rígido no meu jeito de pensar. Mas o público me ensina a não ser tão rígido.

— Temos cinquenta empregados, incluindo os de meio expediente. Os empregados que atendem o público são trinta e cinco: garçonetes, o pessoal do ônibus, supervisores da sala de jantar. Temos doze quartos e mais o anexo. Podemos alojar vinte e oito pessoas e ficamos lotados na maior parte dos finais de semana, mas não durante os dias de semana.

— No restaurante, podemos acomodar cento e trinta pessoas e mais cem no terraço. Mas nunca admitimos cento e trinta pessoas ao mesmo tempo. A cozinha não ia conseguir dar conta disso tudo. O que desejamos é a rotatividade dos fregueses.

— Outro sério problema se encontra nos empregados...

E isso se prolongou por uma hora. A lareira estava acesa na principal sala de jantar, assim como uma lareira menor ardia na sala do bar, e, em razão dos ventos frios soprando lá fora, as janelas estavam todas bem fechadas. A lareira estava apenas uns dois metros atrás de Matija, mas o seu calor não parecia afetá-lo da maneira como afetou os bebedores de uísque, junto à mesa. Eles foram os primeiros a cair no sono. Os bebedores de cerveja conseguiram aguentar firme mais um tempo.

— Não somos proprietários omissos. Eu sou o funcionário principal. Se todo mundo sai, eu ainda estou aqui, tocando o serviço. Minha esposa pode fazer de tudo, menos dois serviços da cozinha. Não pode trabalhar na grelha, porque não sabe mexer no fogo. E não pode fazer nada *sauté*, porque nisso a gente lida basicamente com frigideiras. Mas todos os outros serviços ela pode fazer: atender no bar, operar a máquina de lavar pratos, servir as mesas, cuidar dos livros contábeis, limpar o chão...

Gus, que estava sem beber por essa época, só tomava Tab, mas Sabbath viu que ele tinha apagado. Bebendo Tab. E agora os bebedores de cerveja estavam perdendo o controle e começavam a dar sinais de fraqueza — o dono do banco, o quiroprático, o grandalhão de bigode que cuidava do centro de jardinagem...

Drenka ouvia do bar. Quando o titereiro virou-se na cadeira a fim de sorrir para ela, viu que, debruçada sobre o bar, apoiada nos cotovelos, o rosto de Drenka oscilava sobre os punhos, ela estava chorando, e isso com metade dos rotarianos ainda conseguindo se manter aferrados à consciência.

— Nem sempre é agradável saber que nossos empregados não gostam de nós. Acho que parte de nossos empregados gosta muito de nós. Muitos deles não se importam nem um pouco conosco. Em alguns lugares, o bar fica aberto para os empregados depois do expediente. Aqui, não fazemos esse tipo de coisa. Esses lugares acabam indo à falência e seus empregados terminam sofrendo terríveis acidentes de carro a caminho de casa. Aqui, não. Aqui, não é lugar de festas, junto com os patrões. Aqui, não é lugar para se divertir. Minha esposa e eu não somos nem um pouco divertidos, afinal. Nós somos trabalho. Nós somos negócio. Todos os iugoslavos, quando vão para outro país, são muito trabalhadores. Algo em nossa história nos impulsiona para a sobrevivência. Muito obrigado.

Ninguém fez perguntas, mas na verdade não havia em toda a mesa alguém capaz de perguntar o que quer que fosse. O presidente do Rotary disse:

— Bem, obrigado, Matt, muito obrigado mesmo. Você nos colocou a par do processo de forma bastante completa. — Logo as pessoas começaram a despertar para voltar ao trabalho.

Na sexta-feira daquela mesma semana, Drenka foi para Boston e trepou com o seu dermatologista, com o magnata dos cartões de crédito, com o reitor da universidade e depois, ao voltar para casa, pouco antes da meia-noite — para completar quatro no mesmo dia — prendendo o fôlego nos poucos minutos que a coisa demorou, ela foi comida pelo orador com o qual era casada.

Agora, no abandonado centro de Cumberland, onde o cinema havia fechado muito tempo antes e as lojas, em sua maioria, estavam desocupadas, havia uma mercearia empobrecida e arruinada onde Sabbath gostava de comprar um copo de café e ficar ali bebendo, de pé, depois de terminar as compras semanais. O lugar, chamado Flo'n Bert's, era escuro, com soalho de madeira sujo e gasto, prateleiras livres de poeira, em boa parte sem mercadorias para vender, e as batatas e bananas mais deploráveis que Sabbath já vira à venda, em qualquer lugar. Mas Flo'n Bert's, por mais medonho que fosse o seu aspecto mortuário, tinha exatamente o mesmo cheiro da velha mercearia no porão do LaReine Arms, a um quarteirão da casa de seus pais, onde Sabbath costumava ir toda manhã, bem cedo, comprar dois pãezinhos para sua mãe, de modo que ela pudesse preparar sanduíches para Morty almoçar na escola secundária — requeijão e azeitona, manteiga de amendoim e geleia, mas sobretudo atum em lata, os sanduíches eram embrulhados em duas folhas de papel impermeável e enfiados no saco de papel do LaReine Arms. Toda semana, depois de passar no Stop & Shop, Sabbath perambulava pela mercearia Flo'n Bert's, com seu copo de café na mão, tentando imaginar quais os ingredientes que produziam aquele cheiro, que era também como um aroma que havia sentido no Grotto no último outono, depois que as folhas caídas e o mato rasteiro definhado tinham sido encharcados pelas chuvas e começavam a apodrecer. Talvez fosse mesmo isso: a umidade da podridão. Ele adorava aquilo. O café que tinha de beber era na verdade intragável, mas Sabbath nunca conseguia resistir ao prazer daquele cheiro.

Sabbath se plantou do lado de fora, junto à porta do Stop & Shop e, quando Balich surgiu carregando um saco plástico em cada mão, chamou:

— Senhor Balich, que tal uma xícara de café quente?

— Não, muito obrigado.

— Por favor — insistiu Sabbath, em tom amigável. — Por que não? Está fazendo dez graus aqui fora. — Deveria converter em graus centígrados para ele, como fazia com Drenka quando ela telefonava, antes de ir até o Grotto, para saber qual era *realmente* a temperatura ao ar livre? — Tem um lugar ali depois do morro. É só me seguir. Meu carro é o Chevy. Uma xícara de café para esquentar um pouco.

Dirigindo na frente do carro de Balich, entre os montes de neve da altura de um prédio de um andar, e cruzando os trilhos de trem que a geada deixara brilhando, Sabbath foi obrigado a admitir que não tinha a menor ideia do que pretendia fazer. Tudo em que conseguia pensar era que aquele cara tinha ousado se deitar em cima de Drenka, tinha gemido de prazer como se estivesse chorando, tinha penetrado Drenka com um pau vermelho igual ao de um cachorro e que depois a fazia vomitar.

Sim, havia chegado a hora de ele e Balich se encontrarem — passar o resto da vida sem estar face a face com ele seria tornar a vida fácil demais para si mesmo. Sabbath teria morrido de tédio muito tempo antes sem as suas complicadas dificuldades.

O café fétido foi servido em uma cafeteira de vidro refratário por uma garçonete mal-humorada e burra, no final da adolescência, a qual já era uma moça mal-humorada e burra no final da adolescência desde quando Sabbath começara a passar ali para sentir o cheiro do Flo'n Bert's, havia uns quinze anos. Talvez todas as moças fossem da mesma família, as filhas de FIo e de Bert que iam sucessivamente crescendo naquele serviço, ou talvez, o que parecia mais provável, existisse um suprimento inesgotável dessas moças que o sistema escolar de Cumberland punha em circulação ano após ano. Sempre à espreita, insinuante, sem nenhum critério de seleção, Sabbath jamais conseguira arrancar de alguma delas nada além de um grunhido.

De modo involuntário, Balich fez uma careta quando provou o café — que se revelou tão frio quanto o dia lá fora — mas, educadamente, disse "Ah, não, obrigado, está muito bom, mas um só chega", quando Sabbath perguntou se queria mais uma xícara.

— Não tem sido fácil para você viver sem a sua esposa — disse Sabbath. — Você parece muito magro.

— É uma época negra na minha vida.

— Ainda?

Ele fez que sim com a cabeça, tristemente.

— Ainda é terrível para mim. Estou no fundo do poço. Depois de trinta e um anos, estou no terceiro mês de um novo sistema. E, de algum modo, a cada dia as coisas pioram ainda mais para mim.

Isso era verdade.

— E o seu filho?

— Ele também se encontra um pouco em estado de choque. Sente uma falta terrível da mãe. Mas é jovem, é forte. A esposa dele me conta que às vezes, de noite... Mas ele parece estar superando bem.

— É bom saber disso — respondeu Sabbath. — É o vínculo mais forte que há no mundo, a mãe e o filho. Não pode haver no mundo nada mais forte do que isso.

— É verdade — disse Balich, seus suaves olhos cinzentos se enchendo de lágrimas por conversar com alguém tão compreensivo. — Pois é, e quando olhei para ela, morta, com o meu filho no hospital no meio da noite... ela estava ali deitada com todos aqueles tubos e quando olhei para ela e vi que o vínculo havia se partido, o vínculo com o nosso filho, eu não pude acreditar que essa coisa que você disse que é a coisa mais forte do mundo já não existisse mais. Ali estava ela, toda a sua beleza ali deitada, e essa coisa fortíssima já não existia mais. Ela tinha partido. Então eu lhe dei um beijo de despedida, meu filho a beijou e eu também, e eles retiraram todos os tubos. E aquele pedaço humano de luz do sol estava ali, mas morto.

— Que idade tinha ela?

— Cinquenta e dois. Foi a coisa mais cruel que podia acontecer.

— Entre todas as pessoas que poderiam morrer assim na faixa dos cinquenta anos — comentou Sabbath —, eu nunca teria imaginado que a sua esposa fizesse parte da lista. As poucas vezes que a vi na cidade, como você disse, ela parecia iluminar tudo em volta. E o seu filho está trabalhando com você na pousada?

— O trabalho na pousada já não me entusiasma nem um pouco. Se vai voltar a me entusiasmar algum dia, não sei dizer. Tenho uma boa equipe de empregados, mas não me interesso mais pela pousada. Todo o nosso casamento estava ligado ao trabalho na pousada. Tenho pensado em passar o negócio adiante. Se alguma empresa do Japão quisesse assumir o negócio e comprar a pousada... Toda vez que entro no escritório de Drenka para tentar arrumar as coisas dela, é terrível, passo mal. Não quero ir lá mas acabo indo.

Sabbath tivera razão, pensava agora, em nunca haver escrito uma só carta, bem como em ter insistido em guardar ele mesmo, e não ela, as fotos Polaroid que havia tirado de Drenka no motel Bo-Peep.

— As cartas — disse Balich, lançando um olhar de súplica para Sabbath, como se lhe fizesse um apelo. — Duzentas e cinquenta e seis cartas.

— De condolências? — perguntou Sabbath, que, é claro, não havia recebido uma só que fosse. Entretanto, quando Nikki desaparecera, ele recebera cartas sobre ela, de pessoas do teatro. Embora a essa altura ele já tivesse esquecido quantas foram — talvez cinquenta, ao todo —, na época, se achava atordoado o bastante para contá-las uma a uma, com todo cuidado.

— Sim, de pêsames. Duzentas e cinquenta e seis. Eu não devia me admirar com o modo pelo qual ela iluminava a vida de todo mundo. Ainda estou recebendo cartas até hoje. E de gente que mal consigo lembrar. Alguns vieram para a pousada assim que inauguramos, no outro lado do lago. Cartas de todo tipo de gente, sobre ela e sobre como ela afetou a vida dessas pessoas. E eu acredito nessas cartas. São todas verdadeiras. Tem uma carta comprida, de duas páginas, manuscrita, de um ex-prefeito de Worcester.

— É mesmo?

— Ele se lembra de nossas churrasqueiras para os hóspedes e de como Drenka deixava todo mundo feliz. Como ela entrava na sala de refeições, no café da manhã, e conversava com todo mundo. Ela agradava a todos. Eu sou rígido, tenho uma regra para tudo. Mas ela sabia o jeito certo de lidar com os hóspedes. Tudo era sempre possível para os hóspedes. Para ela, ser agradável nunca representava um esforço. Um dos donos era rígido, o outro era flexível e gentil. Formávamos um par perfeito para uma pousada de sucesso. É de admirar o que ela fez. Mil coisas diferentes. Fazia tudo com graça e sempre com grande satisfação. Não consigo parar de pensar nisso. Nada existe capaz de desfazer esse mistério, por pouco que seja. Não dá para acreditar. Num minuto ela está aqui, no minuto seguinte se foi.

O ex-prefeito de Worcester? Bem, Drenka tinha segredos para nós dois, Matija.

— E qual é o trabalho do seu filho?

— É membro da polícia estadual.

— Casado?

— A mulher está grávida. Vai se chamar Drenka, se for menina.

— Drenka?

— O nome da minha esposa — explicou Balich. — Drenka, Drenka — murmurou. — Nunca haverá no mundo outra Drenka.

— Você vê o seu filho com frequência?

— Sim — mentiu, a menos que após a morte de Drenka tivesse havido uma reaproximação.

Balich, de repente, não tinha mais o que dizer. Sabbath aproveitou a pausa para sentir o cheiro moribundo da mercearia. Ou Balich não queria mais falar com um estranho sobre sua mágoa com a morte de Drenka, ou não queria falar sobre sua mágoa com o filho que era da polícia estadual e achava uma idiotice trabalhar na pousada.

— Por que o seu filho não é o seu sócio nos negócios da pousada? Por que ele não vai trabalhar com você, agora que sua mulher se foi?

— Percebo — disse Balich, depois de colocar cuidadosamente sua xícara ainda meio cheia no balcão atrás da máquina registradora — que você tem artrite nos dedos. É uma enfermidade dolorosa. Meu irmão tem artrite nos dedos.

— É mesmo? O pai de Silvija? — perguntou Sabbath.

Francamente surpreso, Balich disse:

— Você conhece minha sobrinha?

— Minha esposa a conheceu. Minha esposa me falou sobre ela. Disse que era uma criança muito, muito bonita e graciosa.

— Silvija amava muito a tia. Adorava-a. Silvija se tornou também uma filha. — Em sua voz calma, havia pouca inflexão agora, salvo o incontestável tom de dor.

— Silvija não fica na pousada no verão? Minha mulher disse que ela trabalhava lá para aprender inglês.

— Silvija vem todo verão, enquanto estiver na universidade.

— O que você está fazendo? Treinando Silvija para ocupar o lugar da sua esposa?

— Não, não — respondeu Balich, e Sabbath se surpreendeu ao ver como ele mesmo se sentiu decepcionado ao ouvir a resposta. — Ela vai ser programadora de computador.

— É uma pena — disse Sabbath.

— É o que ela quer ser — explicou Balich, em tom categórico.

— Mas se ela podia ajudar você na pousada, se podia iluminar o lugar do mesmo jeito que a sua esposa fazia...

Balich enfiou a mão no bolso para pegar o dinheiro. Sabbath disse:

— Por favor...

Mas Balich já não o ouvia mais. Ele não gosta de mim, refletiu Sabbath. Não foi com a minha cara. Devo ter dito uma coisa errada.

— O meu café? — perguntou Balich à moça carrancuda na caixa registradora.

Ela respondeu com o mínimo possível de consoantes sonoras. Tinha outras coisas na cabeça.

— Quanto? — Balich repetiu a pergunta.

— Meio dólar — Sabbath traduziu.

Balich pagou e, cumprimentando Sabbath com a cabeça, de um modo formal, deu por encerrado seu encontro com alguém que ele claramente não desejava ver de novo. Foi Silvija que provocou aquilo, o fato de Sabbath ter enfatizado "muito" com outro "muito". Mas isso foi o mais perto que o titereiro conseguiu chegar, nos primeiros cinco minutos frente a frente com Balich, da sua vontade de dizer que a mulher que vomitava depois de ter de trepar com Balich tinha todas as razões do mundo para vomitar, porque nesses momentos ela valia tanto quanto a esposa de qualquer outro homem. É claro que Sabbath compreendia os sentimentos de Balich — também para ele o choque da morte de Drenka só fazia piorar a cada dia —, mas isso não significava que pudesse perdoá-lo.

Cinco meses após a morte de Drenka, numa noite morna e úmida de abril, com a lua cheia canonizando a si mesma acima da linha das árvores, flutuando sem nenhum esforço — luminosamente abençoada — rumo ao trono de Deus, Sabbath se estendeu na terra que cobria o caixão dela e disse:

— Drenka, sua imunda e maravilhosa boceta! Case comigo! Case comigo!

E, esfregando sua barba branca na terra — o canteiro ainda estava sem grama e sem lápide —, Sabbath teve uma visão de Drenka: dentro do caixão, tudo brilhava e ela estava com o aspecto que tinha antes que o câncer viesse despi-la de todas as suas curvas sedutoras — madura, cheia, pronta para o contato. Nessa noite, ela usava o vestidinho folclórico de camponesa que pertencia a Silvija. E ria para ele.

— Quer dizer que agora você me quer só para você, não é? Agora — disse ela — que você não precisa mais ter só a mim, viver só comigo e ser chateado só por mim, agora é que sou boa o bastante para ser sua esposa.

— Case comigo!

Com um sorriso convidativo, ela retrucou:

— Primeiro você vai ter que morrer — e levantou o vestido de Silvija para mostrar que estava sem calcinha, de meias pretas e ligas, mas sem calcinha. Mesmo morta, ela o deixava de pau duro; viva *ou* morta, o deixava de novo com vinte anos. Mesmo sob temperaturas abaixo de zero, ele ficava de pau duro quando, de dentro do seu caixão, Drenka o seduzia daquele modo. Sabbath aprendera a ficar de costas para o norte, de forma que o vento gelado não viesse bater direto no seu pau, mas mesmo assim tinha de tirar uma de suas luvas a fim de se masturbar com êxito e, às vezes, a mão sem luva ficava tão enregelada que ele tinha de repor a luva e trocar de mão. Sabbath voltou ao túmulo de Drenka diversas noites.

O velho cemitério ficava a dez quilômetros da cidade, em uma estradinha pouco utilizada, que fazia uma curva para dentro do bosque e depois seguia em zigue-zague para a face oeste da montanha, onde desembocava em uma estrada de caminhões já quase fora de uso, que levava a Albany. O cemitério fora instalado em uma encosta descampada que ascendia suavemente até um antigo campo de cicutas e pinheiros-brancos do Canadá. Era lindo, encantador do ponto de vista estético, embora talvez um pouco melancólico; mesmo assim, não era um cemitério que deixasse as pessoas deprimidas quando entravam nele — era tão gracioso que às vezes dava a impressão de nada ter a ver com a morte. Era velho, muito velho, embora houvesse outros ainda mais antigos nos morros das redondezas, com suas lápides erodidas, tombadas de lado, com datas que remontavam aos primeiros anos da América colonial. O primeiro enterro aqui — de um certo John Driscoll — ocorrera em 1745; o mais recente fora o de Drenka, no último dia de novembro de 1993.

Por causa das dezessete tempestades de neve daquele inverno, foi para Sabbath muitas vezes impossível chegar ao cemitério, mesmo nas noites em que Roseanna havia corrido para alguma reunião dos Alcoólicos Anônimos, no seu veículo de tração nas quatro rodas, e ele ficava sozinho. Mas quando a neve era removida das estradas, o tempo estava bom, o sol baixava e Roseanna saía de casa, Sabbath dirigia o seu Chevy até o topo de Battle Mountain e estacionava numa clareira, onde começava uma trilha de cerca de quatrocentos metros a leste do cemitério, e então seguia o caminho junto à estrada na direção do cemitério e depois, usando a lanterna o mínimo possível, atravessava a traiçoeira superfície lisa e gelada formada pela neve que se acumulara, até chegar ao túmulo de Drenka. Sabbath nunca ia lá durante o dia, por mais forte que fosse a sua necessidade, com medo de dar de cara com um dos dois Matthew ou, para dizer a verdade, com qualquer um que fosse ficar pensando por que motivo afinal, no local mais gelado daquele condado que já era a "geladeira" do estado inteiro, no meio do inverno mais rigoroso em toda a história da região, o desafortunado titereiro vinha render suas homenagens aos restos mortais da fogosa mulher do dono da pousada. De noite, Sabbath podia fazer o que quisesse, sem que ninguém o visse, a não ser o fantasma da sua mãe.

— O que você quer? Se quer dizer alguma coisa... — Mas sua mãe nunca se comunicava com ele e, como não o fazia, Sabbath se aproximava perigosamente da crença de que o fantasma não era uma alucinação — se ele estivesse com alucinações, seria muito fácil inventar também uma fala para sua mãe, ampliar a sua realidade com uma voz do mesmo tipo que usava para dar vida aos seus bonecos. Essas visitas vinham ocorrendo com demasiada regularidade para serem apenas uma aberração mental... a menos que Sabbath estivesse mentalmente perturbado e a irrealidade fosse piorando à medida que a vida se tornava mais difícil de suportar. Sem Drenka, a vida *era* insuportável — Sabbath não tinha uma vida, exceto aquela do cemitério.

No mês de abril seguinte à morte de Drenka, numa noite do início da primavera, Sabbath jazia estirado de braços abertos sobre o seu túmulo, recordando com ela o episódio que viveram com Christa.

— Nunca me esqueço de você gozando — ele cochichou para a poeira —, nunca me esqueço de você implorando a ela "Mais, mais...".

Evocar Christa não exacerbava o ciúme de Sabbath. Lembrar-se de Drenka recostada em seus braços enquanto Christa mantinha a pressão constante de um só ponto de sua língua sobre o clitóris dela (durante quase uma hora — Sabbath marcou o tempo) apenas intensificava a perda, ainda que, pouco após os três terem se reunido pela primeira vez, Christa começasse a levar

Drenka para um bar em Spottsfield, para dançar. Christa chegou ao ponto de lhe dar uma correntinha de ouro de presente, que havia surrupiado da gaveta de joias do seu ex-patrão, na manhã em que concluíra que já estava de saco cheio de tomar conta de um garoto tão superativo que se achava prestes a ser matriculado em uma escola especial para "superdotados". Christa contou a Drenka que o valor de *tudo* o que furtara (incluindo um par de brincos de diamante e um sinuoso bracelete de diamantes) não chegava à metade daquilo que seria seu direito receber por ter de aguentar, sem testemunhas, aquele pirralho.

Christa morava em um quarto, num sótão que dava para o campo gramado, na Town Street, em cima da loja de comidas finas onde ela trabalhava. O aluguel era grátis, seus almoços eram grátis, e ainda ganhava um salário de vinte e cinco dólares por semana. Durante dois meses, nas noites de quarta-feira, Drenka e Sabbath iam, em carros separados, deitar-se com Christa no sótão. Nada ficava aberto na Town Street depois que escurecia, e os dois podiam subir sem serem notados até o quarto de Christa por uma escada nos fundos, no lado de fora do prédio. Três vezes Drenka fora sozinha ver Christa ali, mas, com medo de que Sabbath se zangasse com ela se soubesse, nada lhe contou até ter passado um ano desde que Christa voltara as costas para eles e fora morar no interior, na fazenda alugada de uma professora de história da faculdade de Athena, uma mulher de trinta anos com quem ela começara um romance ainda antes de ter se incumbido daquele pequeno capricho junto ao casal de idosos. De modo abrupto, Christa parou de responder aos telefonemas de Sabbath e, quando ele um dia veio falar com ela — enquanto fingia examinar a vitrine da loja de comidas finas, uma vitrine em que nada havia mudado desde que a Mercearia Tip-Top tinha evoluído, no final dos anos 60, para o nome de Delicatessen Tip-Top, a fim de se adaptar aos anseios da época —, Christa lhe disse irritada, a boca tão encolhida que parecia ter sido omitida do rosto:

— Não quero mais falar com você.

— Por quê? O que aconteceu?

— Vocês dois me exploraram.

— Não acho que isso seja verdade, Christa. Explorar alguém

significa usar essa pessoa de forma egoísta para seus próprios fins, ou usá-la para obter algum lucro. Não creio que eu ou Drenka tenhamos explorado você mais do que você mesma nos explorou.

— Você é um velho! Eu tenho vinte anos! Não quero conversar com você!

— Por que ao menos não conversa com Drenka?

— Deixe-me em paz! Você não passa de um velho gorducho!

— Assim era Falstaff, menina. Assim era a grande montanha de carne chamada John Paunch, o doce criador de discursos bombásticos! "Esse teu ignóbil e abominável mestre de ilusões, Falstaff, esse velho Satã de barbas brancas!" — Mas a essa altura ela já estava dentro da loja, deixando que Sabbath, ali sozinho, contemplasse tristemente, junto com o seu futuro sem Christa, dois vidros de molho para pato feito na China, dois vidros de folhas de parreira em conserva, duas latas de feijões refogados La Victoria e duas latas de sopa cremosa de truta defumada Baxter, tudo isso formando um círculo em redor de uma garrafa envolvida, de forma fantasiosa, com um papel esbranquiçado e desbotado pelo sol, colocada sobre um pedestal no centro da vitrine, como se estivesse ali a resposta para os nossos mais desesperados anseios, uma garrafa de molho Worcestershire Lea & Perrins. Sim, uma relíquia de outros tempos, assim como o próprio Sabbath fora considerado um petisco picante em uma era menos... em uma era mais... em uma era em que... em uma era cujo... Idiota! O erro foi nunca ter dado dinheiro a Christa. O erro foi ter dado dinheiro a Drenka. Tudo o que Sabbath havia passado para os dedos de Christa — e isso apenas como pretexto para se aproximar dela, na primeira vez — foram trinta e cinco dólares, em troca de uma colcha que ela havia costurado. Sabbath devia ter lhe pagado essa mesma quantia todas as semanas. Como pôde imaginar que Christa tomava parte disso pelo prazer de deixar Drenka louca, como pôde pensar que fazer Drenka gozar já seria para ela remuneração suficiente? Idiota! Idiota!

Sabbath e Christa se encontraram numa noite em 1989 quando ele lhe deu carona até em casa. Sabbath a viu na mureta da estrada 144, vestindo um smoking, e deu a volta na estrada. Se ela tivesse uma faca, paciência... que importava viver alguns anos a mais ou a menos? Era impossível deixar sozinha na beira da estrada, com o polegar erguido, uma jovem loura de smoking que se parecia muito com um jovem louro de smoking.

Ela explicou sua indumentária contando que vinha de um baile em Athena, na faculdade, onde as pessoas precisavam trajar "alguma coisa maluca". Ela era miúda, mas nada tinha de infantil — parecia antes uma mulher em miniatura, com um jeito bastante decidido, confiante, e uma boquinha muito encolhida. O sotaque alemão era delicado mas excitante (para Sabbath, o sotaque de qualquer mulher atraente era excitante), ela tinha o cabelo curto como o de um recruta dos fuzileiros navais e o smoking sugeria que não estava destituída da inclinação de desempenhar, na vida, um papel provocante. Afora isso, a menina era só negócios: nenhum sentimento, nenhuma aspiração, nenhuma ilusão, nenhuma loucura, e, Sabbath poderia apostar a própria vida nisso, não havia para ela nenhum assunto que fosse tabu. Sabbath gostou da dureza cruel, da astúcia calculista, do ar suspeito da sua boquinha alemã, e vislumbrou na mesma hora as possibilidades. Remotas, mas presentes. E Sabbath pensou, cheio de admiração, eis uma jovem livre da mácula da abnegação, uma presa que era uma fera em flor.

Enquanto dirigia, ele ouvia uma fita de Benny Goodman, *Ao vivo, no Carnegie Hall*. Ele e Drenka haviam acabado de se despedir, após passar a noite no motel Bo-Peep, uns trinta e dois quilômetros ao sul pela estrada 144.

— São negros? — perguntou a moça alemã.

— Não. Alguns poucos são negros, senhorita, mas na maioria são brancos. Músicos brancos de jazz. Carnegie Hall, em Nova York. Na noite de 16 de janeiro de 1938.

— Você estava lá? — ela perguntou.

— Sim. Levei meus filhos, meus filhos pequenos. Assim poderiam estar presentes naquele momento crucial da história da música. Queria que eles estivessem ao meu lado, na noite em que a América ia mudar para sempre.

Juntos, eles ouviam "Honeysuckle Rose", os rapazes de Goodman improvisando, somados a meia dúzia de membros da banda de Count Basie.

— Isso é balanço — Sabbath explicou. — É o que se chama "mexe o pé". Faz o pé da gente ficar se mexendo... Está ouvindo essa guitarra no fundo? Percebe como a seção rítmica da orquestra vai conduzindo os músicos?... Basie. Um jeito muito enxuto de tocar piano... Está ouvindo essa guitarra aí? Empurrando para a frente... *Isso* é música negra. Agora você está ouvindo música negra... Agora você vai ouvir um refrão. É o James... Por trás disso tudo está a firme seção rítmica, segurando tudo nas costas... Freddie Green na guitarra... James. Tenho sempre a sensação de que ele está estraçalhando o instrumento, dá para sentir o instrumento sendo feito em pedaços... Essa ideia que eles estão agora apenas esboçando... Olhe como agora completam o desenho... Estão abrindo caminho para o desfecho. Está vindo. Agora estão todos sintonizados uns nos outros... Chegaram ao fim. Chegaram ao *fim*... Bem, o que você acha disso tudo? — perguntou Sabbath.

— É igual à música dos desenhos animados. Sabe como é, aqueles desenhos para crianças, na tevê?

— Ah, é? — exclamou Sabbath. — E na época as pessoas achavam até excitante. O velho estilo de vida inocente... Para toda parte que você olhar, exceto esta nossa cidadezinha modorrenta aqui — disse Sabbath, acariciando a barba —, vai ver o mundo em guerra contra ele. E você, o que trouxe você a Madamaska Falls? — indagou o Pai Tempo, com ar jovial. Não há outro jeito de representar esse papel.

Christa lhe contou sobre o tédio que sentia no seu emprego em Nova York e como, após dois anos, já não conseguia mais suportar aquele menino, e assim, um dia, juntou suas coisas e caiu fora. Tinha descoberto Madamaska Falls fechando os olhos e tocando com o dedo um mapa do Nordeste. Madamaska Falls nem estava no mapa, mas ela conseguira uma carona até o sinal luminoso junto ao prado, parou para um café na loja de comidas finas e, quando perguntou se havia trabalho para ela por perto, surgiu um emprego ali mesmo. Agora, havia cinco meses que a aprazível cidadezinha modorrenta era o seu lar.

— Você queria fugir do seu emprego em Nova York, com aquele garoto.

— Estava ficando doida.

— Do que mais estava fugindo? — ele perguntou, mas de leve, de leve, nem um pouco inquiridor.

— Eu? Não estou fugindo de nada. Só queria gozar um pouco a vida. Na Alemanha, não há aventura para mim. Conheço tudo e como as coisas funcionam. Aqui, acontece um monte de coisas que nunca me aconteceriam em casa.

— Não se sente solitária? — perguntou o homem gentil e interessado.

— Claro que sim. Sinto-me solitária. É difícil fazer amizade com os americanos.

— É mesmo?

— Em Nova York, é. Com certeza. Só querem usar a gente. De toda forma possível. Essa é a primeira ideia que passa pela cabeça deles.

— Estou surpreso em ouvir isso. As pessoas em Nova York são piores do que na Alemanha? Para alguns, a História daria a impressão de contar uma história diferente.

— Ah, não, de modo algum. E são cínicos. Em Nova York, as pessoas guardam para si mesmas os seus motivos verdadeiros e declaram para a gente outros motivos.

— Pessoas jovens?

— Não, na maioria, mais velhos do que eu. Com mais de vinte anos.

— Você foi magoada?

— Sim, sim. Mas aí então eles se mostram muito amistosos: "Oi, como vai? Que bom ver você de novo". — Christa gostou da sua imitação de um cretino americano e Sabbath riu, também, achando graça. — E a gente nem mesmo *conhece* esse cara. Na Alemanha é bem diferente — ela explicou. — Aqui, há todo esse jeito amistoso, mas é falso. "Ei, oba, como é que vai?" E a gente tem que seguir a regra. O jeito americano. Eu era muito ingênua quando vim para cá. Tinha dezoito anos. Conheci um monte de gente, estranhos que nunca tinha visto. Saio para tomar café. A gente não pode deixar de ser ingênuo quando está numa terra estranha. É claro que a gente aprende. E aprende bem aprendido.

O trio — Benny, Krupa, Teddy Wilson no piano. "Body and soul". Muito sonhadora, muito dançante, a música, de fato deliciosa, até o encerramento, com as três bumbadas na bateria de Krupa.

No entanto, Morty sempre achava que os lances pirotécnicos de Krupa acabavam estragando tudo.

— Era só ficar no suingue — dizia Morty. — Krupa foi a pior coisa que aconteceu a Goodman. Espalhafatoso demais — e Mickey repetia essas palavras na escola, como se fosse sua própria opinião. Morty dizia: — Benny nunca tem acanhamento de interromper os outros no meio da música — e Mickey repetia isso também. — Um esplêndido clarinetista, nenhum outro consegue chegar perto dele — e isso também Mickey repetia... Estava imaginando se aquilo não poderia amolecer essa moça alemã, aquela cadência da madrugada, que induz ao langor, e aquela coisa insinuante, arrebatadora no jeito de Goodman tocar, e assim durante três minutos ele nada falou para Christa e, entregues à coerência sedutora de "Body and soul", os dois seguiam em meio à escuridão das montanhas reflorestadas. Ninguém em volta. Também era sedutor. Sabbath podia levá-la para onde quisesse. Podia dobrar na esquina do Shear Shop, levá-la para Battle Mountain e estrangular e matar essa moça, metida no seu smoking. Uma cena à maneira de Otto Dix. Talvez não na simpática Alemanha, mas na cínica e exploradora América, ela corria um risco ao ficar na estrada, vestindo aquele smoking. Ou teria corrido um risco, caso fosse apanhada por um americano mais americano do que eu.

"The man I love". Wilson tocando Gershwin como se Gershwin fosse Shostakovich. Um jeito misterioso e soturno de Hamp, no vibrafone. Janeiro de 1938. Eu tinha quase nove anos, Morty ia fazer catorze. Inverno. Na praia junto à avenida McCabe. Ele me ensinava a técnica de lançamento de disco na praia vazia, depois da escola. Interminável.

— Posso perguntar como foi que você se magoou? — quis saber Sabbath.

— Eles estão sempre dispostos a se aproximar, se a gente é bonita, sociável, sorridente, mas se a gente tem o menor problema, "Volte quando você estiver melhor". Tive muito poucos amigos de verdade em Nova York. A maioria deles era uma bosta.

— Onde encontrou essas pessoas?

— Clubes. De noite, vou a clubes. Para me afastar do trabalho. Para ocupar minha mente com outras coisas. Ficar com um garoto o dia inteiro... brrr. Não conseguia aguentar, mas foi assim que fui parar em Nova York. Eu ia aos clubes onde as pessoas que eu conhecia também iam.

— Clubes? Estou fora do meu ambiente. O que são clubes?

— Bom, tem um clube aonde costumo ir. Entro de graça. Ganho as bebidas, os tíquetes. Não preciso me preocupar com nada disso, é só ir lá e deixar que vejam a gente. Fui lá durante mais de um ano. As mesmas pessoas vinham, o tempo todo. Pessoas cujos nomes a gente nem desconfia. Elas têm nomes só para os clubes. A gente nunca sabe o que fazem durante o dia.

— E elas vêm ao clube fazer o quê?

— Para se distrair.

— E conseguem?

— Claro. Aonde eu ia, tem cinco andares. No porão, toca reggae, e para lá vão os negros. No andar seguinte toca música para dançar, música de discoteca. Os *yuppies* ficam no primeiro andar com a música de discoteca, esse tipo de gente. E depois vem a música *techno*, e depois mais *techno*, música feita por uma máquina. É um som só para a gente dançar. As luzes podem deixar a gente doida. Mas isso é porque a gente sente muito mais a música. A gente dança mesmo. Dança por três, quatro horas.

— Com quem você dança?

— As pessoas ficam dançando sozinhas mesmo. É uma espécie de meditação. A visão geral que se tem é de todo mundo misturado, dançando sozinhos.

— Bem, não dá para dançar sozinho "Sugarfoot stomp". Ouça só — disse Sabbath, simpático e sorridente. — Com "Sugarfoot stomp", é preciso dançar o *lindy* com outra pessoa. Com essa música, é preciso dançar o *jitterburg*, minha cara.

— Sei — disse ela, com polidez —, é muito bonito. — O respeito pelos mais velhos. — Essa moça calejada tem um lado doce, afinal.

— E tem drogas nos clubes?

— Drogas? Ah, tem sim.

Sabbath estragou tudo com "Sugarfoot stomp". Deixou Christa totalmente alienada, conseguiu até despertar a sua repugnância ao enfatizar como ele era um inofensivo velhinho fora de moda, sem nada de ameaçador. E retirou Christa do centro das atenções. Mas essa era uma situação na qual nunca havia, de fato, a coisa certa para fazer, exceto lembrar-se de ter uma paciência incansável. Se custar um ano, que custe um ano. Basta bancar a vida por mais um ano, e pronto. Esse é o contato. Desfrute esse prazer. Faça a moça falar das drogas outra vez, leve-a de volta para ela mesma e para a importância da sua vida nos clubes.

Sabbath desligou a fita. Se Christa ouvisse agora o trompete de Elman Klezmer besuntando "Bei mir bist du Sheyn", ia saltar do carro em movimento, ali mesmo, no meio da estrada.

— E as drogas? Quais eram as drogas?

— Maconha — ela respondeu. — Cocaína. Tem também essa outra droga, cocaína e heroína misturadas, e chamam de K Especial. É o que as *drag queens* tomam para ficar muito doidonas. É muito divertido. Elas dançam. São fascinantes. É mesmo um espetáculo gay. Tem um monte de hispânicos. Caras de Porto Rico. Um monte de negros. Muitos são jovens, de dezenove, vinte anos. Dublam com a boca alguma canção antiga e todos se vestem como Marilyn Monroe. A gente ri muito.

— E como *você* se veste?

— Vou de vestido preto. Um vestido comprido e apertado. Decotado. Um anel preso no nariz. Cílios gigantes e compridos. Grandes sapatos de salto plataforma. Todo mundo se aperta e se beija e tudo o que fazemos é parte da dança, a noite toda. Vou lá à meia-noite. Fico até as três. É a Nova York que conheço. A América. É só isso. Achei que devia ver outras coisas. Por isso vim para cá.

— Porque você foi explorada. As pessoas exploraram você.

— Não quero falar sobre isso. A coisa toda veio abaixo de uma vez só. Tem a ver com dinheiro. Pensei que tinha uma amiga, mas tinha uma amiga que estava me usando.

— É mesmo? Que coisa terrível. Usando você?

— Ah, eu estava trabalhando com ela e ela me dava só metade do dinheiro que eu devia ganhar. E trabalhei um bocado para ela. Pensei que fosse minha namorada. Eu disse: "Você meteu a mão no meu dinheiro. Como é que pôde fazer uma coisa dessas comigo?". E ela disse: "Agora não posso devolver o dinheiro a você". Por isso nunca mais vou falar com ela. Mas o que a gente pode esperar? É o jeito americano. Da próxima vez, vou estar preparada.

— Caramba. Como foi que conheceu essa moça?

— Lá no clube.

— Doeu muito?

— Eu me senti muito burra.

— O que vocês estavam fazendo? Qual era o trabalho?

— Eu dançava em um clube. É o meu passado.

— Você é jovem para ter passado.

— Ah, sim — disse ela, rindo alto da sua precocidade juvenil. — Eu já tenho um passado.

— Uma moça de vinte anos com passado. Como se chama?

— Christa.

— Meu nome é Mickey, mas por aqui o pessoal me chama de Country.

— Oi, Country.

— A maioria das moças de vinte anos — disse ele — ainda não começou a viver.

— São as moças americanas. Nunca tive uma namorada americana. Homens americanos, sim.

— Seu lance é conhecer mulheres?

— Pois é, eu queria encontrar namoradas. Mas a maioria delas são mulheres mais velhas. Sabe como é, do tipo mãezona. O que para mim está tudo bem. Mas e as moças da minha idade? Aí, a coisa simplesmente não dá certo. São crianças.

— Então, com Christa, o negócio são mulheres do tipo mãezona.

— Acho que sim — ela respondeu, rindo de novo.

Na esquina do Shear Shop, ele dobrou a rua na direção de Battle Mountain. A voz que aconselhava paciência estava tendo dificuldades em se fazer ouvir. *Mulheres do tipo mãezona.* Sabbath não podia deixar essa moça escapar. Na sua vida, ele nunca mais poderia deixar escapar uma descoberta nova. O cerne da sedução é a persistência. Persistência, o ideal dos jesuítas. Oitenta por cento das mulheres se rendem sob uma pressão tremenda, se a pressão se mostra *persistente*. A gente precisa se devotar a foder do mesmo modo que um monge se devota a Deus. A maioria dos homens intercala a atividade de foder nos intervalos daquilo que definem como preocupações mais importantes: a caça ao dinheiro, poder, política, moda, Deus sabe o que pode ser — talvez esquiar. Mas Sabbath havia simplificado sua vida e intercalado as demais atividades nos intervalos da principal, que era foder. Nikki fugira dele, Roseanna estava de saco cheio dele, mas somando tudo, para um homem da sua estatura, Sabbath alcançara um êxito improvável. O ascético Mickey Sabbath, ainda o mesmo após os sessenta anos. O Monge da Foda. O Evangelista da Fornicação. *Ad majorem dei gloriam.*

— Que tal era dançar no clube?

— É como... o que posso dizer? Eu gostava. Era uma coisa que eu fazia para satisfazer minha própria curiosidade. Não sei. Acho que tenho que fazer de tudo nesta vida.

— Por quanto tempo ficou lá?

— Ah, não quero falar disso. Ouço os conselhos de todo mundo, mas depois faço o que bem entendo.

Sabbath parou de falar e eles continuaram a viagem. Naquele silêncio, naquela escuridão, cada respiração afirmava sua importância como aquilo que nos mantém vivos. O propósito de Sabbath era claro. Seu pau estava duro. Guiava no piloto automático, excitado, exultante, seguindo seus próprios faróis como em uma procissão guiada por tochas, em meio à umidade noturna rumo ao estrelado topo da montanha, onde os celebrantes já estavam se congregando para o culto selvagem da pica dura. Roupa, ao gosto de cada um.

— Ei, estamos perdidos?

— Não.

Quando haviam subido metade do caminho da montanha, ela já não podia mais manter o silêncio. Representou com perfeição o seu papel.

— Eu entretinha mais as pessoas em festas privadas, se quer saber a verdade. Festas de solteiros. Durante um ano. Com a minha namorada. Mas depois a gente saía para fazer compras juntas e gastava todo o dinheiro, do mesmo jeito. Essas moças que fazem essas coisas são muito solitárias. Falam muita maldade porque penaram muito na mão dos outros. E eu olhava para elas e dizia: "Ah, meu Deus, sou tão jovem, preciso sair dessa vida". Porque era por causa do dinheiro que eu fazia aquilo. E fui passada para trás.

Mas isso é Nova York. De um jeito ou de outro, eu precisava mudar. Queria aproveitar meu tempo para fazer outras coisas, um emprego em que lidasse com as pessoas. E também sentia falta da natureza. Na Alemanha, passei a infância numa cidadezinha do interior até meus pais se divorciarem. Sinto falta da natureza e de tudo que é tranquilo. Tem outras coisas na vida além do dinheiro. Por isso vim morar aqui.

— E que tal está achando?

— Demais. As pessoas se mostram muito amistosas. Muito legal. Aqui, não me sinto uma estranha. O que é legal. Em Nova York, em todo lugar a que eu ia, as pessoas queriam me arrastar com elas. Acontecia o tempo todo. É isso que os nova-iorquinos gostam de fazer. Eu dizia a eles para irem embora, e eles iam embora. Eu sei me safar muito bem. Acontece que nunca demonstro medo. Não tenho medo de você. As pessoas em Nova York podem ficar meio esquisitas. Mas aqui não. Aqui, me sinto em casa. Agora estou gostando da América. Estou até fazendo colchas de retalhos — disse ela, com uma risadinha. — *Eu*. Sou uma autêntica americana. Faço colchas.

— Como aprendeu?

— Li nuns livros.

— Bem, adoro colchas. Faço coleção — disse Sabbath. — Gostaria de ver suas colchas, um dia. Pode me vender uma?

— Vender? — retrucou ela, agora rindo francamente, rindo com voz rouca, feito uma beberrona com o dobro da sua idade. Por que não? Claro que posso vender, Country. O dinheiro é seu.

E Sabbath também desatou a rir.

— Meu Deus, *estamos* mesmo perdidos! — e fez uma abrupta curva em U, levando-a de volta à casa, em cima da loja de comidas finas, em quinze minutos. Durante todo esse tempo, conversaram sobre os seus interesses comuns. Por mais inimaginável que pareça, o abismo foi superado — a antipatia evaporou, estabeleceu-se a afinidade e marcou-se um encontro. Colchas. O jeito americano.

— Obrigada — disse Drenka para Christa quando chegou a hora de o velho casal levantar, vestir-se e ir para casa. — Obrigada — disse ela, com a voz ligeiramente trêmula. — Obrigada, obrigada, obrigada... — Drenka apanhou Christa de novo em seus braços e embalou-a como um bebê. — Obrigada, obrigada. — Christa beijou com doçura os dois peitos de Drenka. Sua boquinha mostrou um sorriso cálido, jovem, quando se aninhou junto a Drenka e, abrindo bem os olhos, disse com voz de menina:

— Um monte de mulheres decentes gostam disso.

Embora Sabbath tivesse organizado a noite e dado a Drenka o dinheiro que ela pedira para tomar parte, ele mesmo sentiu-se um tanto supérfluo a partir do momento em que Drenka bateu na porta e ele a deixou entrar no quarto do sótão, aonde havia chegado mais cedo, achando que, mesmo após um mês de cuidadosa diplomacia, pudesse ser necessário prosseguir as negociações até a linha de chegada. Nada havia de pequeno nessa empreitada, e Sabbath ainda não estava seguro a respeito do tipo de pessoa que Christa era — em Madamaska Falls, a moça não havia ainda se desvencilhado totalmente de suas desconfianças europeias, tampouco Sabbath havia observado nela, conforme esperava, um único sinal encorajador indicando o desenvolvimento de um ponto de vista mais abnegado.

— Drenka — disse ele, quando abriu a porta para deixá-la entrar —, esta é minha amiga Christa — e embora, anteriormente, Drenka só tivesse visto Christa através da vitrine da loja de comidas finas, havendo passado algumas poucas vezes por ali, atendendo a uma sugestão de Sabbath, caminhou direto para o local onde ela estava sentada, no sofá de segunda mão, vestindo uma calça jeans surrada e justa, um casaco de veludo ornamentado com lantejoulas, e uma sombra violeta que destacava os olhos. Caindo de joelhos sobre as tábuas do assoalho nu, Drenka agarrou entre as mãos a cabeça de Christa, tosquiada bem rente, e beijou-a com força na boca. A rapidez com que Drenka desabotoou o casaco de Christa e com que Christa tirou a blusa de seda de Drenka e desatou seu sutiã com sustentação reforçada deixou Sabbath atônito. Mas o atrevimento de Drenka sempre o deixava admirado. Ele imaginara que seria necessário um aquecimento prévio — conversar, fazer piadas, tudo sob a sua supervisão, uma conversa descontraída, talvez até uma olhada simpática nas tediosas colchas de Christa para colocar as duas mais à vontade — quando, na verdade, os quinhentos dólares na bolsa de Drenka lhe haviam infundido o atrevimento, nas próprias palavras dela, "de ir lá feito uma prostituta e fazer o serviço".

Mais tarde, Drenka não se cansava de dizer coisas maravilhosas sobre Christa. Enquanto Sabbath a levava de carro para o local onde havia estacionado seu automóvel, atrás da Town Street, ela se aconchegou com doçura a seu lado, beijando sua barba, lambendo seu pescoço — ela, a mulher de quarenta e oito anos, tão excitada quanto uma criança que volta do circo para casa.

— Com uma lésbica, há essa sensação de *amor* que recebi dela. Que grande experiência ela tem do jeito de tocar o corpo de uma mulher. E os seus beijos! O seu conhecimento do corpo feminino, como acariciar, como beijar, como tocar minha pele e deixar meus mamilos duros e chupar meus peitos, e aquele jeito amoroso, generoso, tão sexual, muito parecido com um homem, aquele tipo de vibração erótica que ela me transmitiu me deixou tão ardente. Saber com exatidão como tocar meu corpo de um modo quase *superior* ao jeito que os homens às vezes podem saber. Encontrar na minha boceta o botãozinho e ficar ali firme pelo tempo exato para me fazer gozar. E quando ela começou a me beijar — sabe, quando ela foi descendo e me chupando —, a perícia da pressão da sua língua bem ali no local exato... Ah, isso foi muito gostoso.

Na cama, a apenas alguns centímetros de distância, acompanhando cada movimento como um estudante de medicina em sua primeira aula prática de cirurgia, Sabbath também tivera ótimos momentos e, por um instante, chegou mesmo a ser útil, quando Christa, com a língua musculosa ancorada entre as coxas de Drenka, às apalpadelas pelo lençol, procurou às cegas por um vibrador. Antes, ela havia retirado três vibradores da mesinha de cabeceira — vibradores cor de mármore, com comprimentos entre dezenove e trinta e oito centímetros —, e Sabbath localizou um deles para Christa, o maior, e colocou-o na posição correta na sua mão estendida.

— Então, você não precisou mesmo de mim — disse Sabbath.

— Ah, isso não. Achei maravilhoso e excitante ter outra mulher, mas — respondeu Drenka, mentindo, como mais tarde ficaria claro — não gostaria de fazer isso sozinha com ela. Não ia me excitar. Preciso da presença do pênis masculino, da excitação masculina para me instigar. Mas achei muito erótico o corpo de uma mulher jovem, a sua beleza, as curvas arredondadas, os peitos pequenos, suas formas, e o seu cheiro, e a sua suavidade, e quando alcancei sua boceta achei maravilhosa. Eu nunca teria imaginado isso, olhando num espelho. A gente chega cheia de vergonha para olhar para si mesma e vê os órgãos sexuais e eles não parecem aceitáveis do ponto de vista estético. Mas, nessa situação, posso ver tudo e, embora se trate de uma mística da qual faço parte, é um mistério para mim, um mistério total.

O túmulo de Drenka ficava perto da base do morro, a uns doze metros de um muro de pedras anterior à revolução e de uma fileira de bordos enormes que cercam o cemitério junto à pista de asfalto que seguia serpenteando até o topo da elevação. Ao longo de todos aqueles meses, os faróis de talvez meia dúzia de veículos chacoalhantes — caminhonetes, pelo barulho que faziam — passaram trêmulos enquanto Sabbath chorava, ali, a sua perda. Bastava que ele se ajoelhasse para se tornar tão invisível, para quem olhasse da estrada, quanto aquelas pessoas sepultadas à sua volta e, com frequência, ele já estava de joelhos quando o veículo surgia. Não houvera ainda um único visitante noturno no cemitério além dele mesmo — um cemitério rural escondido, quinhentos e quarenta metros acima do nível do mar, não chama a atenção das pessoas, nem mesmo na primavera, como um lugar interessante para ir dar um passeio depois que escurece. Os ruídos que vinham das imediações do cemitério — os cervos abundam em Battle Mountain — haviam inquietado Sabbath seriamente durante seus primeiros meses de visita ao túmulo e, muitas vezes, ele tinha certeza de que, no limite da sua visão, havia algo se esgueirando entre as sepulturas, algo que ele supunha ser a sua mãe.

No princípio, Sabbath não sabia que ia se tornar um visitante regular. Mas não havia imaginado que, fitando o canteiro do túmulo, conseguiria enxergar Drenka lá embaixo, dentro do caixão, levantando seu vestido até aquela altura estimulante em que as meias se prendiam às alças de sua cinta-liga, e mais uma vez veria aquela carne que sempre o fazia recordar a camada de creme que se acumulava na boca da garrafa de leite quando era garoto e Borden entregava o leite em casa. Foi burrice não ter previsto aqueles pensamentos carnais. "Desça aqui comigo", ela disse a Sabbath. "Me coma, Country, do mesmo jeito que Christa", e Sabbath se atirou de encontro à terra do túmulo, soluçando como não pudera fazer no enterro.

Agora que Drenka se fora para sempre, parecia incrível para Sabbath que, nem mesmo quando ele era o amante enlouquecido e fascinado pelas bocetas, antes de Drenka se tornar apenas um passatempo atraente com o qual ele podia se divertir, foder, conspirar e maquinar seus planos, parecia incrível que nem mesmo naquela época ele tivesse pensado em trocar o torturante tédio da bêbada e deserotizada Roseanna pelo casamento com alguém cuja afinidade com ele se mostrava maior do que qualquer outra mulher que conhecera, exceto uma prostituta. Uma mulher convencional capaz de fazer qualquer coisa. Uma mulher respeitável que tinha suficiente ânimo de combate para desafiar a audácia de Sabbath com sua própria audácia. Não poderia haver em todo o país nem sequer cem mulheres como essa. Não poderia haver nem cinquenta, na América inteira. E Sabbath nem tinha pensado naquilo. Nem uma vez, em treze anos, ele se cansara de espiar debaixo da blusa de Drenka ou olhar embaixo de sua saia, e ainda assim nunca havia pensado naquilo!

Mas agora o pensamento vinha estraçalhar Sabbath — ninguém acreditaria que o escandaloso conspurcador da cidade, o asqueroso Sabbath, estivesse sujeito a essa onda avassaladora de sentimentos honestos. Ele se desmanchou em lágrimas com um ardor convulsivo que superou até mesmo o do marido de Drenka, na gélida manhã de novembro em que ocorreu o enterro. O jovem Matthew, vestindo seu uniforme de policial, não traiu nenhuma emoção salvo uma raiva obstinada, contida em sua mudez, a mais violenta de todas as pressões suportada com galhardia por um policial dotado de excepcional consciência. Era como se sua mãe tivesse morrido vítima não de uma doença terrível, mas de um ato de violência perpetrado por um psicopata, no encalço do qual Matthew partiria e a quem prenderia, assim que a cerimônia terminasse. Drenka sempre havia desejado que Matthew mostrasse, diante do pai, o mesmo admirável sangue-frio que exibia na estrada, onde, segundo ela contava, Matthew nunca se irritava nem perdia o controle, por mais que fosse provocado. Drenka ingenuamente repetia para Sabbath, nas palavras do próprio Matthew, tudo aquilo de que seu filho se vangloriava diante dela. A maneira como celebrava as proezas do filho talvez não fosse, para Sabbath, a coisa mais divertida naquela mulher, mas, sem a menor sombra de dúvida, era a mais inocente. Não teríamos imaginado — se fôssemos nós mesmos ingênuos sem malícia — que essa polaridade extremada fosse possível em alguma pessoa, mas Sabbath, um grande admirador da incoerência humana, ficava muitas vezes aturdido ao ver como a sua Drenka livre de tabus, sôfrega de aventuras, podia demonstrar uma incrível reverência em relação ao filho, que encarava o implacável cumprimento da lei como a coisa mais séria na vida, que não fazia amigos senão outros policiais — que, conforme explicava para Drenka, havia se tornado totalmente suspeito para as pessoas que *não fossem* policiais. Ainda pouco tempo depois de ter concluído a Academia de Polícia, Matthew costumava dizer para a mãe:

— Sabe de uma coisa? Tenho mais poder do que o presidente. Sabe por quê? Posso retirar os direitos das pessoas. O seu direito de liberdade. "Você está preso. Está em cana. Sua liberdade acabou."

E era a noção da responsabilidade perante todo esse poder que levava Matthew, com frequência, a lembrar seus colegas a respeito dos seus limites.

— Ele nunca fica nervoso — dizia sua mãe a Sabbath. — Se outro policial está sendo desbocado, chamando o suspeito disso e daquilo, Matthew diz: "Não vale a pena. Você vai acabar se encrencando. Estamos fazendo o que é correto". Semana passada eles pegaram um sujeito, estava dando chutes no carro da polícia e tudo, e Matthew disse: "Deixe ele espernear à vontade. Já está preso. O que vamos provar xingando e berrando com ele? Ele pode muito bem mencionar isso no tribunal. Vai ser mais uma razão para esse cara ser solto, apesar do que fez de errado". Matthew diz que eles podem xingar, podem fazer o que bem entenderem. Estão algemados, Matthew é que tem a situação sob controle, e não eles. Matthew diz: "Ele está querendo que eu perca o controle. Há policiais que perdem o controle mesmo. Começam a berrar com os presos, e por quê, mãe? Para quê?". Matthew fica tranquilo e leva os presos para a delegacia.

Para os padrões de Madamaska Falls, o comparecimento ao enterro foi enorme. Além dos amigos da cidade e de numerosos empregados atuais e antigos da pousada, muitas pessoas vieram de Nova York, Providence, Portsmouth e Boston, pessoas para quem Drenka fora a mais graciosa e eficiente das hospedeiras ao longo dos anos — e, entre elas, havia certo número de homens com os quais Drenka tinha trepado. No rosto de todos eles, a expressão transtornada da perda e da dor era claramente visível aos olhos de Sabbath, que resolvera observá-los por trás da multidão. Qual deles era Edward? Qual era Thomas? Qual era Patrick? Aquele cara altão devia ser Scott. E, não longe do local onde Sabbath se achava de pé, também o mais afastado possível do caixão, estava Barrett, o jovem eletricista vindo de Blackwall, uma cidadezinha mirrada, ao norte, que abrigava cinco tabernas barras-pesadas e um hospital público de doentes mentais. Sabbath havia parado o carro atrás da picape de Barrett, no estacionamento superlotado do cemitério — na traseira do veículo, estava escrito "Companhia de Reparos Elétricos Barrett. Consertamos seu curto-circuito".

Barrett, que usava rabo de cavalo e ostentava um bigode mexicano, estava de pé, atrás da esposa grávida. Segurava nos braços um embrulho, contendo seu filho ainda bebê, que chorava a plenos pulmões. Duas manhãs por semana, quando a sra. Barrett ia de carro para o vale, cumprir seu ofício de secretária em uma firma de seguros, Drenka ia de carro até Blackwall, do outro lado da represa, e tomava banho junto com o marido da sra. Barrett. Ele não parecia nada bem naquele dia, talvez porque seu terno estivesse muito apertado ou talvez porque, como não vestia casaco, estivesse morrendo de frio. Constantemente alternava o peso do corpo de uma perna comprida para a outra, como se ao final da cerimônia estivesse correndo o risco de ser linchado. Barrett fora a última presa de Drenka entre os trabalhadores encarregados de fazer reparos na pousada. A última presa. Um ano mais novo do que o filho dela. Barrett raramente falava, exceto quando o banho terminava, e então, com o seu entusiasmo de caipira, deliciava Drenka ao dizer: "Você é demais, você é demais da conta". Além da juventude e do corpo jovem, o que excitava Drenka era que Barrett era um "homem físico".

— Ele não é feio — Drenka explicava a Sabbath. — Tem essa coisa animal que eu gosto. Ele é como se eu tivesse um serviço de foder, pronto para me atender vinte e quatro horas por dia, quando eu desejasse. Seus músculos são fortes e sua barriga é totalmente chata, e além disso tem uma pica grande, e sua muito, tem um monte de suor saindo dele o tempo todo, tem a cara toda vermelha, e é igual a você, também diz "Eu ainda não quero gozar, Drenka, ainda não quero gozar". E depois diz: "Ah, meu Deus, vou gozar, vou gozar", e depois "Ahhh. Ahhh", e faz um bocado de barulho. E o alívio, parece que eles têm um colapso. E ele mora em um bairro de trabalhadores pobres e eu vou até lá... tudo isso aumenta a excitação. Um prediozinho de apartamentos com uns cavalos horríveis nas paredes. Mora num apartamento de dois quartos arrumado com muito mau gosto. Os outros moradores são funcionários do hospital para doentes mentais. O banheiro tem uma dessas banheiras antigas, com pés. E eu disse a ele: "Encha a banheira para eu poder tomar banho". Lembro-me de uma vez em que cheguei ao meio-dia e estava com muita fome e nós íamos comer uma pizza. Tirei a roupa bem depressa e saí correndo para a banheira. É, acho que ficávamos muito excitados na banheira, eu masturbava ele um pouco, sabe como é. Dá para foder na banheira, e nós fodemos, mas a água transborda. O que eu gosto é o *jeito* que a gente trepa, o que para ele é uma coisa bem peculiar. Ele fica mais ou menos sentado e, como sua pica é grande, a gente trepa assim meio sentado mesmo. Fazemos muito esforço e suamos um bocado, tem muita movimentação física, muito mais do que posso pensar com qualquer outra pessoa. Adoro tomar banho *e* ducha. Parte da excitação vem da espuma. O sabão. A gente começa no rosto e depois o peito e a barriga e depois desce para o pau, e aí ele cresce, ou então já está grande. E depois a gente começa a foder. Se a gente está de pé no chuveiro, trepa de pé mesmo. Às vezes ele me levanta pelas pernas e me carrega para o chuveiro. Se é na banheira, aí eu prefiro sentar em cima dele e trepar assim. Ou então eu me inclino e ele me fode. Adoro a banheira, adoro trepar ali com o meu eletricista burro. Adoro isso:

Seu erro foi dar a má notícia para Barrett.

— Você me prometeu — ele disse —, você prometeu que não

ia complicar as coisas, e agora vem com essa. Tenho que sustentar um bebê, tenho uma mulher grávida para cuidar. Tenho um monte de coisas novas no trabalho para me preocupar e a coisa de que menos preciso agora, de você, de mim ou de qualquer um, é um câncer.

Drenka telefonou para Sabbath e foi na mesma hora encontrar-se com ele, no Grotto.

— Você nunca deveria ter contado para Barrett — explicou Sabbath, sentado na formação de granito que aflorava do solo, embalando-a em seu colo.

— Mas — disse Drenka, chorando de dar pena — somos amantes, queria que ele soubesse. Eu não sabia que ele era um *merda.*

— Bem, se você encarasse a situação do ponto de vista da mulher grávida, isso bem que podia ter passado pela sua cabeça. Você sabia que ele era um burro. E você gostava que ele fosse burro. "O meu eletricista burro." Você se excitava por ele possuir essa coisa animal, morar em um prédio horrível, ser burro.

— Mas eu fui falar com ele sobre *câncer.* Mesmo a pessoa mais burra...

— Tsk, tsk. Não, ao que parece, uma pessoa tão burra quanto Barrett.

Sabbath estava terminando de expressar o seu luto — disseminando seus espermas sobre a Mãe Terra, no canteiro retangular de Drenka — quando os faróis de um automóvel saíram da pista de asfalto e tomaram a larga entrada de cascalho por onde os carros fúnebres em geral entravam no cemitério. Os faróis avançaram oscilando e, em seguida, se apagaram e o motor silencioso foi desligado. Após fechar o zíper das calças, Sabbath tratou de correr para o pé de bordo mais próximo. Ali, de joelhos, ocultou sua barba branca entre o pesado tronco da árvore e o velho muro de pedra. Pela silhueta do carro, pôde discernir — mais ou menos a mesma forma e tamanho de um carro fúnebre — que se tratava de uma limusine. E uma pessoa vinha subindo em passos firmes na direção do túmulo de Drenka, um homem alto, vestindo um sobretudo grande e calçando o que pareciam ser botas de cano alto. O homem se guiava pela luz de uma lanterna que acendia e apagava o tempo todo. Na penumbra enevoada do cemitério iluminado pelo luar, ele parecia avançar a passos de gigante naquelas botas. Devia estar esperando enfrentar muito frio ali em cima. Devia ser de... era o magnata dos cartões de crédito! Era Scott!

Um metro e noventa e cinco de altura. Scott Lewis. A Drenka de um metro e cinquenta e sete sorrira para ele, em um elevador, em Boston, e perguntou se sabia que horas eram. Bastou isso. Ela costumava sentar no pau dele no banco de trás da limusine, enquanto o motorista dava uma volta devagar pelos subúrbios, às vezes passando até pela casa de Scott. Scott Lewis era um daqueles homens que diziam a Drenka que não havia no mundo outra mulher como ela. Sabbath o ouviu dizer isso ligando do telefone na limusine.

— Ele se interessa muito pelo meu corpo — Drenka informou Sabbath de imediato. — Ele quer tirar fotografias, olhar para mim e ficar me beijando o tempo todo. É um grande lambedor de bocetas, e muito carinhoso.

Contudo, por mais carinhoso que fosse, na segunda noite em que Drenka se encontrou com ele em um hotel de Boston, uma garota de programa que Lewis havia chamado veio bater na porta apenas dez minutos depois da chegada de Drenka.

— O que eu não gostei — disse Drenka a Sabbath, por telefone, na manhã seguinte — é que não fui consultada para nada, foi uma coisa imposta a mim.

— E o que você fez?

— Tentei tirar o melhor proveito possível da situação, Mickey. Ela chega ao quarto de hotel vestida como uma piranha de alta classe. Abre sua bolsa e tem todas aquelas coisas lá dentro. Vocês querem um uniformezinho de arrumadeira? Querem no estilo indígena? E depois pega uns pênis artificiais e diz assim: "Vocês preferem este ou este?". E depois, muito bem, agora vocês começam. Mas como é que a gente pode ficar com tesão desse jeito? Foi difícil até para mim. Em todo caso, acho que a gente engrenou logo. A ideia era que o homem ocupasse o lugar de um *voyeur*. Interessado em ver como duas mulheres fazem. Na maioria das vezes, ele pedia a ela que viesse para cima de mim. Tudo me pareceu técnico e frio demais, mas resolvi levar numa boa, e pensei: "Vou ficar pronta para o que der e vier". Assim, no final, até que a coisa funcionou e consegui ficar excitada. Mas acabei fodendo mais com Lewis. Nós dois trepamos enquanto ela ficava em algum local próximo da cena toda. Depois que ele gozou, comecei a beijar a boceta dela, mas estava muito seca, mesmo assim depois de um tempo ela começou a se mexer um pouquinho e então aquilo se tornou uma espécie de missão para mim. Eu seria capaz de excitar uma prostituta? Acho que consegui, até certo ponto, mas foi difícil saber se ela não estava só fingindo. Sabe o que ela me disse? Para *mim*? Quando eu estava me vestindo, ela me disse: "É muito difícil fazer você gozar!". E ela estava *aborrecida*. "Os maridos vivem me pedindo para eu fazer isso", ela pensou que fôssemos marido e mulher, "mas você exige um esforço fora do comum." Os maridos e esposas são clientes muito comuns, Mickey. A piranha disse que vive fazendo isso.

— Você acha difícil acreditar? — Sabbath perguntou.

— Quer dizer — retrucou Drenka, rindo com alegria — que todo mundo é louco feito nós?

— Mais louco ainda — Sabbath lhe garantiu. — Muito mais louco do que nós.

Drenka chamava a ereção de Lewis de "arco-íris" porque, como ela gostava de explicar, "o pau dele é muito comprido e um pouco curvo. Ele tem uma pequena inclinação para um lado". Sob a orientação de Sabbath, ela desenhou seu formato num papel — ele ainda tinha consigo o desenho, em algum lugar, provavelmente no meio daqueles desenhos safados que Drenka fazia, os quais desde sua morte não tinha coragem de olhar. Lewis foi o único de seus homens, além de Sabbath, a quem deixara fodê-la no cu. Lewis era especial. Quando Lewis quis fazer isso com a piranha também, a piranha disse não, desculpou-se, era ali que ficava o seu limite.

Ah, sim, os momentos felizes que Drenka desfrutou com a pica torta daquele cara! Delirante! E apesar disso, no tempo em que a coisa estava acontecendo, Sabbath com frequência tinha de reduzir o ritmo de Drenka, enquanto ela lhe contava suas histórias, tinha de recordá-la de que nada era tão trivial que pudesse ser omitido, nenhum detalhe era pequeno demais para não merecer a sua atenção. Sabbath costumava pedir a Drenka esse tipo de conversa, e ela obedecia. Isso excitava os dois. A parceira genital de Sabbath. A sua maior discípula.

Todavia, ele levou anos para transformar Drenka em uma narradora correta de suas aventuras, visto que a tendência natural dela, pelo menos em inglês, era amontoar frases truncadas uma sobre a outra, até chegar a um ponto em que ele não conseguia mais saber do que Drenka estava falando. Porém, aos poucos, à medida que ouvia e falava com Sabbath, desenvolveu-se uma correlação sempre crescente entre tudo o que Drenka estava pensando e aquilo que dizia. Sem dúvida, no plano sintático, ela se tornou mais civilizada do que nove décimos dos habitantes daquelas montanhas, muito embora o seu sotaque permanecesse, até o final, extremamente provocante: *chave* em lugar de *have*, *cheart* em lugar de *heart*; no final das palavras *stranger* e *danger*, um forte *r* vibrante; e os seus *l* soavam quase como em russo, emergindo lá do fundo da boca. O efeito era o de uma sombra deliciosa se estendendo sobre as suas palavras, dando um toque de mistério às expressões menos misteriosas do mundo — sedução fonética que atraía Sabbath ainda mais.

Drenka tinha dificuldade em memorizar expressões idiomáticas inglesas, mas, até morrer, sempre demonstrou forte aptidão para converter o clichê, o provérbio ou o lugar-comum em um achado original, tão próprio dela mesma que Sabbath nem sequer sonhava em interferir — de fato, em certos casos (como *"it takes two to tangte")*,* ele acabava adotando suas criações. Ao recordar a confiança com que ela acreditava ter um domínio fluente das expressões idiomáticas do inglês, ao relembrar comovido o maior número possível das confusões que Drenka fizera entre palavras parecidas, ao longo de todos aqueles anos, Sabbath se via desarmado de todas as defesas e, mais uma vez, descia ao fundo do poço da sua dor: santo descalço não faz milagre... gato capado tem medo de água fria... de vagão se vai ao longe... calça de ferreiro, cueca de pau... olho por olho, lente por lente... jogou merda no espanador... ele prometeu os pés pelas mãos... não deixe para a mamãe o que

* Trocadilho com a expressão "It takes two to tango" (literalmente, é preciso dois para dançar tango), usada para indicar que são necessárias duas pessoas para fazer certas coisas. A palavra *tangle*, que surge em lugar de *tango*, significa emaranhar, entrelaçar. (N. T.)

você pode fazer hoje... era um cara de tábua... cavalo dado não escova o dente... presente de amigo inculto... saiu do fogo e caiu na torradeira... bateu um calcanhar de vento... cão que late não morre... pôs uma pá de sal no assunto... de grão em grão a galinha enche o saco... Deus dá a Judas se ele cedo madruga... procurar agulha no paliteiro... pôs os pés à obra... não deu o dedo a torcer... macaco velho não põe limão na cumbuca... não mete o nariz onde não é cheirado... mais vale um pássaro na mão do que um boi voando... o filho saiu pela culatra... Quando ela queria que o cachorro de Matija parasse e ficasse esperando ao lado dela, em vez de dizer "*Heel!*", gritava "*Foot!*."* E, certa vez, quando Drenka foi até a estrada Brick Furnace passar a tarde no quarto de Sabbath — Roseanna fora visitar a irmã, em Cambridge —, embora estivesse apenas chovendo de leve quando chegou, depois de comerem os sanduíches que Sabbath havia preparado, e de terem fumado maconha e ido para a cama, o dia fechara e ficara igual a uma noite sem lua. Passou-se uma hora de sinistra escuridão e silêncio e a seguir a tempestade irrompeu no alto da montanha — pelo rádio, mais tarde, Sabbath soube que um tornado havia destruído um acampamento de trailers a apenas vinte e quatro quilômetros a oeste de Madamaska Falls. Quando a turbulência acima deles se mostrava mais dramática e ruidosa, metralhando como um fogo de artilharia que tivesse escolhido a casa de Sabbath como alvo, Drenka, agarrando-se a ele por baixo da coberta, disse-lhe com voz trêmula:

— Espero que tenha um para-trovão nesta casa.

— Eu sou o para-trovão desta casa — Sabbath tranquilizou-a.

Quando Sabbath viu Lewis se curvando sobre o túmulo para depor um buquê no canteiro, pensou: "Mas ela é minha! Ela pertence a mim!".

O que Lewis fez a seguir foi uma abominação tão grande que Sabbath, feito um louco, procurou em volta, no escuro, uma pedra ou um toco de pau, para partir para cima daquele filho da mãe e

* Em inglês, *heel* designa as patas traseiras de um animal, e *foot*, o pé humano. (N. T.)

quebrar a cabeça dele. Lewis abriu o zíper da calça e, de dentro da cueca, pôs para fora seu pênis ereto, cujo desenho Sabbath guardara em seus arquivos, lembrou-se então, na seção "Diversos". Lewis ficou um longo tempo mexendo para trás e para a frente, mexendo e gemendo, até que por fim virou o rosto para trás, voltando os olhos para o céu estrelado, e ecoou pelos montes a nota veemente de um baixo profundo.

— Me chupe, Drenka, me chupe até eu ficar seco!

Embora não fosse fosforescente, o que permitiria a Sabbath acompanhar visualmente a sua trajetória, embora não fosse suficientemente pastoso ou espesso para que pudesse ouvir o barulho daquilo espirrando de encontro ao chão, mesmo naquele silêncio no alto da montanha, apenas pela imobilidade da silhueta de Lewis e com base no fato de que sua respiração era audível a nove metros de distância, Sabbath deduziu que o amante alto havia acabado de misturar o seu orgasmo ao orgasmo anterior, do amante menor. A seguir, Lewis caiu de joelhos e, diante do túmulo de Drenka, com uma voz baixa e chorosa, repetiu, afetuosamente:

— Peitos... peitos... peitos... peitos...

Era o máximo que Sabbath podia suportar. Com o pé, ele havia arrancado uma pedra da terra, entre as raízes grandes e protuberantes do boldo, uma pedra do tamanho de uma barra de sabão, e arremessou-a na direção do túmulo de Drenka. Ela foi bater de encontro a uma lápide vizinha, fazendo com que Lewis, de um salto, se pusesse de pé e olhasse em volta, furioso. Em seguida, ele desceu correndo o morro até a limusine, cujo motor foi imediatamente ligado. O carro saiu de ré do estacionamento, chegou ao asfalto e só então os faróis se acenderam, e a limusine se foi, zunindo pela estrada.

Quando Sabbath correu até o túmulo de Drenka, viu que o buquê de Lewis era enorme, continha talvez quatro dúzias de flores. As únicas que pôde identificar, com a ajuda da lanterna, foram as rosas e os cravos. Não sabia o nome de nenhuma das outras flores, apesar de todos aqueles verões em que Drenka se dedicara a instruí-lo. Pondo-se de joelhos, Sabbath recolheu o buquê, segurando-o pelo volumoso feixe de talos, e apertou-o junto ao peito enquanto seguia pelo caminho rumo à estrada e ao seu carro. A princípio, imaginou que o buquê estivesse úmido por ter acabado de sair da loja, onde são conservados frescos em vasos cheios de água, mas logo a textura o fez compreender, naturalmente, o que vinha a ser aquela substância molhada. As flores estavam encharcadas. Suas mãos estavam cobertas por aquilo. Bem como o peito do velho casaco de caçador, com bolsos enormes, nos quais costumava levar fantoches para a faculdade, antes do escândalo envolvendo Kathy Goolsbee.

Drenka, certa vez, contou a Sabbath que após o casamento, no primeiro ano como emigrados, quando Matija ficou deprimido e perdeu todo o interesse em trepar com ela, sentiu-se tão desalentada que procurou um médico em Toronto, onde moraram por um breve período após deixar a Iugoslávia, e perguntou-lhe quantas vezes um marido costumava fazer aquilo com a esposa. O médico indagou o que ela considerava uma expectativa razoável. Sem sequer parar para pensar, a jovem esposa respondeu: "Ah, umas quatro vezes por dia". O médico perguntou como um casal de trabalhadores ia achar tempo para isso, a não ser talvez no final de semana. Drenka explicou, enquanto fazia as contas nos dedos:

— É só fazer primeiro por volta das três da madrugada, quando a gente nem mesmo percebe o que está acontecendo. Depois às sete horas, quando acorda. Quando chega do trabalho, antes de dormir. Dá até para fazer isso duas vezes antes de dormir.

O motivo pelo qual essa história voltou à mente de Sabbath, enquanto descia com cuidado o morro do cemitério escuro — com as flores enxovalhadas ainda presas em suas mãos —, foi aquela triunfal sexta-feira, apenas setenta e duas horas depois do discurso de Matija na reunião do Rotary, quando Drenka concluíra o dia — não a semana, mas o dia — inundada pelo esperma de quatro homens.

— Ninguém pode acusar você, Drenka, de ser tímida perante as suas fantasias — disse Sabbath. — Quatro. Eu teria muita honra de ser incluído entre eles, se houver uma próxima vez.

Ao ouvir aquela história, Sabbath sentiu aumentar não só seu desejo, mas também sua veneração — havia algo de grandioso naquilo: algo heroico. Aquela mulher baixinha, um pouco rechonchuda, de uma beleza obscura, com um nariz curiosamente deformado, aquela refugiada que não conhecia quase nada do mundo além da sua Split natal (99462 habitantes), onde estudara, e da pitoresca cidadezinha de Madamaska Falls (1109 habitantes), na Nova Inglaterra, parecia aos olhos de Sabbath *uma mulher de enorme importância.*

— Foi quando estive em Boston — ela lhe contou — para ver meu dermatologista. Foi muito excitante. A gente senta no consultório do médico e sabe que é amante dele, que ele está com tesão, e ele mostra para mim que está com o pau duro ali mesmo no consultório, e ele põe o pau para fora e trepa comigo ali mesmo. Durante a consulta. Anos atrás, eu costumava ir trepar com ele no consultório, no sábado. E ele era bom para trepar. E dali eu fui para o magnata dos cartões de crédito, o tal de Lewis. E era excitante saber que tinha outro homem me esperando, que eu podia deixar outro cara com tesão. Talvez eu me sentisse revigorada com isso, ser capaz de seduzir mais do que um homem. Lewis trepou comigo e gozou dentro de mim. Isso me fez sentir bem. Só eu sei como é. Era uma mulher que andava por aí com o esperma de dois caras. O terceiro foi o reitor, aquele sujeito da faculdade que ficou na pousada com a esposa. A mulher tinha ido para a Europa, eu ia jantar com ele. Não o conhecia, aquela era a primeira vez. Quer que eu fale logo o que aconteceu? Percebi que tinha ficado menstruada. Eu o conheci quando organizamos um coquetel para os hóspedes. Ele ficou de pé ao meu lado e esfregou os braços nos meus mamilos. Disse que estava de pau duro e eu quase podia ver isso. O reitor de uma faculdade: era desse jeito que estávamos conversando durante o coquetel. Esse tipo de situação é que me deixa com tesão, quando a gente faz as coisas em público, em público mas em segredo. Assim, ele tinha preparado aquele jantar requintado. Estávamos os dois muito ardentes, mas, ao mesmo tempo, muito tímidos ou nervosos com aquilo. Comemos na sala de jantar e eu estava respondendo a suas perguntas a respeito da minha infância sob o comunismo e no final fomos para o andar de cima, ele era um cara bastante forte, me abraçou e quase esmagou minhas costelas. Era incrivelmente educado. Talvez estivesse tímido e assustado. Ele disse: "Bem, não precisamos fazer coisa alguma, se você não quiser". Fiquei um pouco hesitante porque, a essa altura, eu estava menstruada, mas queria trepar com ele, então fui ao banheiro e tirei meu tampão vaginal. Começamos a tirar a roupa e tudo era muito ardente, muito excitante. Um cara alto, muito forte, e dizia um monte de coisas maravilhosas. Eu estava excitada demais e queria saber de que tamanho era o pau dele. Quando afinal ficamos sem roupa, me decepcionei porque ele parecia ter um pau muito miudinho. Não sei se ele teve medo de mim e por isso o pau não conseguia levantar de verdade. Eu disse: "Bem, estou menstruada". Ele respondeu: "Isso não importa". Eu disse: "Deixe-me pegar uma toalha". Então colocamos uma toalha sobre a cama e fomos à luta. Ele estava fazendo de tudo comigo. Na verdade, ele não conseguiu ter uma ereção muito firme. Dei duro com ele para que conseguisse ficar de pau bem duro, mas acho que estava apavorado. Estava com medo de mim, por eu ser tão livre. Foi o que eu senti, que ele estava um pouco transtornado. Mesmo assim, gozou três vezes.

— Sem ficar de pau duro. E *ainda por cima* transtornado. Uma proeza e tanto — comentou Sabbath.

— Foi uma ereção pequena — ela explicou.

— E como ele gozou? Você chupou o pau dele?

— Não, não, na verdade ele gozou dentro de mim. E ele me chupou toda, apesar de eu estar sujando tudo em volta de sangue. Portanto, foi uma grande sujeira, um bocado de sexo e muito sangue saindo. O fato de haver sangue acrescentou mais um drama na história. Um monte de líquido e gordura... não é gordura, como vou descrever? É um líquido grosso, fluidos do corpo que se misturaram. E depois que tudo terminou e nós levantamos, a gente levanta e o que vai fazer, não conhece aquele cara, e fica um pouco sem graça, e ficamos os dois confusos com aquela toalha.

— Descreva a toalha.

— Era uma toalha branca. E não estava completamente vermelha. Do tamanho de uma toalha de banho. Tinha manchas enormes. Se eu torcesse, ia escorrer sangue dela. Era como um suco, um líquido viscoso. Não que a toalha estivesse totalmente vermelha, de jeito nenhum. Tinha manchas grandes, bem grandes nela, e estava muito pesada. Era um... não é álibi que se diz. Como é que se diz? O contrário disso?

— Um indício?

— Pois é, um indício do crime. Então estávamos discutindo sobre aquilo e ele perguntou: "Bem, o que podemos fazer com isso?". E ficou ali de pé, aquele homem alto, aquele homem forte, segurando aquela toalha feito uma criança. Um pouco sem graça, mas sem querer demonstrar isso para mim. E eu não queria parecer uma criminosa, não queria fingir. "Ah, isso é um problema." Para mim, foi uma coisa natural o que tinha feito, por isso não queria esquentar a cabeça. Ele disse: "Não posso deixar a empregada lavar a toalha e não posso jogá-la no cesto de roupa suja. Acho que tenho que jogar fora. Mas onde é que vou jogar fora essa toalha?". E aí eu disse: "Eu fico com ela". E o alívio no seu rosto foi enorme. Pus a toalha em um saco plástico e trouxe comigo, aquela trouxa molhada, em um saco de loja. Assim ele ficou muito contente e me levou para casa, de carro, e eu pus a toalha na máquina de lavar. E ficou limpinha. Depois, é claro, ele me ligou no dia seguinte e disse: "Querida Drenka, sem dúvida isso foi algo extremamente dramático". E eu respondi: "Bem, a toalha está aqui comigo, e está limpa, agora. Quer de volta?". E ele disse: "Não, obrigado". Ele não queria a toalha de volta e acho que sua esposa nunca deu falta.

— E então quem foi o quarto homem com quem você trepou naquele dia?

— Bem, vim para casa, fui para o porão, pus a toalha na máquina de lavar, subi para o andar de cima e aí Matija quis que eu cumprisse minhas obrigações conjugais à meia-noite. Ele me viu indo nua para o chuveiro e ficou excitado. É uma coisa que preciso fazer, por isso faço. Graças a Deus, não é com frequência.

— E como você se sentiu depois de quatro homens?

— Bem, Matija pegou no sono. Acho que me senti um bocado caótica, se quer saber a verdade. Acho que é muito fatigante fazer isso. Já tinha feito com três, antes, várias vezes, mas nunca quatro. Do ponto de vista sexual, foi muito... muito desafiador e, de um jeito ou de outro, excitante, apesar de o último ter sido Maté. E talvez também um pouquinho leviano, de certo modo. Uma parte de mim gostou imensamente. Mas em termos do que eu sentia de fato... Não consegui dormir, Mickey. Fiquei desnorteada, inquieta, e com a sensação de não saber a quem pertenço. Ficava pensando em você o tempo todo e isso ajudava, mas foi um preço muito alto que paguei, toda aquela confusão. Se eu pudesse afastar de mim a confusão — como é que você diz, é extrapolar? — e tornar aquilo tudo um troço puramente sexual, acho que seria uma coisa excitante para se fazer.

— E qual foi o caso mais excitante de todos os tempos, *donna* Giovanna?

— Ah, meu Deus — exclamou ela, rindo bem alto. — Não sei direito. Deixe-me pensar.

— Sim, pense. *Il catalogo.*

— Ah, no passado, talvez há trinta anos, talvez mais, eu viajava num trem, por exemplo, através da Europa, e trepei com o bilheteiro. Você sabe, era a época antes da AIDS. É, sim, o bilheteiro italiano.

— Que lugar você arrumou para trepar com o bilheteiro de um trem?

Ela deu de ombros:

— É só achar um compartimento que esteja vazio.

— É verdade?

E, rindo de novo, ela respondeu:

— É, sim. É verdade.

— Você e Matija eram casados?

— Não, não, isso aconteceu quando trabalhei um ano em Zagreb. Acho que ele entrou no vagão de trem, um italiano pequeno, bonito, que falava italiano e, você sabe, eles são sensuais, e talvez meus amigos estivessem dando uma festa ou algo assim, não consigo lembrar quem começou o quê. Não, fui eu mesmo. Vendi uns cigarros para ele. Era caro viajar na Itália e então a gente levava alguma coisa para vender. A gente compra barato na Iugoslávia. Os cigarros custavam barato. E os italianos vinham comprar aqueles cigarros. Tinham nomes de rios, os cigarros iugoslavos. Drina. Morávia. Ibar. É, sim, todos eles tinham nomes de rios. A gente vendia pelo dobro do preço, talvez o triplo, e então eu vendi cigarros para ele. Foi assim que começou. Quando eu trabalhava em Zagreb, naquele ano, após a escola secundária, adorava trepar. Fazia eu me sentir muito bem, muito bem mesmo, ficar com a minha boceta cheia de esperma, de esporro, era maravilhoso, dava uma sensação forte. Não importava qual fosse o namorado, eu ia para o trabalho no dia seguinte sabendo que tinha trepado e estava toda molhada e a calcinha estava molhada e eu andava molhada para lá e para cá, eu adorava isso. E lembro que conheci aquele cara mais velho. Era um ginecologista aposentado e não sei como acabamos conversando sobre isso e ele disse que achava muito saudável manter o esporro na boceta depois de trepar, e concordei com ele. Isso deixou o sujeito com tesão. Mas não adiantou. Era velho demais. Foi interessante trepar com um homem muito idoso, mas ele já tinha setenta anos e era uma causa perdida.

Quando Sabbath chegou ao seu carro, andou para além dele uns seis metros, seguindo adiante pela trilha no mato, e atirou o buquê para longe, no meio da massa escura das árvores. Então fez uma coisa esquisita, esquisita mesmo para um homem esquisito como ele, que se supunha habituado às contradições ilimitadas que nos enredam ao longo da vida. Por causa de suas esquisitices, a maioria das pessoas não podia suportá-lo. Imaginemos, portanto, se alguém por acaso topasse com ele ali no meio do mato, a quatrocentos metros do cemitério, lambendo dos dedos o esperma de Lewis e, sob a lua cheia, repetindo com voz cantada:

— Eu sou Drenka! Eu sou Drenka!

Algo horrível estava acontecendo com Sabbath.

Mas estão sempre acontecendo coisas horríveis com as pessoas. Na manhã seguinte, Sabbath soube do suicídio de Lincoln Gelman. Linc fora o produtor do Teatro Indecente de Sabbath (e dos Atores de Porão de Bowery) durante aqueles poucos anos da década de 50 e início da de 60 em que Sabbath atraía seu pequeno público no Low East Side. Depois do desaparecimento de Nikki, ele havia morado uma semana com os Gelman, em sua grande casa de Bronxville.

Norman Cowan, o sócio de Linc, telefonou para dar a notícia. Norman era o membro subalterno da dupla, antes o imaginativo ponta de lança titular e depois o criterioso guardião contra os excessos de Lincoln. Representava o equilíbrio de Lincoln. Em qualquer assunto, mesmo quando se tratava da localização do banheiro masculino no saguão, ele esclarecia a questão em um vigésimo do tempo que Linc gostava de consumir para explicar qualquer coisa para as pessoas. Filho instruído de um corrupto distribuidor de toca-discos mecânicos de Jersey City, Norman se tornara um homem de negócios preciso e astuto, irradiando a aura de uma força serena, que homens magros, altos, precocemente calvos com frequência parecem possuir, sobretudo quando se apresentam meticulosamente vestidos, como fazia Norman, em ternos cinzentos de risca de giz.

— Sua morte — confidenciou Norman — foi um alívio para muita gente. A maioria das pessoas que estamos escolhendo para falar no enterro não o via havia cinco anos.

Sabbath não o via havia trinta anos.

— E essas pessoas eram ligadas a ele em negócios em andamento, amigos de Manhattan. Mas não podiam vê-lo. Era impossível ficar na companhia de Linc: deprimido, obsessivo, sobressaltado, apavorado.

— Havia quanto tempo estava assim?

— Sete anos atrás, caiu em depressão. Nunca mais teve um dia livre de sofrimento. Uma *hora* livre de sofrimento. Nós o mantivemos no escritório por cinco anos. Ele ficava rodando com um contrato na mão, dizendo: "Temos certeza de que isto está direito? Podemos ter certeza de que não é ilegal?". Os últimos dois anos, ele passou em casa. Um ano e meio atrás, Enid já não conseguia mais aguentar e arranjaram um apartamento só para Linc, logo na primeira esquina, Enid o mobiliou e ele foi morar lá. Uma empregada ia todo dia dar comida a ele e fazer a limpeza. Eu tentava aparecer por lá uma vez por semana, mas tinha que me obrigar a isso. Era terrível. Ele sentava, ouvia o que eu tinha a dizer, dava um suspiro, balançava a cabeça e dizia: "Você não sabe, você não sabe...". É tudo o que o ouvi dizer, durante anos.

— Você não sabe o quê?

— O horror. A angústia. Incessantes. Nenhum remédio resolvia. O quarto dele parecia uma farmácia, mas nenhum remédio resolvia. Todos o deixavam passando mal. O Prozac lhe dava alucinações. O Wellbutrin lhe dava alucinações. Depois, começaram a lhe dar anfetamina: Dexedrina. Por dois dias, deu a impressão de que algo estava acontecendo. Aí ele começou a vomitar. Linc só conseguia ficar com os efeitos colaterais dos remédios. Internação também não funcionava. Ficou internado por três meses e, quando o mandaram para casa, disseram que já não era um suicida.

Seu ímpeto, sua alegria de viver, seu entusiasmo, sua pressa, sua eficiência, seu zelo, seu humor loquaz — Sabbath recordava —, um homem plenamente afinado com seu tempo e lugar, um nova-iorquino sob medida, extremamente adaptado a essa realidade frenética, movediça, com a sofreguidão de viver, de ter sucesso, se divertir. Seus sentimentos provocavam lágrimas em seus olhos com demasiada facilidade para o gosto de Sabbath, falava numa torrente de palavras que revelavam como era forte a compulsão que alimentava o seu hiperdinamismo, mas a vida dele *era* uma conquista consistente, repleta de sentido e propósito, e da delícia de ser também uma fonte de estímulo para os outros. *E então a vida deu uma guinada e nunca mais voltou aos trilhos. Tudo evaporou. O irracional transtornou tudo.*

— Alguma coisa em particular foi o estopim de tudo? — indagou Sabbath.

— As pessoas vão se esfacelando. E ficar velho não ajuda em nada. Conheço vários homens da nossa idade, aqui mesmo em Manhattan, clientes, amigos, que passaram por crises como essa. Algum choque simplesmente os desmonta, quando chegam aí pelos sessenta anos... Os pratos tremem na mesa, a Terra começa a sacudir e todos os quadros caem da parede. A minha vez chegou no verão passado.

— Você? Difícil acreditar.

— Ainda estou tomando Prozac. Passei por todo o processo, para minha sorte numa versão abreviada. Se me perguntar por que, não vou saber explicar. Simplesmente, a certa altura parei de dormir e então, algumas semanas depois, a depressão desceu sobre mim: o medo, o sobressalto, os pensamentos suicidas. Eu ia comprar uma arma e explodir o tampo do meu crânio. Demorou seis semanas até que o Prozac fizesse efeito. Ainda por cima, parece que é um remédio pouco amistoso com o pênis, pelo menos no meu caso. Estou assim há oito meses. Nem lembro mais o que a gente sente numa ereção. Mas, com esta idade, a vida é sempre um toma lá dá cá. Escapei vivo. Linc não. Foi ficando cada vez pior.

— Poderia ter sido algo além da simples depressão?

— A depressão já é suficiente.

Mas Sabbath sabia disso muito bem. Sua mãe nunca reagira para reengrenar a própria vida mas, afinal, durante cinquenta anos depois de perder Morty, ela não tinha mais vida alguma para reengrenar. Em 1946, com dezessete anos, quando, em vez de esperar mais um ano para ser recrutado, Sabbath tornou-se marinheiro apenas algumas semanas depois de se formar na escola secundária, foi motivado tanto pela sua necessidade de fugir da tristeza tirânica de sua mãe — e da patética prostração do seu pai — quanto por um desejo insatisfeito que viera concentrando forças dentro dele, desde que a masturbação simplesmente tomara conta da sua vida, um sonho que transbordava em cenários de perversidade e excessos mas que Sabbath agora, em um uniforme de marinheiro, havia de encontrar cara a cara, boca a boca, coxa a coxa: o vasto mundo da prostituição, as dezenas de milhares de prostitutas que trabalhavam nos portos e nos bares junto aos portos, onde quer que navios ancorassem, carnes de todas as pigmentações para satisfazer todo e qualquer prazer, prostitutas que, no seu rudimentar português, francês e espanhol, falavam o vernáculo comum da sarjeta.

— Quiseram aplicar um tratamento de choque elétrico em Linc mas ele estava apavorado demais e recusou. Podia ter ajudado mas, quando o tratamento era mencionado, Linc se encolhia num canto e começava a chorar. Sempre que via Enid, perdia o controle. Chamava-a de "mãezinha, mãezinha, mãezinha". Claro, Linc era um dos grandes chorões judeus: tocavam o hino nacional no Shea e ele chorava, via o Lincoln Memorial e chorava, levávamos nossos meninos para Cooperstown, no museu onde está a luva de beisebol de Babe Ruth, e Linc abria o berreiro. Mas aquilo era diferente. Agora não era chorar, mas desfazer-se em lágrimas. Desatar o choro sob a pressão de uma dor indescritível. E, nesse choro convulsivo, nada havia daquele homem que eu conheci ou você conheceu. Na ocasião em que morreu, o Linc que tínhamos conhecido já estava morto havia sete anos.

— E o enterro?

— Amanhã, na Riverside Chapel. Duas da tarde. Esquina da Amsterdã com 76. Você vai encontrar uns rostos antigos.

— Não verei o de Linc.

— Na verdade, pode até ver, se quiser. Alguém precisa identificar o corpo antes da cremação. É a lei em Nova York. Vou fazer isso. Fique do meu lado quando abrirem o caixão. Vai ver o que aconteceu com o nosso amigo. Parecia ter cem anos de idade. O cabelo totalmente branco e o rosto era uma coisa aterrorizada, murcha. Uma dessas cabeças cortadas que os selvagens encolhem.

— Não sei — retrucou Sabbath — se vou poder ir amanhã.

— Se não puder, não tem importância. Achei que você deveria ser informado, antes de ler a notícia nos jornais. Para a imprensa, a causa da morte foi ataque do coração, é o que a família prefere. Enid não admitiria uma autópsia. Linc estava morto havia treze ou catorze horas quando foi encontrado. Morto na cama, é o que dizem. Mas a empregada conta uma versão diferente. Eu acho que, a essa altura, Enid já passou a acreditar na sua própria versão. Por todo o tempo, ela esperava sinceramente que o marido melhorasse. Tinha certeza de que Linc ia ficar bom, até o final, muito embora ele já tivesse cortado os pulsos dez meses atrás.

— Olhe, obrigado por se lembrar de mim... obrigado por telefonar.

— O pessoal todo se lembra de você, Mickey. Muita gente se recorda de você com grande admiração. Uma das pessoas que faziam Linc chorar era você. Quero dizer, antes, quando ainda estava bem. Ele nunca achou que tivesse sido boa ideia despachar um talento como o seu para o interior. Linc adorava o seu teatro, achava que você era um mágico. "Por que foi fazer isso, Mickey?" Ele achava que você nunca deveria ter ido viver fora daqui. Falava disso muitas vezes.

— Bem, tudo isso já passou, há muito tempo.

— Você deve ficar sabendo que Linc nunca, nem sequer por um momento, considerou-o responsável, o mínimo que fosse, pelo desaparecimento de Nikki. Eu também não considerei... e não considero. Tem uns sacanas que envenenam os poços...

— Bem, os sacanas envenenadores tinham razão, e vocês, meus amigos, estavam errados.

— Esse é o padrão Sabbath de perversidade. Você não pode acreditar numa coisa dessas. Nikki estava condenada. Tremendamente talentosa, extremamente bonita, mas tão frágil, tão carente, tão neurótica e ferrada. *Nada* no mundo podia dar um jeito para que aquela garota se aguentasse, nada nem ninguém.

— Desculpe, amanhã eu não posso ir — disse Sabbath, e desligou.

O uniforme de Roseanna, nessa época, era um casaco Levi's e calça jeans desbotada, tão estreita quanto suas pernas, que pareciam gruas, e pouco tempo antes o cabeleireiro Hal, de Athena, havia cortado seu cabelo tão curto que, no desjejum daquela manhã, Sabbath se pôs a imaginar, de forma intermitente, se sua esposa assim forrada de brim não se pareceria com um dos amigos de Hal, da faculdade, jovens bonitos e homossexuais. Mas mesmo com o cabelo batendo nos ombros ela irradiava a aura da mulher machona; já na adolescência fora assim — o peito achatado, alta, as passadas duras, e um jeito de empinar o queixo quando falava que produzia certo efeito em Sabbath, bem antes do desaparecimento da frágil Ofélia. Roseanna parecia pertencer a outro grupo bem distinto de heroínas shakespearianas — o círculo insolente, robusto, realista das moças como Miranda e Rosalinda. E não usava mais maquiagem do que Rosalinda, quando esta personagem circulava vestida de homem, pela floresta de Arden. Seu cabelo conservava ainda o atraente tom original castanho-dourado e, mesmo cortado rente, possuía um brilho suave, sedoso, que convidava a mão a tocá-lo. O rosto era oval, uma grande forma ovalada, e havia algo de peça entalhada no desenho do seu narizinho arrebitado e na sua boca larga, cheia, sedutora e nada masculina, uma expressão forjada a golpes de martelo e cinzel, que, quando ela era mais jovem, criava a ilusão típica de conto de fadas de um fantoche dotado de vida. Agora que ela já não bebia mais, Sabbath distinguia, no rosto modelado de Roseanna, vestígios da criança linda que ela devia ter sido antes de sua mãe sair de casa e de o pai a ter destroçado. Roseanna não era apenas muito mais magra do que o marido como também uma cabeça mais alta do que Sabbath e, com as corridas diárias e a terapia de reposição hormonal, parecia — naquelas raras ocasiões em que os dois estavam juntos — menos a esposa de cinquenta e seis anos do que uma filha com anorexia.

O que Roseanna mais detestava em Sabbath? O que Sabbath mais detestava em Roseanna? Bem, as provocações mudaram, com o correr dos anos. Por um longo tempo, ela o odiou por recusar-se a sequer examinar a possibilidade de ter um filho, e Sabbath a odiava por ficar se lamuriando o tempo todo no telefone com a irmã, Ella, a respeito do seu "relógio biológico". No final, ele pegava o fone da sua mão a fim de declarar diretamente a Ella o quanto considerava insultuosa a conversa das duas.

— Sem dúvida — Sabbath lhe dizia — Jeová não se deu o trabalho de me conferir este peruzão aqui só para aplacar uma necessidade tão insignificante como a da sua irmã!

Uma vez que seus anos de possível maternidade tinham ficado para trás, Roseanna se viu em condições de alfinetar seu ódio em alvos mais precisos e desprezar o marido pelo simples fato de que ele existia, mais ou menos da mesma maneira que Sabbath *a* desprezava por existir. A isso se acrescentavam as banalidades previsíveis: ela odiava o modo descuidado como Sabbath espalhava migalhas de pão no piso depois de limpar a mesa da cozinha, e ele odiava o azedo senso de humor de gói de Roseanna. Ela odiava o conglomerado de destroços da Marinha e do Exército que Sabbath vinha usando à guisa de roupa, desde a escola secundária, e ele odiava o fato de que, desde que conhecia Roseanna, ela nunca se mostrara disposta a engolir seu esporro, mesmo durante a fase adúltera, de gloriosa impetuosidade. Roseanna odiava o fato de ele não haver tocado nela, na cama, por dez anos, e Sabbath odiava o tom monótono e imperturbável no qual Roseanna falava com suas amigas locais pelo telefone — e ele odiava suas amigas, deslumbradas benfeitoras dedicadas ao meio ambiente, ou aquelas ex-paus-d'água dos Alcoólicos Anônimos. A cada inverno, um bando de vagabundos de estrada saía por aí cortando velhos pés de bordo, de cento e cinquenta anos, que margeavam as estradas enlameadas, e todo ano os defensores dos bordos de Madamaska Falls apresentavam uma petição ao presidente do conselho municipal, e então, no ano seguinte, o mesmo bando de homens, alegando que os bordos estavam mortos ou doentes, limpava outra alameda silvestre das árvores veneráveis e com isso eles ganhavam dinheiro bastante — vendendo a madeira como lenha — para pagar seus cigarros, seus vídeos pornôs e suas biritas. Roseanna desprezava a inesgotável amargura de Sabbath a respeito de sua carreira, do mesmo modo como ele a desprezava por beber— por ficar bêbada e muito falante, em lugares públicos e, em casa ou fora de casa, falar com voz alta, agressiva e insultuosa. E agora que Roseanna se mantinha sóbria Sabbath odiava suas palavras de ordem recebidas dos Alcoólicos Anônimos, e o modo de falar que ela aprendera nas reuniões dos Alcoólicos Anônimos ou no grupo de mulheres vítimas de violência, no qual a pobre Roseanna era a única que nunca levara uma surra do marido. Por vezes, quando discutiam e Roseanna se sentia à deriva, alegava que Sabbath cometia "violência verbal" contra ela, mas isso não valia grande coisa no seu grupo, formado sobretudo por mulheres de pouca instrução, de origem rural, que tiveram os dentes quebrados ou viram cadeiras se espatifar em cima da cabeça ou cigarros em brasa apertados de encontro aos peitos ou às nádegas. E aquelas palavras que Roseanna usava! "E em seguida houve uma discussão e compartilhamos aquele ponto específico..." "Eu ainda não compartilhei isso muitas vezes..." "Muita gente compartilhou isso a noite passada..." Assim como as pessoas direitas abominavam a palavra *foda*, Sabbath abominava *compartilhar*. Ele não tinha uma arma, mesmo ali no morro solitário onde viviam, porque não queria uma arma em uma casa com uma esposa que vivia falando "compartilhar". Roseanna odiava que ele sempre cruzasse a porta sem dar explicações, saindo a qualquer hora do dia e da noite, e Sabbath odiava aquele riso artificial da mulher que escondia tanto quanto revelava, aquele riso que às vezes era um zurro, às vezes um uivo, às vezes um cacarejo, mas que nunca repicava com autêntico prazer. Roseanna odiava seu jeito ensimesmado e suas explosões de raiva com as juntas artríticas que arruinaram sua carreira, e o odiava, é claro, pelo escândalo de Kathy Goolsbee, embora o colapso provocado pelo escândalo tenha levado Roseanna a se internar e começar sua recuperação. E ela odiava que, em virtude da artrite, em virtude do escândalo, em virtude de sentir-se superior, imune ao fracasso, Sabbath não ganhasse um tostão com o próprio trabalho e ela tivesse de sustentar a casa sozinha, mas ele, por sua vez, odiava isso também — um dos poucos pontos em que os dois concordavam. Ambos achavam repugnante vislumbrar, mesmo por um rápido instante, o corpo nu do outro: ela odiava sua barriga cada vez maior, seu saco escrotal cada vez mais pelancudo, seus ombros peludos de macaco, sua barba branca, bíblica e cretina, e Sabbath odiava a ossuda ausência de peitos da praticante de *jogging* — costelas, pélvis, esterno, tudo que em Drenka era tão fofamente acolchoado em Roseanna se mostrava esquelético como em uma vítima da fome. Haviam permanecido na mesma casa, juntos todos esses anos, porque ela ficava tão ocupada enchendo a cara que nem sabia o que estava acontecendo, e porque Sabbath havia descoberto Drenka. Isso foi a chave de uma união muito sólida.

Voltando para casa, de carro, do seu emprego na escola secundária, Roseanna costumava pensar apenas no copo de vinho Chardonnay que tomaria assim que entrasse na cozinha, um segundo e um terceiro copos enquanto preparava o jantar, um quarto copo com Sabbath quando ele viesse do estúdio, um quinto copo com o jantar, um sexto quando Sabbath voltasse para o estúdio com a sobremesa e depois, no restante da noite, mais uma garrafa inteira só para ela. Muitas vezes, Roseanna acordava de manhã como o seu pai costumava fazer — com a mesma roupa —, na sala, no sofá em que se estendera na noite anterior, o copo na mão, a garrafa ao seu lado, no chão, para dar de cara com as chamas na lareira. De manhã, numa ressaca tenebrosa, sentindo-se inchada, suando, cheia de vergonha e com nojo de si mesma, Roseanna jamais trocava uma palavra com Sabbath e os dois raramente tomavam o café da manhã juntos. Ele levava o café para o estúdio e os dois não se viam mais até a hora do jantar, quando o ritual se reiniciava. De noite, entretanto, todo mundo estava feliz, Roseanna com o seu Chardonnay e Sabbath saindo de carro para se encontrar com Drenka.

Desde que Roseanna tinha "entrado em recuperação", tudo havia mudado. Agora, sete noites por semana, ela pegava o carro e ia para alguma reunião dos AA, de onde regressava por volta das dez horas, com as roupas cheirando a fumaça de cigarro e num estado de ânimo ostensivamente sereno. Nas noites de segunda-feira, havia uma reunião aberta de debate, em Athena. Nas noites de terça-feira, uma reunião regular em Cumberland, seu grupo de origem, onde recentemente ela havia comemorado o quarto aniversário de sua sobriedade. Nas noites de quarta-feira, havia uma reunião regular em Blackwall. Roseanna não gostava muito dessa reunião — trabalhadores rudes e empregados subalternos do hospital para doentes mentais de Blackwall, que se mostravam tão agressivos, irritados e obscenos que deixavam Roseanna, a qual vivera até os treze anos no mundo acadêmico de Cambridge, muito nervosa;

porém, apesar de todos aqueles caras zangados berrando uns com os outros, ela comparecia, pois era a única reunião das quartas-feiras num raio de oitenta quilômetros de Madamaska Falls. Às quintas, ela ia a uma palestra fechada em Cumberland. Às sextas, a outra reunião regular, dessa vez em Mount Kendall. E nos sábados e domingos havia reuniões tanto à tarde — em Athena — como à noite — em Cumberland —, e Roseanna ia a todas as quatro. Em geral, um alcoólatra contava a sua história e depois escolhiam um tema de discussão, como "honestidade", "humildade" ou "sobriedade".

— Parte do princípio da recuperação — ela explicava, por menos que Sabbath quisesse ouvi-la — consiste em tentar ser honesto consigo mesmo. Conversamos bastante sobre isso, na noite passada. Descobrir o que, dentro de nós, nos deixa com um sentimento mais confortável. — Outro motivo para Sabbath não ter uma arma em casa era a palavra *confortável.*

— Não acaba sendo meio entediante se sentir assim tão "confortável"? Você não sente falta de todos os desconfortos que tem aqui em casa?

— Ainda não achei entediante. Claro, há certas ocasiões em que a gente pega no sono ao ouvir um bêbado contar toda a sua história. Mas o que ocorre com o formato de história — Roseanna ia adiante, sem se dar conta do sarcasmo de Sabbath e tampouco da expressão nos olhos dele, o ar de quem tomou sedativos em excesso — é que a gente pode se identificar com o narrador. "Posso me identificar com isso." Eu me identifico com a mulher que não bebia em bares mas ficava em casa, bebendo em segredo, de noite, e tinha sofrimentos parecidos, e esse é um sentimento bastante confortador para mim. Não sou um caso único e outra pessoa pode compreender o que aconteceu comigo. Pessoas que estão sóbrias há muito tempo, que possuem essa aura de paz interior e espiritualidade, isso as torna atraentes. Sentar ali ao lado delas já é uma coisa formidável. Parecem estar em paz com a vida. É estimulante. A gente pode adquirir esperança com eles.

— Desculpe — resmungou Sabbath, com a esperança de que ela detivesse a sua pregação da sobriedade —, mas eu não me identifico.

— Isso a gente já sabe — retrucou Roseanna, sem titubear, e continuou a expor seu pensamento, agora que já não era mais a bêbada da casa. — A gente ouve as pessoas contarem mil vezes nas reuniões que foi a família que exacerbou tudo. Nos AA, temos uma família mais neutra, que é, paradoxalmente, mais amorosa, mais compreensiva, menos judicativa do que nossa família de verdade. E não interrompemos uns aos outros, o que também é bem diferente do que acontece em casa. Chamamos isso de conversa cruzada. Não praticamos a conversa cruzada. *E* não paramos de ouvir. Uma pessoa fala e todo mundo escuta, até que tenha terminado. Temos que aprender não só o que diz respeito aos nossos problemas, mas também como ouvir e ficar atentos.

— E o único jeito de não ficar de porre é a prender a falar igual a um estudante do segundo ano?

— Como uma alcoólatra ativa, eu consenti, de maneira detestável, em esconder o álcool, esconder a doença, esconder meu comportamento. Na verdade, a gente *precisa* começar tudo de novo. Se pareço falar como um estudante do segundo ano, por mim está tudo bem. A gente é tão doente quanto os segredos que carrega. — Não era a primeira vez que Sabbath ouvia essa máxima cretina, absurda e tacanha.

— Errado — replicou Sabbath, como se de fato tivesse alguma importância para ele o que Roseanna dissesse, ou o que ele mesmo ou qualquer um dissesse, como se, com aquele palavrório, qualquer um deles pudesse chegar pelo menos ao limiar da verdade. — Nossa vida é tão emocionante quanto os nossos segredos, tão abominável quanto os nossos segredos, tão vazia quanto os nossos segredos, tão desesperada quanto os nossos segredos; nós somos tão humanos quanto...

— Não. Isso nos faz desumanos, inumanos e doentes. São os segredos que nos impedem de ficar em paz com nosso ser interior. Não podemos ter segredos e alcançar a paz interior — Roseanna argumentou com firmeza.

— Bem, uma vez que manufaturar segredos é a principal atividade industrial da humanidade, coitada dessa sua paz interior.

Sem conseguir mais se mostrar serena como gostaria, subjugada pela fera do seu velho ódio avassalador, Roseanna se afastava e enfiava a cara em um de seus folhetos dos AA, ao passo que Sabbath voltava ao seu estúdio para ler outro livro sobre a morte. Era só isso que fazia agora, ler um livro após o outro, sobre a morte, túmulos, sepultamento, cremação, arquitetura funerária, inscrições funerárias, as atitudes perante a morte ao longo dos séculos e manuais práticos sobre a arte de morrer, que remontavam a Marco Aurélio. Naquela noite, leu sobre *la mort de toi*, algo com o qual já tinha certa familiaridade e estava destinado a familiarizar-se mais ainda. "Desse modo", leu, "exemplificamos duas atitudes em relação à morte. A primeira, a mais antiga, sustentada há mais tempo e que vem a ser a atitude mais comum, é a conhecida resignação diante do destino coletivo da espécie e pode ser resumida na expressão *Et moriemur*, e todos devemos morrer. A segunda, que surgiu no século XII, atesta a importância atribuída ao eu, ao longo de todo o período moderno, a importância atribuída à própria existência, e pode ser expressa por outra expressão, *la mort de soi*, a morte de si mesmo. A partir do século XVIII, o homem da sociedade ocidental tende a conferir à morte um novo significado. Ele a exaltava, a dramatizava e a considerava inquietante e voraz. Mas já se mostrava menos preocupado com a própria morte do que com *la mort de toi*, a morte do outro..."

Se, por acaso, acontecia de ficarem juntos no final de semana, caminhando lado a lado os oitocentos metros da Town Street, Roseanna cumprimentava todo mundo que passasse por eles, a pé ou de carro — senhoras de idade, garotos entregadores, fazendeiros, *todo mundo*. Certo dia, ela acenou até para Christa, que se achava de pé junto à vitrine da loja de comidas finas, tomando uma xícara de café. Drenka e a sua Christa! O mesmo ocorria quando iam consultar um médico ou dentista no vale — Roseanna conhecia todo mundo lá também, das suas reuniões.

— Será que o município inteiro é beberrão? — perguntou Sabbath.

— O país inteiro, se quer saber a verdade — respondeu Roseanna.

Certo dia, em Cumberland, ela confidenciou que o senhor idoso que havia acabado de cumprimentá-la com a cabeça, quando os dois passaram, fora deputado e secretário de Estado no governo

Reagan — ele sempre chegava cedo às reuniões a fim de preparar o café e arrumar os biscoitos para o lanche. E quando Roseanna ia a Cambridge visitar Ella e passar a noite lá — grandes dias para Sabbath e Drenka —, voltava extasiada com a reunião, uma reunião de mulheres.

— Elas me deixam fascinada. Fico admirada de ver como parecem competentes, consistentes, determinadas, como parecem estar bem. Ajustadas. São um grande estímulo, na verdade. Vou lá sem conhecer ninguém e elas perguntam: "Tem alguém de fora?". Eu levanto a mão e digo: "Sou Roseanna, de Madamaska Falls". Todas aplaudem e então, se eu tiver uma oportunidade de falar, digo o que vier à cabeça. Conto sobre minha infância em Cambridge. Sobre a minha mãe e o meu pai e o que aconteceu. E elas escutam. Aquelas mulheres formidáveis escutam. A sensação de amor que experimento, a sensação de compreensão do meu sofrimento, a sensação de grande compaixão e empatia. E *receptividade*.

— *Eu* compreendo o seu sofrimento. *Eu* tenho compaixão. *Eu* tenho empatia. *Eu* sou receptivo.

— Ah, sim, às vezes você pergunta como foi a reunião, é verdade. Não posso conversar com *você*, Mickey. Você não compreenderia, não *conseguiria* compreender. Você está muito longe de poder compreender de forma espontânea e por isso, para você, minha conversa se torna entediante e idiota. Uma coisa mais própria para a sátira.

— Minha sátira é a minha doença.

— Acho que você preferia quando eu era uma bêbada ativa — disse Roseanna. — Você gostava da superioridade. Se você não estivesse se sentindo superior o bastante, podia me desprezar também por ser bêbada. Eu podia ser responsabilizada por todas as suas decepções. Sua vida foi arruinada por essa bêbada sacana, nojenta e fracassada. Outra noite, tinha um cara contando como decaiu na condição de alcoólatra. Morava em Troy, Nova York. Nas ruas. Eles, os outros bêbados, o deixaram entalado dentro de um latão de lixo e ele não conseguia sair. Ficou lá dentro horas a fio e as pessoas passavam pela rua e não se importavam com aquele ser humano que estava sentado com as pernas esmagadas dentro de um latão de lixo, sem poder sair. E é isso que eu era para você quando bebia. Estava presa, entalada num latão de lixo.

— Com isso eu consigo me identificar — afirmou Sabbath.

Agora que ela já estava fora do latão de lixo havia quatro anos, por que continuava com ele? Sabbath estava surpreso com o tempo que Barbara, a terapeuta do vale, estava demorando para levar Roseanna a reunir forças a fim de começar a viver sozinha, como as mulheres de Cambridge, competentes, consistentes, determinadas, que despejavam tanta compaixão sobre ela, por seu sofrimento. Mas acontece que o problema dela com Sabbath, a "escravidão", tinha origem, segundo Barbara, na história desastrosa com a mãe emocionalmente irresponsável e o pai alcoólatra e violento, dos quais Sabbath representava a reencarnação sádica. O pai dela, Cavanaugh, professor de geologia em Harvard, havia criado Roseanna e Ella, depois que a mãe delas não conseguiu mais suportar as bebedeiras e brutalidades do marido e, aterrorizada por ele, abandonou a família e partiu para Paris com um professor visitante de línguas românicas, ao qual se manteve tristemente ligada por cinco longos anos, antes de regressar sozinha para Boston, sua cidade natal, quando Roseanna tinha treze anos e Ella, sete. A mãe queria que as filhas fossem viver com ela na Bay State Road e, pouco depois que as meninas resolveram partir e deixaram o pai — pelo qual também estavam aterrorizadas — e a sua segunda esposa, que não suportava Roseanna, ele se enforcou no sótão da sua casa em Cambridge. E isso explicava para Roseanna o que ela vinha fazendo por todos esses anos ao lado de Sabbath, em cujo "narcisismo prepotente" ela estivera viciada, tanto quanto em álcool.

Essas conexões — entre a mãe, o pai e ele — estavam muito mais claras para Barbara do que para Sabbath; se havia, como ela gostava de dizer, um "padrão" nisso tudo, o padrão mantinha-se oculto para ele.

— E o padrão na *sua* vida — Roseanna perguntou, irritada —, será que ele também se mantém oculto para você? Negue até seu rosto ficar vermelho, mas ele está lá, está *lá*.

— Negue *isso*. O verbo é transitivo, ou era, antes que a eloquência dos cabeças de bagre devastasse o país. Quanto ao "padrão" que rege a vida, diga a Barbara que seu nome corrente é caos.

— Nikki era uma criança desamparada que você podia dominar e eu, uma bêbada em busca de um salvador e que crescia em meio à degradação. Isso não é um padrão?

— Um padrão é aquilo que vem estampado num pano. Nós não somos pedaços de pano.

— Mas eu *estava* em busca de um salvador, e eu *crescia* em meio à degradação. Eu pensava que um salvador vinha me buscar. Tudo na minha vida era frenético, barulhento e confuso. Três moças de Bennington morando juntas em Nova York, com roupas de baixo pretas penduradas para secar por toda a casa. Os namorados telefonando toda hora. Homens telefonando. Homens mais velhos. O poeta casado, nu, no quarto de uma delas. O lugar todo uma balbúrdia. Nunca havia uma refeição decente. Uma perpétua novela de televisão, de amantes enfurecidos e pais indignados. E então, um dia, na rua, vi aquele seu espetáculo maluco de fantoches, e nós nos encontramos e você me convidou para ir a sua oficina para tomar um drinque. Avenida B e rua 9, bem junto ao parque. Subimos cinco andares e ali estava aquele quarto branco, pequeno, perfeitamente tranquilo, com tudo no seu lugar e janelas como as de uma água-furtada. Pensei que estava na Europa. Todos os fantoches dispostos em uma fileira. Sua bancada de trabalho, todas as ferramentas penduradas no lugar certo, tudo arrumado, limpo, organizado, no lugar. Tinha o seu arquivo. Eu nem podia acreditar. Como tudo era racional, sereno e consistente. E no entanto, na rua, se exibindo, poderia ser um louco por trás daquela tela. A sua sobriedade. Nem mesmo me ofereceu um drinque.

— Os judeus nunca oferecem bebida.

— Eu não sabia. Só sabia que você tinha a sua arte maluca e que tudo no mundo que importava para você era a sua arte maluca, e o motivo pelo qual eu tinha vindo a Nova York era a *minha* arte, tentar pintar e esculpir, mas, em vez disso, tudo o que tinha arranjado era uma *vida* maluca. Você estava tão *centrado*. Tão *intenso*. Os olhos verdes. Você era muito bonito.

— Na faixa dos trinta anos, todo mundo é bonito. O que você está fazendo, morando aqui comigo agora, Roseanna?

— Por que você ficou comigo quando eu era uma beberrona?

Teria chegado o momento de contar a ela sobre Drenka?

Havia chegado *algum* momento. Algum momento vinha chegando, havia meses, desde a manhã em que Sabbath soube que Drenka estava morta. Durante anos, ele flutuara sem a menor sensação de alguma coisa iminente e agora não só o momento esperado se aproximava dele a galope como também ele mesmo corria em direção ao momento, e para longe de tudo aquilo que tinha vivido.

— Por quê? — Roseanna repetiu a pergunta.

Eles haviam acabado de terminar o jantar, ela ia sair para uma reunião e ele ia para o cemitério, depois que Roseanna tivesse ido embora. Ela já estava com seu casaco de brim mas, como não temia mais os "confrontos" dos quais fugia por meio do Chardonnay, não sairia de casa antes de ter obrigado Sabbath, dessa vez, a levar a *sério* a triste história dos dois.

— Estou cheia da sua superioridade irônica. Estou cheia do sarcasmo e das eternas piadinhas. Responda-me. Por que você ficou comigo?

— Pelo seu salário. Eu fui ficando — disse ele — para ter com que me sustentar.

Ela parecia a ponto de gritar e mais mordia o lábio do que tentava falar.

— Não fique zangada, Rosie. Dessa vez não foi Barbara quem contou uma novidade.

— Mas é difícil de acreditar.

— Está duvidando de Barbara? Daqui a pouco, quando descobrir outra coisa, vai acabar duvidando de Deus. Quantas pessoas existem no mundo, nem digo aqui em Madamaska Falls, que tenham um entendimento completo daquilo que está acontecendo em volta delas? Sempre foi uma premissa da minha vida que não existem pessoas assim, e que eu sou o líder delas. Mas encontrar uma pessoa, como Barbara, dotada de uma percepção completa do que se passa, descobrir, no meio da roça, alguém com uma ideia tão completa de tudo, um ser humano no sentido pleno da palavra, cujo juízo se baseia no conhecimento da vida que ela adquiriu ao estudar psicologia na faculdade... qual o outro obscuro mistério que Barbara ajudou você a desvendar?

— Ah, não chega a ser um mistério.

— Em todo caso, me conte.

— Ela diz que pode ter havido algum prazer real para você em me ver destruindo a mim mesma. Assim como você viu Nikki destruir a si mesma. Isso podia ser outro motivo para ter ficado.

— *Duas* esposas cuja destruição eu tive o prazer de contemplar. O padrão! Mas esse padrão não requer agora que eu veja você sumir também, da mesma forma que apreciei o sumiço de Nikki? O padrão não exige que agora você desapareça?

— De fato, exigia, sim. Foi nesse ponto que esbarrei quatro anos atrás. Eu estava o mais próxima possível da morte. Não podia nem esperar o inverno. Eu só queria estar debaixo do gelo da lagoa. Você tinha esperança de que Kathy Goolsbee acabasse me colocando lá. Mas em vez disso ela me salvou. A sua aluna masoquista e safada salvou minha vida.

— E por que é que eu aprecio tanto a desgraça das minhas esposas? Aposto que é porque as odeio.

— Você odeia todas as mulheres.

— A gente não pode esconder nada dessa Barbara.

— Sua *mãe*, Mickey, *sua mãe*!

— A culpa é dela? A minha mãezinha, que morreu com a cabeça quase fora do ar?

— Não é dela a culpa. Sua mãe era o que era. Foi a *primeira* a desaparecer. Quando o seu irmão foi morto, ela desapareceu da sua vida. Ela abandonou você.

— E é por isso, segundo a lógica de Barbara, que acho você tão aporrinhante?

— Mais cedo ou mais tarde, você ia achar toda e qualquer mulher aporrinhante.

Drenka, não. Drenka, nunca.

— Mas então quando é que Barbara está planejando que você me jogue fora?

Isso era ir mais longe no confronto do que Roseanna havia previsto, por enquanto. Sabbath compreendeu isso porque, de repente, ela ficou com a mesma expressão que tivera no último mês de abril, no Dia dos Patriotas, quando sofreu sua primeira síncope, na Maratona de Boston, e desmaiou logo depois da linha de chegada. Sim, desfazer-se de Sabbath era um tema que não seria colocado em pauta senão quando Roseanna se achasse um pouco mais bem preparada para ficar sozinha.

— E então — repetiu ele —, qual será a hora de me jogar fora?

Sabbath a viu refletir e resolver abandonar o velho cronograma para, em seguida, dizer a ele:

— Agora.

Isso exigiu que Roseanna se sentasse e enfiasse o rosto nas mãos, as chaves do carro ainda tilintando, presas em um dos dedos. Quando ela ergueu os olhos de novo, havia lágrimas correndo pelo seu rosto — e naquela mesma manhã Sabbath a ouvira falar no telefone, talvez com a própria Barbara: "Eu quero viver. Faço qualquer coisa que seja necessária para ficar bem, qualquer coisa. Estou me sentindo mais forte e disposta a dar tudo de mim no meu trabalho. Saio para trabalhar "e adoro cada *minuto* que passo lá". E agora ela estava chorando.

— Não era assim que deveria acontecer — disse ela.

— Quando é que Barbara está planejando que você me jogue fora?

— Por favor. *Por favor.* Você está falando de trinta e dois anos da minha vida! Isso não é nada fácil.

— Suponha que eu torne isso mais fácil. Me jogue fora esta noite mesmo — disse Sabbath. — Vamos ver se você tem a sobriedade de fazer isso. Me ponha no olho da rua, Roseanna. Me diga para ir embora e não voltar nunca mais.

— Isso não é correto da sua parte — disse Roseanna, chorando de forma mais histérica do que ele a vira chorar em muitos anos. — Depois do meu pai, depois de tudo aquilo, *por favor,* não diga "me jogue fora". Eu não posso *ouvir* isso.

— Me diga que, se eu não for embora, você vai chamar a polícia. Na certa, eles são todos seus colegas de AA. Telefone para o patrulheiro, o filho do dono da pousada, o filho dos Balich. Diga a ele que você tem uma família nos AA que é mais amorosa, mais compreensiva, menos judicativa do que o seu marido e você quer que ele vá para o olho da rua. Quem escreveu as Doze Etapas dos Alcoólicos Anônimos? Thomas Jefferson? Bem, telefone para *ele,* compartilhe tudo com *ele,* diga a ele que o seu marido odeia as mulheres e deve ser *expulso de casa*! Ligue para Barbara, a minha Barbara. *Eu* vou telefonar para ela. Quero perguntar a ela há quanto tempo vocês duas, mulheres sem culpa de nada, estão planejando a minha expulsão. Nós somos tão doentes quanto os nossos segredos? Bem, há quanto tempo a ideia de se desfazer do peso morto do Morris é um segredinho de vocês, minha querida?

— Não posso ser tratada assim! Não mereço isso! Você não sofre a menor angústia de vir a ter uma recaída. Você vive em uma recaída *permanente*! Mas eu tenho! Com grande esforço e enorme sofrimento, eu me recuperei, Mickey. Me recuperei de uma doença pavorosamente devastadora e potencialmente mortal. E não faça essa careta! Se eu não lhe contasse minhas dificuldades, você jamais ficaria sabendo. Digo isso sem autopiedade ou sentimentalismo. Para ficar boa, tive que empenhar toda a minha energia e meu zelo. Mas *ainda* estou em um grande estágio de mudança. Ainda é muitas vezes penoso e assustador. E essa gritaria é uma coisa que não posso suportar. Não vou suportar! Pare! Você está gritando comigo como o meu *pai*.

— Foda-se se estou gritando igual a alguém! Estou gritando com você igual a *mim mesmo*!

— Gritar é *irracional*— exclamou Roseanna, em desespero. — Você não pode pensar direito quando está gritando! Nem eu!

— Errado! É só quando estou gritando que *começo* a pensar direito! É a minha racionalidade que me *faz* gritar! Gritar é o jeito que um judeu tem de *pensar sobre as coisas*!

— O que os judeus têm a ver com isso? Você está falando em "judeu" de propósito, só para me intimidar!

— Eu faço *tudo* de propósito só para intimidar você, Rosie!

— Mas para onde você vai, se for embora? Você não está raciocinando. Como vai poder *viver*? Você tem sessenta e quatro anos. Não tem um tostão. Não pode ir embora assim — exclamou ela, chorosa —, para depois se matar!

Sabbath não teve dó de dizer:

— Não, você não poderia suportar isso, não é mesmo?

E foi assim que aconteceu. Cinco meses depois da morte de Drenka, bastou isso para que *ele* desaparecesse, deixasse Roseanna, se resolvesse enfim a deixar sua casa, assim como estava — entrasse no seu carro e partisse para Nova York, a fim de ver como estava a cara de Linc Gelman.

Sabbath fez a longa viagem até a esquina da Amsterdã com a rua 76. Tinha dezoito horas para fazer um percurso de três horas e meia, e assim, em vez de seguir para o leste por dezenove quilômetros e tomar a autoestrada, ele resolveu cruzar Battle Mountain até a estrada 92 e depois seguir pelas estradas vicinais, e só pegar a autoestrada uns sessenta quilômetros depois, ao sul. Desse modo poderia fazer uma última visita a Drenka. Sabbath não tinha a menor ideia de para onde estava indo ou do que estava fazendo, nem mesmo sabia se algum dia visitaria aquele cemitério outra vez.

E que diabos ele *estava* fazendo? Tire sua mulher dos Alcoólicos Anônimos. Pergunte a ela a respeito das crianças na escola. Dê um abraço nela. Leve-a para viajar. Coma a sua boceta. Não é um bicho de sete cabeças e pode muito bem pôr as coisas no lugar. Quando ela era uma esguia aspirante a artista, recém-saída da faculdade, morando naquele apartamento cheio de moças enlouquecidas pelo sexo, você fazia isso o tempo todo, nunca ficava cansado daqueles ossos compridos pendurados no seu pescoço. Animada, aberta, independente — alguém que, para ele, não parecia carente de proteção vinte e quatro horas por dia, a maravilhosa e nova antítese de Nikki...

Roseanna fora sua parceira nos fantoches durante anos. Quando se encontraram, ela havia esculpido estatuetas de nus por seis meses, havia pintado abstrações por seis meses e depois começou a fazer peças de cerâmica e colares, e então, apesar de as pessoas apreciarem e estarem começando a comprar o que ela fazia, após um ano, ela perdeu o interesse nos colares e começou a tirar fotografias. Depois, por intermédio de Sabbath, Roseanna descobriu os fantoches e uma forma de empregar sua habilidade para desenhar, esculpir, pintar, remendar, até mesmo juntar cacos e pedaços de coisas, guardar restos de todo tipo de objetos, o que ela sempre fizera antes, mas sem um propósito determinado. Seu primeiro fantoche foi um pássaro, um fantoche de mão, com penas e lantejoulas, algo bem distinto da ideia que Sabbath tinha de um fantoche. Ele explicou que os fantoches não eram para crianças; eles não diziam: "Eu sou bom e inocente". Diziam o oposto: "Vou gozar com a cara de vocês todos", eles diziam, "e do jeito que eu bem entender". Roseanna se emendou, mas isso não significou que, enquanto artesã de fantoches, tenha de fato deixado de procurar a felicidade que gozara aos sete anos de idade, quando ainda tinha mãe, pai e uma infância. Logo, se pôs a esculpir cabeças de fantoches para Sabbath, entalhando na madeira, como os antigos fantoches europeus. Ela as esculpia, lixava, pintava belamente com tintas a óleo, se esmerava em fazer os olhos piscarem e a boca mexer, esculpia as mãos. Em seu entusiasmo, no começo, Roseanna dizia ingenuamente às pessoas: "Eu começo a fazer uma coisa e de repente uma outra acontece. Um bom fantoche faz a si mesmo. Eu apenas o acompanho". Mais tarde, comprou uma máquina, o modelo Singer mais barato, leu as instruções e começou a desenhar e costurar os trajes. Sua mãe costurara e, na época, Roseanna não havia demonstrado o menor interesse por isso. Agora, ficava na máquina metade do dia. Tudo que as pessoas jogavam fora, ela pegava. "Qualquer coisa que você não quiser mais", passou a dizer às amigas, "dê para mim." Roupas velhas, bagulhos jogados na rua, trastes que as pessoas jogam fora quando limpam os armários, era espantoso como ela conseguia aproveitar tudo — Roseanna, a recicladora do mundo. Desenhava os cenários em um bloco grande, depois montava, pintava — cenários que enrolavam, cenários que iam virando feito páginas de um livro — e sempre meticulosa, durante dez ou doze horas por dia, a mais meticulosa das trabalhadoras. Para Roseanna, um fantoche era uma pequena obra de arte e, ainda mais do que isso, era um feitiço, uma mágica, no sentido de que podia levar as pessoas a se entregarem a ela, mesmo no teatro de Sabbath, onde a atmosfera era, de forma insinuante, antimoral, vagamente ameaçadora e, ao mesmo tempo, de um humor feroz. As mãos de Sabbath, Roseanna dizia, davam vida aos fantoches que ela fazia. "Sua mão está bem no lugar onde fica o coração do fantoche. Eu sou o carpinteiro e você é a alma." Embora ela se mostrasse ternamente romântica a respeito de "arte", grandiloquente e um pouco superficial naquilo mesmo em que Sabbath se mostrava impiedosamente malévolo, os dois juntos formavam uma equipe e, se é verdade que nunca chegavam a exultar de felicidade e união, constituíam, porém, uma equipe que funcionou muito bem durante um longo tempo. Filha sem pai, Roseanna encontrou seu homem muito cedo, em uma época em que ela não havia ainda sido totalmente exposta aos males do mundo, não havia ainda sido totalmente exposta à própria mente, e durante anos e anos Roseanna não soube o que pensar antes que Sabbath lhe dissesse. Havia algo alheio a ela na porção de vida para a qual Sabbath se entregara quando ainda era bem novo, e isso incluía a perda de Nikki. Se, às vezes, ela era a vítima da presença extenuante de Sabbath, estava também enamorada demais dessa presença extenuante para ousar ser uma mulher jovem sem isso. Muito cedo, Sabbath fora um discípulo voraz das duras lições da vida e Roseanna, de modo inocente, encarava como um curso intensivo de sobrevivência tanto a vida de marinheiro de Sabbath quanto a sua sagacidade e o seu cinismo. Na verdade, ela estava sempre em perigo com ele, na beira do abismo, com medo da sátira, mas era ainda pior quando não estava com ele. Foi só quando sofreu um estupor provocado por vômitos, ocasião em que tinha cinquenta e poucos anos, e procurou os AA que Roseanna identificou naquilo, na linguagem que eles usavam, naquelas palavras que ela adotava sem o menor traço de ironia, senso crítico ou até, talvez, sem plena compreensão, uma sabedoria para si mesma que não era o ceticismo de Sabbath e seu humor sardônico.

Drenka. Um dos dois foi levado à bebida e o outro foi levado a Drenka. Mas, na verdade, desde os dezessete anos, Sabbath não conseguia resistir a uma piranha sedutora. Teria até se casado com aquela do Yucatán, quando tinha dezoito anos. Em vez de se tornar titereiro, teria sido cafetão. Pelo menos, cafetões têm sempre um público e ganham a vida, não ficam doidos cada vez que ligam a tevê e veem de relance a porra das caretas dos Muppets. Ninguém encara as piranhas como um entretenimento para pirralhos — assim como o teatro de fantoches dotado de algum significado, as piranhas se destinam ao deleite dos adultos.

Piranhas deliciosas. Quando Sabbath e seu melhor amigo, Ron Metzner, foram de carona até Nova York um mês depois da formatura na escola secundária e alguém em Nova York contou que eles podiam sair do país sem passaporte, bastando para isso procurar o Centro de Marinheiros Noruegueses, no Brooklyn, o jovem Sabbath não tinha a menor ideia de que, no outro lado, havia todas aquelas bocetinhas à sua espera. Sua experiência sexual até então tinha sido tirar um sarro com as moças italianas de Asbury e, sempre que havia uma oportunidade, se masturbar. Da maneira como se lembrava agora, quando o navio se aproximava de um porto na América Latina, Sabbath sentia aquele aroma inacreditável de perfume barato, café e bocetas. Fosse no Rio, Santos ou Bahia, ou qualquer dos demais portos da América do Sul, havia aquele cheiro delicioso.

O motivo, a princípio, era apenas percorrer o mar. Sabbath contemplara o Atlântico todas as manhãs de sua vida e pensava: "Um dia, um dia...". Era um sentimento muito insistente, aquele, e por essa altura Sabbath não o vinculava absolutamente ao desejo de fugir da melancolia da sua mãe. Por toda a vida, Sabbath olhara o mar, os pescadores no mar e as pessoas nadando no mar. Parecia a ele — mas talvez também a seus pais desolados, apenas nove meses após a morte de Morty — algo simplesmente natural partir para o mar a fim de ter uma educação autêntica, agora que o período de escola obrigatória já o ensinara a ler e escrever. Ele ficou sabendo das bocetas no momento em que embarcou no cargueiro norueguês, rumo a Havana, e viu que todo mundo estava falando sobre aquilo. Para os veteranos a bordo, o fato de que, quando desembarcassem do navio, iriam ao encontro das piranhas não constituía de modo algum uma coisa extraordinária, mas para Sabbath, com dezessete anos de idade... bem, dá para imaginar.

Como se já não fosse excitante o bastante deslizar sob a luz da lua diante de Morro Castle, no porto de Havana, uma entrada de porto tão memorável quanto qualquer outra no mundo, tão logo o navio atracou, Sabbath desembarcou e partiu direto rumo àquilo que nunca antes havia feito. Era a Cuba de Batista, um vasto prostíbulo e cassino americano. Dali a treze anos, Castro desceria das montanhas para pôr um fim àquela farra, mas o simples marinheiro que era Sabbath teve a sorte de dar suas mordidas ainda a tempo.

Quando tirou seus documentos de marinheiro da marinha mercante e se sindicalizou, Sabbath pôde escolher os seus navios. Passou longo tempo na sala do sindicato e — como já havia provado o gosto do paraíso — resolveu aguardar a "Rota do Romance": Santos, Montevidéu, Rio e Buenos Aires. Havia homens que passavam a vida percorrendo a Rota do Romance. E o motivo, para eles assim como para Sabbath, eram as piranhas. Piranhas, puteiros, todo tipo de sexo conhecido pelo homem.

Dirigindo o carro devagar na direção do cemitério, Sabbath calculou que tinha dezessete dólares no bolso e trezentos na conta conjunta. A primeira coisa que teria de fazer na manhã seguinte era procurar uma agência bancária em Nova York e preencher um cheque. Tirar a grana toda antes que Rosie o fizesse. Era preciso. Roseanna recebia seu salário duas vezes por mês e ia demorar um ano até Sabbath conseguir ser admitido pelo Seguro Social e Médico. Seu único talento era aquela habilidade idiota com as mãos, e suas mãos já não eram nada boas, agora. Onde poderia morar, de que modo ia comer, e imagine se ficasse doente... Caso Roseanna pedisse o divórcio por abandono do lar, o que Sabbath ia fazer para ter um seguro médico, onde ia arranjar dinheiro para as suas pílulas anti-inflamatórias e para as pílulas que tomava a fim de impedir que as pílulas anti-inflamatórias torrassem o seu estômago, e se não pudesse pagar as pílulas, se suas mãos doessem o tempo todo, se não pudesse nunca mais encontrar uma forma de alívio...

Ele acabou conseguindo que seu coração começasse a ter palpitações. O carro estava parado, de frente, no esconderijo de costume, a seiscentos metros do túmulo de Drenka. Tudo o que precisava fazer era se acalmar, dar a ré e ir para casa. Não teria de dar explicações. Nunca fez isso. Podia dormir no sofá e, no dia seguinte, retomar na galhofa a sua velha não existência. Roseanna jamais conseguiria expulsar Sabbath — o suicídio do pai dela não permitiria tal coisa, por maiores que fossem as recompensas prometidas por Barbara, em termos de paz interior e bem-estar. Quanto a Sabbath, por mais que a vida fosse detestável, seria detestável dentro de um lar e não em uma sarjeta. Muitos americanos detestavam suas casas. O número de pessoas sem teto na América não chegava nem perto do número de americanos que tinham casa e família e odiavam tudo aquilo. Coma a boceta dela. De noite, quando ela voltar da reunião. Isso vai deixar Roseanna atônita. *Você* se torna a prostituta. Não é tão bom quanto estar casado com uma prostituta, mas faltam seis anos para você chegar aos setenta, portanto faça isso — coma sua mulher por dinheiro.

A essa altura, Sabbath já estava fora do carro, titubeando com sua lanterna na mão, seguindo pela estrada, rumo ao cemitério. Tinha de descobrir se havia alguém ali.

Nenhuma limusine. Dessa vez, uma picape. Ele teve medo de atravessar a estrada para ver a placa, caso alguém estivesse no volante. Podiam ser apenas os rapazes das redondezas promovendo uma rodada de masturbação ao luar, no alto do morro, ou talvez tivessem vindo ali se encostar nos túmulos e fumar maconha. Em geral, Sabbath esbarrava com eles em Cumberland, na fila da caixa do supermercado, cada um com duas ou três crianças pequenas e uma esposa miúda e menor de idade — mas já com o aspecto de ter sido atropelada pela vida — com aparência pobre e barriga de grávida, empurrando um carrinho entupido de pipocas, biscoitinhos de queijo, salsichas, comida para cachorro, batatas fritas, lenços umedecidos para bebês e pizzas de pepperoni de trinta centímetros de circunferência, formando pilhas, como dinheiro em um sonho. Podia-se identificá-los pelos enormes adesivos na traseira dos carros. Alguns diziam: "Nosso Deus reina". Outros traziam adesivos que diziam: "Se você não gosta do jeito que eu dirijo, ligue 1-800-foda-se". E alguns tinham os dois adesivos. Um psiquiatra do hospital público de Blackwall, que duas vezes por semana atendia num consultório particular, disse certa vez, quando Sabbath perguntou do que ele tratava as pessoas ali no alto das montanhas: "Incesto, esposas espancadas, alcoolismo, nessa ordem". E nesse lugar Sabbath vivera por trinta anos. Linc tinha razão: ele nunca devia ter partido, depois do sumiço de Nikki. Norman Cowan tinha razão: ninguém podia culpá-lo pelo desaparecimento de Nikki. Quem, além dele mesmo, se lembrava disso? Talvez Sabbath estivesse seguindo para Nova York a fim de confirmar, depois de todo esse tempo, que ele não havia destruído Nikki mais do que havia matado Morty.

Nikki — um talento puro, um talento mágico, e absolutamente nada além disso. Ela não sabia diferenciar a mão direita da esquerda, muito menos somar, subtrair, multiplicar ou dividir. Não sabia a diferença entre o sul e o norte, leste e oeste, mesmo em Nova York, onde passara a maior parte da vida. Não podia suportar a visão de pessoas feias, velhas ou aleijadas. Tinha medo de insetos. Tinha medo de ficar sozinha no escuro. Se algo a deixava nervosa — uma vespa com pintas amarelas, uma vítima do mal de Parkinson, uma criança babando em uma cadeira de rodas —, tomava um tranquilizante Miltown, e o Miltown a transformava em uma louca, com um olhar fixo, arregalado, e as mãos trêmulas. Pulava e gritava toda vez que o motor de um carro dava um estouro ou alguém batia uma porta com força. Sabia muito bem como berrar. Quando tentava se mostrar atrevida, poucos minutos depois, se desfazia em lágrimas e dizia: "Farei qualquer coisa que você quiser, mas por favor não me *ataque* dessa maneira!". Ela não sabia o que era a razão; se mostrava ora de uma obstinação infantil, ora de uma submissão infantil. Nikki deixava Sabbath perplexo ao se enrolar em uma toalha quando saía do banho e, se Sabbath estivesse no seu caminho, passava correndo por ele, rumo ao quarto.

— Por que você faz isso?

— O quê?

— Isso que fez agora, esconder seu corpo de mim.

— Eu não fiz nada.

— Fez, sim, se escondeu atrás da toalha.

— Estava me esquentando.

— Por que passou correndo, como se não quisesse que eu visse?

— Você está doido, Mickey, inventando essa história. Por que tem que me criticar o tempo todo?

— Por que você se comporta como se o seu corpo fosse feio?

— Eu não *gosto* do meu corpo. Odeio meu corpo! Odeio meus peitos! Mulheres não deviam ter peitos!

Ela não conseguia passar ao lado de nenhum tipo de superfície espelhada sem espiar para ver se estava viçosa e bonita, como nas fotos expostas junto à porta do teatro. E, quando subia ao palco, suas mil fobias evaporavam, todas as esquisitices simplesmente deixavam de existir. Em uma peça de teatro, Nikki podia fingir que encarava sem a menor dificuldade as coisas que mais a apavoravam na vida real. Não sabia o que era mais forte, seu amor por Sabbath ou seu ódio por ele — tudo o que sabia era que não poderia ter sobrevivido sem a sua proteção. Sabbath era a sua armadura, sua couraça.

Com pouco mais de vinte anos, Nikki já era uma atriz tão maleável quanto um diretor voluntarioso como Sabbath podia desejar. No palco, mesmo num ensaio, mesmo de pé, no fundo, esperando as instruções do diretor, não se via o menor sinal do seu nervosismo, aquele jeito ansioso de mexer no anel, de enrolar o colar nos dedos, de batucar de leve na mesa com qualquer coisa que tivesse nas mãos. Ela ficava calma, atenta, incansável, paciente, lúcida, perspicaz. Tudo que Sabbath lhe pedia, por mais meticulosamente pedante ou insólito, ela se mostrava capaz de cumprir no mesmo instante, exatamente como ele havia imaginado. Nikki era paciente com os maus atores e inspirada ao lado dos bons. No trabalho, nunca se mostrava descortês com pessoa alguma, ao passo que, certa vez, em uma loja de departamentos, Sabbath a vira exibir uma superioridade tão esnobe diante de uma vendedora que ele teve vontade de lhe dar um tapa na cara.

— Quem você pensa que é? — perguntou Sabbath, tão logo se acharam na rua.

— Por que você vai me criticar, *agora*?

— Mas por que tratou aquela moça como se fosse lixo?

— Ah, ela era só uma vagabundinha.

— E que porra você pensa que é? Seu pai era dono de um depósito de madeira, em Cleveland. O meu vendia ovos e manteiga num caminhão.

— Por que você vive falando do meu pai? Eu odiava o meu pai. Como você se atreve a falar do meu pai?

Outra mulher, na vida de Sabbath, que considerava o pai um fiasco. O pai de Drenka era um membro idiota do partido, de quem ela escarnecia por sua fidelidade pueril. "Eu podia admitir que ele fosse um oportunista, mas não que fosse um *crente*." O pai de Rosie era um alcoólatra suicida que a aterrorizava, e o de Nikki era um negociante vulgar e brigão, para quem o baralho, os bares e as mulheres significavam muito mais do que sua responsabilidade com a mulher a filha. O pai dela conhecera a mãe quando foi à Grécia, com os pais, para acompanhar o enterro de sua avó, e depois viajou sozinho pelo país, sobretudo para ver como eram as bocetas naquela terra. Lá, cortejou sua futura esposa, uma moça burguesa de Salonica e, alguns meses depois, ele a levou para Cleveland, onde seu próprio pai, um negociante ainda mais vulgar e brigão, possuía o depósito de madeira. Os pais do velho tinham sido gente da roça e, quando ele falava em grego, usava um tenebroso dialeto do interior. E os palavrões no telefone! "*Gamóto! Gamó ti mána sou! Gamó ti panaghía sou!*" Foda-se! Que se foda a sua mãe! Que se foda a sua santa mãe!... E os beliscões que dava na bunda dela, sua própria nora! A mãe de Nikki se imaginava uma moça poética, e o seu marido mulherengo, os grosseiros parentes dele, a Cleveland provinciana, a música que essa gente adorava, tocada no *bouzouki** — tudo isso a deixava louca. Não poderia ter cometido um erro maior do que casar com Kantarakis e sua família medonha mas, com dezenove anos de idade, naturalmente só pensava em fugir de um pai dominador e antiquado, que também *ela* odiava, e o extrovertido americano que a fez corar com tanta facilidade — e, pela primeira vez na vida, gozar com tanta facilidade — lhe pareceu, na ocasião, um homem destinado a grandes coisas.

Sua salvação foi a pequena e linda Nikoleta. Ficou louca de amores pela menina. Levava-a para toda parte. Eram inseparáveis. Começou a ensinar Nikki, que era muito musical, a cantar em grego e em inglês. Lia para ela em voz alta e a ensinou a recitar. Mas a mãe ainda chorava todas as noites e, por fim, mudou-se com Nikki para Nova York. Para ganhar a vida, trabalhou numa lavanderia, depois foi trabalhar como separadora de cartas no correio e, por fim, na loja Saks, primeiro vendendo chapéus e, poucos anos depois, como chefe do departamento dos chapeleiros. Nikki foi para a escola superior de artes cênicas — eram ela e sua mãe juntas contra o mundo até que, em 1959, uma obscura doença no sangue veio bruscamente pôr fim à luta de sua mãe...

* Espécie de alaúde grego, de braço longo e com trastes. (N. T.)

Sabbath seguiu o caminho paralelo ao extenso muro de pedra do cemitério, meio abaixado e se movendo da forma mais silenciosa possível, sobre a terra macia, na beira da estrada. Havia alguém no cemitério. No túmulo de Drenka! De jeans — magricela, com os pés voltados para dentro, o cabelo preso num rabo de cavalo... Era a caminhonete do *eletricista*. Era Barrett, com quem ela adorava trepar na banheira e cobrir de espuma no chuveiro. A *gente começa no rosto e depois o peito e a barriga e depois desce para o pau, e aí ele fica grande, ou então já está grande.* Sim, era a noite de Barrett prestar seus respeitos à morta e, de fato, ele já estava de pau duro. *Às vezes ele me levanta pelas pernas e me carrega até o chuveiro.* De novo, Sabbath se pôs a procurar uma pedra. Visto que estava uns bons quatro metros e meio mais longe de Barrett do que havia ficado de Lewis, procurou uma pedra leve, que pudesse arremessar em algum ponto entre os joelhos e os ombros dele. Levou certo tempo para encontrar, no escuro, algo do tamanho e peso apropriados e, por todo esse intervalo, Barrett se manteve de pé junto ao túmulo, batendo punheta. Acertar Barrett bem no peru, na hora em que começasse a gozar. Sabbath estava tentando calcular em que instante se daria o advento do orgasmo, pela velocidade dos movimentos ritmados de Barrett, quando avistou outra figura no cemitério, subindo o morro, devagar. De uniforme. O coveiro? A figura uniformizada avançava furtivamente, sem ser notada e imperceptível, até chegar a um metro atrás de Barrett, que permanecia alheio a tudo, a essa altura, exceto ao surto iminente.

De forma vagarosa, quase com indolência, a figura de uniforme ergueu o braço direito, pouco a pouco. Na mão, segurava um objeto comprido que culminava em uma forma bojuda. Uma lanterna. Um ronco subiu do fundo de Barrett, um ronco monótono e constante que, de súbito, culminou em uma fanfarra de balbucios incoerentes. Sabbath suspendeu o arremesso da sua pedra, mas o clímax do êxtase tornou-se também a deixa para o homem com a lanterna, que a arrojou como um machado de encontro ao crânio de Barrett. Ouviu-se um baque surdo quando Barrett tombou no chão e, depois, duas pancadas rápidas — o jovem eletricista... *você é demais, você é demais da conta...* tomando duas porradas nos colhões.

Só depois que o agressor se esgueirou de volta para o seu próprio carro — ele o havia estacionado furtivamente logo atrás da picape — e ligou o motor, Sabbath compreendeu quem era. Num gesto de arrogância, de franco desafio, ou de uma raiva declarada e insaciável, a radiopatrulha do policial arrancou pela estrada, com todas as luzes acesas.

Naquela noite, a caminho de Nova York para acompanhar o funeral de Linc, Sabbath só pensava em Nikki. Tudo o que conseguia conversar com sua mãe, que planava dentro do carro, emergindo e afundando como destroços arrastados pela maré, era a respeito do que provocara o desaparecimento de Nikki. Durante seus quatro anos de casamento, sua mãe tinha visto Nikki apenas cinco ou seis vezes e lhe disse pouco ou nada nessas ocasiões, mal podia compreender quem era ela ou por que estava ali, por mais que Nikki, com a ingenuidade compadecida de uma criança alegre e bondosa, se empenhasse com toda seriedade em travar conversa. Levando em conta seu terror pelos idosos, deformados e doentes, Nikki estava muito pouco capacitada a enfrentar a dura provação que a sofrida mãe de Sabbath representava e, invariavelmente, sofria cólicas estomacais no carro, a caminho de Bradley. Certa vez, quando a sra. Sabbath parecia especialmente esquelética e desgrenhada no momento em que os dois a encontraram cochilando numa cadeira da cozinha, com a dentadura ao seu lado, sobre o encerado que cobria a mesa, Nikki não conseguiu se conter e saiu correndo pela porta dos fundos. A partir daí, Sabbath passou a visitar sua mãe sozinho. Ele a levava para almoçar em um restaurante de frutos do mar em Belmar, que servia enroladinhos Parker House, um dos pratos favoritos dela tempos atrás, e, de volta a Bradley, por insistência de Sabbath, ele a segurava pelo braço e perambulavam juntos uns dez minutos sobre a calçada de tábuas. Para grande alívio da mãe, o filho a levava depois para casa. Sabbath não a pressionava a dizer nada e, ao longo dos anos, houve visitas em que ele falou apenas "Como vai, mãe?" e "Até logo, mãe". Isso e dois beijos, um na chegada, outro na saída. Sempre que Sabbath trazia uma caixa de chocolates com cobertura de cereja, na visita seguinte encontrava-a fechada, exatamente no mesmo local onde a mãe a deixara, depois de a receber das mãos do filho. Sabbath jamais pensou em passar a noite no velho quarto que foi dele e do seu irmão Morty.

Mas agora que ela oscilava invisível no interior do carro escuro, ao abrigo de todas as aflições, exaurida de toda dor, agora que sua mãezinha era puro espírito, pura mente, um ser imperecível, Sabbath admitia que ela podia suportar ouvir a história completa da catástrofe na qual seu primeiro casamento havia sucumbido. Sem a menor dúvida, ela estivera presente antes, a fim de observar o final do segundo casamento. E não estava sempre ali quando Sabbath despertava às quatro da manhã e não conseguia voltar a dormir? Não havia Sabbath perguntado a ela, no banheiro, naquela mesma manhã, enquanto aparava as pontas de sua barba, se não seria a sua barba uma réplica da barba lisa do pai dela, o rabino cujo nome Sabbath recebera e com quem, aparentemente, ele sempre fora parecido, desde o nascimento? Não estava ela regularmente ao seu lado, na sua boca, zumbindo no interior do seu crânio, insistindo para que desse cabo da sua vida destrambelhada?

Nada senão a morte, a morte e apenas a morte, por três horas e meia, nada senão Nikki, sua incapacidade de responder por seus atos, seu alheamento, sua aparência, o cabelo e os olhos, essenciais em seu negror, a pele etérea, virginal, de um branco angelical, empoado... Nikki e o seu talento para encarnar na alma tudo que era contraditório e insondável, mesmo a monstruosidade que a deixava paralisada de medo.

Quando Nikki foi contemplada com uma bolsa completa para a Academia Real de Arte Dramática, em Londres, mudou-se para lá com sua mãe. A princípio, fiaram-se na generosidade de uma prima da mãe de Nikki que se casara com um médico inglês e vivia confortavelmente em Kensington. Sua mãe conseguiu um emprego em uma loja de chapéus caros, em South Audley Street, e os afáveis donos, Bill e Ned, encantados com a assustadiça e eloquente fragilidade de Nikki, permitiram que elas alugassem praticamente de graça os dois quartinhos em cima da loja. Eles mesmos forneceram a mobília, retirada do sótão da sua própria casa de campo, incluindo uma cama pequena, na qual Nikki dormia, no diminuto quarto "extra", e o sofá, na "sala de estar", onde sua mãe insone, com a ajuda de um romance, passava as noites fumando um cigarro atrás do outro. O banheiro ficava no andar de baixo, nos fundos da loja. O lugar era tão apertado que Nikki podia se sentir um canguru na bolsa da sua mãe. Na verdade, Nikki não teria se importado que ele fosse ainda menor, com apenas uma cama para as duas.

Após se formar na escola dramática, Nikki voltou para Nova York, mas sua mãe, que não conseguia se desfazer das recordações de Cleveland e que achava todos os americanos barulhentos e bárbaros — com certeza, em comparação com seus fregueses na chapelaria de alta classe, que se mostravam o mais educados e pacientes que podiam com a viúva (essa era a história) chapeleira (de linhagem aristocrática cretense, segundo Bill e Ned) —, sua mãe ficou em Londres. Havia chegado o tempo de Nikki começar a viver por conta própria, enquanto sua mãe se achava a salvo entre os numerosos bons amigos que fizera, por intermédio dos dois "rapazes", como todo mundo chamava os seus patrões — ela e Nikki eram convidadas com frequência para passar os finais de semana ou os feriados na casa de campo de alguém, e não eram poucos os fregueses ricos que tomavam a sra. Kantarakis como confidente. Além disso, havia a segurança proporcionada pela prima Rena e pelo médico, que fora extremamente generoso, sobretudo com Nikki. Todo mundo era generoso com Nikki. Ela era encantadora e, no entanto, até sua partida para a América, não tivera nenhuma experiência sexual com homens. A bem da verdade, desde quando fugira da casa do pai para os braços da mãe, com sete anos de idade, Nikki mal convivera com homens que não fossem homossexuais. Ainda faltava verificar até que ponto ela os encantaria.

— A mãe dela — Sabbath explicou para a sua mãe — morreu certa manhã, bem cedo. Nikki tinha voado para lá a fim de estar ao lado dela nos últimos estágios da doença. Sua passagem foi paga por Bill e Ned. Nada mais havia a ser feito no hospital, assim a mãe voltou para os aposentos em cima da chapelaria, para morrer. Enquanto o final se aproximava, Nikki ficou sentada ao lado da mãe, segurou sua mão e a confortou por quase quatro dias. Então, na quarta manhã, Nikki desceu até a loja para usar o banheiro e, quando voltou para o andar de cima, sua mãe havia parado de respirar. "Minha mãe acabou de morrer", ela me disse, no telefone, "e eu não estava aqui. Não estava aqui com ela. Eu não estava aqui com ela, Mickey! Ela morreu sozinha!" Graças a Bill e Ned, voei para Londres no avião da noite. Cheguei mais ou menos na hora do café da manhã, do dia seguinte, e segui direto para South Audley Street. O que encontrei foi Nikki com um aspecto calmo e sereno, sentada em uma cadeira ao lado da mãe. Havia passado um dia e o cadáver ainda estava de camisola de dormir — e no mesmo lugar. E permaneceu ali por mais setenta e duas horas. Quando eu já não podia mais suportar aquele espetáculo, gritei para Nikki: "Você não é uma camponesa siciliana! Já chega, já chega! Está na hora de sua mãe ir embora!". "Não. Não. *Não!*" E quando ela começou a me golpear com os punhos fechados, recuei, fugi escada abaixo e vaguei por Londres durante horas. O que eu estava tentando dizer a Nikki é que a vigília que ela tinha iniciado junto ao corpo da mãe já havia ultrapassado o meu sentido não do que era decente, mas do que era mentalmente sadio. Estava tentando dizer a ela que sua desembaraçada intimidade com o cadáver da mãe, a conversa em monólogo com que ela entretinha a mulher morta, enquanto ficava sentada ao seu lado, dia após dia, completando o trabalho de tricô que sua mãe havia começado e dando boas-vindas aos amigos dos rapazes, as carícias nas mãos da mulher morta, os beijos no seu rosto, os afagos em seu cabelo, todo esse alheamento à verdade nua e crua estava convertendo Nikki em um tabu, para mim.

Estaria a mãe de Sabbath acompanhando a história? De algum modo, ele pressentia que o interesse dela estava voltado para outra direção. Agora, Sabbath estava entrando em Connecticut, dirigindo junto a um lindo braço do rio que se arrastava vagaroso, e achou que sua mãe podia estar pensando: "Não seria difícil se jogar no fundo daquele rio". Mas não antes de eu ver Linc, mãe... Sabbath tinha de ver a cara de Linc antes de fazer o mesmo que ele.

E essa era a primeira vez que Sabbath se dava conta ou admitia para si mesmo o que tinha de fazer. O problema que a sua vida representava jamais teria solução. Não era o tipo de vida com objetivos claros, e meios também claros, uma vida na qual fosse possível dizer: "Isso é essencial e aquilo não é essencial, isso eu não farei porque não posso suportar, e aquilo eu farei porque posso suportar". Não havia como desatar os nós de uma existência cuja instabilidade constituía sua única autoridade e proporcionava seu deleite primordial. Sabbath queria que sua mãe entendesse que ele não estava culpando a futilidade da morte de Morty, ou o colapso mental da sua mãe, ou o desaparecimento de Nikki, ou a sua profissão idiota, ou as suas mãos artríticas — estava simplesmente recapitulando para ela o que havia acontecido antes que isso acontecesse. Era tudo o que se podia saber e, no entanto, se aquilo que pensamos que aconteceu jamais está de acordo com aquilo que outra pessoa pensa que aconteceu, como podemos dizer que sabemos pelo menos isso? Todo mundo entendeu tudo errado. O que Sabbath contava para sua mãe estava errado. Se Nikki o ouvisse falar, em lugar de sua mãe, ela estaria berrando: "Não foi nada disso! *Eu* não era assim! Você está confundindo as coisas! Sempre confundiu! Você vive me criticando por qualquer coisinha!".

Sem lar, sem esposa, sem amante, sem tostão... pule no rio gelado e se afogue. Suba pelo mato adentro e adormeça, e amanhã de manhã, se por acaso acordar, continue a subir pelo mato até ficar perdido. Alugue um quarto num motel, peça ao porteiro noturno uma navalha e corte a garganta de orelha a orelha. Podia ser feito. Lincoln Gelman fez isso. O pai de Roseanna fez isso. Na certa, Nikki mesma havia feito isso, e com uma navalha, uma navalha comum, bem parecida com aquela que Nikki pegava e saía de cena para se matar, no final de *Senhorita Júlia*. Cerca de uma semana após seu desaparecimento, Sabbath teve a ideia de ir ao aposento do contrarregra procurar pela navalha que o criado, Jean, entrega a Júlia depois que ela dormiu com ele, sente-se conspurcada por ele e, por fim, lhe pergunta: "Se você estivesse no meu lugar, o que faria?". "Vá, agora, enquanto há luz... para o celeiro...", responde Jean, e lhe dá uma navalha. "Não há outro modo de terminar... Vá!", diz ele. A última palavra da peça: vá! Então Júlia pega a navalha e vai embora — e Nikki, resoluta, segue seu caminho de forma inelutável. A navalha estava na mesma gaveta do aposento do contrarregra, ali onde era o seu lugar, mas havia momentos, no entanto, em que Sabbath ainda podia acreditar que o horror era efeito da auto-hipnose, que a catástrofe dos dois teve origem na compaixão desinteressada, implacável, com a qual Nikki abraçava, de forma quase criminosa, os sofrimentos das criaturas irreais. Com avidez, Nikki submetia sua vasta imaginação não à tirânica bestialidade da imaginação de Sabbath, mas à tirânica bestialidade da imaginação de Strindberg. Strindberg levara a cabo a tarefa, para Sabbath. E quem melhor do que ele?

— Lembro-me de ter pensado, por volta do terceiro dia: "Se isso continuar assim por muito tempo, nunca mais vou conseguir trepar com essa mulher. Não vou conseguir deitar com ela na mesma cama". Não era porque aqueles ritos que Nikki estava forjando fossem estranhos para mim e dotados de um propósito oposto ao dos rituais que eu estava habituado a testemunhar entre os judeus. Caso ela fosse católica, hinduísta, muçulmana, orientada pelos costumes de luto desta ou daquela religião; caso ela fosse uma egípcia sob o reinado do grande Amenhotep, cumprindo todos os detalhes do cerimonial rocambolesco a ser seguido por ocasião da morte do deus Osíris, creio que eu não teria feito nada senão contemplar, em um silêncio respeitoso. Minha vergonha era saber que Nikki havia ficado sozinha, *por conta própria*, ela e sua mãe contra o mundo, à parte do mundo, juntas, sozinhas e apartadas do mundo, sem igreja alguma, sem um clã que as amparasse, sem sequer a presença meramente formal de uma família junto à qual sua reação diante da morte de um ente querido pudesse encontrar alguma receptividade misericordiosa. Após dois dias naquela sua vigília, avistamos um padre caminhando pela South Audley Street. "Esses são os verdadeiros demônios", disse Nikki. "Odeio todos eles. Padres, rabinos, clérigos com as suas histórias de fadas idiotas!" Tive vontade de dizer a ela: "Então pegue uma pá e resolva o assunto você mesma. Não sou nem um pouco admirador do clero. Pegue uma pá e enterre sua mãe no jardim do Ned". A mãe de Nikki foi estendida no sofá, embaixo de um edredom. Sua aparência — antes de o embalsamador ter vindo e, segundo as palavras de Nikki, ter colocado sua mãe "em salmoura" —, sua aparência era a de quem estava apenas dormindo, de dia, diante de nós, seu queixo, tal como ela o portava quando viva, estava ligeiramente torto para o lado. Lá fora, fazia uma fresca manhã de primavera. Os pardais aos quais ela dava comida todos os dias voejavam pelas árvores floridas e tomavam banho junto aos cascalhos sob o abrigo do jardim e, através das janelas abertas dos fundos, via-se o resplendor das tulipas. Uma tigela com sobras de comida para cachorro se encontrava ao lado da porta, mas o cachorro de estimação de sua mãe havia ido embora, a essa altura, levado por Rena. Foi Rena quem me contou, mais tarde, o que se passou na manhã da morte. Nikki me contara que uma ambulância fora enviada pelo médico que veio ver o corpo e preparar o atestado de óbito, mas ela resolvera manter a mãe em casa até o funeral e despachou a ambulância. Rena, que viera correndo para ficar ao lado de Nikki, na ocasião, me contou que a ambulância chamada pelo doutor não fora exatamente "mandada embora". Quando o motorista atravessou a porta e começou a subir a escada estreita, Nikki lhe disse: "Não, não!"; quando ele insistiu e disse que estava apenas fazendo o seu trabalho, Nikki lhe deu um murro na cara, tão forte que ele se foi às pressas e o pulso de Nikki doeu por alguns dias. Eu a vira esfregando o pulso durante a vigília mas não tinha ideia do que aquilo significava, até que Rena me contou.

E com quem ele achava que estava falando? Uma alucinação autoinduzida, uma traição da razão, algo com que amplificar a inconsequência de uma mixórdia destituída de sentido — é *isso* que sua mãe era, mais um de seus fantoches, seu último fantoche, um fantoche invisível vagando no ar preso aos cordões, escalado no papel não de anjo da guarda, mas do espírito de um morto pronto para levar Sabbath à sua última morada. Um instinto teatral tosco estava conferindo um espalhafatoso e patético toque de drama, de última hora, a uma vida que dera em nada.

A viagem parecia interminável. Sabbath teria deixado passar alguma bifurcação na estrada ou seria essa a sua última morada, um caixão em que a gente segue dirigindo, de forma interminável, pela escuridão, sem saber onde está, recapitulando sem parar os episódios incontroláveis que levaram a gente a virar uma pessoa como nunca se viu antes? E tão depressa! Tão rápido! Tudo se afasta de nós, a começar por aquilo que nós mesmos somos e, em algum momento indefinível, conseguimos entender, em parte, que o nosso antagonista implacável somos nós mesmos.

A mãe de Sabbath, a essa altura, já havia estendido seu espírito como uma cortina em torno dele, o embrulhara dentro dela, a sua maneira de garantir ao filho que ela de fato existia, soberana, independente da imaginação de Sabbath.

— Perguntei a Nikki: "Quando será o funeral?". Mas ela não respondeu. "Isso é inaceitável", disse ela, "é de uma tristeza totalmente inaceitável" Nikki se sentara na ponta do sofá em que sua mãe estava deitada. Eu segurava uma das mãos de Nikki e, estendendo a outra, ela tocou o rosto da mãe. "*Manoúlamou, manoulítsamou.*" Diminutivos gregos para "minha querida mãe". "Isso é intolerável. É horrível", dizia Nikki. "Vou ficar com ela. Vou dormir aqui. Não quero ficar sozinha." E, como eu não queria que Nikki ficasse só, permanecia ali com ela e sua mãe até que, à tarde, um agente funerário de uma grande firma, contatada pelo médico do marido de Rena, veio conversar acerca dos preparativos do enterro. Judeu, eu estava habituado a ver os mortos sepultados em vinte e quatro horas, sempre que possível, mas Nikki não era coisa alguma, nada senão a filha querida de sua mãe, e, enquanto esperávamos pelo agente funerário, quando lhe recordei o costume dos judeus, ela disse: "Enfiar os coitados debaixo da terra no *dia seguinte*? Como são cruéis os judeus!". "Bem, é uma maneira de ver as coisas." "Mas *é* mesmo", disse ela, "é muito cruel! É horrível!" Eu nada mais disse. Nikki confirmou que não queria um enterro para a mãe. O agente funerário chegou por volta das quatro horas, vestindo calças listradas e fraque preto. Mostrou-se extremamente educado e respeitoso, e explicou que viera correndo do seu terceiro enterro naquele dia e não tivera oportunidade de trocar de roupa. Nikki declarou que sua mãe não seria removida, ficaria ali mesmo onde estava. O homem respondeu com um grau de eufemismo muito elevado, um tom que adotou para toda a conversa, exceto por um breve lapso. Simulou um sotaque de classe alta. "Como desejar, senhorita Kantarakis. Não queremos ofendê-la, de modo algum. Se a senhora sua mãe ficar aqui, um de nossos funcionários virá lhe dar uma injeção." Entendi que ela seria limpa e embalsamada. "Não se preocupe", o homem nos tranquilizou com vigor, "nosso funcionário é o melhor de toda a Inglaterra", sorriu, orgulhoso. "Ele cuida da família real. Um indivíduo muito espirituoso, na verdade. É preciso, neste ramo de atividade. Não podemos ser pessoas mórbidas." Nesse meio-tempo, uma mosca pousara no rosto do cadáver e eu desejava que Nikki não a visse e que o inseto voasse dali. Mas ela viu, ergueu-se de um pulo e, pela primeira vez desde que eu havia chegado, houve uma explosão de histeria. "Pode deixar", disse-me o agente funerário. Eu também me havia erguido de um salto a fim de espantar a mosca. "Deixe a senhora extravasar", disse ele com ar de sábio. Depois que Nikki se acalmou, pôs um pano leve sobre o rosto da mãe a fim de evitar que a mosca voltasse. Mais tarde, naquele mesmo dia, atendendo a um pedido de Nikki, saí para comprar repelente de insetos e voltei pronto para borrifar o aposento com o spray — tomando cuidado para não borrifar na direção do cadáver —, e Nikki pegou o pano e pôs no bolso do seu suéter. Por descuido ou não, ao anoitecer, ela usou o pano para assoar o nariz... e isso me pareceu totalmente maluco. "Não quero ser indelicado", indagou o agente funerário, "mas que altura tinha a sua mãe? Meus funcionários vão me perguntar quando eu ligar para eles." O homem ligou para o escritório, alguns minutos depois, e perguntou os horários vagos no forno crematório, na terça-feira. Ainda era sexta-feira e, tendo em vista o estado de Nikki, terça-feira parecia tempo demais. Porém, como ela estava disposta a não fazer enterro algum e manter a mãe ali para sempre, resolvi que terça-feira era melhor do que dia nenhum. O agente funerário aguardou enquanto verificavam a agenda do forno crematório. Então ele ergueu os olhos para mim e disse: "Meus funcionários dizem que há uma vaga de uma hora". "Ah, não", choramingou Nikki, mas eu fiz que sim com a cabeça. "Segure", exclamou ligeiro o agente, no telefone, e revelou que pelo menos era capaz de falar como se o mundo fosse um lugar real e nós fôssemos gente real. "E a cerimônia fúnebre?", indagou para Nikki, depois de desligar o telefone. "Não me importa quem realize a cerimônia", ela respondeu de modo vago, "contanto que não fiquem falando de Deus." "Sem denominação religiosa", disse o homem, e anotou isso em seu caderno, junto com a altura da mãe de Nikki e a categoria do caixão que ela escolhera para ser incinerado junto com a mãe. Em seguida, ele se pôs a descrever, com delicadeza, o processo de cremação e apresentou as opções disponíveis. "A senhora pode se retirar antes que o caixão desapareça ou pode esperar até ele desparecer." Nikki ficou atônita demais com aquele pensamento para poder responder o que quer que fosse e, portanto, falei: "Vamos esperar". "E quanto às cinzas?", ele perguntou. "No seu testamento", eu disse, "ela apenas pediu que suas cinzas fossem espalhadas." Nikki, contemplando o pano leve e imóvel sobre as narinas e os lábios de sua mãe, falou, sem se dirigir a ninguém em especial: "Acho que vamos levar as cinzas de volta para Nova York. Minha mãe odiava a América. Mas acho que as cinzas devem voltar com a gente". "Pode levá-las", retrucou o agente funerário, "sem dúvida alguma, a senhora pode levar, senhorita Kantarakis. Segundo a lei de 1902, a senhora pode fazer com elas o que desejar." O embalsamador só chegou às sete e meia. O agente funerário descreveu-o para mim — com um vestígio de exaltação dickensiana inesperada da parte de um agente funerário em qualquer outro lugar do mundo, exceto nas ilhas britânicas — como "alto, com óculos de lentes grossas e muito espirituoso". Mas, ao anoitecer, quando ele apareceu na porta do andar de baixo, não era apenas um homem alto; era enorme, um gigante Hércules saído do circo, com óculos de lentes grossas e completamente calvo, exceto por dois ramos de cabelo preto espetados nas laterais da sua cabeça enorme. Ficou de pé na soleira, de terno preto, segurando duas grandes caixas pretas, cada uma com capacidade suficiente para guardar uma criança. "O senhor é o senhor Cummings?", perguntei. "Venho a mando de Ridgely, senhor." Podia muito bem ter dito que vinha a mando de Satã. Eu teria acreditado, apesar do sotaque *cockney*. Ele não me pareceu espirituoso. Eu o levei para cima, até onde estava o corpo, enfiado embaixo do edredom. Ele tirou o chapéu e curvou-se ligeiramente para Nikki, com a mesma reverência que teria demonstrado diante da própria família real. "Vamos deixar o senhor sozinho", eu disse. "Vamos dar uma volta e retornar em cerca de uma hora." "Pode me dar uma hora e meia, senhor", disse ele. "Está bem." "Posso fazer algumas perguntas, senhor?" Como Nikki estava suficientemente perplexa com o tamanho enorme do homem — com o seu tamanho, acima de tudo —, achei que ela não precisava ouvir as perguntas, que só podiam ser coisas macabras. Até então, ela não conseguira tirar os olhos das duas grandes caixas pretas, que ele então pôs no chão. "Vá dar uma volta ali fora, um momento", eu lhe disse. "Vá lá embaixo e pegue um pouco de ar fresco enquanto eu resolvo tudo com esse cara." Em silêncio, ela obedeceu. Nikki estava deixando sua mãe pela primeira vez desde que ela fora ao banheiro no dia anterior e subira de volta para encontrá-la morta. Mas preferia qualquer coisa a ficar com aquele homem e aquelas caixas. De volta ao aposento, o embalsamador me perguntou como o corpo devia ser vestido. Eu não sabia, mas, em vez de sair correndo e perguntar para Nikki, eu disse para deixá-la com a camisola de dormir. Então me dei conta de que, se ele a estava preparando para o enterro e para a cremação, as joias deviam ser retiradas. Perguntei-lhe se poderia fazer isso para nós. "Vamos ver o que ela está usando, senhor", respondeu o homem e me chamou com a mão para me aproximar e examinar o corpo ao seu lado. Eu não esperava por isso, mas, como parecia envolver uma questão de ética profissional para ele não retirar objetos de valor sem a presença de uma testemunha, me pus de pé ao seu lado enquanto puxou o edredom para revelar os dedos lívidos e retesados do cadáver e, no ponto em que a camisola havia subido um pouco, as pernas finas como canudos. O embalsamador retirou o anel e me deu, e depois ergueu a cabeça dela a fim de desatarraxar os brincos. Mas não conseguiu fazê-lo sozinho e, portanto, segurei a cabeça da morta enquanto ele soltava os brincos. "As pérolas também", eu disse, e o homem fez o colar girar em redor do pescoço da mãe de Nikki para que o fecho ficasse voltado para a frente. Só que o fecho não queria abrir. Ele lutou em vão com os seus dedos invulgarmente grandes de Hércules de circo, enquanto eu continuava a suster o peso da cabeça com uma das mãos. A mãe de Nikki e eu nunca fomos muito afetuosos, fisicamente falando, e aquela foi, sem dúvida alguma, a maior intimidade que tivemos. A cabeça parecia pesar demais, depois de morta. Ela está morta mesmo, pensei — e isso já está ficando intolerável. Enfim, tentei a sorte eu mesmo com o fecho e, após alguns minutos de luta, quando vi que também não conseguia, desistimos e puxamos o colar de pérolas, que estava muito apertado, por cima da cabeça da morta e do seu cabelo, da melhor maneira que pudemos. Tomei cuidado para não tropeçar enquanto me afastava entre as duas caixas pretas. "Tudo bem, tudo bem", eu lhe disse, "vou voltar daqui a uma hora e meia." "É melhor telefonar antes, senhor." "E vai deixá-la exatamente como está agora?" "Sim, senhor." Mas, em seguida, ele olhou para as janelas que davam para o jardim de Ned e para as janelas de fundos das casas da rua em frente e perguntou: "Dá para enxergar aqui dentro, olhando de lá, senhor?". Fiquei subitamente alarmado com a ideia de deixar aquela mulher atraente, de quarenta e cinco anos, sozinha com ele, embora estivesse morta. Mas o que eu estava pensando era inconcebível — achei — e disse: "É melhor fechar as cortinas, para ficar protegido". As cortinas eram novas, um presente de aniversário que Nikki havia comprado no ano anterior e pusera nas janelas apenas na última semana da doença de sua mãe. Ela insistia em que não precisava de cortinas novas, recusou-se até a desembrulhar o presente, e só o aceitou quando, ao pé da sua cama, Nikki mentiu para a moribunda dizendo que elas tinham custado menos de dez libras. Na casa de Rena, onde ficamos aguardando, ela e eu tentamos convencer Nikki a tomar banho e comer. Nikki não quis nem uma coisa nem outra. Nem sequer quis lavar as mãos quando lhe pedi isso, após um dia inteiro acariciando sua mãe morta. Ela esperou em silêncio na cadeira até que fosse hora de voltar. Depois de uma hora, telefonei para verificar em que pé estava o trabalho do embalsamador. "Terminei, senhor", disse ele. "Tudo está como antes?" "Sim, senhor. Pus flores ao lado do travesseiro." Não havia flores quando saímos; ele deve ter apanhado as flores que Ned havia colhido mais cedo e depois trouxera para lá. "Tive que endireitar a cabeça dela", o homem me explicou. "É melhor para o caixão." "Tudo bem. Quando sair, feche a porta do andar de baixo. Vamos logo para aí. Pode deixar uma luz acesa?" "Já está, senhor. O abajur ao lado da cabeça dela." O embalsamador montara um cenário. A primeira coisa que vi...

Foi *Sabbath* que ele quis golpear na cabeça. É claro! Foi Sabbath que ele veio pegar profanando o túmulo de sua mãe! Durante semanas, talvez meses, a essa altura, Matthew, em sua ronda noturna, devia vir observando Sabbath de dentro do carro da polícia. Desde a ofensa monstruosa que Sabbath infligira a Kathy Goolsbee, Matthew, como tantos outros na comunidade ultrajada, perdera o respeito por ele e deixava isso bem claro sempre que seu carro passava por Sabbath na estrada, fingindo não reconhecer o motorista. Enquanto rodava de carro, Matthew em geral adorava saudar as pessoas que conhecia desde pequeno em Madamaska Falls, e ele já era bem conhecido na cidade por ser tolerante com as infrações de trânsito dos habitantes locais. Certa vez, ele se mostrara gentilmente tolerante com o próprio Sabbath, poucos meses depois de sair da Academia de Polícia, ainda sem muita manha, e dirigindo uma viatura do esquadrão de trânsito. Ele fora atrás de Sabbath — que dirigia bem acima do limite de velocidade, após uma tarde feliz no Grotto — e, com sua sirene, obrigou-o a parar no acostamento. Mas quando Matthew se aproximou da janela do motorista, olhou para dentro e viu quem era, ficou de rosto corado e disse: "Opa". Ele e Roseanna tinham ficado amigos durante o seu último ano na escola secundária e, mais de uma vez (bêbada, ela falava tudo mais de uma vez), Roseanna declarou que Matthew Balich estava entre os rapazes mais ajuizados que ela já tivera numa sala de aula, em Cumberland.

— O que fiz de errado, guarda Balich? — perguntou Sabbath, bem sério, como é direito de todo e qualquer cidadão.

— Caramba, o senhor sabe que estava *voando* na estrada.

— Anh-han — respondeu Sabbath.

— Olhe, não tem importância — disse Matthew. — Quando se trata de pessoas que conheço, não sou o típico policial durão. O senhor não vai sair por aí contando para todo mundo, mas é que não é do meu feitio me comportar dessa maneira com alguém que eu conheço. Eu dirigia depressa antes de ser policial. Não vou ser hipócrita.

— Puxa, isso é muito mais do que uma gentileza. O que devo fazer?

— Bem — replicou Matthew, abrindo um sorriso largo, com aquela cara sem nariz, exatamente como sua mãe fizera pouco antes, naquela mesma tarde, ao gozar pela terceira ou quarta vez —, o senhor pode andar mais devagar, por exemplo. E também pode sumir logo daqui. Vá embora! Até a vista, senhor Sabbath! Um abraço na Roseanna!

E assim terminou tudo. Sabbath nunca mais teria coragem de visitar o túmulo de Drenka. Nunca conseguiria voltar para Madamaska Falls. Estava deixando para trás não apenas o casamento e o lar, mas também a lei, em sua feição menos legal.

A primeira coisa que vi quando voltamos foi que o aspirador de pó estava fora do armário, em um canto do aposento maior. O embalsamador o usara a fim de limpar? E limpar o quê? A seguir, senti o cheiro terrível dos produtos químicos. A mulher embaixo do edredom não era mais a mulher que estivera conosco o dia inteiro. "Não é ela", disse Nikki e se pôs a chorar. "Parece comigo! Sou eu!" Entendi o que ela quis dizer, por mais loucas que suas palavras parecessem, à primeira vista. Nikki possuía uma versão austera, pomposa, da refinada beleza de sua mãe e, desse modo, todas as semelhanças que existiam antes do trabalho do embalsamador se achavam agora assustadoramente reforçadas. Nikki aproximou-se do corpo e fitou-o. "A cabeça dela está reta." "O homem a endireitou", expliquei. "Mas ela sempre teve a cabeça um pouco torta." "Agora não tem mais." "Ah, a senhora parece terrivelmente severa, *manoulítsa*", disse Nikki para o cadáver. Severa. Esculpida. Escultural. Bem oficial, bem morta. Mas Nikki, mesmo assim, sentou-se ao lado dela, na mesma cadeira de antes, e retomou sua vigília. As cortinas estavam fechadas, só o pequeno abajur estava aceso, e as flores repousavam no travesseiro ao lado da cabeça embalsamada. Tive de conter o impulso de agarrar as flores, atirar no lixo e pôr fim a toda aquela história. Todo o interior fluido dela se foi, refleti, sugado para dentro daquelas caixas pretas e depois... o quê? Despejado no vaso do banheiro nos fundos da loja? Eu podia até ver aquele gigante, no seu terno preto, revirando o corpo nu da morta, tão logo os dois ficaram sozinhos no quarto, com as cortinas fechadas e numa ocasião em que já não havia a menor necessidade de se mostrar reverente, como fizera com as joias. Evacuar os intestinos, esvaziar a bexiga, drenar o sangue, injetar formol, se era mesmo de formol o cheiro que eu sentia. Eu nunca devia ter permitido uma coisa dessas, pensei. Devíamos ter enterrado o corpo nós mesmos, no jardim da casa. Eu estava certo, desde o início. "O que você vai fazer?", perguntei. "Vou ficar aqui esta noite", disse Nikki. "Não pode", retruquei. "Não quero que ela fique sozinha." "Eu não quero que *você* fique sozinha. Você não pode ficar sozinha. E eu não vou dormir aqui. Você vai para a casa de Rena. Pode voltar de manhã." "Não posso deixá-la." "Você tem que vir comigo, Nikki." "Quando?" "Agora. Despeça-se de sua mãe e vamos embora." Nikki se levantou da cadeira e se ajoelhou junto ao sofá. Tocando as faces de sua mãe, seu cabelo, seus lábios, ela disse: "Amei você de verdade, *manoulítsa*. Ah, *manoulítsamou*". Abri uma janela a fim de arejar o ambiente. Comecei a limpar a geladeira, no canto da sala próximo à cozinha. Entornei no ralo da pia o resto de leite de uma caixa já aberta. Achei um saco de papel e coloquei dentro dele tudo o que estava na geladeira. Mas, quando voltei para Nikki, ela ainda conversava com a mãe. "Está na hora de ir embora, por esta noite já chega", eu disse. Sem resistir, Nikki se ergueu quando me ofereci para ajudá-la. Mas, de pé na soleira da porta que dava para a escada, ela voltou-se para olhar sua mãe. "Por que ela não pode ficar assim, como está agora?", perguntou. Desci a escada com ela até a porta lateral, aproveitando para levar o lixo para fora. Mas, outra vez, Nikki voltou atrás e eu a segui até a sala de estar com o saco de lixo. Mais uma vez, ela se aproximou do corpo da mãe para tocá-lo. Esperei. Ah, esperei, esperei e pensei, ajude Nikki, ajude Nikki a sair disso, mas não sabia o que fazer para ajudá-la, se devia dizer para ficar ou forçá-la a sair. Ela apontou para o cadáver. "Essa é a minha mãe", disse ela. "Você tem que vir comigo", insisti. Enfim, não sei quanto tempo depois, ela saiu comigo. Porém, no dia seguinte foi pior — Nikki estava mais bem-disposta. De manhã, mal pôde esperar para sair ao encontro de sua mãe e quando telefonei uma hora depois de deixá-la ali e perguntei "Como está tudo aí?", ela respondeu: "Ah, muito tranquilo. Estou sentada aqui, fazendo tricô. E conversamos um pouco". E assim eu a encontrei no final da tarde, quando vim pegá-la para levá-la de volta à casa de Rena. "Tivemos um bate-papo tão agradável", disse ela. "Eu contei para mamãe..." Na manhã de domingo enfim, enfim, enfim —, em meio a uma forte tempestade, fui abrir a porta para o carro funerário que viera levar a mãe de Nikki. "São mais vinte e cinco libras", me avisou o agente funerário, "para que os funcionários trabalhem no domingo, senhor. Os enterros já são muito caros, sem isso." Mas eu lhe disse: "Pode chamar seus empregados". Se Rena não pagasse, eu mesmo pagaria, e na época, como agora, eu não conseguia guardar um dólar. Não queria que Nikki fosse comigo, e só quando ela insistiu, dizendo que era preciso, levantei minha voz e expliquei: "Olhe aqui, pense bem. Está chovendo que é um horror. Tudo triste lá fora. Você não vai gostar nem um pouco quando eles levarem sua mãe para fora de casa, debaixo da chuva, dentro do caixão". "Mas tenho que ir vê-la esta tarde." "Você pode, você pode. Tenho certeza de que pode." "Você tem que perguntar a eles se posso ir esta tarde!" "Tão logo eles tenham preparado sua mãe, estou certo de que você pode ir lá. Mas a cena desta manhã, você pode dispensar. Quer vê-la deixando South Audley Street?" "Talvez você tenha razão", disse Nikki, e, é claro, fiquei imaginando se eu tinha mesmo razão, e se ver sua mãe deixando South Audley Street não era justamente aquilo de que ela precisava para que a realidade começasse a se insinuar de volta em sua mente. Mas será que manter a realidade distante não era aquilo que a impedia de se despedaçar de uma vez por todas? Eu não sabia. Ninguém sabe. É por isso que as religiões possuem os rituais que Nikki odiava. Mas às três horas ela estava de volta para junto de sua mãe, na casa funerária, que não ficava longe do apartamento de um amigo inglês que eu tinha ido visitar. Eu dera a Nikki o endereço e o telefone, e dissera que fosse para lá quando tivesse terminado. Em vez disso, ela me telefonou para dizer que ficaria até minha visita terminar e pediu que, então, eu fosse pegá-la na casa funerária. Não era isso que eu tinha imaginado. Ela está pirada, pensei, não consigo tirar Nikki dessa piração. No entanto, ainda tinha esperança de que ela aparecesse na casa do meu amigo; mas, quando eram cinco horas, fui até a casa funerária e, na porta da frente, pedi ao encarregado, que parecia estar sozinho no domingo, para chamar Nikki. Ele disse que ela deixara um recado para que eu fosse levado até o local onde estava "visitando" sua mãe. O homem me conduziu por corredores, descemos uma escada, seguimos por outro corredor, com muitas portas laterais que supus que dessem para cubículos onde os corpos ficavam expostos para as visitas dos parentes. Nikki se achava em um desses quartinhos com sua mãe. Estava sentada em uma cadeira, deslocada para ficar bem ao lado do caixão aberto, de novo trabalhando no tricô de sua mãe. Quando me viu, riu de leve e disse: "Tivemos um bate-papo maravilhoso. Rimos deste quarto. É do mesmo tamanho do quarto em que ficamos em Cleveland, quando fugimos. Olhe", ela me disse, "olhe para as mãozinhas delicadas dela". Nikki levantou a colcha de renda para me mostrar os dedos entrelaçados de sua mãe. "*Manoulítsamou*", disse, beijando os dedos da mãe sem parar. Acho que até o encarregado, que tinha permanecido junto à porta aberta para depois nos acompanhar ao andar de cima, ficou abalado com o que havíamos acabado de ver. "Temos que ir embora", eu disse, de forma categórica. Nikki começou a chorar. "Só mais alguns minutos." "Você está aqui há mais de duas horas." "Amo amo amo amo..." "Eu sei, mas temos que ir embora." Ela se levantou e começou a beijar e acariciar a testa da mãe, repetindo: "Amo amo amo amo...". Só aos poucos consegui, enfim, arrastar Nikki para fora do aposento. Na porta, ela agradeceu ao encarregado. "Vocês todos foram muito gentis", disse Nikki, com um ar meio aturdido, e em seguida, quando chegamos à rua, perguntou se eu me importaria se ela, na manhã seguinte, passasse ali de novo para trazer flores para a mãe. Pensei: "Aqui estamos lidando com *morte*, fodam-se as flores!". Mas só desabafei quando já estávamos de volta ao quarto, na casa de Rena. Caminhamos em silêncio pelo Holland Park em um lindo domingo de maio, passamos por pavões e pelos jardins organizados simetricamente, em seguida cruzamos Kensington Gardens, onde os castanheiros estavam floridos, e por fim chegamos à casa de Rena. "Olhe aqui", eu disse a Nikki, fechando a porta do nosso quarto. "Não aguento mais ficar vendo isso. Você não está vivendo com os mortos, está vivendo com os vivos. É muito simples. Você está viva e sua mãe está morta, de uma maneira muito triste, com quarenta e cinco anos, mas isso tudo já é demais para mim. Sua mãe não é uma boneca para você ficar brincando com ela desse jeito. Ela não está rindo de nada do que você diz. Ela está morta. Ninguém está rindo. Isso tem que acabar." Mas Nikki ainda parecia não compreender. Respondeu: "Eu vi minha mãe passar por todos os palcos". "Não há mais palcos, ela está morta. Este é o único palco dela agora. Está me ouvindo? É o único palco, e você não está no *palco*. Isso não é uma encenação. Tudo isso já está se tornando muito humilhante." Seguiu-se um momento de confusão e depois Nikki abriu sua bolsa e tirou um frasco de remédio. "Eu nunca devia ter tomado isto." "Para que serve?" "São pílulas. Pedi ao médico. Quando ele veio ver mamãe, pedi que me receitasse alguma coisa para suportar o enterro." "Quantas você tomou?" "Tive que tomar", foi só o que ela respondeu. Depois, chorou a noite toda e eu despejei as pílulas na privada. Na manhã seguinte, depois de sair do banheiro, aonde tinha ido escovar os dentes, Nikki olhou para mim — olhou para mim exatamente como ela era — e disse: "Acabou. Minha mãe não está mais aqui", e nunca mais voltou à casa funerária, nem beijou de novo o rosto da mãe, nem riu ao lado dela, nem comprou cortinas para ela, nem nenhuma outra coisa. E Nikki teve saudade da mãe todos os dias depois disso — tinha saudade, chorava pela mãe, falava com ela —, até que ela mesma desapareceu. E foi aí que assumi a vaga de Nikki e comecei uma vida com os mortos que, a essa altura, já pôs no chinelo todas aquelas palhaçadas dela. E pensar que fui rejeitado por ela — como se Nikki, e não a Morte, tivesse passado dos limites.

Em 1953 — quase dez anos antes da década célebre por seu histrionismo, em que malabaristas, mágicos, músicos, cantores folclóricos, violinistas, trapezistas, trupes de agitação e propaganda política e a garotada em trajes extravagantes, com pouco o que fazer senão aquilo que os entusiasmava de verdade, começavam a se exibir por toda Manhattan — Sabbath, com vinte e quatro anos e recém-saído de uma temporada de estudo em Roma, armou sua tela no lado leste da Broadway, esquina com a rua 116, bem em frente dos portões da Universidade de Columbia, e começou uma apresentação na rua. Nessa época, sua especialidade em espetáculos de rua, sua marca registrada, consistia em representar com os dedos. Os dedos, afinal, são feitos para se mexer e, embora seu alcance não seja enorme, quando cada um deles se move de maneira coerente e possui uma voz distinta, sua capacidade para produzir uma realidade própria pode deixar as pessoas embasbacadas. Às vezes, apenas puxando uma meia feminina transparente sobre a mão, Sabbath era capaz de criar toda sorte de ilusões lascivas. Às vezes, abrindo um furo em uma bola de tênis e introduzindo ali a ponta de um dedo, Sabbath conferia a um ou mais dedos uma cabeça, e uma cabeça dotada de um cérebro, e um cérebro dotado de planos, manias, fobias, todas as engrenagens da mente; às vezes, um dedo convidava um espectador próximo da tela a meter o dedo no buraquinho e depois ajudar um pouco na encenação, fixando a bola pensante em cima da unha. Em um de seus primeiros espetáculos, Sabbath gostava de concluir a apresentação pondo em julgamento o dedo médio da mão esquerda. Após o tribunal ter julgado o dedo culpado — de obscenidade —, um pequeno moedor de carne surgia em cena e o dedo médio era empurrado e arrastado à força pela polícia (a mão direita) até que sua ponta fosse obrigada a entrar na boca oval superior do moedor de carne. À medida que a polícia ia girando a manivela, o dedo médio — desesperado, gritando que era inocente de todas as acusações, tendo feito apenas aquilo que é da natureza de um dedo médio — desaparecia dentro do aparelho e fios de espaguete de carne de hambúrguer crua começavam a emergir na parte de baixo do tubo do moedor.

Nos dedos descobertos, ou mesmo vestidos de forma sugestiva, há sempre uma alusão ao pênis, e havia esquetes que Sabbath criara, em seus primeiros anos na rua, nos quais a alusão não era nem um pouco velada.

Em um deles, suas mãos surgiam em cena metidas em um par de luvas pretas, de criança, bem justas, com presilhas nos pulsos. Ele demorava dez minutos para retirar as luvas, dedo por dedo — um tempo longo, dez minutos —, e quando enfim todos os dedos se achavam expostos, cada um despido pelo outro — e alguns com certa relutância —, não eram poucos os rapazes na plateia que estavam intumescidos. O efeito sobre as moças era mais difícil de distinguir, mas elas permaneciam atentas, observavam e, mesmo em 1953, não se sentiam constrangidas de colocar algumas moedas dentro do pontudo boné italiano de Sabbath, quando ele emergia de trás da tela, no final do espetáculo de vinte e cinco minutos, com o sorriso mais moleque do mundo acima da sua barbicha preta, tosada bem rente, um bucaneiro miúdo, feroz, de olhos verdes, cujo tórax, graças aos longos anos no mar, havia se tornado tão maciço quanto o peito de um bisão. Tinha um peito do tipo que a gente não deseja encontrar em nosso caminho, um homem atarracado, uma robusta máquina física, obviamente muito lascivo e indisciplinado, que não dava a menor bola ao que os outros pensavam. Sabbath surgia rapidamente, balbuciando um italiano borbulhante e gesticulando muito para expressar sua gratidão, sem dar o menor sinal de que ficar com as mãos voltadas para cima, de forma ininterrupta, por vinte e cinco minutos representasse uma tarefa árdua, que requer resistência e muitas vezes provoca dor, mesmo para alguém tão forte quanto ele, com seus vinte anos de idade. É claro, todas as vozes no espetáculo falavam inglês — só no final Sabbath falava italiano, e isso só para se divertir. Era essa a razão de ele ter criado o Teatro Indecente de Manhattan. Era essa a razão de ter se inscrito cinco vezes na Rota do Romance. Era essa a razão de ter feito tudo o que fizera desde que saíra de casa, sete anos antes. Sabbath queria fazer o que queria fazer. Essa era a sua causa e acarretou sua prisão, julgamento e condenação, justamente pelo crime que havia previsto no esquete do moedor de carne.

Mesmo por trás da tela, de certos ângulos, Sabbath conseguia ver de relance a plateia e, sempre que vislumbrava uma moça bonita entre os vinte e poucos estudantes que haviam parado para olhar, ele interrompia o drama em curso ou retardava seu ritmo, e os dedos começavam a cochichar juntos. Em seguida, o dedo mais atrevido — um dedo médio — se adiantava de forma descontraída, se inclinava com cortesia por cima da tela e convidava a garota a se aproximar. E as moças se aproximavam mesmo, umas rindo ou sorrindo com bom humor, outras mais sérias, de rosto impassível, como se já estivessem docilmente hipnotizadas. Após uma ligeira troca de palavras educadas, o dedo começava um sério interrogatório, indagando se a moça já havia namorado um dedo, se sua família aprovava os dedos, se ela mesma achava um dedo atraente, se podia imaginar-se vivendo feliz com um só dedo... e a outra mão, enquanto isso, furtivamente, começava a desabotoar ou abrir o zíper do agasalho da moça. Em geral, a mão não ia além disso; Sabbath sabia muito bem que não devia passar dos limites, e o interlúdio terminava como uma farsa inofensiva. Mas, às vezes, quando Sabbath deduzia, pelas respostas da moça, que a sua consorte era mais brincalhona do que a maioria das pessoas ou mais profundamente enfeitiçada, o interrogatório de repente se tornava libertino e os dedos iam em frente a fim de desabotoar a blusa da moça. Só por duas vezes os dedos chegaram a abrir o fecho de um sutiã e só uma vez tentaram acariciar os mamilos expostos. E foi então que Sabbath foi preso.

Como poderiam resistir um ao outro? Nikki tinha acabado de voltar da Academia Real de Artes Dramáticas e se submetia a vários testes de palco. Ela morava em um quarto perto do *campus* da Universidade Columbia e, após vários dias de temporada, estava entre as moças bonitas chamadas a se aproximar da tela por aquele dedo médio malicioso, despudorado. Pela primeira vez na vida, Nikki estava sem a mãe e, assim, se sentia petrificada no metrô, apavorada na rua, aterradoramente solitária em seu quarto, mas morta de medo de sair de casa. Estava também começando a perder a esperança, uma vez que os testes se sucediam, um após o outro, sem levar a nada, e provavelmente em menos de uma semana estaria cruzando o Atlântico de volta à bolsa de canguru, quando aquele dedo médio fez sinal para ela se juntar à farra. Não poderia ser de outro jeito. Sabbath tinha um metro e sessenta e cinco de altura e ela, quase um e oitenta, tão preta quanto pode ser o preto onde ela era preta, e tão branca quanto pode ser o branco onde ela era branca. Nikki sorria com aquele sorriso que nunca era insignificante, o sorriso da atriz que desperta nos outros o desejo irracional de cultuá-la, mesmo em pessoas sensatas, o sorriso cuja mensagem, de forma bastante estranha, nunca era de melancolia, mas dizia: "Não existe absolutamente nenhuma dificuldade na vida" — e no entanto ela não se moveu um centímetro do lugar onde estava, no canto da pequena multidão. Mas, após o espetáculo, quando Sabbath irrompeu com aquela barba e aqueles olhos, tecendo frases em italiano, Nikki não foi embora e não deu sinal de que pretendia ir. Quando ele se aproximou de Nikki, suplicando, "*Bella signorina, perfavore, io no sono niente, non sono nessuno, un modest'uomo che vive solo d'aria — i soldi servono ai miei sei piccini affamati e alla mia moglie tisica* ", ela pôs a nota de um dólar que estava na sua mão — e que representava um centésimo daquilo que tinha para sobreviver ao longo do mês — no boné de Sabbath. Foi assim que os dois se conheceram, foi assim que Nikki se tornou a primeira-dama dos Atores do Porão de Bowery e Sabbath teve oportunidade de não só representar com seus dedos e seus fantoches como também de manipular criaturas vivas.

Ele nunca fora diretor teatral, mas não tinha medo de coisa alguma, mesmo quando — e sobretudo quando — foi considerado culpado e teve a sentença suspensa em troca de uma multa, no final do julgamento por obscenidade. Norman Cowan e Lincoln Gelman levantaram dinheiro para pagar o teatro de noventa e nove lugares na avenida C, a rua mais pobre que se podia encontrar em Lower Manhattan. Os espetáculos de dedos e fantoches do Teatro Indecente eram apresentados das seis às sete, três noites por semana, e depois, às oito, as produções do Porão de Bowery, com um repertório fixo, encenadas por uma companhia da idade de Sabbath, ou mais jovem ainda, trabalhando praticamente em troca de nada. Ninguém com mais de vinte e oito ou vinte e nove anos subia no palco, mesmo na desastrosa encenação de *Rei Lear*, com Nikki no papel de Cordélia e nada menos do que o diretor novato em pessoa no papel de Lear. Desastrosa, sim, mas e daí? O principal é fazer o que se quer fazer. A arrogância de Sabbath, seu egoísmo e autoidolatria, o encanto ameaçador de um artista potencialmente infame eram coisas intoleráveis para uma porção de gente, e Sabbath fazia inimigos com grande facilidade, incluindo certo número de profissionais do teatro, que acreditavam que o talento dele era indecoroso, ostensivamente repulsivo, precisando ainda descobrir meios apropriados e decentes de expressão "disciplinada". Sabbath, o Contestador, arruinado pela obscenidade já no remoto ano de 1956. Sabbath Absconditus, o que terá acontecido com ele? Sua vida foi uma grande fuga de quê?

* * *

Logo após meio-dia e meia, Sabbath chegou a Nova York e achou uma vaga para o carro a poucos quarteirões do apartamento de Norman Cowan, no lado oeste do Central Park. Sabbath não vinha à cidade havia cerca de trinta anos, mesmo assim a parte alta da Broadway, no escuro da noite, tinha um aspecto bem parecido com o que ele lembrava, quando costumava armar sua tela em frente à estação de metrô número 72 e apresentar um espetáculo de dedos no horário do *rush*. As ruas transversais pareciam não ter sofrido alterações, salvo pelos corpos embrulhados em trapos, cobertores, embaixo de caixas de papelão, corpos recobertos de roupas esfarrapadas e disformes, recostados nas paredes dos edifícios de apartamentos e ao longo da balaustrada dos prédios com fachada de arenito pardo. Era abril e, mesmo assim, eles dormiam na rua. Sabbath só sabia deles pelo que ouvira, por alto, Roseanna contar no telefone a suas amigas caridosas. Durante anos, Sabbath não tinha lido um único jornal e, sempre que podia evitar, não ouvia as notícias. Elas não lhe diziam nada. Notícias eram para as pessoas ficarem conversando, e Sabbath, indiferente ao curso obediente das atividades normais da vida, não queria conversar com as pessoas. Não se importava em saber quem estava em guerra com quem, onde um avião tinha caído ou o que ocorrera em Bangladesh. Não queria nem saber quem era o presidente dos Estados Unidos. Preferia trepar com Drenka, preferia trepar com *qualquer pessoa* a assistir ao programa de Tom Brokaw. Seu âmbito de prazeres era reduzido e jamais abrangia as notícias da noite. Sabbath estava concentrado, do modo como um molho vai ficando concentrado, fervido e refervido nas bocas de gás acesas, para melhor condensar sua essência e ser ele mesmo de uma forma mais desafiadora.

Mas não acompanhava as notícias sobretudo por causa de Nikki. Não conseguia folhear um jornal, qualquer jornal, de onde quer que fosse, sem procurar ainda por uma pista dela. Passaram vários anos antes que pudesse atender o telefone sem pensar que seria Nikki, ou alguém que sabia onde ela estava. Os trotes eram piores ainda. Quando Roseanna pegava o telefone e era alguém dizendo coisas obscenas ou gemendo, Sabbath pensava: "Será alguém que sabe a respeito da minha vida, alguém que está tentando me dizer alguma coisa?". Seria Nikki em pessoa, a gemer? Mas como ela podia saber onde Sabbath estava morando? Teria ouvido falar alguma vez de Madamaska Falls? Saberia que ele havia se casado com Roseanna? Teria Nikki fugido naquela noite, sem deixar o menor indício do motivo de sua fuga nem do local para onde estava indo, porque antes, naquela mesma noite, tinha visto Sabbath ao lado de Roseanna, os dois atravessando o Tompkins Square Park e seguindo para a oficina dele?

Em Nova York, Sabbath só conseguia pensar no sumiço de Nikki — andando nas ruas, era uma obsessão, não tinha fim —, e por isso nunca tinha voltado. No tempo em que ainda morava no apartamento deles, em St. Marks Place, nunca saía de casa sem pensar que cruzaria com Nikki na rua, e por isso olhava para todo mundo e começava a seguir as pessoas. Se uma mulher era alta e tinha o cabelo da cor certa — claro que Nikki podia ter pintado o cabelo ou passado a usar peruca — ele a seguiria até alcançá-la e, depois, comparava sua altura com a dela e, caso a mulher fosse da estatura certa, Sabbath se adiantava a fim de olhar seu rosto de frente — Deixe-me ver se esta é Nikki! E nunca era, embora ele tenha, de um jeito ou de outro, travado relações com algumas dessas mulheres, levando-as para tomar café, para dar uma volta e tenha tentado trepar com elas; na metade das vezes, conseguia. Mas não encontrou Nikki, tampouco a polícia, o FBI e o famoso detetive que Sabbath contratou com a ajuda de Norman e Linc.

Naquele tempo — nos anos 40, 50, início dos 60 — as pessoas não desapareciam como acontece agora. Hoje, se alguém desaparece, pode-se ter certeza e sabe-se imediatamente o que aconteceu: a pessoa foi assassinada, está morta. Mas em 1964 ninguém pensava, logo de saída, num crime de morte. Se não houvesse nada que atestasse a morte, tínhamos de acreditar que a pessoa estava viva. As pessoas não podiam simplesmente despencar pela borda do mundo com a frequência que se verifica hoje em dia. Desse modo, Sabbath tinha de pensar que ela estava viva, em algum lugar. Se não havia um corpo para ser fisicamente enterrado, Sabbath não podia sepultá-la mentalmente. Embora desde que se mudara para Madamaska Falls ele não houvesse contado a pessoa alguma, nem sequer para Drenka, a respeito da esposa desaparecida, o fato é que Nikki não estaria morta até que ele o fizesse. Sabbath tinha ido morar em Madamaska Falls quando sentiu que começava a enlouquecer, rodando pelas ruas de Nova York à procura de Nikki. Naquele tempo, ainda era possível caminhar por toda parte da cidade, e foi isso que ele fez — caminhou por toda parte, procurou em toda parte, e nada encontrou.

A polícia distribuiu circulares para os departamentos de polícia de todo o país e do Canadá. Sabbath mesmo enviou centenas de circulares para faculdades, conventos, hospitais, repórteres de jornal, colunistas, restaurantes gregos em cidades de grande imigração grega de todo o país. A circular de "desaparecido" foi preparada e impressa pela polícia: a foto de Nikki, sua idade, altura, peso e cor do cabelo, até mesmo a roupa que estava usando. Sabiam que roupa usava porque Sabbath passou um final de semana vasculhando seu guarda-roupa e sua cômoda até conseguir recordar os itens que faltavam. Ao que parece, Nikki tinha saído de casa só com as roupas do corpo. E quanto dinheiro poderia ter? Dez dólares? Vinte? Nada fora sacado da sua pequena conta bancária e nem sequer o bolinho de dinheiro trocado na mesa da cozinha fora mexido. Nem mesmo isso ela levou.

Uma descrição da roupa que ela usava e sua foto era tudo que Sabbath podia oferecer ao detetive. Nikki não havia deixado bilhete algum e, segundo o detetive, a maioria das pessoas deixava. "Desaparecimentos voluntários", assim ele os denominava. O detetive retirou da prateleira atrás da sua escrivaninha todas suas pastas de folhas soltas, pelo menos umas dez, com fotos e descrições de pessoas que haviam desaparecido e ainda não tinham sido localizadas.

— Em geral— disse ele — elas deixam *alguma coisa:* um bilhete, um anel...

Sabbath explicou que Nikki estava obcecada pela mãe morta, que ela amava, e pelo pai vivo, que ela odiava. Talvez tivesse sido arrebatada por um impulso — Deus sabe como ela era uma criatura impulsiva — e houvesse voado para Cleveland a fim de perdoar aquele bronco grosseirão que não via desde os sete anos de idade — ou para assassiná-lo. Ou talvez, apesar de seu passaporte se encontrar ainda numa gaveta do apartamento, de algum modo ela houvesse voltado para Londres e para o local, junto ao Serpentine, em Kensington Gardens, onde, em uma manhã de domingo, com todas as crianças empurrando seus barquinhos na água e fazendo voar suas pipas, Sabbath a vira espalhar as cinzas da mãe sobre a água.

Mas ela podia estar em qualquer parte, qualquer parte — por onde o detetive ia começar? Não, ele não ia aceitar o caso e, assim, Sabbath recomeçou a enviar mais circulares, sempre acompanhadas de uma carta manuscrita, que dizia: "Esta é minha esposa. Ela desapareceu. Você conhece ou viu esta pessoa?". Sabbath enviava as circulares para qualquer parte a que a sua imaginação pudesse levá-lo. Pensou até em bordéis. Nikki era linda, submissa e sem dúvida chamava a atenção na América, com seu corpo muito esguio e seu rosto grego, preto e branco, de nariz alongado — talvez ela fosse acabar em um bordel, como a jovem estudante no romance *Santuário*. Sabbath lembrava que uma vez, mas apenas uma, encontrou uma mulher muito refinada em um bordel de Buenos Aires.

Duas coisas, a moça americana comum, nossa vizinha (esta era Roseanna), e a jovem exótica (Nikki, o romance da vida nos portos, a vida dos prostíbulos), se reuniram a ele em Nova York, quando começou a ir a bordéis à procura de sua esposa. Havia lugares no alto da Terceira Avenida onde de fato se *encontrava* a moça comum. A gente subia a escada para uma espécie de salão e, por vezes, haviam tentado dar ao aposento o aspecto de um estilo antigo, saído das pinturas de Lautrec, ou alguma versão fraudulenta desse modelo. E ali havia mulheres jovens que vagavam de um lado para o outro, e ali ele podia até encontrar a moça comum, vizinha dele, mas nunca, nunca Nikki. Sabbath tornou-se frequentador assíduo de três ou quatro desses lugares e mostrava a fotografia de Nikki para as madames. Perguntava se a tinham visto por ali. Todas davam a mesma resposta: "Gostaria de ter visto".

Além disso, havia cinquenta cartas ou mais dirigidas a ele, no teatro, de pessoas que haviam assistido às representações de Nikki e desejavam transmitir sua solidariedade. Sabbath reuniu as cartas que desejavam o retorno de Nikki e arquivou na gaveta de baixo, junto com as joias que ela herdara da mãe, entre elas as peças que Sabbath e o embalsamador haviam retirado do cadáver — tampouco levara consigo nenhuma delas. Se Sabbath pudesse enviar a Nikki essas cartas... Não, melhor seria enviar os autores, transportá-los para onde quer que Nikki estivesse escondida e colocá-la sentada em uma cadeira no meio do quarto, pedir que ficasse parada e fazer os autores passarem à sua frente, um de cada vez, e gastarem o tempo que quisessem para lhe dizer o que Nikki havia significado para eles, nas peças de Strindberg, Tchekhov, Shakespeare. Muito antes de todos terem terminado de prestar-lhe suas homenagens emocionadas, ela estaria em prantos, descontrolada, não por sua mãe, mas, então, por si mesma e pelo dom que abandonara. E só depois que seu último admirador tivesse falado Sabbath entraria no quarto. E então ela se poria de pé, vestiria o casaco — o casaco preto, bem justo no corpo, que faltava no guarda-roupa, o casaco que haviam comprado juntos, no Altman's — e, sem a menor resistência, permitiria que ele a levasse de volta para o lugar onde se sentia coesa, consistente e forte, onde podia pensar em si mesma como uma pessoa capaz de controlar os acontecimentos, nem que fosse por apenas duas horas — de volta ao palco, o único lugar no mundo onde ela não estava representando e seus demônios deixavam de existir. Estar no palco era o que a mantinha unida — o que *os* mantinha unidos. Que intensificação ela dava a tudo, quando se colocava sob a luz dos refletores!

O luto interminável por sua mãe a havia tornado insuportável para ele; era a atriz que Sabbath precisava salvar.

Como ocorre com milhões e milhões de casais jovens, no início era a excitação sexual. Por mais confusa que fosse a mistura, o narcisismo de Nikki, puro como a erupção de um gêiser, e o seu talento formidável para a renúncia pareciam combinar-se nela de forma irrepreensível quando se deitava nua, na cama, e implorava para saber antes o que Sabbath ia fazer com ela. E a emotividade estava ali, estava sempre ali, o seu lado romântico, etéreo, o seu protesto ineficaz contra tudo o que era feio. A tensa concavidade que era a sua barriga, a maçã de alabastro que era a fenda entre suas nádegas, os mamilos pálidos, virginais, de uma menina de quinze anos, os peitos tão pequenos que cabiam inteiros na mão em concha, como quando cobrimos com a mão uma joaninha, para que não fuja voando, o ar impenetrável dos olhos que puxavam a gente cada vez mais para dentro e não diziam nada, embora dissessem nada de uma forma muito eloquente — a excitação de ver toda essa fragilidade se rendendo.

— Você é um abutre aí parado — ela dizia.

— E isso assusta você?

— Sim — Nikki respondia.

Ficavam ambos surpresos com o que juntos faziam, quando ele a golpeava por trás com seu cinto. Nikki, que era tiranizada por quase todo mundo, não demonstrava o menor medo genuíno de ser um pouco chicoteada. "Não muito forte", mas o couro que a arranhava, a princípio de leve, depois não tão de leve, enquanto ela jazia deitada, submissa, de barriga para baixo, a deixava em um estado de exaltação.

— Isto é... é...

— Vamos. Diga.

— É a ternura... enlouquecendo!

Era impossível dizer quem estava impondo sua vontade sobre o outro — estaria Nikki mais uma vez se submetendo a Sabbath ou era aquilo que alimentava o desejo dela?

Havia também um lado absurdo, é claro, e mais de uma vez, apartado do drama por intermédio da sua dimensão cômica, Sabbath, de um salto, se punha de pé sobre a cama para retratar esse fato.

— Ah, não fique tão preocupado — disse Nikki, rindo. — Há coisas que machucam muito mais.

— Por exemplo?

— Levantar de manhã cedo.

— Adoro tanto suas qualidades básicas, Nikoleta.

— Só queria ter mais para dar a você.

— Você vai ter mais.

Sorrindo e franzindo o rosto ao mesmo tempo, ela disse, com tristeza:

— Acho que não.

— Você vai ver... — respondeu o triunfante titereiro, de pé feito uma estátua acima dela, com a ereção em uma das mãos e, na outra, a fita acetinada para amarrar Nikki à armação da cama.

Quem tinha razão era Nikki. Com o tempo, os itens, um após outro, foram desaparecendo da mesa de jantar — o cinto, a fita, a mordaça, a venda dos olhos, o óleo de bebê levemente aquecido numa panela, no forno; após certo tempo, Sabbath só conseguia gostar de trepar com ela quando os dois tinham fumado maconha e, então, não era Nikki que estava ali, nem nenhuma outra coisa humana, na verdade.

Mesmo os orgasmos que o cativavam tanto começaram a entediá-lo, depois de certo tempo. Os clímax a alcançavam nitidamente de forma exterior, irrompendo em Nikki como um capricho, uma tempestade de granizo explodindo, de modo insólito, no meio de um dia de agosto. Tudo que se passara antes do orgasmo era, para ela, uma espécie de ataque que nada fazia para rechaçar mas que, por mais árduo que fosse, se mostrava capaz de absorver e superar com facilidade; a despeito do frenesi do seu clímax, a surra, as chicotadas, os altos gemidos, os olhos opacos fitando o teto fixamente, as unhas se enterrando no couro cabeludo de Sabbath — aquilo parecia uma experiência quase intolerável, da qual Nikki poderia nunca mais se recuperar. O orgasmo de Nikki era como uma convulsão, o corpo se desvencilhando da pele.

Roseanna, por sua vez, tinha de ser perseguida a galope, como a raposa na caçada, ela mesma assumindo também o papel da sanguinária caçadora. O orgasmo de Roseanna exigia muito dela mesma, uma premência para ir avante que, só de olhar, tirava o fôlego (até que Sabbath ficou também entediado de olhar *aquilo*). Roseanna tinha de lutar contra algo que resistia a ela, envolvido com uma causa inteiramente distinta — o orgasmo não era um desenvolvimento natural, mas uma extravagância tão rara que tinha de ser trazida à força para a vida. Havia uma dimensão heroica, arriscada, na sua luta para atingir o clímax. Até o momento final, nunca dava para saber se Roseanna ia alcançar ou não, ou se Sabbath mesmo conseguiria se conter sem sofrer um infarto. Sabbath começou a se perguntar se não haveria um lado falso e exagerado na luta de Roseanna, como acontece quando adultos jogam damas com uma criança e fingem estar encurralados a cada jogada da criança. *Algo* estava errado, seriamente errado. Mas então, quando ele já estava perdendo as esperanças, Roseanna conseguia, agarrava a presa, cavalgando em cima de Sabbath, todo o seu corpo comprimindo a boceta. No final, ele passou a sentir que não precisava estar ali. Sabbath poderia ser uma daquelas marionetes antigas, com uma comprida pica de madeira. Ele nem precisava estar ali — portanto, não estava.

Com Drenka, era como atirar um seixo num poço. Ele entrava e as ondulações se desdobravam sinuosamente a partir do ponto central, até que o poço inteiro ficava ondulado e palpitante de luz. Sempre que eles tinham de se dar por vencidos, por aquele dia ou por aquela noite, não era porque Sabbath estivesse no final de suas forças, mas porque já estava perigosamente além desse limite, para um gorducho de mais de cinquenta anos.

— Com você, gozar é uma indústria — ele lhe dizia. — Você é uma fábrica.

— Seu antiquado — retrucava Drenka, usando uma palavra que Sabbath lhe ensinara, enquanto ele lutava para recobrar o fôlego. — Você sabe o que eu quero da próxima vez que ficar de pau duro?

— Não sei em que mês isso vai ser possível. Diga logo agora e eu nunca mais vou lembrar.

— Bem, quero que você me atravesse de um lado a outro.

— E depois?

— Depois me vire pelo avesso por cima do seu pau. Igual a uma pessoa tirando a luva.

Após o primeiro ano, Sabbath passou a ter medo de ficar louco à procura de Nikki. E de nada adiantava sair da cidade. Fora de Nova York, buscava o nome dela na lista telefônica local. Nikki podia ter mudado de nome, claro, ou encurtado, como faziam com frequência os greco-americanos que, por conveniência, abreviavam seus sobrenomes. A versão abreviada de Kantarakis, em geral, era Katris — a certa altura, Nikki chegou a pensar em adotar Katris como nome artístico, ou foi essa a razão que deu, talvez sem compreender ela mesma que um nome novo não diminuiria em nada a aversão que tinha pelo pai, que tornara impossível que sua mãe levasse uma vida decente.

Certo dia de inverno, Sabbath voava de volta de uma apresentação em um festival de teatro de fantoches em Atlanta, quando o tempo em Nova York ficou tempestuoso e seu avião foi desviado para Baltimore. Na sala de espera, Sabbath foi para uma cabine telefônica e procurou no catálogo Kantarakis *e* Katris. Lá estava: N. Katris. Discou o número, mas não teve resposta e assim saiu às pressas do aeroporto, atrás de um táxi que o levasse até o endereço. A casa era um bangalô de madeira marrom, não muito mais do que uma choupana grande, em uma rua de pequenos bangalôs de madeira. Uma tabuleta indicando CUIDADO COM O CÃO estava fincada na terra, no meio do jardim maltratado. Sabbath galgou os degraus quebrados e bateu na porta. Contornou a casa inteira, tentando espiar pelas janelas, chegando ao ponto de subir quase até o topo da cerca de tela de arame de um metro e oitenta de altura, que circundava o jardim. Um dos vizinhos deve ter chamado a polícia, porque apareceram dois guardas e prenderam Sabbath. Só na delegacia ele conseguiu telefonar para Linc e contar o que tinha acontecido, e o fez explicar à polícia que o sr. Sabbath de fato tinha uma esposa que desaparecera um ano atrás, após o que ele foi liberado. Fora da delegacia, apesar do aviso da polícia para não voltar lá nem ficar perambulando pelos arredores, Sabbath pegou um táxi a fim de ir ao bangalô onde Morava N. Katris. Já era noite, então, mas não havia luzes acesas. Dessa vez, em resposta à sua batida na porta, ouviu o latido do que parecia um cachorro enorme. Sabbath gritou:

— Nikki, sou eu. Mickey. Você está aí, Nikki! Sei que está aí dentro! Nikki, Nikki, por favor, abra a porta!

A única resposta vinha do cachorro. Nikki não abria a porta porque nunca mais queria ver a cara do filho da mãe ou porque ela não estava ali, porque estava morta, porque tinha se matado ou sido violentada e assassinada e tinha sido feita em pedacinhos e tinha sido atirada ao mar, em um saco com pesos amarrados, a quase três quilômetros da costa, na baía Sheepshead.

Para escapar à crescente ira do cão, Sabbath foi até o bangalô ao lado e bateu na porta. A voz de uma mulher negra respondeu, lá dentro:

— Quem é?

— Estou procurando a sua vizinha, Nikki!

— Para quê?

— Estou procurando minha esposa, Nikki Katris.

— Não. — Foi tudo o que obteve da mulher.

— Na casa ao lado. Número 583, sua vizinha, N. Katris. Por favor, preciso achar minha esposa. Ela desapareceu!

A porta foi aberta por uma mulher negra, assustadoramente magra e enrugada pela idade, apoiando-se em uma bengala e usando óculos escuros. Falava com voz mansa e bem-humorada.

— Você bateu nela, e agora quer que ela volte para bater de novo.

— Não bati nela.

— E então como é que ela sumiu? Você bate na mulher, ela fica meio doida, e aí ela some.

— Por favor, quem mora aí do lado? Me diga!

— Sua esposa. Ela arrumou um namorado novo, a essa altura. E quer saber de uma coisa? *Ele* vai bater nela. Tem mulheres que são assim mesmo.

Com esse comentário, a mulher fechou a porta.

Sabbath conseguiu um voo para Nova York tarde da noite. Foi preciso encontrar aquela velha negra para compreender que ele tinha sido rejeitado, descartado, abandonado! Nikki o deixara de lado, havia partido um ano antes com outra pessoa e ele ainda andava de um lado para o outro à sua procura, se afligindo por ela e imaginando onde podia estar! Não foi por Sabbath trepar com Roseanna que Nikki fugiu! Ela foi embora para trepar com outra pessoa!

Em casa, Sabbath começou a se desesperar pela primeira vez desde que Nikki havia desaparecido e, no apartamento dos Gelman, em Bronxville, chorou em seu quarto todas as noites, durante duas semanas. Roseanna morava agora com ele, no apartamento, de novo fazendo seus colares de cerâmica que vendia para uma loja no Village e, desse modo, os dois tinham algum dinheiro para viver. A companhia dramática de Sabbath havia praticamente se dissolvido e o público o abandonara, em grande parte porque não havia, na companhia — e talvez em toda Nova York, na mesma faixa de idade —, outra pessoa com algo semelhante à magia de Nikki. No decorrer dos meses, as encenações foram ficando cada vez piores por causa do desleixo de Sabbath — ele se limitava a assistir aos ensaios e não fazia uma única observação. E raramente se apresentava na rua, com seu espetáculo de dedos, porque a única coisa que fazia na rua era sair à procura de Nikki. Procurar Nikki e seguir mulheres. Às vezes trepava com elas. Uma coisa que podia acontecer.

Roseanna ficou histérica quando Sabbath chegou em casa naquela noite.

— Por que não me telefonou? Por onde você andou? Seu avião aterrissou sem você! O que é que eu podia pensar? O que você *acha* que pensei?

No banheiro, Sabbath ficou de joelhos no chão de azulejos e disse para si mesmo:

— Você não pode nunca mais fazer uma coisa dessas, senão *vai* ficar maluco. Roseanna vai ficar maluca. Você vai ficar louco pelo resto da vida. Não posso nunca mais chorar por causa de Nikki. Ah, meu Deus, permita que eu nunca mais volte a fazer isso!

Não foi a primeira vez que Sabbath pensou em sua mãe, sentada na calçada de tábuas, esperando que Morty voltasse da guerra. Ela também nunca se convenceu de que o filho tivesse morrido. Eles tinham uma outra vida. Inventa-se todo tipo de explicações para o fato de eles não voltarem. Entra-se no mercado dos boatos. Alguém jura que viu Nikki em cena, sob outro nome, em um teatro de verão na Virgínia. A polícia transmite a informação de que alguém localizou uma mulher louca com traços semelhantes aos da descrição de Nikki na fronteira do Canadá. Só Linc, quando ficavam a sós, tinha a coragem de dizer a Sabbath:

— Mick, você ainda não entendeu que ela está morta?

E a resposta era sempre a mesma:

— Onde está o corpo?

Não, a ferida nunca se fecha, a ferida persiste em carne viva, como aconteceu até o final com sua mãe. Ela foi barrada quando Morty morreu, impedida de seguir adiante, e toda a lógica abandonou sua vida. Como todo mundo, ela desejava que a vida fosse lógica e linear, tão arrumada quanto ela deixava a sua casa, a cozinha e as gavetas da escrivaninha dos filhos. Tinha se esforçado muito para ter sob controle o destino de uma família. Durante toda a vida, esperou não só por Morty, mas também pela explicação dele: por quê? A pergunta perseguia Sabbath. Por quê? Por quê? Se ao menos alguém nos explicasse *por que*, talvez pudéssemos aceitar. Por que você morreu? Para onde foi? Por mais que você me tenha odiado, por que não voltou para que pudéssemos continuar nossa vida linear, lógica, como todos os outros casais que se odeiam?

Nikki tinha uma apresentação de *Senhorita Júlia* naquela noite, ela, que nunca faltava ao trabalho, mesmo cambaleando de febre. Sabbath, como de costume, estava passando a noite com Roseanna e, por isso, não se deu conta do que havia ocorrido até voltar para casa meia hora antes de Nikki retornar do teatro. Isso é que era maravilhoso em ter uma esposa atriz — de noite, ele sempre sabia onde ela estava e por quanto tempo ficaria fora de casa. A princípio, Sabbath pensou que talvez ela tivesse saído à procura dele; talvez porque suspeitasse de algo, Nikki podia ter tomado um caminho tortuoso para o teatro e visto Sabbath atravessando o parque com a mão na bunda de Roseanna. Também podia ter visto os dois entrando pela porta da frente do prédio de fachada de arenito pardo onde Sabbath tinha sua pequena oficina, nos fundos do último andar. Nikki era explosiva, desvairadamente emotiva, capaz de dizer e fazer coisas bizarras e, depois, nem sequer lembrar, ou então lembrava, mas não conseguia entender o que havia naquilo de bizarro.

Naquela noite, Sabbath estivera reclamando com Roseanna da incapacidade de sua esposa separar a fantasia da realidade, ou compreender a conexão entre causa e efeito. Bem cedo na vida, ela ou sua mãe, ou ambas conspirando juntas, haviam moldado a pequenina Nikki como a vítima inocente e, em consequência, ela nunca conseguia enxergar em que era responsável pelo que quer que fosse. Apenas no palco Nikki se desprendia dessa inocência patológica e assumia o comando, determinando ela mesma como as coisas deviam acontecer, e, com um raro discernimento, transformava uma coisa imaginada em real. Sabbath contou a Roseanna que Nikki havia dado um tapa na cara do motorista da ambulância, em Londres, e depois ficara conversando com o cadáver da mãe por três dias; contou como, ainda poucos dias antes de seu desaparecimento, ela ficava repetindo o quanto se sentia feliz por "ter dito adeus a mamãe" daquela forma, e o quanto aquilo continuava a ser confortador para ela. Como acontecia toda vez que lembrava os três dias que passou acalentando o corpo da mãe, Nikki até deu uma indireta a respeito da crueldade dos judeus por "se livrarem" dos seus mortos o mais rápido possível, comentário que Sabbath, mais uma vez, resolveu ignorar. Por que corrigir essa imbecilidade e não todas as outras imbecilidades? Em *Senhorita Júlia*, ela era tudo o que não podia ser fora de *Senhorita Júlia*: astuta, sagaz, radiante, dominadora — tudo, *exceto* fora da realidade. A realidade da peça. Era apenas a realidade da realidade que a deixava entorpecida. As aversões de Nikki, seus temores, sua histeria — ele estava cheio de ressentimento, embora fosse apenas mais um marido absolutamente impregnado dessa mágoa, não sabia, disse para Roseanna, quanto mais poderia suportar.

Sabbath e Roseanna treparam, ela foi embora e ele foi para St. Marks Place, e lá estavam Norman e Linc sentados na escada do seu edifício. Sabbath viera correndo para casa a fim de tomar banho e se livrar do cheiro de Rosie antes que Nikki chegasse. Certa noite, quando Nikki imaginou que Sabbath estivesse dormindo, se pôs a cheirar sob as cobertas e só então ele se deu conta de que havia esquecido a visita que fizera a Rosie, na hora do almoço, e tinha ido para a cama após lavar o rosto e nada mais. E isso fora apenas uma semana antes.

Norman lhe contou o que havia acontecido, enquanto Linc ficou ali sentado com a cabeça enfiada nas mãos. Não havia uma atriz substituta para Nikki e assim, muito embora todos os ingressos tivessem sido vendidos, como vinha ocorrendo desde a estreia, a apresentação teve de ser cancelada, o dinheiro devolvido e todo mundo mandado embora. E ninguém conseguira encontrar Sabbath para lhe dizer o que tinha ocorrido. Seus produtores ficaram à sua espera, ali na escada, por mais de uma hora. Linc, dolorosamente abatido com tudo isso, indagou a Sabbath, em tom de súplica, se sabia onde ela estava. Sabbath garantiu que, tão logo Nikki se acalmasse e começasse a superar o que a tinha abalado, o que quer que fosse, telefonaria e voltaria para casa. Ele não estava preocupado. Nikki podia se comportar de forma estranha, muito estranha; eles não tinham *ideia* de como ela podia ser estranha.

— Isso — disse Sabbath — é apenas uma das muitas coisas esquisitas nela.

Mas, já no apartamento, seus dois jovens produtores obrigaram Sabbath a ligar para a polícia.

Ele estava em Nova York havia menos de cinco minutos quando começou a ser assediado de novo pela pergunta: "Por quê?". Teve de se conter para não usar a ponta de sua velha bota enlameada (com a lama das trilhas do cemitério) a fim de acordar, um por um, aqueles corpos enterrados embaixo de seus trapos, para ver se quem sabe havia entre eles uma mulher branca que, tempos atrás, tinha sido sua esposa. A retraída, delicada, profunda, trêmula, espectral, soturna, hipnótica Nikki, uma personalidade difícil, até mesmo impossível de apreender, cuja marca deixada em Sabbath era indelével, que podia imitar alguém com mais convicção do que ser ela mesma, que se manteve aferrada a sua virgindade emocional até o dia em que desapareceu, cujos temores, mesmo sem a presença de nenhum perigo de desgraça, fluíam em torrentes sem cessar dentro dela, com quem Sabbath tinha se casado pelo puro fascínio com o seu dom de, aos vinte e dois anos, se transformar com toda naturalidade, duplicar realidades das quais ela não conhecia coisa alguma, e que atribuía, de forma infalível, a tudo que alguém dissesse uma significação íntima, idiossincrática, insolente, e que na verdade jamais estava em casa mas sim num conto de fadas, uma adolescente cuja especialidade teatral eram os papéis dramáticos mais maduros... em que ela se teria transformado graças a uma existência livre de Sabbath? O que teria acontecido com ela? E por quê?

Era 12 de abril de 1994, não havia ainda nenhuma comprovação da sua morte e, por mais forte que seja nossa necessidade de enterrar nossos mortos, é preciso primeiro ter certeza de que a pessoa *está* morta. *Teria* voltado para Cleveland? Para Londres? Para Salonica, a fim de fingir que era sua mãe? Mas Nikki não tinha passaporte nem dinheiro. Teria fugido dele ou de tudo, ou teria fugido de ser atriz, logo no momento em que se tornava flagrante, de forma avassaladora, que ela não tinha como evitar uma carreira brilhante? Isso já havia começado a aterrorizá-la, as exigências desse tipo de sucesso. Em maio, ela teria cinquenta e cinco anos. Sabbath nunca deixou de lembrar o aniversário de Nikki ou a data em que ela desaparecera. Que aspecto teria agora? Pareceria com a mãe, antes ou depois do formol? Já teria vivido doze anos mais do que a mãe — se tivesse vivido além do dia 7 de novembro de 1964.

Que aspecto teria Morty, agora, se tivesse escapado do seu avião abatido em 1944? Que aspecto teria Drenka, agora? Se a desenterrassem, ainda daria para ver que tinha sido uma mulher, a mais feminina de todas as mulheres? Poderia Sabbath ter trepado com ela depois de morta? Por que não?

Sim, ao fugir para Nova York naquela noite, ele supunha que estava partindo para ver o corpo de Linc, mas era o corpo de sua primeira mulher que Sabbath não conseguia tirar do pensamento, o corpo *dela*, vivo, que ele poderia enfim trazer de volta. Não importava que a ideia não fizesse sentido. Os sessenta e quatro anos de vida de Sabbath o haviam, muito tempo antes, liberado da falsidade do bom-senso. É de imaginar que isso o levasse a lidar com a perda de forma bem melhor do que vinha fazendo. Isso serve apenas para mostrar o que todo mundo aprende, mais cedo ou mais tarde, sobre a perda: a ausência ou a presença podem esmagar mesmo as pessoas mais fortes.

— Mas por que pensar nisso? — perguntou irritado para sua mãe. — Por que Nikki, Nikki, Nikki, quando eu mesmo estou perto de morrer?

E por fim ela respondeu-lhe, a sua pequenina mãe, falou-lhe na esquina de Central Park West, e da rua 74 oeste, como nunca ousara fazer em vida, desde que Sabbath tinha doze anos e já era então um rapaz crescido, musculoso e beligerante.

— Isso é o que você mais sabe na vida — disse ela —, aquilo em que mais tem pensado, *e mesmo assim você não sabe coisa alguma.*

É estranho — disse Norman, refletindo acerca das atribulações de Sabbath.

Sabbath deixou a compaixão agir sobre o homem só mais um pouco, antes de corrigi-lo, com serenidade:

— Extremamente — disse Sabbath.

— Sim — replicou Norman —, acho justo dizer extremamente.

Estavam na mesa da cozinha, uma mesa linda, de grandes azulejos italianos esmaltados, cor de mármore, com as bordas guarnecidas de vistosos azulejos pintados à mão, representando legumes e frutas. Michelle, a esposa de Norman, dormia no quarto, e os dois velhos amigos, sentados um diante do outro, falavam em voz baixa a respeito da noite em que Nikki não apareceu no teatro e ninguém sabia onde estava. Norman nem de longe estava tão à vontade com Sabbath como se mostrara no telefone, uma noite antes; a magnitude da transfiguração de Sabbath parecia deixá-lo aturdido, em parte, talvez, por causa do seu próprio e colossal tesouro de sonhos realizados, evidente em tudo que Sabbath olhava à sua volta, incluindo os olhos de Norman, castanhos, radiantes, benevolentes. Corado de sol, após uma temporada de férias jogando tênis, e tão magro e atleticamente flexível quanto fora quando jovem, Norman não mostrava o menor sinal que Sabbath pudesse perceber de sua recente depressão. Como já era careca quando saiu da faculdade, *nada* nele parecia ter mudado.

Norman não era nada tolo, havia lido e viajado bastante, mas compreender, na carne, um fracasso como o de Sabbath lhe parecia tão difícil quanto aceitar o suicídio de Linc, ou talvez, na verdade, mais difícil ainda. Havia observado o estado de Linc se deteriorar ano a ano, ao passo que o Sabbath que abandonara Nova York em 1965 não possuía, a rigor, nenhuma afinidade com o homem que suspirava diante de um sanduíche na mesa da cozinha, em 1994. Sabbath havia lavado as mãos, o rosto e a barba no banheiro, mas mesmo assim percebeu que deixava Norman constrangido, como se fosse um mendigo que, por alguma tolice, Norman tivesse convidado para passar a noite em sua casa. Talvez, com o decorrer dos anos, Norman tivesse alçado o sumiço de Sabbath às dimensões de um elevado drama artístico — uma busca de independência na roça, uma busca de pureza espiritual e de serenidade meditativa; se alguma vez pensasse nele, Norman, como uma pessoa dotada de uma boa vontade espontânea, teria tentado lembrar as coisas que admirava. E por que isso perturbava Sabbath? Estava irritado não tanto pela cozinha perfeita e pela sala perfeita e por tudo que havia de perfeito em todos os aposentos que davam para o corredor guarnecido de prateleiras de livros, mas pela caridade. O fato de ele, Sabbath, ser capaz de inspirar esse tipo de sentimento, é claro, o divertia. Claro que era divertido ver a si mesmo através dos olhos de Norman. Mas, ao mesmo tempo, era horrível.

Norman perguntou se Sabbath alguma vez encontrara uma pista de Nikki, depois do seu desaparecimento.

— Fui embora de Nova York para parar de procurar por ela — explicou Sabbath. — Perturbava-me, às vezes, lembrar que ela não sabia onde eu estava morando. E se ela quisesse me achar? Mas, se ela quisesse, ia achar também Roseanna. Uma vez instalado nas montanhas, nunca me permiti o prazer de manter Nikki em minha vida. Eu não a imaginava com marido e filhos. Eu ia encontrá-la, ela apareceria... Resolvi parar com isso tudo. Para mim, o único modo de compreender era não pensar no assunto. Era preciso pegar aquele troço estranho e pôr de lado de uma vez por todas, a fim de continuar a levar a vida. De que adiantava ficar pensando naquilo?

— E é isso que as montanhas representam? Um lugar para não pensar mais em Nikki?

Norman estava tentando fazer apenas perguntas inteligentes, e elas *eram* inteligentes, e deixavam inteiramente de fora o fato de Sabbath ter vindo para Nova York.

Sabbath continuou a trocar ideias com Norman, frases que podiam ser verdadeiras ou não. Para ele, isso era indiferente.

— Minha vida mudou. Já não podia continuar a viver naquela velocidade toda. Já não podia continuar, de modo algum. A ideia de controlar alguma coisa estava completamente fora do meu pensamento. O caso com Nikki — disse Sabbath, sorrindo com uma expressão em que ele esperava demonstrar abatimento — me deixou em uma situação um tanto complicada.

— Posso imaginar.

Se eu tivesse aparecido na porta sem ter avisado, se eu tivesse passado pelo porteiro sem ser notado e tomado o elevador até o décimo oitavo andar e batido na porta dos Cowan, Norman jamais teria reconhecido o homem no corredor como sendo eu. Com o casaco de caçador largo demais jogado por cima da camisa de flanela típica de um caipira e com essas botinas grandes e enlameadas nos pés, eu tinha de parecer um visitante recém-chegado da terra da família Buscapé, ou um personagem barbudo saído de uma história em quadrinhos, ou alguém que tivesse batido na porta da sua casa em 1900, um tio perdulário fugido do território na Rússia onde os judeus ficavam confinados, e que dormiria no porão, ao lado da caixa de guardar carvão, pelo resto da sua vida na América. Através das lentes dos olhos desprevenidos de Norman, Sabbath via qual era a sua aparência, o aspecto que havia tomado, não se importava de ter ficado assim, de ter deliberadamente ficado assim — e isso o agradava. Jamais perdera o prazer simples, que remontava a muito tempo atrás, de deixar as pessoas em uma situação desconfortável, sobretudo quando se tratava de gente que levava uma vida confortável.

No entanto, havia algo emocionante em encontrar Norman. Sabbath sentia algo semelhante ao que sentem os pais pobres quando vão visitar os filhos que se deram bem na vida e moram em bairros ricos — humilhados, desorientados, fora do seu ambiente, mas orgulhosos. Estava orgulhoso de Norman. Norman vivera no miserável mundo do teatro a vida inteira e não se havia tornado, ele mesmo, um miserável idiota. Poderia ele ser tão ponderado no trabalho, tão afável, correto e previdente? Eles o teriam feito em pedacinhos. E todavia, para Sabbath, parecia que a disposição humana de Norman havia aumentado ainda mais com a idade e o sucesso. Fazia tudo para que Sabbath se sentisse em casa. Talvez não fosse, em absoluto, repulsa aquilo que ele sentia, mas algo semelhante à perplexidade, em face da visão de um Sabbath de barba branca, que acabara de descer da sua montanha, como um homem santo que renunciara à ambição e aos bens terrenos. Será possível que *exista* em mim algo religioso? Será que o que eu fiz — isto é, não consegui fazer — foi algo digno de um santo? Vou ter de ligar para Rosie e dizer a ela.

Seja lá o que estivesse por trás daquilo, o fato é que Norman não podia se mostrar mais solícito. Mas, afinal, ele e Linc, filhos de pais prósperos e amigos de infância desde Jersey City, não podiam ter se mostrado mais gentis desde o momento em que formaram sua sociedade, logo assim que saíram de Columbia, e pagaram as despesas do processo por obscenidade movido contra Sabbath. Eles lhe estenderam aquele respeito revestido de reverência que, na mente de Sabbath, estava associado menos à maneira de lidar com um criador de entretenimento (o máximo que ele pôde ser — Nikki era a artista) do que ao modo pelo qual a gente se dirige a um velho clérigo. Havia algo excitante para aqueles dois privilegiados rapazes judeus em ter, como gostavam de dizer, na época, "descoberto Mickey Sabbath". Estimulava o seu idealismo juvenil saber que Sabbath era filho de um pobre vendedor de produtos granjeiros de uma cidadezinha de trabalhadores no litoral de Jersey, que, com dezessete anos de idade, em vez de ir para a faculdade, se tornara marinheiro em navios de carga, que vivera dois anos em Roma com uma bolsa de estudos para ex-soldados depois de deixar o Exército, que com apenas um ano de casado já andava galinhando, que a jovem esposa de uma beleza assombrosa a quem Sabbath controlava estritamente, tanto no palco quanto fora dele — uma criatura excêntrica, ela também, mas obviamente nascida em uma família muito melhor do que a de Sabbath e, provavelmente, como atriz, também um gênio —, parecia incapaz de sobreviver sequer meia hora sem ele. Havia algo instigante em torno do modo pelo qual ele insultava as pessoas sem ligar a mínima para isso. Sabbath não era apenas um novato com um talento teatral potencialmente enorme, mas um jovem aventureiro em enérgico choque com a vida, com pouco mais de vinte anos e já vivendo um autêntico drama em sua existência, impelido a cometer excessos por um temperamento mais elementar do que o de seus dois amigos. Nos anos 50, havia algo instigantemente raro em "Mick".

Sentado confortavelmente na cozinha em Manhattan, sorvendo o final da cerveja que Norman lhe havia servido, Sabbath a essa altura tinha certeza de quem era o dono da cabeça que o guarda Balich havia desejado partir ao meio. Ou algo incriminador havia surgido entre os pertences de Drenka ou Sabbath fora observado no cemitério, à noite. Sem esposa, sem amante, sem tostão, sem profissão, sem casa... e agora, para coroar tudo isso, em fuga. Se não fosse velho demais para voltar para o mar, se seus dedos não estivessem aleijados, se Morty tivesse sobrevivido e Nikki não fosse louca, ou se ele mesmo não fosse louco também — se não houvesse guerra, loucura, perversidade, doença, estupidez, suicídio e morte, existiria alguma chance de Sabbath estar em uma situação bem melhor. Pagara até o último centavo o tributo da arte, apenas não havia realizado arte alguma. Padecera todos os sofrimentos artísticos já fora de moda — isolamento, pobreza, desespero, adversidades físicas e mentais — e ninguém se importava ou tomava conhecimento. E embora o fato de ninguém se importar nem tomar conhecimento fosse, também isso, outra forma de sofrimento pela arte, no seu caso não possuía nenhum significado artístico. Sabbath era apenas uma pessoa que havia ficado feia, velha e amargurada, mais uma, entre bilhões de outras.

Em obediência às leis do desengano, o desobediente Sabbath começou a chorar, e nem mesmo ele podia saber se o choro era uma encenação ou a expressão genuína da sua desgraça. E aí sua mãe falou pela segunda vez naquela noite — na cozinha, agora, e tentando consolar o seu único filho vivo.

— Isto é a vida humana. Há uma grande dor que todo mundo tem que padecer.

Sabbath (que gostava de pensar que, desconfiando da sinceridade de todos, se mantinha um pouco prevenido em face da traição de tudo o que existe no mundo): enganei até um fantasma. Mas enquanto ele pensava isso — sua cabeça apenas um saco de areia pesado e soluçante tombado sobre a mesa —, pensava também: "E, na verdade, como desejo chorar!".

Desejo? Por favor. Não, Sabbath não acreditava em uma só palavra do que dizia, agora e havia muitos anos; quanto mais tentava descrever de forma fiel como conseguira se tornar aquele fracasso e não outra coisa qualquer, tanto mais parecia se afastar da verdade. As vidas verdadeiras pertenciam aos outros, ou ao menos era nisso que os outros acreditavam.

Norman estendeu o braço sobre a mesa para segurar uma das mãos de Sabbath.

Bom. Iam deixá-lo ficar ali por uma ou duas semanas.

— Você — Sabbath disse a Norman —, você sabe como lidar com as coisas.

— Pois é, sou um mestre da arte de viver. Por isso estou tomando Prozac há oito meses.

— A única coisa que sei fazer é hostilizar os outros.

— Bem, isso e mais algumas coisinhas.

— Uma vida muito banal, uma merda de vida mesmo.

— A cerveja está subindo à sua cabeça. Quando a gente está exausto e deprimido como você, exagera tudo. O suicídio de Linc tem muito a ver com isso. *Todos* nós passamos por isso.

— Todos me acham repugnante.

— Ora, vamos — retrucou Norman, aumentando a pressão com que segurava a mão de Sabbath... Mas quando ele diria: "Acho melhor você vir morar conosco"? Pois Sabbath não podia voltar. Roseanna não iria aceitá-lo em casa, e Matthew Balich o havia desmascarado e estava furioso o bastante para matá-lo. Sabbath não tinha para onde ir e nada para fazer. A menos que Norman dissesse "Venha morar aqui", Sabbath estava acabado.

De repente, Sabbath ergueu a cabeça da mesa e disse:

— Minha mãe caiu em estado de depressão catatônica quando eu tinha quinze anos.

— Você nunca me contou isso.

— Meu irmão morreu na guerra.

— Eu também não sabia.

— Éramos uma daquelas famílias com uma estrela dourada na janela. Significava que não só meu irmão estava morto, mas que também minha mãe estava morta. Todo dia, na escola, eu pensava: "Quem dera que quando eu voltasse para casa hoje meu irmão estivesse lá; quem dera que quando a guerra terminou ele tivesse voltado para casa". Que coisa apavorante era ver aquela estrela dourada quando eu voltava da escola. Certos dias, eu conseguia realmente tirar meu irmão da cabeça, mas então eu chegava em casa e via a estrela dourada. Talvez tenha sido por isso que fui para o mar, para me livrar da merda daquela estrela dourada. A estrela dourada me dizia: "As pessoas desta casa passaram por um sofrimento terrível". A casa com a estrela dourada era uma casa atacada pela peste.

— E depois você se casa e sua mulher desaparece.

— Pois é, mas isso acabou me deixando mais perspicaz. Nunca mais consegui pensar no futuro. O que o futuro podia reservar para mim? Nunca mais pensei em termos de expectativas. Minha expectativa é como enfrentar as más notícias.

Tentar falar de forma sensata e razoável sobre a sua vida pareceu ainda mais falso do que as lágrimas — cada palavra, cada *sílaba* era mais uma traça roendo um buraco na verdade.

— E pensar em Nikki ainda deixa você abalado?

— Não — disse Sabbath —, nem um pouco. Trinta anos atrás, a única coisa que eu pensava era: "Mas que porra é essa que aconteceu?". Quanto mais velho fico, mais irreal a coisa se torna. Porque as coisas que eu me dizia quando era jovem, "talvez ela esteja ali, talvez esteja lá", essas coisas não me afetam mais. Nikki estava sempre lutando para obter uma coisa que só sua mãe parecia capaz de lhe dar... Talvez ela ande por aí até hoje à procura disso. É o que eu pensava, na época. A essa distância, só penso: "Será que tudo isso aconteceu realmente?".

— E as ramificações? — indagou Norman. Ele estava aliviado em ver Sabbath de novo sob controle, todavia continuava a segurar sua mão. Sabbath permitia que Norman a segurasse, embora estivesse um pouco aborrecido com isso. — Qual o efeito sobre você? De que modo isso o feriu?

Sabbath refletiu um tempo — e isto é mais ou menos o que ele estava pensando: "Essas perguntas são fúteis. Por trás da resposta há uma outra resposta, e uma resposta por trás dessa resposta também, e assim ao infinito". Tudo o que Sabbath fazia para agradar Norman era apenas fingir ser alguém que não sabia disso.

— Pareço uma pessoa ferida?

Os dois riram juntos, e só então Norman soltou a mão de Sabbath. Mais um judeu sentimental. A gente pode fritar um judeu sentimental na gordura do seu próprio corpo. Algo sempre os deixa *comovidos*. Sabbath, na verdade, nunca pôde tolerar aqueles dois sujeitos bem-sucedidos, supermimados e de grande circunspecção moral, Cowan *ou* Gelman.

— É o mesmo que perguntar quanto eu me magoei por ter nascido. Como é que vou saber? O que posso saber a respeito? Só posso dizer que a ideia de controlar alguma coisa está totalmente fora do meu pensamento. E foi assim que resolvi levar a vida.

— Dor, dor, tanta dor — disse Norman. — Como você consegue não pensar nisso?

— Que diferença faz se penso ou não? Não mudaria nada. Será que penso? Nunca me passou pela cabeça que eu me importe com isso. Tudo bem, fiquei até superemotivo. Mas *me importar*? De que adianta? De que adianta tentar descobrir a razão ou o sentido em qualquer dessas coisas? Na época em que eu tinha vinte e cinco anos, já sabia que não havia sentido algum.

— E não haverá mesmo?

— Pergunte a Linc, amanhã, quando abrirem o caixão. Ele dirá a você. Linc era brincalhão, alegre, cheio de energia. Lembro-me muito bem de Lincoln. Ele não queria saber de nada que fosse feio. Queria que tudo fosse bom. Adorava seus pais. Lembro quando o velho dele uma vez veio aos bastidores. Um fabricante de bebidas gasosas. Um magnata da soda, se bem me lembro.

— Não. Refrigerante.

— Refrigerante. Era isso.

— O refrigerante Quench Wild Cherry levou Linc a conhecer Taft. Linc o chamava de kvetch.*

— Um pequeno homem obstinado, corado de sol, com o cabelo grisalho, assim era o velho. Começou a vida só com a porcaria que engarrafava e um caminhão que ele mesmo dirigia. De camiseta. Grosso. Iletrado. Sua constituição física era a de uma coisa empacotada. Linc estava sentado numa cadeira no camarim de Nikki, puxou o pai pelo braço e o fez sentar no seu colo, e o manteve ali enquanto todos nós conversávamos depois do espetáculo, e nenhum dos dois se importava com nada daquilo. Ele adorava o seu velho. Adorava sua mulher. Adorava seus filhos. Pelo menos adorava, quando o conheci.

— Sempre adorou.

— E então, onde está o sentido?

— Tenho alguns palpites.

— A gente não sabe nada, Norman... A gente não sabe nada de pessoa alguma. Eu sabia de Nikki? Nikki tinha uma outra vida. Todo mundo tem uma outra vida. Eu sabia que ela era excêntrica. Mas eu também era. Eu sabia que não estava vivendo com Doris Day. Um pouco irracional, desligada, sujeita a crises malucas, mas seria irracional o bastante e doida o bastante para justificar aquilo que veio a ocorrer? Será que eu conhecia minha mãe? Claro. Ela passava o dia inteiro assoviando. Nada era demais para ela. E olhe só o que foi feito da minha mãe. Será que eu conhecia meu irmão? Os discos que ele jogava na praia, a equipe de natação, o clarinete. Morto com vinte anos.

— Desaparecer. Até a palavra é estranha.

— Mais estranha é a palavra *reaparecer.*

— Como vai Roseanna?

Sabbath olhou para o relógio de pulso, um relógio de aço inoxidável fabricado meio século antes. Mostrador preto, ponteiros e algarismos brancos luminosos. O relógio Benrus que Morty

* Em iídiche, *kvetch* designa uma pessoa que se lamuria demais. Robert Taft (1889-1953) foi um presidente americano. (N. T.)

ganhara no Exército, com vinte e quatro números indicando as horas e outro ponteiro que a pessoa podia parar, puxando o pino. Era para poder sincronizar os relógios, quando em missão. Grande benefício trouxe a Morty essa sincronização. Uma vez por ano, Sabbath enviava o relógio para uma oficina, em Boston, onde limpavam, lubrificavam e substituíam as peças gastas. Ele dava corda no relógio todas as manhãs, desde que se tornara seu, em 1945. Seus avós penduravam filactérios no pescoço todas as manhãs e pensavam em Deus; Sabbath dava corda no relógio de Morty todas as manhãs e pensava em Morty. O relógio fora devolvido pelo governo junto com os pertences de Morty, em 1945. O corpo voltou dois anos depois.

— Bem — disse Sabbath —, Roseanna... Há apenas sete horas, Roseanna e eu nos separamos. Agora *ela* desapareceu. É nisso que dá a nossa vida, Mort: gente desaparecendo de todo lado.

— Onde está ela? Você sabe?

— Ah, em casa.

— Então foi você que desapareceu.

— Estou tentando — replicou Sabbath e, mais uma vez, de repente, um grande surto de lágrimas, uma angústia tão avassaladora que, num primeiro momento, ele não foi capaz sequer de perguntar a si mesmo se aquele segundo colapso da noite era fabricado de forma mais honesta do que o primeiro. Estava cansado de ceticismo, cinismo, sarcasmo, amargor, zombaria, autoironia, e a lucidez, coerência e objetividade que ele possuíra haviam banido tudo aquilo que o identificava como Sabbath, exceto o desespero; disso ele dispunha com superabundância. Havia chamado Norman de Mort. Agora estava chorando do mesmo jeito que todo mundo chora. Havia paixão no seu choro — terror, enorme tristeza, e derrota.

Ou não havia? Apesar da artrite que desfigurava seus dedos, em seu coração ele ainda era o titereiro, o amante e o mestre do engano, do artifício e do irreal— isso ele ainda não havia extirpado de si mesmo. Quando acontecesse, Sabbath *estaria* morto.

— Você está bem, Mick? — Norman havia dado a volta na mesa e colocado as mãos nos ombros de Sabbath. — Você *deixou* mesmo sua esposa?

Sabbath ergueu os braços para cobrir as mãos de Norman com as suas.

— Estou com uma súbita amnésia a respeito das circunstâncias, mas... sim, acho que foi isso mesmo. Ela já não está mais escravizada ao álcool nem a mim. Ambos os demônios foram expulsos pelos Alcoólicos Anônimos. O que vai acontecer agora é que Roseanna na certa vai querer ficar com o salário todo para ela.

— Roseanna estava sustentando você.

— Eu tinha que viver.

— Para onde vai depois do enterro?

Ele fitou Norman, com um largo sorriso.

— Por que não acompanhar Linc?

— Que história é essa? Vai se matar? Quero saber se é mesmo nisso que está pensando. Está pensando em suicídio?

— Não, não. Vou seguir até o fim da linha.

— Isso é verdade?

— Tendo a acreditar que sim. Sou tão suicida quanto sou qualquer outra coisa: um pseudossuicida.

— Olhe, isso é coisa séria — disse Norman. — Estamos juntos nisso, agora.

— Norman, fiquei cem anos sem ver você. Não estamos juntos em nada.

— *Nisso* estamos juntos! Se você for mesmo se matar, vai fazer isso na minha frente. Quando estiver pronto, vai ter que esperar por mim e depois fazer isso na minha frente.

Sabbath nada respondeu.

— Você precisa consultar um médico — disse Norman. — Precisa ver um médico amanhã. Está precisando de dinheiro?

De dentro da sua carteira, entupida de anotações ilegíveis e números de telefone rabiscados em pedacinhos de papel e em tampas de caixas de fósforos — abarrotada de tudo, exceto cartões de crédito e dinheiro —, Sabbath fisgou um cheque em branco da sua conta conjunta com Roseanna. Preencheu com a quantia de trezentos dólares. Quando percebeu que Norman, atento enquanto o cheque era preenchido, havia notado os nomes da mulher e do marido impressos lado a lado, explicou:

— Vou sacar tudo. Se ela tiver se adiantado a mim e o cheque voltar, eu pago em dinheiro, depois.

— Esqueça. Trezentos dólares vão levar você aonde? A coisa está preta para o seu lado, meu velho.

— Não tenho expectativa de nada, mesmo.

— Já deu para notar. Por que não dorme aqui amanhã à noite também? Fique pelo tempo que precisar de nós. Todos os meus filhos foram embora. A menor, Deborah, está fora, em Brown. A casa está vazia. Você não pode sair por aí depois do enterro sem nem sequer saber para onde vai, e ainda mais se sentindo desse jeito. Você precisa ver um médico.

— Não — disse Sabbath —, não. Não posso ficar aqui.

— Então precisa ser internado.

E isso provocou o terceiro surto de lágrimas em Sabbath. Só havia chorado desse jeito uma vez antes, na vida inteira, por ocasião do desaparecimento de Nikki. E, quando Morty morreu, ele viu sua mãe chorar muito mais do que isso.

Internado. Até essa palavra ser pronunciada, Sabbath tinha acreditado que toda essa choradeira poderia facilmente ser espúria e, assim, ficou bastante decepcionado ao descobrir que parecia não estar ao seu alcance simplesmente desligar o botão do choro.

Enquanto Norman o persuadia a se levantar da cadeira de cozinha e o conduzia até a sala de jantar, atravessava a sala de estar, cruzava o corredor até o quarto de Deborah e em seguida o guiava até a cama, desatava os cadarços empastados de lama e tirava suas botas de família Buscapé, durante todo esse tempo, Sabbath tremia sem parar. Se não estava realmente descontrolado mas só fingindo, aquela era a melhor encenação de sua vida. Mesmo enquanto os dentes se entrechocavam, mesmo enquanto sentia as bochechas tremendo embaixo da barba ridícula, Sabbath pensava: "Bem, eis uma coisa nova. E vem mais por aí". E talvez menos daquilo pudesse ser debitado na conta da mistificação do que atribuído ao fato de que a razão íntima para a sua existência — fosse lá o que isso queria dizer, talvez uma mistificação, também — havia deixado de existir.

Ele só conseguia pronunciar três palavras que Norman entenderia com clareza:

— Onde estão todos?

— Estão aqui — disse Norman para acalmá-lo. — Estão todos aqui.

— Não — retrucou Sabbath, assim que se viu sozinho. — Todos fugiram.

Enquanto Sabbath preparava um banho no bonito banheiro de mocinha, branco e rosa, bem ao lado do quarto de Deborah, voltou seu interesse para os objetos, todos misturados, no interior de duas gavetas embaixo da pia — loções, pomadas, pílulas, pós, vidros da Body Shop, limpador de lentes de contato, tampões, esmalte de unha, removedor do esmalte de unha... Remexendo na bagunça até chegar ao fundo das gavetas, Sabbath não descobriu sequer uma fotografia — e muito menos um esconderijo de drogas — do tipo daquelas que Drenka tinha desencavado dos pertences de Silvija durante o penúltimo verão de sua vida. O único item um pouco mais excitante, além dos tampões, era um tubo de creme lubrificante vaginal bem enrolado, espremido e quase vazio. Sabbath destampou o tubo a fim de espremer um pouquinho da pomada cor de âmbar na palma da mão e esfregou-a entre o polegar e o dedo médio, recordando certas coisas enquanto lambuzava a ponta dos dedos com o creme, coisas sempre ligadas a Drenka. Recolocou a tampa no lugar e deixou o tubo na bancada de azulejo para experiências posteriores.

Depois de tirar a roupa no quarto de Deborah, Sabbath olhou todas as fotografias nas molduras de plástico transparente sobre a cômoda e a escrivaninha. Mais tarde, examinaria as gavetas e armários. Deborah era uma moça de cabelos escuros com um sorriso sério, recatado, um sorriso inteligente. Sabbath não podia dizer muito mais que isso, pois a imagem dela se achava oculta por outros jovens, nas fotografias; no entanto, entre todos os demais rostos, era o dela que possuía ao menos um toque de algo enigmático. Apesar da inocência juvenil que oferecia com tanta fartura para a câmera, Deborah dava a impressão de ter alguma coisa dentro da cabeça, até certa perspicácia, e lábios cuja protuberância constituía seu grande tesouro, uma boca faminta, sedutora, instalada no rosto mais pudico que se podia imaginar. Ou era assim que

Sabbath via as coisas, por volta das duas da madrugada. Bem que gostaria que fosse uma moça mais provocante, mas a boca e a juventude já davam para o gasto. Antes de entrar no banho, voltou para o quarto e pegou, na escrivaninha, a maior fotografia de Deborah que pôde encontrar, uma foto em que ela aparecia aninhada no ombro musculoso de um ruivo robusto, mais ou menos da idade dela. Em quase todas as fotos, ele aparecia ao lado de Deborah. O fatídico namorado.

Por ora, Sabbath limitou-se a estirar-se dentro da maravilhosa banheira morna, no banheiro de azulejos brancos e cor-de-rosa, e fitar a fotografia, como se o seu olhar possuísse o poder de transportar Deborah para a banheira, de volta para casa. Estendendo um dos braços, Sabbath conseguiu levantar a tampa do vaso e deixar exposto o assento da privada cor-de-rosa de Deborah. Ficou esfregando a mão, de um lado para outro, no assento acetinado e estava começando a ficar de pau duro quando uma leve batida soou na porta do banheiro.

— Você está bem aí dentro? — perguntou Norman e, em seguida, empurrou a porta a fim de se certificar de que Sabbath não estava se afogando.

— Tudo bem — disse Sabbath. Mal dera tempo de tirar a mão do assento da privada, mas a fotografia continuava na outra mão e o tubo espremido de creme vaginal se achava sobre a bancada. Ele virou a fotografia para que Norman visse qual era. — Deborah? — perguntou Sabbath.

— Sim. Essa é Deborah.

— Bonita — disse Sabbath.

— Por que trouxe a fotografia à banheira?

— Para olhar para ela.

O silêncio era indecifrável — o que significava ou profetizava, Sabbath não conseguia imaginar. A única coisa de que tinha certeza era que Norman estava mais assustado com ele do que ele com Norman. Estar nu também conferia uma vantagem a mais diante de uma consciência tão desenvolvida quanto a de Norman, a vantagem de parecer indefeso. Norman não podia alimentar a menor esperança de se equiparar ao talento de Sabbath para esse tipo de cena: o talento que um homem arruinado tem para cometer imprudências, o talento de um sabotador para a subversão, ou mesmo o talento de um lunático — ou de uma simulação de lunático — para intimidar e horrorizar pessoas comuns. Sabbath possuía, e sabia que possuía, o poder de ser alguém que nada mais tinha a perder.

Norman parecia não ter notado o tubo de creme vaginal.

Qual de nós está mais só neste momento?, se perguntou Sabbath. E o que ele estará pensando? "Entra em cena o nosso terrorista. *Eu* é que devia afogá-lo." Mas Norman necessitava de admiração de uma forma que Sabbath nunca havia necessitado, e era mais do que provável que jamais viria a necessitar.

— Seria uma pena — disse Norman, por fim — se a fotografia ficasse molhada.

Sabbath não acreditava que tivesse tido uma ereção, mas certa ambiguidade nas palavras de Norman o deixou em dúvida. Sabbath não olhou para verificar e, em lugar disso, fez uma pergunta perfeitamente inocente:

— Quem é o rapaz de sorte?

— O namorado do primeiro ano da faculdade. Robert. — Norman respondeu, estendendo a mão na direção da foto. — Há bem pouco tempo substituído por Will.

Sabbath debruçou-se para a frente, na banheira, e entregou a fotografia, reparando — ai de mim —, quando se mexeu, que seu pau estava voltado para cima, na água.

— Você está voltando ao normal outra vez — disse Norman, fitando Sabbath nos olhos.

— Estou, sim, graças a você. Estou muito melhor.

— Nunca foi fácil dizer o que você realmente é, Mickey.

— Ora, fracassado cai bem.

— Mas fracassado em quê?

— Fracassado em fracassar, por exemplo.

— Você sempre se opôs a ser um ser humano, desde o princípio.

— Ao contrário — retrucou Sabbath. — Quando se tratava de ser um ser humano, eu sempre dizia: "Estou aí mesmo".

Nesse momento, Norman pegou o creme vaginal na bancada de azulejo, abriu a segunda gaveta embaixo da pia e atirou o tubo lá dentro. Pareceu ter ficado ainda mais surpreso do que Sabbath diante da força da pancada com que fechou a gaveta.

— Deixei um copo de leite na mesinha de cabeceira — disse Norman. — Você pode precisar. Leite morno às vezes me ajuda a dormir.

— Ótimo — agradeceu Sabbath. — Boa noite. Durma bem.

Quando Norman estava a ponto de sair, olhou de relance para a privada. Ele nunca ia conseguir adivinhar por que a tampa estava levantada. Todavia, o rápido olhar que dirigiu a Sabbath sugeria outra coisa.

Depois que Norman saiu, Sabbath se ergueu da banheira e, deixando escorrer água enquanto se movia, foi apanhar a fotografia na escrivaninha de Deborah, para onde Norman a levara de volta.

De novo no banheiro, Sabbath abriu a gaveta, pegou o creme vaginal e trouxe o tubo até os lábios. Espremeu uma bolinha do tamanho de um grão de ervilha na sua língua e a fez rolar pelo palato e pela parte de trás dos dentes de cima. Um vago ressaibo de vaselina. E foi tudo. Mas, enfim, o que é que ele esperava? O paladar da própria Deborah?

De volta à banheira com a fotografia, Sabbath recomeçou, do ponto em que fora interrompido.

Não levantou uma única vez para fazer xixi. Primeira vez em muitos anos. Seria o leite do pai apaziguando a próstata ou seria o leito da filha? Primeiro, retirou a fronha limpa do travesseiro e, fuçando com o nariz, farejou à cata do odor do cabelo dela, entranhado no próprio travesseiro. A seguir, por um processo de tentativa e erro, detectou uma depressão quase imperceptível na metade direita do colchão, um sulco minúsculo moldado pelo contorno do corpo dela e, entre os seus lençóis, sobre o seu travesseiro sem fronha, naquele sulco, ele havia *dormido*. Nesse quarto digno de uma Laura Ashley, cor-de-rosa a amarelo, um computador letárgico na escrivaninha, um decalque da Dalton School decorando o espelho, ursinhos de pelúcia amontoados em um cesto de vime, pôsteres do Metropolitan Museum nas paredes, K. Chopin, T. Morrison, A. Tan, V. Woolf na estante de livros, ao lado dos clássicos da literatura infantil — *The yearling*, *Contos de fadas* de Andersen — e, na escrivaninha e no toucador, uma abundância de fotos emolduradas da sua turma, em trajes de banho, com equipamento de esquiar, com roupa de gala... nesse quarto listrado feito um doce confeitado, com ornamentos nos cantos, onde Deborah havia descoberto pela primeira vez seus atributos clitoriais, Sabbath voltava a ter dezessete anos, a bordo de um vapor sem rota fixa, apinhado de noruegueses embriagados, atracando em um dos grandes portos brasileiros — Bahia, na entrada da baía de Todos os Santos, o Amazonas, o grande Amazonas que se desenrolava não muito longe dali. Havia aquele cheiro. Inacreditável. Perfume barato, café e boceta. A cabeça de Sabbath se embrulhou no travesseiro de Deborah, ele colocou toda a pressão do corpo de encontro à depressão do colchão, estava lembrando a Bahia, onde havia uma igreja e um puteiro para cada dia do ano. Assim diziam os marinheiros noruegueses e, com dezessete anos, Sabbath não tinha razão alguma para duvidar. Seria bom voltar e ver como andavam as coisas lá. Se Deborah fosse minha, eu a mandaria para lá, quando estivesse no penúltimo ano da faculdade. Lugar propício à imaginação, a Bahia. Sozinha com os marinheiros americanos, ela ia se divertir a valer — hispânicos, negros, até finlandeses, fino-americanos, todos os tipos de roceiros broncos sulistas, velhos, jovens... Ia aprender muito mais sobre o texto criativo em um mês na Bahia do que em quatro anos, em Brown. Deixe a moça fazer alguma coisa insensata, Norman. Olhe o bem que isso me fez.

Piranhas. Tiveram um papel de destaque na minha vida. Sempre me senti em casa ao lado de piranhas. Uma grande admiração pelas piranhas. O fedor de ensopado daquelas partes aceboladas. Quando foi que alguma coisa teve para mim um sentido maior do que isso? Eram as verdadeiras razões da vida, na época. Mas agora, absurdamente, a ereção matutina se foi. As coisas que a gente tem de aguentar, na vida. A ereção matutina — como um pé de cabra na nossa mão, como uma coisa desabrochando do corpo de um ogro. Será que alguma outra espécie de animal acorda de pau duro? Baleias? Morcegos? Toda manhã, a evolução vem recordar ao macho *Homo sapiens* a razão pela qual ele está ali, no caso de haver esquecido, durante a noite. Se a mulher não soubesse do que se tratava, podia ficar morta de medo com aquilo. Ele não podia mijar no vaso por causa daquilo. Tinha de forçá-lo para baixo com a mão — tinha de puxá-lo na direção certa, como um cão na coleira — de modo que o jorro fosse bater na água e não no assento levantado da privada. Quando você sentava para cagar, lá estava ele, lealmente olhando para o alto, na direção do seu mestre. Ali, aguardando ansiosamente, enquanto você escovava os dentes — "O que vamos fazer hoje?". De tudo que existe na vida, nada mais fiel do que os espantosos anseios do pau duro da manhã. Nenhum engodo. Nenhuma simulação. Nenhuma falta de sinceridade. Boas-vindas àquela força propulsora! Vida humana, com V maiúsculo! A gente leva a vida inteira para entender o que realmente importa e, então, já não está mais lá. Bem, é preciso aprender a se adaptar. O único problema é saber de que jeito fazer isso.

Sabbath tentou pensar em uma razão para pelo menos sair da cama, não para continuar a viver. O assento na privada de Deborah? Uma espiada no cadáver de Linc? As *coisas* dela — e, assim que se lembrou de remexer *nas coisas*, Sabbath saiu da cama e se colocou diante do toucador, ao lado do aparelho de som Bang & Olufsen.

Cheia até a borda! Um tesouro perdido! Nuanças fulgentes de seda e cetim. Calcinhas de algodão de aspecto infantil com listras vermelhas. Biquínis de tiras com forro de cetim. Dava para usar aquelas tiras como fio dental. Cintas-ligas púrpuras, pretas e brancas. A paleta de cores de Renoir! Rosa. Cor-de-rosa pálido. Azul-marinho. Branco. Púrpura. Dourado. Vermelho. Pêssego. Sutiãs pretos reforçados com arame por baixo. Sutiãs de renda com enchimento e lacinhos. Sutiãs meia-taça com festões de renda. Sutiãs meia-taça feitos de seda. Tamanho G. Um ninho de serpentes de meias-calças multicoloridas. Brancas, pretas e cor de chocolate, meias-calças transparentes de rendas de seda, como calcinhas, do tipo que Drenka usava para deixar Sabbath maluco. Uma camisola de seda, de uma cor deliciosa, igual ao caramelo feito de manteiga e açúcar queimado. Calcinhas imitando o pelo de um leopardo, com sutiãs do mesmo estilo. Malhas rendadas de corpo inteiro, *três*, e todas pretas. Um *body* sem alças, de seda preta, com enchimento nos seios, ornado de renda, pregas e alças. Alças. Alças dos sutiãs, alças das ligas, alças dos corpetes vitorianos. Quem, em sã consciência, não adora alças, todo aquele emaranhado para segurar e suspender? E quando era *sem* alça? Um sutiã sem alça. Meu Deus, tudo dá certo. Aquele troço que chamavam de *teddy* (Roosevelt? Kennedy? Herzl?), uma roupa de baixo de uma peça só, com uma blusa na parte de cima e, embaixo, uma calcinha bem folgada, com espaço livre nas pernas para a gente enfiar as mãos sem ser preciso tirar nada. Calcinhas de seda, floridas, como biquínis. Anáguas. Adorava as anáguas fora de moda. Uma mulher de anágua e sutiã, de pé, passando a ferro uma blusa, enquanto fuma um cigarro com ar sério. O velho e sentimental Sabbath.

Farejou entre as meias-calças à cata de um par que não tivesse sido lavado, em seguida correu com essa meia na direção do banheiro. Sentou para mijar, como D. fazia. O assento de D. As meias-calças de D. Mas o pau duro da manhã pertencia ao passado... Drenka! Com você, *era* mesmo um pé de cabra! Cinquenta e dois anos de idade, uma fonte de vida suficiente para cem homens, e morta! Não é justo! O desejo, o desejo! Você viu isso muitas e muitas vezes, fez isso muitas e muitas vezes, e cinco minutos depois aquilo já o fascinava *outra vez*. Eu nunca deveria ter desistido, pensou Sabbath — a vida de um porto sensual como a Bahia, mesmo daqueles pequenos ancoradouros de merda do Amazonas, literalmente portos na selva, onde era possível se misturar com tripulações de todo tipo de barco, marinheiros de cores tão variadas quanto as das roupas de baixo de Debby, de todos os tipos de países, e estavam todos indo para o mesmo lugar, todos iam desembocar no puteiro. Em toda parte, como num sonho lúbrico, marinheiros e mulheres, mulheres e marinheiros, e eu ia aprendendo o meu ofício. A vigília das oito às doze e depois trabalhar o dia inteiro no convés, como um marinheiro, raspando e pintando, raspando e pintando, e depois a vigília, vigiar o mar na proa do navio. E às vezes era deslumbrante. Eu andara lendo O'Neill. Andava lendo Conrad. Um cara do navio me havia dado uns livros. Eu lia todas essas coisas e mergulhava de cabeça naquilo. Dostoievski — todo mundo cheio de rancores e com uma fúria imensa, uma raiva assim era pura música, uma raiva assim era como ter duzentas libras para disperdiçar. Escroque Raskolnikov. Pensei: Dostoievski se apaixonou por ele. Sim, eu ficava de pé na proa, naquelas noites estreladas no mar tropical, e prometia a mim mesmo que ia me agarrar àquilo e atravessar toda aquela merda e me tornar um comandante de navio. Eu me submeteria a todos os exames e me tornaria comandante de navio e viveria assim pelo resto da vida. Dezessete anos, um garoto novo e forte... e, como acontece com os garotos, não levei nada disso adiante.

Abrindo as cortinas, ele descobriu que o quarto de Deborah ficava no canto do apartamento e as janelas davam para o Central Park e para as janelas dos edifícios de apartamentos no East Side. Os narcisos e as folhas das árvores ainda teriam três semanas de vigor em Madamaska Falls, mas o Central Park já estava igual a uma savana. A paisagem que Deborah tinha visto desde a primeira dentição, mas ele ainda havia de chegar ao litoral. O que tinha ido fazer numa floresta, no alto das montanhas? "Quando fugiu do sumiço de Nikki, ele e Roseanna deviam ter ido para Jersey, a fim de morar perto do mar. Sabbath podia ter se tornado um pescador comercial. Podia ter se desvencilhado de Roseanna e *voltado* para o mar. Fantoches. Logo essa merda, entre tanta coisa atraente. Entre fantoches e piranhas, ele tinha escolhido os fantoches. Só por isso, bem que merecia morrer.

Só então viu as peças avulsas de roupa íntima de Deborah espalhadas no pé da cômoda, como se ela tivesse se despido — ou sido despida por alguém — às pressas e houvesse saído correndo do quarto. Dava gosto imaginar. Sabbath podia apenas supor que ele já estivesse com as roupas de baixo durante a noite — não tinha lembrança disso. Devia ter levantado durante o sono para olhar as coisas de Deborah e largara algumas no chão. Entrando mais fundo, agora, no terreno da autocaricatura. Sou uma ameaça maior do que imaginava. Isso é sério. Senilidade prematura. Senilidade, demência, erotomania com diabólica propensão para o desastre.

Mas e daí? Um acontecimento humano natural. A palavra é *rejuvenescimento*. Drenka está morta, mas Deborah vive e, dia e noite, sem parar, as fornalhas da fábrica de sexo continuam a ferver.

Enquanto se vestia com a mesma roupa que sempre usava, aonde quer que fosse — camisa de flanela puída por cima de uma velha camiseta cáqui, calça folgada de veludo cotelê com os fundilhos reforçados —, Sabbath tentava ouvir algum ruído a fim de saber se havia alguém em casa. Eram apenas oito e quinze, mas a casa já estava vazia. A princípio, ele não conseguiu decidir, entre as coisas espalhadas no chão, se pegava um sutiã preto ou uma calcinha de biquíni de seda com flores, mas raciocinando que o sutiã, por causa do arame, poderia fazer mais volume e chamar atenção, pegou a calcinha, enfiou no bolso da calça e jogou o resto dentro da gaveta desarrumada. Ele poderia brincar ali de novo, à noite. E nas outras gavetas também. E no armário.

Ele notou, então, dois sachês na gaveta de cima, um de veludo cor de malva com aroma de lavanda e um riscadinho de vermelho exalando o odor acentuado de folhas de pinheiro. Nenhum dos dois continha o cheiro que ele estava procurando. Gozado — moça moderna, formada em Dalton, já uma especialista nos Manet e Cézanne do museu Metropolitan, e todavia parece não possuir a menor ideia de que o cheiro pelo qual os homens pagam uma boa grana para sentir não é o das folhas do pinheiro. Bem, a senhorita vai descobrir, de um jeito ou de outro, assim que começar a vestir essas roupas de baixo com alguma outra finalidade que não seja apenas ter classe.

Velho lobo do mar que era, Sabbath arrumou a cama como manda o figurino.

A cama dela.

Três palavras simples, cada sílaba tão velha quanto a língua inglesa, e seu poder sobre Sabbath era nada menos do que tirânico. Com que tenacidade ele se aferrava à vida! À juventude! Ao prazer! Ao pau duro! Às roupas de baixo de Deborah! E, no entanto, por todo o tempo, ele estivera olhando para baixo, lá do décimo oitavo andar, para o verdor do parque, e refletindo que havia chegado a hora de pular. Mishima. Rothko. Hemingway. Berryman. Koestler. Pavese. Kosinski. Arshile Gorky. Primo Levi. Hart Crane. Walter Benjamin. Bando de gente incomparável. Nada desonroso pôr o nome nessa lista. Faulkner praticamente matou a si mesmo de tanta birita. Assim como Ava Gardner (é o que dizia Roseanna, agora uma autoridade no que tange a mortos ilustres que estariam vivos se tivessem "compartilhado" seus problemas nos AA). Bendita Ava. Não havia muita coisa nos homens que deixasse Ava admirada.

Elegância e imundície entrelaçadas de forma impecável. Morta aos sessenta e dois anos, dois anos mais nova do que eu. Ava, Yvonne de Carlo — *estas* sim representam modelos para as moças! Fodam-se as ideologias louváveis. Baboseiras, baboseiras, baboseiras! Chega de ler e reler *A room of one's own* — trate de arrumar *As obras completas de Ava Gardner*. Uma virgem lésbica dedilhadora e beliscadora, V. Woolf, sua vida erótica uma parte de lascívia, nove partes de medo — uma paródia inglesa superinstruída de um lebréu russo, espontaneamente superior, como só os ingleses sabem ser, em face de todos os seus inferiores, alguém que nunca tirou a roupa na vida. Mas uma suicida, lembrem-se. A lista se torna mais estimulante a cada ano. E nela eu seria o primeiro titereiro.

A lei da vida: flutuação. Para cada ideia, uma contraideia, para cada vontade, uma contravontade. Não admira que ou a gente fica louco e morre, ou resolve desaparecer. Vontades em demasia, e isso não é sequer um décimo da história inteira. Sem amante, sem esposa, sem profissão, sem casa, sem vintém, rouba a calcinha do biquíni de uma pirralhinha de dezenove anos de idade e, arrebatado por uma descarga de adrenalina, a enfia por segurança no bolso da calça — aquela calcinha é exatamente aquilo de que Sabbath precisa. Será que o cérebro de mais ninguém funciona desse jeito? Não acredito. Isto é envelhecer, pura e simplesmente, a hilaridade autodestruidora do último declive na montanha-russa. Sabbath encontra um oponente à sua altura: a vida. O fantoche é *você*. O bufão grotesco é *você*. *Você* é o Polichinelo, o palhaço, o fantoche que brinca com os tabus!

Na ampla cozinha com piso cor de terracota, uma cozinha fulgurante na luz de pôr do sol que irradiava das polidas panelas de cobre, viçosa como uma estufa com cintilantes plantas em vasos, Sabbath encontrou um lugar na mesa preparado para ele, voltado para a vista da janela. Em torno de seus pratos e talheres, havia caixas de quatro tipos de cereais, três fatias de um pão de aspecto substancioso, cortadas e tostadas de três formas diferentes, um pote de margarina, um prato de manteiga e oito vidros de compotas, mais ou menos com o espectro de cores que se consegue passando um raio de sol por um prisma: cereja preta, morango, Little Scarlet... todo o percurso até a ameixa amarela e a geleia de limão, um amarelo espectral. Havia meio melão, assim como meia toranja (cortada em partes menores), sob uma folha bem esticada de plástico transparente, uma cestinha de laranjas bicudas de um tipo sugestivo que Sabbath nunca vira antes e uma variedade de saquinhos de chá em um prato, ao lado daquele cenário arrumado para ele. A louça do café da manhã era aquela louça francesa, pesada, amarela, decorada com figuras infantis de camponeses e moinhos de vento. Faiança de Quimper.* Melhor do que Quimper.

Mas por que será que, em toda a América, só eu penso que tudo isso é besteira? Por que será que *eu* não tenho vontade de viver desse jeito? Sem dúvida, é característico dos produtores teatrais proporcionar para si mesmos antes uma vida de paxá do que uma existência do tipo de um transgressivo titereiro, mas *é* tremendamente bom acordar e ver isso aqui. O bolso entupido com a calcinha e um monte de vidros de compota Tiptree. O vidro de Little Scarlet, para escarnecer, trazia pregado na tampa uma etiqueta de preço indicando "8,95" dólares. O que eu consegui na vida que se compare a essa faiança? É difícil não ficar magoado consigo mesmo quando a gente vê uma ostentação como essa. Existe tanta coisa no mundo e eu tenho tão pouco.

Lá estava o parque de novo na janela da cozinha e, ao sul, o maior dos espetáculos metropolitanos, a parte intermediária de Manhattan. Em sua ausência, enquanto Sabbath se achava no alto de uma montanha do norte, desperdiçando os anos com seus fantoches e com sua piroca, Norman foi enriquecendo e permaneceu uma pessoa exemplar, Linc endoidou e Nikki, até onde ele sabia, se havia transformado em uma mendiga, cagando no chão de uma estação de metrô na rua 42, com cinquenta e sete anos de idade, gagá, gorda — *"Por quê?"*, Sabbath gritaria, *"Por quê?"*, e ela não saberia quem era ele. Mas, do mesmo modo, Nikki podia muito bem estar morando em um apartamento de Manhattan, tão grande e luxuoso quanto o de Norman, ao lado de um outro Norman só

* Capital do Finistère, Noroeste da França, famosa pela cerâmica. (N. T.)

para ela. Nikki podia ter sumido por um motivo tão banal como esse... Foi o choque de ainda encontrar Nova York aqui que me levou a pensar em Nikki. Não vou mais pensar nisso. Não posso. Essa é a bomba-relógio perpétua.

Esquisito. A única coisa em que nunca penso é que ela esteja morta. Ou pelo menos que se faça *passar* por morta. Eu estou aqui em cima, na luz e no calor, e, por mais fodido que esteja, tenho os cinco sentidos, o pensamento e oito tipos de compota — e os mortos estão mortos. A realidade imediata está logo ali fora, do outro lado da janela; tão grande, tão variada, tudo entrelaçado em tudo... Que ideia enorme Sabbath lutava para exprimir? Estará perguntando: "O que será que aconteceu com a minha vida verdadeira?". Ela estará se passando em algum outro lugar? Mas então como é que olhar por essa janela pode parecer uma coisa tão prodigiosamente real? Bem, essa é a diferença entre o verdadeiro e o real. Não conseguimos viver na verdade. Por isso Nikki fugiu. Ela era uma idealista, uma ilusionista inocente, tocante, talentosa, que desejava viver *na verdade*. Bem, se você a encontrou, menina, foi a primeira. Segundo a minha experiência, o rumo da vida é no sentido da incoerência — justamente aquilo que você jamais quis enfrentar. Talvez essa tenha sido a única coisa coerente que você podia pensar em fazer: morrer a fim de repudiar a incoerência.

— Certo, mãe? Você teve incoerência para dar e vender. A morte de Morty é uma coisa em que até hoje não dá para acreditar. Você teve toda razão de ficar calada depois disso.

— Você raciocina como um fracassado — retrucou a mãe de Sabbath.

— Sou um fracassado. Estava dizendo isso ao Norman ontem à noite. Sou o ponto culminante do fracasso. De que outra forma posso raciocinar?

— Tudo o que você sempre quis foi puteiros e piranhas. Você tem a ideologia de um cafetão. Devia ter sido um.

Ideologia, nada mais, nada menos. Como ela ficou perspicaz depois da morte. Eles devem ter aulas por lá.

— É tarde demais, mãe. Os negros monopolizaram o mercado. Tente outra coisa.

— Você devia ter levado uma vida produtiva e normal. Devia ter formado uma família. Devia ter seguido uma profissão. Não devia ter fugido da vida. Fantoches!

— Na época, parecia uma boa ideia, mãe. Cheguei até a estudar na Itália.

— Na Itália você estudou as piranhas. Deliberadamente, resolveu viver no lado errado da existência. Você devia ter tido os *meus* tormentos.

— Mas eu tenho. Eu tenho... — Chorando, de novo. — Eu tenho. Tenho exatamente os seus tormentos.

— Então por que fica zanzando por aí com uma barba de *alte kocker* e vestindo essas roupas de parque de diversões... e, ainda por cima, com piranhas!

— Se quiser, pode implicar com as roupas e as piranhas, mas a barba é essencial, se eu não quiser olhar para a minha cara.

— Você parece um bicho.

— E o que mais eu deveria parecer? Um Norman?

— Norman sempre foi um ótimo rapaz.

— E eu?

— Você sempre encontrou prazer de outras maneiras. Sempre. Mesmo quando era um menininho, já era um pequeno estranho na casa.

— É verdade? Não sabia disso. Eu era tão feliz.

— Mas sempre um pouco estranho, transformando tudo em farsa.

— Tudo?

— Você? Mas é claro. Olhe só agora. Transformando até mesmo a morte em uma farsa. Existe alguma coisa mais séria do que morrer? Não. Mas você quer transformá-la em uma farsa. Não pode sequer matar a si mesmo com dignidade.

— Isso seria pedir demais. Não creio que pessoa alguma mate a si mesma "com dignidade". Não acredito que isso seja possível.

— Então, seja o primeiro. Deixe-nos orgulhosos de você.

— Mas *como*, mamãe?

Ao lado do seu lugar na mesa, havia um bilhete um bocado comprido começando com BOM DIA. Em maiúsculas. O bilhete era de Norman, gerado no computador.

BOM DIA

Saímos para o trabalho. O enterro de Linc começa às duas. Riverside com rua 76. Vejo você lá — vou guardar um lugar ao nosso lado. A faxineira (Rosa) vem às nove. Se quiser que ela lave ou passe alguma coisa, é só pedir. Se precisar de qualquer coisa, peça a Rosa. Estou no escritório a manhã toda (994-6932). Espero que o sono tenha restabelecido seu ânimo. Você está sob um estresse tremendo. Gostaria que fosse conversar com um psiquiatra enquanto estiver aqui. O meu não é nenhum gênio, mas dá para o gasto. Dr. Eugene Graves (sobrenome agourento,* mas dá conta do recado). Telefonei para ele e ele disse que você podia ligar, se quisesse (562-1186). Tem uma desistência no final da tarde. Por favor, reflita seriamente a respeito. Ele me tirou da crise de verão. Você podia ter bons resultados com medicação — e também conversando com ele. Você não está nada bem e precisa de ajuda. ACEITE. Por favor, ligue para Gene. Michelle manda seus cumprimentos. Ela vai ficar no serviço. Esperamos você para jantar conosco esta noite. Calmamente, nós três. Até você voltar à forma, esperamos que fique aqui. A cama é sua. A casa é sua. Você e eu somos velhos amigos. Não restaram muitos.

Norman

Pregado com um grampo ao bilhete havia um envelope todo branco. Notas de cinquenta dólares. Não apenas as seis notas que teriam coberto o cheque da conta conjunta que Sabbath assinara em nome de Norman na noite anterior, mas acrescidas de quatro notas. Mickey Sabbath tinha quinhentos dólares. O bastante para pagar Drenka a fim de tomar parte de uma suruba a três, se Drenka... Bem, ela não estava mais ali, e como Norman, ao que tudo indicava, não tinha intenção de descontar o seu cheque — na certa já o havia rasgado a fim de garantir que Roseanna não tivesse sua parte da grana surrupiada —, Sabbath precisava apenas se apressar, encontrar um desses lugares que compram cheques na hora, com um ágio de dez por cento, e preencher um novo cheque de trezentos dólares da sua conta conjunta. Assim, teria ao todo

* Em inglês, *grave* significa sepultura. (N. T.)

setecentos e setenta dólares. De repente, já tinha de trinta a cinquenta por cento menos razões para se matar.

— Primeiro, você faz uma farsa do suicídio, e agora faz da vida uma farsa.

— Não sei outra maneira de agir, mãe. Me deixe em paz. Cale a boca. Você não existe. Não existem fantasmas.

— Errado. Só existem fantasmas.

Em seguida, Sabbath tratou de desfrutar o colossal café da manhã. Não comia com tanto prazer desde antes de Drenka ficar doente. Deixou Sabbath magnânimo. Não importa que Roseanna fique com os trezentos dólares. O sulco no colchão de Deborah era agora o sulco dele. Michelle, Norman e o dr. Caixão iam levá-lo de volta à velha forma.

Dr. Graves.

Depois de se entupir de comida feito uma mala tão abarrotada de roupa que a gente não consegue fechar o zíper, Sabbath vagou bamboleante pelo apartamento com seus passos de velho marinheiro, inspecionando os quartos, os banheiros, a biblioteca, a sauna; abriu todos os armários e examinou os chapéus, os paletós, as botas, os sapatos, as pilhas de lençóis, as pilhas de toalhas macias de cores variadas; percorreu o corredor revestido de estantes de livros feitas de mogno, contendo apenas os melhores livros do mundo; admirou os tapetes no chão, as aquarelas nas paredes; examinou com minúcia tudo aquilo, que compunha a elegância serena dos Cowan — luminárias, acessórios, maçanetas, até os vasos sanitários pareciam ter sido desenhados por Brancusi — ao mesmo tempo que devorava o pão de centeio integral coberto com uma grossa camada de Little Scarlet de 8,95 dólares o vidro, e fingia que o apartamento era seu.

Se pelo menos as coisas tivessem corrido de outra forma, tudo agora seria diferente.

Com os dedos ainda lambuzados de geleia doce, Sabbath terminou voltando ao quarto de Deborah para fuçar as gavetas da escrivaninha. Até Silvija tinha aquilo. Todas elas tinham aquilo. Era só uma questão de descobrir onde escondiam o troço. Nem mesmo Jeová, Jesus e Alá podiam abafar o prazer que a gente extrai de uma máquina Polaroid. Mesmo Gloria Steinem não podia fazê-lo. Na disputa entre Jeová, Jesus, Alá e Gloria, de um lado, e do outro o prurido mais íntimo que empresta à vida aquele seu formigamento, eu dou dezoito pontos de vantagem para o time dos três rapazes e Gloria e mesmo assim vão perder.

Agora, onde foi que você as escondeu, Deborah? Estou quente ou frio? A escrivaninha era grande, feita de carvalho, de estilo antigo, com puxadores de metal brilhante, na certa oriunda do escritório de algum advogado do século XIX. Fora do comum. A maioria das crianças prefere as porcarias feitas de plástico. Ou será que é isso que chamam de *camp*? Sabbath começou a retirar o conteúdo da comprida gaveta de cima. Dois grandes livros de recortes de jornais, encadernados em couro, com folhas secas e flores prensadas em todas as páginas. Botanicamente encantador, montado com esmero... mas você não engana ninguém, menina. Tesouras. Clipes de papel. Cola. Régua. Livrinhos de endereço com capas com desenhos florais e ainda sem um único endereço anotado. Duas caixas cinzentas com mais ou menos doze por quinze centímetros. Eureca! Mas dentro havia apenas o seu papel de carta, cor de malva, igual ao sachê com aroma de lavanda. Em uma das caixas, algumas folhas manuscritas dobradas ao meio que, a princípio, pareceram promissoras, mas continham apenas o rascunho de um poema de amor não correspondido. "Abri os braços mas ninguém viu... Abri a boca e ninguém ouviu..." Você não tem feito sua leitura de Ava Gardner, minha cara. Próxima gaveta, por favor. Livros do Ano da escola Dalton, de 1989 a 1992. Mais ursinhos de pelúcia. Seis aqui e mais oito na cesta de vime. Camuflagem. Espertinha. Vamos para a próxima gaveta. Diários! A sorte grande! Uma pilha de diários, encadernados em papelão com desenhos de flores coloridas bem parecidos com os da calcinha no bolso de Sabbath. Ele tirou a calcinha do bolso para comparar. É isso aí, a moça combina a calcinha com os diários e os livrinhos de endereço. A menina tem tudo. Exceto. Exceto! Onde estão escondidas as fotografias, Debby? "Querido Diário, descobri que estou cada vez mais atraída por ele, tentando dar vazão aos meus sentimentos. Por que, por que os relacionamentos são tão *difíceis*?" Por que não escreve sobre foder com ele? Será que em Brown ninguém lhe ensinou para que serve escrever? Página após página de bobagens sem nada de valor sobre Deborah, até que Sabbath esbarrou em uma anotação começando como as outras — "Querido Diário" — mas dividida em duas colunas pelo golpe repressor de um risco de caneta, um lado com o título MINHA FORÇA e o outro, MINHA FRAQUEZA. Haverá algo aqui? Parece que Sabbath havia afinal encontrado alguma coisa.

MINHA FORÇA	MINHA FRAQUEZA
autodisciplina	autoestima baixa
minha cortada	meu saque
esperanças	paixões passageiras
Amy	mamãe
Sarah L.	~~autoestima baixa~~
Robert (?)	Robert!!!
não fumar	emotiva demais!
não beber	impaciência com mamãe
	falta de consideração pela mamãe
	minhas pernas
	ser enxerida
	nem sempre ouvir os outros
	comida

Puxa, isso é que é trabalho. Um caderno de apontamentos fino, com três argolas, um decalque da faculdade na frente e, embaixo, uma etiqueta branca na qual estava datilografado "Yeats, Eliot, Pound. Terça-feira. Quinta-feira. 10h30. Salomão 002. Prof. Kransdorf". No caderno de apontamentos estavam suas anotações de aula, junto com fotocópias dos poemas que Kransdorf deve ter distribuído para os alunos. O primeiro era de Yeats. Chamado "Meru". Sabbath leu devagar... o primeiro poema de Yeats que havia lido — e um dos últimos que lera, de qualquer poeta — quando se tornara marinheiro.

A civilização se encontra tolhida, submetida
A uma lei que se assemelha à paz
Graças a múltiplas ilusões; mas a vida do homem é pensamento,
E ele, não obstante seu terror, não consegue parar
De saquear um século após o outro,
Saquear, destruir e aniquilar tudo o que puder achar

Em meio à devastação da realidade:
Egito e Grécia, adeus, e adeus, Roma!
Os eremitas no alto do monte Meru ou no Everest,
Enfurnados, à noite, sob a neve que desmoronou,
Ou onde essa neve e as terríveis rajadas de inverno
Assolam seus corpos despidos, sabem
Que o dia termina por trazer a noite, que antes do alvorecer
A glória e os monumentos do homem terão desaparecido.

As anotações de Debby estavam escritas na folha, logo abaixo da data em que o poema foi redigido.

Meru. Montanha no Tibé. Em 1934, WBY (poeta irlandês) escreveu uma introdução à tradução de amigos indianos da história da ascensão de um homem santo à renúncia das coisas do mundo.

K: "Yeats se achava no limite além do qual toda arte é vã".

O tema do poema é que o homem nunca está satisfeito, a menos que destrua tudo aquilo que criou, por exemplo, as civilizações do Egito e de Roma.

K: "A ênfase do poema é colocada na obrigação de o homem se livrar de todas as ilusões apesar do terror do vazio que terá de enfrentar depois".

Yeats comenta em uma carta a um amigo: "Nós nos livramos da obsessão de que talvez sejamos nada. O último beijo é para o vazio".

Homem = humano
Poema criticado na sala por não ter uma perspectiva da mulher. Observar o inconsciente privilégio de gênero — o terror *dele,* a glória *dele,* os monumentos (fálicos) *dele.*

Sabbath saqueou as demais gavetas. Cartas para Deborah Cowan desde o tempo da escola primária. Um lugar perfeito para esconder fotos de Polaroid. Com paciência, vasculhou todos os envelopes. Nada. Um punhado de bolotas de carvalho. Cartões-postais, em branco de um dos lados e com uma reprodução do outro. O Museu do Prado, a National Gallery, o Uffizi... Uma caixa de grampos, que ele abriu curioso para ver se essa moça de dezenove anos que fingia amar as flores e os ursinhos de pelúcia mais do que tudo no mundo não estava usando a caixa de grampos para esconder meia dúzia de baseados. Mas na caixa de grampos só havia grampos. Qual é o problema com essa menina?

Gaveta de baixo. Duas caixas de madeira talhadas de forma ornamental. Nada. Neca. Bugigangas. Pequenos braceletes e colares de contas. Apliques de cabelo em forma de trança. Fitas para cabelo. Um grampo de cabelo com um laço de veludo preto. Não tinha o cheiro do cabelo de ninguém. Cheiro de lavanda. Essa menina é depravada, só que para o lado errado.

Os armários abarrotados. Saias pregueadas com flores estampadas. Calças de seda folgadas. Casacos de veludo preto. Trajes de *jogging*. Toneladas de lenços de lã escocesa na prateleira do alto. Umas coisas grandes e folgadonas que pareciam vestidos de mulher grávida. Vestidos curtos de linho. (Com as pernas dela?) Tamanho 10. Qual o tamanho de Drenka? Ele já não conseguia lembrar! Quilos de calças. Veludo cotelê. Abundância de jeans. Mas por que será que ela deixa em casa todas as roupas de baixo e as outras roupas, inclusive os jeans, quando vai para a escola? Será que tem mais roupa ainda lá — será que eles são ricos dessa forma tão ostentosa? — ou é isso mesmo que as moças privilegiadas fazem, deixam tudo para trás, como certos animais a fim de demarcar seu território, deixando atrás de si uma trilha de mijo?

Sabbath passou em revista todos os bolsos de casacos e calças. Procurou nas pilhas de lenços. A essa altura ele já estava ficando impaciente. Cadê a porra das fotos, Deborah?

As gavetas. Acalme-se. Ainda faltam três. Como havia demorado examinando a gaveta de cima, a das roupas íntimas, e, na verdade, já o fizera mais de uma vez, e como estava começando a sentir a premência do tempo — planejava ir ao centro da cidade antes do enterro para visitar o local do seu primeiro e único teatro —, Sabbath havia resolvido pular a segunda gaveta. Era difícil de abrir, de tão entupida de camisetas, suéteres, bonés de beisebol e meias de todos os tipos, algumas com reentrâncias de cores diferentes para cada dedo do pé. Que gracinha. Ele mergulhou direto para o fundo da gaveta. Nada. Revirou a mão no meio das camisetas. Nada. Abriu a gaveta de baixo. Roupas de banho de todos os tipos, uma delícia de tocar, mas teria de deixar para mais tarde o exame exaustivo daquelas peças. Tinha também pijamas de flanela com umas coisinhas bonitas estampadas, feito coraçõezinhos, espalhadas por todo o pano, e camisolas com bainha franzida e enfeites de renda. Rosa e branco. De volta às mesmas cores. Tempo, tempo, *tempo*... e não havia apenas as camisetas jogadas no tapete ao lado da cômoda, mas também saias e calças no chão junto ao armário, lenços espalhados sobre a cama toda, a escrivaninha estava uma bagunça, as gavetas abertas e os diários da menina esparramados em cima. Tudo tinha de ser arrumado com aqueles dedos que agora o estavam matando de dor.

A gaveta de baixo. Última chance. Equipamento de *camping*. Óculos de sol Vuarnet, três pares sem caixa. Tudo que ela possuía era em três, seis, dez. Exceto! Exceto! E lá estava.

Lá estava. O ouro. O ouro de Sabbath. No fundo da gaveta de baixo, ali onde ele deveria ter começado a busca, no meio de um amontoado de velhos livros escolares e mais alguns ursinhos de pelúcia, uma simples caixa de Scotties, com desenhos de flores brancas, lilases e de um verde clarinho sobre um fundo branco-limão. "Cada caixa de Scotties oferece a suavidade e a força que você deseja para a sua família..." Você não é nada boba, hein, Deborah? Uma etiqueta manuscrita na caixa indica: "Receitas". Menina espertinha. Adoro você. Receitas. Vou encher seu rabo de ursinhos de pelúcia!

Dentro da caixa de Scotties estavam as receitas dela — bolo fofo de Deborah, brownies de Deborah, biscoitinhos de chocolate de Deborah, o divino bolo de limão de Deborah — escritas com esmero, em tinta azul, do próprio punho. Uma caneta-tinteiro. A última menina na América a escrever com caneta-tinteiro. Você não sobreviveria cinco minutos na Bahia.

Uma mulher baixa, muito corpulenta, estava de pé junto à porta do quarto de Deborah, e gritou. Ela só era capaz de mexer a boca; o restante parecia paralisado de terror. Vestia calça castanho-amarelada, esticada ao máximo, e um suéter cinzento com o nome e o logotipo da universidade de Deborah. Em uma cara grande, larga, escavada por trilhas irregulares de marcas de bexiga, apenas os lábios se salientavam, compridos e delineados com vigor, os lábios dos índios, como Sabbath sabia, ao sul da fronteira com o México. Os olhos eram os de Yvonne de Carlo. Quase todo mundo tem pelo menos um traço bom e, nos mamíferos, em geral são os olhos. Os olhos de Sabbath eram aquilo que Nikki considerava o seu traço cativante. Ela havia apreciado muito os olhos dele quando Sabbath tinha trinta quilos a menos. Verdes como os de Merlin, Nikki dizia quando tudo ainda era divertido, quando ela era Nikita e ele era *agápe mou, Mihalákimou, Mihalió.*

— Não atire. Não mate. Quatro filhos. Um aqui. — Ela apontou para a barriga, uma barriga tão perfurável quanto um balãozinho de encher. — Não atire. Dinheiro. Eu acho dinheiro. Aqui não tem dinheiro. Eu mostro dinheiro. Não atire, doutor. Faxineira.

— Não quero atirar em você — ele disse, do local onde estava sentado, em cima do tapete, com as receitas no colo. — Não grite. Não chore. Está tudo bem.

Gesticulando trêmula, histérica — apontando ora para dele, ora para ela mesma —, disse a Sabbath:

— Mostro dinheiro. Você pega. Eu fico. Você vai. Sem polícia. Dinheiro todo seu. — Ela acenou então na direção de Sabbath a fim de que a seguisse para fora do deflorado quarto de Deborah, ao longo do corredor revestido de prateleiras de livros. No quarto do dono da casa, a grande cama ainda estava desarrumada, livros e roupas de dormir jogados dos dois lados, livros esparramados em cima da cama como cubos com as letras do alfabeto no quarto de brinquedos de um bebê. Sabbath se deteve para examinar as capas dos livros. O que será que o judeu rico e instruído lê antes de dormir, hoje em dia? Ainda Eldridge Cleaver? *John Kennedy: um perfil do poder. Conquistando nossa voz:* os *primeiros cem anos das irmãs Delany. Os Warburg...*

Por que será que eu *não* vivo desse jeito? Os lençóis não estavam gastos e antissepticamente brancos como a roupa de cama em que ele e Roseanna dormiam, bem afastados um do outro, mas brilhavam com frescor, um padrão dourado suave que lembrava a

Sabbath a glória radiante de certo dia de outubro no alto do Grotto, quando Drenka quebrou o seu próprio recorde e gozou trinta vezes.

— Mais — Drenka suplicava —, mais. — Porém, no final, Sabbath foi posto fora de combate por uma terrível dor de cabeça e disse a ela que não podia continuar a pôr sua vida em risco. Ele caiu sentado, pálido, suando, sem fôlego, enquanto Drenka assumia a tarefa sozinha. Não foi como nada que Sabbath tivesse visto antes. Pensou: "É como se ela estivesse lutando com o Destino, ou com Deus, ou com a Morte; dá a impressão de que, se conseguir alcançar pelo menos mais um, nada nem ninguém será capaz de detê-la". Drenka parecia estar em uma espécie de estágio de transição entre a mulher e a deusa — Sabbath experimentava o sentimento esquisito de estar olhando alguém abandonar este mundo. Ela estava a ponto de ascender, ascender e ascender, tremendo eternamente na derradeira e delirante excitação, mas em vez disso algo a deteve e um ano depois Drenka morreu.

Por que uma mulher se apaixona por você de forma louca quando engole, ao passo que outra fica com raiva da sua cara se você sugere que ao menos ela experimente engolir? Por que a mulher que engole com voracidade é a amante morta, ao passo que a mulher que vira você para o lado, de forma que você esguicha seu coração no ar vazio, é a esposa viva? Será que essa sorte é só minha ou de todo mundo? Foi assim com Kennedy? Com os Warburg? As irmãs Delany? Em meus quarenta e sete anos de experiência com mulheres, que aqui declaro oficialmente concluída... E mesmo assim o balão colossal que constituía o traseiro de Rosa espicaçava sua curiosidade tanto quanto a barriga grávida. Quando ela abaixou para abrir uma das gavetas da cômoda do quarto do dono da casa, Sabbath recordou sua iniciação em Havana, o velho bordel clássico no qual se entra em um salão e as moças desfilam diante dos clientes. As jovens entravam, vindo de onde quer que estivessem deitadas à toa, vestindo roupas que nada tinham a ver com aqueles troços feito sacos de pano que enchiam o armário de Deborah, mas sim vestidos bem coladinhos na pele. O que era de admirar é que, enquanto Sabbath escolhia Yvonne de Carlo, o seu amigo Ron — ele jamais esquecera isso — escolhia uma grávida. Sabbath não conseguia entender o motivo. Depois, quando ficou mais perspicaz, não se apresentara a ele a oportunidade, por estranho que pareça.

Até agora.

Ela pensa que tenho uma arma. Vejamos aonde isso nos leva. A última vez que Sabbath se divertiu tanto foi quando viu Matthew partir a cabeça de Barrett, pensando que era ele.

— Aqui — ela implorou. — Pegue. Vá embora. Não atire em mim. Marido. Quatro filhos.

Ela tinha aberto uma gaveta com uma camada de cerca de trinta centímetros de lingerie, nada parecido com as coisas assanhadas que a menina do outro quarto havia escolhido e comprado em algum catálogo de venda pelo correio, mas peças lisas, brilhantes e perfeitamente arrumadas. Peças de colecionador. E Sabbath era um colecionador, fora isso a vida inteira. Não sei distinguir um amor-perfeito de um cravo-de-defunto, mas roupa de baixo? Se eu não consigo identificar uma peça de lingerie, ninguém mais consegue.

Com vivacidade, Rosa ergueu da gaveta uma generosa porção de camisolas e as colocou, em seguida, na beirada da cama. As camisolas ocultavam dois envelopes de papel manilha, de vinte por trinta centímetros. Rosa entregou um deles a Sabbath e ele o abriu. Cem notas de cem dólares, presas com clipes, em bolos de dez.

— De quem é isso? Este dinheiro pertence ao...? — Sabbath apontou para a cama, primeiro um lado e depois o outro.

— *La señora*. Dinheiro secreto. — Rosa olhava para sua barriga, suas mãos gorduchas e espantosamente miúdas cruzadas ali feito as mãos de uma criança que leva um carão.

— Sempre tudo isso? *Siempre diez mil?* — Praticamente todo o seu espanhol de puteiro havia se perdido, porém Sabbath ainda conseguia lembrar os números, os preços, a forma de cobrança, o fato de que era possível comprar aquilo como se compra um mamão ou uma romã ou um relógio ou um livro, como qualquer coisa que você deseja com tanta vontade que está disposto a dar em troca o seu dinheiro suado e sofrido. "*Cuánto? Cuántos pesos?*" "*Para qué cosa?*" Etc.

Rosa fez um gesto para indicar que às vezes era mais, às vezes menos. Se Sabbath conseguisse acalmá-la o tempo suficiente para que pudesse abrir caminho até os seus instintos básicos...

— Onde ela consegue o dinheiro? — ele perguntou.

— *No comprendo.*

— Ela ganha este dinheiro no trabalho? *In italiano, lavoro.*

— *No comprendo.*

Trabajo! Meu Deus, estava voltando. *Trabajo.* Como ele adorava o seu *trabajo.* Pintar, raspar, pintar, raspar, e depois, em terra, foder até cansar. Era tão natural quanto sair do navio, entrar num bar e beber. De modo algum era uma coisa extraordinária. Mas para mim e para Ron era a coisa mais extraordinária do mundo. A gente saía do navio e seguia direto exatamente para aquilo que nunca tinha feito na vida. E depois não ia nunca mais querer parar de fazer.

— Como é que a madame ganha o dinheiro? *Qué trabajo?*

— *Odontología. Ella es una dentista.*

— Dentista? *La señora?* — Sabbath bateu com a unha no dente da frente.

— *Sí.*

Homens entrando e saindo do consultório o dia inteiro. Mete um gás na cara deles. Aquele tal de óxido nitroso.

— O outro envelope — disse Sabbath. — *El otro, el otro, por favor.*

— Não tem dinheiro — ela retrucou de forma categórica. Havia agora oposição na sua voz. De repente, ela parecia um pouco o general Noriega. — Não tem dinheiro. *En el otro sobre no hay nada.*

— Nada mesmo? Um envelope vazio escondido embaixo de quinze camisolas no fundo da gaveta de baixo? Dá um tempo, Rosa.

A mulher ficou espantada, quando ele concluiu a frase dizendo "Rosa", mas pareceu não saber se devia ficar menos ou mais assustada com Sabbath. Pronunciado de forma totalmente inadvertida, o nome dela revelou-se justamente o elemento capaz de ressuscitar sua incerteza acerca do tipo de maluco com que estava lidando.

— *Absolutamente nada* — disse ela, com coragem. — *Está vacío, señor! Vacío!* — Então, ela se rendeu e começou a chorar.

— Não vou atirar em você. Já disse. Você sabe disso. Do que está com medo? *No peligro.* — É o que as piranhas costumavam dizer quando ele as indagava sobre sua saúde.

— *Está vacío!* — declarou Rosa, soluçando como uma criança, com o rosto enfiado na dobra do braço. — *Es verdad!*

Sabbath não sabia se devia seguir sua inclinação e estender a mão para consolar a mulher ou se mostrar mais cruel, metendo a mão no bolso, onde Rosa acreditava que estivesse a pistola. O principal era evitar que ela gritasse de novo e tentasse fugir em busca de ajuda. Sabbath não sabia explicar como conseguia ficar tão calmo em uma situação de extrema tensão — podia não parecer, talvez ele nunca tenha dado essa impressão, mas era na verdade um sujeito nervoso. Sentimentos delicados. Mostrar-se assim insensível não era da sua natureza (exceto com uma bêbada perpétua). Sabbath não se importava de fazer as pessoas sofrerem além do ponto que desejava que elas sofressem; sem dúvida, não pretendia que sofressem nada além do suficiente para que ele se sentisse feliz. Da mesma forma, ele nunca era mais desonesto do que simpático. Quanto a isso, pelo menos, era bem parecido com as demais pessoas.

Ou será que Rosa o estava enganando? Sabbath podia apostar que Rosa era muito menos nervosa do que ele. Quatro filhos. Faxineira. Não fala inglês. Nunca tem dinheiro. De joelhos, se benzendo, chorando — tudo uma encenação, e para provar o quê? Por que incomodar Jesus, que já tinha os seus próprios problemas? Ter um prego cravado nas palmas das mãos é uma coisa que inspira compaixão quando a gente sofre de osteoartrite nas duas mãos. Pouco tempo antes, Sabbath dera boas risadas (pela primeira vez, depois da morte de Drenka) quando Gus lhe contou, ao lado da bomba de gasolina, que seu cunhado e sua irmã tinham passado o Natal no Japão e, quando foram fazer compras na maior loja de departamentos em alguma cidade grande por lá, a primeira coisa que viram no alto da porta foi um gigantesco Papai Noel pregado numa cruz. "Os japas não entenderam o espírito da coisa", disse Gus. E por que deveriam? Quem entende? Mas, em Madamaska Falls, Sabbath guardava suas opiniões para si mesmo. Ele já se metera em muita encrenca explicando para uma professora, colega de Roseanna, que não conseguia se interessar pela especialidade dela — literatura americana nativa — porque os americanos nativos comiam *treyf*.* Ela teve de consultar um amigo judeu americano para descobrir o que isso queria dizer, mas, quando descobriu, deu um esculacho em Sabbath. Ele odiava a todos, menos Gus.

Sabbath observava Rosa *doven*.** *Isso* é que estava despertando o judeu dentro dele: uma católica de joelhos no chão. Sempre acontecia. *Já terminou? Vá embora!* As piranhas conseguem enganar você. As faxineiras conseguem enganar você. *Qualquer um* consegue enganar você. Sua *mãe* consegue enganar você. Ah, Sabbath queria viver assim. Ele se revigorava com essas coisas. Por que morrer? Então seu pai saía pelas ruas ao nascer do sol, vendendo produtos granjeiros, só para que seus dois filhos, no final, morressem antes da hora? Teriam seus avós empobrecidos cruzado o oceano vindos da Europa, na terceira classe do navio, para que o seu neto, que havia escapado das desgraças que assolaram os judeus, fosse agora desperdiçar um único momento da vida americana repleto de diversão? Por que morrer quando as mulheres escondem esses envelopes embaixo da sua lingerie Bergdorf? Só isso já era uma razão para viver até os cem anos.

Ele ainda tinha nas mãos os dez mil dólares. Por que Michelle Cowan está escondendo esse dinheiro? De quem é? Como ela ganhou? Com o dinheiro que Sabbath teve de pagar a Drenka naquela primeira vez com Christa, ela comprou as ferramentas elétricas para Matthew; com as centenas de dólares que Lewis, o magnata dos cartões de crédito, havia enfiado na sua bolsa, Drenka comprara um monte de *tchotchkees**** para sua casa — gravuras ornamentais, argolas de guardanapo buriladas, candelabros de prata antigos. Para Barrett, o eletricista, Drenka *dava* dinheiro, gostava de enfiar vinte dólares no bolso estreito do seu jeans,

* *Treyf* é o oposto de *kosher*, comida preparada segundo as leis dietéticas judaicas. (N. T.)

** *Doven* ou *Daven*, em iídiche, significa "rezar". (N. T.)

*** *Tchotchkees*, em iídiche, lembrancinhas e quinquilharias baratas. (N. T.)

enquanto ele beliscava seus mamilos no último abraço. Sabbath fazia votos para que Barrett tivesse poupado esse dinheiro. Ele ia ficar um tempo sem poder consertar os curtos-circuitos dos outros.

A primeira mulher de Norman fora Betty, a namorada da escola secundária, de quem Sabbath não se lembrava mais. Ele descobriu a aparência de Michelle graças ao conteúdo do segundo envelope. Mais uma vez, ordenou a Rosa que pegasse o envelope na gaveta e ela obedeceu bem ligeiro, tão logo Sabbath levou a mão ao bolso no qual não havia arma alguma.

Sabbath tinha procurado as fotografias no quarto errado. Alguém havia tirado fotos de Michelle que eram praticamente réplicas de suas fotos de Drenka. Norman? Depois de trinta anos e três filhos, era improvável. Além disso, se Norman tivesse tirado as fotografias, por que esconder? De Deborah? O melhor para Deborah seria dar uma boa olhada nas fotografias.

Michelle era uma mulher extremamente esguia — ombros estreitos, braços descarnados e pernas retas como estacas. Pernas bastante compridas, como as de Nikki, como as de Roseanna, como as pernas que, antes de Drenka, Sabbath preferia para se agarrar. Os peitos eram uma surpresa agradável em uma mulher tão magra — fornidos, volumosos, coroados por mamilos que as fotos da Polaroid tornavam cor de anil. Talvez ela tenha pintado. Talvez o fotógrafo tenha pintado. Michelle usava o cabelo preto bem puxado para trás. Uma dançarina de flamenco. *Ela* fez sua leitura atenta de Ava Gardner. Na verdade, Michelle até parecia as cubanas brancas sobre quem Sabbath costumava dizer a Ron: "Elas parecem judias de verdade". Operação plástica no nariz? Difícil dizer. O nariz não era o foco da curiosidade inquiridora do fotógrafo. A foto de que Sabbath mais gostou era a menos detalhada do ponto de vista anatômico. Nela, Michelle não vestia nada mais do que macias botinas marrons de criança amarradas folgadamente na parte de cima das coxas. Elegância e obscenidade, o pão com manteiga de Sabbath. As outras fotos eram mais ou menos do tipo padrão, nada que a humanidade não conhecesse desde que o vulcão Vesúvio conservou a cidade de Pompeia.

A ponta de uma cadeira onde ela aparecia sentada, em uma

das fotografias, o pedaço de tapete sobre o qual ela se deitava, em outro retrato, as cortinas da janela com as quais ela fazia amor, em uma terceira foto... Sabbath podia sentir dali o cheiro de desinfetante. Mas, conforme sabia graças ao que havia observado em Drenka, no motel Bo-Peep, o sórdido motel representava também um elemento estimulante, da mesma forma que tirar o dinheiro do amante como se ele fosse apenas o freguês de uma prostituta.

Depois de recolocar as fotografias dentro do envelope, Sabbath ajudou Rosa a se levantar do chão e lhe entregou o envelope para que o pusesse de volta na gaveta. Fez o mesmo com o dinheiro, contando os dez maços de notas presas com clipes a fim de mostrar que não havia escondido nada nas mangas. Em seguida, pegou as camisolas sobre a cama e, depois de apalpá-las um minuto — e com um choque, para sua surpresa, sem conseguir descobrir no contato com elas uma razão suficiente para continuar a viver —, indicou que Rosa devia colocar a pilha de camisolas em cima dos envelopes e depois fechar a gaveta.

Então é isso. É tudo. "*Terminado*", como as piranhas, empurrando a gente para o lado, diziam de forma muito sucinta, um segundo depois de o cliente ter gozado.

Então, ele inspecionou o quarto inteiro. Tudo tão inocente, todo esse luxo que eu desprezava. Sim, um fracasso em cada canto. Um punhado de anos de conto de fadas, e o resto, uma ruína total. Ele ia se enforcar. No mar, com seus dedos habilidosos, sempre fora um ás dos nós. Neste quarto ou no de Deborah? Olhou em volta à procura de algo bom para se enforcar.

Espesso tapete de lã cinza-azulado. Papel de parede xadrez de tom suave, mortiço. Pé-direito de cinco metros. Reboco com ornamentos. Bela escrivaninha de pinho. Armário austero e de estilo antigo. Poltrona confortável com um estofado xadrez mais escuro, um ponto abaixo do xadrez cinzento que se via na cabeceira estofada da cama digna de um rei. Otomana. Almofadinhas de renda. Flores entalhadas em vasos de cristal. Um espelho enorme numa moldura de pinho mosqueado, na parede atrás da cama. Um ventilador de teto de cinco pás pendente de uma longa haste sobre a extremidade da cama oposta à cabeceira. Aí está. Fique de pé na cama, amarre a corda no motor... Primeiro, o veriam pelo espelho, o sul de Manhattan e a rua 71 emoldurando o seu cadáver oscilante. Um El Greco. Figura atormentada no primeiro plano, Toledo e suas igrejas ao fundo, e minha alma desponta ascendendo para Cristo no canto direito superior. Rosa vai me arrumar uma passagem para lá.

Sabbath ergueu as mãos diante dos olhos dela. Havia calombos protuberantes atrás de todas as suas cutículas, mal podia mover o dedo anular e o mindinho de ambas as mãos em uma manhã como essa, e havia muito tempo seus polegares haviam assumido a forma de colheres. Sabbath podia imaginar que, para uma cabeça simples como a de Rosa, suas mãos pareciam de uma pessoa amaldiçoada. Talvez ela tivesse mesmo razão — ninguém sabe o que causa a artrite.

— *Dolorido?* — ela indagou, com compaixão, avaliando com atenção a deformidade de cada dedo.

— *Sí. Muy dolorido. Repugnante.*

— *No, señor, no, no.* — Mesmo assim, ela continuava a examiná-lo como se fosse uma criatura exibida em um circo.

— *Usted es muy simpática* — ele disse.

Então Sabbath se lembrou de que ele e Ron haviam trepado com Yvonne e a moça grávida no segundo puteiro que visitaram naquela primeira noite em Havana. O que aconteceu quando eles saíram do navio foi a mesma coisa que acontecia na maioria dos lugares. Cafetões ou intermediários de qualquer tipo estavam lá dispostos a arrastar as pessoas para as casas aonde queriam levá-las. Talvez tivessem nos escolhido porque éramos jovens. Os outros marinheiros diziam logo para eles darem o fora. Assim, ele e Ron foram levados para um prédio velho, decadente, imundo, com paredes e piso de ladrilhos encardidos, com um salão praticamente desprovido de mobília, e ali entrou uma cambada de mulheres gordas e velhas. Era isso que Rosa trazia de volta à sua memória — as piranhas naquela pocilga. Ninguém imagina que eu, dois meses depois de deixar a escola secundária Asbury, pudesse ter a presença de espírito de dizer: "Não, não, obrigado", mas eu disse. E falei em inglês: "Galinhas novas, galinhas novas". Então o sujeito os levou para outro aposento, onde encontraram Yvonne de

Carlo e a moça grávida, mulheres novas que passavam por bonitas, no mercado cubano. *Você terminou? Vá embora!*

— *Vámonos* — disse ele e, obediente, Rosa o seguiu pelo corredor até o quarto de Deborah, que de fato ainda dava a impressão de ter sido revirado por um ladrão. Sabbath não ficaria surpreso de encontrar um montinho de fezes mornas em cima da escrivaninha. O abuso desenfreado que havia assolado o quarto espantava até mesmo aquele que cometera o delito.

Na cama de Deborah.

Ele se sentou na ponta da cama enquanto Rosa ficou plantada junto ao armário bagunçado.

— Não vou contar o que você fez, Rosa. Não vou contar.

— *No?*

— *Absolutamente no. Prometo.* — Com um gesto tão doloroso que quase teve engulhos de vômito, Sabbath indicou que o assunto ia permanecer só entre eles dois. — *Nostro segreto.*

— *Secreto* — disse ela.

— *Sí. Secreto.*

— *Me promete?*

— *Sí.*

Ele tirou da sua carteira uma das notas de cinquenta de Norman e acenou para que ela viesse pegar.

— *No* — disse Rosa.

— Eu não conto. Você não conta. Não conto que você viu o dinheiro da *señora*, o dinheiro da doutora, você não conta que me mostrou as fotos dela. Os retratos dela. *Comprende?* Esquecemos tudo. Como se diz "esquecer", *en español*? "Esquecer." — Ele tentou indicar com a mão algo que voava para longe da sua cabeça. Ah, ah! *Voltaren! Volare!* A Via Veneto! As piranhas da Via Veneto, tão cheirosas quanto os pêssegos aromáticos que comprava em Trastevere, meia dúzia por um punhado de liras equivalente a dez centavos de dólar.

— *Olvidar?*

— *Olvidar! Olvidar todos!*

Ela se aproximou e, para encanto de Sabbath, pegou o dinheiro. Ele agarrou a mão de Rosa com seus dedos deformados enquanto, com a outra mão, pegava mais uma nota de cinquenta.

— *No, no, señor.*

— *Donación* — disse ele, com voz humilde, sem a soltar.

Sabbath lembrava-se muito bem de *donación*. Nos tempos da Rota do Romance, toda vez que ele voltava para os mesmos puteiros, trazia peças de náilon para as suas moças favoritas. Os caras diziam: "Você gosta dela? Dê a ela uma *donación*. Traga alguma coisa e, quando voltar, dê a ela de presente. Se a moça vai ou não se lembrar de você é outra questão. Em todo caso, vai ficar contente de ganhar a roupa de náilon". E os nomes das moças? Nas dúzias e dúzias de bordéis, nas dúzias e dúzias de cidades que ele havia visitado, devia ter havido alguma Rosa.

— Rosa — murmurou com voz branda, tentando puxá-la para si, de forma que ela deslizasse para o espaço entre as suas pernas —, *para usted de parte mía.*

— *No, gracias.*

— *Por favor.*

— *No.*

— *De mí para tí.*

Um lampejo que era todo preto mas que, apesar disso, parecia um sinal verde — você vence, eu perco, faça o que quiser e acabe logo com isso. Na cama de Deborah.

— Aqui — disse ele, e conseguiu encaixar a massa do torso inferior de Rosa entre as suas pernas bem abertas. Ele empunhou sua espada. Fitou o touro nos olhos. *El momento de verdad.* — Pegue.

Sem falar, Rosa fez o que lhe mandavam.

Melhor garantir o negócio com uma terceira nota de cinquenta, ou o trato já estava feito? *Cuánto dinero? Para qué cosa?* Estar de volta lá, ter dezessete anos em Havana, e com a vara em riste! *Vente y no te pavonees.* Aquela megera, aquela piranha velha e pelancuda, sempre metendo a cabeça na porta do meu quarto e me apressando para ir embora. O olhar duro da madame, constituição robusta, ombros volumosos de açougueiro e, após quinze minutos apenas, a lenga-lenga desdenhosa do feitor de escravos. "*Vente y no te pavonees!*" 1946. Goze e não fique se mostrando!

— Olhe — disse para Rosa, com tristeza. — O quarto. Um caos.

Ela virou a cabeça.

— *Sí. Caos.* — Respirou fundo. Resignação? Mágoa? Se ele lhe desse uma terceira nota de cinquenta dólares, ela cairia de joelhos com a mesma facilidade com que se pusera a rezar? Seria interessante se ela rezasse e chupasse o seu pau ao mesmo tempo. Acontece muito, em países latinos.

— *Eu* fiz este caos — Sabbath explicou e, quando roçou a ponta de um polegar em forma de colher nas bochechas marcadas de varíola, ela não fez nenhuma objeção. — Eu. *Por qué?* Porque perdi uma coisa. Não conseguia achar uma coisa que tinha perdido. *Comprende?*

— *Comprendo.*

— Perdi meu olho de vidro. *Ojo artificial.* Este aqui. — Ele a puxou um pouco mais para perto e apontou para o seu olho direito. Sabbath começou a sentir o cheiro de Rosa, primeiro as axilas, depois o resto. Tem algo familiar. Não é lavanda. Bahia! — Este não é um olho de verdade. É um olho de vidro.

— *Vidrio?*

— *Sí! Sí! Este ojo, ojo de vidrio.* Olho de vidro.

— Olho de vidro — ela repetiu.

— Olho de vidro. É isso mesmo. Eu o perdi. Tirei ontem à noite para dormir, como sempre faço. Mas como não estava em minha casa, *a mi casa,* não o coloquei no lugar de costume. Está entendendo tudo? Sou um hóspede aqui. *Amigo de* Norman Cowan. *Aquí para el funeral de señor Gelman.*

— *No!*

— *Sí.*

— *El señor Gelman está muerto?*

— Receio que sim.

— Ahhhhh.

— Eu entendo. Mas é por isso que estou aqui. Se ele não tivesse morrido, nós dois nunca teríamos nos conhecido. Seja como for, tirei meu olho de vidro para dormir e, quando acordei, não conseguia lembrar onde tinha deixado. Tinha que ir ao funeral. Mas como podia ir a um funeral sem um olho? Entende? Eu estava tentando achar o meu olho e por isso abri todas as gavetas, a escrivaninha, o armário — ele apontava, agitado, para todos os cantos do quarto, enquanto Rosa fazia que sim com a cabeça, e já não tinha mais a boca rigidamente cerrada, mas inocentemente entreaberta —, só para achar a porra do olho! Onde tinha ido parar? Olhei por todo lado, estava ficando doido. *Loco! Demente!*

Agora Rosa estava começando a rir da cena de comédia pastelão que Sabbath encenava diante dela.

— *No* — disse ela, dando um tapinha de discordância na coxa de Sabbath. — *No loco.*

— *Sí!* E adivinhe onde estava, Rosa? Adivinhe só. *Donde* estava o *ojo*?

Segura de que uma piada estava a caminho, ela começou a balançar a cabeça para um lado e outro.

— *No sé.*

Então, de um pulo, Sabbath levantou-se da cama, cheio de energia, e enquanto *ela* agora sentava na cama para olhá-lo, ele pôs-se a representar por meio de mímica como, antes de dormir, havia tirado o olho da cara e, depois de procurar em volta inutilmente um bom lugar para deixá-lo — e com medo de que alguém entrasse, visse o olho, por exemplo, sobre a escrivaninha de Deborah e ficasse horrorizado (isso também ele encenou por meio de mímica, fazendo Rosa soltar uma sussurrante risadinha de moça) —, terminou simplesmente por meter o olho no bolso da calça. Depois foi escovar os dentes (mostrou isso), lavou o rosto (mostrou isso também) e voltou para o quarto a fim de tirar a roupa e, estupidamente — *Estúpido! Estúpido!*, ele gritou, batendo seus pobres punhos de encontro aos dois lados da cabeça e sem deixar de assinalar a dor —, pendurou a calça num cabide do armário de Deborah. Sabbath lhe mostrou um cabide do qual pendia uma daquelas calças largas de Deborah, feitas de seda azul. Em seguida, mostrou a ela como tinha virado a calça *dele* de cabeça para baixo, a fim de pendurá-la no armário, e como, é claro, o *ojo* havia caído do bolso, para dentro de um dos tênis de corrida que estavam no chão.

— Já pensou? Dentro do *zapato* da menina! O meu olho!

Rosa estava rindo tanto que tinha de se apertar com os braços, como se quisesse impedir que a barriga se abrisse ao meio. Se você vai mesmo comer essa mulher, pule na cama e trepe com ela agora, cara. Na cama de Deborah, a mulher mais gorda que você vai ter fodido na vida. Uma última e enorme mulher, e depois, com a consciência tranquila, você pode se enforcar. A vida não terá sido inútil.

— Olhe — disse Sabbath e, segurando uma das mãos de Rosa, conduziu-a até o seu olho direito. — Já tocou antes um olho de vidro? Vá em frente — disse ele. — Seja delicada, Rosa, mas pode ir em frente, toque nele. Talvez nunca mais tenha outra chance. A maioria dos homens tem vergonha de seus defeitos físicos. Eu não. Eu adoro isso. Faz com que eu me sinta vivo. Pode tocar.

Ela encolheu os ombros, hesitando.

— *Sí?*

— Não tenha medo. Faz parte do nosso trato. Pode tocar. Encoste bem de leve.

Rosa ofegou, prendendo a respiração, enquanto tocava a ponta acolchoada do pequeno dedo indicador bem de leve na superfície do olho direito de Sabbath.

— Vidro — disse ele. — Cem por cento vidro.

— Parece de verdade — disse Rosa e, indicando que aquilo não era tão assustador quanto temera a princípio, deu sinais de que estava ansiosa para dar outra cutucada no troço. Ao contrário das aparências, ela aprendia depressa. E era valente. São todas valentes, se você vai com calma e sabe usar a cabeça — e elas não têm sessenta e quatro anos de idade. As moças! Todas as moças! Era de matar ficar pensando nisso.

— É claro que parece real— ele retrucou. — Isso acontece porque é um olho de boa qualidade. O melhor. *Mucho dinero.*

A última trepada da vida. A mulher dava duro desde os nove anos de idade. Sem escola. Sem água encanada. Sem dinheiro. Uma mexicana grávida, analfabeta, fugida de alguma favela ou da miséria do campo, e pesando o mesmo que ele. A história não podia ter terminado de outro jeito. A prova definitiva de que a vida é perfeita. Sabe exatamente para onde está indo, conhece cada centímetro do seu percurso. Não, a vida humana não deve extinguir-se. Ninguém jamais conseguirá inventar algo semelhante.

— Rosa, você faria a caridade de arrumar o quarto? Você *é* uma pessoa caridosa. Não estava querendo me enganar ali no chão rezando para Jesus. Estava só pedindo o seu perdão por ter me levado para o caminho da tentação. Você apenas fez aquilo que lhe ensinaram. Admiro isso. Não me importaria se alguém como Jesus pintasse aqui de repente. Quem sabe ele me arranjava um pouco de Voltaren, sem receita médica? Essa não é uma das suas especialidades? — Sabbath não sabia exatamente o que estava falando, pois seu sangue começava a escoar para dentro das suas botinas.

— *No comprendo.* — Mas não estava assustada pois, enquanto sorria para ela, Sabbath falava num tom apenas um pouco mais alto do que um murmúrio e, enfraquecido, havia se instalado de volta na cama.

— Ponha em ordem, Rosa. Ponha *regularidad.*

— Está certo — disse ela e, com desvelo, começou a pegar as coisas de Deborah no chão em vez de fazer aquilo que esse doido de barba branca, dedos gozados e olho de vidro — e, com toda certeza, uma pistola carregada — pretendia obter em troca de duas notinhas xexelentas de cinquenta dólares.

— Obrigado, querida — disse Sabbath, meio zonzo. — Você salvou minha vida.

E então, enquanto estava por sorte ancorado na beirada da cama, a vertigem o suspendeu pelas orelhas, um jato de bílis subiu à garganta e ele sentiu o que sentia, quando era menino e pegava ondas na praia, depois de entrar atrasado numa onda bem grande que logo desabava em cima dele, como o candelabro do majestoso cinema Mayfair de Asbury, o grande candelabro que, em sonhos que tivera durante meio século, desde que Morty havia morrido na guerra, se desprendia de suas amarras e desabava em cima de Sabbath e de seu irmão, enquanto os dois se achavam inocentemente sentados, lado a lado, assistindo ao *Mágico de Oz.*

Sabbath estava morrendo, tivera um ataque do coração por haver se excedido a fim de divertir Rosa. A última performance. Não será adiada. O mestre dos fantoches e da piroca encerra sua carreira.

Rosa agora estava de joelhos ao lado da cama, afagando a cabeça de Sabbath com sua mãozinha quente.

— Doente? — ela perguntou.

— Autoestima baixa.

— Quer médico aqui?

— Não, madame. As mãos estão doendo, é só isso. — E doíam mesmo! A princípio, ele supôs que os dedos crivados de dor é que o faziam tremer. Depois, os dentes começaram a se entrechocar como havia ocorrido na noite anterior e, de repente, Sabbath teve de lutar com todas as suas forças para não vomitar. — Mãe? — Nenhuma resposta. De novo, o silêncio dela entra em cena. Ou não estava mais lá? — Mamãe!

— *Su madre? Dónde, señor?*

— *Muerto.*

— *Hoy?*

— *Sí.* Esta manhã. *Questo auroro. Aurora?* — O italiano, de novo. De novo, a Itália, a Via Veneto, os pêssegos, as moças!

— *Ah, señor, no, no.*

Com as mãos gentis, ela segurou suas bochechas barbadas e, quando o puxou para junto do seu seio montanhoso, Sabbath não a impediu; não impediria que Rosa retirasse a pistola do seu bolso, se tivesse alguma pistola, e desse um tiro nele, bem no meio dos olhos. Rosa poderia alegar defesa própria. Estupro. Ele já sofrera um penoso processo por assédio sexual. Elas iam pendurá-lo pelos pés na porta da Associação das Mulheres Americanas. Roseanna ia vê-las fazer com Sabbath o mesmo que haviam feito com Mussolini. E cortar o seu pau, como uma atração extra, igual àquela mulher que usou um facão de cozinha de setenta e sete centímetros de comprimento para decepar o peru do marido enquanto ele dormia, um ex-fuzileiro naval, um sacana muito violento, porque ficava comendo a bunda dela lá em Virginia. "Você não faria uma coisa dessas comigo, faria, querida?" "Faria, sim", respondeu Roseanna, com voz complacente, "se você tivesse um peru." Ela e todas as suas amigas progressistas lá no vale não conseguiam parar de falar sobre aquele caso. Roseanna nem de longe se mostrou tão abalada com essa história quanto ficava com a circuncisão. "Barbaridade judaica", ela lhe disse, depois de ter ido assistir ao *bris** do neto de

* Nome que os judeus *ashkenazim* dão à cerimônia da circuncisão, oito dias após o nascimento do menino. (N. T.)

uma amiga, em Boston. “Indefensável. Repulsivo. Tive vontade de ir embora no meio.” No entanto, a mulher que decepara o peru do marido, a julgar pela excitação com que Roseanna falava sobre ela, parecia ter se tornado uma heroína. “Sem dúvida”, sugeria Sabbath, “ela poderia ter lavrado o seu protesto de outra forma.” “Como? Ligando para a polícia? Tente só para ver o que acontece.” “Não, não é ligar para a polícia. Isso não é justiça. É melhor enfiar algum troço desagradável na bunda *dele*. Um dos cachimbos dele, por exemplo, caso o homem seja um fumante. Talvez até um cachimbo aceso. Se não for fumante, ela podia empurrar uma frigideira bem quente na bunda do marido. Olho por olho, reto por reto. Êxodo 21:24. Mas cortar o pau dele, francamente, Rosie, a vida não é só uma série de travessuras. Já não somos mais estudantes. A vida não é só risadinhas abafadas e passar bilhetinhos escondidos umas para as outras. Agora somos mulheres. É coisa séria. Lembra como Nora age em *Casa de bonecas*? Ela não corta o peru de Torvald. Ela sai pela porra da porta da casa. Não acredito que você tenha que ser necessariamente uma norueguesa do século XIX para sair pela porta. As portas continuam a existir. Mesmo na América, elas são bem mais numerosas do que os facões. É para sair pela porta que é preciso ter fibra. Me diga aí, você alguma vez já teve vontade de cortar o meu pau no meio da noite como uma forma divertida de acertar as contas comigo?” “Sim, muitas vezes.” “Mas por quê? O que eu fiz, ou deixei de fazer, para lhe dar uma ideia como essa? Não acredito que eu jamais tenha entrado no seu ânus sem uma receita médica e permissão escrita da sua parte.” “Esqueça”, disse ela. “Não sei se é uma boa ideia para mim esquecer essa história, agora que fiquei sabendo. Quer dizer que você teve mesmo a ideia de pegar uma faca...” “Uma tesoura.” “Uma tesoura, e cortar o meu peru.” “Eu estava bêbada. Estava zangada.” “Ah, era só o vinho fazendo baderna nos velhos tempos ruins que já se foram. Mas e hoje? O que você gostaria de cortar, agora que está ‘em sobriedade’? O que é que Bill W. sugere? Ofereço minhas mãos. Elas já não servem para porra nenhuma mesmo. Ofereço minha garganta. Que simbolismo superpoderoso é esse que o pênis tem para vocês? Continuem assim e vão acabar fazendo Freud parecer uma coisa muito boa. Não entendo você e suas amigas. Vocês encenam um protesto, sentadas no asfalto, bloqueando a estrada, toda vez que os vadios das estradas chegam perto dos galhos de um bordo sagrado, vocês atiram seus corpos no asfalto em defesa de qualquer graveto, mas quando se trata desse incidente funesto ficam todas no maior oba-oba. Se a mulher tivesse ido para fora de casa e serrado o olmo favorito do marido, só para se vingar, esse cara talvez tivesse a chance de merecer a compaixão de vocês. Que pena que ele não era uma árvore. Uma dessas insubstituíveis sequoias. O Sierra Club sairia às ruas com força total. A mulher teria a cabeça carregada pelas mãos de Joan Baez. Uma sequoia? Você mutilou uma sequoia? Você é pior do que Spiro Agnew! Vocês são tão misericordiosas e piedosas contra a pena de morte até para *serial killers*, e chegam a promover concursos de poesia para canibais depravados nos presídios de segurança máxima. Como podem ter ficado tão horrorizadas com os bombardeios de napalm contra os inimigos comunistas no Sudeste da Ásia e se sentirem tão contentes com o caso desse ex-fuzileiro naval que teve seu pau decepado, bem aqui, nos EUA? Corte fora o meu peru, Roseanna Cavanaugh, e eu aposto dez contra um, cem contra um, que amanhã mesmo você volta a encher a cara. Cortar um peru não é tão fácil como você está pensando. Não é só dar umas picadinhas com a tesoura, como você faz quando remenda uma meia. Não é só talhar com a faca, como você faz quando pica uma cebola. Não é uma cebola. É um pau humano. É cheio de sangue. Lembra-se de lady Macbeth? Eles não tinham Alcoólicos Anônimos lá na Escócia e assim a pobre senhora entrou em parafuso. 'Quem poderia dizer que o velho tinha tanto sangue dentro dele?' 'Ainda está aqui o cheiro do sangue. Nem todos os perfumes da Arábia poderão mitigar o odor desta mão pequena.' Ela pira, a fodona lady Macbeth! E com você, então, o que vai acontecer? Aquela mulher na Virginia *é* uma heroína — bem como um ser humano totalmente desprezível. Mas você não tem fibra para isso, meu anjo. Você não passa de uma professora da roça. Estamos falando sobre o mal, Rosie. O pior que você poderia fazer na vida era se tornar uma biriteira viciada em vinho. E que porra é uma biriteira? Não vale nada. Qualquer bêbado pode se tornar um bêbado. Mas nem todo mundo é capaz de cortar um pau fora. Não duvido que essa mulher extraordinária tenha encorajado dúzias de outras mulheres extraordinárias, em todo o país, mas pessoalmente não creio que você possua nada do que é necessário para ir lá e pôr a mão na massa. Você ia vomitar se tivesse que engolir meu esporro. Você me disse isso, muito tempo atrás. Pois bem, como é que ia querer executar a cirurgia no seu amado esposo sem uma anestesia?" "Por que você não espera para ver só?", disse Roseanna, com um sorriso. "Não. Não. Não vamos esperar. Não vou viver para sempre. Vou fazer setenta anos daqui a pouco. E então você terá perdido sua grande chance para mostrar como é corajosa. Corte logo, Roseanna. Escolha uma noite, qualquer noite. Corte logo. Eu desafio você."

E não terá sido disso que ele fugiu, não será esse o motivo pelo qual estava ali? Havia uma tesoura enorme no armário de serviço. Havia um monte de tesouras menores, com formato de garça, no estojo de costura de Roseanna, e uma tesoura de tamanho normal, com cabo de plástico cor de laranja, na gaveta do meio da sua escrivaninha. Havia uma tesoura de jardineiro na estufa de Roseanna. Durante semanas, desde o momento em que aquele caso começara a obcecar Roseanna, Sabbath pensou em jogar todas as tesouras no mato, em Battle Mountain, quando ele ia à noite visitar o túmulo de Drenka. Mas então lembrava que as aulas de arte de Roseanna viviam cheias de tesouras; cada criança tinha uma, para cortar e colar. E então o júri, em Virginia, declarou inocente aquela mulher, sob alegação de insanidade temporária. Ela ficou doida por dois minutos. Exatamente o tempo necessário para Louis nocautear Schmeling naquela segunda luta de boxe. Tempo que mal dava para cortar o peru e jogar fora, mas ela conseguiu, levou a cabo a missão — a insanidade mais breve de toda a história do mundo. Um recorde. A velha sequência de socos, esquerda-direita, e o adversário beijava a lona. Roseanna e sua cambada de pacifistas passavam a manhã inteira penduradas no telefone. Achavam que tinha sido uma decisão excelente. Era um aviso muito claro para Sabbath. Um grande dia para a libertação feminina, mas um dia negro para os fuzileiros navais e para Sabbath. Nunca mais ele ia dormir nessa casa cheia de tesouras.

E quem estava consolando Sabbath, agora? Rosa aninhava sua cabeça como se quisesse lhe dar de mamar.

— *Pobre hombre* — Rosa sussurrou. — *Pobre niño, pobre madre...*

Ele estava chorando, para surpresa de Rosa, com os dois olhos. Apesar disso, ela continuou a apaziguar suas dores, falando com ternura em espanhol e afagando sua cabeça, ali onde o cabelo preto cor de piche, que ressaltava com um choque as agulhas verdes e ardentes que eram os seus olhos, crescia em profusão quando Sabbath tinha dezessete anos, usava boné de marinheiro e tudo na vida levava na direção das bocetas.

— Como você tem um olho? — perguntou Rosa, balançando Sabbath docemente, para a frente e para trás. — *Por qué?*

— *La guerra* — ele gemeu.

— Ele chora, olho de vidro?

— Eu disse que não custou barato.

E, sob o feitiço da carnadura de Rosa, se estreitando junto ao seu odor penetrante, afundando o nariz mais e mais nas suas profundezas, Sabbath se sentiu como se fosse poroso, como se os últimos pingos restantes de toda aquela infusão que, antes, havia constituído um eu, estivessem escorrendo para fora, agora, gota a gota. Não seria necessário preparar uma corda e um laço. Sabbath simplesmente se deixaria escoar para a morte até ficar seco e liquidado.

Essa, portanto, havia sido sua existência. Que conclusão se podia tirar daí? Haveria alguma? Aquele que havia subido à tona nele era, de forma inexorável, ele mesmo. Ninguém mais. É pegar ou largar.

— Rosa — Sabbath chorava. — Rosa. Mamãe. Drenka. Nikki. Roseanna. Yvonne.

— Chhhh, *pobrecito*, chhhh.

— Senhoras, fiz da minha vida um uso errado...

— *No comprendo, pobrecito* — disse ela, e então Sabbath se calou, pois nem ele mesmo entendia. Sabbath tinha certeza de que estava meio que fingindo toda aquela crise. O Teatro Indecente de Sabbath.

2. SER OU NÃO SER

Sabbath saiu à rua com a intenção de passar as horas que faltavam para o enterro de Linc brincando de Rip van Winkle. A ideia o reanimou. Examinou a situação e viu que estivera fora mais tempo até do que Rip. RVW perdera apenas a revolução — pelo que ouvira falar durante anos e anos, Sabbath havia perdido a transformação de Nova York em um lugar totalmente incompatível com a sanidade e a vida civilizada, uma cidade que, no decorrer dos anos 90, alçara à perfeição a arte de matar a alma. Se você possuísse uma alma viva (e Sabbath já não reivindicava tal coisa para si), ela poderia vir a morrer ali de mil maneiras diferentes, a qualquer hora do dia ou da noite. E isso para não falar de uma morte que nada tinha de metafórica, de cidadãos transformados em presas, de todo mundo contaminado pelo medo, desde idosos indefesos até as criancinhas que iam para a escola, nada na cidade inteira, nem mesmo as turbinas de Con Ed,* se mostrava tão poderoso e galvanizante quanto o medo. Nova York era uma cidade que havia perdido completamente o rumo, onde mais nada era subterrâneo, exceto o metrô. Era a cidade onde você podia obter,

* Con Ed, empresa que fornece energia elétrica para Nova York. (N. T.)

às vezes sem o menor problema, outras vezes com grande despesa, as piores coisas que existiam. Em Nova York, os bons e velhos tempos, o velho modo de vida, eram algo que se acreditava ter existido havia apenas três anos, tão rápida era a intensificação da corrupção e da violência e a reviravolta para um comportamento maluco. Uma vitrine da degradação, transbordante de tudo o que havia transbordado das favelas, prisões e hospitais de loucos de pelo menos dois hemisférios, tiranizada por criminosos, maníacos e hordas de crianças dispostas a pôr o mundo de pernas para o ar em troca de um par de tênis. Uma cidade onde os poucos que se dão ao trabalho de considerar a vida uma coisa séria sabem que sobrevivem entre as garras de tudo o que é desumano — ou humano demais: a pessoa tremia só de pensar que tudo o que havia de medonho na cidade vinha trazer à tona um esboço da humanidade de massa, tal como ela na verdade desejava ser.

Mas Sabbath não engolia aquelas histórias que vivia escutando sobre Nova York, pintada como um inferno, primeiro, porque todas as cidades grandes são um inferno; segundo, porque, se você não estivesse interessado nas abominações mais ostensivas da humanidade, o que afinal tinha ido fazer lá?; e terceiro, porque as pessoas que ele ouvia contar essas histórias — os ricos de Madamaska Falls, a minúscula elite de profissionais e os idosos que se aposentaram e se recolheram a suas casas de veraneio — eram as últimas pessoas no mundo em quem se podia acreditar.

Ao contrário dos seus semelhantes (se é que Sabbath podia considerar alguém seu semelhante), ele não se horrorizava espontaneamente diante do pior que encontrava nas pessoas, a começar por si mesmo. Apesar de ter ficado a maior parte da vida conservado em um congelador no Norte do país, durante os últimos anos Sabbath chegara a pensar que, de sua parte, talvez não se sentisse repelido pelos horrores cotidianos da cidade. Talvez ele tivesse até deixado Madamaska Falls (e Rosie) a fim de regressar a Nova York muito tempo antes, não fosse sua parceira inseparável... e os sentimentos que o desaparecimento de Nikki ainda gerava... e o destino idiota que sua superioridade enfadonha e sua paranoia surrada haviam escolhido para ele.

Sua paranoia, no entanto, Sabbath refletia, não devia ser exagerada. Ela nunca fora a ponta de lança envenenada do seu pensamento, nunca assumira uma escala realmente grandiosa, e se desencadeava pelos motivos mais insignificantes. Sem dúvida, a essa altura, ela nada mais era do que a paranoia de um homem comum, suscetível o bastante para morder a isca, porém cada vez mais esgotada e farta de si mesma.

Enquanto isso, Sabbath voltava a tremer, e agora sem o conforto do cheiro forte de Rosa e do seu significado nostálgico. Parecia que, uma vez que aquela coisa se apoderava dele, como acontecera de novo no quarto saqueado de Deborah, ele passava a enfrentar uma grande dificuldade de extinguir, por meio de ato voluntário, o desejo de não estar mais vivo. Aquilo estava caminhando ao seu lado, era a sua companheira, enquanto seguia na direção da estação do metrô. Embora havia décadas não andasse por essas ruas, Sabbath não prestava atenção a coisa alguma em redor, tamanha era a sua preocupação em não sucumbir ao desejo de morrer. Caminhava em uníssono com esse desejo, passo a passo, marcando o ritmo de uma cantilena de infantaria que martelara repetidas vezes em sua cabeça no corpo de elite do Forte Dix, quando esteve lá treinando para ser um assassino de comunistas, depois que tinha voltado das viagens pelo mar.

Você tinha uma boa casa mas foi embora —
Você está certo!
Você tinha uma boa casa mas foi embora —
Você está certo!
Bradar, um-dois,
Bradar, três-quatro,
Bradar, um-dois-três-quatro
Três-quatro!

Esse desejo-de-não-estar-mais-vivo acompanhou Sabbath até a escada da estação do metrô e, depois que ele comprou um bilhete, continuou agarrado a suas costas enquanto ele passava pela roleta; e quando entrou no vagão, aquela vontade se sentou no seu colo, de cara virada para ele, e começou a contar nos dedos recurvados de Sabbath as várias maneiras pelas quais ela poderia ser satisfeita. Aquela safadinha cortou seus pulsos, aquela safadinha usou um saco plástico de lavagem a seco, aquela safadinha tomou pílulas para dormir, e aquela safadinha, nascida junto ao mar, correu para dentro das ondas e se afogou.

Bastou o tempo de chegar ao centro da cidade para que Sabbath e o desejo-de-não-estar-mais-vivo compusessem em parceria um obituário.

MORRE MORRIS SABBATH, TITEREIRO, AOS 64 ANOS

Morris "Mickey" Sabbath, titereiro e posteriormente diretor teatral que gozou de fama passageira e em seguida desapareceu do panorama teatral à margem da Broadway para se esconder na Nova Inglaterra como um criminoso procurado, morreu terça-feira, na calçada em frente ao número 115 do Central Park West. Caiu de uma janela do décimo oitavo andar.

A causa da morte foi suicídio, segundo Rosa Complicata, a quem o sr. Sabbath sodomizou momentos antes de dar fim à vida. A sra. Complicata é a porta-voz da família.

Segundo a sra. Complicata, ele lhe deu duas notas de cinquenta dólares para perpetrar atos depravados antes de saltar pela janela. "Mas ele não conseguiu ficar de pau duro", declarou a pesadíssima porta-voz, banhada em lágrimas.

Sentença suspensa

O sr. Sabbath começou sua carreira como ator de rua em 1953. Observadores do mundo do teatro identificam nele o "elo perdido" entre a respeitável década de 50 e os escrachados anos 60. Desenvolveu-se um pequeno culto em torno do seu Teatro Indecente, no qual Sabbath empregava os dedos em lugar dos fantoches a fim de representar personagens obscenos. Foi processado por obscenidade em 1956 e, embora tenha sido considerado culpado e pago multa, sua sentença de trinta dias foi suspensa. Caso houvesse cumprido a pena, talvez tivesse entrado na linha.

Sob os auspícios de Norman Cowan e Lincoln Gelman (para o obituário de Gelman, ver B7, coluna 3), o sr. Sabbath dirigiu uma montagem extraordinariamente enfadonha de *Rei Lear*, em 1959. Nikki Kantarakis mereceu os elogios do nosso crítico, por seu desempenho no papel de Cordélia, mas o desempenho do sr. Sabbath no papel de Lear foi qualificado como o de um "suicida megalomaníaco". Tomates maduros eram entregues a todos os que compraram os ingressos quando entravam no teatro e, no final da noite, o sr. Sabbath parecia degustar com prazer as máculas da sua encenação.

Um porco ou um perfeccionista?

A srta. Kantarakis, formada pela Academia Real de Arte Dramática, estrela da companhia Atores do Porão Frondoso e esposa do diretor, desapareceu da sua casa de forma misteriosa em novembro de 1964. Seu destino permanece desconhecido, embora a hipótese de assassinato não tenha sido descartada.

"O porco Flaubert matou Louise Colet", declarou a condessa Du Plissitas, a aristocrata feminista, em uma entrevista telefônica, hoje. A condessa Du Plissitas é muito conhecida por suas biografias romanceadas. No momento, ela se dedica a escrever de forma ficcional a biografia da srta. Kantarakis. "O porco Fitzgerald matou Zelda", prosseguiu a condessa, "o porco Hughes matou Sylvia Plath, e o porco Sabbath matou Nikki. Está tudo relatado aqui, todas as variadas maneiras pelas quais ele a matou, aqui em *Nikki: a destruição de uma atriz por um porco.*"

Componentes originais da companhia Atores do Porão de Bowery, com os quais entramos em contato hoje, concordam em que o sr. Sabbath se mostrava implacável em relação à sua esposa. Todos desejavam que ela o matasse e ficaram decepcionados quando ela desapareceu sem pelo menos haver tentado matar o marido.

O amigo e coprodutor do sr. Sabbath, Norman Cowan — cuja filha, Deborah, bacharelanda no curso de roupas íntimas em Brown, desempenhou um papel de destaque na peça burlesca *Adeus a meio século de masturbação,* encenada com esmero pelo sr. Sabbath nas horas que antecederam o seu salto pela janela rumo à morte —, conta uma história diferente. "Mickey era uma pessoa verdadeiramente boa", comentou o sr. Cowan. "Nunca criou problemas para ninguém. Um pouco misantropo, mas sempre tinha uma palavra gentil para todo mundo."

A primeira prostituta maldosa

O sr. Sabbath se educou nos prostíbulos da América Central e do Sul, bem como nos do Caribe, antes de se estabelecer como titereiro em Manhattan. Nunca usou camisinha e, por milagre, jamais pegou doenças venéreas. Ele contava muitas vezes a história da sua primeira prostituta.

"A que eu escolhi era muito interessante", contou ele, certa vez, a uma pessoa sentada a seu lado no metrô. "Nunca vou me esquecer dela enquanto viver. A gente não esquece a primeira mulher, de um jeito ou de outro. Eu a escolhi porque parecia Yvonne de Carlo, a atriz, a atriz de cinema. Em todo caso, lá estava eu tremendo feito uma folha seca. Era na Havana Velha. Lembro como era tudo romântico e maravilhoso, as ruas decadentes e as casas com sacadas. A primeira vez na vida. Nunca tinha deitado com uma mulher. E ali estava eu ao lado de Yvonne. Nós dois começamos a nos despir. Lembro-me de sentar em uma cadeira ao lado da porta. A primeira coisa e a mais marcante de todas foi que ela usava roupa de baixo vermelha, sutiã e calcinha vermelhos. E isso era fantástico. A outra coisa de que me lembro é estar deitado em cima dela. E depois lembro que tudo tinha terminado e ela disse 'Saia de cima de mim!'.Uma nota de desprezo. 'Saia!' Isso nem sempre acontece mas, como era minha primeira vez, pensei que era assim mesmo e saí. 'Já terminou? Saia fora!' Existem pessoas sórdidas mesmo entre as piranhas. Nunca vou esquecer. Pensei: 'Tudo bem, o que me importa?'. Mas na verdade aquilo me chocou como uma coisa hostil e até maldosa. Como é que eu podia saber, eu, um pirralho saído da roça, que uma em cada dez seria maldosa e dura desse jeito, embora fosse bonita também?"

Nada fez a favor de Israel

Pouco depois do suposto assassinato da sua primeira esposa, o sr. Sabbath partiu para a remota cidadezinha nas montanhas onde foi sustentado até a morte por sua segunda esposa, que durante anos sonhou em cortar o peru do marido e depois pedir asilo em seu grupo de mulheres vítimas da violência. No decurso das três décadas em que viveu escondido, além de praticamente transformar em prostituta a sra. Drenka Balich, uma vizinha croata-americana, ele parece não ter trabalhado em outra coisa senão numa adaptação de cinco minutos, para teatro de fantoches, da obra irremediavelmente desmiolada de Nietzsche intitulada *Além do bem e do mal.* Com pouco mais de cinquenta anos, o sr. Sabbath começou a desenvolver osteoartrose erosiva em ambas as mãos, comprometendo as juntas interfalangianas distais e as juntas interfalangianas proximais, com relativa preservação das juntas metacarpofalangianas. O resultado foi uma radical instabilidade e perda de função, derivadas da dor e da rigidez persistentes, além de progressiva deformação. Em consequência da sua prolongada reflexão acerca das vantagens da artrodese em comparação com as vantagens da artroplastia, sua esposa acabou se tornando uma especialista em vinho Chardonnay. A osteoartrite proporcionou um pretexto excelente para ele se mostrar ainda mais amargo a respeito de tudo e dedicar seus dias inteiros a imaginar mil maneiras de degradar a sra. Balich.

Sobreviveu ao sr. Sabbath o fantasma de sua mãe, Yetta, do cemitério Beth Não-Sei-o-Quê, de Neptune, em Nova Jersey, que o assombrou sem cessar durante o seu último ano de vida. Seu irmão, o tenente Morton Sabbath, foi morto nas Filipinas durante a Segunda Guerra Mundial. Yetta Sabbath jamais conseguiu superar essa perda. Foi de sua mãe que o sr. Sabbath herdou a capacidade de jamais superar o que quer que fosse.

Também sobreviveu a ele a sua esposa, Roseanna, de Madamaska Falls, com quem o sr. Sabbath estava trepando às escondidas na noite em que a srta. Kantarakis desapareceu ou foi assassinada por ele, que depois se desfez do corpo. A condessa Du Plissitas crê que o sr. Sabbath tenha coagido a sra. Sabbath, cujo nome de solteira era Roseanna Cavanaugh, a se tornar cúmplice do seu crime, desse modo dando início à sua degeneração pelo alcoolismo.

O sr. Sabbath nada fez a favor de Israel.

um borrão zunindo borrão por que agora a invenção mais desagradável de todas ninguém pensa a fita com cotações da bolsa isso eu não comando descendo aqui burro ache o que perdi imbecilidade aldeia grega sanduíche de churrasco grego sanduíche grego de carneiro massa folhada doce você conhece as roupas ciganas de Nikki contas lantejoulas angelicamente em botinhas vitorianas nunca uma trepada sem um estupro jogada ali não não ali não mas mal ela chegava havia Deus nos perdoe aqueles não coma minha bunda ei churrasco grego você conhece o carneiro assado de Nikki você conhece o hotel St. Marks de Nikki 25,60 dólares e um quarto em cima para alugar você conhece a Nikki rechonchuda tatuada você conhece o lixo da Nikki desde quando saíamos das lojas de roupas de couro pulsos atados tornozelos vendados ocorre que quero saber um segredo só quero saber segredos quando você me usar feito um menino eu sou o seu garoto e você minha garota meu garoto seu fantoche faça de mim seu fantoche da etnia judaica mais gente mais velha revestida de couro sou um incenso de Lojas de Roupas Sexuais Religiosas Nikki sempre Nikki ardendo em lojas de presente o incenso sempre de camiseta incenso das saídas de incêndio ainda precisa de cabelos compridos e pintados o último posto avançado das agitadoras agitadoras agitadoras as mulheres pele-vermelha gente boa e generosa polaco-americanas cozinheiras domésticas e o que mais posso dizer senão por que é assim por que se importar há menos chance de ela estar aqui do que eu ser dela não posso suportar isso Deus existe serão aqueles na janela os nossos Nikki os manchou pendurou desapareceu eu deixei 120 dólares do Exército de Salvação merda as venezianas de madeira que ela adorava ali e lá estão as fitas vermelhas e as ripas desbotadas que faltam trinta anos depois as venezianas de Nikki

— Tá a fim de um *fumo*? Quer fumar?

— Hoje não, meu irmão.

— Cara, estou morto de fome. Tenho um fumo legal. Do bom. Não tomei café da manhã, não almocei. Rodei por aí duas horas. Não vendi porra nenhuma.

— Paciência, paciência. "Não se consegue nada ilegal sem paciência." Benjamin Franklin.

— Não tenho porra nenhuma para *comer*, cara.

— Quanto é?

— Cinco.

— Dois.

— Merda. Este é dos bons.

— Mas como é você que está com fome, a vantagem é minha.

— Foda-se, seu velho, seu judeu velho.

— Tsk tsk. Isso está abaixo do seu nível. "Não sejas um filossemita nem um antissemita;/ E como a noite segue ao dia, assim se seguirá/ Que tu não poderás ser falso com homem algum."

— Um dia não vou mais ter que andar por aí pedindo esmola e vendendo essa merda. Vão ser os judeus que vão andar por aí pedindo esmola. Espere só o dia em que todos os mendigos vão ser judeus. Você vai gostar disso.

— Todos os judeus vão andar pedindo esmola quando houver uma montanha Rushmore de negros com as caras de Michael

Jackson, Jesse Jackson, Bo Jackson e Ray Charles esculpidas na rocha.

— Dois minutos para as cinco. Estou morto de fome, cara.

— O preço está bom. Negócio fechado. Mas você precisa aprender a pensar melhor dos judeus. Vocês já estavam aqui muito antes de nós chegarmos. Não tivemos as vantagens que vocês tiveram.

Nina Cordélia Desdêmona Farmácia Estroff ainda aqui meu Deus Freie Bibliothek u. Lesehalle Deutsches Dispensário todas as butiques indianas dos porões e os restaurantes indianos quinquilharias tibetanas restaurantes japoneses Ray's Pizza de Kiev vinte e quatro horas sete dias por semana introdução ao hinduísmo ela vivia lendo *sharma artha kama* e *moksha* libertar-se das reencarnações meta suprema morte sem dúvida um assunto importante talvez o maior de todos com certeza uma solução para a autoestima baixa as barbadas do páreo os jornais de Varsóvia as bebedeiras as bebedeiras as bebedeiras do Bowery ainda na escada a cabeça nas mãos jorro de xixi saindo pelos bolsos

— Minha barriga está nas costas, cara.

— Queira repetir, por obséquio.

— Barriga nas costas. Preciso de alguma coisa para comer. Não tomei café da manhã nem almocei.

— Eu não me preocuparia com isso. Ninguém tomou café da manhã nem almoçou.

— Sou inocente, cara. Fui incriminado com provas fajutas. Será que ninguém vai me dar uma força?

— Vou cuidar do seu caso, meu rapaz. Creio na sua inocência tanto quanto na minha mesma.

— Obrigado, cara. É advogado?

— Não, sou hindu. E você?

— Sou judeu. Mas estudei o budismo.

— Um tremendo cê-dê-efe, é o que está escrito nos seus jeans.

— E que tal ser um velho sábio hindu?

— Ah, não é para qualquer um, mas acontece que adoro uma vida dura. Viver de frutas e plantas colhidas na floresta. Procurar de modo incessante alcançar a pureza e o autocontrole. Praticar a moderação dos sentidos. Agir com austeridade.

— Preciso comer alguma coisa, cara.

— Comida animal deve ser evitada.

— Merda, eu não como comida de animal.

— Evitar atrizes.

— E que tal *shiksas*?*

— Para um judeu que estuda o budismo, não é proibido comer *shiksas*. Benjamin Franklin: "Deus perdoa aqueles que não comem a bunda".

— Você é pirado, cara. Você é um grande velho sábio hindu.

— Atravessei a vida de acordo com o que o mundo queria e cumpri meus deveres junto à sociedade. Agora retomei o celibato e me transformei em uma criança. Concentrei-me em sacrifícios interiores, no fogo sagrado dentro do meu próprio eu.

— Beleza.

— Estou em busca da libertação das reencarnações.

poste de luz sexo à venda silhueta de garota pelada número de telefone o que é isso eu falo híndi urdu e bangla bem isso me deixa fora *shiksa* montanha Rushmore Ava Gardner Sônia Henie Ann-Margret Yvonne de Carlo atacam Ann-Margret Grace Kelly ela é o Abraham Lincoln das *shiksas*

E assim Sabbath passava o tempo, fingindo pensar sem pontuação, do jeito que J. Joyce fingia que as pessoas pensavam, fingindo ser, ao mesmo tempo, mais e menos livre do que se sentia na realidade, fingindo que ele queria e não queria encontrar Nikki no fundo de um porão com uma pinta na testa vendendo sáris ou com suas roupas ciganas zanzando por essas ruas em busca de Sabbath. Assim tu vagueias, ó Sabbath, contemplando todas as repugnâncias em colisão, o pérfido e o inocente, o autêntico e o fraudulento, o repulsivo e o ridículo, uma caricatura de si mesmo e plenamente ele mesmo, abraçando a verdade e cego perante a verdade, assombrado pelo eu e ao mesmo tempo quase destituído daquilo que se pode chamar de eu, ex-filho, ex-irmão, ex-marido, ex-artista de fantoches sem a menor ideia do que era agora ou do que estava procurando, se devia rolar impetuoso pelos degraus da escada com

* Iídiche: menina ou mulher que não é judia. (N. T.)

os substratos das bebedeiras ou sucumbir como um homem ao desejo-de-não-estar-mais-vivo ou insultar e insultar e insultar até que não houvesse mais ninguém no mundo a ser insultado.

Pelo menos ele não ficara sem juízo o bastante para sair à procura da avenida C, onde, em pessoa, entregou tomates a todos os espectadores da estreia. Havia de ser mais um triste buraco no chão, com um restaurante indiano lá dentro. Tampouco atravessou o parque Tompkins ao encontro do local onde outrora ficava a sua oficina, onde eles trepavam com tanto empenho e por tanto tempo que o sofá saía deslizando nas suas rodinhas e chegava até junto da porta, quando ele tinha de se vestir às pressas e correr para chegar em casa antes que Nikki voltasse do teatro. Aquela servidão enfeitiçante agora parecia uma fantasia de um menino de doze anos de idade. No entanto aconteceu, para ele e para Roseanna Cavanaugh, recém-saída do Bennington College. Quando Nikki desapareceu, além da dor e das lágrimas e dos tormentos da confusão, ele se sentiu tão contente quanto um rapaz podia se sentir. Um alçapão se abrira e Nikki se fora. Um sonho, um sonho sinistro comum a todos. *Quero que ela desapareça. Quero que ele desapareça.* Só que, no caso de Sabbath, o sonho se tornou realidade.

Puxando-o para baixo, cuspindo-o para a frente, achatando-o no fundo, sacudindo-o feito a massa de um bolo na batedeira de sua mãe. Então, para o *finale*, o parto em que o bebê nasce de bunda para cima, na beira da praia, deixando Sabbath esfolado e ferido por ter sido arrastado sobre os cascalhos de rocha pela batedeira giratória da onda cuja hora certa de entrar ele calculou mal. Quando se levantou, não sabia onde estava — podia até estar em Belmar. Mas saiu nadando ferozmente para as profundezas, de volta para onde Morty erguia o braço, reto e cintilante, e gritava por sobre o rumor das ondas: "Hércules! Venha aqui!". Morty pegava na hora certa todas as ondas; como uma ponta de zinco fendendo a água e abrindo caminho para a frente, ele cavalgava as ondas, quando a maré estava cheia, desde a última linha onde elas nascem até a beiradinha da praia. Eles costumavam rir dos caras de Weequahic, que vinham de Newark. Esses caras não podem pegar onda, diziam eles. Aqueles pirralhos judeus de Newark estavam todos fugindo da pólio. Se estivessem em casa, ficariam implorando para ir nadar na piscina do parque de esportes em Irvington e, assim que tivessem pagado o ingresso, pegavam pólio na mesma hora. Por isso os pais os levavam para a praia. Se você fosse um judeu de Nova Jersey, ia para Belmar; se fosse um judeu de Newark, ia para Bradley. Costumávamos jogar vinte e um com eles sob as tábuas da calçada, na praia. Aprendi a jogar vinte e um com aqueles caras de Weequahic, depois me aprimorei no mar. Aquelas partidas de vinte e um se tornaram legendárias na nossa cidadezinha parada. O dobro para ver! Na batida! Vinte e *um*! E as galinhas judias de Weequahic na praia da avenida Brinley com seus maiôs de duas peças, com suas barrigas de Weequahic de fora. Adorava quando elas vinham passar o verão. Até então, a única coisa que fazíamos era ouvir rádio e fazer o dever de casa. Um tempo quieto, enclausurado. E de repente tudo se agitava à nossa volta, as ruas de Asbury ficavam apinhadas de gente, em Bradley as mulheres se aglomeravam à noite — a partir do final de semana do feriado de 30 de maio, nossa vida de cidadezinha pequena terminava. Garçonetes por toda Asbury, estudantes vindas de todo o país faziam fila para arranjar um emprego. Asbury era o centro das atenções, depois vinha Ocean Grove, a *shtetl** metodista onde ninguém podia andar de carro nos domingos, e depois vinha Bradley, e espalhadas pela praia havia moças judias vindas de todos os cantos de Jersey. Eddie Schneer, o ladrão de estacionamento para quem eu e Morty trabalhávamos, costumava nos advertir: "Não se metam com moças judias. Guardem seu dinheiro para as *shiksas*. Nunca façam coisas indecentes com moças judias". E os judeus de Weequahic que dizíamos não serem capazes de pegar onda, costumávamos competir com eles, apostávamos e pegávamos onda por dinheiro. Morty sempre vencia. Nossos melhores verões antes de Morty ingressar na Força Aérea.

E quando a maré baixava e os velhos atormentados pela artrite se amontoavam para se molhar nas ondinhas à beira da praia, onde

* Iídiche: originalmente, designava uma pequena cidade de judeus na Europa oriental. (N. T.)

as crianças queimadas de sol escavavam a areia com suas peneiras de brinquedo à cata de tatuís, Morty, os seus amigos e o "Pequeno Sabbath" cavavam um amplo fosso retangular mais acima da praia, traçavam uma linha dividindo o fosso ao meio e, três ou quatro de cada lado, vestindo seus calções encharcados, punham-se a brincar de Baderna, um jogo de praia ilusoriamente feroz, inventado pelos garotos valentões do local. Quando você é o escolhido, tem de avançar e encostar em alguém do outro lado, e voltar antes que eles puxem o seu braço e o arranquem fora do corpo. Se eles pegarem você na linha, a sua equipe puxa você para um lado e eles puxam para o outro. Bem parecido com uma tortura. "E o que acontece", perguntou Drenka, "se eles pegam você?" "Jogam você no chão. Se pegam você, jogam no chão, seguram bem firme, e depois sodomizam você. Ninguém se machuca." Drenka ria! Como conseguia fazer Drenka rir quando ela lhe pedia para contar como era a vida de um menino americano na praia. Baderna. Areia arranhando os olhos da gente, entupindo as orelhas, queimando a barriga, se acumulando por dentro do calção, areia no rego entre as nádegas, dentro do nariz, um torrão de areia manchado de sangue, cuspido por entre os lábios, e depois todos juntos — "Jerônimo!" — saíamos correndo para onde as ondas estavam calmas, agora, e a gente podia pegar sol de barriga para cima, balançando sonolentos, rindo de qualquer coisa, cantando "ópera" a plenos pulmões — *"Toreador/* Não cuspa no chão/ Use o cuspidor/ É pra isso que eles são!" — e depois, instigados por um impulso heroico repentino, rolando de lado sobre a barriga para mergulhar até o fundo do oceano. Quatro e meio, cinco, seis metros de profundidade. *Onde fica o fundo?* Depois um esforço de estourar os pulmões para subir e tomar ar, trazendo um punhado de areia agarrada na mão a fim de mostrar para Morty.

Nos dias de folga de Morty como salva-vidas em West End Casino, Mickey não saía do lado dele, tanto em terra quanto no mar. Que braçadas ele dava! E que sensação maravilhosa quando ele era um garoto despreocupado da vida, antes da guerra, se deixando levar pelas ondas.

Agora, nem tanto. Agarrou-se à beirada da barraquinha de rua de um vendedor ambulante, na esperança de que um café pudesse salvá-lo. O pensamento fluía independente dele, cenas conclamavam a si mesmas, por vontade própria, enquanto Sabbath parecia cambalear perigosamente em uma débil ascensão entre o ponto onde estava e o local onde não estava. Fora apanhado de surpresa num processo de autodivisão que não era, de modo algum, benevolente. Uma palidez, palidez semelhante à que deve ter acometido Morty quando seu avião foi dilacerado pelo fogo antiaéreo: revivendo sua vida de trás para a frente enquanto rodopiava no ar, fora de controle. Sabbath tinha a nítida impressão de que estavam ensaiando *O jardim das cerejeiras* mesmo quando ele cuidadosamente tomava uma xícara de café em uma de suas mãos desfiguradas e pagava com a outra. Lá estava Nikki. Essa marca que ela havia deixado em sua mente podia se abrir como a boca de um vulcão, e agora já se haviam passado trinta anos. Lá está Nikki, ouvindo do jeito que ouvia quando lhe dirigiam mesmo o mais insignificante comentário — o olhar de uma atenção voluptuosa, os olhos escuros, cheios, sem o menor traço de pânico, serenos como só conseguiam ficar quando Nikki estava sendo outra pessoa que não ela mesma, murmurando suas palavras para dentro, puxando o cabelo para trás das orelhas, de forma que não houvesse nada entre suas palavras e ela mesma, exalando pequenos suspiros de derrota a fim de deixar claro que Sabbath tinha toda razão, o estado de espírito dele era o estado de espírito dela, o modo de ele ver as coisas era o modo de ela ver as coisas, Nikki era o seu instrumento, a sua ferramenta, o mecanismo de autoimolação do seu mundo pré-fabricado. E Sabbath toque-toque-toque, o insuperável criador do esconderijo de Nikki, destinado a salvá-la de todas as perdas e de todos os temores que eles engendraram, não deixando escapar sequer um movimento de olhos, meticuloso até a loucura, com o dedo em riste no ar, de modo ameaçador, de sorte que ninguém ousasse sequer piscar o olho enquanto fazia sua preleção, cada detalhe, naquele seu jeito dominador — como ele parecia apavorante aos olhos de Nikki, um touro pequeno com uma mente enorme, um barrilzinho cheio até a borda com o conhaque intoxicante dele mesmo, seus olhos *insistindo* desse jeito, advertindo, prevenindo, repreendendo, arremedando; tudo isso, para Nikki, era uma carícia feroz e ela sentia em si mesma, sobrepujando tudo o que tinha de temerosa, aquela obrigação férrea de se mostrar extraordinária. "*Oh, minha infância.* Isso é uma *pergunta.* Não perca esse tom suave de indagação. Encha a fala de doçura. Para Trofimov: *Você era* só *um menino naquele tempo* etc. etc. Um certo encanto doce passou também por aqui. Mais alegre, entrecortado — você tem que cativar o homem! Sua entrada: exuberante, excitada, generosa — parisiense! A dança. *Não consigo ficar parada* etc. etc. Trate de se livrar da xícara bem antes deste ponto. Levante-se. A dança parisiense com Lopakhin conduz você para *a frente* do palco, para *a frente* do palco. *Cumprimente* Lopakhin por sua inesperada desenvoltura na dança parisiense. *Você, Varia.* Brandindo o dedo na direção dela. Uma repreensão *zombeteira.* Depois, depressa, com ar de deboche, você beija suas duas faces, *Você continua a mesma de sempre.* As palavras *Não estou entendendo muito bem* — muito mais atordoadas. Ria alto depois de *citado na enciclopédia.* Não deixe passar os risos e os ruídos — emita todos os deliciosos ruídos que quiser; são esplêndidos, são a própria Ranievskaia! *Muito* mais provocante e brincalhona com Lopakhin quando ele insiste em falar a respeito da venda do cerejal — é aí que você adquire a sua grandeza. Para você, essa conversa de negócios não passa de uma maravilhosa oportunidade de enfeitiçar mais um homem. Enfeitice! Ele já se declarou abertamente a você ao dizer que a ama logo assim que põe os olhos em você. Onde estão aqueles ruídos de caçoada? O gemido sedutor. O *hmmmmm* musical. Tchekhov: 'O importante é descobrir o sorriso correto'. Carinhoso, Nikki, inocente, hesitante, falso autêntico, lânguido, frívolo, familiar, sedutor — descubra o *sorriso,* Nikki, ou vai foder com tudo. A vaidade dela: ponha pó de arroz na cara, um leve toque de perfume, aprume as costas para adquirir um aspecto de grande beleza. Você é vaidosa e está ficando velha. Pense nisso: uma mulher empobrecida e fatigada e ainda tão vulnerável e inocente quanto Nikki. *Eles são de Paris.* Vamos ver que leveza você é capaz de dar a isso — tem que mostrar aquele *sorriso.* Três passos — só *três* — entre o momento em que rasga o telegrama, se vira e fica abatida. Aí, deixe todo mundo *ver* bem claro seu abatimento enquanto você se dirige para a mesa. *Se ao menos esse peso pudesse ser retirado do meu coração.* Olhe para o chão. Pensativa, mansa, *Se ao menos eu pudesse esquecer meu pas-*

sado. Fique olhando para o chão, pensativa, quando diz essa fala — depois erga os olhos e veja sua mãe. É SUA MÃE. Apresente o passado, que então surge, por magia, na forma de Petia. Ela vê a mãe numa árvore — mas não pode reconhecer Petia. Por que ela dá o dinheiro para Petia? Isso não é convincente do jeito que você está fazendo. Será que ele está flertando com ela? Seduzindo? Ele é um grande amigo seu, dos velhos tempos? Algo precisa ter acontecido *antes* para tornar isso crível, *agora*. Iacha. Quem é Iacha? O que é Iacha? Ele é a prova viva do erro de julgamento dela. *Não há ninguém lá*. Toda essa fala, do início ao fim, é como se fosse dirigida a uma criança. Inclusive *Parece uma mulher*. O passado de Lopakhin deve levar uma surra de porrete — o Paraíso da sua infância é o inferno da infância dele. Em consequência, ele *não* dá muita bola para a pureza e a inocência. Desenfreadamente, Nikki, *sem freios*, você grita, *Vejam! É minha mãe caminhando pelo cerejal!* Mas a última coisa que Lopakhin pode desejar é ver seu pai bêbado renascido. Pense na peça como o sonho dela, como sonho de Paris de Liuba. Ela está exilada em Paris, infeliz com seu amante, e então sonha. Sonhei que voltava para casa e encontrava tudo do jeito que era antes. Mamãe estava viva, estava lá — aparecia do lado de fora da janela do quarto de criança na forma de uma cerejeira. Eu era criança de novo, uma criança sozinha chamada Ania. E era cortejada por um estudante idealista que queria mudar o mundo. E no entanto, ao mesmo tempo, eu era eu mesma, uma mulher com toda a minha história, e o filho do servo, Lopakhin, agora ele mesmo já crescido também, vivia me advertindo que, se eu não derrubasse o cerejal, a propriedade teria que ser vendida. É claro que eu não podia derrubar o cerejal e, em vez disso, resolvi dar uma festa. Mas, no meio do baile, Lopakhin irrompe no salão e, embora tentássemos expulsá-lo com golpes de porrete, ele declara que a propriedade foi mesmo vendida, e vendida para ele, o filho de um servo! Então nos leva a todos para o lado de fora da casa e começa a cortar as árvores do cerejal. E aí eu acordo... Nikki, quais são suas primeiras palavras? Diga para mim. *O quarto de criança*. Sim! É para o seu *quarto de criança* que ela voltou. Num extremo, está o quarto de criança; no outro, Paris — o primeiro, um lugar impossível de reaver, o segundo, impossível de controlar. Ela foge da Rússia a fim de se esquivar das consequências do seu casamento desastroso; ela foge de Paris a fim de deixar para trás o romance desastroso. Uma mulher em fuga da desordem. Em *fuga* da desordem, Nikoleta. Mas ela carrega a desordem consigo — ela é a desordem!"

Mas eu era a desordem. Eu sou desordem.

Segundo o relógio de pulso Benrus de Morty, a eternidade começaria oficialmente para Linc Gelman na capela do Riverside Memorial, na avenida Amsterdã, dentro de meia hora. Por mais empenhado que Sabbath estivesse em ver a ruína que um homem era capaz de fazer da sua vida, caso contasse com os meios necessários, quando chegou à estação do Astor Place, em vez de descer correndo em direção à plataforma do metrô, ele se deixou entreter por uma pequena companhia de atores talentosos que encenavam, com uma coreografia eficazmente minimalista, os últimos e degradantes estágios da luta pela sobrevivência. Seu anfiteatro vinha a ser aquele trecho de Lower Manhattan onde tudo o que corria para o norte, o sul, o leste e o oeste se desprendia e se juntava de novo em um intrincado emaranhado de cruzamentos e de oásis de espaços abertos com formatos bizarros.

— Não precisa ser um Rockefellá para ajudar alguém, não precisa ser um Rockefellá para ajudar alguém...

Um sujeito negro, miúdo, com a cara amassada, agitava freneticamente sua caneca a fim de relatar para Sabbath, com voz mansa de ladainha, desvirtuando bastante a sequência dos fatos, os três séculos que vieram a culminar no desespero dessa existência atormentada. Esse cara mal estava vivo e no entanto — refletiu Sabbath, contando quantos outros se achavam trabalhando nos arredores com suas próprias canecas — se tratava obviamente do Homem do Ano.

Sorvendo os restos da sua própria caneca, Sabbath enfim ergueu os olhos do disparate submerso que era o seu passado. Acontece que o presente também se achava em marcha, fabricado dia e noite, como os navios de tropas em Perth Amboy durante a guerra, o presente venerável que remonta à Antiguidade e segue direto do Renascimento até os nossos dias — esse presente que está sempre começando, nunca termina, era aquilo a que Sabbath estava renunciando. A sua inesgotabilidade era algo que Sabbath achava repulsivo. Só por isso, ele deveria morrer. E se ele tiver levado uma vida burra? Qualquer um com miolos sabe muito bem se está ou não levando uma vida burra, mesmo enquanto está vivendo assim. Qualquer um com miolos compreende que está destinado a levar uma vida burra *porque não existe outro tipo de vida*. Não há nada pessoal no caso. Todavia, lágrimas infantis empoçaram seus olhos enquanto Mickey Sabbath — sim, logo o Mickey Sabbath, entre todos os componentes daquela seleta cambada de setenta e sete bilhões de babacas premiados que constituem a história da humanidade — dava adeus à sua distinta pessoa com um meio gemido emocionado: "Que se dane".

Um rosto preto grisalho, bruto e definhado, olhos destituídos de todo e qualquer desejo de enxergar — olhos turvos, opacos, que Sabbath tomou como o crepúsculo da sanidade — surgiram a apenas alguns centímetros do seu próprio rosto grisalho. Para esse tormento miserável, Sabbath tinha estômago e, desse modo, não se afastou. Sabia que toda a sua angústia não passava da mais pálida imitação em face de uma subvida horrorosa como aquela. Os olhos do homem negro eram apavorantes. Se, no fundo do bolso, os dedos dele estiverem apertando o cabo de uma faca, eu não devia estar fazendo o que estou fazendo, aqui parado desse jeito.

O mendigo sacudiu a caneca feito um pandeiro, fazendo as moedas chacoalharem de forma dramática. Um odor pesado de coisa podre poluiu seu bafo quando o homem cochichou entre os fios da barba de Sabbath, com ar conspiratório:

— É só um emprego, cara... Alguém tem que fazer isso.

Era mesmo uma faca. Espetando o casaco de Sabbath, uma faca.

— Qual é o emprego? — perguntou Sabbath.

— Ser um caso-limite.

Tente ficar calmo e não se mostrar abalado.

— Você parece mesmo ter recebido sua cota de decepções na vida.

— A América me ama.

— Se é você que diz... — Mas quando o mendigo se jogou

mais impetuosamente contra ele, Sabbath gritou: — Nada de violência, está ouvindo? Sem violência!

Isso provocou um sorriso medonho em seu agressor.

— Vi-o-lên-cia? *Vi-o-lên-cia?* Pois eu já lhe *disse:* a América me ama!

Se aquilo que Sabbath sentia pressionando sua carne era de fato a ponta de uma faca a microssegundos de furar o seu fígado, se tinha realmente o desejo-de-não-estar-mais-vivo, por que será que bateu com toda a força com o salto da sua botina no pé daquele americano tão querido? Se ele já não ligava a mínima, por que estava se importando tanto? Por outro lado, se esse desespero sem limites era apenas um fingimento, se ele não estava afundado no desespero como fingia estar, a quem pretendia enganar, senão a si mesmo? Sua mãe? Seria necessário um suicídio para que sua mãe compreendesse que Mickey não conseguira ser nada na vida? Por que outro motivo ela vivia assombrando Sabbath?

O negro uivou e cambaleou para trás, ao passo que Sabbath, ainda inflamado pelo impulso, seja qual for, que salvara sua vida, olhou ligeiro para baixo e descobriu que aquilo que havia pensado ser a ponta de uma faca era algo com uma forma de lagarta, lesma ou larva, um verme mole ou uma coisa com o aspecto de ter sido mergulhada no pó de carvão. Um troço que deixava a gente pensando para que diabo aquilo podia servir.

Nesse meio-tempo, ninguém nas ruas parecia ter notado o pau à mostra, algo que não valia a pena sair contando para os outros, nem o louco filho da mãe a quem ele pertencia, o qual havia tentado apenas travar amizade com Sabbath, no que supostamente tinha sido um esforço malsucedido, mas ainda não de todo encerrado. E ninguém havia notado o pisão que Sabbath dera nele. O encontro que deixara Sabbath ensopado de suor dava a impressão de ter sido invisível para dois mendigos que pareciam não estar mais distantes dele do que um canto do ringue de boxe está do canto oposto. Os dois conversavam com intimidade, cada um de um lado de um carrinho de supermercado carregado com sacos plásticos transparentes entupidos até estourar de latinhas e garrafas vazias de refrigerante. O mais magro, que, a julgar pelo ar de proprietário com que se esparramava sobre o carrinho, era o seu dono, bem como da carga que continha, vestia calça e agasalho próprios para ginástica, bem decentes, quase novinhos em folha. O outro, mais baixo, estava enrolado em trapos que podiam muito bem ter sido retirados, pouco antes, do chão de uma oficina de carros.

O mais próspero dos dois declarou com uma voz elevada, pomposa:

— Meu amigo, as vinte e quatro horas do dia não bastam para eu fazer tudo que tenho anotado na minha agenda.

— Seu ladrão filho da puta — retrucou o outro, com voz débil. Sabbath viu que ele estava chorando. — Você me roubou, seu sacana.

— Desculpe-me, amigo. Eu podia pôr você na minha agenda, mas meus computadores pifaram. O lavador automático de carros enguiçou. A gente não consegue mesmo ser servido no McDonald's, dentro do carro, em menos de sete minutos, e de um jeito ou de outro eles fazem tudo errado mesmo. As coisas em que nós imaginávamos ser bons de verdade já não conseguimos fazer direito. Ligo para a IBM. Pergunto onde posso comprar um *laptop* deles. Ligo para o 800 deles. O cara diz: "Desculpe, os computadores pifaram". A IBM — ele repetia, olhando divertido para Sabbath — e *eles* ainda não consertaram.

— Sei, sei — disse Sabbath. — A tevê encrencou.

— A tevê encrencou legal, cara.

— A máquina de *challah** — disse Sabbath — é a única que ainda funciona. Olhe uma vitrine cheia de *challah*. Não tem sequer dois iguais e mesmo assim todos são da mesma espécie. Eles têm cara de coisa feita de plástico. E é isso que um *challah* quer ser. O *challah* queria ter aparência de plástico antes de inventarem o plástico. Foi daí que tiraram a ideia do plástico. Dos *challahs*.

— Não brinca! Como ficou sabendo disso?

— A Rádio Pública Nacional. Eles ajudam a gente a entender as coisas. A Rádio Pública Nacional está sempre ali para me ajudar a entender as coisas, por mais confuso que eu esteja.

O único homem branco nas imediações, além dele, estava de

* Pão especial para o sabá dos judeus. (N. T.)

pé no meio da rua Lafayette, um desses vagabundos de cara vermelha, peso-galo, de idade indeterminada e descendente de irlandeses, que viviam no Bowery havia décadas, e por isso parecia familiar a Sabbath desde os tempos em que ele vivia naquela área. Ele segurava uma garrafa metida em um saco de papel marrom e conversava tranquilamente com um pombo, um pombo machucado que não conseguia se pôr de pé e dar mais do que um ou dois passos trôpegos antes de tombar de lado. Em meio ao tráfego do início da tarde, ele agitava em vão as asas, no empenho de se mover. O vagabundo estava de pé, com as pernas abertas sobre o pombo, usando sua mão livre para orientar os carros a seguirem para o lado e para a frente, no cruzamento. Alguns motoristas, buzinando irritados, passavam de propósito muito perto, com grande risco de atropelar o vagabundo, mas ele só os xingava e continuava no mesmo lugar, a proteger a ave. Com a sola bamba de uma de suas sandálias, ele tentava delicadamente ajudar o pombo a se equilibrar, e por várias vezes cutucou-o, instigando-o a se pôr de pé, só para vê-lo cair de lado, assim que o apoio era removido.

Sabbath tinha a impressão de que o pombo fora atropelado por um carro ou estava doente e morrendo. Veio até o meio-fio a fim de olhar enquanto o vagabundo com a garrafa, usando um boné de beisebol vermelho e branco com o logotipo "Consertos Domésticos O Jeitoso", se abaixava sobre a criatura indefesa.

— Tome aqui — disse ele — tome um pouquinho... beba um pouco... — E espirrou algumas gotas da boca da garrafa sobre o asfalto. Embora o pombo lutasse obstinadamente para recobrar o poder de locomoção, estava claro que, a cada tentativa fracassada, suas forças iam se esgotando. O mesmo ocorria com a magnanimidade do vagabundo.

— Aqui... *Tome*, é vodca, *tome um pouco.*

Mas o pombo não dava atenção à oferta do vagabundo. Ficou caído de lado, mal se mexendo, suas asas incapazes de fazer mais do que estremecer de modo intermitente para depois tombarem imóveis. O vagabundo advertiu:

— Você vai acabar morrendo aqui na rua... *Beba*, seu merda!

Por fim, quando não conseguiu mais tolerar a indiferença da

ave, o vagabundo aprumou o corpo, deu um passo para trás e chutou o pombo com toda força para fora do caminho do tráfego.

O pombo foi aterrissar na sarjeta, a meio metro de onde Sabbath estava de pé, olhando. O vagabundo avançou e chutou o pombo de novo, e isso deu cabo do problema.

Espontaneamente, Sabbath aplaudiu. Até onde sabia, não existiam mais atores de rua como ele mesmo fora um dia — as ruas se tornaram perigosas demais para isso —, os atores de rua eram agora vagabundos e mendigos sem ter onde morar. O cabaré dos mendigos, o cabaré dos mendigos que foi para o seu Teatro Indecente, extinto havia muito tempo, o mesmo que o Grand Guignol tinha sido para os adorados Muppets e suas caretas, os decentíssimos Muppets, deixando as pessoas felizes com a sua imaculada visão da vida: tudo é inocente, infantil e puro, tudo vai acabar bem — o segredo é domesticar o seu peru, não preste atenção ao seu peru. Ah, a timidez! A *sua* timidez! Não a de Henson, mas a *sua*! A covardia! A *meiguice*! Enfim, com medo de se tornar absolutamente execrável, ele preferiu se esconder nas montanhas! A todos que havia horrorizado, aos apavorados que o consideravam um homem perigoso, repugnante, degenerado e indecente, ele agora gritava: "Nada disso! Meu fracasso consistiu em não ter ido mais *longe* ainda!".

Em resposta, um passante jogou algo dentro da sua xícara de café.

— Seu puto, ainda não terminei de beber!

Mas, quando fisgou o objeto do fundo da xícara, viu que não era um chiclete mascado nem uma guimba de cigarro — pela primeira vez em quatro anos, Sabbath havia ganho um quarto de dólar.

— Deus o abençoe, doutor — gritou ele, para as costas do seu benfeitor. — Deus o abençoe e aos seus entes queridos e ao seu lar amado com sistema elétrico de segurança e com os serviços de longa distância acessados por computador.

De novo. Terminando do mesmo jeito que começara, ele, que havia zanzado por aí, abatido, durante anos, achando que sua vida de adultérios, artrite e amarguras profissionais tinha sido vivida de forma insensata, fora do âmbito das convenções, sem nenhum propósito ou unidade. Porém, longe de se decepcionar com a simetria maliciosa de encontrar a si mesmo, trinta anos depois, mais uma vez na rua com o chapéu na mão, Sabbath teve a sensação jocosa de haver vagado às cegas de volta ao seu próprio projeto grandioso. E isso devia ser chamado um triunfo: ele havia perpetrado, para si mesmo, a mais perfeita das brincadeiras.

Quando Sabbath foi mendigar no metrô, sua xícara já continha mais de dois dólares em moedinhas. Sem dúvida, ele levava jeito, tinha a cara, o jargão, algo repulsivo, esculachado, destroçado que entrava por baixo da pele das pessoas com rapidez suficiente para que elas tivessem vontade de tirá-lo da frente pelo tempo necessário para fugirem logo dali e nunca mais escutar a sua voz nem ver a sua cara.

Entre Astor Place e Grand Central, onde tinha de passar para o Expresso do Suicídio, Sabbath se arrastou convenientemente de um vagão para o outro, sacolejando sua xícara e recitando da peça *Rei Lear* as falas do personagem que ele não tinha oportunidade de representar desde que fora alvejado pelos seus próprios tomates. Uma nova carreira começa aos sessenta e quatro anos! Shakespeare no metrô, *Lear* para as massas — as fundações culturais endinheiradas adoram essas coisas. Doações! Doações! Doações! Pelo menos, que Roseanna veja como ele está se virando para ganhar seu próprio dinheiro, de novo na ativa, depois do escândalo que custou a eles duzentos e cinquenta dólares por ano. Ele estava ficando quite com ela. A equidade financeira entre eles estava restaurada. Todavia, mesmo quando estava recuperando sua dignidade de homem trabalhador, um sentimento residual de autopreservação o advertia de que não estava mais bancando o palhaço em Town Street. Em Madamaska Falls, achavam que a degradação humana residia sobretudo nele, Sabbath sozinho representava a ameaça, não havia alguém tão perigoso em parte alguma, nos arredores... Ninguém exceto aquela baixotinha japonesa, a diretora da faculdade. Sabbath detestava aquela baixotinha de merda, não porque ela tivesse aberto o processo que acabou por tirar o seu emprego — ele odiava o emprego. Não por ter perdido a grana — ele odiava a grana, odiava ser um funcionário incluído numa folha de pagamentos que recebia um cheque-salário e o levava ao banco onde, por trás do balcão, havia uma pessoa a quem, com muita justiça, chamavam de "caixa", e que, de dentro da sua caixa de vidro, até mesmo para Sabbath desejava um bom dia. Ele não podia imaginar nada que detestasse mais do que descontar aquele cheque, exceto talvez olhar no canhoto as linhas que indicavam todos os descontos. Isso sempre o irritava, tentar calcular as cifras daquele canhoto, sempre ficava puto. Aqui estou, no banco, descontando meu cheque — tudo o que eu sempre quis. Não, não era o emprego, não era o dinheiro, o que o deixava maluco era perder aquelas meninas, uma dúzia delas por ano, nenhuma com mais de vinte e um, e sempre pelo menos uma...

Naquele ano — outono de 1989 — foi Kathy Goolsbee, aquela menina de cara vermelha, sardenta e com os dentes de cima bem alinhados com os de baixo, como uma *shiksa*, uma estudante pesadona, de pernas e braços volumosos, bolsista, vinda de Hazleton, Pensilvânia, mais uma das suas estimadas mulheres de um metro e oitenta, filha de um padeiro, que trabalhava com o pai depois da escola desde os doze anos e que pronunciava a palavra *can* como *kin*, e *going to* igual a Fats Waller quando ele cantava "*I'm gunna sit right down and write myself a lettuh*". Kathy possuía um talento incomum para desenhar minuciosamente os fantoches, um dom que o fazia pensar em Roseanna quando ela começou a trabalhar como sua parceira, e, assim, era mais do que provável que fosse a vez de Kathy naquele ano, caso ela não tivesse, "por acidente", deixado na pia do banheiro de mulheres, no segundo andar da biblioteca da faculdade, a fita que, sem o conhecimento do seu professor, gravara de uma conversa telefônica que os dois haviam tido poucos dias antes, pela quarta vez. Kathy jurou a ele que tudo o que pretendia fazer era levar a fita para o toalete a fim de escutar a gravação com privacidade; ela jurou para Sabbath que trouxera a fita consigo para a biblioteca apenas porque, desde que os dois começaram a conversar daquele jeito por telefone, na cabeça dela, mesmo sem os fones de ouvido, praticamente não ressoava outra coisa senão aquilo. Kathy jurou que nunca passou pela sua cabeça tomar de Sabbath o seu único meio de subsistência.

Tudo começou quando Kathy telefonou para a casa de Sabbath, certa noite, para dizer ao professor que estava gripada e não poderia entregar o seu trabalho no dia seguinte, e ele, aproveitando o surpreendente telefonema para indagar de forma paternal sobre os "objetivos" dela, veio a saber que Kathy morava com o namorado que à noite tomava conta de um bar no alojamento dos estudantes e ficava na biblioteca durante o dia, redigindo uma dissertação de ciência política. Conversaram durante meia hora, exclusivamente sobre Kathy, antes de Sabbath dizer: "Bem, pelo menos não se preocupe com a minha aula prática. Você está de cama com gripe", e ela respondeu: "Estou mesmo". "E o seu namorado?" "Ah, o Brian está trabalhando no Bucky's." "Então, você não só está na cama, não só está doente, você está sozinha em casa." "É, sim." "Bem, eu também estou sozinho", disse ele. "Onde está a sua esposa?", perguntou Kathy, e Sabbath compreendeu que ela seria a sua candidata para o período letivo de 1989-90. Quando a gente sente um puxão feito esse do outro lado da linha, não precisa ser um exímio pescador para saber que fisgou um peixão. Você pode dar partida no motor quando uma garota que só fala na gíria raquítica própria da sua faixa etária pergunta, com uma voz estranhamente lânguida, escorregadiamente inquieta, com palavras que exalam dela mais como um cheiro do que como um som: "Onde está a sua esposa?".

"Fora de casa", ele respondeu. "Hmmmm." "Você está bem quentinha, Kathy? São os arrepios de frio que fazem você emitir esses sons?" "Ahn-han." "Você tem que tomar cuidado para ficar bem quentinha. O que está vestindo, na cama?" "Meu pijama." "Com essa gripe? Só isso?" "Ah, só o pijama já me deixa cozinhando de calor. Tenho umas ardências. Uns ardores." "Ora", disse Sabbath rindo, "eu também..." E contudo, no instante mesmo em que começava a enrolar a linha no seu molinete, com cuidado, suavidade, sem pressa, disposto a gastar todo o tempo do mundo para trazer aquele peixe para o convés, grande e sardento e palpitante de vida, Sabbath, por dentro, estava tão excitado que não se deu conta de que era ele que era puxado ao longo de quilômetros e quilômetros de luxúria pelo anzol com o qual Kathy havia fisgado a *ele*; não tinha a menor ideia, Sabbath, que completara sessenta anos um mês antes, que era ele que estava sendo puxado com destreza para a terra e que um dia, muito em breve, iria se ver com as tripas arrancadas para fora, empalhado, pendurado feito um troféu na parede acima da escrivaninha da diretora Kimiko Kakizaki. Tempos antes, em Havana, quando Yvonne de Carlo dizia aos jovens viajantes da marinha mercante "Terminou? Saia de cima de mim!", Sabbath já havia compreendido que, ao lidar com moças geniosas, nunca devemos nos despir da nossa astúcia quando tiramos a cueca, só porque um desejo louco toma conta de nós... e no entanto nunca passou pela cabeça de Sabbath, não, mesmo o velho e esperto Sabbath, cínico havia já uns bons cinquenta anos, nunca passou pela sua cabeça que uma corpulenta mocinha da Pensilvânia, com todas aquelas sardas na cara, pudesse ser tão destituída de ideais a ponto de atraí-lo para depois lhe passar a perna.

Menos de três semanas depois do seu primeiro telefonema, Kathy explicou a Sabbath que começara seu trabalho noturno ouvindo a sua fita junto às estantes de livros, em um compartimento de estudo da biblioteca, cercada por altas pilhas de livros sobre a "Civilização Ocidental", mas que, depois de apenas dez minutos, a fita a deixara tão molhadinha que deixou tudo para trás e saiu com ela para o banheiro de mulheres, levando os fones de ouvido.

"Mas como é que a fita foi parar na pia", perguntou Sabbath, "se você estava escutando na privada?" "Eu estava tirando a fita para colocar outra no lugar." "Por que não fez isso na privada mesmo?" "Porque aí eu teria começado a ouvir tudo outra vez. Quer dizer, eu não sabia direito o que fazer, basicamente é isso. Pensei assim: Isso é loucura. Puxa, eu estava tão molhada e inchada, como é que eu podia me concentrar? Estava na biblioteca para pesquisar sobre o tema do meu trabalho, mas não conseguia parar de me masturbar." "Todo mundo se masturba nas bibliotecas: É para isso que elas servem. Mas isso não explica por que você foi embora e deixou a fita lá..." "Uma pessoa *entrou.*" "Quem, quem entrou?" "Não interessa. Uma *menina.* Fiquei *confusa.* A essa altura, eu já não sabia o que estava fazendo. Toda essa história me deixou maluca. Eu estava com medo de ficar doida demais com a fita e aí simplesmente fui embora. Eu me sentia muito mal mesmo. Ia ligar para você. Mas estava com medo de *você.*" "Quem mandou você fazer isso, Kathy? Quem mandou você gravar minha voz?"

A essa altura, por mais justificada que pudesse ser a sua raiva diante do que seria um descuido imperdoável ou uma completa traição, enquanto Kathy estava sentada no banco dianteiro do seu carro, desabafando para ele, até o próprio Sabbath tinha de admitir que estava agindo de modo bem pouco habilidoso. (Por uma fatalidade, tinha estacionado diante do cemitério de Battle Mountain, onde o corpo de Drenka seria deixado para repousar poucos anos depois.) A verdade é que ele também gravara a conversa, e não só a da fita que Kathy deixara na biblioteca como também as três conversas precedentes. Mas, afinal, Sabbath vinha gravando as conversas com suas alunas havia vários anos e tinha planos de deixar a coleção para a Biblioteca do Congresso. Com efeito, a preservação da coleção era um de seus melhores motivos — ou o único — para um dia procurar um advogado e fazer um testamento.

Incluindo as quatro conversas com a grandalhona Kathy, havia um total de trinta e três fitas, perpetuando as palavras de seis estudantes que frequentaram as aulas práticas de fantoches. Todas se achavam trancadas na gaveta de baixo de um velho arquivo, armazenadas em duas caixas de sapatos com a inscrição "Corresp.". (Uma terceira caixa de sapato, com a inscrição "Impostos 1984", continha fotos Polaroid de cinco daquelas moças.) Todas as fitas estavam datadas e ordenadas alfabeticamente — e de forma precavida — apenas pelos nomes de batismo e arquivadas em ordem cronológica de acordo com essa classificação. Sabbath as mantinha em perfeita ordem não só para que fosse fácil localizar qualquer uma delas quando quisesse como também para que pudesse verificar se alguma estava faltando, caso se sentisse preocupado, como às vezes irracionalmente acontecia, com a eventualidade de ter deixado uma das fitas fora da caixa. De tempos em tempos, Drenka gostava de escutar as fitas enquanto chupava o seu pau. A não ser por isso, as fitas jamais saíam do arquivo trancado e, quando ocorria de Sabbath pegar uma de suas favoritas a fim de tocar um trecho para ele mesmo ouvir, trancava a porta do seu gabinete dando duas voltas na chave. Sabbath sabia do perigo daquilo que guardava naquelas caixas de sapato, mesmo assim nunca se resolvia a apagar as fitas ou enterrá-las no depósito de lixo da cidade. Isso seria o mesmo que atear fogo a uma bandeira. Não, mais parecido com emporcalhar um Picasso. Pois nessas fitas havia uma espécie de *arte*, em virtude da forma pela qual Sabbath se mostrava capaz de desvencilhar as moças do seu hábito de inocência. Havia uma espécie de arte no fato de ele lhes proporcionar uma aventura ilícita, não com um rapaz da idade delas, mas com um homem três vezes mais velho — a mera repugnância que seu corpo envelhecido inspirava nas moças tinha de conferir à aventura que elas viviam com Sabbath um leve sabor de crime e, por conseguinte, vinha dar livre curso à sua perversidade ainda em botão e ao confuso contentamento que advém de flertar com a desonra. Sim, apesar de tudo, Sabbath ainda possuía o dom artístico necessário para abrir para elas os horripilantes interstícios da vida, com frequência pela primeira vez, desde que haviam dado os primeiros passos rumo a um bacharelado. Como Kathy lhe contou, naquela linguagem que todas usavam e que o deixava com vontade de arrancar a cabeça delas todas, ao conhecer Sabbath, ela se sentia "capacitada". "Ainda há momentos em que me sinto com medo e insegura. Mas na maioria das vezes", disse ela, "eu apenas quero... quero passar meu tempo com você... Quero tomar conta de você." Ele riu. "Você acha que preciso de alguém que tome conta de mim?" "Estou falando *sério*", disse ela, com ar grave. "*Do que* você está falando?" "Quero dizer que posso tomar conta de você... quero dizer que posso tomar conta do seu corpo. *E* do seu coração." "Ah, é? Já viu meu eletrocardiograma? Tem medo de que eu tenha uma crise coronariana quando gozar?" "Eu não *sei*... quer dizer... não sei o que quero dizer, mas falo sério. Quero dizer exatamente aquilo que eu disse." "E eu posso tomar conta de você?" "Pode, pode, sim. Você pode." "Que parte de você?" "Meu corpo", Kathy ousou responder. Sim, elas experimentavam não apenas sua capacidade de transgressão — que já conheciam desde a sétima série —, mas os riscos mais amplos que a transgressão acarretava. Sabbath despejava naquelas fitas, sem restrições, seu talento como diretor teatral e mestre de fantoches. Uma vez vencida a barreira dos cinquenta anos, a arte contida nessas fitas — a insinuante arte de liberar o que já se achava presente — era a única forma de arte que lhe restara.

E então ele foi apanhado.

A fita que Kathy "esqueceu" não só foi aterrissar, de manhã, no gabinete da sra. Kakizaki como também, de algum modo, foi roubada e copiada ainda antes de chegar às mãos da diretora, por um comitê *ad hoc* que se autointitulou Mulheres contra o Abuso Sexual, o Menosprezo, o Espancamento e o Assédio por Telefone, cuja sigla era formada pelas iniciais das sete palavras.* Na hora do jantar do dia seguinte, SABBATH abriu uma linha telefônica na qual a gravação era repetida sem cessar. O número local a ser discado — 722-2284, que, muito por acaso, mais uma vez, correspondia às letras do S-A-B-B-A-T-H — foi anunciado pelas duas presidentas do comitê, duas mulheres, uma professora de história da arte e uma pediatra da cidade, durante um programa de rádio de uma hora, com entrevistas feitas por telefone, na estação de rádio da faculdade. A introdução preparada por SABBATH para a transmissão telefônica descrevia a fita como "o exemplo mais flagrantemente desprezível da exploração, humilhação e aviltamento sexual de uma aluna de faculdade pelo seu professor em toda a história desta comunidade acadêmica". "Vocês irão ouvir a seguir", começava a introdução, na voz da pediatra e, aos ouvidos de Sabbath, com uma entonação apropriadamente clínica, embora também tivesse o jeito de um advogado — e um advogado nitidamente enfurecido —, "duas pessoas conversando no telefone: de um lado, um homem de sessenta anos; do outro, uma jovem, aluna da faculdade, que mal completou vinte anos. O homem é seu professor, agindo em *loco parentis*. Seu nome é Morris Sabbath, professor adjunto de teatro de fantoches no programa extracurricular. A fim de proteger a privacidade da aluna — e sua inocência —, o nome da jovem foi suprimido toda vez que aparecia na fita. Essa foi a única alteração efetuada na conversa original, que foi transcrita de forma sigilosa pela jovem a fim de documentar aquilo a que foi submetida pelo professor Sabbath, desde o dia em que se inscreveu no seu curso. Em um depoimento espontâneo, confidencial, prestado voluntariamente à direção do comitê de SABBATH, a jovem revelou não ter sido esta a primeira conversa a que foi aliciada pelo professor Sabbath. Além disso, constatou-se que ela foi apenas a última de uma

* Em inglês: "Sexual Abuse, Belittlement, Battering and Telephone Harassment", cujas iniciais resultam no nome SABBATH. (N. T.)

série de alunas a quem o professor Sabbath intimidou e vitimou durante os anos em que esteve associado ao programa da faculdade. Esta fita registra a quarta conversa telefônica a que a aluna foi submetida.* O ouvinte reconhecerá rapidamente de que modo, a essa altura do seu ataque psicológico a uma jovem mulher inexperiente, o professor Sabbath foi capaz de manipular a jovem de modo a levá-la a crer que era uma participante condescendente. Está claro, levar a mulher a pensar que é um erro dela, levá-la a pensar que é uma 'moça que não presta', que provocou ela mesma sua própria humilhação, em virtude da sua cooperação e da sua cumplicidade..."

O carro desceu a ladeira de Battle Mountain até o local ermo onde Sabbath combinara pegar Kathy, o cruzamento que separava a floresta dos campos e desembocava na Town Street oeste. Por toda a descida de seiscentos metros, ela chorava e todo o seu corpo tremia, dominada pela dor, como se Sabbath a estivesse arrastando viva para dentro da sepultura. "Ah, é intolerável. Ah, isso dói. Estou

* A seguir, uma transcrição não censurada da conversa completa, tal como secretamente gravada por Kathy Goolsbee (e por Sabbath) e tocada por SABBATH para quem telefonasse para 722-2284 e ficasse trinta minutos ouvindo. Nas primeiras vinte e quatro horas, mais de cem pessoas ficaram na linha para ouvir o assédio sexual desde o início até o final. Pouco depois, fitas copiadas do original começaram a ser vendidas em todo o estado e, segundo *Cumberland Sentinel*, "até em regiões tão remotas como a ilha Prince Edward, onde a fita é usada como elemento de apoio num curso do Charlottetown Project, sobre a condição das mulheres canadenses".

O que você está fazendo agora?

Estou deitada de barriga para baixo. Estou me masturbando.

Onde você está?

Estou em casa, estou na cama.

Está completamente sozinha?

Hmmmmm.

Há quanto tempo você está sozinha?

Muito tempo. Brian foi a um jogo de basquete.

Sei. Que gentileza. Você está absolutamente sozinha, deitada na cama e se masturbando. Bem, estou feliz por você ter ligado. O que está vestindo?

tão infeliz. Não entendo por que isso está acontecendo comigo." Era uma moça grandalhona cuja produção de secreções era considerável, e as lágrimas não constituíam uma exceção. Sabbath nunca tinha *visto* lágrimas tão grossas. A não ser um especialista, qualquer um as tomaria por lágrimas autênticas.

— Um comportamento extremamente imaturo — disse ele. — A cena da choradeira.

— Quero chupar o seu pau — ela conseguiu gemer entre as lágrimas.

— A emotividade das mulheres jovens. Por que elas nunca inventam alguma coisa nova?

Do outro lado da estrada, algumas caminhonetes estavam paradas no estacionamento de terra do viveiro de plantas, na beira da pista, cujas estufas constituíam os primeiros sinais reconfortantes da intrusão do homem branco nessas montanhas cobertas de florestas (outrora, a terra original dos madamaskas, cujas tribos, segundo alguns — sobretudo aqueles que se opunham à instalação profana de um estacionamento e mesas de piquenique —, consideravam sagradas as cachoeiras. Era no poço, de um frio entorpece-

---

(*Risinhos infantis*) Estou usando minhas roupas.

Que roupas está usando?

Estou usando jeans. E um pulôver de gola rulê. A roupa de sempre.

É, essa é a sua roupa padrão, não é? Fiquei muito excitado na última vez em que conversei com você. Você é muito excitante.

Hmmmm.

É, sim. Sabia disso?

Mas me senti mal. Tive a sensação de que incomodei você quando telefonei para a sua casa.

Não me incomodou nada, se isso quer dizer que eu não estava com vontade de ouvir você. Só que eu achei que seria melhor parar aquilo antes que fosse mais longe.

Desculpe. Não vou fazer isso de novo.

Tudo bem. Você só interpretou mal. E por que não? Você é novata nisso. Tudo bem. Você está sozinha e está na cama.

É, sim, e também eu queria... Da última vez que conversamos, você falou... sobre... eu disse que me sentia insatisfeita, sabe, quando fico insatisfeita de verdade... e você perguntou com o que, e eu respondi, sei lá o que respondi,

dor, formado por um dos tributários daquelas cachoeiras sagradas, o riacho que descia rolando pelo leito rochoso ao lado do Grotto, que ele e Drenka davam suas piruetas, completamente pelados, no verão. Ver ilustração 4. Detalhe do vaso dos índios madamaskas com imagem de ninfa dançando e de um homem de barbas brandindo o falo. Na margem do regato, observe a garrafa de vinho, o bode e o cesto de figos. Da coleção do Metropolitan Museum. Século XX d.C.)

— Vá embora. Suma daqui.

— Quero chupar o seu pau.

Um trabalhador de macacão estava carregando sacos de palha para dentro de uma das caminhonetes — afora ele, não havia pessoa alguma à vista. A cerração vinha subindo por trás da floresta, a oeste, a neblina típica da estação que, no entender dos madamaskas, sem dúvida tinha algum sentido ligado às divindades vigentes ou às almas do outro mundo — suas mães, seus pais, seus Morty, suas Nikki —, mas para Sabbath não significava coisa alguma senão a abertura da "Ode ao outono". Ele não era um índio e a névoa não era o fantasma de nenhum conhecido seu. Esse escân-

---

qualquer coisa, minha falta de jeito nas suas aulas práticas... e depois acho que me mostrei muito evasiva, sabe, na verdade, eu não, sabe, eu achei que não ia conseguir contar de verdade a você (*riso constrangido*)... É muito mais específico... Estou só, sabe... bem, talvez seja só agora... tem a ver, sabe, com sexo, o tempo todo (*riso de confissão*).

Você acha?

Acho, sim. Acho que não há nada que eu possa fazer para evitar. É muito... quer dizer, é muito... É muito bom, às vezes. (*Riso*)

Você se masturba muito?

Bem, não.

Não?

Bem, não tenho lá muitas oportunidades. Fico na aula. E é tudo tão chato e minha cabeça está totalmente longe dali. E, hmmmm...

Você tem pensamentos sexuais.

Pois é. Constantemente. E eu só... Acho que é normal, mas um pouco exagerado. E aí me sinto... culpada, eu acho.

É mesmo? Do que você se sente culpada? De ter pensamentos sexuais o tempo todo? Todo mundo tem.

dalo local, lembrem-se, teve lugar no outono de 1989, dois anos antes da morte de sua mãe senil e quatro anos antes de o ressurgimento dela vir abalar Sabbath com a ideia de que nem tudo que está vivo é formado por substâncias vivas. Isso foi no tempo em que a Grande Desgraça ainda estava por acontecer e, por razões óbvias, ele não podia situar suas origens no estímulo sensual representado pela inocentemente inábil filha de um padeiro da Pensilvânia, portadora de um sobrenome agourento. A gente se suja em incrementos de excrementos — todo mundo sabe que essas coisas são inevitáveis (ou eram) —, mas nem mesmo Sabbath conseguia entender como perdera seu emprego em uma escola superior de humanidades por ter ensinado uma mulher de vinte e um anos a falar obscenidades, vinte e cinco anos depois de Pauline Réage, cinquenta e cinco anos depois de Henry Miller, sessenta anos depois de D. H. Lawrence, oitenta anos depois de James Joyce, duzentos anos depois de John Cleland, trezentos anos depois de John Wilmot, o segundo conde de Rochester — para não falar de quatrocentos anos depois de Rabelais, dois mil anos depois de Ovídio e dois mil e duzentos anos depois de Aristófanes. Em 1989, você

Você acha mesmo? Não acho que a maioria das pessoas pense assim.

Você ficaria surpresa se soubesse o que a maioria das pessoas pensa. Se eu fosse você, não me preocuparia com isso. Você é jovem, saudável e bonita, e então por que não pensar nisso? Certo?

Acho que sim. Não sei direito. Às vezes leio nos livros de psicologia sobre gente, sabe, com diagnóstico de "hipersexual" e eu, sabe, digo "Epa". Agora acho que estou, sabe, você vai acabar pensando que sou uma ninfomaníaca e acontece que não sou. Eu não... nada disso... eu não saio por aí fazendo sexo. Não sei. Acho que eu apenas sexualizo qualquer interação que tenho com as pessoas, e me sinto culpada. Acho que isso... sabe... não é nada bom.

Sente isso comigo?

Bem, hmmmm...

Você sexualizou seus telefonemas, eu sexualizei nossos telefonemas — não há nada errado nisso. Você não se sente culpada com isso, sente?

Bem, quer dizer... Não sei... Acho que não me sinto culpada. Me sinto muito capacitada. Mas, no entanto, estou só dizendo, sabe, que em geral, sabe, eu não paro e fico pensando que não tenho talento. Paro e fico pensando, o *que* está acontecendo com a minha cabeça? Não posso suportar.

tinha de ser uma fatia de pão de centeio da padaria do Papai Goolsbee para ser capaz de não falar palavras obscenas. Se ao menos fosse possível administrar um pênis de 1929 sob um regime de implacável desconfiança, de uma negatividade astuta e com uma energia de alarmar o mundo, se ao menos fosse possível gerir um pênis de 1929 com uma malícia inexorável, com uma exuberância contestadora, e oitocentos tipos diferentes de nojos, então Sabbath não teria necessidade alguma daquelas fitas. Mas a vantagem que uma moça jovem possui em relação a um homem velho é que ela fica molhada sem o menor esforço, ao passo que o velho, para ficar de pau duro, requer às vezes uma verdadeira maratona. A idade acarreta problemas que estão longe de ser bobagens. O pau da gente não vem com garantia de fábrica.

A névoa subia do rio com um aspecto sobrenatural e as abóboras, já maduras, prontas para serem colhidas, salpicavam o solo como as sardas no rosto de Kathy, sobre um terreno amplo nos fundos da estufa, e as folhas todas, fixadas nas árvores, tão certinhas que nem dava para acreditar, todas elas tingidas com uma perfeição policromática. As árvores estavam resplandecentes, exa-

---

Olhe, você está atravessando uma fase de obsessão com o sexo. Acontece com todo mundo. Ainda mais quando nada na escola desperta o seu interesse.

Acho que esse é o problema. É o jeito de eu reagir a isso. Tenho que me revoltar ou alguma coisa assim.

A escola não absorve sua mente. Aí sua mente fica vazia e algo se insinua dentro dela, e o que se insinua, porque você está frustrada, a coisa capaz de responder à sua frustração é o sexo. É muito comum. Não há nada na sua mente e aí ela acaba se enchendo disso. Não se preocupe. Tudo bem?

(*Risos*) Certo. Estou contente... Sabe, eu tinha a sensação de que podia falar isso com você, mas não ia conseguir falar com mais ninguém.

Você pode me dizer e já me disse e para mim está tudo bem. Você está de calça Levi's e com o seu pulôver de gola rulê.

Certo.

Certo?

Certo.

Sabe o que eu queria que você fizesse?

O quê?

Abrir o zíper da sua calça Levi's.

tamente como haviam estado no ano anterior — e no ano anterior àquele —, uma profusão perene de pigmentações para recordar Sabbath de que, junto às águas dos madamaskas, ele tinha todas as razões do mundo para chorar, porque era o mais longe que poderia se achar dos mares tropicais e da Rota do Romance e daquelas grandes cidades como Buenos Aires, onde um marinheiro comum de dezessete anos, em 1946, podia, por uns trocados, comer nas melhores churrascarias da Florida — em B. A., a rua principal era chamada de Florida — e depois atravessar o rio, o famoso Plata, onde ficavam os *melhores lugares,* o que queria dizer os lugares onde havia as mulheres mais lindas. E na América do Sul isso significava as mulheres mais lindas do mundo. Tão ardentes, tão lindas. E ele foi se isolar na Nova Inglaterra! Quer ver folhas coloridas? Vá ao Rio. Eles têm cores lá também, só que, em vez de ter cores nas árvores, têm na carne.

Dezessete anos. Três anos mais novo do que Kathy e nenhum comitê *ad hoc* de professoras frescalhonas para me impedir de pegar gonorreia, levar surras ou morrer apunhalado, e muito menos conspurcar meus pobres ouvidinhos. Fui até lá deliberadamente

---

Tudo bem.

Soltar o botão.

Tudo bem.

E abrir o zíper.

Tudo bem... Estou na frente do espelho.

Está na frente do espelho?

É, sim.

Deitada?

É.

Agora, puxe a sua calça pelas pernas... Puxe pelos tornozelos.

(*Sussurrando*) Tudo bem.

E tire a calça... Não se apresse. Já tirou?

Sim.

O que está vendo?

Vejo minhas pernas. E vejo a parte entre as pernas.

Você está de calcinha tipo biquíni?

Sim.

Pegue sua mão e ponha o dedo bem entre uma perna e outra na sua calcinha.

para deixar de ser um bundão afrescalhado! É para isso que serve ter dezessete anos na porra da cara!

Congelando, ele aguardava pensativo — imaginava Sabbath —, deixando o tempo passar, até que Kathy compreendesse que nem mesmo com os baixos padrões *dele* ousaria arriscar seu pau outra vez com uma rematada víbora e que ela deveria rastejar de volta para o ninho das serpentes japonesas de onde viera. Os vagos bolinhos de carne que eram os orgulhosos descendentes dos colonizadores que usurparam essas montanhas dos Góis Originais — um epíteto historicamente mais apropriado do que "índios", e também mais respeitoso, conforme Sabbath explicara àquela colega de Roseanna que dava aulas de "Colheita e caça", em um curso de literatura... Mas onde é que eu estava?, pensou ele, quando mais uma vez as insinuações blandiciosas provenientes da pérfida Kathy o levaram a perder o seu... os bolinhos de carne, havia já muito tempo, eram os Góis Dominantes, todos cantando de alegria — como em "Quando os corações eram jovens e alegres" — sobre outra geada, temperaturas mais baixas até do que a noite anterior, quando Roseanna, vestindo apenas uma camisola, fora encontrada

---

Por fora da calcinha, e esfregue para cima e para baixo. Apenas esfregue de leve, para cima e para baixo. Que tal se sente?

É bom. É, sim. A sensação é boa mesmo. Tão gostoso. Está molhado.

Está molhado?

Bem molhado mesmo.

Você ainda está por fora da calcinha. Esfregue por fora da calcinha. Esfregue para cima e para baixo... Agora empurre a calcinha para o lado. Dá para fazer isso?

Sim.

E agora ponha o dedo no seu clitóris. E esfregue para cima e para baixo. E me diga o que está sentindo.

É gostoso.

Vá ficando excitada desse jeito. Diga-me como se sente.

Estou colocando o dedo na minha boceta. Estou deitada em cima do meu dedo.

Está de barriga para baixo ou para cima?

Estou me sentando.

Está se sentando. E olhando para o espelho?

Sim.

pela polícia estadual, às três horas da madrugada, estirada de costas no meio da Town Street, à espera de que alguém a atropelasse.

Mais ou menos uma hora antes, ela havia saído de casa de carro, mas não conseguira sequer vencer os primeiros quinze metros da curva de noventa metros em pista de terra, inclinada, entre o abrigo do carro na garagem e a Brick Furnace Road. Ela saíra não para a cidade, mas na direção de Athena, a vinte e dois quilômetros dali, onde Kathy dividia um apartamento com Brian a alguns quarteirões da faculdade, na Spring, número 137. E apesar de ter batido com o jipe de encontro a uma pedra no campo de feno que era o jardim da sua casa, apesar de ter de caminhar aos tropeções, sem sapato nem sandália, por quatro quilômetros, pelas esquinas de becos escuros como breu, até a ponte que atravessava o rio na direção de Town Street, apesar de ter ficado deitada no asfalto em trajes menores entre quinze minutos e meia hora, antes de ser localizada pelo carro-patrulha, ela segurava com toda força, em uma de suas mãos enregeladas, um papelzinho de recados onde estava escrito — em garranchos bêbados ilegíveis até para ela mesma, a essa altura — o endereço da menina que, no final da fita,

---

Está entrando e saindo?

Estou.

Vá em frente. Faça com o dedo como se estivesse fodendo.

Eu queria que ele fosse você.

Diga-me o que você quer.

Quero o seu peru. Vou conseguir, vou conseguir de verdade.

Quer que eu enterre bem fundo em você?

Quero que você enterre seu peru com toda força.

Um bom peru bem duro dentro de você?

Hmmmm. Ah, estou tocando nos meus peitos.

Quer tirar seu pulôver?

Estou levantando o pulôver.

Quer colocar o mamilo entre os dedos?

Quero.

Que tal molhar os dedos? Molhe os dedos. Molhe os dedos com sua língua e depois molhe a ponta do mamilo. Não é bom?

Ah, meu Deus.

Agora meta de novo na boceta. Como se estivesse sendo comida.

perguntava: “Quando a sua esposa vai voltar?”. A intenção de Roseanna era dizer a essa piranhazinha em pessoa como ela estava arrasada, mas, tendo tropeçado e caído no chão tantas vezes sem conseguir chegar a lugar algum próximo a Athena, Roseanna resolveu, na Town Street, que seria melhor estar morta. Assim, a tal moça nunca mais teria de fazer aquela pergunta de novo. Nenhuma daquelas moças teria de fazer isso.

— Quero chupar o seu pau aqui mesmo.

Sabbath não só dirigira o carro durante seis horas naquele dia — levando Roseanna para o hospital psiquiátrico particular, em Usher, e depois voltando a tempo de encontrar Kathy — como também estava acordado, enfrentando aquela barafunda inesperada, desde as três horas da madrugada, quando fora despertado por fortes batidas na porta e recebera a notícia espantosa de que era a polícia, trazendo de volta sua esposa, que ele imaginava estar dormindo todo esse tempo na sua cama de casal *king-size*, não encolhidinha junto dele, nem é preciso dizer, mas a uma distância bem segura, na extremidade oposta da cama, região que, de forma confessa, ele não visitava havia muitos anos. Quando eles trocaram a

---

Hmmmmm.

E me diga o que você quer. Diga o que você mais deseja.

Quero que você monte no meu traseiro. Seu pau dentro de mim. Ah, meu Deus. Ah, meu Deus, eu quero *você*.

O que você quer (*zumbido*)? Diga o que você quer.

Quero o seu pau. Quero o seu pau em mim toda. Quero suas mãos em mim toda. Quero suas mãos nas minhas pernas. Na minha barriga. Nas minhas costas. Nos meus peitos, apertando meus peitos.

Onde quer o meu pau?

Ah, quero na minha boca.

E o que vai fazer quando estiver na sua boca?

Chupar. Chupar com toda força. Quero chupar seus colhões. Quero lamber seus colhões. Ah, meu Deus.

E o que mais?

Ah, quero só que você me aperte. Depois quero que comece a entrar e sair.

Ah, é? Já estou entrando e saindo agora. Diga o que mais você quer.

Quero que entre e saia de mim sem parar. Ah, eu quero você dentro de mim.

cama menor por aquela, Sabbath comentou com uma visita que a nova cama era tão grande que ele nem conseguia encontrar Roseanna. Ouvindo de longe o que ele dizia, enquanto cuidava do jardim perto da janela da cozinha, Roseanna gritou para dentro da casa: "E por que não procura?". Mas isso tinha ocorrido mais de uma década antes, quando Sabbath ainda falava com as pessoas e ela bebia apenas uma garrafa por dia e existia ainda um resquício de esperança.

Sim, ali na porta, numa atitude agora compenetrada e formal, estava Matthew Balich, a quem sua antiga professora de arte não conseguira reconhecer, em razão do uniforme da polícia estadual, ou por causa da bebedeira mesmo. Ao que parece, ela havia sussurrado para Matthew, antes de ele declarar com voz impositiva qual era sua missão ali, que eles deviam fazer o menor barulho possível a fim de não acordar o seu marido, que trabalhava demais. Ela tentara até lhe dar uma gorjeta. Tendo saído ao encontro de Kathy vestindo apenas uma camisola, Roseanna teve ainda a previdência de levar sua bolsa, no caso de precisar comprar bebida.

Foram uma noite, uma manhã e uma tarde bem longas para

O que está fazendo agora?

Estou de barriga para baixo. Estou me masturbando. Quero que você chupe meus peitos.

Estou chupando agora. Estou chupando seus peitinhos agora.

Ah, meu Deus.

E o que mais quer que eu faça?

An, meu Deus. Vou gozar.

Vai gozar?

Eu quero. Quero você aqui. Quero você em cima de mim. Quero você em cima de mim neste instante.

Estou em cima de você.

Ah. Meu Deus. Ah, meu Deus. Tenho que parar.

Por que tem que parar?

Porque... estou com medo. Estou com medo de não conseguir ouvir alguém chegando em casa.

Pensei que ninguém fosse voltar. Pensei que ele tinha ido jogar basquete.

Bem, nunca se sabe direito. Ah, meu Deus. Ah, meu Deus, Ah, meu Deus, isso é terrível. Preciso parar. Quero o seu peru. Entrando e saindo de

Sabbath. Primeiro, ele teve de rebocar o jipe da pedra onde Roseanna tinha batido, depois foi preciso acionar o médico da família a fim de conseguir um leito para ela no hospital de Usher, em seguida foi necessário um esforço para obrigá-la a aceitar, de porre e histérica como estava, a ideia de passar vinte e oito dias no programa de reabilitação em Usher, e depois, por último, houve a viagem de seis horas de ida e volta do hospital, Roseanna vociferando contra ele do banco de trás do carro por todo o percurso, interrompendo-se apenas para mandar raivosamente que Sabbath parasse em todo posto de gasolina por que passavam para que ela pudesse se aliviar das cólicas.

Por que Roseanna tinha de encher a cara aos pouquinhos naqueles bares fétidos em vez de entornar de uma vez só a garrafa que trazia na bolsa era uma coisa que Sabbath não se dava ao trabalho de perguntar. Por causa do orgulho? Depois da última noite, ainda queria falar em orgulho? Sabbath também não fez coisa alguma para detê-la enquanto Roseanna enumerava a lista de maneiras pelas quais uma esposa cujas intenções tinham sido apenas ajudá-lo no seu trabalho, confortá-lo nos reveses da vida, cuidar

---

mim com força. Enterrando em mim. Ah, meu Deus. O que está fazendo neste instante?

Estou com o pau na mão.

Está apertando e esfregando ele? Eu quero esfregar o seu pau. Diga. Quero-o na minha boca. Quero chupar o seu pau. Ah, meu Deus, quero beijá-lo. Quero colocar o seu pau na minha bunda.

O que quer fazer com o meu pau agora?

Agora eu quero chupar o seu pau. Quero ficar entre as suas pernas. Você puxa a minha cabeça.

Com força?

Não. De leve. E depois eu me viro. Deixe-me chupar você.

Vou deixar. Se você pedir por favor, eu deixo.

Ah, meu Deus, isso é uma tortura.

Ah, é? Está com o dedo na boceta?

Não.

Não é tortura não. Coloque o dedo na boceta (*zumbido*). Coloque o dedo dentro da boceta.

Coloquei.

dele quando a artrite se tornava mais aguda, acabara se vendo cruelmente desprezada, insultada, explorada e traída.

No banco da frente do carro, Sabbath tocava as fitas de Benny Goodman, ao som das quais ele e Drenka costumavam dançar juntos nos quartos de motel que ela alugava e também ao ar livre, no vale, quando pela primeira vez se tornaram amantes arrebatados. Ao longo dos duzentos quilômetros para oeste, seguindo na direção de Usher, as fitas mais ou menos afogaram os impropérios de Roseanna e permitiram a Sabbath certo repouso de tudo aquilo por que passara, desde que Matthew gentilmente a trouxera de volta. Primeiro trepavam, depois dançavam, Sabbath e a mãe de Matthew, e enquanto ele cantava, sem errar uma única sílaba, as letras das músicas junto ao rosto risonho e incrédulo de Drenka, seu esporro ia escorrendo para fora dela, deixando ainda mais lubrificadas as curvas internas das suas coxas. O esporro escorria por suas pernas inteiras, até o calcanhar, e, após terem dançado, Sabbath massageava os pés de Drenka com aquele esporro. Aninhado na ponta da cama do motel, ele chupava o dedão do pé dela, fingindo que era a pica de Drenka, e ela fingia que o esporro dele era na verdade dela.

Meta o dedo até o fim, dentro da sua boceta.

Ah, meu Deus, está tão gostoso.

Meta o dedo até o fim. Agora mexa para cima e para baixo.

Ah, meu Deus.

Mexa para cima e para baixo (*zumbido*). Mexa para cima e para baixo (*zumbido*). Mexa para cima e para baixo (*zumbido*). Está fodendo (*zumbido*). Vamos lá, você está fodendo.

Ah, meu Deus! Meu Deus!

Vamos lá, você está fodendo.

Ah! Ah! Ah! Mickey! Ah, meu Deus! Ahhh! Ahhh! Ahhh! Jesus Cristo! Ah, meu Deus! Jesus Cristo! Quero você tanto, tanto! Uhhh! Uhhh! Ah, meu Deus... Gozei. Você gozou?

Gozei.

E foi bom?

Foi.

Quer gozar de novo?

Ahn-han.

Não?

(E onde foram parar todos aqueles discos de setenta e oito rotações? Depois que fui para o mar, que fim levou a gravação da Victor, de 1935, de "Sometimes I'm happy", que era o maior tesouro de Morty, a gravação com o solo de Bunny Berigan que Morty considerava "o maior solo de trompete de todos os tempos"? Quem ficou com os discos de Morty? Que fim levaram suas coisas depois da sua morte? Onde estão?) Acariciando com um dos polegares em forma de colher a extensão do malar croata, enquanto com o outro brincava com o botão de liga-desliga de Drenka, Sabbath cantava "Stardust" para ela, não como Hoagy Carmichael, em inglês, mas nada menos do que em francês — "*Suivant le silence de la nuit/ Répète ton nom...*" —, exatamente do modo que era cantado para as multidões dos bailes acadêmicos por Gene Hochberg, que regia a banda de suingue na qual Morty tocava clarinete (e que, de forma surpreendente, viria a terminar voando em aviões B-52 no Pacífico, como Morty, e que Sabbath, em segredo, sempre desejara que tivesse sido atingido em lugar do irmão). Um barril de barbas, eis o que ele era, sem a menor dúvida, embora Drenka arrulhasse em êxtase: "Meu namoradinho americano. Tenho um namoradinho

---

Não. Quero que você goze, agora.

Quer me fazer gozar?

Quero. Vou chupar o seu pau.

Diga como vai me fazer gozar.

Vou chupar você. Devagar. Para cima e para baixo. Mexer meus lábios bem devagar para cima e para baixo pelo seu pau. Mexer minha língua. Vou chupar a ponta do seu pau. Bem devagar mesmo. Hmmmm. Ah, meu Deus... O que quer que eu faça?

Chupe meus colhões.

Eu chupo, eu chupo.

Quero que ponha a língua no meu cu. Quer fazer isso?

Quero.

Deixe o meu cu bem excitado com a sua língua.

Certo. Posso fazer isso.

Ponha o seu dedo no meu cu.

Certo.

Já fez isso antes?

Nããão. Ahn-han.

Pegue o seu dedo, enquanto estamos trepando. Ponha ele de leve no

americano", enquanto as grandes exibições de Goodman dos anos 30 transformavam no velho quiosque diante da praia na avenida LaReine o quartinho com cheiro de desinfetante que ele havia alugado por seis dólares em nome do maníaco trompetista de Goodman, na faixa "We three and the angels sing", Ziggy Elman. No quiosque da avenida LaReine, Morty ensinou Mickey a dançar o *jitterbug* em uma noite de agosto de 1938, quando o garotinho que era a sua sombra tinha apenas nove anos. O presente de aniversário do menino. Sabbath ensinou a moça vinda de Split a dançar o *jitterbug* em uma tarde nevada, em 1981, em um motel na Nova Inglaterra chamado Bo-Peep. Quando saíram do motel, às seis horas, a fim de irem para casa em carros separados, pelas estradas varridas pelos tratores limpa-neve, ela já era capaz de distinguir os solos de Harry James dos de Elman, em "St. Louis blues", ela conseguia imitar, de forma bastante divertida, Hamp gemendo "Eeee" naquele seu jeito guinchado, como fazia no solo final de "Ding dong daddy", ela podia dizer, com ar de entendida, a respeito de "Roll 'em" o mesmo que Morty costumava dizer, com ar de entendido, para Mickey sobre "Roll 'em", depois que o início em estilo

---

meu cu. E depois comece a foder o meu cu com o seu dedo. Acha que vai gostar disso?

Acho. Quero fazer você gozar.

Mexa com meu pau na sua mão. E quando uma gotinha sair pode lambuzar a cabeça do pau com essa gota. Gostou disso?

Gostei.

Já trepou com uma mulher?

Não.

Não mesmo?

Não.

Não? É que tive de perguntar, sabe como é.

(*Risos*)

Ninguém na escola tentou foder você? Nenhuma mulher tentou comer você no curso de bacharelado?

Hmmmm, não.

Não, mesmo?

Hmmmm, não. Não que eu não tenha pensado nisso.

Você pensou nisso?

boogie-woogie começa a esmorecer para a entrada do solo de Stacy: "Na verdade, é apenas um *blues* rápido em fá". Ela podia até dar pancadas no traseiro peludo de Sabbath imitando a batida dos tambores da bateria de Krupa, acompanhando ela mesma "Sweet Leilani". Martha Tilton tomando o lugar de Helen Ward. Dave Tough tomando o lugar de Krupa. Bud Freeman ingressando em 1938, vindo da banda de Dorsey. Jimmy Mundy, da banda de Himes, entrando como arranjador principal. Em uma longa tarde de inverno*, no Bo-Peep, o namorado americano de Drenka ensinou-lhe coisas que jamais aprenderia com seu dedicado marido, cujo contentamento naquele dia era estar ao ar livre, sozinho, na neve, erguendo muros de pedra até ficar tão escuro que não dava mais para ver a própria respiração.

Em Usher, um médico gentil e bonito, vinte anos mais novo que Sabbath, lhe garantiu que, se Roseanna cooperasse com "o programa", estaria de volta para casa e no rumo da sobriedade em vinte e oito dias. "Vamos apostar?", perguntou Sabbath, e voltou de carro para Madamaska Falls, a fim de matar Kathy. Desde as três horas da madrugada, quando tomou conhecimento de que Rosean-

---

Pensei.

E como é que você pensa?

Penso em ficar em cima de uma mulher e chupar os peitos dela. E colocar nossas bocetas bem juntas, e esfregar. Beijar.

Nunca fez isso?

Ahn-han.

Já trepou com dois homens?

Ahn-han.

Não?

Ahn-han. (*Rindo*) E você, já?

Não que eu me lembre. Já pensou nisso?

Já.

Em trepar com dois homens?

Já.

Tem fantasias sobre isso?

Tenho. Acho que sim. Penso em homens, assim, anônimos. Trepando.

Você já trepou com um homem e uma mulher?

Não.

na, por causa daquela fita, se estirara no meio da Town Street, de camisola, à espera de ser atropelada, Sabbath vinha planejando levar Kathy para o topo de Battle Mountain e a estrangular.

Como uma enorme abóbora madura que flutuasse depois de se desprender da escura plantação diante do carro, a lua cheia da época da colheita dava início ao seu drama solene e Sabbath não conseguiria dizer onde foi encontrar forças para refrear — enquanto, pela quinta vez em cinco minutos, Kathy repetia de novo a oferta de atraí-lo a uma cilada — tanto o impulso de começar a estrangular Kathy com seus dedos outrora poderosos quanto o de ir em frente e, pela milionésima vez na vida, comer uma mulher no carro.

— Kathy — disse ele, enquanto a exaustão lhe dava a sensação de que estava piscando, apagando aos poucos como uma lâmpada antes de queimar. — Kathy — disse ele, refletindo, enquanto olhava a lua subir, que se ao menos ele tivesse a lua do seu lado as coisas teriam saído de modo diferente —, faça um favor para nós todos: chupe o pau de Brian. Talvez seja isso o que ele deseja, ao se fazer de surdo-mudo. Você não disse que o choque de ouvir a fita

---

Já pensou nisso?
Não sei.
Não?
Talvez. É. Acho que sim. Por que *você* está me fazendo todas as perguntas?
Bem, você pode me fazer perguntas, se quiser.
Você já trepou com um homem?
Não.
Nunca?
Nunca.
De verdade?
Sim.
Já trepou com dois homens?
Ahn-han.
Já trepou com uma prostituta?
Ahn-han.
Ah, já? Ah, meu Deus (*rindo*).
É, sim, e já trepei com duas mulheres juntas.
Gostou?

o transformou num surdo-mudo? Pois bem, vá para casa e, por meio de gestos, diga a Brian que quer chupar o pau dele e vamos ver se o rosto do rapaz não vai brilhar outra vez.

Não seja duro demais com Sabbath, Leitor. Nem o turbulento debate interior, nem a superabundância de autossubversão, nem os anos de leitura sobre a morte, nem a amarga experiência da aflição, da perda, da injustiça e da dor tornam mais fácil, para um homem do tipo dele (talvez para um homem de qualquer tipo), fazer bom uso dos seus miolos quando confrontado com uma oferta como aquela, ainda mais quando feita repetidas vezes por uma moça com um terço da sua idade, com os dentes tão bem alinhados quanto os de Gene Tierney, em *Laura*. Não seja muito duro com Sabbath por ter começado a começar a pensar que talvez ela estivesse *dizendo a verdade*: que ela *havia* deixado a fita na biblioteca por acidente, que a fita *havia* caído nas mãos de Kakumoto por acidente, que ela *havia* ficado sem forças para resistir às pressões e apenas tinha capitulado a fim de salvar a própria pele, e afinal quem entre os seus "pares" — era assim que ela chamava as amigas — teria agido de forma diferente? Kathy era de fato uma moça gentil e correta,

---

Adorei. Eu adoro isso.

É mesmo?

É, sim. E elas também adoraram. É divertido. Eu comi as duas. Elas comeram uma à outra. E as duas me chuparam. E depois eu chupei uma delas, enquanto a outra me chupava. Isso foi bom. Eu fiquei com a cara enfiada na boceta dela. E a outra ficou chupando o meu pau. E a primeira ficou chupando a boceta da outra. Assim, todo mundo chupava todo mundo. E às vezes uma delas chupava o meu pau, deixava-o ficar duro, e depois o colocava dentro da boceta da outra. O que você acha disso, hem?

É bom.

Gosto de ficar vendo elas se chuparem. É sempre excitante. Uma faz a outra gozar. Tem um monte de coisas que se pode fazer, não é?

É, sim.

Isso assusta você?

Assusta.

De verdade?

Um pouco. Mas quero trepar com você. Quero trepar com você. Quero trepar com você sem mais ninguém junto.

de boa índole, que se envolvera, ela supunha, em uma diversão extracurricular meio doida mas inofensiva, o Clube Audiovisual do professor Sabbath; uma moça grandalhona, sem graça, pouco instruída, grosseira e incoerente, no estilo predileto dos jovens do século XX sem diploma de nível superior, mas totalmente destituída da crueldade ardilosa necessária para cumprir a proeza depravada que Sabbath estava atribuindo a ela. Talvez apenas porque estivesse com tanta raiva e tão esgotado, uma grande falta de compreensão tomou conta de Sabbath e ele estava caindo vítima de mais um de seus erros idiotas. Por que Kathy ficaria chorando daquele jeito tão sofrido por tanto tempo se estivesse conspirando contra ele? Por que ela se agarraria ao corpo de Sabbath daquele jeito se seus vínculos e afinidades verdadeiras estavam do lado de seus antagonistas supervirtuosos e de suas ferozes, sinistras ideias fixas sobre o que devia e não devia constituir a educação de moças de vinte e um anos de idade? Kathy não havia de estar começando a possuir a mesma perícia de Sabbath para simular o que parecia ser um sentimento genuíno... ou estaria mesmo? Por que mais estaria ela suplicando para chupar o pau de alguém totalmente

---

Não estou pedindo para você fazer isso. Estou só respondendo às suas perguntas. Só quero trepar com você. Quero chupar sua boceta. Chupar sua boceta durante uma hora... Ah (*zumbido*), quero gozar em cima de você todinha.

Goze em cima dos meus peitos.

Você gosta disso?

Gosto.

Você é uma moça muito ardente, não é? Diga-me qual é o aspecto da sua boceta, agora?

Ahn-han.

Não? Não vai me dizer como ela está agora?

Ahn-han.

Posso imaginar.

(*Risos*)

É uma bocetinha linda.

Sabe o que aconteceu?

O quê?

Fui a uma consulta com a ginecologista. E pensei que ela estava querendo me fazer gozar.

estranho a ela, desnecessário a ela, alguém que havia um mês já se achava na sua sétima década na terra, a não ser para afirmar, de forma inequívoca, que ela era comicamente, ilogicamente e inconcebivelmente sua? Tão pouca coisa na vida é passível de ser conhecida, Leitor — não seja duro com Sabbath se ele entende mal as coisas. Nem com Kathy, se *ela* entende mal as coisas. Muitas transações cômicas, ilógicas e inconcebíveis se acham subordinadas às manhas da luxúria.

Vinte anos. Poderia eu continuar a viver depois de dizer não a uma moça de vinte anos? Quantas moças de vinte anos sobraram? Quantas, de trinta ou quarenta? Sob o triste feitiço do crepúsculo nevoento do final dos dias e dos anos do declínio, sob o feitiço da lua e de sua pomposa superioridade perante toda a fanfarronada espúria e mesquinha que constituía a sua existência sublunar, por que Sabbath ainda hesitava? Os camicases são seus inimigos, quer você faça alguma coisa, quer não faça nada, então é melhor fazer, de um jeito ou de outro. Sim, sim, se você ainda pode fazer alguma coisa, *deve* fazer — essa é a regra de ouro da existência sublunar, seja você uma minhoca cortada ao meio, seja um homem com a

---

E ele estava?

Era *ela*.

E ela estava?

Foi muito diferente de tudo que já tinha acontecido comigo antes.

Conte-me.

Não sei. Ela era assim, sabe... Era muito bonita. Ela era linda. Colocou o espéculo dentro de mim e disse: "Ah, meu Deus, você tem tanta coisa aí dentro". E ficou repetindo isso. E suspendeu aquele globo enorme. Não sei. Foi esquisito.

Ela tocou em você?

Tocou. Pôs a mão em mim. Quer dizer, os dedos, para fazer o exame.

Deixou você excitada?

Deixou, sim. Ela tocou aquilo... Senti um ardor na coxa, e ela tocou ali, e perguntou o que tinha acontecido. Não sei. Foi diferente. E foi aí então que...

Então o quê?

Nada.

Conte-me.

Eu senti um troço muito bom, só isso. Pensei que estava doida.

Pensou que estava doida?

próstata igual a uma bola de bilhar. Se ainda pode fazer alguma coisa, então deve fazer! Qualquer ser vivo é capaz de entender isso.

Em Roma... em Roma, ele agora estava lembrando enquanto Kathy continuava a soluçar ao seu lado, um titereiro italiano, mais velho, muito famoso, tempos atrás, viera à escola com o intuito de ser jurado numa competição que Sabbath conseguira vencer e, posteriormente, o titereiro, havendo dado uma demonstração de mágicas antiquadas com um fantoche de aparência exatamente igual a ele mesmo, pediu ao jovem Sabbath que o acompanhasse a um café na Piazza del Popolo. O titereiro tinha mais de setenta anos, era pequeno, atarracado e careca, com uma feia pele amarelada, mas de atitudes tão arrogantemente autocráticas que Sabbath, num movimento espontâneo, seguiu o exemplo do seu estupefato professor e, embora gostando de se mostrar respeitoso, para variar — ainda que de modo insolente —, tratou o velho, cujo nome para ele não significava coisa alguma, como *maestro*. Além de sua postura intolerável, havia um plastrom que encobria mais ou menos sua papada, uma boina que, ao ar livre, ocultava sua calvície, um

---

É.

Você não está doida. Você é uma menina ardente de Hazleton e está excitada. Talvez você devesse trepar com outra moça.

Ahn-han (*rindo*).

Você pode fazer tudo o que quiser, sabia? Quer me fazer gozar agora?

Quero, sim. Estou toda molhada de suor. Também está frio aqui. Quero, sim, quero fazer você gozar. Quero chupar o seu pau. Quero muito.

Vá em frente.

Está com ele na mão?

Pode apostar.

Bom. Está esfregando ele?

Estou mexendo com força.

Está mexendo com força?

Estou bombeando para cima e para baixo. Para cima e para baixo. Vou acabar arrancando fora meus colhões. Ah, isso é gostoso (*zumbido*), é muito gostoso.

Onde quer que eu fique?

Quero que sua boceta fique em cima do meu pau. Fique deslizando em cima

bastão com o qual ele batia na mesa a fim de chamar a atenção do garçom — e tudo isso preparava Sabbath para uma enxurrada de tediosa autoadoração da parte do velho boêmio, que Sabbath bem ou mal teria de suportar em razão de haver ganhado o prêmio. Porém, em vez disso, tão logo o titereiro pediu um conhaque para os dois, foi dizendo: "*Dimmi di tutte ragazze che ti sei scopato a Roma*" — Fale sobre todas as moças que você comeu em Roma. E depois, enquanto Sabbath respondia, falando com liberdade e franqueza a respeito do arsenal de sedução que a Itália representava para ele, descrevendo como mais de uma vez tinha sido provocado a fim de competir com os nativos e seguir alguém pela cidade inteira para agarrar uma vagabunda, os olhos do mestre brilhavam eloquentes, com uma superioridade sardônica, que fizeram até mesmo aquele ex-marinheiro da frota mercante, um veterano de seis viagens pela Rota do Romance, sentir-se um pouco como um menino exemplar. Porém, a atenção do velho não vacilava, tampouco interrompia a fala do jovem senão para reclamar por mais detalhes do que o americano podia fornecer em seu italiano limitado — e, por repetidas vezes, exigir de Sabbath a idade precisa de cada moça

---

dele. E aí comece a puxar para cima e para baixo. Quero que fique em cima dele e meta ele para dentro.

Você aperta meus peitos?

Vou apertar, sim.

Aperta meus mamilos?

Ah, vou morder de leve os seus mamilos. Os seus lindos mamilos rosados. Ah (*zumbido*). Ah, está ficando cheio de esporro, agora. Está ficando cheinho de esporro, por dentro, um esporro quente e grosso. Está enchendo de esporro quente e branco. Vai esguichar. Quer que eu goze na sua boca?

Quero. Quero chupar seu pau agora. Bem depressa. Quero colocar você na minha boca. Ah, meu Deus. Estou chupando com força.

Chupe bem (*zumbido*). Me chupe.

Cada vez mais depressa?

Me chupe (*zumbido*).

Ah, meu Deus.

Me chupe (*zumbido*). Quer chupar o meu pau?

Quero, sim, quero chupar você. Quero chupar sua pica dura.

cuja sedução ele descrevia. Dezoito, respondia Sabbath, obediente. Vinte, *maestro*. Vinte e quatro. Vinte e um. Vinte e dois...

Só quando Sabbath terminou, o *maestro* revelou que sua namorada atual tinha quinze anos. De repente ele se levantou para ir embora — sair do café e deixar Sabbath com a conta —, mas não antes de acrescentar, com um cutucão zombeteiro da sua bengala, "*Naturalmente la conosco da quando aveve dodici anni*" — Naturalmente eu a conheço desde quando tinha doze anos.

E só agora, praticamente quarenta anos depois, com Kathy ainda suplicando chorosa pela sua atenção, e com o branco vazio e desmemoriado da lua ainda subindo no céu diante dele, enquanto pessoas aqui nas montanhas e lá embaixo no vale se aconchegavam junto à lareira para passar uma agradável noite de outono ouvindo, pelo telefone, ele e Kathy gozarem, só agora Sabbath acreditou que o velho titereiro tinha dito a verdade. Vinte. *Capisco, maestro*. O sr. também deve ter dado um duro tremendo.

— Katherine — disse ele, com brandura —, você já foi a minha cúmplice de máxima confiança, na luta pela causa perdida da humanidade. Escute. Pare de chorar pelo tempo necessário para

---

Chupe minha pica dura. Minha pica dura e grande. Chupe minha pica dura e grande.

Ah, meu Deus.

Ah, está cheinho de esporro (*zumbido*). Ah (*zumbido*), me chupe mais.Ahh! Ahh! Ahh! Ahh!... Ah, meu Deus... Você ainda está aí?

Estou.

Isso é bom. Estou contente por você ainda estar aí.

(*Risos*)

Ah, meu anjo.

Você é um animal.

Animal? Você acha?

Acho.

Um animal humano?

Isso mesmo.

E você? O que você é?

Uma moça que não presta.

Isso é uma coisa boa de ser. Melhor do que o oposto. Você acha que tem que ser uma boa moça?

ouvir aquilo que tenho a dizer. A sua gangue tem gravada minha voz dando realidade a todas as piores coisas que elas querem que o mundo pense sobre os homens. Elas têm nas mãos provas da minha criminalidade cem vezes maiores do que o necessário, mesmo segundo os critérios do mais condescendente dos diretores de faculdade, para me banir de toda e qualquer respeitável instituição educacional antifálica na América. E agora, será que devo ejacular diante das câmeras da CNN? Onde estão as câmeras? Será uma lente fotográfica ali naquela caminhonete do outro lado da estrada, junto à estufa? Cheguei também ao meu limite, Kathy. Se me mandassem para a cadeia por sodomia, a consequência podia ser a morte. E isso pode acabar não sendo tão divertido para você como elas querem que você acredite. Talvez você tenha esquecido, mas nem mesmo em Nuremberg todos os condenados receberam a pena de morte. — E Sabbath continuou aquilo que, nas circunstâncias, foi um discurso admirável; *isso* sim devia ser gravado, pensou ele. Sim, e Sabbath foi em frente, desenvolvendo com convicção cada vez maior uma argumentação em defesa de uma emenda constitucional que tornasse ilegal a ejaculação para os homens americanos, sem distinção de raça, credo, cor ou origem étnica, até que Kathy gritou:

— Sou maior de idade! — E enxugou as lágrimas com o ombro do seu blusão de correr. — Faço o que bem entender — afirmou ela, irritada.

Maestro, e o que *você* faria? Olhar para baixo e ver a cabeça dela aninhada no seu colo, ver o seu pau envolvido pelos lábios espumantes, ver a moça banhada em lágrimas chupando o seu pau, untar pacientemente esse rosto impoluto com aquela calda viscosa

---

Bem, é o que as pessoas esperam.

Bem, seja realista e deixe que elas sejam irrealistas. Meu Deus. Está a maior sujeira, *aqui*.

(Risos)

Ah, encantadora (*zumbido*).

Você ainda está sozinho?

Sim. Ainda estou sozinho.

Quando é que a sua esposa vai voltar?

feita de cuspe, sêmen e lágrimas, um delicado glacê cristalizando sobre as suas sardas — será que o final da vida podia oferecer algo mais maravilhoso? Kathy nunca parecera tão emotiva aos olhos de Sabbath, e ele apontou esse fato para o maestro. Na verdade, nunca antes ela se mostrara nem um pouco emotiva. Mas as lágrimas a deixavam radiosa e, mesmo para o esfalfado maestro, Kathy dava a impressão de estar abrindo caminho para uma vida espiritual que representava uma novidade também para ela. Kathy *era* maior de idade! Kathy Goolsbee tinha acabado de amadurecer! Sim, não apenas algo espiritual estava ocorrendo mas algo primordial, como havia ocorrido naquele quente dia de verão, no pitoresco riacho ao lado do Grotto, quando ele e Drenka mijaram um em cima do outro.

— Ah, se ao menos eu pudesse acreditar que você não está mancomunada com aquelas bocetas pérfidas, degeneradas, pundonorosas que vivem contando a vocês, meninas, essas horríveis mentiras sobre os homens, sobre a infâmia daquilo que é simplesmente meter a cara na realidade, como fazem todas as pessoas comuns, como eu e o seu pai. Porque essas são as pessoas contra quem elas estão, meu anjo: eu e o seu pai. É a isso que elas atacam: fazendo a nossa caricatura, nos insultando, abominando em nós aquilo que não é nada mais do que o maravilhoso substrato dionisíaco da vida. Diga-me, como você pode estar contra algo que é intrinsecamente humano desde a *Antiguidade*, contra algo que remonta ao cume virginal da civilização ocidental, e considerar a si mesma uma pessoa civilizada? Talvez porque ela seja japonesa não consiga entender as mitologias incomparáveis da antiga Ática. Não posso entender de outro modo. Como gostariam que você fosse iniciada sexualmente? De forma intermitente, pelas mãos de Brian, enquanto toma notas nas aulas de ciência política na biblioteca? Entregariam a um erudito sem a menor graça a tarefa de iniciar uma moça feito você? Ou será que acham que você devia aprender sozinha? Mas se não esperam que você aprenda química sozinha, se não esperam que você aprenda física sozinha, então por que vão querer que você aprenda os *mistérios* eróticos por conta própria? Algumas moças precisam de sedução, e não têm necessidade de iniciação. Algumas não precisam de sedução mas mesmo assim precisam de iniciação. Kathy, *você precisava das duas coisas.* Assédio sexual? Lembro os bons e velhos tempos em que o *patriotismo* era o último refúgio dos canalhas. Assédio sexual? Eu fui o Virgílio para o seu Dante nos subterrâneos da sexualidade! Mas, afinal, como é que essas professoras poderiam saber quem foi Virgílio?

— Eu quero — disse Kathy, com sofreguidão — chupar muito o seu pau.

Ah, aquele "muito"! E mesmo ouvindo aquele "muito" tão intensificador, sentindo o conhecido e eterno ímpeto da bruta satisfação natural do corpo formigar de forma incontrolável através de cada centímetro dos dois metros quadrados da sua velha pele sôfrega, Sabbath não pensou, conforme seria de esperar, no seu estimável mentor, o maestro avesso a toda banalidade, obediente até o fim à ordem da excitação, mas na sua esposa doente, sofrendo, no hospital. Logo ela! Não é justo! O pênis de 1929 duro feito o de um cavalo e, numa hora dessas, ele resolvia pensar logo em Roseanna! Sabbath viu diante de si o cubículo para onde a enviaram após ter preenchido a ficha, um quarto ao lado da sala das enfermeiras, onde ela poderia ser observada de modo adequado durante a vigília de vinte e quatro horas do período de desintoxicação. Iam tirar sua pressão a cada meia hora e fazer todo o possível para minorar os tremores que ela sofreria, pois Roseanna estivera bebendo sem parar durante os três dias anteriores — e bebendo firme, até chegar à porta do hospital. Sabbath a via de pé ao lado daquela cama estreita com a lamentável colcha de *chenille* jogada por cima, com os ombros tão curvados para a frente que parecia tão baixa quanto ele. Sobre a cama, estavam suas maletas. Duas enfermeiras simpáticas, sem uniforme, que pediram a ela educadamente para abrir as malas para inspeção, revistaram seus pertences de forma meticulosa, retirando as pinças de sobrancelha, a tesourinha de unha, o secador de cabelo, o fio dental (para que ela não pudesse se apunhalar, eletrocutar ou enforcar), confiscando também uma garrafa de Listerine (para evitar que, em desespero, ela bebesse aquilo ou espatifasse a garrafa a fim de usar os cacos para cortar os pulsos ou abrir a garganta), examinando tudo o que havia na sua carteira e retirando dali os cartões de crédito, a carteira de motorista e todo o dinheiro (assim não poderia comprar uísque de contrabando, introduzido no hospital de forma clandestina, ou escapulir para um bar em Usher, ou fazer ligação direta no carro de um dos funcionários e correr para casa), vasculhando os bolsos dos seus jeans, suéteres, roupas de baixo e trajes de *jogging*; e durante todo esse tempo Roseanna, perdida, murcha, imensamente só, assistia a tudo de um jeito oco, destruída a sua boa aparência de cantora de música *folk* madura — uma mulher destituída de apetites carnais: ao mesmo tempo, uma adolescente pré-erótica e uma ruína pós-erótica. Ela podia ter vivido todos esses anos não em uma caixa que se fazia passar por casa, onde, a cada outono, o cervo vinha matar a fome nas macieiras do pomar na encosta do morro, em frente à grade da varanda, mas trancada dentro de uma lavadora automática de carros, onde não tivesse como se proteger das rajadas de água, das enormes escovas giratórias e das bocas abertas das ventoinhas despejando jatos de ar quente sobre ela. Roseanna restituía a suas raízes — em uma realidade nua e crua, terra a terra, sem maquiagem — o sentido da expressão "os rudes golpes do destino".

— A causa — soluçou Roseanna — fica livre, o efeito vai para a prisão.

— A vida é exatamente assim — Sabbath concordou. — Só que não é uma prisão. É um hospital, Rosie, e um hospital que nem sequer tem cara de hospital. Assim que você parar de sofrer, vai ver que é muito bonito, feito uma grande pousada do interior. Tem uma porção de árvores e trilhas bonitas para caminhar com seus amigos. Quando cheguei de carro, notei que tinha até uma quadra de tênis. Vou mandar para cá sua raquete, pelo Federal Express.

— Por que elas tomaram de mim meu cartão de crédito Visa?

— Para que você não pague um pesadelo com outro pesadelo, e um tremor com outro tremor; como sua educação católica devia ter lhe ensinado, no final, a gente paga os olhos da cara.

— Elas deviam estar remexendo as *suas* coisas, isso sim! Iam descobrir coisas mais do que suficientes para deixar *você* trancado para sempre!

— Você quer que as enfermeiras façam isso, me revistem? Para quê?

— As algemas que você usou para prender a sua piranhazinha adolescente!

Uma moça de vinte anos, Sabbath pensou em informar as duas enfermeiras, nem de longe uma adolescente, infelizmente; mas as enfermeiras não deram o menor sinal de curiosidade ou espanto com a despedida jocosa de Sabbath, e portanto ele não se deu ao trabalho de explicar. Linguagem chula e gritos esganiçados eram coisas que as enfermeiras já tinham ouvido antes. A bêbada frenética, aterrorizada, extremamente enfurecida com o marido, e o marido mais zangado ainda com a bêbada. Maridos e esposas berrando e se esgoelando e trocando acusações não eram de modo algum coisa nova para elas, nem para ninguém, na verdade — não é preciso trabalhar em um hospital de doentes mentais para saber como são maridos e esposas. Sabbath olhava as enfermeiras compenetradas vasculhando todos os bolsos de todos os jeans de Roseanna, à cata de uma guimba perdida de cigarro de maconha ou de uma lâmina de barbear. Elas confiscaram suas chaves. Bom. Isso era para o bem dela mesma. Agora não havia a menor chance de Roseanna irromper de repente pela porta da sua casa. Sabbath não queria que ela aparecesse lá sem avisar, nas condições em que se achava, para ter que ficar sabendo também a respeito de Drenka. Vamos cuidar primeiro do vício:

— *Você* é que devia ser preso, Mickey, e todo mundo que conhece você sabe disso!

— Tenho certeza de que um dia *vão* me prender, se isso for mesmo um consenso. Mas deixe que os outros cuidem disso. Agora trate de ficar sóbria bem depressa, certo?

— Você não *quer* que eu fique s-s-sóbria! Você *prefere* uma bêbada. As-s-s-ssim você pode mos-s-s-s...

— Mostrar-se — ele sussurrou, para ajudá-la a vencer aquele obstáculo. Seu *s* sempre a derrotava quando misturava sua raiva com mais do que um litro de vodca.

— Mostrar-se como o marido que está há muito tempo s-s-s-...

— Sofrendo por sua causa?

— Isso mesmo!

— Não, não. Compaixão não é o meu forte. Você sabe disso. Não peço a ninguém para me cons-s-s-siderar outra coisa senão aquilo que de fato sou. Mas, a propósito, me diga mais uma vez o que eu sou. Não quero esquecer isso durante os dias em que estivermos separados.

— Um fracassado! Um monstruoso fracas-s-s-sado de merda! Um fracassado traiçoeiro, mentiroso, pervers-s-s-so, enganador, um fracassado total que deixa sua esposa em casa e vai para a rua trepar com *crianças*! Foi ele — denunciou Roseanna, aos prantos, para as enfermeiras —, foi ele que me *pôs* aqui. Eu vivia bem até conhecer esse sujeito. Eu não era assim nem um pouco!

— E — Sabbath se apressou a tranquilizá-la — em apenas vinte e oito dias tudo isso estará terminado e você voltará a ser do jeito que era antes que eu a deixasse "assim". — Ele ergueu a mão timidamente diante do rosto a fim de se despedir.

— *Você não pode me deixar aqui!* — ela gritou.

— O doutor disse para eu vir ver você depois das duas primeiras semanas.

— Mas e se me derem tratamento de choque?

— Por causa da bebida? Não acredito que façam isso... fazem, enfermeira? Não, não. Tudo o que lhe dão é uma nova perspectiva para encarar a vida. Tenho certeza de que eles só querem que você se livre das suas ilusões e se adapte à realidade, como eu. Até logo. Duas semaninhas só.

— Pena que seja tão pouco tempo longe de você — disse o velho eu de Rosie, mas, em seguida, quando viu que Sabbath estava mesmo indo embora e a deixando ali, algo vindo de dentro contorceu seu sorriso desdenhoso em uma protuberância franzida, e Roseanna então abriu o maior berreiro.

Aquele som acompanhou Sabbath pelo corredor e pela escada e ao sair pela porta principal do hospital, onde um grupo de pacientes estava fumando um pouco e olhando para cima a fim de ver em que quarto a nova chorona estava sofrendo. O som o acompanhou no estacionamento e ao entrar no carro e depois ao longo da estrada, e ficou ao seu lado durante todo o percurso até Madamaska Falls. Com o volume cada vez mais alto, Sabbath tocava as fitas, mas nem mesmo Goodman poderia anular aquilo — nem mesmo Goodman, Krupa, Wilson e Hampton, no seu auge, cuspindo fogo em "Running wild", nem mesmo Krupa atacando dramaticamente o pedal do bumbo no último e glorioso refrão foi capaz de sufocar o floreado do solo de oito compassos de Roseanna. Uma esposa pirando feito uma sirene. A segunda esposa maluca. Será que existia outro tipo de esposa? Não para ele. Uma segunda esposa maluca que começara a vida odiando o pai e depois começou a odiar Sabbath em seu lugar. Mas Kathy *amava* o seu pai protetor, que se sacrificava pelos filhos, que trabalhava dia e noite na padaria a fim de manter três jovens Goolsbee na faculdade e que fez muitas coisas boas para ela. *Ou* Sabbath. Não posso vencer. Ninguém pode vencer, quando elas, depois do pai, partem para cima da gente.

Se foi a choradeira de Roseanna, mais cedo naquele mesmo dia, que deu a Sabbath a determinação de rejeitar aquilo que ele nunca antes na vida tinha rejeitado, então foi uma choradeira que quebrou realmente todos os recordes.

— Está na hora de você ir chupar o pau de Brian.

— Mas isso não é *justo*. Não *fiz* nada.

— Vá para casa senão mato você.

— Não diga isso... meu Deus!

— Você não seria a primeira mulher que eu mato.

— Ahn-han. Claro. Quem era ela?

— Nikki Kantarakis. Minha primeira esposa.

— Isso não tem graça.

— É a pura verdade. O assassinato de Nikki constitui a única coisa que reputo realmente séria na minha vida. Ou será que *foi* pura diversão? Nunca fico convencido pela minha avaliação de coisa alguma. Isso também acontece com você?

— Meu Deus! Mas do que é que você está falando?

— Só estou falando daquilo que todo mundo fala. Você sabe o que as pessoas dizem na faculdade. Contam que eu tinha uma esposa que sumiu mas que na verdade ela não desapareceu assim *simplesmente*. Você pode negar que ouviu as pessoas contando isso, pode negar, Kathy?

— Bem... elas falam qualquer coisa, não é? Eu nem me lembro. Quem é que dá bola para o que elas dizem?

— Poupando meus sentimentos, que bonito. Mas não precisa. Aos sessenta anos, a gente aprende a aceitar com bom humor o escárnio dos espectadores virtuosos. Além do mais, acontece que eles acabam tendo razão. Desse modo comprovam que, se você, ao falar de um semelhante, dá livre curso à expressão da sua antipatia, um estranho tipo de verdade pode vir à tona.

— Por que você não fala alguma coisa a *sério* comigo?

— Eu nunca disse algo tão sério para pessoa alguma: eu matei minha mulher.

— *Por favor*, pare com isso.

— Você resolveu brincar de médico por telefone com alguém que matou a esposa.

— Não *fiz* isso.

— O que é que conduz você, afinal? Nos níveis mais elevados da educação mais elevada, minha identidade como assassino foi posta a nu, e você me telefona para dizer que está de pijama, sozinha, na cama. O que é que está dentro de *você*, queimando *você*? Sua servidão é uma servidão a *quê*? Sou um famigerado matador *que estrangulou a esposa*. Por que outro motivo eu teria que viver em um lugar como este se não tivesse estrangulado alguém? Eu o fiz com estas mesmas mãos enquanto eu e ela ensaiávamos no nosso quarto, na nossa cama, o último ato de *Otelo*. Minha esposa era uma jovem atriz. *Otelo*? É uma peça de teatro. Uma peça em que um africano veneziano estrangula a sua mulher branca. Você nunca ouviu falar dessa peça porque ela perpetua o estereótipo do homem negro violento. Mas, na década de 50, a humanidade ainda não tinha se dado conta do que era importante e os alunos, na faculdade, caíam vítimas de uma porção de mentiras malvadas. Nikki ficava aterrorizada com todos os papéis novos. Sofria temores intoleráveis. Um deles eram os homens. Ao contrário de você, ela não era ardilosa no que se refere a homens. Isso a tornava perfeita para o papel. Nós ensaiávamos antes, sozinhos, em nosso apartamento, a fim de tentar diminuir os temores de Nikki. "Não consigo fazer!" Ouvi isso dela muitas e muitas vezes. Eu fiz o papel do estereótipo do negro violento. Na cena em que ele a mata, eu o fiz... fui em frente e a matei. Deixei-me transtornar pela magia da representação de Nikki. Aquilo desatou alguma coisa presa dentro de mim. Alguém para quem o tangível e o imediato são coisas repugnantes, para quem só a ilusão é plenamente real. Essa era a ordem que Nikki punha em seu caos. E você, qual é a ordem que você põe em seu caos? Ficar falando dos seus peitos para um velho pelo telefone? Não há como descrever você, pelo menos eu não consigo. Uma criatura tão desavergonhada e mesmo assim tão meiga. Perversa e traiçoeira, o mortífero beijo na boca, já tão cedo mergulhada nas emoções infames de uma vida dúplice... e *meiga*. E o caos vai embora, você não parece nem um pouco caótica. Os teóricos do caos deviam vir estudar você. Até que profundidade de Katherine penetra aquilo que Katherine faz e diz? Qualquer coisa que você quer, por mais perigosa e ilusória, você persegue, sabe, de um jeito impessoal, assim, sabe?

— Tudo bem. E como foi que você matou sua mulher?

Erguendo as mãos, ele respondeu:

— Usei isto. Já disse a você. "Apague a luz, e então a luz apagou."

— O que fez com o corpo?

— Aluguei um bote na baía Sheepshead. Um ancoradouro no Brooklyn. Eu já fui marujo, em outros tempos. Prendi tijolos no corpo e joguei Nikki no mar.

— E como carregou um cadáver até o Brooklyn?

— Eu vivia carregando coisas para todo lado. Naquele tempo eu tinha um velho Dodge e vivia entupindo a mala do carro com o meu palco portátil, minhas estacas e meus fantoches. Os vizinhos me viam o tempo todo carregando essas coisas. Nikki era magricela. Não pesava quase nada. Eu a enfiei dobrada ao meio em meu saco de marinheiro. Não foi muito difícil.

— Não acredito.

— É uma pena. Porque eu nunca contei isso para ninguém. Nem para Roseanna. E agora contei a você. E, conforme o nosso pequeno escândalo nos ensina, contar um segredo a você não é exatamente seguir os ditames da prudência. Para quem você vai contar primeiro? A diretora Kuziduzi, ou vai procurar diretamente o alto comando japonês?

— Por que você tem tanto preconceito racial com os japoneses?

— Por causa do que eles fizeram com o Alec Guinness em *A ponte do rio Kwai*. Por terem metido Alec Guinness dentro daquela caixa tão apertada. Odeio esses sacanas. Para quem você vai contar primeiro?

— Para ninguém! Não vou contar para ninguém, porque não é *verdade*!

— Mas e se fosse? Você contaria?

— O quê? Se você fosse mesmo um assassino?

— É. E se você soubesse que eu era mesmo um assassino. Ia me dedurar do jeito que me dedurou no caso da fita?

— Eu *esqueci* a fita! Deixei a fita lá por *acidente*!

— Você ia me dedurar, Kathy? Sim ou não.

— Por que tenho que responder a essas perguntas?

— Porque isso é indispensável a fim de que eu descubra para que filho da puta você está trabalhando.

— Para ninguém!

— Você ia me dedurar? Sim ou não? Se eu fosse um assassino de verdade.

— Bem... quer que eu fale a sério?

— Estou aceitando qualquer coisa.

— Bem... isso ia depender.

— De quê?

— De quê? Bem, do nosso relacionamento.

— Você podia não me dedurar se tivéssemos o tipo certo de relacionamento? E como seria ele? Descreva.

— Não sei... acho que amor.

— Você protegeria um assassino se tivesse amor por ele.

— Não *sei*. Você nunca matou ninguém. Essas perguntas são *bobagem*.

— E você me ama? Não tenha medo de ferir meus sentimentos. Você me ama?

— De certo modo.

— Ah, é?

— É, sim.

— Velho e nojento como sou?

— Eu amo... amo a sua mente. Amo o jeito como você expõe sua mente quando fala.

— Minha mente? Minha mente é uma mente assassina.

— Pare de *dizer* isso. Está me *assustando*.

— Minha mente? Puxa, isso é uma revelação e tanto. *Eu* pensei que você amasse o meu arcaico pênis. Minha *mente*? Isso é um baita choque para um homem da minha idade. Você se meteu nisso tudo só por causa da minha mente? Ah, essa não. Fiquei o tempo todo falando em trepar e você estava me vendo expor a minha mente? Estava prestando uma atenção indevida à minha mente? Você teve a audácia de introduzir um elemento mental num cenário onde isso não tinha lugar. Socorro! Sofri assédio mental! Socorro! Fui vítima de assédio mental! Meu Deus, vou acabar tendo um desarranjo intestinal! Você extorquiu de mim, à força, favores mentais sem que eu tivesse sequer ideia do que estava acontecendo, e contra a minha vontade! Fui aviltado por você! Minha *pica* foi aviltada por você! Chamem a diretora! Minha pica foi *desautorizada*!

Com isso, Kathy enfim tomou a iniciativa de abrir a porta, mas de forma tão impetuosa, com tanta força, que acabou caindo do carro, batendo com o ombro na estrada. Porém, quase no mesmo instante, se pôs de pé em seus tênis Reebok e, através do para-brisa, pôde ser vista correndo para o norte, na direção de Athena. Os fantoches podem voar, levitar, rodopiar, mas só pessoas e marionetes de cordinhas estão confinadas a andar e correr. É por isso que essas marionetes sempre o aborreceram: ficavam caminhando o tempo todo para cima e para baixo pelo seu diminuto palco, como se andar, além de ser o assunto de todas as peças das marionetes, fosse também o assunto mais importante da vida. E aqueles cordões — visíveis demais, numerosos demais, metafóricos de um modo demasiado óbvio. E sempre imitando servilmente o teatro dos seres humanos. Ao passo que os fantoches... enfiar a mão em um fantoche e esconder o rosto atrás de uma tela! Nada de parecido existia no reino animal! Desde os velhos tempos de Petrushka, valia tudo, quanto mais louco e mais feio melhor. O fantoche canibal de Sabbath recebeu o primeiro prêmio do *maestro*, em Roma. Devorar seus inimigos no palco. Despedaçá-los e falar a respeito deles enquanto os pedaços eram mastigados e engolidos. O erro consiste sempre em pensar que representar e falar são o domínio de qualquer outra coisa que não um fantoche. A satisfação é ser as mãos e uma voz — tentar ser mais do que isso, meus alunos, é loucura. Se Nikki tivesse sido um fantoche, talvez ainda estivesse viva.

E, descendo a estrada, Kathy fugira sob a luz exagerada da lua demente. E os curiosos agora se agrupavam, também sob o luar, abaixo do cubículo onde estava sendo desintoxicada Roseanna, cujo choro podia ainda ser ouvido a duzentos quilômetros de distância... Ah, ela estava em maus lençóis esta noite, sem saber que a esperava uma provação ainda mais tenebrosa do que estar casada com ele. O médico advertira Sabbath de que ela poderia telefonar suplicando-lhe que a tirasse de lá. Aconselhou-o a ignorar os apelos da compaixão e dizer a ela que não iria. Sabbath prometeu fazer o melhor possível. Em lugar de ir para casa e receber os telefonemas de Roseanna, ficou mais um tempo sentado em seu carro, onde, por motivos que não conseguia compreender, pôs-se a lembrar do cara que lhe havia emprestado aqueles livros para ler a bordo do navio-petroleiro da Standard Oil, lembrar como descarregaram através daquele grande sistema de tubos e bombas em Curaçao e como aquele cara — um daqueles sujeitos educados, discretos, que misteriosamente passavam suas vidas no mar quando era de se esperar que fossem trabalhar como professores ou até ministros — lhe dera um livro de poemas de William Butler Yeats. Um solitário. Um solitário autodidata. Os silêncios daquele cara davam calafrios na gente. Um outro tipo de americano. A gente encontrava todos os tipos de americanos no mar. Já naquela época, uma boa parte deles era hispânica — todavia, autênticos durões latinos. Lembro um que parecia Akim Tamiroff. Todos os tipos de irmãos de cor escura, todos os tipos que a gente possa imaginar — homens mansos, menos mansos, todo mundo. Havia um cozinheiro grandalhão, gordo e preto naquele navio onde o cara me deu o livro e me introduziu na leitura. Eu estava estirado no meu beliche de cima com um livro e aquele cozinheiro veio apertar meus colhões. E começou a rir. Eu tive de brigar com ele para que se afastasse de mim. Acho que isso me transformou num "homofóbico". Ele não tentou mais nenhum gesto agressivo, mas teria ficado bastante satisfeito se eu tivesse correspondido, não há a menor dúvida disso. O interessante da história é que eu costumava vê-lo nos bordéis. Mas o cara que me deu o livro de poesia era completamente veado, se bem que nunca encostou um dedo em mim, embora eu fosse um cara bonitão, de olhos verdes. Disse-me quais poemas eu devia ler. Deu-me uma porção de livros. Foi muito gentil da parte dele, de verdade. Um cara de Nebraska. Eu memorizava os poemas durante meu turno de vigília.

É claro! Yeats para lady Goolsbee:

Ouvi um velho religioso
Ontem à noite declarar
Ter achado um texto que provava
Que apenas Deus, minha cara,
Poderia amá-la só pelo que você é
E não pelos seus cabelos amarelos.

Em apenas umas poucas horas, Kathy estaria cruzando a linha de chegada. Sabbath podia vê-la batendo nos peitos e caindo nos braços da Imaculada Kamizoko. A fita continuava a rodar. Kakizomi. Kazikomi. Quem consegue lembrar a porra desses nomes? E quem é que vai querer lembrar? Tojo e Hiroíto eram o bastante para Sabbath. Soluçando histericamente, Kathy relataria para a diretora a aterradora confissão de Sabbath. E a diretora, na certa, não resistiria à tentação de acreditar, como Kathy fingira fazer.

Voltando para casa, Sabbath tocava no gravador "The sheik of Araby". Poucas coisas existem neste mundo tão boas quanto aqueles solos vibrantes. Clarinete. Piano. Bateria. Vibrafone.

Como é que ninguém mais odeia Tojo? Ninguém, exceto eu, ainda se lembra desse assassino. Pensam que Tojo é um carro. Mas pergunte aos coreanos sobre os japoneses que ficaram sentados em cima da cabeça deles durante trinta e cinco anos. Pergunte aos manchus sobre a civilidade dos seus conquistadores. Pergunte aos chineses sobre a maravilhosa compreensão que aqueles sacanas imperialistazinhos de cara achatada demonstraram com eles. Pergunte sobre os bordéis que os japoneses montavam para os seus soldados com moças assim feito vocês. Mais jovens ainda. A diretora acha que *eu* sou o inimigo. Ha, ha! Pergunte a ela sobre os rapazes da sua terra e como eles abriram o seu caminho na marra, fodendo tudo através da Ásia, as mulheres estrangeiras que eles escravizaram e converteram em prostitutas. Pergunte ao pessoal de Manila sobre as bombas, toneladas de bombas despejadas pelos japoneses *depois* que Manila já era uma cidade aberta. Onde fica Manila? Como é que vocês iam saber? Talvez, um dia, a professora tire uma horinha das suas aulas sobre assédio sexual para mencionar a todos os seus cordeirinhos imaculados um pouco do horror chamado Segunda Guerra Mundial. Os japas. Tão racialmente arrogantes quanto qualquer um, em qualquer lugar — ao lado deles, a Ku Klux Klan é... Mas como é que vocês iam saber sobre a Ku Klux Klan? Como é que iam saber o que quer que fosse, tendo em vista as pessoas em cujas garras vocês estão? Querem saber os podres dos japas? Perguntem à minha mãe, uma mulher que também sofreu assédio em vida. Perguntem a ela.

Com entusiasmo, Sabbath cantava junto com o quarteto, fingindo ser Gene Hochberg, que sabia fazer uma multidão de jovens pular da cadeira e dançar sem parar; Sabbath se deliciava, não apenas com a letra de múltiplos sentidos daquele hino dos velhos anos 20, celebrando o estupro da namorada e denegrindo os árabes à vontade, mas também com a interminável, indecorosa, instigante representação do seu papel, a alegria da tarefa de ser o selvagem para eles. Como é que os missionários poderiam ficar cheios de si se não fossem os seus selvagens? A porra do seu descaramento inocente no que se refere à luxúria carnal! Sedutor de jovens. Sócrates, Strindberg e eu. E estou me sentindo muito bem, apesar de tudo. O tilintar cristalino dos martelinhos de Hampton, no vibrafone — isso podia consertar qualquer coisa. Ou quem sabe era o fato de ter Rosie fora do seu caminho. Ou quem sabe era o fato de ele estar ciente de que nunca tivera de agradar ninguém na vida e não ia começar a fazer isso agora. Sim, sim, sim, ele sentia uma ternura incontrolável pela sua própria vida cheia de merda. E um ridículo apetite de mais e mais. Mais derrotas! Mais decepções! Mais enganos! Mais solidão! Mais artrite! Mais missionários! Se Deus quiser, mais bocetas! Mais envolvimentos desastrosos em tudo o que é encrenca. Ao preço do puro sentimento de estar turbulentamente vivo, não se pode matar o lado indecente da vida. Posso não ter sido um ídolo das matinês, mas, digam o que disserem a meu respeito, levei uma vida genuinamente humana!

Sou o xeque da Arábia,
Seu amor pertence a mim.
De noite, quando você está dormindo,
Rastejo para dentro de sua tenda.
As estrelas que brilham no céu,
Iluminarão nosso caminho para o amor.
Você reinará sobre a terra ao meu lado,
Sou o xeque da Arábia.

A vida é impenetrável. Até onde Sabbath podia ver, ele dispensara uma moça que não o havia traído nem dedurado e nunca poderia fazer isso — uma moça simples, leviana, que amava o pai e nunca poderia enganar qualquer homem mais velho (exceto o Pai, com Sabbath); até onde podia ver, Sabbath metera medo na última mulher de vinte anos em cuja tenda ele poderia ainda entrar furtivamente. Havia confundido a inocente, amorosa, leal Cordélia com suas irmãs pérfidas, Goneril e Regan. Sabbath interpretou tudo ao contrário, como fizera o velho Lear. A sorte para a sua sanidade é que restava ainda algum consolo para ele na grande cama, à beira da Brick Furnace Road, onde ia trepar com Drenka, naquela noite e nas vinte e sete noites seguintes.

A única comunicação que Sabbath recebeu durante as duas semanas em que não teve autorização para visitar Roseanna foi um cartão-postal clamorosamente factual, enviado a ele de Usher, ao final da primeira semana de permanência ali: nenhum cumprimento, sobrescritado apenas para o endereço deles em Madamaska Falls, sem o nome do destinatário — Roseanna jamais escreveria o nome dele. "Encontre-me em Roderick House, no dia 23, às quatro e meia da tarde. Jantar às cinco e quinze. Tenho reunião nos Alcoólicos Anônimos entre sete e oito horas da noite. Fique hospedado no Ragged Hill Lodge, em Usher, se não quiser voltar de carro para casa na mesma noite. R. C. S."

Exatamente quando Sabbath entrava no carro à uma e meia do dia 23, o telefone tocou dentro de casa e ele voltou correndo pela porta da cozinha, pensando que podia ser Drenka. Quando ouviu a voz de Roseanna, numa ligação a cobrar, pensou que ela estivesse telefonando para pedir que ele não fosse. Sabbath ligaria correndo para dar a notícia a Drenka assim que Roseanna desligasse.

— Como vai, Roseanna?

A voz dela, que nunca fora muito melodiosa, soou com uma insipidez de ferro, séria, azeda e monótona.

— Você vem?

— Estava entrando no carro. Tive que correr de volta para casa a fim de atender o telefone.

— Quero que traga uma coisa para mim. Por favor — acrescentou, como se alguém a estivesse instruindo sobre o que dizer e como dizer.

— Trazer uma coisa? Claro — ele respondeu. — O que quiser.

A resposta dela a isso foi um riso áspero, imprevisto. Seguido, com um frio de congelar, por:

— No meu arquivo. Na gaveta de cima, no fundo. Um fichário azul de três argolas. Preciso dele.

— Eu levo. Mas tenho que abrir o arquivo.

— Você precisa da chave. — Ainda mais friamente, se é que isso era possível.

— Pois é. Onde eu encontro a chave?

— Nas minhas botas de montaria... No pé esquerdo.

Mas, ao longo dos anos, Sabbath tinha vasculhado todas as botas, sapatos e tênis de Roseanna. Pouco tempo antes, ela devia ter mudado a chave para ali, de onde quer que estivesse escondida.

— Vá pegar a chave agora — disse ela. — Encontre agora. É importante. Por favor.

— Claro. Tudo bem. O pé direito.

— O *esquerdo*!

Não, não era difícil fazer Roseanna perder o controle. E isso com duas semanas já no papo, faltando só duas para terminar.

Sabbath encontrou a chave e, de dentro do arquivo, pegou o fichário de três argolas e voltou para o telefone a fim de confirmar com Roseanna que o fichário estava com ele.

— Você trancou o arquivo?

Sabbath mentiu e disse que sim.

— Traga a chave com você. A chave do arquivo. Por favor.

— Claro.

— E o fichário. É azul. Tem dois elásticos em volta dele.

— Estou com ele na mão.

— Por favor, não perca! — ela explodiu. — É uma questão de vida ou morte!

— Tem certeza de que quer o fichário?

— Não *discuta* comigo! Faça o que estou pedindo! Não é fácil para mim sequer *falar com* você!

— Prefere que eu não vá? — Sabbath ponderava se seria seguro dirigir a essa hora até a pousada de Drenka e buzinar duas vezes, o sinal combinado para que ela seguisse ao seu encontro, no Grotto.

— Se você não quiser vir — disse ela — não venha. Não está fazendo um favor para ninguém. Se não está interessado em me ver, *para mim está tudo bem.*

— Estou querendo ver você, sim. É por isso que estava no carro quando você ligou. Como está se sentindo? Está um pouco melhor?

Roseanna respondeu com uma voz vacilante:

— Não é nada fácil.

— Tenho certeza disso.

— É tremendamente difícil. — Ela começou a chorar. — É *impossível* de tão difícil.

— Você está tendo algum progresso?

— Ah, você não entende! Nunca vai entender! — gritou ela, e desligou o telefone.

No fichário, estavam as cartas que o pai de Roseanna lhe enviara após ela o ter deixado para ir viver com a mãe, depois que ela regressou da França. O pai escreveu uma carta por dia para Roseanna, até a noite em que se matou. A carta de suicídio foi endereçada tanto a Roseanna como a Ella, sua irmã mais nova. A mãe de Roseanna reuniu as cartas para as filhas e as conservou juntas até morrer ela mesma, após uma longa agonia, com enfisema, no ano anterior. O fichário foi deixado em testamento para Roseanna, junto com as velharias da mãe, mas ela nunca foi capaz de retirar os elásticos que o mantinham fechado. Por certo tempo,

Roseanna estava resolvida a jogá-la fora, mas também não foi capaz de fazer isso.

A meio caminho de Usher, Sabbath parou num restaurante de estrada. Ficou com o fichário no colo até que a garçonete trouxe o seu café. Em seguida, soltou os elásticos, guardou-os cuidadosamente no bolso do casaco e abriu as cartas.

A carta escrita poucas horas antes de o pai se enforcar estava endereçada a "Minhas amadas filhas, Roseanna e Ella", e datada de "Cambridge, 15 de setembro de 1950". Rosie tinha treze anos.

A última carta do professor Cavanaugh dizia:

Cambridge, 15 de setembro de 1950

Minhas amadas filhas, Roseanna e Ella,

Digo *amadas* apesar de tudo. Sempre tentei dar o melhor de mim, mas fracassei totalmente. Fracassei em meus casamentos e fracassei em meu trabalho. Quando sua mãe nos deixou, me tornei um homem debilitado. E quando até mesmo vocês, minhas amadas filhas, me abandonaram, tudo terminou para mim. Desde então, tenho tido insônia total. Já não tenho mais forças. Estou exausto e doente de tanto tomar pílulas. Já não posso mais continuar. Que Deus me ajude. Por favor, não me julguem com muita severidade.

Vivam felizes!

Papai

Cambridge, 6 de fevereiro de 1950

Querida Roseanninha!

Você não pode imaginar que falta eu sinto da minha queridinha bem-amada. Sinto-me totalmente vazio por dentro e não sei como vou poder superar isso. Mas ao mesmo tempo sinto que foi importante e necessário que isso tenha acontecido. Tenho visto como você mudou desde maio do ano passado. Fiquei terrivelmente preocupado porque *não pude ajudar você* e você não quis confiar em mim. Você se fechou toda e me rechaçou. Eu não sabia que as coisas, na escola, estavam tão difíceis assim para você, mas eu desconfiava de alguma coisa pois suas colegas nunca vinham visitá-la. Só a pequenina Helen Kylie vinha às vezes e pegava você de manhã. Mas, minha queridinha, a culpa foi sua. Você se sentia superior e demonstrava isso talvez mais ainda do que percebia. Foi exatamente a mesma coisa que aconteceu com a sua mãe em relação às amigas dela, aqui.

Querida Roseanninha, não estou dizendo isso para acusá-la, mas para que você possa refletir sobre tudo isso e, posteriormente, debater o assunto com a sua mãe. E então você vai aprender que na vida é preciso não ser egoísta...

Cambridge, 8 de fevereiro de 1950

...você perdeu contato com o seu pai e eu não pude mais penetrar na armadura com que você se cercou. Eu fiquei muito preocupado. Eu entendia que você precisava de uma mãe, tentei até arranjar uma mãe para você, mas fracassei redondamente. Agora, você tem de volta a sua mãe verdadeira, de quem você sentia tanta saudade. Agora você tem todas as possibilidades de ficar boa de novo. Isso vai lhe dar uma nova coragem de viver. E vai se sair bem de novo na escola. Em termos de inteligência, você está muito, muito acima da média...

A casa do seu pai permanece aberta para você, quando quiser voltar, por um tempo mais curto ou mais longo. Você é a minha amada filhinha perdida e o vazio é enorme sem você. Tentarei me reconfortar pensando que aquilo que aconteceu foi melhor para você.

Por favor, me escreva alguma coisa assim que estiver tudo em ordem. Até logo, minha filhinha querida! Mil beijos carinhosos do seu solitário

Papai

Cambridge, 9 de fevereiro de 1950

Querida Roseanninha!

Encontrei a sra. Lerman, na rua. Ela estava triste porque você tinha deixado a escola. Ela contou que todos os professores gostavam muito de você. Mas ela compreende que você tem passado por momentos difíceis, nos últimos tempos, doenças infecciosas etc., que obrigaram você a se ausentar por longos períodos. Ela reparou também que, ultimamente, você não andava junto de Helen Kylie nem de suas outras gentis amiguinhas, Myra, Phyllis e Aggie. Mas ela disse que essas meninas estavam dedicadas aos seus estudos, ao passo que Roseanna havia perdido a vontade de se sair bem na escola. Ela espera que você consiga superar os seus problemas em alguns anos. Disse ter visto muitos casos semelhantes. Ela está convencida também, como eu, de que uma escola só de meninas é melhor para uma jovem na puberdade. Infelizmente sua mãe não concorda, ao que parece, com a opinião da sra. Lerman...

...sim, querida Roseanninha, espero que logo você se sinta tão feliz como no tempo em que era o meu raio de sol, leal e franco. Mas então começaram os nossos problemas. Eu quis ajudar você mas não pude, pois você não queria receber minha ajuda. Você já não conseguia mais contar para mim quais as suas preocupações. Você tinha necessidade de uma mãe, mas já não tinha mais mãe, infelizmente...

Um enorme abraço do seu
Papai

Cambridge, 10 de fevereiro de 1950

Querida Roseanna!

Você prometeu telefonar e escrever para mim constantemente quando partiu. Você era tão doce e sincera e eu acreditava em você. Mas o amor é cego. Agora, se passaram cinco dias desde que você se foi e eu não recebi uma única linha sua. Você também não quis falar comigo na noite passada, embora eu estivesse em casa. Estou começando a entender, meus olhos estão começando a abrir. Você está com a consciência culpada? Já não consegue mais olhar seu pai nos olhos? É esse o agradecimento que recebo por tudo que fiz a você ao longo desses cinco anos em que tive que cuidar sozinho das minhas filhas? É cruel. É horrível. Você poderá algum dia voltar para casa e olhar seu pai nos olhos? Mal consigo entender o que está acontecendo. Mas não julgo você. Compreendo que ultimamente você esteve sob hipnose. Sua mãe parece ter elegido, como missão na vida, me atormentar o máximo possível. Seu único propósito é a minha derrota. Ela não parece ter mudado tanto quanto vocês, minhas filhas, imaginam.

Talvez você me escreva algumas poucas linhas e me conte o que eu devo fazer. Devo esvaziar o seu quarto aqui e tentar esquecer que você existiu?

Por que você mentiu para mim na papelaria sobre os dez dólares? Foi uma coisa desnecessária. Não é uma última recordação das mais bonitas.

Papai

Cambridge, 11 de fevereiro de 1950

Queridíssima Roseanninha!

Mil vezes obrigado pela sua tão esperada carta de hoje! Ela me deixou tão feliz que agora me sinto outra pessoa. O sol de novo está brilhando sobre a minha vida desalentada. Por favor, me perdoe pela minha última carta. Estava tão abatido quando a escrevi que mal posso acreditar ter sido capaz de me pôr de pé, outra vez. Mas hoje tudo parece diferente. Irene agora ficou tão gentil que eu poderia até dizer que ela é *doce*. Provavelmente ela me ajudou durante a fase pior da crise — a sua partida...

É claro que você é bem-vinda, contanto que não corte completamente o contato com seu pai. E agora, uma vez que as coisas em casa estão calmas e em paz outra vez, suas cartas serão recebidas por *todos* nós com afeição. Por favor, escreva o mais que puder. Não precisa ser uma longa epístola, mas apenas um rápido alô, dizendo que você está bem. Mas de vez em quando deve escrever algumas linhas para o seu pai contando como se sente nas profundezas da sua alma, sobretudo quando as mágoas puxarem você para baixo.

Apertadíssimos apertadíssimos apertadíssimos abraços de todos nós, mas sobretudo do seu afetuoso

Papai

Eram assim as cartas entre o dia de fevereiro de 1950 em que Roseanna partiu de Cambridge, ao lado de Ella, a fim de morar com sua mãe, e o final de abril, que era o máximo que Sabbath podia ler, se tencionava chegar a tempo para o jantar no hospital. E tinha certeza de que ia ouvir a mesma mensagem desesperançada buzinando lá no final da linha — o mundo todo contra ele, barrando seu caminho, insultando-o, esmagando-o. *Será que devo esvaziar o seu quarto e tentar esquecer que você existiu?* Do chantagista professor Cavanaugh para a sua bem-amada de treze anos, depois de ficar cinco dias sem ter notícias dela. O bêbado sofrido e maluco — não podia ter um só dia de vida sem brigar, até o dia em que a pedra desabou. *Por favor, não me julguem com muita severidade. Vivam felizes! Papai.* E depois nunca mais em conflito com coisa alguma. Tudo finalmente sob controle.

Sabbath parou no estacionamento do hospital pouco antes das cinco horas. Seguiu a pé por uma calçada circular que separava uma ampla depressão no terreno — em forma de anfiteatro, recoberta de grama verde — de uma comprida casa branca de três pavimentos, revestida de ripas de madeira, com janelas de venezianas pretas, no topo do morro, o bloco principal do hospital, cujo desenho, por uma notável coincidência, lembrava bastante a pousada de estilo colonial dos Balich, de frente para o lago Madamaska. No último século, existira um lago ali também, onde agora se via aquele gramado com aspecto de lagoa e, avultando acima dele, uma maciça mansão gótica, que ficou em ruínas após a morte dos proprietários sem filhos. Primeiro, o telhado se foi, depois as paredes de pedra, até que, em 1909, o lago foi drenado e a fantasmagórica e pitoresca pilha de destroços foi empurrada para dentro do buraco por uma pá mecânica e coberta de terra para dar lugar a um hospital de tuberculosos. Agora, o velho hospital constituía o bloco principal do Hospital Psiquiátrico de Usher, mas continuava a ser chamado de Mansão.

Sem dúvida, em razão de estar se aproximando a hora de jantar, um grupo se aglomerava na porta da frente da Mansão, cerca de vinte ou vinte e cinco pessoas, um punhado de pacientes surpreendentemente jovens, meninos e meninas adolescentes, vestidos como os estudantes no vale, os meninos com seus bonés de beisebol virados para trás e as meninas de camiseta de faculdade, tênis de corrida e jeans. Ele pediu à mais bonita das meninas — que seria também a mais alta, se tivesse se colocado de pé — que mostrasse a ele onde ficava Roderick House e observou, quando ela ergueu o braço para apontar a direção, a marca de um corte horizontal atravessando seu pulso, que parecia ter cicatrizado recentemente.

Um final de tarde de outono comum — vale dizer, radioso e deslumbrante. Que horror, que *perigo* essa beleza pode representar para alguém com uma depressão suicida e, mesmo assim, refletiu Sabbath, o tipo do dia que torna possível a um depressivo comum acreditar que a caverna na qual ele rasteja talvez o conduza na direção da vida. Faz lembrar a infância, no que ela tem de melhor, e faz parecer possível, pelo menos por certo tempo, a suspensão se não da idade adulta, ao menos do medo. O outono no hospital psiquiátrico, o outono e seus famosos significados! Como pode ser o outono se estou aqui? Como posso estar aqui se é o outono? Mas *será* o outono? O ano mais uma vez em sua mágica transição, e nem sequer pede licença.

Roderick House ficava abaixo de uma curva da estrada que contornava a depressão em forma de anfiteatro e desembocava de volta na autoestrada municipal. A casa era uma versão menor, com dois andares, da Mansão, uma das sete ou oito casas disseminadas de forma irregular entre as árvores, todas com uma varanda aberta e um jardim gramado. Chegando a Roderick, na rampa da calçada, Sabbath avistou quatro mulheres sentadas em cadeiras próprias para ficar ao ar livre, juntas umas das outras, sobre o gramado. A que estava recostada em uma espreguiçadeira branca, de plástico, era a sua esposa. Estava de óculos escuros e completamente imóvel, enquanto à sua volta as outras conversavam animadamente. Mas de repente algo tão engraçado foi dito por uma delas — quem sabe até por Roseanna mesma — que Roseanna se sentou, de um salto, e bateu com as mãos espalmadas uma na outra, de alegria. Seu riso foi o mais espontâneo que Sabbath tinha ouvido em vários anos. Todas elas ainda riam quando ele apareceu, caminhando pelo gramado. Uma das mulheres voltou-se para Roseanna.

— Sua visita — sussurrou.

— Bom dia — disse Sabbath e se inclinou com formalidade diante delas. — Sou o beneficiário do instinto para construir um ninho de que Roseanna é dotada, e a encarnação de todas as dificuldades que ela encontrou na vida. Tenho certeza de que todas vocês possuem um parceiro indigno. Eu sou o dela. Sou Mickey Sabbath. Tudo o que vocês ouviram a meu respeito é verdade. Tudo está destruído e fui eu que destruí. Oi, Rosie.

Não ficou surpreso por ela não ter pulado da cadeira para abraçá-lo. Mas quando ela tirou os óculos escuros e timidamente disse "Oi"... bem, sua voz no telefone não fez Sabbath nem de longe desconfiar de tanta graciosidade. Apenas catorze dias sem encher a cara e longe dele, e Roseanna já estava parecendo ter trinta e cinco anos. Sua pele estava clara e fresca, seu cabelo batendo nos ombros brilhava mais dourado do que moreno, e ela parecia até haver recuperado a largueza da boca e aquele encantador espaço aberto entre os olhos. Tinha um rosto notavelmente largo, mas suas feições vinham murchando ao longo dos anos. Ali estava a origem simples do sofrimento deles: o seu maravilhoso jeito de menina que mora na casa ao lado da nossa. Em apenas catorze dias, ela havia se desvencilhado de duas décadas de vida estragada.

— Estas — disse Roseanna, meio sem graça — são algumas residentes da casa. — *Helen Kylie, Myra, Phyllis, Aggie*... — Você gostaria de ver o meu quarto? Ainda tenho um tempinho. — Ela, agora, era uma jovem totalmente confusa, constrangida demais com a presença do pai para sentir-se qualquer outra coisa que não infeliz, enquanto se encontrasse em companhia de suas amigas.

Sabbath seguiu Roseanna, subindo a escadinha da varanda — três pessoas ali conversando, mulheres jovens como as que estavam no gramado —, e entrou na casa. Passaram por uma cozinha pequena e dobraram em um corredor com as paredes cobertas de recortes de jornal. Numa das extremidades, o corredor dava para uma sala pequena, escura, onde outro grupo de mulheres via tevê e, no outro lado, dava para o posto de enfermagem, com uma divisória de vidro e decorado alegremente com cartazes dos personagens dos Peanuts, acima de duas escrivaninhas. Roseanna empurrou Sabbath a meio caminho da porta.

— Meu marido está aqui — disse ela à jovem enfermeira de plantão.

— Legal — respondeu a enfermeira e, educadamente, com um movimento da cabeça, cumprimentou Sabbath, que Roseanna sem demora puxou para fora antes que ele dissesse também para a enfermeira que tudo estava destruído e que ele é quem tinha destruído tudo, por mais exata que pudesse ser essa acusação.

— Roseanna! — Uma voz simpática chamou de dentro da sala. — Roseanna Banana!

— Oi.

— De volta a Bennington — disse Sabbath.

Com azedume, ela retrucou:

— É *muito* diferente!

O quarto dela era pequeno, pintado havia pouco tempo de uma tonalidade branca cintilante, com duas janelas protegidas por cortinas que davam para o jardim, uma cama de solteiro, uma velha escrivaninha de madeira e um armário. Tudo de que uma pessoa precisava, sem a menor dúvida. Uma pessoa podia viver num lugar assim para sempre. Sabbath espiou para dentro do banheiro, abriu uma torneira — "Água quente", disse ele, em tom de aprovação — e depois, quando saiu, viu na escrivaninha três fotos emolduradas:

uma, da mãe dela, enrolada em um casaco de pele, em Paris, logo depois da guerra, a velha foto de Ella e Paul com seus dois filhos rechonchudos, louros (Eric e Paula) e uma terceira criança (Glenn) visivelmente a caminho, e uma fotografia que Sabbath nunca tinha visto, um retrato feito em estúdio, de um homem de terno, gravata e colarinho engomado, um homem sisudo, de meia-idade, de cara larga, que não parecia nem um pouco "abatido", mas que não podia ser outro senão Cavanaugh. Havia um caderninho de anotações aberto sobre a escrivaninha e Roseanna o fechou com a mão trêmula, enquanto circulava nervosamente pelo quarto.

— Onde está o fichário? — ela perguntou. — Você esqueceu o fichário! — Ela já não era mais a sílfide de óculos escuros que Sabbath vira no gramado, rindo alegremente ao lado de Helen, Myra, Phyllis e Aggie.

— Deixei-o trancado dentro do carro. Está debaixo do banco. Está a salvo.

— E se alguém — Roseanna gritou — roubar o carro?

— Isso é provável, Roseanna? Aquele carro? Vim correndo para chegar a tempo. Pensei que íamos pegar o fichário depois do jantar. Mas vou embora assim que você quiser. Trago o fichário e vou embora agora mesmo se você quiser. Você estava com ótimo aspecto até dois minutos atrás. Não sou nada bom para a sua aparência.

— Tinha planejado mostrar para você o hospital. Queria dar uma volta com você por aí. *Queria* mesmo. Queria mostrar a você onde eu nado. Agora estou confusa. Terrivelmente. Me sinto oca. Me sinto horrível. — Sentada na beirada da cama, ela começou a soluçar. — Isto aqui custa mil dólares por dia — foram as palavras que ela, enfim, conseguiu balbuciar.

— É por isso que você está chorando?

— Não. O seguro cobre a despesa.

— Então por que está chorando?

— Amanhã... amanhã de noite, na reunião, vou ter que contar a "minha história". É a minha vez. Venho fazendo anotações. Estou apavorada. Há dias que venho fazendo anotações. Tenho enjoo, meu estômago dói...

— Por que ficar apavorada? Finja que está falando com seus alunos. Finja que são só os seus alunos.

— Estou muito apavorada por ter que *falar*— ela retorquiu, irritada. — É o que vou ter que *dizer*. É que vou ter que dizer a *verdade*.

— Sobre o quê?

Ela não conseguia acreditar na burrice de Sabbath.

— Sobre o quê? O quê? *Ele!* — gritou Roseanna, apontando para o retrato do pai. — Esse homem!

Então é isso. *Esse* homem. É *ele*.

Com a maior inocência, Sabbath perguntou:

— E o que foi que ele fez?

— Tudo. *Tudo*.

A sala de jantar, no primeiro andar da Mansão, era agradável, sossegada e clara, com a luz que vinha dos janelões da sacada que davam para o gramado. Os pacientes se sentavam onde quisessem, a maioria em mesas de carvalho, grandes o bastante para comportar oito pessoas, mas uns poucos pacientes se instalavam à parte, em mesas para duas pessoas, coladas à parede. Mais uma vez, Sabbath recordou-se da pousada junto ao lago e do ar aprazível do salão de jantar, quando Drenka oficiava o serviço como a sacerdotisa suprema. Ao contrário dos fregueses da pousada, os pacientes serviam-se sozinhos no bufê onde, nessa noite, havia batatas fritas à francesa, ervilhas, cheeseburgers, salada e sorvete — cheeseburgers de mil dólares por dia. Sempre que Roseanna se levantava para encher seu copo de suco de morango silvestre, uma ou outra daquelas criaturas em processo de desintoxicação, aglomeradas junto à máquina de suco, sorriam para ela ou falavam com ela e, quando Roseanna passava com mais um copo cheio de suco, alguém numa das mesas segurou a sua mão livre. Isso porque, amanhã, ela teria de contar a "minha história" ou porque, nessa noite, "ele" estava ali? Sabbath ficou imaginando se alguém em Usher — paciente, médico ou enfermeira — já havia dado um telefonema para o outro lado da fronteira estadual a fim de ouvir as fofocas sobre o motivo pelo qual Roseanna tinha vindo parar ali.

Só que foi o pai o responsável por tudo o que fez Roseanna ir parar ali.

Mas como é que ela nunca lhe contou antes sobre esse "tudo"? Será que ela não ousou falar a respeito? Será que não teve coragem de lembrar? Ou será que a acusação esclarecia para ela de tal modo a história da sua desgraça que a questão de saber se tinha ou não raízes nos fatos se tornava um problema cruelmente irrelevante? Pelo menos ela possuía a explicação que era, a um só tempo, dignificante, horrível e, também, pelos padrões da época, mais do que razoável. Mas onde — se é que estava ainda em algum lugar — se encontrava o verdadeiro retrato do passado?

Você não pode imaginar que falta eu sinto da minha queridinha bem-amada. Sinto-me totalmente vazio por dentro e não sei como vou poder superar isso. Você é minha filha mais querida e o vazio é enorme sem você. Só Helen Kylie, sua amiga bonitinha, vinha aqui de vez em quando. Quando você era o meu raio de sol, leal e sincera. Você era tão meiga e franca e eu acreditava em você. Mas o amor é cego. Você está com a consciência culpada? Não consegue mais olhar seu pai nos olhos? Sua carta tão esperada. O sol está brilhando outra vez na minha vida desalentada.

Quem havia se enforcado naquele sótão em Cambridge, um pai consternado ou um amante rejeitado?

No jantar, falando sem parar, Roseanna parecia capaz de fingir que Sabbath não estava ali e que a pessoa sentada à sua frente, seja lá quem fosse, não era seu marido.

— Está vendo a mulher — ela cochichou — duas mesas atrás de mim, pequena, magra, de óculos, cinquenta e poucos anos? — E Roseanna traçou a sinopse da história do desastre marital *dela:* — Uma segunda família, uma namorada de vinte e cinco anos com dois filhinhos de três e quatro anos, o marido mantinha essa família em segredo numa cidade vizinha... Está vendo a moça de tranças? De cabelo vermelho... menina bonita, esperta... vinte e cinco anos... Wellesley... namorada de um peão de obra. Parece o homem de Marlboro, ela diz. Jogou ela na parede e pela escada abaixo, e ela não consegue parar de telefonar para o namorado. Liga toda noite. Diz que está tentando fazer o sujeito sentir algum remorso. Ainda não teve sorte. Está vendo aquele cara escuro, bem novo, de classe baixa? Duas mesas à sua esquerda. Um vidraceiro. Sujeito gentil. A esposa odeia a sua família e não deixa que ele leve os filhos para vê-los. Fica zanzando o dia inteiro, falando consigo mesmo. "Não adianta... não adianta... Nunca vai mudar... a gritaria... as cenas... não aguento." De manhã, a gente só escuta as pessoas chorando nos quartos, chorando e dizendo: "Eu queria estar morto". Está vendo aquele cara ali? Alto, careca, com um narigão? De robe de seda. É *gay*. O quarto é cheio de perfumes. Fica de robe o dia inteiro. Sempre com um livro na mão. Nunca toma parte do programa de recuperação. Todo mês de setembro ele tenta se matar. Sempre vem para cá em outubro. Sempre vai para casa em novembro. É o único homem em Roderick. Certa manhã, passei pelo seu quarto e o ouvi soluçando lá dentro. Entrei e sentei na cama. Ele me contou a sua história. Sua mãe morreu três semanas depois que ele nasceu. Coração reumático. Ele não sabia como ela havia morrido antes de completar doze anos. Ela foi prevenida sobre o risco da gravidez, mas teve o filho assim mesmo e morreu. Ele achou que tinha matado a mãe. Sua recordação mais antiga é de estar sentado em um carro com o pai, sendo levado de uma casa para outra. Viviam mudando de casa. Quando tinha cinco anos, seu pai foi morar com um casal, amigos seus. Seu pai ficou lá por trinta e dois anos. Tinha um caso secreto com a esposa. O casal tinha duas filhas que ele considera suas irmãs. Uma *é* sua irmã. Ele é desenhista de arquitetura. Vive sozinho. Pede pizza em casa todas as noites. Come vendo televisão. Sábado de noite, prepara alguma coisa especial para comer, um prato com carne de vitela. Gagueja. Mal dá para escutar quando ele fala. Fiquei segurando a mão dele por uma hora. Ele chorava sem parar. Por fim, ele disse: "Quando eu tinha dezessete anos, o irmão da minha mãe veio, meu tio, e ele...". Mas não conseguiu terminar. Ele não consegue contar a ninguém o que aconteceu quando tinha dezessete anos. Ainda não consegue, e já tem trinta e três. Aquele é Ray. Cada um tem uma história pior que a outra. Eles querem paz interior e tudo o que conseguem é tumulto interior.

Assim Roseanna continuou a falar até terem terminado o sorvete, momento em que ela se pôs de pé, de um salto, e juntos tomaram a direção das cartas do pai dela.

Caminhando ligeiro ao lado de Roseanna, descendo a calçada até o estacionamento, Sabbath avistou uma construção moderna, de vidro e tijolinhos cor-de-rosa, no topo de uma elevação, por trás da Mansão.

— A detenção — disse Roseanna. — É ali que desintoxicam as pessoas que chegam com *delirium tremens*. É onde dão choque.

Não gosto de olhar para lá. Disse para o meu médico: "Prometa nunca me mandar para a detenção. Vocês não podem me mandar para a detenção. Eu não ia suportar". E ele respondeu: "Não posso prometer nada a você".

— Surpresa — disse Sabbath. — Só roubaram as calotas.

Ele abriu a porta do carro e, no momento em que pegou o fichário (com os grossos elásticos no lugar) embaixo do banco da frente e entregou a Roseanna, ela estava chorando outra vez. Uma pessoa diferente a cada dois minutos.

— Isso é um inferno — disse Roseanna. — A comoção não *para*! — E, afastando-se de Sabbath, subiu correndo de volta pelo morro, apertando o fichário contra o peito como se só aquilo a pudesse livrar da detenção. Sabbath deveria poupá-la de outras aflições provocadas pela sua presença? Se partisse agora, estaria em casa antes das dez. Tarde demais para procurar Drenka, mas e Kathy? Levar a moça para casa, discar o número do SABBATH e ficar ouvindo a fita enquanto eles se chupavam um ao outro.

Eram vinte para as sete. A reunião de Roseanna, no "saguão" da Mansão, ia começar às sete e prosseguir até as oito. Ele vagueou pela depressão em forma de anfiteatro, coberta de grama, ainda representando — embora ninguém pudesse prever até quando — o papel de hóspede. Quando chegou a Roderick, Roseanna tinha chamado a enfermeira de plantão por um telefone da Mansão a fim de pedir a ele para esperar no quarto até que ela voltasse da reunião dos AA. Mas esse tinha sido o plano de Sabbath, fosse ou não convidado, desde o instante em que vira na escrivaninha de Roseanna o caderninho de anotações no qual ela estava preparando sua revelação para a noite seguinte.

Talvez Roseanna tivesse esquecido onde havia deixado o caderno; talvez, só de pôr os olhos nele de novo (e, aqui, sem a ajuda fornecida pela bebida, cujas propriedades benéficas como estimulante conjugal são celebradas na Bíblia*), tenha ficado inca-

* "Dai a bebida forte àquele que desfalece e o vinho àquele que tem amargura no coração: que ele beba e esquecerá sua miséria e não se lembrará mais de suas mágoas" (Provérbios 31, 6-7). (N. A.)

paz de pensar direito e deixado com a enfermeira uma mensagem que não fazia o menor sentido. Ou quem sabe ela de fato queria que Sabbath ficasse sozinho no quarto dela e lesse tudo o que o seu desespero havia redigido ali? Mas para levar Sabbath a ver o quê? Roseanna queria que ele lhe desse uma coisa enquanto ela lhe dava outra, e, é claro, Sabbath não tinha a menor intenção de se prestar a essa armaçãozinha, porque aconteceu que ele queria que Roseanna lhe desse uma coisa enquanto ele lhe dava outra bem diferente... Mas por que então continuar casados? Para dizer a verdade, ele não sabia. Ficar plantado ali por trinta anos é de fato inexplicável, até que a gente se lembra de que as pessoas fazem a mesma coisa o tempo todo. Eles não eram o único casal na Terra a quem a desconfiança e a aversão mútua forneciam os alicerces indestrutíveis para uma união duradoura. Todavia, no entender de Rosie, quando a sua tolerância alcançou o limite, parecia que eles *eram* mesmo os únicos com aflições tão desenfreadamente contraditórias, *tinham* de ser: o único casal em que um achava o comportamento do outro assim tão enfadonhamente antagônico, o único casal em que um privava o outro de tudo de que mais gostava, o único casal cujas brigas acerca de suas diferenças nunca eram esquecidas, o único casal cuja razão para terem ficado juntos havia evaporado, nem se lembravam mais quando, o único casal que não conseguia separar-se um do outro apesar das dez mil queixas de cada um, o único casal que não conseguia acreditar que as coisas pudessem piorar mais e mais a cada ano, o único casal para quem o silêncio na hora de jantar era temido com um ódio tão amargo...

Sabbath tinha imaginado que a maior parte do seu diário seria uma lenga-lenga a respeito dele. Mas não havia nada ali sobre Sabbath. As anotações eram todas sobre o outro *ele*, o professor de colarinho engomado, cuja fotografia Roseanna vinha se obrigando a encarar toda manhã, ao acordar, e toda noite, ao ir dormir. Havia algo na existência dela pior do que Kathy Goolsbee — Sabbath *mesmo* estava fora de questão. Os últimos trinta *anos* estavam fora de questão, tanto alvoroço vão, tanto tempo espicaçando a chaga pela qual— do modo que Roseanna se retratava aqui — sua alma tinha sido permanentemente desfigurada. Sabbath tinha a sua história; esta era a de Roseanna, a história oficial desde as origens, quando e onde a traição que constitui a vida se desencadeou. *Aqui* estava o aterrador encarceramento para o qual não havia saída, e Sabbath não era mencionado uma única vez. Que aporrinhação nós somos um para o outro — se bem que, a rigor, inexistentes um para o outro, espectros irreais quando comparados a quem quer que tenha sabotado originalmente a fé sagrada.

Tivemos várias mulheres, governantas, que viviam com a gente, ajudavam a fazer o jantar. Meu pai também cozinhava. Minha memória é um pouco vaga. A governanta sentava conosco também para jantar. Não lembro muita coisa dos nossos jantares.

Ele não estava em casa depois da escola. Eu tinha uma chave. Ia até o mercado e comprava comida para mim. Sopa de ervilha. Bolo e biscoitos de que eu gostava. Minha irmã estava em casa. Fazíamos um lanche de tarde e depois saíamos para brincar com nossas amigas.

Lembrança do meu pai roncando ruidosamente. Tinha a ver com a bebida. De manhã, o encontrava todo vestido, dormindo no chão. Tão bêbado que nem enxergava a cama.

Ele ficava sem beber durante a semana, menos nos finais de semana. Por um tempo, tivemos um barco a vela e no verão passeávamos de barco. Ele era muito dominador. Queria tudo do seu jeito. E não era grande coisa como marinheiro. Quando ficava um pouco mais embriagado, perdia o controle e andava com os bolsos puxados para fora, a fim de nos mostrar que não tinha dinheiro algum. E então se mostrava rude e, se estivéssemos com uma amiga, eu ficava terrivelmente envergonhada. Tinha muito nojo físico dele quando fazia essas coisas.

Eu precisava de roupas, assim ele me levava à loja de roupas. Eu ficava muito sem graça por ter que fazer isso com meu pai. Ele não tinha gosto para escolher roupas e às vezes me fazia comprar coisas de que eu não gostava e me obrigava a vestir. Lembro-me de um casaco impermeável que eu odiava. Eu o odiava com fúria. Sentia-me masculinizada porque não tinha mulheres que pudessem cuidar de mim e me dar conselhos. Isso era muito ruim.

Ele arranjava as governantas e várias delas queriam casar com ele. Lembro-me de uma que era uma mulher instruída, cozinhava muito bem e tinha muita vontade de casar com o professor. Mas sempre terminava em catástrofe. Ella e eu ficávamos ouvindo através das portas para acompanhar os desdobramentos românticos. Sabíamos exatamente quando eles estavam trepando. Não consigo imaginar que ele fosse bom de cama, bêbado daquele jeito. Mas ficávamos sempre ouvindo por trás da porta e estávamos conscientes de tudo que se passava. Mas então a realidade entrava em cena, ele as controlava feito um ditador, queria até ensiná-las como lavar os pratos. Era professor de geologia e por isso sabia lavar os pratos melhor do que elas. Havia brigas e gritos, e eu não acho que ele batesse nas mulheres, mas o final era sempre desagradável. Quando elas iam embora, havia sempre uma crise. E para mim havia sempre a expectativa da crise. E quando eu tinha doze ou treze anos, e fiquei mais interessada em sair e encontrar rapazes, e tinha uma porção de amigas, ele ficou muito abalado. Sentava para beber o seu gim sozinho e pegava no sono ali mesmo. Não consigo pensar nele, pensar naquela pessoa isolada, incapaz de cuidar de si mesma, sem chorar, como estou fazendo agora.

Ela foi embora em 1945, quando eu tinha oito anos. Não me lembro de quando ela partiu, só me lembro de ter sido abandonada. E depois me lembro de quando ela voltou pela primeira vez, em 1947, no Natal. Trouxe uns bichinhos de brinquedo que faziam barulho. Meu sentimento de desespero. Queria minha mãe de volta. Ella e eu estávamos de novo ouvindo o que minha mãe e meu pai conversavam atrás das portas. Talvez estivessem também trepando. Não sei. Mas tudo que acontecia atrás das portas nós tentávamos escutar. Havia sussurros muito fortes e às vezes discussões em voz muito alta. Minha mãe ficou ali por duas semanas e foi um grande alívio quando partiu porque a tensão era terrível. Era uma mulher muito vistosa, bem vestida, que por viver em Paris me parecia ter grande experiência do mundo.

Ele costumava manter a escrivaninha trancada. Ella e eu sabíamos como abrir usando uma faca, assim sempre tínhamos acesso aos seus segredos. Achamos cartas de outra mulher. Rimos e achamos tudo uma grande piada. Certa noite, meu pai entrou no meu quarto e disse: “Ah, estou ficando apaixonado”. Fingi que não sabia de nada. Ele disse que ia se casar. Pensei: “Ótimo, agora vou ficar livre da obrigação de cuidar dele”. A mulher era viúva, já com sessenta anos, e ele pensava que ela possuía algum dinheiro. Assim que se casaram, as brigas começaram, igualzinho às outras mulheres. Dessa vez, me senti no meio da história toda, responsável pelo fato de eles terem se casado! Meu pai chegou perto de mim e disse que a situação era terrível porque a mulher era mais velha do que havia dito e não tinha o dinheiro que dissera ter. Uma enorme calamidade. E ela começou a me xingar. Reclamava que eu não estudava, que eu era mimada, que eu não era confiável, que eu era bagunceira, que não limpava meu quarto, que não valia nada, que nunca dizia a verdade nem dava atenção ao que ela falava.

Eu estava tomando banho na casa de minha mãe e o telefone tocou e ouvi minha mãe gritando. Meu primeiro pensamento foi que meu pai havia matado minha madrasta. Mas minha mãe entrou no banheiro e disse: "Seu pai morreu. Tenho que ir a Cambridge". Perguntei: "E eu?". Ela respondeu: "Você tem que estudar e eu não acho que você deva ir lá". Mas insisti que isso era importante para mim e então ela acabou deixando que eu fosse. Ella não queria ir, tinha medo, mas eu a obriguei a vir com a gente. Ele tinha deixado uma carta para mim e para Ella. Ainda guardo a carta. Guardo todas as cartas que ele me enviou quando fui morar com minha mãe. Não as leio desde quando ele morreu. Quando eu ia pegar as cartas dele no correio, não conseguia ler. Receber uma carta do meu pai me deixava com enjoo o resto do dia. Minha mãe me obrigava a abrir as cartas. Eu as lia na sua presença ou então ela lia para mim. "Por que você não escreveu para o seu pai que sente tanta saudade de você?" Na terceira pessoa. "Por que não escreveu para o seu pai que ama tanto você? Por que mentiu para mim sobre o dinheiro?" Depois, no dia seguinte: "Ah, minha adorada Roseanna, recebi uma carta sua e fiquei muito feliz".

Eu não odiava meu pai, mas ele tinha uma mágoa enorme de mim. Ele possuía um poder enorme sobre mim. Ele não ficava bêbado todos os dias porque tinha de dar aula. Era quando ficava embriagado que vinha para o meu quarto de noite e deitava na cama ao meu lado.

Em fevereiro de 1950 me mudei com Ella para o apartamento de minha mãe. Via minha mãe como minha salvadora. Eu a adorava e tinha veneração por ela. Achava que ela era linda. Minha mãe fazia de mim uma boneca. Do dia para a noite, virei uma menina popular, com todos os rapazes atrás de mim, e fiquei alta praticamente do dia para a noite. Havia até um "Clube da Roseanna", os rapazes me contavam. Mas eu não conseguia compreender a atenção que recebia.

Eu não estava ali. Estava em outro lugar. Eu era difícil. Mas lembro que de repente fiquei muito alinhada, vestidinhos listrados e anáguas, e uma rosa no cabelo para ir às festas. A missão da vida de minha mãe era justificar sua fuga de casa. Ela dizia que ia acabar matando meu pai. Mesmo quando pegava o telefone para falar com ele, minha mãe tinha medo dele — suas veias saltavam e ela ficava branca. Acho que eu escutava aquilo todos os dias, de um jeito ou de outro, a sua justificação por ter fugido de casa. Ela também detestava quando chegavam cartas dele, mas tinha medo demais do meu pai para não me obrigar a ler as cartas. E havia uma briga a respeito de dinheiro. Ele não queria pagar, se eu não estivesse morando com ele. Era sempre eu, nunca Ella. Eu tinha de morar com meu pai senão ele não ia pagar nada para mim. Não sei como eles resolveram isso, só sei é que sempre havia briga a respeito de dinheiro por minha causa.

Havia nele alguma coisa fisicamente repugnante. A parte sexual. Eu tinha então e tenho ainda hoje uma forte aversão física em relação a ele. Pelos seus lábios. Achava feios. E o jeito que ele me segurava, mesmo em público, como uma mulher que ele amasse, e não como uma menina. Quando me pegava pelo braço para dar um passeio, eu sentia que estava presa a uma corrente de que nunca poderia me soltar.

Ficava tão agitada e atarefada fazendo outras coisas que, por um tempo, conseguia me esquecer dele. Fui para a França no verão após a sua morte e, com catorze anos, tive um namoro. Estava com um amigo da minha mãe e lá havia uma porção de rapazes... e eu me esqueci dele. Mas durante anos fiquei atordoada. Desde então sempre estive atordoada. Não sei por que ele vem me assombrar agora que já sou uma mulher com cinquenta anos, mas ele faz isso.

Preparei-me para ler suas cartas no verão passado, colhendo flores e deixando o ambiente bonito, mas quando comecei a ler tive que parar.

Eu bebia para sobreviver.

Na página seguinte, todas as linhas do seu manuscrito haviam sido riscadas com tanta força que mal se podia ler alguma coisa. Sabbath procurava as palavras que desenvolvessem o trecho “Era quando ficava embriagado que ele vinha para o meu quarto à noite e deitava na cama ao meu lado”, mas tudo o que conseguiu distinguir, mesmo após um exame microscópico, foram as palavras "vinho branco", "anéis da minha mãe", "um dia torturante"... e isso não fazia parte de nenhuma sequência compreensível. O que ela havia escrito ali não era para os ouvidos dos pacientes naquela reunião, nem para os olhos de ninguém, inclusive dela mesma. Mas então Sabbath virou a página e encontrou uma espécie de exercício redigido de forma bastante legível, talvez uma tarefa prescrita pelo seu médico.

> Reconstituição de quando fui embora da casa do meu pai, com treze anos, trinta e nove anos atrás, em fevereiro. Primeiro, como eu me lembro, depois, como eu gostaria que tivesse sido.
>
> *Como eu me lembro*: Meu pai tinha me pegado no hospital onde, alguns dias antes, eu me internara para fazer uma operação de amígdalas. Apesar de todo o medo que eu tinha dele, pude ver que estava muito contente de me ter de volta em casa, mas eu me sentia do mesmo jeito de costume — não posso definir com precisão, mas me sentia muito incomodada pela sua respiração e pelos seus lábios. Não tenho a menor lembrança do ato, em si. Só as vibrações que os seus lábios e a sua respiração causavam em mim. Nunca contei a Ella. Nunca contei até hoje. Nunca contei a ninguém.
>
> Papai me contou que ele e Irene não se entendiam muito bem. Que ela continuava a reclamar de mim, que eu era relaxada, não estudava e não prestava atenção ao que ela dizia. Era melhor eu ficar afastada dela o máximo possível... Papai e eu estávamos sentados na sala depois do almoço. Irene estava lavando a louça na cozinha. Eu me sentia fraca e cansada, mas estava resolvida. Tinha de dizer para ele que eu ia embora. Que tudo já estava planejado. Minha mãe aceitara ficar comigo por quanto tempo — ela frisou isso repetidas vezes — eu quisesse ficar e não tinha me coagido de forma alguma a ir para lá. Legalmente, meu pai tinha a custódia sobre nós. Muito fora do comum, naquela época. Minha mãe havia renunciado a todos os seus direitos sobre nós, pois achava que nós, crianças, não devíamos ficar separadas e ela possuía poucos recursos para nos sustentar. Além disso, provavelmente papai nos mataria a todas se nós o deixássemos. É verdade que, depois de ler no jornal notícias de tragédias familiares em que o marido matava todo mundo, inclusive a si mesmo, ele comentava que era isso mesmo que se devia fazer.

Lembro-me de meu pai de pé diante de mim, aparentando ter muito mais do que cinquenta e seis anos, cabelo branco espesso e um rosto descarnado, um pouco curvado para a frente, mas ainda alto. Colocava café numa xícara. Corajosamente, eu disse a ele que ia embora. Que eu tinha falado com minha mãe e ela concordara em ficar comigo. Ele quase deixou a xícara cair e seu rosto ficou cinzento. Ele murchou. Sentou-se, sem dizer uma palavra. Não me assustou, ficando zangado, que era o que eu mais temia. Embora eu o desafiasse muitas vezes, morria de medo dele. Mas não daquela vez. Eu sabia que tinha de ir embora dali. Se não fosse, estava morta. Tudo que ele conseguiu dizer foi: "Eu entendo, mas não podemos deixar Irene saber. Só vamos contar a ela que você vai para a casa da sua mãe para se recuperar da operação". Menos de seis meses depois, ele se enforcou. Como eu poderia deixar de acreditar que era a culpada?

Como eu gostaria que tivesse acontecido: Sentindo-me muito fraca mas feliz por ter terminado a cirurgia, estava contente de ir para casa. Meu pai tinha me apanhado no hospital. Era um dia de sol, em janeiro. Papai e eu estávamos sentados na sala depois do almoço. Com minha boca ferida, só podia tomar líquidos. Não tinha apetite algum e estava preocupada com a possibilidade de começar a sangrar. Fiquei assustada no hospital ao ver outros pacientes voltarem por causa de sangramentos vagarosos. Disseram-me que a gente podia sangrar até morrer se não fosse descoberto a tempo. Papai estava sentado ao meu lado, no sofá. Ele me disse que queria conversar comigo. Explicou que minha mãe havia telefonado e dito a ele que eu talvez quisesse ir morar com ela, agora que já era uma mocinha crescida. Papai disse que sabia que eu estava passando por muitos problemas. Aquele fora um ano difícil para todo mundo. Tinha havido muita desavença entre ele e Irene, e ele sabia que aquilo me havia afetado. O seu casamento não estava dando certo como ele esperava, mas eu, que era sua filha e ainda pequena — já uma adolescente, mas ainda uma criança — não tinha nenhuma responsabilidade pelo rumo que as coisas em casa haviam tomado. Ele me disse que era uma pena que eu estivesse no meio de toda a confusão, com Irene reclamando dele e ele reclamando de Irene. Meu pai se sentia culpado por isso e, assim, por mais que sofresse por me ver ir embora, pois me amava muito, entendia que, se eu queria mesmo ir, provavelmente devia ser uma boa ideia. É claro que mandaria dinheiro para me sustentar se eu fosse morar com a minha mãe. Ele queria sinceramente o que fosse melhor para mim. Além disso, me contou que não vinha se sentindo bem havia muito tempo, sofrendo muitas vezes de insônia. Senti-me imensamente aliviada por ver que ele entendia os meus problemas. Agora finalmente eu tinha uma mãe para me orientar. E também poderia voltar a hora que quisesse, meu quarto estaria sempre ali.

Querido pai,

Hoje, enquanto esperava que suas cartas chegassem ao hospital, resolvi escrever uma carta para você. A dor que eu sentia antes, a dor que sinto agora — são a mesma dor? Espero que não. Mas parecem idênticas. Só que hoje estou cansada de esconder minha dor. Minha velha habilidade de esconder (estando bêbada) já não vai mais funcionar. *Não* sou uma suicida, do jeito que você era. Eu só queria morrer porque queria que o passado me deixasse em paz e fosse embora. Deixe-me em paz, Passado, deixe-me ao menos dormir!

E aqui estou. Você tem uma filha num hospital de doentes mentais. Você fez isso. Lá fora, faz um lindo dia de outono. Céu claro e azul. As folhas mudando de cor. Mas aqui dentro ainda estou aterrorizada. Não vou dizer que minha vida foi desperdiçada, mas será que você sabe que fui roubada por você? Meu terapeuta e eu temos conversado sobre isso e agora entendo que você me roubou a capacidade de ter relacionamentos normais com homens normais.

Ella costumava dizer que a melhor coisa que você fez foi cometer suicídio. Para Ella, a coisa é simples assim, a minha irmã, com os seus filhos maravilhosos! Que família estranha, essa da qual eu vim. No último verão, quando eu estava na casa de Ella, fui visitar o seu túmulo, papai. Não havia voltado lá desde o seu enterro. Colhi flores e coloquei na sua lápide. Ali você repousa ao lado do vovô e da vovó Cavanaugh. Chorei por você e pela vida que terminou de um modo tão horrível. A sua figura ainda tão nebulosa e abstrata, e mesmo assim tão decisiva para mim, por favor, peça a Deus que tome conta de mim quando eu tiver de cumprir minha tarefa, amanhã à noite!

Sua filha, no hospital de doentes mentais,

Roseanna

Às oito e dez, Sabbath tinha lido tudo três vezes e Roseanna ainda não havia retornado para o quarto. Sabbath examinou a fotografia do pai dela, procurando em vão por algum sinal visível do desastre que sofreu e do desastre que fez os outros sofrerem. Nos lábios que Roseanna odiava, Sabbath nada enxergou de extraordinário. Em seguida, leu o máximo que pôde suportar o *Guia passo a passo para os familiares de pessoas dependentes de produtos químicos*, um livrete na mesa ao lado do travesseiro de Roseanna, cujo propósito com toda certeza era fazer uma lavagem cerebral em Sabbath, assim que Roseanna tivesse voltado para casa, a fim de banir Drenka da cama deles. Aqui, ele era apresentado aos conceitos de Compartilhar e Identificar-se, que logo viriam a se tornar auxiliares domésticos, como os anõezinhos Feliz, Soneca, Zangado ou Mestre. "A dor emocional", ele leu, "pode ser vasta e profunda... Magoa nos vermos envolvidos em discussões ásperas... E o futuro? Será que as coisas vão continuar piorando?"

Sabbath deixou na escrivaninha a chave do arquivo que ele encontrara na bota de montaria de Roseanna. Mas antes de descer para o posto de enfermagem a fim de perguntar onde ela estaria, voltou para o caderninho de anotações e gastou mais quinze minutos dando uma contribuição da sua autoria, logo após a carta que ela havia escrito para o pai naquele mesmo dia. Sabbath não fez nada para disfarçar a sua letra.

> Querida Roseanninha!
>
> É claro que você está em um hospital de doentes mentais. Eu adverti você tantas e tantas vezes sobre o perigo de se separar de mim e de me separar daquela belezinha da Helen Kylie. Sim, você está mentalmente perturbada, você se perdeu totalmente na bebida e não pode mais se recuperar sozinha, mas a sua carta de hoje ainda me deixou realmente chocado. Se quer entrar com uma ação na Justiça, vá em frente, apesar de eu estar morto. Nunca esperei mesmo que a morte fosse me trazer alguma paz. Agora, graças a você, minha filhinha adorada, estar morto é tão terrível quanto estar vivo. *Entre* na Justiça. Você, que abandonou o seu pai, não tem a menor autoridade para reclamar. Durante cinco anos vivi só para você. Por causa das despesas com a sua educação e com suas roupas etc., nunca fui capaz de me manter direito com um salário de professor. Para mim, durante esses anos, não comprei coisa alguma, nem mesmo roupas. Tive até de vender o barco. Ninguém pode dizer que não sacrifiquei tudo para cuidar de você com todo amor,

embora seja possível argumentar que existem métodos diferentes de criar os filhos.

Não tenho tempo para escrever mais. Satã está me chamando para a minha sessão. Querida Roseanninha, será que você e o seu marido não podem viver felizes, no final? Se não, a culpa é totalmente da sua mãe. Satã concorda. Ele e eu conversamos em nossa terapia sobre o marido que você escolheu e tenho certeza absoluta de que não tenho a menor culpa de coisa alguma. Se você não casou com um homem normal, foi pura e simplesmente por culpa da sua mãe, por ter mandado você estudar em um colégio misto durante os perigosos anos da puberdade. Todo o sofrimento na sua vida é da total responsabilidade dela. Minha angústia, que tem suas raízes no tempo em que eu me achava vivo, não vão desaparecer nem mesmo aqui, em razão daquilo que sua mãe fez com você e daquilo que você fez comigo. No nosso grupo, há um outro pai que teve uma filha ingrata. Ele compartilhou sua aflição e nós nos identificamos com ele. Isso ajudou muito. Aprendi que não posso modificar a minha filha ingrata.

Mas até que ponto você pretende me rechaçar, minha doçura? Já não me rechaçou o bastante? Você me julga inteiramente em função da sua dor, me julga inteiramente em função de seus sagrados sentimentos. Mas por que não me julga, só para variar, em função da *minha* dor, dos *meus* sagrados sentimentos? Como você se aferra à sua mágoa! Como se, neste mundo feito de perseguições, só você tivesse mágoas. Espere até estar morta — a morte é mágoa e somente mágoa. Mágoa eterna. É indigno de você continuar esse ataque contra o seu pai defunto — vou ficar na terapia aqui para sempre por sua causa. A menos, a menos, minha querida Roseanninha, que você encontre coragem para escrever alguns milhares de páginas para o seu papai amargurado a fim de contar a ele quanto remorso você sente de tudo o que fez para arruinar a vida dele.

Do seu pai, no Inferno,
Papai

— Provavelmente, ainda está na Mansão — disse a enfermeira, consultando o seu relógio. — Elas saem andando por aí para fumar. Por que não vai até lá? Se ela estiver vindo para cá, o senhor vai cruzar com ela na caminho.

Mas, na Mansão, onde os fumantes estavam de fato reunidos, de novo, do lado de fora da porta principal, Sabbath foi informado de que Roseanna tinha ido ao ginásio com Rhonda para nadar. O ginásio era um prédio baixo, meio achatado, no final do gramado e em frente à estrada — disseram a ele que dava para ver a piscina através das janelas.

Não havia pessoa alguma nadando lá dentro. Era uma piscina grande, bem iluminada e, depois de espiar pelas janelas embaçadas, Sabbath entrou para ver se Roseanna estava no fundo da água, morta. Mas a moça de vigia, sentada numa escrivaninha ao lado de uma pilha de toalhas, disse que não, Roseanna não viera ali esta noite. Tinha dado suas braçadas de tarde.

Sabbath subiu de volta o morro sombrio na direção da Mansão, a fim de dar uma olhada no saguão onde tivera lugar a reunião. Foi conduzido até lá pelo vidraceiro, que estava lendo uma revista na sala de estar enquanto alguém, no piano — a tal de Wellesley, a namorada do homem de Marlboro —, dedilhava "Night and day" com uma só mão. O saguão ficava junto de um corredor largo, com um telefone público em cada extremidade. Num deles, estava a menina miúda, magricela, hispânica, de uns vinte anos, que Roseanna, durante o jantar, contara ser a viciada que traficava cocaína. Vestia um traje de ginástica de náilon colorido e mantinha fones de *walkman* nos ouvidos enquanto discutia em voz alta, pelo telefone, numa língua que Sabbath imaginou ser espanhol porto-riquenho ou dominicano. Pelo que pôde entender, ela estava dizendo à sua mãe para ir se foder.

O saguão era um aposento espaçoso com um televisor no fundo, sofás e uma porção de poltronas espalhadas, mas se achava vazio, salvo por duas senhoras idosas que jogavam cartas em silêncio numa mesa ao lado de uma luminária de pé. Uma das senhoras era uma paciente grisalha, melancólica, mas com o ar apropriado de um esgotamento venerando, a quem diversos pacientes haviam aplaudido com bom humor quando ela apareceu, vinte minutos atrasada, na porta da sala de jantar.

— A meu público — dissera ela, com ar solene, no seu sotaque requintado da Nova Inglaterra, e fizera uma reverência. — Esta é a apresentação da tarde — anunciara, entrando esvoaçante pela sala, na ponta dos pés. — Se tiverem sorte, podem vir ver a apresentação da manhã. — A mulher que jogava cartas com ela era sua irmã, uma visita, que também já devia estar chegando aos oitenta anos de idade.

— Vocês viram Roseanna? — Sabbath perguntou para elas.

— Roseanna — respondeu a paciente — está conversando com o médico.

— Mas são oito e meia da noite.

— A dor, que é a chancela das vicissitudes humanas — ela informou a Sabbath —, não se ameniza com o cair da noite. Ao contrário. Mas o senhor deve ser o marido, que é uma pessoa tão importante para ela. Sim. Sim. — Avaliando Sabbath de alto a baixo, cintura, altura, barba, calvície, roupa, ela disse, enfim, com um sorriso afável: — Não há dúvida de que o senhor é um homem deveras notável.

No segundo andar da Mansão, Sabbath passou por uma fileira de quartos de pacientes até chegar ao final do corredor e a um posto de enfermagem quase duas vezes maior do que o de Roderick, bem menos jovial e alegre, mas graças a Deus sem os cartazes dos Peanuts. Duas enfermeiras cuidavam da papelada e, sentado em cima de um arquivo baixo, balançando as pernas e bebendo o que parecia ser o seu sexto ou sétimo refrigerante, tendo em vista a sacola cheia de Pepsis ao seu lado e a cesta de lixo aos seus pés, estava um rapaz musculoso, de barbicha escura, vestindo jeans preto, camisa polo preta e tênis pretos, que parecia vagamente com o Sabbath de uns trinta anos atrás. Ele se dirigia a uma das enfermeiras, com voz emocionada; de tempos em tempos, ela voltava os olhos para cima, a fim de se certificar do que ele estava dizendo, mas logo a seguir retomava o seu trabalho. A enfermeira mesma não podia ter mais de trinta anos, atarracada, robusta, de olhos claros, com cabelos escuros bem curtos, e piscou os olhos para Sabbath, com ar amistoso, assim que ele surgiu na porta. Ela era uma das duas enfermeiras que haviam revistado as malas de Rosie, na noite em que eles chegaram.

— Idiotas ideológicos! — proclamou o rapaz de preto. — O terceiro grande fracasso ideológico do século XX. A mesma história. Fascismo. Comunismo. Feminismo. Todas ideologias destinadas a voltar um grupo de pessoas contra outro grupo. Os bons arianos contra os maus que os oprimem. Os pobres bons contra os ricos maus que os oprimem. As boas mulheres contra os homens maus que as oprimem. O defensor da ideologia é puro, bom, limpo, e os outros são nefastos. Mas sabe quem é mesmo nefasto? Aquele que imagina que é puro, esse sim é nefasto! Eu sou puro, eu sou nefasto. Como você pode engolir essa conversa fiada, Karen?

— Eu não engulo, Donald — retrucou a jovem enfermeira. — Você sabe que eu não engulo essa história.

— *Ela* engolia. Minha ex-esposa!

— Não sou sua ex-esposa.

— Não existe pureza humana alguma! Não existe! Não pode existir! — disse ele, dando um chute no arquivo, para enfatizar sua afirmação. — Não deve e não *poderia* existir! Porque é uma mentira! A ideologia dela é igual a todas as ideologias, baseada em uma mentira! Tirania ideológica. É a doença do século. A ideologia *institucionaliza* a patologia. Em vinte anos, haverá uma nova ideologia. As pessoas contra os cães. Os cães devem ser culpados pela nossa vida, como seres humanos. Depois dos cachorros será o quê? Quem será o culpado por corromper nossa pureza?

— Eu sei o que você quer dizer — murmurou Karen, enquanto cuidava do trabalho na sua escrivaninha.

— Desculpem-me — disse Sabbath. Inclinou-se para dentro da saleta. — Não pretendo interromper um homem cujas antipatias eu esposo de todo coração, mas estou procurando Roseanna Sabbath e me disseram que ela está com o seu médico. Será que essa informação é fidedigna?

— Roseanna está em Roderick — disse Donald, o de preto.

— Mas não está lá agora. Não consigo encontrá-la. Vim de longe para vê-la e não consigo encontrá-la. Sou o marido dela.

— Ah, é? Ouvimos tantas coisas maravilhosas sobre o senhor, no nosso grupo — disse Donald, de novo batendo com os tênis de encontro ao arquivo e enfiando a mão na sacola em busca de outra Pepsi. — O grande deus Pã.

— O grande deus Pã está morto — um impassível Sabbath comunicou ao jovem. — Mas percebo — agora, levantando a voz — que o senhor é um jovem que não teme a verdade. O que está fazendo em um lugar como este?

— Tentando ir embora — respondeu Karen, revirando os olhos, como uma criança irritada. — Donald vem tentando isso desde as nove horas da manhã. Donald já pegou o seu diploma aqui, mas não consegue voltar para casa.

— Não tenho casa. A piranha destruiu minha casa. Dois anos atrás — explicou para Sabbath que, a essa altura, já havia entrado na saleta e se acomodara na cadeira ao lado da cesta de lixo. — Certa noite, voltei de uma viagem de negócios. O carro da minha mulher não está na entrada da garagem. Entro em casa e vejo que está vazia. Toda a mobília tinha sido retirada. Só o que ela deixou foi o álbum com as fotos do nosso casamento. Sentei no chão, olhei as fotos do casamento e chorei. Eu voltava do trabalho para casa, todos os dias, olhava as fotografias do casamento e chorava.

— E, como um bom menino, enchia a cara na hora do jantar — disse Karen.

— A birita era só para amenizar a depressão. Já deixei isso para trás. Estou aqui no hospital— Donald explicou para Sabbath — porque ela está casando hoje. *Casou-se* hoje. Casou-se com outra mulher. Um *rabino* fez o casamento. E minha esposa nem mesmo é judia!

— Ex-esposa — disse Karen.

— Mas a outra mulher é judia? — perguntou Sabbath.

— É, sim. O rabino estava ali para agradar a família da outra mulher. Que tal?

— Bem — disse Sabbath com delicadeza —, os rabinos são figuras muito respeitadas na mentalidade dos judeus.

— Que se foda. *Eu* sou judeu. Que merda esse rabino está fazendo lá, casando duas lésbicas? Você acha que em Israel um rabino faria uma coisa dessas? Não, só mesmo em Ithaca, Nova York!

— Abarcar a humanidade em toda a sua gloriosa diversidade — indagou Sabbath, afagando sua barba, com ar professoral — tem sido uma peculiaridade antiga do rabinato de Ithaca?

— Ora, que se fodam! São rabinos! São uns babacas!

— Cuidado com a linguagem, Donald — Era a outra enfermeira que falava, agora, nitidamente mais severa. Madura, calejada e severa. — Está na hora de checar os sinais vitais dos pacientes,

Donald. Logo estará na hora dos remédios. A gente vai ficar muito ocupada, por aqui. Quais são os seus planos? Você fez planos?

— Estou indo embora, Stella.

— É bom. Quando?

— Depois dos sinais vitais. Quero ter certeza de me despedir de todo mundo.

— Você passou o dia inteiro se despedindo de todo mundo — Stella retrucou. — Todo mundo na Mansão já deu uma volta com você e disse que você pode muito bem superar suas dificuldades. Você *pode* superar. Você *vai* superar. Você não vai parar num bar e tomar um drinque. Vai direto para a casa do seu irmão, em Ithaca.

— Minha esposa é lésbica. O babaca de um rabino casou-a hoje com outra mulher.

— Você não tem certeza de que foi assim.

— Minha cunhada estava *lá*, Stella. Minha ex-esposa estava sob o *chuppah** com sua noiva e, quando chegou a hora, ela estilhaçou a taça. Minha esposa é uma *shiksa*. As duas são lésbicas. Então foi nisso que o judaísmo se transformou? Não posso acreditar!

— Donald, seja compreensivo — disse Sabbath. — Não menoscabe os judeus por quererem acompanhar as mudanças do mundo. Mesmo os judeus estão em apuros, na Era do Lixo Total. Os judeus não podem vencer — disse Sabbath para Stella, que parecia ser filipina e, como ele, era uma pessoa mais velha e mais sábia. — Ou escarnecem deles porque ainda andam barbados e abanam os braços no ar, ou são ridicularizados por pessoas como o nosso Donald, aqui, por se mostrarem servis à última palavra da revolução sexual.

— E se ela se casasse com uma zebra? — perguntou Donald, indignado. — Um rabino teria casado minha mulher com uma zebra?

— Zebra ou *zebu*? — perguntou Sabbath.

— O que é um zebu?

* Termo hebraico para designar o dossel sob o qual se realiza a cerimônia do casamento. (N. T.)

— O zebu é uma vaca asiática com uma grande corcova. Hoje em dia, muitas mulheres estão deixando seus maridos para casar com zebus. Você falou zebu ou zebra?

— Zebra.

— Bem, acho que não. Um rabino não chegaria perto de uma zebra. Não pode. Elas não têm o casco fendido. Para que um rabino possa oficiar o matrimônio entre uma pessoa e um animal, o animal precisa ruminar *e* ter o casco fendido. Um camelo. Um rabino pode casar uma pessoa e um camelo. Uma vaca. Qualquer tipo de animal de rebanho. Uma ovelha. Mas não pode casar uma pessoa com um coelho porque, embora o coelho rumine o seu alimento, não tem o casco fendido. Ele também come o próprio excremento, o que, em face do que foi dito, você poderia considerar um ponto a favor dos coelhos: rumina seu alimento *três* vezes. Mas o que se requer são só *duas* vezes. É por isso que um rabino não pode casar uma pessoa com um porco. Não importa que o porco seja sujo. Não é esse o problema, nunca foi. O problema com o porco é que, embora possua o casco fendido, ele não rumina o seu alimento. A zebra pode ruminar ou não, eu não sei direito. Mas não tem o casco fendido e, para os rabinos, sem um dos requisitos, não há a menor chance. O rabino pode casar uma pessoa com um touro, está claro. O touro é como uma vaca. Um animal divino, o touro. O deus El do povo de Canaã — de onde os judeus pegaram o *El-o-him** — é um touro. A Liga Antidifamação tenta subestimar a importância disso, mas, gostem ou não, o El da palavra Elohim é um touro! A paixão básica da religião consiste em adorar um touro. Veja, Donald, vocês, judeus, deveriam ter *orgulho* disso. *Todas* as religiões antigas eram obscenas. Você sabe como os egípcios imaginavam a origem do universo? Qualquer pirralho pode ler isso na sua enciclopédia. Deus se masturbou. E o seu esperma espirrou para todo lado e criou o universo.

As enfermeiras não pareciam satisfeitas com a guinada que Sabbath dera à conversa e, portanto, o titereiro resolveu se dirigir diretamente a elas:

* Termo hebraico para designar Deus, no Velho Testamento. (N. T.)

— A punheta de Deus assustou vocês? Bem, os deuses são assustadores mesmo, meninas. É um deus que manda a gente cortar o prepúcio. É um deus que manda as pessoas sacrificarem o seu primogênito. É um deus que manda a gente abandonar o pai e a mãe e partir para o deserto. É um deus que manda a gente para a escravidão. É um deus que *destrói*, é o espírito de um deus que desce para *destruir*, e mesmo assim é um deus que dá a vida. O que em toda a criação é tão sórdido e forte como esse deus que dá a vida? O Deus da Torá encarna o mundo em todo o seu horror. E em toda a sua verdade. A gente tem que dar esse crédito aos judeus. Uma franqueza admirável e realmente rara. Que outro mito nacional de um povo revela a conduta sórdida do seu Deus *e* a sua própria? É só ler a Bíblia, está tudo lá, os judeus apóstatas, idólatras e carniceiros, e a esquizofrenia desses deuses antigos. Qual é a história arquetípica da Bíblia? Uma história de traição. De deslealdade. É uma fraude depois da outra. E qual a voz que fala mais alto na Bíblia? A de Isaías. O desejo louco de destruir a todos! O desejo louco de salvar a todos! A voz mais alta da Bíblia é a voz de alguém que perdeu a razão! E esse Deus, esse Deus hebreu, a gente não tem como escapar Dele! O mais chocante não são Suas feições monstruosas, muitos deuses são monstruosos, parece até que isso é um pré-requisito, mas, com Ele, não existe a quem recorrer. Não há um poder maior do que o *Dele*. O aspecto mais monstruoso de Deus, meus amigos, é o *totalitarismo*. Esse Deus vingativo, irado, esse sacana que decreta os castigos, é *a última instância*! Se importa se eu tomar uma Pepsi? — Sabbath perguntou a Donald.

— Assombroso — disse Donald, e pensando talvez, como Sabbath estava também pensando, que era desse jeito que as pessoas em um hospício *deviam* falar, pegou uma latinha gelada na sacola de plástico e chegou até a abrir a tampinha antes de entregar para ele. Sabbath tomava uma boa golada no momento em que a infantil traficante de cocaína entrou para que verificassem seus sinais vitais. Ela estava ouvindo música nos seus fones de ouvido e cantarolava a letra da canção num tom de voz enfadonho, monocórdio, gutural. "Lambe! Lambe! Lambe, *baby*, lambe, lambe, lambe!" Quando viu Donald, ela disse:

— Você não ia embora?

— Eu queria ver você tirar a pressão pela última vez.

— Sei, isso deixa você com tesão, não é, Donny?

— Qual *é* a pressão dela? — perguntou Sabbath. — O que você acha?

— Linda? Para Linda, isso não faz muita diferença. A pressão não é a coisa mais importante na vida de Linda.

— Como você se sente, Linda? — Sabbath perguntou. — *Estas siempre enfadada con tu mama?*

— *La odio.*

— *Por qué, Linda?*

— *Ella me odia a* mí.

— A pressão dela é doze por dez — disse Sabbath.

— Linda? — retrucou Donald. — Linda é uma criança. Doze por sete.

— Quer apostar na diferença entre a alta e a baixa? — perguntou Sabbath. — Um dólar na diferença e mais um dólar se você acertar a diástole ou a sístole, e três dólares se você acertar as duas. — Pegou no bolso da calça um maço de notas de um dólar e, enquanto alisava as cédulas formando um montinho na palma da mão, Donald tirou algumas notas da sua carteira e disse para Karen, que estava de pé segurando o aparelho de tirar pressão, ao lado da cadeira onde Linda havia sentado:

— Vá em frente. Vou jogar com ele.

— Mas o que está acontecendo aqui? — perguntou Karen. — Jogar o *quê?*

— Vá em frente. Tire a pressão dela.

— Meu Deus — exclamou Karen e colocou o aparelho de pressão no braço de Linda, que estava cantando de novo, junto com a fita.

— Cale-se — mandou Karen. Ela escutou pelo estetoscópio, *fez* uma anotação no caderno e depois tomou o pulso de Linda.

— Qual foi a pressão? — perguntou Donald.

Karen ficou em silêncio enquanto registrava o pulso de Linda no caderno.

— Ah, porra, Karen... Qual é a pressão dela?

— Doze por dez — disse Karen.

— Merda.

— Quatro dólares — disse Sabbath, e Donald retirou quarto notas da sua carteira e deu para ele. — O próximo. — Sciarappa, o barbeiro, de volta a Bradley.

Na porta, surgiu Ray, no seu roupão de seda. Acomodou-se em silêncio na cadeira e arregaçou a manga esquerda.

— Catorze por nove.

— Dezesseis por dez — disse Donald.

Ray ficou apalpando, nervoso, o livro que tinha na mão até que Karen tocou seus dedos e o *fez* relaxar. Em seguida, tirou sua pressão. Linda, recostada no portal, esperava para ver quem ia ganhar a bolada.

— Isso é legal— disse ela. — Isso é muito louco.

— Quinze — disse Karen — por dez.

— Venci na diferença — disse Sabbath — e você me venceu na diástole. Ficam elas por elas. O próximo.

O próximo era a moça com cicatriz no pulso, a loura alta, bonita, que andava curvada e que tinha apontado para Sabbath o caminho para Roserick House, antes do jantar. Ela disse para Donald:

— Você não ia embora?

— Só se você vier comigo, Madeline. Você parece ótima, doçura. Está quase ereta.

— Não fique assustado... sou a mesma de sempre — disse ela. — Escute só o que achei hoje na biblioteca. Estava lendo as revistas. Escute. — Ela pegou um pedaço de papel no bolso do seu jeans. — Copiei de uma revista. Palavra por palavra. *Journal of Medical Ethics*. "Propomos que a *felicidade*' — erguendo os olhos, ela explicou, "grifo deles". — "Propomos que a *felicidade* seja classificada como um distúrbio psíquico e incluída nas edições futuras dos principais manuais de diagnóstico sob o seu novo nome: distúrbio afetivo básico, do tipo agradável. Ao reler a literatura pertinente ao assunto, fica claro que a *felicidade* é estatisticamente anormal, consiste em um feixe de sintomas peculiares, associa-se a uma gama de anormalidades cognitivas e provavelmente reflete um funcionamento anormal do sistema nervoso central. Persiste uma objeção possível a essa proposta: a *felicidade não* é avaliada de forma negativa. Todavia, essa objeção pode ser considerada cientificamente irrelevante."

Donald pareceu contente, orgulhoso, animado, como se a verdadeira razão por ter adiado sua partida fosse a intenção de fugir dali com Madeline.

— Você inventou isso?

— Se eu tivesse inventado, havia de ser uma coisa inteligente. Não. Um psiquiatra inventou essa história, por isso não é inteligente.

— Ah, bobagem, Madeline. Saunders não é nada burro. Ele era analista — Donald explicou para Sabbath —, o cara que dirige isto aqui, e agora ele fica bancando, sabe como é, o psiquiatra frio que tenta se mostrar sereno diante de tudo, mas não demasiado analítico. Ele anda metido nessa grande pesquisa comportamental e cognitiva. Tentando fazer a gente mesmo se controlar e parar, se a gente está dominado por ideias obsessivas. A gente aprende a dizer: Para!

— E isso não é uma burrice? — perguntou Madeline. — Enquanto isso, o que esperam que eu faça com a minha raiva e a minha falta de confiança? Nada é fácil. Nada é agradável. O que esperam que eu faça com essa terapeuta imbecil que conversou comigo de manhã na sessão do Treinamento de Pensamento Positivo? Estive com ela de novo, de tarde. Tivemos que assistir a um vídeo sobre os aspectos médicos do vício e depois ela orientou o debate. Levantei a mão e disse: "Tem umas coisas nessa fita que eu não entendo. Sabe, quando eles fazem aquela experiência com os dois camundongos diferentes...". E a imbecil da terapeuta respondeu: "Madeline, a discussão não é a respeito disso. A gente vai discutir os seus sentimentos. Como o vídeo fez você se sentir a respeito do alcoolismo?". E eu disse: "Frustrada. Deixou mais perguntas no ar do que respostas". "Tudo bem", ela disse, naquele seu jeito sempre animado. "Madeline se sente frustrada. Mais alguém? Como *você* se sente, Nick?" E assim ela seguiu a roda, um por um, e depois eu levantei a mão de novo e falei: "Se fosse possível por um minuto mudar o nosso debate do nível dos sentimentos para o nível das informações...". "Madeline", ela interrompeu, "este é um debate sobre os sentimentos das pessoas em relação a essa fita de vídeo. Se você tem necessidade de informação, sugiro que vá à biblioteca e faça uma pesquisa." Foi assim que eu fui parar na biblioteca. Os meus sentimentos. Quem é que se *importa* em saber como me sinto sobre o meu vício?

— Se você for capaz de monitorar os seus sentimentos — explicou Karen —, é isso que vai impedir que você *se torne* viciada.

— Não vale a pena — retrucou Madeline.

— Vale, sim — disse Karen.

— Pois é — disse Donald —, você é uma viciada, Madeline, porque não se relaciona com as pessoas, e não se relaciona com as pessoas porque não contou a elas quais são os seus *sentimentos*.

— Ah, por que as coisas não podem simplesmente ser boas? — perguntou Madeline. — Tudo o que eu quero, afinal, é que me digam o que devo fazer.

— Gosto de ouvir você dizendo isso — comentou Donald. — "Só quero que me digam o que devo fazer." Com essa vozinha, é um tremendo tesão.

— Ignore a negatividade dele, Madeline — disse Karen, a enfermeira. — Ele está falando só de brincadeira.

Mas Madeline não parecia capaz de ignorar o que quer que fosse.

— Bem — disse ela para Donald —, em certas situações, eu gosto que me digam o que fazer. E em outras situações gosto de mandar eu mesma.

— E aí estamos nós outra vez — retrucou Donald. — É tudo muito complicado.

— Tive terapia artística esta tarde — Madeline contou a ele.

— Fez um desenho, minha querida?

— Fiz colagem.

— E alguém interpretou para você?

— Não foi preciso fazer isso.

Rindo, Donald pegou mais uma Pepsi.

— E como anda a sua choradeira?

— Estou num dia ruim mesmo. Acordei chorando, esta manhã. Fiquei chorando a manhã toda. Chorei na Meditação. Chorei no grupo. Parece até que vou secar.

— Todo mundo chora de manhã — explicou Karen. — Faz parte da nossa arrancada para começar o dia.

— Não entendo por que hoje tinha que ser pior do que ontem

— disse Madeline. — Tenho os mesmos pensamentos sombrios de sempre, mas eles não são mais sombrios hoje do que foram ontem. Na Meditação, adivinhe de quem era o texto que lemos no nosso livrinho de meditação diária? Shirley MacLaine. E esta manhã procurei a enfermeira que vigia os instrumentos cortantes e pedi minha pinça. Disse a ela: "Preciso que você pegue minha pinça no armário dos instrumentos cortantes". E ela respondeu: "Você vai ter que usar a pinça aqui mesmo, Madeline. Não quero que a leve de volta para o quarto". E então falei: "Se eu quiser me matar, não é com a minha *pinça* que vou fazer isso".

— Pinçar a si mesma até a morte — disse Donald. — Difícil de executar. Como é que você ia fazer isso, Karen?

Karen ignorou a pergunta.

— Fiquei muito irritada — prosseguiu Madeline. — Disse para ela: "Também posso quebrar a lâmpada do teto e engolir. Me dê minha pinça!". Mas a enfermeira não ia me dar a pinça só porque eu estava gritando com ela.

— Nos Alcoólicos Anônimos — explicou Donald para Sabbath — eles fazem uma rodada antes de começar a reunião. Todo mundo tem que se apresentar. "Oi, meu nome é Christopher. Sou alcoólatra." "Oi, meu nome é Mitchell. Sou alcoólatra." "Oi, sou Flora. Tenho vícios cruzados."

— Vícios cruzados? — indagou Sabbath.

— Sei lá o que é isso. Deve ter a ver com o sinal da cruz, algum troço católico. Acho que ela está no grupo errado. Seja como for, chega a vez de Madeline. Madeline se levanta. "Meu nome é Madeline. Sobrou um pouco de vinho tinto no seu copo?" Você está parando de fumar? — perguntou a ela.

— Estou fumando feito uma desvairada.

— Tsk-tsk — disse Donald. — Fumar é apenas mais uma de suas defesas contra a intimidade com os outros, Madeline. Você sabe que agora ninguém quer saber de beijar uma fumante.

— Estou fumando ainda mais do que quando vim para cá. Uns meses atrás, até cheguei a pensar que eu tinha me...

— *Safado?* — sugeriu Donald. — Não seria *safado* a palavra?

— Pois é, eu ia usar, mas pensei que não devo usar essa palavra diante dele. Sabe, nada é fácil, *nada.* E isso está me deixando nervosa. Aperte o botão 1 para isso, aperte o 2 para aquilo. O que esperam que eu faça, se me deixam presa o dia inteiro? Tudo exige tanto esforço. Ainda estou penando à beça para conseguir manter meu tratamento dirigido desde a primeira vez em que estive aqui. Vivem me dizendo que eu devia ter chamado por eles quando me internei na UTI de Poughkeepsie. Mas, porra, eu estava em *coma.* É difícil apertar o botão 1 e o botão 2 quando a gente está em coma. E mesmo se pudesse, não tem telefone lá na UTI.

— Você esteve em coma, é? — perguntou Sabbath. — Que tal achou?

— A gente entra em coma. E depois sai do coma — explicou Madeline, com uma voz que *não* soava como se tivesse visto muita coisa mudar no mundo desde quando tinha dez anos de idade. — A gente fica insensível. Não parece com nada que exista.

— Esse cavalheiro vem a ser o marido de Roseanna — Donald explicou a ela.

— Ah — disse Madeline, arregalando os olhos.

— Madeline é atriz. Quando não está em coma, está nas novelas de televisão. É uma menina muito sensata que não quer desta vida mais do que morrer pelas próprias mãos. Deixou para a família um afetuoso bilhete de suicida. Nove palavras. "Não sei o que fiz para merecer este dom." O senhor Sabbath quer apostar na sua pressão sanguínea.

— Nas circunstâncias, é muita amabilidade da parte dele — retrucou Madeline.

— Doze por oito — arriscou Sabbath.

— E o que você aposta? — Madeline perguntou a Donald.

— Minha aposta é baixa, doçura. Aposto nove por seis.

— Difícil sobreviver — disse Madeline.

— Esperem um minuto — interrompeu Stella, a enfermeira filipina. — O que *é* isso? — Ela se levantou para encarar os jogadores. — Usher é um *hospital*— disse, virando o rosto diretamente para Sabbath. — Estas pessoas são *pacientes*... Donald, mostre um pouco de firmeza mental, Donald. Entre no seu carro e vá para casa. E o senhor, será que veio aqui para fazer apostas ou veio visitar sua esposa?

— Minha esposa está se escondendo de mim.

— Saiam daqui. Vão embora.

— Não consigo encontrar minha mulher.

— Dê o fora daqui! Vá morar com os deuses.

Sabbath ficou esperando na curva depois do posto de enfermagem até que a pressão de Madeline tivesse sido tomada e ela aparecesse sozinha no corredor.

— Será que você podia me levar para Roderick House outra vez? — Sabbath perguntou a ela.

— Desculpe, não posso sair.

— Pelo menos se você pudesse me apontar a direção...

Juntos, desceram a escada até o primeiro andar; ela chegou até a varanda onde, do alto da escada, apontou para as luzes de Roderick House.

— Está fazendo uma linda noite de outono — disse Sabbath. — Vamos até lá comigo.

— Não posso. Sou uma paciente de alto risco. Para um hospital psiquiátrico, até que a gente tem bastante liberdade, aqui. Mas depois que anoitece não tenho autorização para sair. Faz só uma semana que deixei a UTA.

— O que é UTA?

— Unidade de tratamento agudo.

— Aquela casa no morro?

— Sim. Um hotelzinho de onde a gente não pode sair.

— Você era o caso mais sério que tinham por lá?

— Não sei direito. Não estava prestando muita atenção. Não deixam a gente ingerir cafeína depois do desjejum, por isso eu ficava muito ocupada armazenando as sobras de chá, do café da manhã. Muito patético. Estava ocupada demais contrabandeando cafeína para fazer muitos amigos.

— Vamos. Vou arranjar um saquinho de chá Lipton para você ficar chupando.

— Não posso. Tenho programa de recuperação esta noite. Acho que tenho de ir para o grupo de Prevenção de Reincidência.

— Você não está se precipitando um pouquinho?

— Na verdade, não. Ando planejando mesmo reincidir na bebida.

— Venha comigo.

Ela desceu a escada depressa e seguiu ao lado de Sabbath, pela calçada escura, na direção de Roderick House. Ele também andava depressa.

— Que idade você tem? — perguntou Sabbath.

— Vinte e nove.

— Parece que tem dez anos.

— E olhe que esta noite estou tentando não parecer muito nova. Não funcionou? Vivem me pedindo a carteira para verificar minha idade. Vivem pedindo para ver minha identidade. Sempre que tenho que esperar num consultório médico, a recepcionista me dá um exemplar da revista *Seventeen*. Além da minha aparência, também me comporto como uma pessoa mais nova do que sou.

— Isto você pode ter certeza de que vai ficar cada vez pior.

— Paciência. É a cruel realidade.

— Por que você tentou se matar?

— Não sei. É a única coisa que não me chateia. É a única coisa em que vale a pena pensar. Além disso, no meio do dia, tenho a sensação de que o dia já durou demais e só existe um meio de fazer o dia terminar, e é a birita ou é a cama.

— E funciona?

— Não.

— E então você tentou suicídio. O tabu.

— Tentei porque estava me defrontando com minha própria mortalidade *antes* da hora. Porque entendo que essa é a questão crítica, sabe? A aporrinhação do casamento, dos filhos, do emprego e tudo isso, eu já percebi a futilidade disso tudo sem ter que passar por essas coisas. Por que eu não podia simplesmente avançar a fita mais depressa?

— Você tem uma boa cabeça, sabia? Gosto do mosaico que ela vai montando.

— Sou lúcida e madura demais para a minha idade.

— Madura demais para a sua idade e imatura demais para a sua idade.

— Que paradoxo. Bem, a gente só pode ser jovem uma vez, mas pode ser imatura a vida toda.

— A criança sabida demais que não quer viver. Você é atriz?

— Claro que não. O senso de humor do Donald... A vida de Madeline é uma novela de televisão. Acho que ele quis insinuar alguma coisa de natureza romântica entre nós. Havia um elemento de sedução, que foi até comovente, ao seu modo. Ele disse uma porção de coisas lisonjeiras e simpáticas a meu respeito. Inteligente. Bonita. Disse que eu devia ficar mais ereta. Fazer alguma coisa para corrigir os meus ombros. "Alongue-se, doçura."

— O que acontece quando você fica ereta?

A voz dela já era fraca e Sabbath não conseguiu escutar a resposta que Madeline murmurou.

— Você precisa falar para fora, meu bem.

— Desculpe. Eu disse: não acontece nada.

— Por que falou tão baixo?

— Por quê? É uma boa pergunta.

— Você não fica ereta e fala muito baixo.

— Ah, igualzinho ao meu pai. Minha voz é aguda, esganiçada.

— É isso que ele diz a você?

— A vida inteira.

— Mais uma mulher com um pai no meio do caminho.

— É verdade.

— Qual *é* a sua altura quando fica ereta?

— Quase um metro e setenta e sete. Mas é difícil ficar ereta quando a gente está no fundo do poço, no ponto mais baixo da vida.

— É difícil também quando a gente passou pela escola secundária inteirinha não só com um metro e setenta e sete, não só com uma cabeça de uma atividade fora do comum, mas ainda por cima com os peitos chatos.

— Caramba, um homem que me entende.

— Você, não. Tetas. Entendo de tetas. Venho estudando as tetas femininas desde quando tinha treze anos. Não creio que exista outro órgão ou parte do corpo que manifeste tanta variação em tamanho quanto as tetas de uma mulher.

— Eu *sei* — retrucou Madeline, sentindo-se subitamente à vontade e começando a rir. — E por que é assim? Por que Deus permitiu essa enorme variação nos tamanhos dos seios? Não é de admirar? Há mulheres com os seios dez vezes maiores do que os meus. Ou até mais. Não é verdade?

— Isso é verdade.

— As pessoas têm narizes grandes — disse ela. — Eu tenho o nariz pequeno. Mas será que existem pessoas com o nariz dez vezes maior do que o meu? Quatro ou cinco, no máximo. Não sei por que Deus fez isso com as mulheres.

— A variação — sugeriu Sabbath — talvez atenda a uma grande variedade de desejos. Mas na verdade — acrescentou, ponderando a questão uma vez mais — os seios, como você os denomina, não estão ali com o propósito primordial de atrair os homens. Estão ali para amamentar as crianças.

— Mas não creio que o tamanho dos seios tenha a ver com a produção de leite — disse Madeline. — Não, isso não resolve o problema de saber para *que* serve essa imensa variação.

— Talvez signifique que Deus não conseguiu, afinal, chegar a uma conclusão. Muitas vezes se trata disso.

— Não seria bem mais interessante — perguntou Madeline — se houvesse diversos *números* de seios? Isso não seria bem mais interessante? Sabe, algumas mulheres com dois, outras com seis...

— Quantas vezes você tentou cometer suicídio?

— Só duas. Quantas vezes a sua esposa tentou se suicidar?

— Uma só. Até agora.

— Por quê?

— Foi forçada a dormir com o seu velho. Quando era criança, ela era a filhinha querida do papai.

— Foi mesmo? Todas contam a mesma coisa. A história mais simples e que explica tudo... É a especialidade deste hospital. Essa gente lê histórias muito mais complicadas todos os dias no jornal e depois recebe de presente essa versão para as suas vidas. No grupo Coragem para se Curar, estão há três semanas tentando me levar para cama com o meu pai. A resposta para todas as perguntas é Prozac ou incesto. Quanta chateação. Quanta introspecção falsa. É o bastante para fazer a gente se suicidar mesmo. Sua esposa é uma das duas ou três pessoas que eu aguento escutar. Ela tem uma elegância mental, em comparação com as outras. Tem um desejo ardoroso de encarar de frente as perdas. Ela não recua diante da escavação. Mas você, é claro, não encontra nenhuma redenção nessas reflexões que levam de volta às origens.

— Não encontro? Não sei.

— Bem, elas tentam colocar esse assunto terrível frente a frente com as suas almas cruas, e isso está muito, muito além da capacidade delas, e então ficam dizendo todas essas bobagens que não soam lá muito como "reflexões". Mas tem uma coisa na sua esposa que, ao jeito dela, contém certo heroísmo. O modo de ela se pôr de pé para se submeter a um torturante processo de desintoxicação. Há um tipo de força de vontade nela que eu, sem dúvida, não possuo: ficar por aqui reunindo fragmentos do seu passado, brigando com as cartas do pai dela...

— Não pare. *Você* está demonstrando uma elegância mental cada vez maior.

— Olhe, ela é uma bêbada, os bêbados deixam as pessoas birutas, e para o marido esse é o ponto crítico. Simplesmente. Ela está travando uma luta que você menospreza porque nada vê de genial aí. Ela não possui o seu senso de humor e tudo o mais, e assim não pode contar com esse cinismo sagaz. Mas ela tem toda a nobreza que se pode ter, dentro dos limites da imaginação dela.

— Como você sabe que Roseanna tem isso?

— Não sei. Só deduzi. Deduzi enquanto ia falando. Não é o que todo mundo faz?

— O heroísmo e a nobreza de Roseanna.

— Quer dizer, está claro para mim que ela sofreu um grande choque e que fez por merecer a sua dor, só isso. Ela ganhou a sua dor com honestidade.

— Como?

— O suicídio do pai dela. O jeito horrível pelo qual ele a sufocou. O esforço do pai para se tornar o maior homem da vida dela. E depois o suicídio. Infligir essa vingança à filha só por ela ter salvado a própria vida. Isso tinha que ser um enorme golpe para uma menina. Não se pode, na verdade, pedir nada maior do que isso.

— Então você acredita ou não que o pai trepou com ela?

— Não. Não acredito porque não é necessário. Ela já tinha o bastante sem isso. A gente está falando sobre uma menina e seu pai. As filhas adoram seus pais. Já havia muita coisa acontecendo ali. As atenções amorosas dele eram o suficiente. Não é necessário haver uma sedução. Talvez o pai tenha se matado não porque eles dois tenham consumado o ato, mas justamente porque não fizeram isso. Uma porção de suicidas, pessoas melancólicas que ficam o tempo todo remoendo ideias de culpa, acham que suas famílias estariam melhores sem elas.

— E você pensava assim, Madeline?

— Nada disso. Eu pensava que podia viver melhor longe da minha família.

— Se você sabia disso tudo — disse Sabbath —, ou sabia o bastante para deduzir isso tudo, como é que eu vim encontrar você aqui?

— Você me encontrou aqui justamente *porque* eu sei disso tudo. Adivinhe quem é que estou lendo na biblioteca. Erik Erikson. Estou no estágio intimidade versus isolamento, se é que o entendi direito, e acho que não estou progredindo nem um pouco. Você está no estágio geração versus estagnação, mas vai se aproximando bem depressa do estágio integridade versus desespero.

— Não tenho filhos. Não gerei porra nenhuma.

— Você vai se sentir aliviado em saber que os homens sem filhos podem gerar por meio de gestos de altruísmo.

— No meu caso, isso é pouco provável. Diga de novo qual é o estágio para o qual eu devo passar.

— Integridade versus desespero.

— E como serão as coisas para mim, com base naquilo que você leu?

— Bem, isso depende de saber se a vida possui um significado e um propósito essencial — disse ela, soltando uma risada.

Sabbath também riu.

— O que é tão engraçado assim em ter um "propósito essencial", Madeline?

— Você faz mesmo umas perguntas difíceis.

— Pois é. Sabe, é de espantar as coisas que a gente descobre quando faz perguntas.

— Seja como for, ainda não tenho que me preocupar com a geração. Já expliquei a você: meu estágio é intimidade versus isolamento.

— E como está se saindo?

— Acho que é discutível que eu esteja me saindo bem no terreno da intimidade.

— E no terreno do isolamento?

— Tenho a impressão de que o doutor Erikson concebeu os dois como polos opostos. Se a gente não está se dando bem de um lado, deve estar indo à forra do outro.

— E você está?

— Bem, acho que sobretudo no terreno romântico. Até ler o doutor Erikson, eu não tinha entendido que esse era o meu "objetivo de desenvolvimento" — disse ela, começando a rir de novo. — Acho que não atingi isso.

— Qual é o seu objetivo de desenvolvimento?

— Acho que é um pequeno relacionamento estável com um homem e com todas as suas complexas necessidades.

— Qual foi a última vez que você teve isso?

— Sete anos atrás. Não chegou a ser um fracasso *abissal*. Não consigo contar de forma objetiva como eu devia estar arrependida do que fiz. Não dou à minha pessoa a mesma credibilidade que os outros dão à pessoa deles. Tudo parece encenação.

— Tudo *é* encenação.

— Seja como for. Em mim, está faltando uma espécie de cola, alguma coisa fundamental para todos os outros e que eu não possuo. Minha vida nunca parece real para mim.

— Preciso encontrar você outra vez — disse Sabbath.

— Pronto. Então isso *é* mesmo uma paquera. Tentei imaginar se era ou não, mas não conseguia acreditar. Você sempre sente atração por mulheres problemáticas?

— Não sabia que existia outro tipo de mulher.

— Ser chamada de "problemática" é melhor do que "biruta", não é?

— Acho que você é que chamou a si mesma de problemática.

— Tanto faz. É o risco que a gente corre quando fala. Na escola secundária, me chamavam de cabeça de coco.

— E o que isso quer dizer?

— Meio cabeça oca, aérea. Pergunte ao senhor Kasterman, meu professor de matemática. Ele explica a você. Eu sempre voltava da aula de culinária toda coberta de farinha.

— Nunca fui para a cama com uma moça que tenha tentado se suicidar.

— Então vá para a cama com a sua esposa.

— *Isso* sim é cabeça de coco.

O riso dela agora foi muito malicioso, uma surpresa deliciosa. Uma pessoa deliciosa, impregnada de uma vivacidade que nada tinha de juvenil, por mais juvenil que ela parecesse. Um espírito aventureiro dotado de um tesouro intuitivo que o seu sofrimento não havia trancado, Madeline manifestava um ponto de vista arguto, do tipo mais-triste-porém-mais-sábio, digno de um atento aluno da primeira série que descobria o alfabeto em uma escola onde o Eclesiastes era o primordial — a vida é futilidade, uma experiência profundamente tenebrosa, mas a coisa séria de verdade é *ler*. O afrouxamento do seu autocontrole era praticamente visível enquanto ela falava. O seu centro de gravidade não era o autocontrole, tampouco qualquer outra parte dela que estivesse à mostra, nada senão, talvez, uma maneira de dizer as coisas que exercia uma atração sobre Sabbath por ser só um pouquinho impessoal. O que quer que tivesse negado a Madeline um peito de mulher e um rosto de mulher havia compensado essa falta conferindo à sua mente um sentido erótico — ou pelo menos era assim que ela afetava Sabbath, sempre vigilante a todo e qualquer estímulo. Uma promessa sensual que permeava a inteligência de Madeline vinha sacudir de forma agradável suas esperanças de ereção, tão desacreditadas pela passagem dos anos.

— Que tal seria para você ir para a cama comigo? — Madeline perguntou a ele. — Seria igual a levar um cadáver para a cama? Um fantasma? Um cadáver ressuscitado?

— Não. Seria transar com alguém que levou a coisa até as últimas consequências.

— O romantismo adolescente faz você parecer um babaca — disse Madeline.

— Já pareci um babaca antes. E daí? Por que você se mostra tão amarga, na sua idade?

— Pois é, a minha amargura retrospectiva.

— De onde ela vem?

— *Eu* não sei.

— Sabe, sim.

— Você gosta mesmo de ficar fuçando, não é, senhor Sabbath? Por que sou amarga? Ao longo de todos esses anos, trabalhei e planejei muitas coisas. E tudo parece... Não tenho certeza.

— Venha até o meu carro.

Ela refletiu seriamente a respeito da proposta antes de retrucar:

— Eu ganho um litro de vodca?

— Meio litro — ele disse.

— Em troca de favores sexuais? Um litro.

— Setecentos e cinquenta mililitros.

— Um litro.

— Está bem, aceito — disse Sabbath.

— Traga a vodca.

Sabbath correu até o estacionamento, guiou freneticamente ao longo dos cinco quilômetros até Usher, achou uma loja de bebidas, comprou dois litros de vodca Stolichnaya e voltou para o estacionamento do hospital, onde Madeline devia estar à sua espera. Sabbath fizera tudo isso em doze minutos, mas ela não estava mais lá. Não estava entre os pacientes que fumavam na frente da Mansão, não estava no saguão da Mansão jogando cartas com as duas velhas senhoras, nem na sala de estar onde a menina ferrada de Wellesley agora tentava a sorte teimosamente com "When the saints go marching in", e, quando Sabbath voltou pelo mesmo caminho que ele e Madeline haviam seguido, ela não estava em parte alguma do trajeto que ia até Roderick House, portanto ali estava ele sozinho no meio de uma linda noite de outono, com dois litros da melhor vodca russa dentro de um saco de papel marrom embaixo do braço, depois de levar o bolo de uma pessoa em quem tinha todos os motivos para confiar, quando apareceu um guarda por trás dele — um negro grandalhão com uniforme azul de segurança e um aparelho *walkie-talkie* — e perguntou-lhe educadamente o que queria. Como a explicação foi imprópria, surgiram mais dois guardas e, embora não tenham agredido Sabbath fisicamente, ele teve de ouvir insultos do mais jovem e mais zeloso dos guardas, enquanto se deixava docilmente conduzir até o seu carro. Ali, com uma lanterna, os três examinaram sua carteira de motorista e o registro do seu carro, anotaram seu nome e o número da sua licença para dirigir fora do estado, depois pegaram as chaves e entraram no carro, dois sentados atrás com Sabbath e a vodca Stolichnaya, e um na frente, para conduzir o carro para fora dali. A sra. Sabbath seria interrogada antes de ir dormir e, logo de manhã cedo, seria apresentado um relatório ao médico-chefe (que por acaso era também o médico de Roseanna). Se tivesse pedido à sua visita para trazer bebida, sua esposa seria expulsa do hospital na mesma hora.

Sabbath chegou a Madamaska Falls quase a uma hora da manhã. Exausto do jeito que estava, dirigiu até o lago e depois seguiu por Fox Run Crossing até passar a pousada e chegar aonde os Balich viviam, no alto do morro que dava para a água, em uma casa nova tão ampla e tão bem instalada quanto as melhores residências das montanhas. A casa era, para Matija, a realização de um sonho — o sonho de um imponente castelo familiar que fosse um país em si mesmo — que remontava aos tempos da escola primária, quando, como dever de casa, ele tinha de escrever sobre os seus pais e contar ao professor, sem mentir, como um bom pioneiro, o que seus pais achavam do regime. Matija havia até trazido um ferreiro da Iugoslávia, um artesão do litoral da Dalmácia, para ficar seis meses no anexo da pousada e trabalhar em uma forja perto de Blackwall, onde fundiu as balaustradas que ficavam ao ar livre no vasto terraço voltado para o pôr do sol encenado na ponta oeste do lago, fez as balaustradas internas da larga escada central que subia em espiral até o forro em forma de abóbada e os portões de ferro filigranados da entrada, operados eletronicamente de dentro da casa. O candelabro de ferro tinha vindo de Split, de navio. O irmão de Matija era empreiteiro e comprara o candelabro dos ciganos, que vendiam todo tipo de antiguidades. A corrente, forjada especialmente para o candelabro pelo ferreiro residente, pendia de forma ameaçadora ao longo de dois andares, presa à abóbada azul-celeste, sobre um *foyer* onde estavam chumbadas janelas em forma de vitrais dos dois lados de uma porta dupla, feita de mogno. Através da porta, dava para passar uma carroça puxada por cavalos, sobre o chão de mármore (cortado especialmente para a casa, depois que Matija foi até Vermont a fim de verificar a pedreira). Parecia a Sabbath — desde o primeiro dia em que Matija levou Silvija para ver as paisagens e Drenka trepou com ele na cama de Silvija, vestindo a roupinha de tirolesa desta — que não havia na casa inteira dois aposentos no mesmo nível e que, para passar de um para outro, era preciso subir ou descer três, quatro ou cinco degraus largos e encerados com esmero. E havia entalhes de madeira com a figura de reis nos pedestais ao lado das escadas entre os aposentos. Um antiquário de Boston os havia comprado em Viena — dezessete reis medievais que, juntos, deviam no mínimo ter decapitado tantos súditos quantas foram as galinhas decapitadas nas mãos de Matija, a fim de preparar a sua popular galinha com páprica e espaguete. Havia seis camas na casa, todas com estrutura de metal. A banheira Jacuzzi de mármore cor-de-rosa acomodava seis pessoas. A cozinha de linhas modernistas, com a ilha de culinária dotada da última palavra em tecnologia e sofisticação, acomodava dezesseis pessoas no seu centro. A sala de jantar, com as paredes cobertas de tapeçarias, acomodava trinta pessoas. Contudo, ninguém usava a Jacuzzi, ninguém entrava na sala de jantar, os Balich dormiam em uma cama claustrofóbica e traziam da pousada a comida já pronta, tarde da noite, comiam diante da tevê, instalada em quatro caixotes de ovos vazios, em um aposento tão despojado e humilde como os que era possível encontrar nos conjuntos habitacionais de trabalhadores construídos por Tito.

Como Matija tinha medo de que sua fortuna despertasse a inveja de seus convidados, bem como de seus empregados, a casa fora construída deliberadamente atrás de um terreno triangular coberto de pinheiros, que diziam estar entre os mais velhos da Nova Inglaterra. A linha das árvores apontava dramaticamente para os céus, imponentes mastros de escuna poupados pelo machado dos colonizadores, e todavia as linhas do telhado da casa de um milhão de dólares de Matija — em conformidade com seus objetivos fantasiosos de imigrante — davam a impressão, ao primeiro olhar, de apontar para todas as direções, *exceto* para cima. Estranho. O estrangeiro humilde, abstêmio, frugal, beneficiário não apenas do próprio trabalho duro e esforçado, mas também do tempo das vacas gordas dos anos 80, imagina para si um palácio de fartura, a mais grandiosa manifestação que é capaz de conceber do seu triunfo pessoal sobre o Camarada Tito, enquanto o dissoluto amante da sua esposa, o grosseirão americano nativo, vive em uma caixa de quatro cômodos, construída sem porão na década de 20, uma casa até que bem agradável a essa altura, mas que só a destreza de Roseanna com o pincel, a máquina de costura, o martelo e os pregos, foi capaz de salvar da condição de um horror de mofo e umidade, em plena Tobacco Road, tal como estava a casa em meados dos anos 60 quando Roseanna teve a brilhante ideia de domesticar Sabbath. Uma casa e um lar. As florestas, os riachos, a neve, o degelo, a primavera, a primavera da Nova Inglaterra, essa surpresa que está entre as coisas mais revigorantes que a humanidade já viu. Roseanna fixou suas esperanças nas montanhas do Norte — e num filho. Uma família: uma mãe, um pai, passeios de esqui pelos campos, e as crianças, um bando de crianças espertas, saudáveis, barulhentas, correndo sem perigo por todo lado, em condições de evitar, graças ao próprio ar que respiravam, um crescimento como o que tiveram os seus pais malformados, inteiramente à mercê das circunstâncias. A domesticação rural, o velho sonho agrário dos habitantes da cidade, a placa de carro com a inscrição "Viver livre ou morrer", no Volvo, era a rubrica da purificação, não só por meio da qual Roseanna esperava e rogava aos céus que pudesse sepultar o fantasma do seu pai, mas também que Sabbath pudesse fazer calar o fantasma de Nikki. Não é de admirar que Roseanna, a partir daí, tenha entrado em órbita.

Não havia luzes acesas na casa dos Balich, pelo menos não que Sabbath pudesse ver através da muralha de pinheiros. Buzinou duas vezes, esperou, buzinou mais duas vezes, e depois ficou sentado ali por dez minutos, até chegar a hora de buzinar outra vez e dar a Drenka mais cinco minutos antes de ir embora.

Drenka tinha o sono leve. Passara a ter o sono leve depois que teve o filho. O menor ruído, o mais leve choro de aflição proveniente do quarto de Matthew fazia Drenka saltar da cama e pegar o nenê nos braços. Ela contou a Sabbath que, quando Matthew era bebê, ela deitava no chão e dormia ao lado do berço para ter certeza de que ele não havia parado de respirar. E, mesmo quando ele já tinha quatro ou cinco anos, Drenka às vezes se via assaltada, na cama, por temores em relação à segurança e à saúde do filho e acabava passando a noite no chão do quarto dele. Drenka havia sido mãe do mesmo modo que fazia tudo, como se estivesse arrombando uma porta. Era só colocá-la diante da tentação, da maternidade, dos programas de computador, para se ter a visão dela inteira, toda aquela energia arrebatadora, sem um único freio. A plena força, essa mulher era extraordinária. O que quer que se pedisse, ela não demonstrava a menor repulsa. Medo, é claro, medo à beça; mas repulsa, jamais. Uma experiência espantosa, essa eslava totalmente disponível para tudo, para quem a existência representava uma experiência grandiosa, a luz erótica da vida de Sabbath, e ele a foi encontrar não balançando uma chavezinha na ponta do dedo na *rue* St. Denis, entre Châtelet e o arco da Porte St. Denis, mas sim em Madamaska Falls, a capital da prudência, onde a população local se contenta em ficar eufórica por mudar as horas do relógio duas vezes por ano.

Sabbath baixou o vidro da janela e ouviu os cavalos de Balich bufando na cocheira do outro lado da estrada. Em seguida, viu dois deles assomando junto à cerca. Sabbath abriu a garrafa de Stolichnaya. Ele vinha bebendo um pouco desde quando tinha voltado do mar, mas nunca como Roseanna. Essa moderação — e a circuncisão — era praticamente tudo o que ele tinha para mostrar que era judeu. E, afinal, devia ser mesmo a melhor parte de ser judeu. Tomou dois drinques e lá estava ela, em sua camisola de dormir, com um xale em volta dos ombros. Sabbath estendeu a mão pela janela e ali estavam *eles*. Quatrocentos e dezoito quilômetros de viagem, mas os peitos de Drenka bem que valiam a pena.

— O que foi? Mickey, qual é o problema?

— Não há muita chance de você chupar o meu pau, não é?

— Querido, *não*.

— Entre no carro.

— Não. Não. Amanhã.

Ele pegou a lanterna da mão de Drenka e apontou a luz para o seu colo.

— Oh, está tão grande. Meu querido! Agora não posso. Maté...

— Se ele acordar antes de eu gozar, dane-se, nós dois fugimos, vamos em frente. Eu só tenho que ligar o motor e lá vamos nós, como Vronsky e Ana. Chega dessa merda de esconde-esconde. Nossas *vidas* inteiras ficaram sempre escondidas.

— Estou falando de Matthew. Ele está trabalhando. Pode aparecer de repente.

— Ele vai pensar que somos dois adolescentes tirando um sarro. Entre aqui, Drenka.

— Nós *não* podemos. Você está doido. Matthew conhece o carro. Você está bêbado. Preciso voltar! Amo você!

— Roseanna talvez volte para casa amanhã.

— Mas — Drenka exclamou — eu pensei que faltassem ainda duas *semanas*!

— E o que eu vou fazer com esta coisa aqui?

— Você sabe muito bem. — Drenka se debruçou pela janela para dentro do carro, segurou o pau dele, moveu a mão uma só vez para baixo e para cima. — *Vá para casa* — ela suplicou e depois saiu correndo pela trilha de volta para a casa.

Nos quinze minutos do caminho para Brick Furnace Road, Sabbath viu apenas outro veículo na estrada, o carro-patrulha da polícia estadual. É por isso que ela estava acordada — ligada na frequência do rádio. Excitado pela justiça bíblica de ser preso por sodomia adúltera pelo filho de Drenka, Sabbath tocou a buzina e piscou o farol alto; mas, por enquanto, a onda de má sorte parecia haver terminado. Ninguém partiu voando para cima do maior infrator sexual do município nem o obrigou a estacionar no acostamento para cassar sua habilitação e o registro do seu carro; ninguém o convidou a explicar por que estava dirigindo com uma garrafa de vodca segura na mão do volante e o pau duro na outra, sua atenção nem de longe na estrada, nem mesmo em Drenka, mas naquele rosto de criança que mascarava uma mente cujo cerne era pura lucidez, naquela loura esbelta com os ombros curvados para a frente, voz fraca e o pulso cortado pouco tempo antes, a loura que apenas três semanas antes estivera a ponto de sair totalmente dos trilhos.

"'Por favor, não zombem de mim./ Sou um velho tolo e afetuoso,/ Com mais de oitenta anos, nem uma hora a mais ou a menos,/ E, para falar francamente,/ Receio que eu não esteja com a cabeça no lugar./ Acho que...'"

Depois ele perdeu o fio da meada, uma estação ao norte de Astor Place passou em brancas nuvens. Mesmo assim, ter lembrado isso tudo enquanto pedia esmola no metrô a caminho do funeral de Linc, após o leve pornodrama com Rosa, a empregada dos Cowan, foi uma imensa surpresa mnemônica. "Eu acho" o quê? Achar alguma coisa não devia ser tão difícil. A mente é a máquina do moto-contínuo. A gente nunca está livre de nada. A mente da gente está à mercê de *tudo*. O pessoal é uma imensidão, ó meu tio, uma constelação de escombros que estorvam a Via Láctea; é ele que guia a ti, assim como as estrelas guiam as setas do cego Cupido na direção dos gansos selvagens que pairam acima do cu de Drenka enquanto, em cima da tua croata cancerosa, ouvindo o rude grasnido canadense dos gansos que libidinosamente te imitam, tu inscreves sobre o tumor maligno dessa mulher, com tinta branca, a tua marca cromossômica.

Voltar, recuar, ir em frente. Nikki diz: "Cavalheiro, o senhor me conhece?". Lear diz: "Você é um espírito, eu sei. Onde você morreu?". Cordélia responde blá-blá-blá; o médico diz blá-blá-blá; eu digo: "Onde estive? Onde estou? É dia alto? Fui tremendamente ofendido... blá-blá-blá". Nikki: "Ó, volta os olhos para mim senhor,/ e estende a mão sobre mim para me dar tua bênção./ Não, senhor, não te deves pôr de joelhos". E Lear diz que era uma terça-feira de dezembro, em 1944, eu voltei da escola para casa e vi uns carros, vi o caminhão do meu pai. Por que ele está ali? Entendi que havia alguma coisa errada. Na casa, vi meu pai. Numa angústia terrível. Numa angústia terrível. Minha mãe histérica. As mãos dela. Os dedos dela. Gemia. Gritava. Tinha mais gente lá. Um homem chegou na porta. "Eu lamento", ele disse e entregou a ela o telegrama. Desaparecido em combate. O mês que precedeu a chegada do telegrama seguinte foi um período sem rumo, caótico — esperança, medo, em busca de qualquer história a que pudéssemos nos agarrar, o telefone tocando, nunca sabíamos de nada, vinham boatos de que ele tinha sido recuperado por guerrilheiros filipinos simpáticos ao nosso lado, alguém do esquadrão dele contou que o ultrapassou durante o voo, ele estava descendo para a última investida, o fogo antiaéreo ficou muito cerrado e o avião de Morty foi abatido e caiu, mas em território amigo... e Lear retruca:

"Fizeste mal em me retirar da tumba", mas Sabbath está se lembrando do segundo telegrama. O mês anterior fora terrível, mas não tão terrível quanto aquele que se seguiu: a notícia da morte foi como perder *mais um* irmão. Devastador. Minha mãe de cama. Pensei que *ela* estava morrendo, tive medo de que ela morresse também. Cheirando sais. O médico. A casa cheia de gente. É difícil saber direito quem estava lá. É um borrão. Todo mundo estava lá. Mas a vida tinha acabado. A família tinha acabado. Eu tinha acabado. Dei para minha mãe os sais para cheirar, os sais entornaram e eu pensei que a tinha matado. O período trágico da minha vida. Entre catorze e dezesseis. Não houve nada que se compare a isso. Não foi só ela que sucumbiu, mas todos nós. Meu pai, para o resto da vida, ficou totalmente mudado. Ele era para mim uma força tranquilizadora, por causa do seu físico e da sua grande segurança. Minha mãe sempre foi mais emotiva. A mais tristonha, a mais feliz. Sempre assoviando. Mas havia no meu pai uma sobriedade que chamava a atenção. Imagine ver *meu pai* arrasado! Olhe para as minhas emoções agora — tenho de novo quinze anos lembrando essa história. Quando as emoções ficam aceleradas, não mudam, permanecem as mesmas, frescas e tenras. Tudo passa? *Nada* passa. As mesmas emoções estão aqui! Ele era meu *pai*, um trabalhador esforçado, saía de caminhão para as fazendas às três da manhã. Quando voltava de noite, estava exausto e tínhamos de ficar em silêncio porque ele precisava acordar muito cedo, outra vez. E se alguma vez ele ficava zangado — e isso era raro —, se acontecia de ficar zangado, ficava zangado em iídiche e era apavorante porque eu nunca sabia direito com o que ele estava zangado. Mas depois ele nunca mais ficou zangado. Antes tivesse ficado! Depois, ficou manso, passivo, chorando o tempo todo, chorando em toda parte, no caminhão, com os fregueses, com os fazendeiros gentios. Aquela porra *acabou* com o meu pai! Após o luto de sete dias ele voltou a trabalhar, após o luto oficial de um ano ele parou de chorar, mas existia sempre aquela desgraça íntima que dava para a gente enxergar a um quilômetro de distância. E eu mesmo nem me sentia tão horrível assim. Senti que havia perdido uma parte do meu corpo. Não o meu peru, não, nem posso dizer que tivesse sido uma perna, um braço, mas eu tinha o sentimento de uma perda fisiológica e, ao mesmo tempo, interior. Um espaço côncavo fora aberto dentro de mim, como se tivessem me escavado com a lâmina de um cinzel. Como as conchas das ostras espalhadas na areia da praia, a armadura intata e o interior vazio. Tudo varrido. Esvaziado. Raspado. Escareado com um cinzel. Era muito opressivo. E minha mãe vivia na cama — eu tinha *certeza* de que ia perder minha mãe. Como ela poderia sobreviver? Como qualquer um de nós poderia sobreviver? Havia um vazio tão grande em toda parte. Mas eu tinha de ser o forte da família. Mesmo *antes*, eu tinha de ser o forte. Muito firme quando ele partiu para o outro lado do mar e tudo o que sabíamos era o seu número no correio das Forças Armadas. A aflição. Dilacerante. Preocupados o tempo todo. Eu costumava ajudar meu pai com as entregas como Morty fazia. Morty fazia coisas que ninguém com a cabeça no lugar faria. Trepava no telhado para consertar qualquer coisa. Deitado de costas no chão, rastejava no vão escuro e imundo embaixo da varanda para ligar uns fios soltos. Toda semana ele lavava o chão para a minha mãe. Então, agora, era eu que lavava o chão. Eu fazia uma porção de coisas na tentativa de acalmar minha mãe depois que Morty embarcou para o Pacífico. Toda semana, a gente costumava ir ao cinema. Não queriam nem passar perto de um filme de guerra. Mas mesmo durante um filme comum, quando de repente surgia alguma alusão à guerra ou alguém dizia qualquer coisa sobre uma pessoa que se encontrava longe de casa, em outro continente, minha mãe ficava inquieta e eu tinha de acalmá-la. "Mãe, é só um filme." "Mãe, não pense nisso." Ela chorava. Terrivelmente. E eu saía com ela e ficávamos andando. Costumávamos receber cartas pelo correio das Forças Armadas. Às vezes, Morty fazia uns desenhozinhos gozados no envelope. Eu procurava logo pelos desenhos. Mas só eu me alegrava com eles. E uma vez Morty passou voando por cima da casa. Estava numa guarnição na Carolina do Norte e tinha de fazer um voo para Boston. Ele nos escreveu: "Vou passar voando por cima da casa. Num B-25". Todas as mulheres saíram para a rua, de avental. No meio do dia, meu pai veio para casa, no caminhão. O meu amigo Ron estava lá. E Morty fez aquilo mesmo — passou voando e balançou as asas, aquelas asas chatas de gaivota. Ron e eu acenamos. Que herói ele era para mim. Era de uma gentileza incrível comigo, cinco anos mais novo do que ele — e ele era tão gentil. Tinha um físico bem forte. O corpo de um arremessador de peso. Um astro da corrida. Era capaz de lançar uma bola de futebol americano quase de uma ponta à outra do campo; possuía uma tremenda capacidade de lançar uma bola ou atirar um peso — arremessar qualquer coisa, essa era a sua grande habilidade, atirar coisas para longe. Eu ficava pensando nisso depois que ele desapareceu. Na escola, eu ficava pensando se saber atirar as coisas para longe podia ajudá-lo a sobreviver na selva. Derrubado no dia 12 de dezembro e morto, em virtude dos ferimentos, no dia 15. O que foi uma desgraça a mais. Estavam com ele no hospital. O resto da tripulação morreu instantaneamente, mas o avião foi abatido sobre o território da guerrilha e os guerrilheiros o trouxeram para um hospital, e ele resistiu ainda por três dias. Isso piorava ainda mais as coisas. A *tripulação morreu imediatamente e meu irmão viveu ainda mais três dias*. Fiquei em estado de estupor. Ron veio me ver. Em geral, ele praticamente vivia em nossa casa. Ele disse: "Vamos sair". Respondi: "Não posso". Ele perguntou: "O que aconteceu?". Eu não conseguia falar. Passaram alguns dias antes que eu conseguisse contar a ele. Mas eu não conseguia contar às pessoas na escola. Não conseguia fazer isso. Não conseguia *dizer* isso. Havia um professor de ginástica, um cara grande, forte, que havia tentado convencer Morty a deixar de correr e, em vez disso, treinar para ser ginasta. "Como vai o seu irmão?" "Vai bem." E então eles ficaram sabendo, mas eu nunca lhes contei. "Ei, como vai Morty?" E eu perpetuava a mentira. Isso continuou por muito tempo, com as pessoas que ainda não sabiam. Fiquei naquele estado de estupor durante pelo menos um ano. Cheguei a ficar certo tempo apavorado com a ideia de que as meninas usavam batom e tinham tetas. De repente, qualquer desafio parecia grande demais para mim. Minha mãe me deu o relógio de pulso dele. Eu quase morri, mas usei o relógio. Levei-o para o mar. Levei-o para o Exército. Levei-o para Roma. Aqui está ele, o seu relógio Benrus de soldado. Dou corda nele todo dia. A única coisa que mudou foi a correia. O mecanismo de cronômetro no ponteiro de segundos ainda funciona. Quando eu estava na equipe de corrida, pensava no fantasma de Morty. Esse foi o primeiro fantasma. Eu era como meu pai e como Morty, sempre forte até o fim. Além disso, Morty arremessava um peso a distância, e por isso eu *tinha* de fazer o mesmo. Eu *impregnava* a mim mesmo com Morty. Costumava olhar para o céu antes de arremessar o peso e pensava que ele estava me observando. E eu lhe pedia força. Era um torneio estadual. Eu estava em quinto lugar. Sabia a irrealidade daquilo, mas continuava mesmo assim a rogar pela ajuda de Morty, e arremessei o peso mais longe do que jamais o havia feito antes. Mesmo assim, não ganhei, mas tinha obtido a força dele!

Bem que podia usar essa força agora. Onde ele está? O relógio de pulso está aqui, mas onde foi parar a força?

No banco à direita de onde Sabbath perdera o fio da meada na fala "Eu acho que...", estava aquilo que o levara justamente a perder o fio da meada: nada mais, nada menos do que uma moça de vinte e um ou vinte e dois anos, totalmente esculpida em preto — suéter de gola rulê, saia plissada, meias colantes, sapatos, até mesmo uma fita de cabelo de veludo preto, mantendo seu cabelo preto e lustroso puxado para trás da testa. Ela estava olhando para Sabbath e foi o seu olhar que o deteve, a sua brandura mansa, familiar. Ela estava sentada com um braço repousando sobre a mochila preta de náilon, ao seu lado, observando em silêncio enquanto Sabbath fazia um esforço para recordar a última cena do quarto ato: Lear é levado, dormindo, para o acampamento dos franceses — "Oh, senhora, enquanto ele se achava imerso no sono,/ Nós o vestimos com roupas limpas" — e para acordá-lo ali está Cordélia — "Como se sente o meu real senhor? Como está sua majestade?". E é então que Lear responde: "Fizeste mal em me retirar da tumba...".

A moça com o olhar atento estava falando alguma coisa, mas, a princípio, com voz tão suave que Sabbath não conseguiu ouvir. Era mais jovem do que ele teria imaginado, na certa uma estudante, provavelmente não teria mais do que dezenove anos.

— Sim, sim, fale mais alto. — Era o que ele vivia repetindo para Nikki quando ela falava algo que tinha medo de dizer, o que abrangia a metade de tudo o que dizia. A cada ano que passava, ela ia deixando Sabbath cada vez mais maluco, ao falar as coisas de tal modo que ele não conseguia escutar. "O que você disse?" "Não tem importância." E isso o deixava *louco*.

— "Eu acho — disse a moça, agora de forma bem audível — que devo conhecer a senhora, e este senhor também..." — Ela havia indicado o verso para Sabbath! Uma estudante de teatro, a caminho da Juilliard School.

Sabbath repetiu:

— "Eu acho que devo conhecer a senhora, e este senhor também" — e depois, com ímpeto próprio, prosseguiu: — "Mas estou em dúvida; pois ignoro de todo/ Que lugar vem a ser este; e por mais que me esforce..." — Aqui Sabbath *fingiu* não saber o que vinha a seguir. — "E por mais que me esforce..." — Com voz frouxa, por duas vezes, ele repetiu essas palavras e olhou para ela, pedindo ajuda.

— "Não consigo lembrar-me destes trajes" — sugeriu a moça. — "Tampouco sei..."

Ela se deteve quando Sabbath, com um sorriso, indicou acreditar que podia ele mesmo, mais uma vez, seguir sozinho a partir dali. A moça sorriu em resposta.

— "Tampouco sei/ Onde dormi na noite passada. Não riam de mim,/ Pois, tão certo quanto sou um homem, creio que esta senhora..."

É a filha de Nikki.

Não é impossível! Os lindos olhos suplicantes de Nikki, a voz perpetuamente insegura e perplexa de Nikki... não, ela não era apenas uma menina de coração mole, excessivamente impressionável, que contaria muito nervosa para sua família, de noite, que um velho mendigo de barba branca estava recitando *Rei Lear* no Lexington IRT* e que ela se atreveu a ajudá-lo a recordar os versos — *ela era a filha de Nikki*. A família com a qual ela ia se encontrar esta noite era a família de *Nikki*! Nikki estava viva. Nikki estava em Nova York. Essa moça era filha dela. E, se era filha dela, de algum modo era dele também, não importa quem fosse o seu pai.

Sabbath agora se debruçava diretamente sobre ela, suas emo-

* IRT, Interboro Rapid Transit (trânsito rápido interburgos), uma linha de metrô de Nova York. (N. T.)

ções rolando em avalanche dentro dele, soterrando-o, arrancando as frágeis raízes que ainda o prendiam a si mesmo. E se eles estivessem *todos* vivos na casa de Nikki? Morty. Mamãe. Papai. Drenka. Abolir a morte — uma ideia empolgante, muito embora não tenha sido ele o primeiro a ter essa ideia, dentro ou fora do metrô, ter essa ideia assim desesperadamente, renunciar à razão e ter essa ideia do mesmo jeito que aconteceu quando tinha quinze anos e eles *tinham* de ter Morty de volta. Voltar a vida para trás, como um relógio no outono. Basta retirar o relógio da parede, voltar os ponteiros para trás e para trás até que todos os nossos mortos ressurjam, como no tempo normal.

— "Pois, tão certo quanto sou um homem/ creio que esta senhora/ é Cordélia, minha filha."

— "E sou, sou eu, eu mesma." — A espontânea e desprevenida resposta de Cordélia, o simples e pungente trímetro iâmbico que Nikki havia murmurado em uma voz na qual havia um décimo de uma órfã perdida e o restante de uma mulher claudicante, fatigada, tudo isso dito pela moça cujo olhar fixo era exatamente o de Nikki.

— Quem é sua mãe? — Sabbath sussurrou para ela. — Me diga quem é sua mãe.

As palavras a fizeram empalidecer; seus olhos, os olhos de Nikki, que nada podiam esconder, eram como os de uma criança que acabou de ouvir uma coisa terrível. Todo o seu horror por ele veio à tona de uma só vez, como teria de acontecer, mais cedo ou mais tarde, também com Nikki. Deixar-se comover por essa monstruosidade insana só porque sabia citar Shakespeare! Ter se envolvido no metrô com um homem seguramente louco, capaz de *qualquer coisa* — como ela pôde ser tão imbecil?

Uma vez que era tão fácil ler os pensamentos dela, Sabbath declamou, tão emocionado quanto Lear:

— Você é a filha de Nikki Kantarakis!

Desatando nervosamente as correias da sua mochila, a moça tentou encontrar sua carteira e pegar dinheiro para dar a ele, dinheiro para que ele fosse *embora*. Mas Sabbath tinha de ver uma vez mais o fato que era inquestionável— que Nikki estava viva — e virando o rosto dela com a sua mão estropiada, *sentindo a pele viva de Nikki*, ele disse:

— Onde é que sua mãe está se escondendo de mim?

— Não — ela gritou —, não me toque! — E bateu em seus dedos artríticos como se um enxame de moscas a tivesse atacado, quando alguém, vindo por trás de Sabbath, o segurou entre os braços com uma força esmagadora.

Tudo o que Sabbath podia ver do seu poderoso captor era um paletó de homem de negócios.

— Fique calmo — dizia para Sabbath —, fique calmo. Você não devia beber esse troço.

— E o que é que eu *devia* beber? Tenho sessenta e quatro anos e nunca fiquei doente um só dia da minha vida! Exceto minhas amígdalas, quando era garoto! *Eu bebo* o *que quiser!*

— Fique *calmo*, cara. Esfrie a cabeça, se acalme, e vá procurar um abrigo.

— No abrigo eu peguei piolhos! — Sabbath retrucou. — Não me agrida!

— Você estava agredindo *a moça*. Você é que é o agressor, cara!

O metrô havia chegado à estação Grand Central. As pessoas corriam para as portas abertas. A moça havia sumido. Sabbath foi solto.

— "Só peço aos senhores" — exclamou Sabbath àqueles que abriam caminho para ele, enquanto avançava galhardamente pela plataforma, balançando a caneca à sua frente —, "só peço aos senhores..." — e depois, sem que a filha de Nikki tivesse sequer lhe dado a dica, ele lembrou o que vinha a seguir, palavras que podiam não ter significado absolutamente nada para ele, no teatro dos Atores do Porão de Bowery, em 1961: — "Só peço aos senhores: esqueçam e perdoem. Sou velho e louco".

Isso era verdade. Era difícil para ele acreditar que estava ainda fingindo, embora não fosse impossível.

Tu não vais mais voltar;
Nunca, nunca, nunca, nunca.

Destrua o relógio. Junte-se à multidão.

Foi Michelle Cowan, a esposa de Norman, que conseguiu os cinquenta comprimidos de Voltaren enviados de uma farmácia na Broadway e escreveu para ele uma receita para mais quatro suprimentos do remédio; desse modo, Sabbath estava em grande forma na hora do jantar naquela noite porque sabia que logo obteria algum alívio para a dor nas mãos, e também porque Michelle não era nem de longe tão magricela quanto parecia nas fotos Polaroid escondidas embaixo da sua lingerie, junto daquele envelope com cem notas de cem dólares. Era uma mulher lindamente bem fornida de carnes, num molde bem semelhante a Drenka. E ela ria com muita facilidade — muito disposta a se deixar divertir e entreter por Sabbath. E Michelle nada fez, de modo algum, para indicar aflição depois que Sabbath procurou furtivamente, por baixo da mesa, seu pé descalço e pousou de leve sobre ele a sola do seu chinelo.

Os chinelos eram emprestados de Norman. Norman havia também mandado sua secretária ir a uma loja de suprimentos militares a fim de comprar umas roupas novas para Sabbath. Dois pares de calça cáqui, algumas camisas de serviço, umas meias, roupas de baixo, e, sem demora, tudo estava em uma grande sacola de papel, sobre a cama de Debby, quando eles chegaram em casa, vindo do enterro. Até lenços. Sabbath aguardava com ansiedade a hora de organizar suas coisas novas, mais tarde, de noite, no meio das coisas de Debby.

As fotos Polaroid escondidas, de Michelle, deviam ser de pelo menos cinco anos atrás. Lembranças de um caso antigo. Estaria pronta para um novo? Ela parecia bem madura para ser colhida, talvez porque tenha relaxado os cuidados com o corpo, se deixando engordar, achando que já havia encerrado seus casos com homens. Provavelmente da mesma idade de Drenka, mas vivendo com um marido que, é claro, nem de longe se parecia com o Matija de Drenka. Se bem que, mais cedo ou mais tarde, todos os maridos acabam ficando iguais ao Matija de Drenka, não é?

Na noite anterior, Norm havia descrito o antidepressivo que vinha tomando como um remédio não muito "amigável com o pênis". Portanto, aqui não tinha ninguém comendo Michelle, isso estava bem claro. Não que Sabbath estivesse disposto a retomar as atividades por conta própria, se ela fosse querer mil dólares por sessão. Embora talvez não fossem os homens que pagassem a ela, mas Michelle mesma que desse o dinheiro aos homens. Homens jovens. Na risada dela, havia o desagradável vestígio de um rumor surdo, áspero, que deixava Sabbath com vontade de acreditar naquilo. Ou talvez o dinheiro estivesse guardado para o dia em que ela fizesse as malas e partisse.

Planos de partir. Quem não tinha um plano desses? Esse plano se desenvolve como os testamentos das pessoas de posses, reformulados e reescritos a cada seis meses. Vou ficar com isso; não, vou ficar com aquilo; este hotel, aquele hotel, essa mulher, aquela mulher, duas mulheres diferentes, com mulher *nenhuma*, nenhuma mulher nunca mais! Vou abrir uma conta secreta, pôr no prego a aliança, vender as ações... Então eles chegam aos sessenta, sessenta e cinco, setenta, e que diferença faz, agora? Eles vão partir, é verdade, mas dessa vez vão partir *para valer*. Para muita gente, isso é o melhor que se pode dizer acerca da morte: por fim, livres do casamento. E sem ter de morar num hotel. Sem ter de passar aqueles horríveis domingos sozinho, num hotel. É o domingo que mantém esses casais juntos. Como se os domingos pudessem ser piores do que o resto.

Não, este não é um bom casamento. Não é uma coisa difícil de prever, não importa de quem seja a mesa onde você está comendo, mas Sabbath podia ver naquela risada — se não no fato de que Michelle já estava permitindo que ele brincasse de tocar o pé dela por baixo da mesa, apenas dez minutos depois de começar a refeição — que alguma coisa andava errada por ali. Na risada de Michelle havia o reconhecimento de que ela não estava mais no comando das forças em ação. Na sua risada, havia a admissão da sua servidão: servidão a Norman, à menopausa, ao trabalho, à velhice, a tudo que podia apenas degenerar ainda mais. Nada que ocorra de imprevisto daqui para a frente tem muita chance de ser bom. E, mais do que isso, a Morte está cheia de vigor no seu canto do ringue, flexionando os joelhos, e um dia, daqui a pouco, vai dar um salto para a outra ponta do ringue, para cima de Michelle, de forma tão impiedosa como saltou sobre Drenka — porque, muito embora ela esteja agora mais pesada do que nunca, por volta de sessenta e dois, sessenta e três quilos, a Morte é um Tony Galento ou um Man Mountain Dean de duas toneladas. A risada dizia que tudo se havia alterado nela, enquanto estava de costas, enquanto voltava o rosto para o outro lado, o lado *certo*, de braços bem abertos para a dinâmica mistura de exigências e prazeres que fora o alimento diário dos seus trinta e quarenta anos, a toda aquela atividade frequente, toda aquela vida extravagante e festiva — tão inesgotavelmente *ocupada*... de tal modo que, no mesmo tempo que os Cowan levavam para cruzar o oceano num avião Concorde para passar um longo final de semana em Paris, Michelle havia completado cinquenta e cinco anos e ardia com calores que subiam ao rosto, e sua filha era agora a forma feminina que irradiava as correntes magnéticas. A risada dizia que ela estava farta de ficar ali, farta de planejar fugir, farta de sonhos frustrados, farta de sonhos realizados, farta de se adaptar, farta de não se adaptar, farta de tudo menos de existir. Exultante de existir ao mesmo tempo em que se sentia farta de tudo — *isso* é que estava na sua risada! Uma imensa e hilariante risada semiderrotada, semialegre, semimagoada, seminegativa. Sabbath gostou dela, gostou dela imensamente. Na certa, uma parceira tão insuportável quanto ele mesmo. Sabbath conseguia discernir em Michelle, toda vez que seu marido falava, um desejo de ser um pouquinho cruel com Norman, via Michelle escarnecendo do que ele tinha de melhor, das melhores coisas que havia nele. Se a mulher não fica com raiva dos vícios do marido, fica com raiva das suas virtudes. Norman toma Prozac porque não pode vencer. Tudo está abandonando Michelle, exceto sua bunda, que, conforme o seu guarda-roupa a tem informado, vem aumentando na última temporada — e exceto também aquele homem dotado da serenidade de um príncipe, marcado pelo bom-senso e pelo compromisso ético, da mesma forma que os outros traziam a cicatriz da insanidade ou da doença. Sabbath compreendeu o estado de espírito de Michelle, o estado da sua vida, o estado do seu sofrimento: o sol vai se pondo, e o sexo, nosso maior luxo, está fugindo para longe a uma velocidade tremenda, *tudo* está se afastando a uma velocidade tremenda, e a mulher, em seu desatino, fica se perguntando se deixou passar em branco uma única e miserável chance de dar uma trepada. A mulher daria o braço direito por isso, ainda mais se for uma boazuda como esta aqui. Não é muito diferente da Grande Depressão, não é muito diferente de ir à falência da noite para o dia, depois de anos e anos ganhando grana. "Nada que ocorra de imprevisto daqui para a frente", os calores no rosto dizem a ela, "tem muita chance de ser bom." Os calores no rosto imitando de modo sarcástico o êxtase sexual. Ela baixou em plena linha de fogo do tempo, que voa adiante em desembestada carreira. Envelhecendo dezessete dias a cada dezessete segundos na fornalha. Sabbath cronometrou o tempo dela no relógio Benrus de Morty. Dezessete segundos de menopausa escorrendo pelo seu rosto. Como se alguém tivesse derramado sobre ela. E de repente para, como se a tampa tivesse sido fechada. Mas, enquanto Michelle está tocada por aquele calor, Sabbath pode ver como, para ela, parece que aquilo não tem fundo — que dessa vez ela vai ser mesmo torrada no fogo, como fizeram com Joana d'Arc.

Nada comove tanto Sabbath quanto essas gostosonas que estão ficando velhas, com seus passados promíscuos e suas filhas jovens e bonitas. Sobretudo quando elas ainda estão dispostas a rir como essa mulher. A gente vê tudo o que elas foram outrora, nessa risada. Sou o que restou da famosa trepada do motel — ponha uma medalha nos meus peitos caídos. Não é nada engraçado arder numa pira em pleno jantar.

E a Morte, Sabbath recordava Michelle apertando calmamente o dorso do seu pé nu com a sola do seu pé, a Morte está sobre nós, em cima de nós, nos governando, a Morte. Você devia ter visto a cara do Linc. Devia ter visto o Linc muito quietinho, como um bom garoto, um bom menino, com a pele verde e o cabelo branco. Por que Linc estava verde? Ele não era verde quando eu o conhecia. "É de meter medo", disse Norman, depois de identificar o cadáver rapidamente. Eles caminharam pela rua, até um café, para tomar uma Coca-Cola. "É fantasmagórico", disse Norman, com um calafrio. E no entanto Sabbath havia gostado. Tinha feito uma longa viagem para ver exatamente aquilo. Aprendi um bocado, Michelle. A gente fica ali deitadinho feito um bom garoto, um menino que faz aquilo que mandam fazer.

E, como se apertar o pé de Michelle Cowan sob o seu pé embaixo da mesa não fosse uma razão suficiente para viver, havia as suas novas calças cáqui e as suas novas cuecas Jockey. Uma grande sacola cheia de roupas, como ele não pensava em comprar para si mesmo havia muitos anos. Até lenços. Havia muito tempo que não via lenços. Todos os trapos surrados que Sabbath vestia, as camisetas amareladas no sovaco, os calções de lutador de boxe com o elástico frouxo, as meias avulsas que não formavam mais pares, as botinas de bico grande que ele ostentava como Mammy Yokum,* doze meses por ano... Seriam suas botinas aquilo que chamavam de uma "afirmação"? Esse jeito maluco de falar que eles tinham, agora, deixava Sabbath se sentindo um rabugento. Diógenes no seu barril? Fazer uma afirmação! Ele havia notado que as moças da faculdade, no vale, agora usavam todas botinas grosseiras feito as dele, uma botas de operário com cadarços entrelaçados até em cima, junto com vestidos rendados, de tias solteironas. Femininas no vestido, mas não de um modo convencional, porque havia outra coisa nos seus sapatos. Os sapatos diziam: "Sou durona. Não mexa

* Personagem da história em quadrinhos conhecida no Brasil como "Família Buscapé". (N. T.)

comigo". Enquanto o vestido comprido, rendado, de estilo antigo, dizia... de modo que, no todo, a gente recebia uma *afirmação*, algo mais ou menos assim: "Se o senhor fizer a gentileza de querer trepar comigo, cavalheiro, eu lhe dou um pontapé bem no meio dos cornos". Mesmo Debby, com a sua autoestima baixa, se enfeitava como Cleópatra. A Alta-Costura me ignorou, como tudo o mais, no mundo. Mas deixe-me tomar as ruas com minhas calças cáqui. Manhattan, aqui vou eu!

Sabbath sentia uma sublime efervescência por não ser ele o bom menino dentro daquela caixa, fazendo aquilo que os outros mandavam fazer. E também por não ter sido dedurado por Rosa. Ela nada contara a pessoa alguma sobre o que tinha acontecido de manhã. Quanta misericórdia há nesta vida, e não fazemos nem um pouco por merecer. Todos os crimes que cometemos uns contra os outros e, ainda assim, temos direito a mais uma rodada de apostas, vestindo calças novas!

Do lado de fora da casa funerária, após a cerimônia, Joshua, o neto de Linc, de oito anos de idade, havia dito para sua mãe, cuja mão estava nas mãos de Norman:

— Sobre quem as pessoas estavam falando lá dentro?

— Sobre o vovô. Seu nome era Linc. Você sabe. Lincoln.

— Mas aquele não era o vovô — disse o menino. — Ele não era assim.

— Não?

— Não. O vovô era feito um bebê.

— Mas nem sempre, Josh. Quando ficou doente, ele se tornou igual a um bebê. Mas antes ele era do jeito que todos os seus amigos o descreveram.

— Aquele não era o vovô — o menino retrucou, balançando a cabeça com firmeza. — Desculpe, mãe.

A neta mais nova de Linc se chamava Laurie. Uma menina miúda, agitada, com olhos grandes, sensuais, que buscaram ansiosos por Sabbath, na calçada, após a cerimônia, e gritou:

— Papai Noel, Papai Noel, estou aqui! Eles botaram o vovô numa caixa!

A caixa sempre deixava todo mundo impressionado. Seja qual for a idade da pessoa, a visão daquela caixa nunca perde seu poder.

Não ocupamos mais espaço do que o de uma caixa. Podemos ser guardados feito sapatos ou embalados como um punhado de alface. O espírito simplório que inventou o caixão era um gênio poético e um grande sábio.

— O que você quer ganhar de Natal? — Sabbath perguntou a ela, ficando de joelhos para satisfazer o desejo da menina de tocar na sua barba.

— *Chanukah!** — Laurie gritou, muito excitada.

— É seu — disse Sabbath, contendo o impulso de tocar com o dedo retorcido a sua boquinha esperta e, assim, terminar onde ele havia começado.

Onde havia começado. Na verdade, essa era a questão. O desempenho obsceno com o qual Sabbath tinha começado tudo.

Foi Norman quem deu a partida, descrevendo para Michelle o esquete que levara Sabbath para trás das grades, em frente aos portões da Universidade Columbia, em 1956, o esquete no qual o dedo médio da mão esquerda fazia um sinal para uma estudante bonita se aproximar da tela de pano e, em seguida, começava a conversar com ela enquanto os cinco dedos da outra mão, habilmente, davam início à tarefa de desabotoar o casaco da jovem.

— Descreva o esquete, Mick. Conte para Shel como é que você foi preso.

Mick e Shel. Shel e Mick. Uma dupla, melhor do que qualquer outra. E Norman parecia já perceber isso, parecia compreender, depois de menos de meia hora na mesa de jantar, que na ruína e na derrota de Sabbath devia haver mais coisas capazes de estimular sua mulher do que em todo o seu sucesso disciplinado. No fracasso do envelhecimento de Sabbath, havia uma ameaça de desordem, não muito diferente do perigo que existia, para Norman, na vitalidade eruptiva e diruptiva do jovem Sabbath. Meu mau comportamento sempre punha Norman em perigo. Ele deve saber o que foi feito de mim. Essa poderosa fortaleza, construída para fazer

* Festa judaica de oito dias, que comemora a reedificação do Templo de Jerusalém após a vitória dos macabeus sobre o Antíoco IV da Síria. Durante a festa, em todas as noites, se acende o candelabro de nove velas. (N. T.)

frente à mais remota insinuação de violência, e todavia aqui, perto do fim, assim como no princípio, ele continua a se sentir humilhado pela trapalhada fedorenta que eu crio em toda parte. Eu o assusto. Como meu pai dizia, "*Bolbotish*".* Esse sucesso generoso, adorável, *bolbotish* continua a se mostrar servil diante de um cretino. Dava a impressão de que eu tinha descido na língua de uma labareda ardente, em brasa, direto do Inferno, e não que tinha vindo pela estrada 684 em um velho Chevrolet com o silencioso estourado.

— Como fui preso — disse Sabbath. — Quatro décadas, Norm. Quase quarenta anos. Não sei se ainda lembro como fui preso. — Ele lembrava, é claro. Nunca esquecera o menor detalhe disso.

— Você se lembra da moça?

— A moça — Sabbath repetiu.

— Helen Trumbull— disse Norman.

— Era esse o nome dela? Trumbull? E o juiz?

— Mulchrone.

— Sim. Dele eu me lembro. Teve um ótimo desempenho. Mulchrone. O policial se chamava Abramowitz, certo?

— Guarda Abramowitz, isso mesmo.

— É, sim. O cana era um judeu. E o promotor, outro irlandês. E tinha aquele pirralho com cabelo à escovinha.

— Tinha acabado de sair de St. John — disse Norman. Foster.

— Sim. Muito antipático, esse Foster. Não gostou de mim. Todo ofendido. Genuinamente ofendido. Como é que alguém pode fazer uma coisa dessas? Pois é, o cara era de St. John. Isso mesmo. Cabelo à escovinha, gravata listrada, o pai era cana, ele nunca achou que fosse ganhar mais do que dez mil dólares por ano, e queria me mandar para a cadeia pelo resto da vida.

— Conte para Shel.

Por quê? O que ele pretende, me mostrando pelo ângulo mais favorável, ou mais desfavorável? Empurrar a mulher para cima de mim ou empurrar a mulher para longe de mim? Devia ser para

* *Bolbotish*, em iídiche: pessoa simples, tola. (N. T.)

longe porque, antes do jantar, sozinho na sala de estar com Sabbath, ele havia prodigalizado, a respeito da esposa e do seu trabalho, um dilúvio de elogios típicos de um marido babão — aquilo que Roseanna mais desejara, com sofreguidão, durante toda a sua vida de casada. Enquanto Michelle tomava banho e trocava de roupa para o jantar, Norman havia mostrado para Sabbath, em uma revista recente de ex-alunos de odontologia da Universidade da Pensilvânia, uma foto de Michelle e do pai dela, um senhor numa cadeira de rodas, um entre vários retratos que ilustravam uma história sobre pais e filhos, formados pela mesma faculdade de odontologia. Antes do seu derrame e de chegar aos setenta anos, o pai de Michelle fora dentista em Fairlawn, Nova Jersey. Segundo Norman, um sacana insuportável cujo pai tinha sido também dentista e que, por ocasião do nascimento de Michelle, havia dito: "Estou cagando se ela é menina. Esta é uma família de dentistas e ela vai ser dentista também!". No final, ela não só se formou na faculdade de odontologia como também superou aquele filho da mãe cabeça-dura ao cursar mais dois anos para se tornar periodontista, o ponto máximo da sua profissão.

— Vou explicar a você — disse Norman, acariciando a taça de vinho da noite, a dose permitida enquanto estivesse tomando Prozac — o grande desafio físico que significa ser um periodontista. Na maioria dos dias, ela chega em casa como hoje, esgotada. Imagine empunhar um instrumento e tentar limpar a face externa posterior de um segundo ou terceiro molar e tentar alcançar aquela pequena bolsa ali, no alto, na gengiva. Quem é que pode ver? Quem é que pode *alcançar*? Ela é admirável, fisicamente. Mais de vinte anos fazendo isso. Já perguntei a ela por que não limitava o trabalho a três dias por semana. No campo das doenças periodônticas, o dentista vê seus pacientes ano após ano, para sempre. Os pacientes de Michelle vão esperar por ela. Mas não, ela sai toda manhã às sete e meia e, em certas semanas, vai lá até nos sábados. — Sim, nos sábados, Sabbath ficou pensando, deve ser um grande dia para Shelly... enquanto Norman continuava a explicar: — Se você é meticuloso como Michelle, e precisa fazer uma limpeza na superfície de todos os dentes em pontos inacessíveis da boca... Claro, ela possui instrumentos recurvados que ajudam muito; ela pega esses instrumentos, limpa essas raízes com as chamadas curetas e raspadores, porque ela não está apenas lidando com a porção da coroa do dente, como faz a higiene de um dentista normal. Ela tem que fazer isso até em cima, na superfície da raiz, se existem bolsas, se existe algum dano ósseo... — Como ele elogia a esposa! Como se importa com o que ela faz! Quanta coisa ele sabe... e não sabe. Antes do jantar, Sabbath ficou imaginando se os encômios tinham o propósito de mantê-lo acuado ou se seriam a voz da droga falando. Eu podia estar ouvindo a voz do Prozac. Talvez eu estivesse apenas ouvindo as complicadas desculpas da sua esposa por Trabalhar até Tarde no Consultório, talvez estivesse ouvindo alguém repetir, aos trancos e barrancos, como se acreditasse naquela história, algo que outra pessoa contou e pediu para que acreditasse naquilo. — Porque lá no alto — Norman prosseguiu — é onde as coisas acontecem. Não basta dar brilho no esmalte e fazer os dentes ficarem bonitos. A questão é catar o tártaro, que pode ser muito aderente, e eu já vi minha mulher voltar para casa *mancando* depois de um dia inteiro nesse serviço, o negócio é catar o tártaro nas raízes. Claro, tem instrumentos ultrassônicos que ajudam. Eles usam um mecanismo de ultrassom ligado numa corrente elétrica, emite uma energia ultrassônica, penetra na bolsa lá em cima, para ajudar a romper aquela porcaria toda. Mas de modo que não aqueça demais, naturalmente tem um esguicho de água e é como viver no meio de um nevoeiro, com aquela água borrifando tudo em volta. É como passar vinte anos numa floresta tropical onde chove sem parar...

Então ela era uma amazona, seria isso? Filha de um chefe tribal outrora temível, a quem derrotara e suplantara, uma guerreira amazona, emitindo energia ultrassônica, em armas contra o tártaro encarniçado, empunhando raspadores e curetas recurvadas, de aço inoxidável... o que Sabbath *devia* concluir disso tudo? Que ela era demais para Norman? Que ela o deixava tão atônito quanto admirado — e subjugado? Que agora, quando a filha mais nova se achava fora de casa, na faculdade, e eram só ele e a herdeira da dinastia de dentistas sozinhos e juntos, lado a lado... Sabbath não soube em que pensar na sala de visitas, antes do jantar, assim como não soube em que pensar, na mesa, com Norman o pressionando para contar a história do excêntrico atrevido que ele havia sido quando tinha vinte anos, tão diferente de Norman na época, ainda começando a carreira, o estudante da Universidade Columbia, arrumadinho, de boas maneiras, filho do distribuidor de vitrolas automáticas cuja voz rachada e cujo sucesso grosseiro o envergonharam durante toda a sua juventude. O filho e a filha de dois cascas-grossas. Só eu tive um pai amoroso e dedicado, e vejam no que deu.

— Bem, ali estava eu. 1956. Na esquina da 116 com a Broadway, ali bem em frente aos portões da universidade. Vinte e sete anos de idade. O guarda havia dias circulava nas imediações, de olho em mim. Em geral, havia uns vinte, vinte e cinco estudantes. Alguns transeuntes, mas sobretudo estudantes. Depois eu passava o chapéu. A coisa toda durava menos de trinta minutos. Acho que eu já tinha despido um seio antes. Levar uma menina a esse ponto era uma proeza rara para mim, naquele tempo. Eu não contava com isso. A ideia da encenação era que eu não *podia* ir tão longe assim. Mas daquela vez, aconteceu. A teta ficou nua. Nua. E o guarda vem até mim e diz: "Ei, você. Você não pode fazer isso". Ele está falando isso comigo por trás da tela de pano. "Está tudo bem, seu guarda", eu respondo, "é só parte do espetáculo." Eu fiquei abaixado e foi o dedo médio que falou isso para ele, o dedo que estava conversando com a moça. Eu penso: "Ótimo. Agora tenho um guarda no espetáculo". A rapaziada na plateia não tem certeza de que ele *não* é parte do espetáculo. Começam a rir. "Você não pode fazer isso", me diz o guarda. "Tem crianças aqui. Elas podem ver o seio." "Não há criança alguma aqui", retruca o dedo. "Levante", ele me diz, "fique de pé. Você não pode expor esse peito nu no meio da rua. Não pode expor um peito nu no meio de Manhattan ao meio-dia e quinze, na esquina da 116 com a Broadway. E além disso você está se aproveitando dessa jovem aqui. Você quer que ele faça isso com você?", o guarda pergunta a ela. "Você foi molestada sexualmente?" "Não", ela responde. "Eu permiti que ele fizesse isso."

— A moça era uma estudante — disse Michelle.

— Isso. Estudante de Barnard.

— Corajosa — disse Michelle. — "Eu permiti que ele fizesse isso." E o que o guarda fez, então?

— Ele diz: "Permitiu? Você estava hipnotizada. Esse cara hipnotizou você. Você não sabia o que ele estava lhe fazendo". "Não", ela retruca ao guarda, em tom de desafio. "Não aconteceu nada de errado." Ela sentiu medo quando o guarda chegou, mas ali estava ela ao lado de todos os outros estudantes, e os estudantes são, em geral, antipolícia, assim ela logo recobrou o ânimo e foi em frente. Disse para ele: "Está tudo bem, seu guarda. Deixe o homem em paz. Não estava fazendo nada de errado".

— Não parece a Debby? — Michelle perguntou a Norman.

Sabbath aguardou para ver como o Prozac ia rebater essa.

— Deixe-o continuar — disse Norman.

— Aí o guarda diz para a moça: "Não posso soltar esse cara. Podia ter crianças aqui. O que as pessoas iam dizer da polícia se a gente deixasse que as blusas fossem abertas e os seios ficassem nus no meio da rua e alguém ficasse apertando os mamilos? Quer que eu deixe que ele faça isso no Central Park? Você por acaso já fez isso no Central Park?", ele me pergunta. "Bem", respondo, "costumo apresentar meu show no Central Park." "Não, não", ele me adverte, "você não pode fazer isso. As pessoas estão reclamando. O dono da drogaria lá do outro lado está reclamando, você não pode juntar essas pessoas todas aqui, está atrapalhando o negócio dele." Expliquei que eu não estava ciente disso, na verdade a drogaria é que estava prejudicando os *meus* negócios. Isso provocou uma risada da plateia e o guarda começou a ficar muito zangado. "Escute aqui, esta moça não queria desnudar o peito, ela não tinha nem consciência disso até eu apontar o fato para ela. Ela estava hipnotizada por você." "Mas eu *estava* consciente disso, sim", replica a menina, e a moçada toda aplaude. Eles estão mesmo admirados com ela. "Seu guarda, escute", eu disse. "Não tem nada de errado no que eu fiz. Ela estava de acordo. Foi só brincadeira." "Não foi brincadeira. Não é essa a minha ideia de brincadeira. Não é essa a ideia de brincadeira do dono da drogaria ali do outro lado. Você não pode se comportar desse jeito, aqui." "Tudo bem, está certo, então", eu disse. "E agora o que o senhor vai fazer a respeito? Não posso ficar aqui conversando o dia inteiro. Preciso ganhar a vida." A plateia adorou isso também. Mas o guarda até que manteve a linha, nas circunstâncias. Tudo que ele disse foi: "Quero que você me diga que não vai mais fazer isso". "Mas é a minha peça. É a minha arte." "Ah, não me venha com esse papo-furado de arte. O que é que brincar com o mamilo de uma moça tem a ver com arte?" "É uma nova forma de arte", eu explico. "Ah, conversa fiada, vocês vagabundos de rua vivem me falando em arte." "Não sou um vagabundo de rua. É isso que faço para ganhar a vida, seu guarda." "Pois bem, você não pode ganhar a vida desse jeito em Nova York. Tem licença?" "Não." "Por que não tem licença?" "Não dá para tirar licença disso. Não estou vendendo batatas. Não existe licença para titereiros." "Não estou vendo nenhum fantoche." "Eu carrego meu fantoche entre as pernas", eu disse. "Olhe aqui, seu tampinha, não estou vendo fantoche nenhum. Só estou vendo dedos. E *existe* uma licença para titereiros, existe uma licença para representação teatral na rua..." "Não posso tirar licença." "Claro que pode", ele me diz. "Não *posso*. E não posso ir a algum lugar e perder quatro ou cinco horas só para descobrir que não posso." "Tudo bem", diz o guarda, "Muito bem, então você está trabalhando na calçada sem licença." "Não existe licença", eu explico, "para tocar no seio de mulheres no meio da rua." "Então você *admite* que é isso que você faz." "Ai, meu saco", eu retruco, "isso tudo é ridículo." E a coisa começa a ficar mais beligerante e o guarda diz que vai me levar preso.

— E a moça? — Michelle, de novo.

— A moça é legal. Ela diz: "Ei, solte ele". E o guarda replica: "Você está tentando interferir nessa prisão?". "Solte ele!", ela repete para o guarda.

— Essa *é* Debby — Michelle riu. — Sem dúvida nenhuma, é a nossa Deborah.

— É mesmo? — perguntou Sabbath.

— Sem tirar nem pôr. — Michelle se mostra orgulhosa.

— O guarda me prende porque estou começando a encher o saco dele de verdade. Eu digo: "Ei, eu não vou ser preso, não. Isso tudo é uma tolice". E ele diz: "Vai, sim". E a moça diz: "Solte ele", e o guarda responde: "Escute aqui, se você continuar assim vai ser presa também". "Isso é loucura", retruca a moça. "Acabei de sair da minha aula de física. Não fiz nada de mais." As coisas escapam ao controle e o guarda empurra a moça para fora do seu caminho, e então eu começo a gritar: "Ei, não empurre ela". "Ah", ele me diz, "sir Galahad." Em 1956, um guarda ainda podia dizer uma coisa dessas. Foi antes que a decadência do Ocidente se propagasse das faculdades para as delegacias de polícia. Seja como for, ele me leva preso. Ele deixa que eu junte toda minha tralha e me leva em cana.

— Com a moça — disse Michelle.

— Não. Só eu. "Quero autuar esse cara", diz para o guarda do registro. No distrito policial da rua 96. Eu estava assustado, é claro. Quando a gente entra numa delegacia, tem uma escrivaninha bem grande logo na frente, com um guarda que cuida do registro, e aquela mesa enorme assusta a gente. Eu disse: "Isso tudo é um completo absurdo", mas quando Abramowitz diz: "Esse cara tem que ser autuado por trabalhar na calçada sem licença, promover desordem, e por assédio sexual, agressão e obscenidade. E resistir à prisão. E obstrução da justiça"; quando ouvi tudo isso, achei que ia ter que mofar na cadeia pelo resto da vida, e fiquei doido. "Isso tudo é absurdo! Vou chamar a Liga Americana dos Direitos Civis! Eles vão dar cabo de você!", digo ao guarda. Estou me cagando nas calças, mas é isso que eu fico berrando. "Sei, a Liga dos Direitos Civis", retruca Abramowitz, "aqueles comunas filhos da mãe. Grande coisa." "Não vou dizer nada antes de ter comigo um advogado da Liga dos Direitos Civis!" Agora é o guarda quem grita: "Quero que eles se fodam. E que você se foda. Não precisamos de advogado nenhum. Vamos só prender você e pronto, seu tampinha de merda. Traga o seu advogado quando estiver no tribunal". O guarda do registro está lá, firme, ouvindo tudo isso. Ele me diz: "Me conte o que aconteceu, meu rapaz". Eu não tenho a mínima ideia do que estou fazendo, fico só repetindo, aos berros: "Não vou contar nada sem ter antes um advogado!". E Abramowitz agora se aferrou ao refrão "que se foda". Mas o outro cara insiste: "O que aconteceu, meu filho?". Aí, eu penso: conte para ele. Não é um mau sujeito. Então eu disse: "Escute, foi só isso que aconteceu. E ele ficou louco de raiva. Ficou louco porque viu um peito de mulher. Isso acontece a toda hora. A moçada toda está tirando a roupa nas ruas. Esse cara mora em Queens, ele não sabe o que anda acontecendo. Será que ele já percebeu o jeito que as garotas andam pela rua por aqui no verão? Todo mundo na rua sabe, exceto esse cara que mora em Queens. Um seio nu não é grande coisa". Abramowitz diz: "Não é só um peito nu. Você não conhece a moça, nunca a viu, deixou ela com o peito de fora, desabotoou a blusa, ela na verdade nem sabia o que estava acontecendo, você a distraía com o dedo e a machucou". "Não a machuquei. *Você* é que a machucou. Você *empurrou* a moça." O sargento na escrivaninha diz: "Está querendo me dizer que você deixou uma mulher totalmente despida na Broadway?". "Não! Não! Tudo o que fiz foi isso." E expliquei mais uma vez. O cara ficou fascinado. "Como conseguiu, no meio da rua, com uma mulher que nunca tinha visto antes?" "É a minha arte, sargento. Essa é a minha arte." Isso o deixa desconcertado — disse Sabbath, vendo que Michelle também estava desconcertada. E Norman, ali, tão contente! Olhando a um metro de distância, enquanto eu seduzo a sua mulher. Esse Prozac é um remédio formidável.

— "Harry", diz o sargento para Abramowitz, "por que você não solta o cara? Não é um mau garoto. Ele só fez a sua arte." O guarda está rindo. "Pintar com o dedo. Essas besteiras de criança. Qual é a diferença? Ele nunca foi autuado antes. Não vai fazer isso outra vez. Se o garoto tivesse dezessete acusações por molestar sexualmente mulheres..." Mas Abramowitz agora está furioso. "Não! Aquela é a minha rua. Todo mundo ali me conhece. Ele faltou ao respeito comigo." "Como?" "Ele me empurrou." "Ele tocou em você? Tocou em um agente da polícia?" "Foi, sim. Tocou em mim." Agora eu não estava mais sendo acusado de ter tocado na moça, mas de ter tocado num guarda. Coisa que nunca fiz, mas é claro que o sargento na mesa, depois de ter tentado aplacar Harry, passa para o lado dele. Para o lado do guarda que quer me prender. E então me acusam de tudo aquilo. O guarda faz uma declaração escrita com tudo o que aconteceu. E dão entrada numa queixa contra mim. Sete acusações. Podia pegar um ano por causa de cada uma delas. Mandaram que eu comparecesse na rua 60, centro, não é isso, Norm? 60, centro?

— Rua 60, centro, número 22, às duas e meia da tarde. Você se lembra de tudo.

— E como conseguiu um advogado? — Michelle perguntou.

— Norman. Norman e Linc. Recebi um telefonema, ou Norman ou Linc.

— Linc — disse Norman. — Pobre Linc, naquela caixa.

Ele também ficou impressionado. E é só uma caixa. Parece que a imagem nunca vai virar um clichê.

— Linc disse: "Soubemos que você foi preso. Arranjamos um advogado para você. Não um cabeça de bagre qualquer, recém-saído da faculdade de direito, mas um cara já com alguma experiência. Jerry Glekel. Cuidou de uns casos de fraude, assalto e agressão, roubo, arrombamento. Cuida dos casos de crime organizado. Dá bastante dinheiro, mas o trabalho não é lá essas maravilhas, e isso ele está disposto a fazer como um favor para mim". Não foi assim, Norman? Um favor para Linc, a quem de algum modo ele conhecia. Glekel diz que o caso todo é uma besteira e que na certa vai ser recusado pelo tribunal. Converso com Glekel. Ainda estou com a Liga dos Direitos Civis na cabeça, e então Glekel dá um pulo até lá e diz que acha que esse é um caso que eles deviam apoiar. Vou defendê-Io, ele diz. Vocês deviam lhe dar apoio, apresentar uma proposta para tomar parte do julgamento como observadores. Vamos transformar o processo num caso patrocinado pela Liga dos Direitos Civis. Glekel já tinha tudo calculado. O assunto em discussão era na verdade a liberdade de expressão artística na rua, o controle arbitrário das ruas pela polícia. Quem controla a rua? O povo ou a polícia? Duas pessoas fazendo uma coisinha inocente, uma brincadeira — os argumentos da defesa são todos óbvios, apenas mais um caso de abuso policial. De que adianta um garoto como esse desperdiçar o seu tempo na prisão etc. Portanto, fomos para o julgamento. Umas vinte e duas pessoas apareceram na corte. Perdidas na enorme sala do tribunal. O grupo estudantil de direitos civis da Universidade Columbia. Uns doze garotos e o seu conselheiro. Alguém do *Columbia Spectator*. Alguém da estação de rádio de Columbia. Não estavam lá por minha causa. Estavam lá porque aquela moça, Helen Trumbull, dizia que eu nada tinha feito de errado. Em 1956, isso criou uma pequena comoção. Onde ela fora arrumar toda aquela coragem? Isso ocorreu anos antes de Charlotte Moorman tocar violoncelo de peito de fora, no Village, e ela era só uma moça comum, não uma artista. Havia até uma pessoa do *Nation* lá. Eles tinham ouvido falar do caso. E havia o juiz, Mulchrone. Um velhote irlandês, ex-promotor. Cansado. Muito cansado. Ele não tinha saco para ouvir aquela baboseira. Não estava dando a menor bola. Há assassinos e matadores soltos pela rua e ali está ele desperdiçando seu tempo com um cara que fica apertando os peitinhos das moças. Portanto, o juiz não está lá de muito bom humor. O promotor é o rapaz recém-saído de St. John, que quer me colocar atrás das grades pelo resto da vida. O julgamento começa às duas, duas e meia, e cerca de uma hora antes ele leva as testemunhas para o seu gabinete e repassa com elas as mentiras que vão contar. Depois elas sobem à tribuna e desempenham direitinho o seu papel. Três testemunhas, se me lembro bem. Uma velhinha que diz que a moça ficou tentando afastar minha mão, mas nem assim eu parava. E o dono da drogaria, um comerciante judeu, muito ofendido, do ponto de vista humanitário, como só um judeu dono de drogaria seria capaz. Ele só conseguia enxergar as costas da moça, mas testemunhou que ela estava perturbada. Glekel interroga o homem, a fim de desacreditar a testemunha, alega que o dono da drogaria não poderia ver nada pois a moça estava de costas para ele. Vinte minutos daquelas mentiras do judeu dono da drogaria. E o guarda vai dar testemunho. Ele é chamado logo no princípio. O guarda testemunhou, e eu fiquei doido, irritado, me retorcendo, furioso. Depois me levantei e prestei testemunho. O promotor me interroga: "O senhor chegou a perguntar à mulher se podia desabotoar a blusa dela?" "Não." "*Não?* O senhor sabia quem estava na plateia, na ocasião?" "Não havia criança nenhuma na plateia." "O senhor pode afirmar, sob juramento, com toda segurança, que não havia crianças na plateia? Elas estavam *lá* embaixo, e o senhor *cá* em cima. O senhor não viu sete crianças andando ao fundo?" E o dono da drogaria, entende, vai testemunhar que havia sete crianças, e a velhinha também, todos eles, entende, todos eles querem me enforcar por causa daquela teta. "Veja bem, isso é uma forma de arte." Essa frase sempre provoca comoção. O rapaz de St.John faz uma careta de espanto. "Arte? O que o senhor fez foi desnudar um seio de mulher, e isso por acaso é arte? Quantas outras vezes o senhor já desabotoou roupas de mulher?" "Na realidade, é muito raro chegar a esse ponto. Infelizmente. Mas essa é a arte. A arte consiste em levar as moças a tomar parte da encenação." O juiz, Mulchrone, pela primeira vez fala alguma coisa, e o que diz é o seguinte, com uma voz apagada: "Arte". Como se tivesse acabado de acordar do sono dos mortos. "Arte." O promotor nem sequer tomou parte desse diálogo, de tão absurdo. Arte! Ele me pergunta: "O senhor tem filhos?". "Não." "O senhor não liga para crianças. O senhor tem um emprego?" "Esse é o meu trabalho." "O senhor não tem emprego. O senhor tem esposa?" "Não." "Já teve um emprego que durasse mais de seis meses?" "Marinheiro da marinha mercante. Fui do Exército dos Estados Unidos. Recebi uma bolsa de estudos para ex-soldados, na Itália." Então ele me pegou de jeito. E me fuzilou: "O senhor se denomina um artista. Eu o denomino um vadio". Em seguida, meu advogado chama o professor da Universidade de Nova York. Grande erro. Foi ideia de Glekel. Chamaram professores para defender o caso do livro *Ulysses*, chamaram professores para defender o caso do "Milagre", por que não deviam chamar um professor para ajudar a *minha* defesa? Eu não queria. Os professores falam tanta besteira no tribunal quanto o guarda e o dono da drogaria. Shakespeare foi um grande artista de rua. Proust foi um grande artista de rua. E por aí afora. Ele ia comparar Jonathan Swift a mim e ao meu espetáculo. Os professores sempre vêm com essa ladainha de Swift quando querem defender um zé-ninguém *farshtunkeneh*.* Em todo caso, em dois segundos o juiz fica sabendo que ele não é uma testemunha, mas um *perito*. No ponto de vista de Mulchrone, ele é uma perda de tempo. "Ele é perito em quê?" "Essa arte de rua é uma forma de arte legítima", diz o meu advogado, "e o que eles estavam fazendo, essa peça na rua com a participação da plateia, é uma coisa tradicional." O juiz cobre o rosto com a mão. São três e meia da tarde e o homem já ouviu doze casos antes do meu. Tem setenta anos de idade e passou o dia inteiro no tribunal. O juiz afirma: "Tudo isso é um absurdo. Não vou ouvir um professor. Ele tocou num seio. O que aconteceu é que o homem tocou num seio. Não

* *Farshtunkeneh*, em iídiche: fedorento. (N. T.)

preciso do testemunho de professor nenhum. O professor pode ir para casa". Glekel: "Não, meritíssimo. Este caso deve ser encarado em uma perspectiva mais abrangente. E essa perspectiva mais abrangente é a de que existe uma arte de rua legítima e na arte de rua se pode atrair as pessoas para tomar parte da encenação, de uma maneira que não se pode fazer no teatro". E o tempo todo que Glekel falou, o juiz manteve o rosto coberto pela mão. O juiz ficou de rosto coberto até quando ele mesmo falava. Tudo na *vida* lhe dá vontade de ficar de rosto coberto. Ele está certo, também. Era um homem formidável, Mulchrone. Tenho saudade desse juiz. Ele sabia como é que a banda toca. Mas o meu advogado continua, Glekel não para de falar. Glekel está de saco cheio de cuidar dos casos do crime organizado. Ele tem aspirações mais elevadas. Hoje, acredito que ele estava argumentando sobretudo para ser ouvido pelo repórter do *Nation*. "É a intimidade da arte de rua", diz ele, "que a torna algo peculiar." "Escute," diz Mulchrone, "o homem tocou num seio no meio da rua a fim de arrancar umas risadas ou de chamar a atenção. Não é isso, meu filho?" Portanto, o promotor tinha três testemunhas e o guarda contra mim, e nós não tínhamos mais o professor, mas ainda tínhamos a moça. Tínhamos Helen Trumbull. O curinga da história era a moça. Era uma coisa fora do comum a presença dela ali. A pretensa vítima vinha testemunhar a favor do réu. Embora Glekel repetisse que se tratava de um crime sem vítima. De fato, a vítima, se existia alguma, achava que estava tudo bem, mas o promotor afirma que não, a vítima é o público. O pobre público, ludibriado por esse sacana vadio, esse *artista*. Se esse cara pode andar à solta pelas ruas, diz ele, e fazer uma coisa dessas, então as criancinhas vão pensar que é aceitável fazer isso, e se as criancinhas pensam que é aceitável fazer isso, vão pensar que é aceitável assaltar bancos, estuprar mulheres, usar facas. Se crianças de sete anos — as sete crianças inexistentes agora viraram crianças de *sete anos* — vão ver que isso é engraçado e aceitável com mulheres desconhecidas...

— E o que aconteceu com a moça? — perguntou Michelle. — Na hora em que ela deu seu testemunho.

— O que você queria que acontecesse? — perguntou Sabbath.

— Como é que ela enfrentou a situação?

— Ela é uma moça de classe média, uma moça corajosa, intrépida, desafiadora, mas, uma vez no tribunal, como é que você quer que ela se comporte? Fica assustada. Na rua, era uma moça legal, tinha coragem, a esquina da rua 116 com a Broadway é o mundo dos jovens, mas ali no tribunal os aliados são o guarda, o promotor e o juiz... é o mundo deles, acreditam uns nos outros, e é preciso ser cego para não enxergar isso. E então como é que ela dá o seu testemunho? Com uma voz assustada. Vai lá com a intenção de me ajudar, mas, assim que entra no tribunal, uma sala grande, paredes altas, JUSTIÇA PARA TODOS gravado ali na madeira, ela fica apavorada.

— Debby — disse Michelle.

— A moça testemunha que não gritou. O dono da drogaria disse que ela gritou e ela afirma que não gritou. "A senhora quer dizer que um homem está tocando o seu seio no meio de Manhattan, fazendo isso, e a senhora não gritou?" Veja, fica parecendo que ela é uma prostituta. É essa a ideia que o promotor quer dar, aquela Debby — diz Sabbath, de forma totalmente deliberada, mas fingindo nem sequer ouvir o próprio engano — é uma prostituta. — Ninguém o corrige. — "Com que frequência os homens tocam os seus seios no meio da rua?" "Nunca." "A senhora ficou surpresa, indignada, chocada, a senhora sentiu alguma coisa?" "Eu não notei." "A senhora não *notou?*" A moça está ficando cada vez mais nervosa, mas aguenta firme. "Era parte da brincadeira." "A senhora tem o costume de deixar os homens brincarem com os seus seios no meio da rua? Um homem que a senhora nem conhece, um homem com quem nunca falou na sua vida, um homem cujo rosto a senhora nem podia ver?" "Mas ele disse que eu gritei", diz Debby; "em nenhum momento eu gritei."

— Helen — emendou Norman.

— Trumbull— disse Sabbath. — Helen Trumbull.

— Você disse Debby.

— Não, eu disse Helen.

— Não importa — interveio Michelle. — O que aconteceu com ela?

— Bem, o advogado deu duro nela. Em nome da velha St. John. Em nome do pai que era cana. Em nome da moralidade. Em nome da América. Em nome do cardeal Spellman. Em nome do Vaticano. Em nome de Jesus, Maria, José e de toda a turma boa ali na manjedoura. Enfim, ele a convenceu de que ela mesma talvez *tivesse agido mal*. Se você exibisse seus seios nas ruas 114, 115, 113, o que seria das criancinhas que estivessem vendo? "Não havia *nenhuma* criancinha lá." "Escute, você está de pé *aqui*, esse cara está fazendo uma apresentação *ali*, a história toda levou um minuto e meio. Você viu quem estava andando às suas costas durante esse minuto e meio? Sim ou não?" "Não." "É meio-dia. Está na hora do almoço das crianças. Tem as crianças da escola de música ali em frente, tem as crianças das escolas particulares. Você tem irmão ou irmã?" "Tenho. Os dois." "Que idade eles têm?" "Doze e dez." "Sua irmã tem dez anos. Você gostaria que sua irmã de dez anos soubesse que você permitiu que um homem a quem você não conhece fizesse isso na frente de todo mundo, em plena esquina da rua 116 com a Broadway, com dúzias de carros passando, centenas de pessoas caminhando em volta? Você ali de pé com esse homem apertando seu mamilo, o que você sentiria se tivesse que contar isso à sua irmã?" Debby tenta se manter firme. "Eu não me importaria." Eu não me importaria. Que menina! Se eu a pudesse encontrar hoje e se ela me permitisse, eu desceria na esquina da rua 116 com a Broadway e lamberia a sola dos pés dela. *Eu não me importaria*. Em 1956. "E que tal se ele fizesse isso com a sua irmã?" Isso a deixa chocada. "Mas minha irmã tem só dez anos", diz ela. "Você contou isso para a sua mãe?" "Não." "Contou para o seu pai?" "Não." "Não contou. Portanto, não é verdade que a razão pela qual você está prestando testemunho a favor dele é que você tem pena dele? Não é porque você acha que o que ele fez seja certo, não é? Não é? Não é, Debby?" Bem, a essa altura ela está chorando. Eles conseguiram. Eles finalmente tinham conseguido. Haviam provado perfeitamente que essa moça era uma prostituta. Fiquei louco. Porque a mentira básica no caso era que havia crianças lá. E se tivesse havido mesmo? Fiquei de pé e gritei: "Se havia tantas crianças lá, por que não tem nenhuma criança aqui no banco de testemunhas?". Mas o promotor gosta que eu grite. Glekel está tentando me fazer sentar, mas o promotor me diz, e sua voz é *muito* cheia de sentimentos virtuosos, ele diz assim: "Eu não poderia arrastar crianças para cá e expô-las a tudo isso. Eu não sou você". "Mas não é mesmo! E se tivesse crianças passando, o que elas iam fazer? Cair mortas ali mesmo? *Isso faz parte do espetáculo!*" Bom, berrando desse jeito eu não ajudei a minha defesa mais do que a garota fizera. Ela se retira em lágrimas e o juiz pergunta se alguém vai apresentar mais alguma testemunha. Glekel: "Eu gostaria de apresentar um sumário da defesa, meritíssimo". O juiz: "Não é necessário. Não é um caso complicado. Você quer me dizer que se esse indivíduo estivesse tendo um intercurso com ela no meio da rua isso seria arte? E que eu não posso fazer nada a respeito porque há precedentes em Shakespeare e na Bíblia? Ora, faça-me um favor. Onde é que está o limite que separa isso e o intercurso sexual na rua? Mesmo que ela tenha consentido". Portanto, fui condenado.

— Por qual crime? — perguntou Michelle. — Todos eles?

— Não, não. Promover desordem e obscenidade. Apresentação obscena na rua.

— Mas, afinal de contas, o que significa "promover desordem"?

— Eu sou a desordem. O juiz podia me condenar a qualquer pena até um ano, em cada delito. Mas ele não é um mau sujeito. A essa altura já são quase quatro horas da tarde. O juiz passa os olhos pelo tribunal e vê que tem mais doze casos esperando, ou vinte, e está morrendo de vontade de ir para casa e tomar um drinque. Ele tem a impressão de que se acha seiscentos quilômetros a sudoeste do drinque mais próximo. Não está com uma cara boa. Na época, eu não sabia o que era a artrite. Hoje, minha compaixão vai toda para ele. Suportou aquilo tudo e a dor o estava deixando maluco, mas mesmo assim ele vira para mim e diz: "O senhor vai fazer isso outra vez, senhor Sabbath?". "É assim que eu ganho a vida, meritíssimo." Ele cobre o rosto e tenta pela segunda vez. "O senhor vai fazer isso de novo? Quero que prometa que, caso eu não mande o senhor para a cadeia, não vai mais fazer isso e não vai tocar onde não deve." "Não posso", respondo. O homem de St. John me olha com escárnio. Mulchrone: "Se o senhor está me dizendo que cometeu um crime e vai fazer a mesma coisa outra vez, vou condenar o senhor a trinta dias de prisão". Jerry Glekel, meu advogado da Liga dos Direitos Civis, cochicha no meu ouvido: “Deixe para lá, vamos dar o fora daqui”. “Meritíssimo, não vou fazer isso.” “Não vai fazer isso. Ótimo. Trinta dias, sentença suspensa. Multa de cem dólares, pagos agora.” “Não tenho dinheiro, meritíssimo.” “Como assim, não tem dinheiro? Você tem um advogado, está pagando um advogado.” “Não, a Liga dos Direitos Civis me arranjou esse advogado.” “Meritíssimo”, diz Jerry, “eu adianto os cem dólares, eu pago os cem dólares e vamos todos para casa.” E depois, na saída, o homem de St. John passa por nós e diz, de forma que ninguém possa ouvir, exceto nós dois: “E qual de vocês está comendo a garota?”. E eu respondi: “Você quer dizer, qual de nós, judeus? Todos nós. Todos nós comemos a garota. Até o meu velho *zaydeh** come a garota. O meu rabino trepa com ela. Todo mundo trepa com ela, menos você, seu St. John. Você tem que ir para casa e trepar com a sua esposa. É a isso que você está condenado, trepar o resto da vida com Mary Elizabeth, que cultua sua irmã mais velha, a que virou freira”. Então a coisa pegou fogo e, num gesto de misericórdia, Linc, Norman e Glekel apartaram a briga, o que me custou mais cem dólares, que Glekel pagou, e depois Linc e Norman pagaram a Glekel, e somando tudo tive sorte em poder sair dali. Só por acaso peguei um filósofo iluminista como Mulchrone lá no alto do tribunal. Eu podia ter enfrentado um Savonarola.

E enfrentei, pensou Sabbath. Trinta e cinco anos depois, dei de cara com Savonarola vestido como uma mulher japonesa. Helen Trumbull. Kathy Goolsbee. Os Savonarola põem todas elas no chinelo. Não querem que eu coloque meu pé em cima do pé dela, nem no de ninguém. Querem o meu pé metido na caixa, feito o de Linc, tocando em nada e insensível ao tato.

Sabbath não desgrudou do pé dela nem por um segundo. Já tão próximos da cópula! Durante toda a sua apresentação, não a soltou uma só vez — ao contrário de Norman, Michelle se mostrou divertida demais por Sabbath para perceber, ainda que de passagem, todas as vezes que ele chamou Helen de Debby, ou quando, em homenagem a ela, inseriu o trecho a respeito de lamber os pés

* *Zaydeh*, em iídiche: vovô. (N. T.)

da moça. Michelle o acompanhava com toda atenção, da farsa no meio da rua até o *finale* no parque de diversões do tribunal de Mulchrone, e sua risada franca, ruidosa, vinha metade cheia da sua felicidade mundana e, na outra metade, cheia da sua angústia dilacerante. Ela pensava, como Lear: "Que a cópula floresça!". Ela pensava (refletiu Sabbath) que, em conluio com aquele excêntrico repulsivo, poderia talvez encontrar um emprego para suas antigas inclinações e para seus peitos balouçantes, ainda uma oportunidade para o velho modo de vida apetitoso dar um último tranco na inexorável retidão, para não falar no tédio, na morte. Linc parecia mesmo entediado. Bom e verde e entediado. Não me repreenda, Drenka — em meu lugar, você faria isso sem a menor hesitação. Esse é o crime ao qual estávamos unidos em matrimônio. Logo, logo, também vou estar tão entediado quanto você e Linc.

Todo mundo foi dormir cedo. Sabbath sabia muito bem que não devia remexer as coisas de Debby imediatamente e, de fato, apenas dez minutos depois de os pratos do jantar terem sido retirados da mesa e de todos terem dado boa-noite, Norman veio bater na sua porta para lhe dar um roupão de banho e perguntar se ele queria ver o *Times* do último domingo, antes que o jornal fosse jogado no lixo. Trazia sob o braço várias partes do jornal e Sabbath resolveu aceitar a oferta, se não por outra razão, pelo menos para que Norman pudesse se iludir, supondo que era essa de fato a sua vontade, e acreditar que o *chazerai** dos jornais de domingo era o soporífero que o seu hóspede costumava usar para pegar no sono. Provavelmente não era algo menos seguro do que tantas outras coisas que costumava fazer, mas Sabbath tinha um plano melhor.

— Não leio o *Times* de domingo há mais de trinta anos — disse Sabbath —, mas por que não?

— Lá vocês não recebem os jornais de Nova York?

— Lá eu não queria saber de nada. Se eu lesse os jornais de Nova York, também estaria tomando Prozac.

* *Chazerai*, em iídiche: lixo, coisa sem importância. (N. T.)

— Pelo menos você podia comer uma *bagel** no domingo de manhã?

— Qualquer dia. Morávamos numa região onde a *bagel* era liberada havia muito tempo. Uma das últimas regiões. Mas agora, exceto por um município em Alabama onde os cidadãos votaram *não* em um referendo, creio que os pobres góis não podem se esquivar da *bagel* em parte alguma da América. Elas estão em toda parte. São como as armas.

— E você não lê os jornais, Mickey? Isso é algo inimaginável, para mim — disse Norman.

— Desisti de ler jornal quando descobri que todo dia saía mais uma história sobre o milagre do Japão. Não conseguia suportar as fotografias de todos aqueles japas vestindo terno. O que houve com o uniformezinho militar deles? Devem ter trocado de roupa bem depressa para tirar as fotos. Quando escuto a palavra *Japão*, procuro logo meu armamento termonuclear.

Isso devia despachar Norman dali... mas não, Sabbath tinha ido longe o bastante para deixar Norman preocupado, de novo. Ainda estavam na porta do quarto de Debby, e Sabbath podia perceber que Norman, embora cansado, estava disposto a entrar e bater um papo — na certa, mais uma vez, ia sugerir que procurasse o dr. Graves. O nome do cara era Graves. Sabbath tinha pedido um pouco mais de tempo após o enterro, disse que ia pensar a respeito da ideia de procurar o médico outro dia.

— Sei em que você está pensando — Sabbath se apressou a dizer. — Está imaginando que eu acompanhava as notícias pela televisão, não é? Nada disso. Não posso. Também tem japas na tevê. Em todos os canais, os japonesinhos fazendo eleições, comprando e vendendo ações, japonesinhos até apertando a mão do nosso presidente, a mão do presidente dos Estados Unidos! No seu túmulo, Franklin Roosevelt está se contorcendo feito um *dreydl***

* *Bagel*, em iídiche: rosquinha de massa fermentada. (N. T.)

** *Dreydl*, em iídiche: pião de quatro faces, com as letras hebraicas *nun*, *gimel*, *he* e *shin*, com o qual as crianças brincam na festa chamada *Hanukkah*. (N. T.)

atômico. Não, prefiro viver sem saber das notícias. Tive todas as notícias de que precisava sobre esses sacanas muito tempo atrás. A prosperidade deles cria muitas dificuldades para o meu bom humor. A Terra do Índice Nikkei Ascendente. Tenho orgulho de dizer que minha cabeça ainda está bem firme e saudável no que se refere aos ódios raciais. Apesar de todos os meus numerosos problemas, continuo a saber o que importa de verdade na vida: o ódio profundo. Uma das poucas coisas que sobraram e que eu ainda levo a sério. Certa vez, atendendo a uma sugestão da minha esposa, tentei passar uma semana inteira sem isso. Quase morri. Uma semana de grandes atribulações espirituais para mim. Eu diria que odiar os japoneses exerce um papel fundamental em todos os aspectos da minha vida. Aqui em Nova York, é claro, vocês, nova-iorquinos, adoram os japoneses porque eles introduziram o peixe cru. A grande mina de ouro do peixe cru. Eles servem peixe cru para a gente da nossa raça e, como se fossem prisioneiros da marcha da morte de Bataan, que não têm outra escolha, que morreriam de fome se não fosse isso, as pessoas da nossa raça comem peixe cru. E ainda pagamos para comer. Damos até *gorjetas*. Não dá para entender. Depois da guerra, não devíamos sequer ter deixado que eles voltassem a pescar. Vocês perderam o direito de comer o seu peixinho, seus sacanas, no dia 7 de dezembro de 1941. Peguem um só peixe, um peixinho só, e vamos mostrar a vocês o *resto* do nosso arsenal. Quem é que ia ter vontade de comer peixe cru? Do canibalismo à prosperidade dos japoneses, eles me deixam indignado, entende? Sua alteza. Será que eles ainda têm a "sua alteza"? Ainda têm a sua "glória"? Ainda se sentem gloriosos, os japoneses? Não sei, mas por alguma razão todo o meu ódio racial vem à tona só de pensar em como eles estão cheios de glória, agora. Norman, eu tenho que suportar tanta coisa na vida. O fracasso profissional. A deformidade física. A desgraça pessoal. Minha esposa é uma alcoólatra em recuperação que vai aos Alcoólicos Anônimos para desaprender a falar nossa língua. Nunca tive a bênção de ter filhos. Crianças nunca tiveram a bênção de me ter como pai. Muitas, muitas decepções. Será que eu tenho que aturar também a prosperidade dos japoneses? Isso podia muito bem ser a gota d'água para mim. Talvez tenha sido isso que acabou com Linc. O que o iene fez com o dólar, quem sabe se não foi isso que deu cabo de Linc? Em mim, dá vontade de morrer. Ah, dá tanta vontade de morrer que eu nem me importaria se... qual é mesmo a expressão que eles usam agora quando querem jogar umas bombas em cima de alguém? "Mande uma mensagem para eles." Pois bem, eu gostaria de mandar uma mensagem para eles e despejar um pouco mais de horrores nas suas cabecinhas sacanas. Eles ainda acreditam bastante em tomar as coisas dos outros pela força? Ainda se inspiram no imperativo territorial?

— Mickey, Mickey, Mickey... calma, esfrie a cabeça, Mickey — pediu Norman.

— Eles ainda têm aquela bandeira idiota?

— Mick...

— Responda só isso. Estou fazendo uma pergunta para um cara que lê o *New York Times*. Você lê a *News of the Week in Review*. Você assiste ao Peter Jennings. Você é um cara atualizado. Eles ainda têm aquela bandeira?

— Sim, ainda têm aquela bandeira.

— Bem, pois não deviam ter uma bandeira. Não deviam poder pescar e não deviam ter uma bandeira, e não deviam vir até aqui e apertar a mão de *ninguém*!

— Rapaz, você está muito agitado esta noite, não parou de falar — disse Norman —, você...

— Estou bem. Estou só explicando a você por que desisti de acompanhar as notícias. Os japas. Em poucas palavras, é isso. Obrigado pelo jornal. Obrigado por tudo. O jantar. Os lenços. O dinheiro. Obrigado, parceiro. Agora vou dormir.

— Devia mesmo.

— Vou, sim. Pode apostar.

— Boa noite, Mick. E esfrie a cabeça. Esfrie essa cabeça e durma um pouco.

Dormir? Como é que ele poderia voltar a dormir algum dia? *Aí estão eles.* Sabbath atirou a pilha de jornais sobre a cama e o que é que se destaca para fora do bolo senão o caderno de negócios? E lá estão eles! Uma manchete atravessando quase toda a página, exceto por uma coluna: "Os homens que administram de verdade a fortaleza do Japão". *Isso* é de arrancar os cabelos! A fortaleza do

Japão! E logo abaixo: "Más notícias para os negócios: o primeiro-ministro vai deixar o cargo. Mas os burocratas não". Manchetes, fotos, um irritante parágrafo após o outro não só dominando a primeira página do caderno de negócios mas indo além e ocupando a maior parte da página oito, onde há um gráfico, e mais uma foto de outro japa, e de novo aquela manchete, terminando com "fortaleza do Japão". Três deles na primeira página, cada um com a sua fotografia. Nenhum vestia aquele uniformezinho militar. Todos de paletó e gravata, fingindo ser pessoas normais, pacíficas. Atrás deles, havia simulacros de escritórios a fim de deixar os leitores do *Times* pensando que eles trabalhavam em escritórios, como seres humanos normais, e não saíam voando por aí conquistando países com a porra dos seus aviões Zero. "Constituem uma elite de cerca de onze mil pessoas intelectualmente ágeis, muito trabalhadoras, no comando de um milhão de funcionários públicos. Eles supervisionam a economia talvez mais estreitamente vigiada do..." A legenda abaixo de uma das fotografias — Sabbath mal podia acreditar. Segundo a legenda, o japa na foto "diz que foi queimado pelos negociadores americanos"... Queimado? Sua pele foi queimada? Quanto dela? As queimaduras de Morty cobriam oitenta por cento do corpo. Quanto do corpo desse sacana os negociadores americanos queimaram? Não parece muito queimado para mim. Não vejo queimadura alguma. Temos de dar mais querosene para os negociadores — temos de arranjar negociadores que saibam como tacar fogo nesses sacanas! "O que deu errado? Os funcionários japoneses afirmam que os Estados Unidos pediram demais..." Ah, seus escrotos, seus porcos, fanáticos, imperialistas de merda, japas escrotos...

Ter falado alto devia ter sido a causa de virem bater na porta. Mas quando a abriu de novo para garantir a Norman que estava bem, apenas lia os jornais japoneses, lá estava Michelle. No jantar, ela vestia uma calça preta colante e uma blusa apertada e aveludada, cor de ferrugem, que vinha até as coxas: um fingido descaso. Que fantasia ela pretendia despertar em mim? Ou talvez Michelle estivesse confiando a ele uma versão original dela mesma: eu sou Robin Hood; eu dou para os pobres. Em todo caso, ela agora havia trocado de roupa e vestira — meu Deus, um quimono. Todo coberto de flores. As mangas folgadas. Metida num quimono japonês que batia nos pés. A repugnância atiçada pelos vexaminosos elogios daquele jornal à fortaleza do Japão foi sufocada instantaneamente pela sua excitação. Por baixo do quimono parecia haver apenas a biografia de Michelle. Sabbath gostava do jeito extremamente infantil do corte do cabelo dela. Peitos grandes e cabelo curto de garoto. E rugas cansadas em volta dos olhos. Essa aparência o impressionou de modo mais forte do que a primeira, o Peter Pan do Central Park West. Agora havia algo de francês pairando em torno dela. A gente pega esse jeito em Paris. Pega esse jeito em Madri. Pega esse jeito em Barcelona, nos lugares que têm classe de verdade. Houve poucas vezes na minha vida, em Paris e outros lugares, em que eu gostei tanto de uma mulher que lhe dei meu telefone e endereço e disse: "Quando for à América, me procure". Lembro que uma delas me respondeu que ia fazer uma viagem. Desde então tenho esperado que aquela piranha me telefone. A família de Michelle, de fato, tinha antepassados franceses — Norman o dissera antes do jantar. O nome de solteira era Boucher. E agora ela parecia mesmo francesa, embora nas fotos pornôs, com o cabelo muito puxado para trás e o corpo incrivelmente esguio, ela tivesse deixado em Sabbath a impressão de uma Carmen de Canyon Ranch, com um marido judeu rico. As mulheres de meia-idade, que faziam dieta, às vezes saíam do spa em Lenox para visitar os locais históricos indígenas, em Madamaska Falls, quando enchiam o saco do seu tofu a cem dólares a tigela. Uns dez anos atrás, Sabbath havia arriscado a sorte ao conhecer duas delas que tinham vindo de Canyon Ranch para passar a tarde fazendo turismo. Mas quando ele se ofereceu — de fato, se precipitando no jogo — para subir com elas pelas cachoeiras até o cume onde os índios madamaskas tinham o costume de iniciar suas virgens nos mistérios sagrados com uma cabaça, toda a ignorância antropológica das mulheres se revelou de forma ofuscante e as duas deram o fora. "Não foi ideia minha", Sabbath gritou atrás do Audi. "Foi ideia *deles*, dos nativos americanos!" Ele teria notícias dessas duas mulheres quando tivesse alguma notícia daquela piranha.

Mas ali estava a ex-mademoiselle Boucher, a Colette de Nova Jersey, transbordando de tédio. Não amava o marido e tinha tomado uma decisão. Por isso, o quimono. Nada de japonês na história

— era só a coisa mais escandalosa que ela pudera arrumar nas circunstâncias. Michelle era esperta. Sabbath conhecia a gaveta de lingerie dela. Sabia que ela podia fazer melhor do que aquilo. Sabia também que ela faria melhor. Não é de admirar que o curso da vida possa mudar assim do dia para a noite? Nunca, nunca ele renunciaria a essa loucura estupenda que era foder.

Michelle disse que havia esquecido de lhe dar a receita para o Zantac. Aqui estava. Zantac era o remédio que Sabbath tomava a fim de tentar controlar as dores de barriga e a diarreia produzidas pelo Voltaren, que atenuava as dores nas suas mãos, contanto que não usasse garfo e faca, não dirigisse carros, não amarrasse o sapato, nem limpasse a bunda. Se tivesse o dinheiro necessário, Sabbath contrataria algum japonês empreendedor para limpar sua bunda, um daqueles sujeitos intelectualmente ágeis, membros daquela elite de espírito trabalhador, um daqueles onze mil indivíduos que comandavam — "comandavam". Eles sabem mesmo como escrever nesses jornais de gente instruída. Preciso começar a ler o *Times*. Ajuda-me a aprender inglês para que eu nunca mais seja queimado pelos americanos. As pernas do meu irmão eram dois galhos carbonizados. Se tivesse sobrevivido, não teria mais pernas. O astro perneta da pista de atletismo de Asbury High.

Pílulas e dores. Aldomet para minha pressão e Zantac para o meu estômago. De A a Z. Depois a gente morre.

— Obrigado — ele disse. — Nunca recebi uma receita de uma médica de quimono.

— Nossa era perdeu muito com a deselegância comercial — Michelle retrucou, para enorme deleite de Sabbath, com uma reverência de gueixa. — Norman acha que você gostaria de mandar lavar a seco essa sua calça. — Michelle apontou para a calça de veludo cotelê de Sabbath. — E seu casaco de lã e listras coloridas, esse troço gozado que você veste com uma porção de bolsos.

— O Torpedo Verde.

— Pois é. Talvez o Torpedo Verde pudesse ser lavado.

— Quer que eu entregue as calças agora?

— Não somos crianças, senhor Sabbath.

Ele recuou para o fundo do quarto de Debby e tirou as calças. O roupão de Norman, comprido, colorido, de pano aveludado, com um cinto comprido o bastante para que Sabbath se enforcasse, ainda estava no mesmo lugar em que o largara antes, junto ao seu casaco, sobre o tapete. Voltou até ela, enrolado no roupão, para lhe entregar as roupas sujas. O roupão arrastava atrás dele como um vestido de cauda. Norman tinha um metro e oitenta e cinco.

Michelle pegou as roupas sem dizer uma palavra, sem a menor manifestação do asco que teria todo o direito de sentir. Aquelas calças tiveram uma vida muito ativa no decorrer das últimas semanas, uma vida realmente cheia, capaz de deixar exausta qualquer pessoa normal. Todas as indignidades que ele havia padecido pareciam reunidas e preservadas nos fundilhos folgados daquelas calças velhas, com a lama do cemitério incrustada nas bainhas. Mas elas não pareciam repugnar Michelle, como Sabbath temeu por um momento que fosse acontecer, enquanto se despia. Claro que não. Michelle lida com sujeira o dia todo. Norman tinha narrado a saga completa. Piorreia. Gengivite. Gengivas inchadas. Uma boca *schmutzig** depois da outra. *Schmutz* é a sua profissão. Porcaria é o que ela remove com os seus instrumentos. Atraída não por Norman mas pela porcaria. Raspar o tártaro. Raspar as cavidades... Vendo Michelle envolta no quimono de forma tão sedutora, as roupas *schmutzig* de Sabbath emboladas embaixo do braço dela — e com o seu corte de cabelo de gueixa e de menino emprestando o toque exato de vulgaridade transexual a todo aquele retrato devasso —, ele sabia que era capaz de matar por ela. Matar Norman. Empurrar Norman janela abaixo. Toda essa maravilha fica sendo minha.

E então. Aqui estamos. A lua está alta, de algum lugar vem uma música, Norman está morto e somos só eu e esse menino bonito e provido de tetas, no seu quimono com flores estampadas. Perdi minha oportunidade de transar com um homem. Aquele cara de Nebraska que me deu os livros no navio-petroleiro. Yeats. Conrad. O'Neill. Ele me teria ensinado mais do que os autores que eu devia ler, se eu tivesse deixado. Fico imaginando como será. Pergunte a ela, ela vai contar. As únicas pessoas que não são homens e trepam com homens são as mulheres.

* *Schmutzig*, em iídiche: sujo, encardido. (N. T.)

— Por que você gosta de ter essa aparência? — ela perguntou, batendo com a mão nas roupas sujas.

— Que outra aparência se pode ter?

— Norman diz que, quando você era novo, a gente morria só de olhar para você. Contou que Linc costumava dizer: "Tem um touro em Sabbath. Tudo em volta se apaga". Diz que ninguém conseguia tirar os olhos de você. Uma força. Um espírito livre.

— Por que ele diria uma coisa dessas? Para justificar o fato de ter trazido para sentar na sua mesa um zé-ninguém que, em sã consciência, não se pode levar a sério? Quem, na sua classe social, pode levar a sério alguém como eu, encharcado de egoísmo, com o meu pavoroso nível de moralidade e desprovido de todos os acessórios que acompanham os ideais corretos?

— Você tem uma grande eloquência.

— Aprendi bem cedo que as pessoas parecem achar mais fácil esquecer o fato de eu ser baixinho quando me mostro linguisticamente elevado.

— Norman diz que você foi o jovem mais talentoso que ele já viu.

— Diga a ele que não precisa dizer isso.

— Ele adorava você. Ainda tem muita afeição por você.

— Sei, pois é, uma porção de gente de boa família precisa ter um amigo porra-louca. Norman também. Passei um tempo no mar. Fui a Roma. Prostitutas de mais de um continente, uma proeza digna de louvor, naquela época. Mostrava a elas que eu tinha escapado dos entraves da burguesia. A burguesia educada gosta de admirar alguém que escapou dos entraves da burguesia, isso os faz lembrar seus ideais do tempo de faculdade. Quando virei notícia no *Nation* por ter desnudado um peito de mulher no meio da rua, fui o nobre selvagem para eles. Hoje, eles esfolariam meus colhões só de pensar em fazer uma coisa dessas, mas naquele tempo isso fez de mim alguém heroico aos olhos de todas as pessoas de mente correta. Dissidente. Independente. Ameaça à sociedade. Formidável. Aposto com você que, mesmo hoje, ser um milionário culto em Nova York significa, em parte, se interessar por alguma pessoa infame. Linc, Norman e seus amigos ficavam empolgados só de falar o meu nome. Dava a eles a sensação vigorosa de serem uns pilantras. Um titereiro que põe os peitos das mulheres para fora no meio da rua, é como conhecer um lutador de boxe, como ajudar um presidiário a publicar suas sonatinas. Para aumentar ainda mais a diversão, minha jovem esposa era doida. Uma atriz. Mick e Nikk, a dupla patológica favorita deles.

— E ela?

— Eu a assassinei.

— Norman diz que ela sumiu.

— Não. Eu a assassinei.

— Quanto custou para você toda essa encenação? De quanta encenação você tem realmente necessidade?

— Que outro modo existe para viver? Se você souber, eu bem que gostaria que me dissesse. Não há besteira que não me interesse — disse Sabbath, fingindo apenas um pouquinho de raiva: o *realmente* dela tinha sido uma tacada de mau gosto. — Que outro modo existe de representar?

Sabbath gostou de ver que ela não parecia intimidada. Recusava-se a ceder terreno. Isso era bom. Bem treinada pelo pai. Todavia, trate de suprimir a vontade de despir o quimono. Por enquanto.

— Você faria qualquer coisa — disse ela — para não vencer. Mas *por que* se comporta dessa maneira? Emoções primitivas, linguagem indecente e frases complexas e bem construídas.

— Não sou muito de cumprir minhas obrigações, se é isso que você quer dizer.

— Não acredito inteiramente nisso. Por mais que tente ser o marquês de Sade, Mickey Sabbath não é. O atributo da degradação não está presente na sua voz.

— Nem estava na do marquês de Sade. Nem na sua.

— A libertação do desejo de agradar os outros — disse ela. — Um sentimento vertiginoso. Que bem ele trouxe a você?

— Que bem trouxe a *você*?

— *A mim?* Vivo agradando as pessoas o tempo todo — Michelle respondeu. — Tenho agradado as pessoas desde que nasci.

— Que pessoas?

— Professores. Pais. Marido. Filhos. Pacientes. Todo mundo.

— Amantes?

— Sim.

Agora.

— Agrade a mim também, Michelle — e, segurando-a pelo pulso, Sabbath tentou puxá-la para dentro do quarto de Debby.

— Você está louco?

— Vamos, você já leu Kant. "Aja como se o princípio segundo o qual você age fosse se tornar, por meio da sua vontade, uma lei universal." *Agrade-me também.*

Os braços de Michelle eram fortes de tanto raspar toda aquela porcaria dos dentes dos outros e os de Sabbath já não eram mais os de um marinheiro. Nem mesmo os de um titereiro. Não foi capaz de tirar Michelle do lugar.

— Por que você ficou apertando os pés de Norman durante o jantar?

— Eu não.

— Foi, sim — ela sussurrou, e aquele riso, aquele riso, um só *fio* dele já era maravilhoso! — Você ficou afagando o pé do meu marido por baixo da mesa. Estou esperando uma explicação.

— Não.

E então ela admitiu tudo o que havia de provocativo naquilo — sem alarde, pois se achavam no mesmo corredor que levava para o quarto conjugal —, com o confuso emaranhado de contradições que vinha a ser o seu riso.

— Sim, sim.

O quimono. O sussurro. O corte de cabelo. O riso. E tão pouco tempo de sobra.

— *Entre.*

— Não seja louco.

— Você é demais. Você é uma grande mulher. *Entre.*

— Você não sabe pôr limites aos excessos desenfreados — disse ela —, mas eu sofro de uma forte predileção por não permitir que minha vida seja arruinada.

— O que o Norman disse sobre o meu pé? Por que é que ele não me pôs para fora de casa?

— Ele acha que você está numa crise nervosa. Acha que você está desmoronando. Acha que você não sabe o que está fazendo nem por que está fazendo. Ele pretende levar você para o psiquiatra dele. Diz que você precisa de ajuda.

— Você é tudo o que eu pensava que era. É mais ainda, Michelle. Norman me contou toda a história. Aqueles terceiros molares superiores. Que nem limpar as janelas no alto do Empire State Building.

— Bem que a sua boca podia passar por uma revisão. As papilas interdentais? Aquele pedacinho de carne espremido entre os dentes? Vermelho. Inchado. Talvez eu queira examinar isso mais a fundo.

— Então entre, pelo amor de Deus. Investigue minha papila. Investigue os molares. Pode arrancar. Qualquer coisa que faça você ficar contente. Meus dentes, minhas gengivas, minha laringe, meus rins... se funcionam e você gosta, pode pegar, são seus. Não consigo acreditar que eu estava mexendo com o pé do Norman. Era um pé tão gostoso. Por que ele não disse nada? Por que ele não se abaixou ali na mesa, pegou o meu pé e colocou no lugar onde devia estar? Eu estava achando o Norman um anfitrião formidável. Pensei que ele tinha muita afeição por mim. E no entanto ele ficou ali sentado, tranquilamente, e deixou que meu pé *não* ficasse onde sabia muito bem que eu *queria* que ficasse. E isso bem na mesa de jantar *dele*. Onde sou um convidado. Não pedi para comer aqui, ele me *convidou*. Estou realmente surpreso com ele. Quero o *seu* pé.

— Agora não.

— Você não acha que a língua inglesa expressa as ideias mais simples de forma quase insuportável? "Agora não." Diga isso outra vez. Trate-me como se eu fosse um merda. Tempere-me como se eu fosse de aço...

— Acalme-se. Controle-se. Fale baixo, *por favor*.

— Diga outra vez.

— Agora não.

— Quando?

— Sábado. Vá ao meu consultório no sábado.

— Hoje é terça. Quarta, quinta, sexta... não, não. De maneira alguma. Tenho sessenta e quatro anos. Sábado está longe demais.

— *Calma*.

— Se Iavé quisesse que eu fosse calmo, me teria feito nascer gói. Quatro dias. Não. *Agora*.

— Não *podemos*— ela cochichou. — Vá lá no sábado. Faço um exame periodôntico em você.

— Ah, está bem. Arranjou um cliente. Sábado. Tudo bem. Maravilha. Como é que você faz?

— Tenho um instrumento para isso. Espeto meu instrumento na sua cavidade periodôntica. Penetro na fissura gengival.

— Mais. Mais. Fale-me sobre a extremidade da frente do seu instrumento.

— É um instrumento muito delicado. Não machuca. É afiado. É chato. Tem cerca de um milímetro de largura. Talvez uns dez milímetros de comprimento.

— Você pensa em termos de sistema métrico. — Como Drenka.

— É o único assunto em que uso o sistema métrico.

— Vou sangrar? — Sabbath perguntou.

— Só uma ou duas gotinhas.

— Só isso?

— Meu Deus... — disse ela, e deixou a testa tombar para a frente, de encontro à testa de Sabbath. Para repousar ali. Foi um momento diferente de tudo o que ele havia experimentado naquele dia. Naquela semana. Naquele mês. Naquele ano. Sabbath se acalmou.

— Como — Michelle perguntou — conseguimos chegar a isso tão depressa?

— É uma consequência de ter vivido muito tempo. Não temos a eternidade para ficar trepando, não é?

— Mas você é um maníaco — disse ela.

— Ah, não sei, não. Para dançar a valsa é preciso ter um par.

— Você faz uma porção de coisas que a maioria das pessoas não faz.

— O que eu faço que você não faz?

— Você vai às últimas consequências.

— E você não?

— Muito difícil. Você tem o corpo de um velho, a vida de um velho, o passado de um velho e a força instintiva de um menino de dois anos.

O que é a felicidade? A substancialidade dessa mulher. O

composto de elementos que a formavam. A sagacidade, o humor, a perspicácia, o tecido encorpado, o estranho deleite em usar palavras pomposas, o riso marcado pela vida, sua responsabilidade com tudo, sem excluir a sua carnalidade — havia estatura nessa mulher. Zombaria. Graça. O talento e o gosto pelo clandestino, a consciência de que o subterrâneo vence de longe tudo o que se vê na superfície da Terra, uma certa postura física, a postura que é a mais pura expressão da sua liberdade sexual. E o discernimento conspiratório com o qual ela falava, seu terror de que o relógio parasse... Será que tudo deve ficar para trás dela? Não! Não! O lirismo implacável do solilóquio de Michelle: e não eu disse não eu Não Vou.

— Adultério é coisa séria — Sabbath cochichou para ela. — O principal é ter certeza de querer. O resto é circunstancial.

— Circunstancial— Michelle suspirou.

— Meu Deus, adoro o adultério. Você não? — Ele se atreveu a pegar o rosto dela nas mãos mutiladas e seguir o corte de cabelo em torno do pescoço, com aquele dedo médio em razão do qual foi preso, no passado, o dedo médio cuja conversa mole foi acusada de traumatizar ou hipnotizar ou tiranizar Helen Trumbull. Sim, eles tinham tudo calculado em 1956. E ainda têm. — A brandura que o adultério confere à dureza — prosseguiu Sabbath. — Um mundo sem o adultério é inconcebível. Que brutal desumanidade, a dos que se opõem a ele. Não concorda? A absoluta depravação das opiniões dessas pessoas. A *loucura*. Não existe castigo grande demais para o sacana enlouquecido que criou a ideia da fidelidade. Pedir à carne humana fidelidade. A crueldade, o escárnio dessa ideia é algo indescritível.

Ele jamais a deixaria sair. Aqui estava Drenka, só que, em vez da linguagem coloquial que ela estropiava no seu esforço de atrair as lições do professor e desfrutar suas brincadeiras, agora falava um inglês bem-humorado, gracioso e agradável. Drenka, é *você*, mas procedente agora de Nova Jersey e não de Split. Eu a reconheço, por causa do alto grau de excitação que não experimento com pessoa alguma exceto você — esse é o seu corpo cálido renascido! Para fora do túmulo. Morty é o próximo.

Sabbath resolveu então abrir o seu roupão em vez do quimono de Michelle — o roupão aveludado do homem de um metro e oitenta e cinco, com etiqueta de Paris, que o deixava com a aparência do Reizinho da antiga história em quadrinhos — para apresentar Michelle ao seu pau duro. Os dois deviam se conhecer.

— Contemple a seta do desejo — disse Sabbath.

Mas um relance bastou para fazê-la recuar.

— Não *agora* — Michelle avisou, mais uma vez, e sua voz ofegante conquistou o coração de Sabbath. Melhor ainda foi vê-la fugir. Como um ladrão. Fugindo, mas querendo. Fugindo, mas pronta para tudo.

Ele agora tinha uma razão para viver até sábado. Uma nova colaboradora para substituir a antiga. A colaboradora que desaparece, algo indispensável para a vida dele — de outro modo, não teria sido a vida de Sabbath: Nikki desaparece, Drenka morre, Roseanna enche a cara, Kathy o acusa... sua mãe... seu irmão... Se ao menos Sabbath pudesse parar de substituir todos eles. Escolher atores errados para os seus papéis. Desde a última perda, ele vinha dando duro para calibrar o horror. E pensar que, como titereiro, podia ganhar a vida mesmo sem fantoches, a vida inteira só por conta dos seus dedos.

Sábado, ele resolveu, vamos fazer uma avaliação rápida. Não faltavam objetos pontudos na mesa de dentista de Michelle. Sabbath pegaria uma cureta, daria cabo de tudo ali mesmo se, bem entendido, a coisa não desse em nada. Deixe que a aventura aconteça, Ó Senhor Dioniso, Nobre Touro, Poderoso Criador do Esperma de Todas as Criaturas Masculinas. Não é a vida recuperada que pretendo encontrar. Essa exaltação já se foi há muito. É antes aquilo que Krupa costumava gritar para Goodman quando Benny disparava seu solo em "China boy". "Mais uma vez, Ben! Mais uma vez!"

Contanto que ela não volte ao seu juízo normal, a última colaboradora. Mais uma vez.

Da segunda noite que Sabbath passou no quarto de Debby, basta dizer — antes de passar para a crise da manhã — que seus pensamentos se voltavam tanto para a mãe quanto para a filha, separadas e juntas. Ele se achava sob o feitiço da tentação cuja tarefa consiste em bombear o hormônio da loucosterona na corrente sanguínea masculina.

De manhã, após um banho repousante na banheira de Debby, deu uma esplêndida cagada na privada dela — fezes satisfatórias facilmente expelidas, boa densidade, boa dimensão, tão diferente dos bagulhos de doente que, nos dias comuns, escoavam para fora dele de forma intermitente, em virtude da ação perturbadora do Voltaren. Ele deixou de herança no banheiro um volumoso e penetrante buquê de estábulo, que o encheu de entusiasmo. De novo, a trilha vigorosa! Eu tenho uma amante! Sabbath se sentia tão arrebatado e insensato quanto Emma Bovary, andando a cavalo com Rodolphe. Nas obras-primas, as pessoas sempre se matam quando cometem adultério. Sabbath queria se matar quando não podia cometer adultério.

Depois de pôr de volta no armário e no guarda-roupa todas as peças de roupa de Debby que tinha venerado durante a noite, pela primeira vez em décadas todo paramentado de roupas novas, Sabbath veio pisando com energia na direção da cozinha para descobrir que a festa havia acabado. Norman adiara sua saída a fim de dizer a Sabbath que ele devia ir embora depois de tomar o café da manhã. Michelle já tinha ido para o trabalho, mas suas ordens eram para que Sabbath fosse mandado embora imediatamente. Norman disse a ele para ir em frente, tomar o café, mas partir logo depois. No casaco que Sabbath dera a Michelle para ser lavado, ela havia encontrado um saco de crack, o qual Norman tinha na sua frente, sobre a mesa. Sabbath lembrou-se de ter comprado aquilo na manhã anterior, nas ruas do Lower East Side, comprado só por brincadeira, sem nenhum outro propósito, porque estava curtindo a conversa do traficante.

— E isto. Nas suas calças.

O pai segurava na mão as calcinhas floridas da filha. Durante todas as dificuldades e excitações do dia, em que exato momento Sabbath esquecera que as calcinhas estavam no seu bolso? Ele conseguia se lembrar claramente de ter rolado as calcinhas na mão, dentro do bolso, no enterro, durante o divertimento das duas horas de elogios. Quem não lembraria? A multidão numa enxurrada de gente. As pessoas da Broadway e de Hollywood — os amigos mais famosos de Linc —, todas elas, uma a uma, contemplando o cadáver. A previsível torrente de palavrório vazio. Os dois filhos e a filha falaram — o arquiteto, o advogado, a psiquiatra do serviço social. Eu não conhecia ninguém e ninguém me conhecia. Exceto Enid, gorducha, grisalha, a viúva posuda, tão irreconhecível para Sabbath quanto ele pareceu a ela, no primeiro momento.

— É Mickey Sabbath — disse Norman para Enid. Ele e Sabbath, depois de identificarem o corpo de Linc, haviam voltado para a antessala onde Enid estava sozinha com a família. — Ele veio da Nova Inglaterra.

— Meu Deus — exclamou Enid e, apertando a mão dele, começou a chorar. — E eu não chorei uma única vez o dia inteiro — disse para Sabbath, com um riso incontido. — Ah, Mickey, Mickey, fiz uma coisa terrível três semanas atrás. — Ela não o via havia trinta anos e mesmo assim lhe confessava a coisa terrível que fizera. Será porque ele sabia o que significava fazer coisas horríveis? Ou porque haviam feito coisas horríveis a ele? O mais provável era a primeira opção. Meti a mão no meu bolso; ciente de que ainda estavam ali, a massa sedosa para eu ficar espremendo com vigor enquanto todos os panegiristas se punham, um a um, diante do caixão e descreviam as trapalhadas cômicas do suicida, como ele gostava de brincar com crianças, como os filhos de todo mundo o adoravam, como era afetuoso, como era maravilhosamente excêntrico... Depois, o jovem rabino. Retirem a beleza da tragédia. Meia hora para nos explicar que está tudo acabado. Lincoln na verdade não está morto, em nossos corações o mesmo amor ainda perdura. Verdade, verdade. Todavia, diante do caixão aberto, quando perguntei "Lincoln, o que você gostaria de jantar esta noite?", ele nada respondeu. Isso também prova alguma coisa. Um cara ao meu lado, sem ter o bolso cheio de calcinhas para aliviar o sofrimento, não conseguiu resistir ao pendor anticlerical:

— Ele representa de um jeito feminino demais para o meu gosto.

— Acho que está fazendo um teste de ator — retruquei. Ele gostou disso.

— Não me importo se nunca mais vir a cara dele — cochichou o sujeito. Pensei que estivesse falando do rabino, mas só na rua me dei conta de que se referia ao falecido. Uma jovem estrela de tevê se levanta, escorregadia em seu vestido de bainha preta, sorrindo até não poder mais, e pede a todo mundo que deem as mãos e façam um minuto de silêncio em homenagem a Linc. Dei a mão ao cara sórdido a meu lado. Tive de tirar a mão do bolso para fazer isso — e foi *então* que esqueci as calcinhas! Depois, Linc: verde. O homem estava verde. Depois, meus dedos medonhos apertaram a mão de Enid, enquanto ela confessava a coisa terrível que tinha feito.

— Eu não conseguia mais aguentar aquele tremor e bati nele. Bati nele com um livro e gritei: "Pare de tremer! Pare de tremer!". Às vezes ele *conseguia* parar de tremer, conseguia juntar toda a sua força para conter aquilo e o tremor parava. Ele estendia as mãos para mim. Mas, se conseguia fazer isso, não era capaz de fazer mais nada. Todos os seus sistemas eram convocados para cessar o tremor. O resultado é que ele não podia falar, não podia andar, não conseguia responder mesmo à pergunta mais simples.

— Por que ele estava tremendo? — perguntei, porque naquela mesma manhã, nos braços de Rosa, eu também tinha tremido.

— Ou era o remédio — ela explicou —, ou era o medo. Eles lhe deram alta do hospital quando foi capaz de se alimentar sozinho, e também dormir, e disseram que ele já não era mais um suicida. Mas ainda estava deprimido, assustado e louco. E tinha aquele tremor. Eu já não podia mais viver com ele. Mudei Linc para um apartamento logo depois da esquina da nossa casa, um ano e meio atrás. Telefonava para ele todo dia, mas, no último inverno, passaram-se três meses sem que eu o visse. Ele me telefonava. Às vezes me telefonava dez vezes por dia. Para ver se eu estava bem. Vivia morrendo de medo de que eu ficasse doente ou desaparecesse. Quando me via, começava a chorar. Ele sempre foi o chorão da família, mas isso era uma coisa bem diferente. Era um sentimento de extremo desamparo. Ele chorava de dor, de terror. Nunca diminuía o choro. Mesmo assim, eu achava que ele ia ficar bom. Pensava que algum dia tudo ia voltar a ser como antes. Ele vai nos fazer rir, outra vez.

— Enid, você sabe quem eu sou? — perguntou Sabbath. — Sabe para quem você está contando tudo isso?

Mas ela nem sequer ouviu essas palavras, e Sabbath compreendeu que ela estava repetindo aquilo para todo mundo. Ele era apenas o último a chegar à antessala.

— Três meses no hospital junto com uma porção de gente doida — disse ela. — Mas, após a primeira semana, ele se sentiu seguro ali. Na primeira noite, o puseram na cama perto de um homem que estava morrendo, e isso o aterrorizou. Depois, num quarto com outros três, gente pirada mesmo. Perto do final da sua estada lá, eu o levei para almoçar duas vezes, mas, a não ser por isso, ele nunca saiu do hospital. Tinha barras de ferro nas janelas. A vigilância do suicida. Ver o seu rosto atrás das barras na janela, esperando que chegássemos... — Enid lhe contou tanta coisa, o manteve ao seu lado por tanto tempo que, no final, Sabbath acabou esquecendo o que vinha espremendo entre os dedos no bolso da calça. Depois, no jantar, Sabbath começou a contar a ela a história *dele*...

Desse modo, durante a noite, luxúria e infidelidade fuzilaram a prudência de Enid, sua precaução — seu bom-senso. Foi *isso* que aconteceu. Não culpe Enid. Nem foi por ciúme da menina. Se ela quisesse mesmo examinar suas papilas no sábado, as calcinhas roubadas da menina serviriam apenas para deixá-la mais ardente. Ela vestiria as calcinhas para Sabbath. Ela se vestiria com as coisas de Debby, para ele. Ela já tinha feito isso antes, e todo o resto também. Mas em vez disso estava usando as calcinhas para mandar Sabbath embora, antes que ele arruinasse tudo que ela havia conseguido na vida. Usava as calcinhas para comunicar a Sabbath que não haveria nenhuma turbulência, que se ele tentasse pressionar entraria em cena uma autoridade ainda mais poderosa do que o guarda Abramowitz, para esmagá-lo. Não foram as calcinhas, o crack, nem mesmo o Torpedo Verde — foi *Sabbath*. Talvez ele ainda pudesse contar uma história, mas, a não ser isso, absolutamente nada mais havia de arrebatador, nem sequer o pau duro que havia mostrado para Michelle. Tudo o que sobrara da sua capacidade de *ir às últimas consequências* inspirava horror em Michelle. Ela mesma era imunda, desleal, matreira, semienlouquecida pelo matrimônio, mas ainda não descontroladamente desesperada. A sua desonestidade era do tipo automático, banal. Era uma traidora com *t* minúsculo, e traidoras com *t* minúsculo aparecem a toda hora — a essa altura, Sabbath era capaz de reconhecer uma delas de olhos fechados. Não era isso que estava no centro da questão, para ele: esse cara está *desmoronando*; ele quer *morrer*. Michelle tinha equilíbrio bastante para chegar a uma decisão sensata. O maníaco intoxicante que quer trazer o encanto de volta à vida não serve para mim. Ela se sente melhor fazendo compras por aí, farejando o rastro de alguém menos escandalosamente catastrófico. E ele pensou que ia sufocar a si mesmo. O tempo estava explodindo de novo. Seu velho bocó. Como é que pôde acreditar que ia continuar desse jeito para sempre? Talvez agora você tenha uma ideia mais real do que está rolando por aí. Pois bem, que venha. Eu sei do que se trata. Que venha.

Tome o café da manhã e vá embora. Esse é um momento surpreendente. *Acabou.*

— Como pôde pegar a roupa de baixo de Debby? — perguntou Norman.

— A pergunta é como eu poderia não pegar.

— Era algo irresistível, para você.

— Que jeito estranho de dizer. Onde é que a resistência entra nessa história? Estamos falando de termodinâmica. O calor como uma forma de energia e seu efeito nas moléculas da matéria. Tenho sessenta e quatro anos, ela tem dezenove. É apenas uma coisa natural.

Norman estava vestido como um perito em levar uma boa vida, que é o que ele era, afinal: terno risca de giz com paletó traspassado, gravata de seda marrom combinando com o lenço no bolso do peito, camisa azul-clara com o monograma NIC no bolso. Toda a sua vasta dignidade estava à mostra, não apenas na roupa, mas também no rosto distinto, um rosto magro, comprido, inteligente, com mansos olhos escuros e uma calva em formação. O fato de ter menos cabelo do que o próprio Sabbath o tornava mil vezes mais atraente. Sem os cabelos, via-se descoberta toda a mente que aquele crânio abrigava, a introspecção, a tolerância, a agudeza, a razão. E era um crânio viril, desenhado com esmero, embora patenteasse uma determinação quase ostensiva — nada em sua delicadeza sugeria frouxidão de vontade. Sim, toda a sua figura emanava os ideais e os escrúpulos do melhor da natureza humana e não teria sido difícil para Sabbath acreditar que o escritório para onde Norman dali a pouco partiria em sua limusine tinha propósitos espirituais mais sublimes ainda do que os de um produtor teatral. A espiritualidade secular, é isso que ele exalava — talvez fossem todos assim, os produtores, os agentes, os advogados de megacontratos. Com a ajuda dos seus alfaiates, os cardeais judeus do comércio. Sim, agora que reflito no assunto, eles são muito parecidos com os sabichões que vivem em torno do papa. A gente nunca ia imaginar que o distribuidor de vitrolas automáticas que pagou por tudo isso fazia negócios na periferia da Máfia. Não se espera que a gente pense nisso. Ele se transformou naquela esplêndida coisa americana, um bom sujeito. Tudo nele indica que é um sujeito com a cabeça no lugar. Um cara legal, rico, com certa profundidade, e uma dinamite no telefone, no escritório. O que mais a América pode pedir dos seus judeus?

— E no jantar da noite passada — disse Norman —, será que foi uma coisa natural você querer brincar com o pé de Michelle por baixo da mesa?

— Eu não queria brincar com o pé de Michelle por baixo da mesa. Queria brincar com o seu pé por baixo da mesa. *Não era* o seu pé?

Norman não dá sinal de repugnância nem de divertimento. Será porque sabe a direção que estamos tomando, ou porque não sabe? Eu, com certeza, não sei. Podia ser qualquer direção. Começo a sentir o cheiro de Sófocles nesta cozinha.

— Por que disse a Michelle que tinha assassinado Nikki?

— Você acha que eu devia tentar esconder isso dela? Será que eu devia ter vergonha disso também? De onde vem esse seu entusiasmo por sentir vergonha?

— Me diga uma coisa. Me diga a verdade: você acredita mesmo que assassinou Nikki? É uma coisa em que você *acredita*?

— Não vejo motivo para não acreditar.

— Pois eu vejo. Eu estava lá. Eu vejo, pois eu estava com você quando ela desapareceu. Eu vi pelo que você passou.

— Sei, olhe aqui, não estou dizendo que foi fácil. Ir para o mar não prepara a gente para tudo. Ela foi mudando de cor. Isso foi uma surpresa. Verde, como Linc. As satisfações primitivas estão todas incorporadas ao estrangulamento, é claro, mas se eu tivesse que fazer isso outra vez optaria por uma modalidade mais rápida.

Seria obrigado a isso. Minhas mãos. Como é que você planeja matar Michelle?

Alguma emoção despertada pela pergunta fez Norman fitar Sabbath como se estivesse flutuando à deriva, ou voando, deslizando sem rumo para longe de tudo que havia orientado a sua vida. Seguiu-se um silêncio provocante. Mas, afinal, Norman limitou-se a colocar as calcinhas de Debby no bolso da sua calça. As palavras que disse em seguida não soaram desprovidas de certo matiz de ameaça.

— Amo minha esposa e meus filhos mais do que tudo neste mundo.

— Não tenho a menor dúvida disso. Mas como é que você planeja matá-la? Quando descobrir que ela anda trepando com o seu melhor amigo.

— Não. Por favor. Todos nós sabemos que você é um homem numa escala sobre-humana, um sujeito que não teme nenhum exagero verbal, mas nem tudo vale a pena ser dito, mesmo para um homem bem-sucedido na vida, como eu. Não. Não é necessário. Minha mulher achou as calcinhas da filha no bolso da sua calça. O que você esperava que ela fizesse? Como esperava que reagisse? Não se rebaixe ainda mais maculando a honra da minha mulher.

— Eu não estava me rebaixando. Não estava maculando a honra da sua mulher. Norman, será que as apostas não estão altas demais a esta altura para que a gente se curve diante das convenções? Eu estava apenas imaginando como é que você pensa em matá-la, quando pensa em matá-la. Tudo bem, vamos mudar de assunto. Como é que você acha que ela pensa em matar você? Você não imagina que, quando você viaja de avião para Los Angeles, ela fica contente porque pode ter a esperança de que a American Airlines vai cuidar de tudo para ela, imagina? Não, seria banal demais para Michelle. O avião cai e eu fico livre? Não, é assim que as secretárias resolvem os seus problemas no metrô. Michelle é uma mulher atuante, puxou ao pai. Se conheço os periodontistas, ela já pensou em estrangular você mais de uma vez. Enquanto você dorme. E ela podia muito bem levar a cabo. Tem sangue-frio para isso. E foi o que eu mesmo fiz, há muito tempo. Lembra as minhas mãos? Minhas velhas mãos? O dia inteiro trabalhando como marinheiro no tombadilho, esfregando, esfregando, esfregando, a trabalheira incessante do navio. Uma furadeira de metal, um martelo, um cinzel. E depois os fantoches. A *força* que eu tinha naquelas mãos! Nikki nunca chegou a saber o que caiu sobre ela. Ficou um longo tempo olhando para cima, para mim, com seus olhos suplicantes, mas na verdade creio que um legista diria que ela teve morte cerebral em sessenta segundos.

Inclinando-se para trás na sua cadeira diante da mesa do café da manhã, Norman pôs um braço atravessado sobre o peito e, apoiando o outro braço sobre ele, deixou a testa tombar para a frente, de encontro à ponta dos seus dedos. Exatamente do mesmo jeito que Michelle apoiou a testa na minha. Não consigo acreditar que as calcinhas tenham provocado tudo isso. Não consigo acreditar que aquela mulher genuinamente superior, a caminho da velhice, pudesse ficar intimidada com uma coisa assim. Isso não está acontecendo! Isso é um conto de fadas! Isso é a *verdadeira* depravação, toda essa baboseira bem-educada!

— Que diabo aconteceu com a sua cabeça? — exclamou Norman. — Isso é horrível.

— O que é horrível? — perguntou Sabbath. — As calcinhas da menina enroladas no meu peru a fim de me ajudar a passar a noite depois do dia que tive de enfrentar? Isso é tão horrível assim? Saia dessa, Norman. Calcinhas no meu bolso durante o enterro? Isso é *esperança*.

— Mickey, para onde você vai depois que sair daqui? Vai voltar de carro para casa?

— Sempre foi difícil para você imaginar como eu vivo, não é, Norman? Como é que ele se vira sem proteção? Como é que todos eles se viram sem proteção? Meu filho, não *existe* proteção alguma. Tudo em volta é só um papel de parede, Norman. Pense em Linc. Pense em Sabbath. Pense em Morty. Pense em Nikki. *Pense bem*, por mais cansativo e assustador que possa ser pensar. Não estamos nas mãos de *proteção alguma*. Quando eu estava nos navios e chegávamos a um porto, sempre gostava de visitar as igrejas católicas. Sempre ia sozinho, às vezes todos os dias que ficávamos parados no porto. Sabe por quê? Porque eu achava uma coisa tremendamente erótica ficar ajoelhado, olhando para aquelas virgens, rezando, pedindo perdão por tudo de errado que existia. Olhar para elas pedindo proteção. Deixava-me muito excitado. Pedindo proteção contra os outros. Pedindo proteção contra elas mesmas. Pedindo proteção contra tudo. *Mas não existe proteção.* Nem mesmo para você. Mesmo você está exposto — que tal acha isso? Exposto! Peladão, mesmo todo metido aí nesse terno! O terno é fútil, o monograma é fútil, nada vai adiantar. *Nós não temos a menor ideia de como tudo vai acabar.* Céus, homem, você nem sequer consegue proteger as calcinhas da sua...

— Mickey — disse ele, com voz mansa. — Entendo seu raciocínio. Entendo a filosofia. É bem impetuosa. Você é um homem impetuoso. Soltou seus bichos mesmo, não é? A lógica mais profunda a favor do argumento de partir de uma vez rumo ao perigo é que, em última instância, não há como escapar. Persiga-o ou será perseguido por ele. É a opinião de Mickey e, em teoria, estou de acordo com ela: *não há* como escapar. Mas, na prática, ajo de forma diferente: se o perigo vai me alcançar, de um jeito ou de outro, não preciso ir atrás dele. Que o extraordinário é inevitável, disso Linc já me convenceu. É o comum que nos escapa. Sei muito bem disso. Mas isso não significa que valha a pena abandonar a porção de coisas comuns que tive a sorte de capturar e tomar para mim. Quero que você vá embora. Está na hora de ir. Vou tirar suas coisas do quarto de Debby e depois você vai embora.

— Com ou sem café da manhã.

— Quero você *fora* daqui!

— Mas que bicho o mordeu? Não pode ter sido só a calcinha. A gente se conhece há tempo demais para isso. Terá sido porque mostrei meu peru para Michelle? É essa a razão pela qual não posso tomar meu café da manhã?

Norman levantou da mesa — ele ainda não estava tremendo como Linc (ou como Sabbath, ao lado de Rosa), embora *houvesse* certo retesamento no seu queixo.

— Você não sabia? Não posso acreditar que ela não tenha contado. "Tem um touro dentro de Sabbath. Ele vai às últimas consequências." As calcinhas não são nada. Eu apenas imaginei que a melhor coisa a fazer era pegar as calcinhas. Antes de nos encontrarmos no sábado. No caso de não serem do gosto dela.

Michelle me convidou para fazer uma revisão periodôntica no sábado. Não vá me dizer que você não sabia disso também. No consultório dela. No sábado. — Como Norman permanecesse imóvel, do seu lado da mesa, Sabbath acrescentou: — Pergunte só a Michelle. Esse era o plano. Tínhamos tudo arranjado. Por isso é que, quando você disse que eu não podia ficar para tomar o café da manhã, imaginei que era porque eu ia ao consultório de Michelle no sábado, para trepar com ela. *E mais* o fato de eu ter mostrado a ela o meu peru. Mas que tudo isso tenha sido por causa das calcinhas... não, essa eu não engulo.

E isso Sabbath falou a sério. O marido compreendia a esposa melhor do que deixava transparecer.

Norman estendeu a mão para um dos armários acima do bufê e retirou de lá um pacote de sacos plásticos de lixo.

— Vou pegar suas coisas.

— Como quiser. Será que *posso* comer meu pomelo?

Sem se dar ao trabalho de responder mais uma vez, Norman deixou Sabbath sozinho na cozinha.

O meio pomelo fora cortado em pedaços por Sabbath. O pomelo picado. Fundamental para o estilo de vida deles — tão fundamental quanto as fotos Polaroid e os dez mil dólares no envelope. Será que devo contar a Norman a respeito do dinheiro, também? Não, ele sabe. Aposto que sabe tudo. Gosto mesmo desse casal. Acho que quanto mais compreendo o caos que se agita por aqui, tanto mais admiro como Norman é capaz de manter tudo no lugar. A firmeza militar com que se conservou ali impassível enquanto eu fazia meu relatório da noite passada. Norman sabe. Tem tudo nas mãos. Há algo nela que, o tempo todo, ameaça fazer tudo em pedaços, a simpatia, o conforto, o maravilhoso edredom que vem a ser aquela posição privilegiada. Ter de lidar com tudo aquilo que ela é, ao mesmo tempo que se submete aos ideais civilizados do marido. Por que Norman se importa com Michelle? Por que a mantém ao seu lado? O passado, por exemplo. Há tanto passado. O presente — há *tanto* presente! A máquina que vem a ser tudo isso. A casa em Nantucket. Os fins de semana em Brown, no papel de pai e mãe de Debby. As notas de Debby iam despencar se eles se separassem. Chame Michelle de piranha, solte os cachorros em cima dela, e Debby nunca mais conseguiria entrar na faculdade de medicina. Além disso, há a *diversão*: esquiar, jogar tênis, ir à Europa, o hotelzinho em Paris que eles adoram, a Université. O repouso quando tudo está bem. Ter alguém ao lado enquanto a gente espera que o laboratório mande o resultado da biópsia. Não há mais tempo para acordos, advogados e recomeçar tudo. Em lugar disso, a coragem de suportar — o "realismo". E o horror de não ter mais ninguém em casa. Todos esses quartos e ninguém em casa. Norman está instalado nessa vida. O seu *talento* é para essa vida. Não dá para ficar arrumando namorada no crepúsculo da existência. E, depois, a menopausa está do lado dele. Se Norman continua a permitir que ela o engane, se ele nunca chega ao ponto de perder a cabeça, é porque daqui a pouco, de um jeito ou de outro, a menopausa vai se incumbir de dar cabo de Michelle. Mas Michelle tampouco chega ao ponto de perder a cabeça — porque ela também não é uma coisa só. Norman compreende (e, se a menopausa não cuidar do caso, essa compreensão o fará) — minimiza, minimiza. Nunca aprendi a fazer isso: dê um jeito, aguente firme, esfrie a cabeça. Ela é tão indispensável ao seu modo de vida quanto o pomelo picado. Ela *é* o pomelo picado: o corpo em pedaços e o sangue mordaz. A Anfitriã pérfida. O tesão sublime. Isso é o mais próximo de comer Michelle que vou poder chegar. Acabou. Sou um *meshuggeneh*, um sapato jogado fora.

— Você vive no mundo do amor verdadeiro — Sabbath disse, quando Norman voltou para a cozinha, trazendo numa das mãos o saco abarrotado com tudo, menos o casaco de Sabbath. O Torpedo Verde, Norman o entregou para ele, na mesa.

— E onde é que você vive? — indagou Norman. — Você vive no fracasso dessa civilização. Investe tudo que tem no erotismo. O investimento final de tudo em sexo. E agora você está colhendo a safra da solidão. Embriaguez erótica, a única vida apaixonada que você consegue ter.

— E mesmo isso, será que é tão apaixonante assim? — perguntou Sabbath. — Sabe o que Michelle teria contado ao terapeuta se tivéssemos ido em frente e feito o que planejamos? Ela teria dito: "Um homem até que bem interessante, eu acho, mas é preciso guardá-lo na geladeira para não estragar".

— Não, para não estragar ele tem que ser provocado. Para não estragar, ele tem que ser estimulado por meio de provocação anárquica. Nós estamos constrangidos de tal modo pela nossa sociedade que só podemos viver como seres humanos se formos anárquicos. Não é esse o centro da questão? Não foi sempre esse o centro da questão?

— Você vai se sentir chocado com isso, Norman, mas para mim não existe, não existe mesmo um centro da questão. Você tem uma visão do mundo abrangente, liberal, generosa, mas eu vivo arrastado pelas sarjetas da vida, não passo de um detrito, não tenho nada com que possa formular uma interpretação objetiva dessa porra toda.

— O panegírico ambulante da obscenidade — disse Norman. — O santo às avessas cuja mensagem é a profanação. Não acha cansativo, em 1994, esse papel de herói rebelde? Que época esquisita para ficar pensando em sexo como uma forma de rebelião. Voltamos ao couteiro de Lawrence? A esta altura? Sair por aí com essa sua barba na cara, preconizando as virtudes do fetichismo e do voyeurismo. Sair por aí com esse seu barrigão, propalando a pornografia e desfraldando a bandeira do seu pau duro. Que patético e ultrapassado vovô excêntrico é você, Mickey Sabbath. O último suspiro da desmoralizada polêmica do macho. Mesmo no final do mais sangrento de todos os séculos, você sai em campo dia e noite dando duro para criar algum escândalo erótico. Você é só uma peça de museu, Mickey! Uma relíquia dos anos 50! Linda Lovelace já ficou anos-luz atrás de nós, mas você insiste em brigar com a sociedade como se o presidente fosse ainda o Eisenhower! — Mas, em seguida, quase em tom de desculpas, Norman acrescentou: — A imensidade da sua solidão é aterradora. Isso é tudo o que eu tinha a dizer.

— Eis uma coisa que ia deixar você surpreso — retrucou Sabbath. — Não creio que você tenha alguma vez experimentado de verdade o isolamento. É a melhor preparação que conheço para a morte.

— Vá embora — disse Norman.

No canto mais fundo de um dos bolsos da frente, aqueles bolsos grandões em que dava para levar dois patos mortos, Sabbath encontrou a caneca que havia enfiado ali antes de entrar na casa funerária, a caneca que era o cartão de visita do mendigo, ainda contendo as moedas de vinte e cinco, dez e cinco centavos que ele havia conseguido arrecadar no metrô e na rua. Quando entregou o casaco para Michelle a fim de ser lavado a seco, tinha esquecido também a caneca no bolso.

A caneca é que provocara tudo. É claro. A caneca de esmola. Foi isso que a aterrorizou — a mendicância. Aposto dez contra um que as calcinhas a levaram a uma nova onda de excitação. Foi a caneca que a fez recuar; o ódio social da caneca de esmola superou até a lascívia de Michelle. É melhor um homem que não toma banho do que um homem que pede esmola com uma caneca na mão. Isso era ir mais longe do que ela mesma desejava. Havia estímulos para Michelle em muitas coisas escandalosas, indecentes, imorais, estranhas, coisas beirando o perigoso, mas havia apenas um descaramento abjeto na caneca de esmola. Aqui, afinal, estava a degradação sem o menor vestígio de redenção. Na caneca de esmola, Michelle traçou o seu limite. A caneca havia traído o pacto secreto que os dois selaram no corredor, inflamando nela uma fúria pânica que a deixou fisicamente indisposta. Michelle enxergou na caneca de esmola todos os infortúnios da pobreza que levavam à destruição, a força desenfreada capaz de arruinar tudo. E provavelmente ela não estava errada. Piadinhas bobas podem ser muito oportunas no esforço para não sucumbir. Será que aquela caneca tinha deixado claro para *ele* mesmo o quanto tinha decaído? O desconhecido acerca de qualquer excesso é até que ponto foi excessivo. Sabbath não conseguia de fato sentir tanto ódio de Michelle por ter sido repelido em virtude da caneca quanto havia sentido antes, quando pensou que para ela a baixeza pérfida consistia em se masturbar com as calcinhas, uma diversão humana bastante normal e, sem dúvida, para um hóspede, uma ofensa secundária.

Em face da ideia de que havia perdido sua última amante antes mesmo de ter a chance de se apropriar com ardor dos segredos dela — e tudo por causa do fascínio mágico de mendigar, não se tratava apenas da sedução de uma piada de autodeboche e da irresistível diversão teatral que havia nisso, mas da repugnante retidão que havia no seu nobre delito, a sublime *vocação* que havia ali, a oportunidade que aqueles encontros proporcionavam ao desespero de Sabbath para ir abrindo caminho até o inequívoco final de tudo —, Sabbath caiu no chão desmaiado.

O desmaio, todavia, foi mais ou menos como pedir esmola: nem de todo baseado numa necessidade, nem de todo uma diversão. Diante do pensamento de tudo o que a caneca havia destruído, dois ataques atrozes se entrecruzaram na sua cabeça, de uma ponta a outra do crânio — e no entanto havia nele também o *desejo* de desmaiar. Havia uma arte no desfalecimento de Sabbath. A tirania do desmaio não passou despercebida a ele. Essa foi a última observação integrada ao seu cinismo, antes de seu corpo bater no chão.

As coisas não teriam funcionado melhor caso ele as tivesse planejado em todos os detalhes — um "plano" não teria funcionado de maneira alguma. Sabbath se viu estirado, ainda vivo, no meio das mantas pálidas do quarto dos Cowan. Era um crime que o seu imundo casaco de mendigo se misturasse à roupa de lama deles, mas afinal fora Norman quem o colocara ali. Uma chuva fina recobria de gotinhas as amplas vidraças das janelas e a cor leitosa da névoa vedava tudo acima da copa das árvores do parque: um rumor não tão grave quanto o rumor no riso de Michelle rolou do lado de fora das janelas, um trovão que evocava para Sabbath os seus longos anos de exílio junto às cachoeiras sagradas dos índios madamaskas. O paraíso da cama dos Cowan deu-lhe um estranho sentimento de solidão, distante da cama de Debby e da impressão quase intangível (talvez até imaginária) da cavidade do torso da jovem ao comprido, no colchão. Apenas um dia, e o colchão de Debby já se havia tornado para ele um lar longe de casa. Mas o quarto dela estava trancado como La Guardia. Tinha acabado aquele livre entra e sai.

Sabbath podia ouvir Norman falando no telefone com o dr. Graves, falando em levar Sabbath para o hospital, e não soava como se estivesse encontrando oposição à ideia. Norman não podia suportar o que estava vendo, mais esse cara seguindo os mesmos passos de Linc... Dava a impressão de que ele tinha assumido a responsabilidade de cuidar das deformações de Sabbath e recuperar para si a imagem de um ser harmonioso como Sabbath, afinal, havia conhecido no terceiro grau. Tolerante, compassivo, determinado, infatigável, quase irracionalmente humano — todo mundo devia ter um amigo como Norman. Toda esposa devia ter um marido como Norman, honrar um marido como Norman, em lugar de maltratar a decência dele com seus prazeres ordinários. O casamento não é uma união extasiante. A esposa precisa aprender a renunciar à grande ilusão narcisista do êxtase. Sua dívida com o êxtase fica a partir de agora revogada. Ela precisa aprender, antes que seja tarde demais, a renunciar a essa disputa imatura com os limites da vida. Sabbath devia a Norman nada menos do que isso, por desonrar o lar dos Cowan com seus vícios sórdidos. Agora ele devia pensar apenas em Norman, e sem egoísmo. Qualquer tentativa de salvar Sabbath atiraria Norman em uma experiência que ele nem de longe merecia. O homem a ser salvo era Norman — era ele a pessoa indispensável. E o poder de salvá-lo estava em mim. Essa proeza seria o coroamento da minha visita, eu estaria saldando, da forma mais honesta que conheço, a minha dívida em relação a todo o entusiasmo imprudente com o qual ele me convidou a ficar na sua casa. Estou convocado a ingressar no reino da virtude.

Nada parecia mais claro para Sabbath do que o fato de que Norman jamais devia pôr os olhos naquelas fotos Polaroid. E se por acaso ele um dia topasse com aquela grana! Logo após o suicídio do amigo e o colapso do outro amigo, encontrar as fotografias ou o dinheiro, ou ambos, transformaria em cinzas a sua última ilusão, faria em pedaços a sua existência tão bem ordenada. Dez mil em dinheiro. Para comprar o quê? Por ter vendido o quê? Com que e para quem ela está trabalhando? Sua boceta fotografada para a posteridade, por quem? Onde? Por quê? A fim de comemorar o quê? Não, Norman não deveria nunca saber as respostas para isso, e muito menos ter de enfrentar essas perguntas.

As manobras necessárias para hospitalizar Sabbath estavam sendo encaminhadas pelo telefone quando ele atravessou o tapete na direção do armário de Michelle, abriu a última gaveta e, debaixo da lingerie, pegou os envelopes de papel manilha. Enfiou os dois envelopes no espaçoso bolso interior, com forro impermeável, do seu casaco e, no lugar dos envelopes, alojou sua caneca de esmola, com as moedinhas e tudo. Da próxima vez que ela quisesse se excitar com uma recordação da outra metade da sua história, encontraria a caneca de Sabbath escondida naquela gaveta, a sua caneca, para chocá-la com os horrores dos quais Michelle tinha sido poupada. Ela enumeraria seus privilégios um a um assim que visse aquela caneca... e se manteria fiel a Norman, como devia fazer.

Segundos depois, saindo às pressas pela porta do apartamento, Sabbath topou com Rosa, que chegava para trabalhar. Ele pressionou a ponta do dedo sobre a curva saliente dos lábios dela e indicou com os olhos que devia ficar calada — o *señor* estava em casa, no telefone, um *trabajo* importante. Como ela devia amar a branda civilidade de Norman — e odiar a traição de Michelle. Ela odeia Michelle por tudo.

— *Mi linda muchacha... adiós!* — e depois, enquanto Norman tratava de reservar-lhe um leito em Payne Whitney, Sabbath correu para o seu carro e seguiu para o litoral de Jersey, a fim de tomar as providências para o seu enterro.

Túnel, pedágio, autoestrada — a praia! Sessenta e cinco minutos para o sul e lá estava! Mas o cemitério tinha desaparecido! O asfalto cobria os túmulos e os carros estavam *estacionados* ali em cima! Tinham revirado a terra de um cemitério para erguer um supermercado! *As pessoas estavam fazendo compras no cemitério.*

A agitação de Sabbath não atraiu a atenção do gerente quando ele entrou correndo pela porta e passou direto pela comprida cadeia de carrinhos de compras (o século estava perto do fim, o século que havia praticamente virado o destino humano de pernas para o ar, mas o carrinho de supermercado ainda constituía, para Sabbath, aquilo que assinalava a transformação do antigo estilo de vida) na direção do escritório, acima das caixas registradoras, como um cesto de gávea num navio, a fim de descobrir quem era o responsável por essa profanação desvairada.

— Por que você está gritando desse jeito? Procure nas páginas amarelas.

Mas era um *cemitério*, não tinha telefone. Um telefone num cemitério ficaria tocando sem ninguém atender. Se a gente pudesse conversar com *eles* por telefone... Além disso, minha família está sepultada embaixo dessa assadeira onde vocês estão tostando galinhas em espetos.

— Onde é que vocês os meteram, afinal?

— Metemos quem?

— Os mortos. Vim chorar meus mortos! Em que alameda estão enterrados?

Sabbath pegou o carro e andou em círculos. Parou para perguntar nos postos de gasolina, mas ele nem sequer sabia o nome do lugar. B'nai Disso ou Beth Daquilo não iam iluminar a memória dos garotos negros que operavam as bombas de gasolina. Sabbath sabia apenas onde ficava — e não estava mais lá. Aqui na remota fronteira do país, onde, na época em que sua mãe morreu, fazia ainda bem pouco tempo, se estendiam quilômetros de mato rasteiro, agora em toda a parte se erguiam negócios com que alguém esperava ganhar dinheiro, e não havia coisa alguma que não dissesse: "Entre todas as ideias, esta aqui é a pior", nada que não dissesse: "O amor dos homens por tudo que é horrível — não há como fugir disso". Onde foi que os meteram? Que projeto cívico alucinado é esse que chega ao ponto de remover os mortos de suas covas? A menos que os tenham simplesmente destruído, para dar fim à fonte de toda incerteza, para se desembaraçar de uma vez por todas do problema. Sem os mortos por perto, talvez a coisa não ficasse tão solitária. Sim, são os mortos que se põem no meio do nosso caminho.

Foi apenas graças ao feliz acaso de topar, na curva de uma alameda, com a traseira de um carro cheio de judeus a caminho de sepultar alguém, que Sabbath descobriu a verdade. Os criadores de galinha tinham sumido — isso explicava por que Sabbath se sentia tão desorientado — e o terreno triangular, com metade do tamanho de um navio petroleiro, estendia sua hipotenusa junto a um extenso armazém de estilo colonial, construído atrás de uma alta grade de ferro. Um aglomerado execrável de postes e cabos de energia fora erguido de forma compacta ao longo do segundo terreno e, no terceiro, a ralé da cidade havia instalado um lugar para o repouso final de colchões e estrados de molas que padeceram um fim violento. Outros destroços domésticos jaziam espalhados pelo solo ou se amontoavam, esquecidos, nos limites do terreno. E não havia parado de chover. Névoa e garoa a fim de garantir, para aquele quadro, um lugar permanente na ala norte-americana do seu museu da memória das desgraças terrenas. A chuva vinha conferir um significado maior do que o necessário. Era uma nota de realismo em sua homenagem. Mais significado do que o necessário estava na natureza das coisas.

Sabbath estacionou junto às estacas da cerca enferrujada, em frente aos postes. Após um portão de ferro baixo, meio solto nas dobradiças, se erguia uma casa de tijolos vermelhos, uma coisinha inclinada, com ar-condicionado, que parecia, ela mesma, ser o túmulo de alguém.

ATENÇÃO, PROPRIETÁRIOS DE TÚMULOS
Apoiar-se em pedras tumulares ou
colocá-las de modo incorreto é
PERIGOSO

Devem ser feitos reparos ou as
pedras tumulares serão removidas

AVISO
Tranque seu carro e vigie seus pertences
enquanto em visita ao cemitério

Dois cachorros estavam presos em correntes junto à casa e os homens conversando de pé ao lado deles estavam, todos os três, usando bonés de beisebol, talvez porque fosse um cemitério judeu, ou porque era isso mesmo que os coveiros usavam. Um deles, o que estava fumando, jogou fora seu cigarro quando Sabbath se aproximou — cabelo grisalho aparado de forma grosseira, camisa verde e óculos escuros. Seu tremor sugeria que precisava de uma bebida. Um outro cara, de calça Levi's e camisa de flanela vermelha e preta, não podia ter mais de vinte anos, um sujeito com os olhos grandes e tristonhos, as feições de um italiano, um desses tipos com ares de Casanova que circulam por Asbury High, os amantes perdidos na multidão de italianos e que na certa acabavam tendo de vender pneus para ganhar a vida. Eles achavam uma grande tacada pegar uma moça judia, enquanto os rapazes judeus de Asbury High pensavam: "As garotas italianas, as carcamanas animadoras de torcida, essas é que são quentes, ah, se eu tivesse essa sorte...". Os italianos tinham o costume de chamar os negros de *moolies*, *moo-*

lenyams — uma expressão siciliana, talvez da Calábria, para denominar as berinjelas. Durante anos, Sabbath nunca sentira a graça da tolice cômica contida nessa palavra, até que estacionou o carro no posto Hess para perguntar onde havia um cemitério judeu nas redondezas, pergunta que o negro *mooly* que trabalhava ali tomou por uma piada daquele cara branco, barbado e esquisitão na sua frente.

O chefe do cemitério era, está claro, o sujeito mais velho e barrigudo, que mancava, abria os braços desanimado e a quem Sabbath perguntou:

— Onde encontro o senhor Crawford? — A. B. Crawford era o nome inscrito nas duas placas de aviso pregadas no alto de uma estaca junto ao portão. Identificado como o "Superintendente".

Os cães começaram a atazanar Sabbath assim que ele entrou no cemitério e não se afastaram enquanto ele falava:

— O senhor é A. B. Crawford? Sou Mickey Sabbath. Meus pais estão por aí, em algum lugar — apontou para um canto distante do outro lado do terreno abandonado, onde os caminhos eram largos e gramados e as pedras ainda não pareciam muito gastas pelo tempo —, e meus avós estão para lá. — Sabbath apontou para a extremidade oposta do cemitério, para o depósito do outro lado da estrada. Os túmulos nesse setor estavam dispostos em fileiras estreitamente interligadas, contínuas. Os escombros, se tanto, dos primeiros judeus no litoral. Suas lápides haviam escurecido décadas atrás. — O senhor precisa achar um lugar aqui para mim.

— Para você? — exclamou o sr. Crawford. — Mas ainda está jovem.

— Só em espírito — retrucou Sabbath, sentindo-se de repente em casa.

— Ah, é? Pois estou com diabete — Crawford lhe disse. — E este lugar aqui é o pior do mundo para a gente ser enterrado. E piora cada vez mais. Este é o pior inverno de todos que já vimos por aqui.

— É mesmo?

— A geada alcançou quarenta centímetros no solo. *Isso* — e fez um gesto abrangendo dramaticamente a sua propriedade — era tudo um lençol de gelo. Era impossível ir até um túmulo logo ali adiante sem levar um tombo.

— Como é que vocês enterravam as pessoas?

— A gente enterrava — ele respondeu, fatigado. — Eles nos davam um dia para abrir o gelo e no dia seguinte enterrávamos o morto. Britadeiras e tudo o mais. Inverno duro, muito duro. E a água na terra? Esqueça. — Crawford era um sofredor. O ofício não fazia diferença, para ele. Alguém incapaz de sair do buraco. Um problema de disposição de ânimo. Inalterável. Sabbath sentiu compaixão.

— Eu quero um jazigo, senhor Crawford. Os Sabbath. É a minha família.

— O senhor me pegou numa hora ruim porque vou tratar de um enterro daqui a pouco.

O ataúde havia chegado e as pessoas se aglomeravam em torno dele. Guarda-chuvas. Mulheres carregando bebês. Homens com *yarmulkes* na cabeça. Crianças. Todos esperando na rua, a apenas alguns metros dos cabos e postes. Sabbath ouviu uma risada vinda da multidão, alguém dizia alguma coisa engraçada em um enterro. Sempre acontece. O sujeito miúdo que havia acabado de chegar devia ser o rabino. Segurava um livro. Imediatamente alguém lhe ofereceu abrigo sob um guarda-chuva. Outra risada. Difícil saber o que isso significava a respeito da pessoa que morrera. Na certa, nada. Apenas que os vivos continuavam vivos, e não tinham culpa disso. Graça. Nesse estágio das desilusões, até que não era a pior coisa.

— Tudo bem — disse o sr. Crawford, avaliando rapidamente as dimensões da multidão. — Já estão vindo. Vamos andar um pouco. Rufus — chamou, voltando-se para o bêbado trêmulo —, vigie os cães, hein? — Mas a atenção impertinente que os cães vinham dedicando a Sabbath se transformou em indóceis tentativas de morder, quando o dono deles se afastou mancando ao seu lado. Crawford se voltou depressa e apontou o dedo ameaçador para o céu. — *Parem!*

— Por que o senhor tem cachorros? — Sabbath perguntou, enquanto enveredavam por um caminho que contornava os túmulos até o jazigo dos Sabbath.

— Já arrombaram o prédio quatro vezes. Para roubar equipamento. Roubaram todas as ferramentas. Máquinas que custam trezentos, quatrocentos dólares. Podadeiras movidas a gasolina para podar sebes e toda essa tralha que fica guardada lá dentro.

— Não tem seguro?

— Não. Nada de seguro. Não quero saber disso. Sou eu! — exclamou, agitado. — Sou eu! O prejuízo é meu! Sou eu que compro todo o equipamento e tudo o mais. A associação me dá novecentos dólares por mês, entende? Preciso pagar tudo com isso, entende? Nesse meio-tempo, completei setenta anos e cavo todas as covas, instalo todas as lápides e é tudo uma grande piada. Os empregados que a gente arruma hoje em dia, a gente tem que explicar tudo para eles. E já não tem ninguém que queira fazer esse serviço. Estou precisando de um funcionário. Vou até Lakewood para trazer um mexicano para cá. É preciso arranjar um mexicano. É uma piada. Seis meses atrás veio uma pessoa aqui para visitar um túmulo e um *schvartze* apareceu e meteu um revólver na cabeça da pessoa. Dez horas da manhã! É por isso que arranjei os cachorros, eles me avisam se tem alguém lá fora, se estou aqui sozinho ou não.

— Há quanto tempo está aqui? — perguntou Sabbath, embora já soubesse a resposta: há tempo suficiente para aprender a dizer *schvartze*.

— Tempo demais — respondeu Crawford. — Diria que estou aqui há cerca de quarenta anos. Tenho o direito de ficar aqui. O cemitério está falido. Sei que eles faliram. Não há grana no ramo dos cemitérios. O dinheiro rola é no ramo dos monumentos fúnebres. Não tenho aposentadoria. Nada. Vou me virando como posso. Quando tenho um enterro, sabe, e entram uns dolarezinhos extras, o dinheiro acaba indo para a folha de pagamentos, mas isso é só, é só... sei lá, um problema a mais.

Quarenta anos. Não alcançou a vovó nem Morty, mas todos os outros ele pegou. E agora vai me pegar.

Crawford estava se lamentando.

— E nada ganhei em troca. Nada no banco. *Nada*.

— Tem um parente meu bem ali. — Sabbath apontou para uma lápide com a inscrição “Shabas”. Deve o ser o primo Fish, que me ensinou a nadar. — Os antepassados — explicou para Crawford — eram Shabas. Eles redigiam de várias formas: Shabas, Shabbus, Shabsai, Sabbatai. Meu pai era Sabbath. Recebeu o nome dos parentes de Nova York, quando era garoto e chegou à América. Estamos ali adiante, eu acho.

Na busca dos túmulos, Sabbath foi ficando excitado. As últimas quarenta e oito horas tinham sido repletas de lances teatrais, confusão, decepções, aventura, mas nada com uma força tão primordial quanto isso, agora. Seu coração não havia batido com tanta força nem quando roubara os envelopes de Michelle. Sentiu-se, enfim, de posse da sua vida, alguém que após uma longa enfermidade volta a calçar seus sapatos pela primeira vez.

— Um túmulo — disse Crawford.

— Um túmulo.

— Para você mesmo.

— Correto.

— Onde quer que fique esse túmulo?

— Perto da minha família.

A barba de Sabbath gotejava e, após torcer os fios com a mão, ele a deixou com o aspecto de um castiçal de metal trançado. Crawford disse:

— Muito bem. Agora, onde está a sua família?

— Ali. Ali! — E muros de amargura caíram por terra; a superfície de algo havia muito tempo oculto — a alma de Sabbath? a membrana da sua alma? — se viu iluminada pela felicidade. Ter sido fisicamente mimado pode chegar bem perto de algo como uma substância sem substância. — Eles estão *lá*! — Todos *sob* a terra, *lá*, sim, vivendo juntos ali, como uma família de camundongos do mato.

— Sei — disse Crawford —, mas o senhor precisa de uma vaga individual. Ali é a seção dos jazigos individuais. Ali, junto à cerca. — Ele apontava para um pedaço de cerca em péssimo estado, feita de tela de arame, do outro lado da estrada, perto do pior trecho do terreno baldio. Dava para cruzar a cerca rastejando, saltar por cima dela ou, mesmo sem cortadores de arame ou alicates, simplesmente rasgar com as mãos o que ainda restava preso às estacas. Um abajur fora trazido de carro e largado ali do outro lado da estrada, de modo que não estava agora nem sequer no terreno baldio, mas caído na sarjeta, feito alguém abatido a tiros, no meio do caminho. Na certa, não precisava nada mais do que uma fiação nova. Mas o seu proprietário obviamente odiava aquele abajur e o trouxera ali a fim de deixá-lo diante do cemitério dos judeus.

— Não sei se posso ou não lhe arranjar um túmulo aqui. Aquele ali, o último junto ao portão, é a única vaga que estou vendo e pode muito bem estar reservado, entende? E a partir daqui, do outro lado do portão, há jazigos de quatro túmulos. Mas quem sabe o senhor possui um túmulo junto dos seus parentes e não sabe?

— É possível — disse Sabbath. — Sim — e, agora que Crawford levantara essa possibilidade, ele lembrou que, quando enterraram sua mãe, *havia* um túmulo vago ao lado dela.

Tinha havido. Ocupado. Segundo as datas na lápide, dois anos atrás, colocaram Ida Schlitzer no quarto túmulo do jazigo da família. A irmã solteira de sua mãe, do Bronx. Em todo o Bronx, não havia sobrado lugar nem mesmo para uma tampinha como Ida. Ou teriam todos se esquecido do segundo filho? Talvez tenham pensado que ele estivesse ainda no mar, ou já tivesse morrido, em virtude do seu estilo de vida. Enterrado no Caribe. Nas Índias Ocidentais. Antes estivesse. Na ilha de Curaçao. Sabbath teria gostado de lá. Não havia porto de águas profundas, em Curaçao. Havia um cais comprido, muito comprido, parecia ter um quilômetro e meio de extensão e, na sua extremidade, o navio-tanque ficava atracado. Nunca tinha esquecido, porque havia cavalos e agentes — gigolôs, se preferirem —, mas eles eram crianças, crianças pequenas que possuíam cavalos. Davam uma lambada no bicho e ele levava a gente direto para o puteiro. Curaçao era uma colônia holandesa, o porto se chamava Willemstad, um porto burguês colonial, homens e mulheres em trajes tropicais, gente branca de chapéu de palha, uma cidadezinha colonial agradável, e o cemitério logo abaixo daqueles morros lindos onde havia um complexo de puteiros maior do que qualquer outro que eu tenha visto, em todo o tempo que passei no mar. Só os tripulantes do navio de Deus sabem quantos barcos atracaram nesse porto, e todos foram até lá para trepar. E os bons homens da cidade iam lá para trepar. E eu dormindo ali embaixo, no belo cemitério. Mas perdi minha oportunidade de ficar em Willemstad, trocando as piranhas pelos fantoches. E assim, agora, tia Ida, que nunca teve coragem de dizer "Bu!" para ninguém, havia tomado a minha vaga no túmulo. Expulso por uma virgem que passou a vida toda datilografando para o Departamento de Parques e Recreação.

Amado filho e irmão
Morto em combate nas Filipinas
13 de abril de 1924-15 de dezembro de 1944
Para sempre em nossos corações
Tenente Morton Sabbath

O pai de um lado, a mãe do outro e, ao lado da mãe, Ida no meu lugar. Nem mesmo as lembranças de Curaçao podiam compensar isso. Rei do reino dos desiludidos, imperador sem expectativas, desalentado deus-homem das traições, Sabbath ainda *tinha* de aprender mais uma vez que nada, mas absolutamente *nada*, jamais ia dar certo — e essa obtusidade constituía, em si mesma, um choque muito profundo. Por que a vida me recusa até mesmo o *túmulo* que eu queria? Se ao menos eu houvesse guiado essa aberração que sou no sentido de uma boa causa e tivesse me matado dois anos atrás, esse lugar ao lado da minha mãe agora seria meu.

Examinando o jazigo dos Sabbath, Crawford de repente exclamou:

— Ah, eu os conheço. Ah, eram bons amigos meus. Eu conhecia a sua família.

— Ah, é? Você conheceu o velho?

— Claro, claro, claro, um cara legal. Um autêntico cavalheiro.

— Isso ele era.

— De fato, acho que a filha ou alguma coisa assim aparece de vez em quando. Vocês têm filhas?

Não, mas qual a diferença? Ele estava apenas aplacando feridas emocionais e tentando faturar uns dólares de quebra.

— Claro — disse Sabbath.

— Pois é, ela vem muito aqui. Olhe só aquilo — disse Crawford, apontando para o mato ralo que cobria os quatro túmulos, aparado reto como um corte de cabelo à escovinha, a uns quinze centímetros de altura —, a gente não precisa cuidar desse jazigo, não, senhor.

— Não, está bonito mesmo. Parece bem caprichado.

— Olhe, a única possibilidade é eu arranjar para o senhor um túmulo ali adiante. — Onde o triângulo se fechava e as duas ruas esburacadas formavam uma interseção, ali havia uma extensão vazia, abrangida pela cerca de arame vergada. — Está vendo? Mas o senhor vai ter que ficar com dois túmulos, ali. Em qualquer outro local que não o setor dos jazigos individuais, é preciso comprar pelo menos dois túmulos. Quer que eu mostre ao senhor onde fica o setor dos jazigos de dois túmulos?

— Claro, por que não fazemos isso, uma vez que já estou aqui e o senhor está com tempo?

— Tempo eu não tenho, mas arranjo.

— Isso é bom, muito gentil da sua parte — disse Sabbath e, juntos, avançaram sob a garoa na direção do local onde o cemitério se assemelhava a um terreno baldio, em meados de abril e já sufocado pelo capim crescido.

— Esse setor é mais agradável — disse Crawford — do que no dos jazigos individuais. O senhor ficaria voltado para a estrada. Quem passasse, veria a sua lápide. Duas estradas se encontram aqui. Tem tráfego de duas direções. — Batendo no solo encharcado com a bota enlameada na sua perna boa, ele proclamou: — Eu diria que o senhor pode ficar *bem aqui*.

— Mas minha família está lá embaixo. E eu ia ficar de costas para eles, não é? Aqui, estou virado para o lado errado.

— Então pegue o outro, no setor dos jazigos individuais. Se já não estiver reservado.

— De lá também não tenho uma vista muito boa dos meus parentes, para falar com franqueza.

— Sim, mas vai ficar em frente de uma família muito boa. Os Weizman. De lá, vai ficar virado de frente para uma excelente família. Todo mundo tem orgulho dos Weizman. A mulher encarregada deste cemitério, o nome dela é senhora Weizman. Nós acabamos de enterrar o marido dela aqui. A família dela toda está enterrada ali. Há pouco tempo enterramos a irmã dela ali. É um bom local, e logo em frente a eles fica o setor dos jazigos individuais.

— Mas e que tal ali adiante, junto à cerca, onde não vou ficar muito longe da minha família? Está vendo o lugar de que estou falando?

— Não, não, não. Aqueles túmulos já foram vendidos. E é um setor de jazigos de quatro túmulos. Está entendendo?

— Tudo bem, acho que entendi — respondeu Sabbath. — Tem o setor dos jazigos individuais, o dos jazigos de túmulos duplos e o resto todo é de jazigos de quatro túmulos. Entendi o esquema. Por que o senhor não verifica se aquele jazigo individual está reservado ou não? Pois ele fica um pouco mais perto dos meus parentes.

— Bem, não posso fazer isso agora. Tenho que tratar de um enterro.

Juntos, retornaram entre as fileiras de túmulos na direção da casinha de tijolos à qual os cachorros estavam acorrentados.

— Bem, vou esperar — disse Sabbath — até que o enterro termine. Posso visitar minha família e depois o senhor pode me dizer se o túmulo está disponível e quanto custa.

— Quanto custa. Sim. Sim. Não são muito caros, na verdade. Quanto acha que devem custar? Uns quatrocentos ou algo assim. No máximo. Talvez quatrocentos e cinquenta. Não sei. Não tenho nada a ver com a venda de túmulos.

— Quem cuida disso?

— A senhora encarregada da organização, a senhora Weizman.

— E são eles que pagam ao senhor, a organização?

— Pagam — retrucou o homem com amargura. — É uma piada o que eles me pagam. Cento e vinte e cinco por semana para trabalhar sozinho. E de lá até o outro lado, é preciso que um homem trabalhe três dias para cortar o capim sem fazer mais nada. Por cento e vinte e cinco por semana, e só. Não tenho aposentadoria. O Seguro Social e olhe lá. Então, o que é que o senhor quer? Prefere o jazigo individual ou o duplo? Eu acho melhor o senhor pegar o duplo. Não vai ficar espremido, ali. É um setor mais bonito. Mas a escolha depende do senhor.

— Sem dúvida, ali é mais espaçoso — disse Sabbath —, mas fica muito longe dos outros. E vou ficar estirado ali por um longo tempo. Olhe, verifique tudo o que estiver disponível. Vamos conversar depois que o senhor tiver verificado isso. Tome — disse ele —, obrigado por me dar sua atenção. — Havia trocado uma das notas de cem dólares de Michelle no posto de gasolina, com os *moolies*, e entregou a Crawford vinte dólares. — E também — disse Sabbath, passando sorrateiramente outra nota de vinte dólares para o homem — obrigado por tomar conta da minha família.

— O prazer é meu. Seu pai foi um autêntico cavalheiro.

— O senhor também é.

— Tudo bem. O senhor dá uma olhada por aí e veja onde vai se sentir mais confortável.

— Farei isso.

O jazigo que podia ou não estar disponível para Sabbath no setor individual se encontrava ao lado de uma lápide com uma grande estrela de Davi gravada no alto, seguida de quatro palavras em hebraico. Ali se achava sepultado o capitão Louis Chloss. "Sobrevivente do Holocausto, veterano das Forças Armadas, fuzileiro naval, homem de negócios, empresário. Amado na memória de parentes e amigos, 30 de maio de 1929-20 de maio de 1990." Três meses mais velho do que eu. Faltando dez dias para completar sessenta e um anos de idade. Sobreviveu ao Holocausto, mas não aos negócios. Meu colega da Marinha. Mickey Sabbath, fuzileiro naval.

Agora estavam arrastando o caixão de pinho para dentro do cemitério, Crawford puxava na frente, na ponta do cortejo, mancando com passinhos ligeiros, e os dois ajudantes, um de cada lado, guiando a fila, o bêbado com sua camisa verde vasculhava os bolsos à cata de cigarros. Mal havia começado o enterro e ele não conseguia esperar que terminasse para acender um cigarro. O rabino miudinho, com as mãos estendidas para a frente, segurando o livro, conversava com o sr. Crawford enquanto acelerava o passo a fim de se manter ao lado dele. Trouxeram o caixão até a beirada da cova aberta. Muito lisa, aquela madeira. Devo pedir isso no meu contrato. Pago logo hoje. Jazigo, caixão, até um monumento — deixo tudo acertado, cortesia de Michelle. Pegar esse rabino pelo colarinho antes que vá embora e enfiar cem dólares no seu bolso para que volte no meu enterro e leia alguma coisa nesse livro. Assim eu expurgo o dinheiro de Michelle da sua história frívola de gratificação ilícita e reintegro essas notas clandestinas no terreno simples e natural dos negócios honestos.

Terreno, terra. Uma coisa muito em evidência hoje, aqui. Apenas alguns passos atrás dele, havia um montinho de terra empilhada no local onde alguém tinha sido sepultado pouco tempo antes e, logo em frente, havia dois túmulos cavados recentemente, lado a lado. Esperavam gêmeos. Sabbath se aproximou a fim de dar uma olhada dentro de uma das covas, como se estivesse vendo vitrines. O esmero com o qual haviam aberto as duas covas na terra dura sugeria uma proeza admirável. Os cantos bem retos, talhados a golpes de pá, o lamaçal no fundo e as paredes laterais profundas, levemente onduladas — era preciso dar o braço a torcer para aquele bêbado, para o garoto italiano e para Crawford: no que eles faziam, sentia-se o esplendor de séculos de trabalho. Esse buraco remonta a muito tempo antes. Assim como o outro. Ambos escuros, carregados de mistério e prodígios. As pessoas certas, o dia certo. Esse clima não mentia acerca da sua situação. Colocava Sabbath diante das questões mais graves no tocante às suas intenções, e a sua resposta era: "Sim! Sim! Sim! Vou rivalizar com o meu fracassado sogro, um suicida bem-sucedido!".

Mas estou encenando tudo isso? Até isso? É sempre difícil saber, com certeza.

Num carrinho de mão abandonado sob a chuva (muito provavelmente deixado ali pelo bêbado — Sabbath deduziu isso por ter vivido com uma bêbada) havia um monte de terra molhada em forma de cone. Sabbath, com uma pitada de prazer mórbido, enfiou seus dedos naquela pasta molenga até desaparecerem todos lá dentro. Se eu contasse até dez e depois os retirasse de lá, seriam os mesmos velhos dedos, os velhos, provocativos dedos com os quais eu puxei o rabo deles. Errado, de novo. É preciso afundar na terra com algo mais do que os dedos se pretendo corrigir tudo o que está torto em mim. É preciso contar até dez, dez bilhões de vezes, e ele imaginou em que altura estaria agora a contagem de Morty. E da vovó? E do vovô? Qual a palavra em iídiche para designar um porrilhão?

Dirigindo-se aos túmulos antigos, ao campo fúnebre instalado nos tempos mais remotos pelos judeus originais do litoral, Sabbath se manteve ao largo do enterro em curso e teve o cuidado de evitar os cães de guarda quando passou pela casinha vermelha. Esses cães ainda não tinham se tornado amáveis e conversadores em face das cortesias cotidianas, muito menos com os velhos tabus que predominam em um cemitério judeu. Judeus vigiados por cães? Do ponto de vista histórico, um troço muito errado. A alternativa de Sabbath era ser sepultado bucolicamente em Battle Mountain, o mais perto de Drenka que pudesse ficar. Isso havia passado pela sua cabeça, hoje, mais cedo. Mas com quem ele conversaria lá em cima? Nunca encontrara um gói capaz de falar depressa o suficiente para ele. E lá, então, eles ficariam mais lentos ainda. Sabbath teria de engolir o insulto dos cães. Nenhum cemitério havia de ser perfeito.

Após dez minutos perambulando sob a garoa, à procura do túmulo de seus avós, Sabbath reconheceu que apenas se caminhasse metodicamente para um lado e outro, lendo todas as lápides de uma ponta à outra de cada fileira de sepulturas, ele poderia ter a esperança de encontrar Clara e Mordecai Sabbath. Certas lápides menores, ele podia ignorar — elas em geral indicavam: "Em repouso" —, mas as centenas e centenas de grandes pedras tumulares requeriam sua atenção concentrada, era necessário uma imersão tão completa nelas que nada mais havia dentro de Sabbath, senão aqueles nomes. Sabbath teve de deixar de lado a antipatia que essas pessoas teriam sentido em relação a ele, bem como o desprezo que ele mesmo teria sentido em relação a elas, teve de esquecer as pessoas que elas haviam sido quando estavam vivas. Pois, quando estamos mortos, já não somos mais insuportáveis. Vale para mim, também. Ele tinha de beber à saúde dos mortos, beber até a borra depositada no fundo do copo.

Nossa amada mãe Minnie. Nosso amado marido e pai Sidney. Amada mãe e avó Frieda. Amado marido e pai Jacob. Amado marido, pai e avô Samuel. Amado marido e pai Joseph. Amada mãe Sarah. Amada esposa Rebecca. Amado marido e pai Benjamin. Amada mãe e avó Tessa. Amada mãe e avó Sophie. Amada mãe Bertha. Amado marido Hyman. Amado marido Morris. Amado marido e pai William. Amada esposa e mãe Rebecca. Amada filha e irmã Hannah Sarah. Nossa amada mãe Klara. Amado marido Max. Nossa amada filha Sadie. Amada esposa Tillie. Amado marido Bernard. Amado marido e pai Fred. Amado marido e pai Frank.

Minha querida esposa e nossa amada mãe Lena. Nosso querido pai Marcus. E assim por diante. Ninguém que seja amado escapa vivo. Só os mais antigos trazem inscrições apenas em hebraico. Nosso filho e irmão Nathan. Nosso querido pai Edward. Marido e pai Louis. Amada esposa e mãe Fannie. Amada mãe e esposa Rose. Amado marido e pai Solomon. Amado filho e irmão Harry. Em memória do meu amado marido e do nosso querido pai Lewis. Amado filho Sidney. Amada esposa de Louis e mãe de George, Lucille. Amada mãe Tillie. Amado pai Abraham. Amada mãe e avó Leah. Amado marido e pai Emanuel. Amada mãe Sarah. Amado pai Samuel. E na minha, amado o quê? Apenas isso: Amado o quê. David Schwartz, amado filho e irmão, morto a serviço do seu país, 1894-1918. 15 de Cheshvan.* Em memória de Gertie, esposa fiel e amiga leal. Nosso amado pai Sam. Nosso filho, de dezenove anos, 1903-1922. Nenhum nome, apenas "nosso filho". Amada esposa e querida mãe Florence. Amado dr. Boris. Amado marido e pai Samuel. Amado pai Saul. Amada esposa e mãe Celia. Amada mãe Chasa. Amado marido e pai Isadore. Amada esposa e mãe Esther. Amada mãe Jennie. Amado marido e pai David. Nossa amada mãe Gertrude. Amado marido, pai e irmão Jekyl. Amada tia Sima. Amada filha Ethel. Amada esposa e mãe Annie. Amada esposa e mãe Frima. Amado pai e marido Hersch. Amado pai...

E aqui estamos. Sabbath. Clara Sabbath 1872-1941. Mordecai Sabbath 1871-1923. Aqui estão eles. Uma lápide simples. E uma pedra arredondada em cima. Quem veio visitá-los? Mort, você veio visitar nossa avó? Papai? Quem é que se importa? Quem sobrou? O que está aí dentro? Nem mesmo o caixão está mais aí dentro. Diziam que você era cabeça-dura, Mordecai, de maus bofes, um grande brincalhão... se bem que nem mesmo você seria capaz de fazer uma piada com isso aqui. Ninguém consegue. Melhor do que isso, eles não conseguem ser. E a vovó. Seu nome, também o nome da sua ocupação. Uma pessoa prática. Tudo sobre a senhora — sua estatura, aqueles vestidos, seu silêncio — dizia "eu não sou indispensável". Nenhuma contradição, nenhuma tentação, embora a

* *Cheshvan*, o segundo mês do calendário judaico. (N. T.)

senhora adorasse, de modo desregrado, comer espigas de milho. Mamãe detestava ter de ver a senhora comendo milho. Era a pior coisa do verão, para ela. Deixava mamãe "enjoada". Eu adorava olhar. A não ser por isso, vocês duas se davam muito bem. Provavelmente, ficar calada era o segredo, deixar que ela organizasse as coisas ao jeito dela. Abertamente parcial em relação a Morty, cujo nome foi uma homenagem ao vovô Mordecai, mas quem poderia culpar a senhora? A senhora não sobreviveu para ver tudo desmoronar. Sorte sua. Nada de sensacional na senhora, vovó, mas também nada de ruim. A vida poderia ter marcado a senhora de uma maneira bem pior. Nascida na cidadezinha de Mikulice, morta no Memorial de Pitkin. Deixei de contar alguma coisa? Sim. A senhora adorava limpar o peixe para nós quando Morty e eu vínhamos para casa, de noite, de volta da pescaria com vara grande e molinete. Em geral, voltávamos de mãos abanando, mas o grande triunfo era voltar para casa carregando umas enchovas no balde! A senhora limpava os peixes na cozinha. Metia a ponta da faca numa abertura, provavelmente o ânus, cortava em linha reta em direção ao centro, até chegar junto às guelras e aí (essa é a parte que eu mais gostava de ver) a senhora simplesmente enfiava a mão dentro do peixe, agarrava firme todos os miúdos e jogava para o lado. Depois, metia na água fervente. Raspava as escamas e de algum modo não deixava que elas se espalhassem para todos os lados. Eu costumava levar quinze minutos para limpar o peixe e depois meia hora para limpar a cozinha. Com a senhora, a coisa *toda* levava dez minutos. Mamãe até deixava a senhora cozinhar o peixe. Nunca cortava a cabeça e o rabo. Assava o peixe inteiro. Enchova assada, milho, tomates frescos, aqueles tomatões grandes de Jersey. A refeição da vovó. Sim, sim, era uma coisa fora de série ficar lá na praia, no anoitecer, ao lado de Morty. A gente costumava conversar com os outros homens. A infância e seus terríveis marcos. Dos oito, mais ou menos, até os treze anos, o lastro fundamental que possuímos. Ou é certo ou é errado. O meu foi certo. O lastro original, um vínculo com aqueles que estavam próximos quando aprendíamos o que significava ter sentimentos, um vínculo talvez não mais estranho porém mais forte do que o vínculo erótico. Uma coisa boa para se poder contemplar uma última vez — em lugar de dar cabo de tudo às pressas e fugir correndo daqui —, alguns pontos altos, alguns pontos altos humanos. Passar um tempo com o homem na casa ao lado e com seus filhos. Encontrar-se e conversar no pátio. Lá na praia, pescando ao lado de Mort. Bons tempos. Morty costumava conversar com os outros homens, os pescadores. Fazia isso com a maior naturalidade. Para mim, tudo que ele fazia tinha o peso de uma autoridade. Um cara de calça marrom, camisa branca de manga curta e sempre com um charuto na boca costumava nos contar que estava pouco ligando se ia ou não pegar algum peixe (o que era sorte dele, porque raramente pegava mais do que um cação miúdo), ele dizia para nós, garotos: "O maior prazer de pescar é sair de casa. Ir para longe das mulheres". Sempre ríamos, mas, para Morty e eu, a fisgada do peixe é que era a grande emoção. Com uma enchova, a gente tirava a sorte grande. A vara sacode na sua mão. Tudo sacode. Morty era meu professor de pesca. "Quando uma garoupa morde a isca, arranca logo para longe. Se você prende a linha no molinete, ela vai arrebentar. Então é só deixar a linha correr solta. Com uma enchova, depois da mordida, você pode ir enrolando logo, mas não com uma garoupa. A enchova é grande e forte, mas é a garoupa que vai brigar." Tirar um baiacu do anzol era uma dificuldade para todo mundo, menos para Morty — espinhos e ferrões não o perturbavam. Outra coisa pouco divertida era pegar arraias. A senhora lembra como fui parar no hospital quando tinha oito anos? Eu estava na ponta do quebra-mar e peguei uma arraia enorme, ela me mordeu e desmaiei na mesma hora. São lindas nadadoras, ondulando na água, mas são umas predadoras sacanas, muito más, com seus dentes afiados. Uma coisa medonha. Parecem um tubarão achatado. Morty teve de gritar pedindo socorro, veio um cara e me carregaram para o carro desse sujeito e me levaram às pressas para Pitkin. Quando saíamos para pescar, a senhora mal podia esperar que voltássemos a fim de limpar nossos peixes. Costumávamos pegar savelhas. Pesavam menos de meio quilo. A senhora fritava quatro ou cinco de uma vez na frigideira. Muito espinhentos, mas saborosos. Ver a senhora comendo uma savelha também era bastante divertido, para todo mundo, menos para mamãe. O que mais trazíamos para a senhora limpar? Linguados, solhas, quando pescávamos na barra do Shark River. Pescadas. Era isso. Quando Morty entrou para a Força Aérea, uma noite antes de partir, nós fomos até a praia com nossas varas e ficamos lá durante uma hora. Nunca lidávamos com o equipamento como se fôssemos garotos brincando. Íamos pescar a sério. Vara, anzóis, chumbadas, linha, às vezes isca artificial, na maioria das vezes isca de verdade, quase sempre lula. Era assim. Equipamento completo. Um anzol grande, com várias pontas. Nunca limpava a vara. Uma vez, num verão, espirrei um pouco de água na minha vara. Conservava sempre o mesmo material. Só mudava as chumbadas e a isca, se queríamos pescar mais no fundo. Fomos até a praia para pescar durante uma hora. Todo mundo em casa estava chorando porque ele ia para a guerra no dia seguinte. A senhora já estava aqui. A senhora já tinha partido. Por isso vou lhe contar o que aconteceu. 10 de outubro de 1942. Ele deixou para partir depois de setembro porque queria ver o meu *bar mitzvah*, queria estar lá, comigo. No dia 11 de outubro ele foi para Perth Amboy, se alistar. A última pescaria no quebra-mar e na praia. Em meados ou no final de outubro, os peixes sumiam. Eu perguntei a Morty — quando ele estava me dando as primeiras lições, no quebra-mar, com uma varinha pequena e uma carretilha, feitas para pescar em água parada — "Para onde vão os peixes?" "Ninguém sabe", ele disse. "Ninguém sabe para onde vão os peixes. Depois que chegam ao mar, quem sabe onde eles se metem? O que você acha? Imagina que alguém vai seguir os peixes por aí? Esse é o mistério da pescaria. Ninguém sabe onde eles vão parar." Caminhamos até o final da rua, naquela noite, descemos a escada e seguimos pela praia. Estava quase escurecendo. Morty conseguia arremessar a linha a quarenta e cinco metros de distância, mesmo antes de inventarem o molinete de carretel fixo e voltado para a frente. Ele usava carretilhas de frente aberta. Apenas uma bobina com uma manivela. As varas eram muito mais duras, na época, as carretilhas muito menos ágeis e as varas bem mais duras. Para um garoto, era uma tortura arremessar a linha. No início, eu sempre emaranhava tudo. Gastava a maior parte do tempo desenroscando a linha. Mas, no final, eu conseguia. Morty disse que ia sentir saudade de sair para pescar comigo. Ele me havia levado até a praia para se despedir de mim, sem a família se lamuriando à nossa volta. "Ficar aqui de pé", disse ele, "o ar do mar, a calma, o barulho das ondas, os dedos dos pés enfiados na areia, a ideia de que existem todas essas criaturas lá longe, prestes a morder nossa isca. Essa emoção de haver alguma coisa lá. A gente não sabe o que é, não pode imaginar como é incrível. A gente não sabe sequer se um dia vai poder ver o que está lá." E ele de fato nunca chegou a ver, nem, é claro, teve o que a gente acaba tendo quando fica mais velho, uma coisa que escarnece do fato de a gente se entusiasmar com essas coisas simples, algo amorfo e esmagador e que, provavelmente, é o horror. Não, em vez disso ele foi morto. E essas são as notícias, vovó. A grande paixão da nossa geração, ficar de pé na praia pescando, ao entardecer, ao lado do irmão mais velho. A senhora dormia no mesmo quarto, ficava muito perto. Ele me levava junto para toda parte. Em certo verão, quando ele tinha uns doze anos, arrumou trabalho vendendo bananas de porta em porta. Tinha um homem em Belmar que só vendia bananas, ele contratou Morty e Morty me contratou. O trabalho consistia em percorrer as ruas gritando: "Bananas, vinte e cinco centavos o cacho!". Que emprego sensacional. Às vezes, eu ainda sonho com esse emprego. A gente era pago para gritar "Bananas!". Nas terças e sextas, depois que a escola libertava os alunos, ele ia depenar galinhas para o açougueiro *kosher*, Feldman. Um fazendeiro de Lakewood costumava visitar Feldman e vender galinhas para ele. Morty me levava junto, para ajudar. Eu gostava mais da pior parte: espalhar vaselina pelos nossos braços inteiros a fim de nos proteger dos piolhos. Eu ficava me sentindo um cara muito importante, com oito ou nove anos de idade, por não ter o menor medo daqueles piolhos sacanas e nojentos e, como Mort, por sentir um desprezo absoluto por eles e ficar ali sem dar a menor bola, apenas depenando as galinhas. Ele também costumava me proteger dos judeus sírios. Os garotos tinham o hábito de dançar na calçada, no verão, em frente ao Mike and Lou's. A dança do *jitterbug*, ao som da vitrola automática. Duvido que a senhora tenha alguma vez visto isso. Num verão, na época que Morty trabalhou no Mike and Lou's, ele trazia para casa o seu avental e mamãe o lavava, para que Mort o usasse na noite seguinte. O avental ficava com manchas amarelas de mostarda e vermelhas dos temperos. A mostarda entrava junto com ele no nosso quarto, quando ele vinha para casa, de noite. Cheirava a mostarda, chucrute e cachorro-quente. O bar Mike and Lou's tinha bons cachorros-quentes. Feitos na grelha. Os caras sírios costumavam dançar do lado de fora, na calçada, costumavam dançar sozinhos, feito marinheiros. Tinham uma dança que era uma espécie de mambo de Damasco, uns passos muito explosivos. Todos eram aparentados, formavam um clã, e de pele bem escura. Os garotos sírios que se juntavam a nossas partidas de baralho jogavam ferozmente o vinte e um. Os pais deles, na época, trabalhavam com botões, linhas e tecidos. Eu costumava ouvir o pai de um amigão meu, o estofador de Neptune, falar a respeito deles enquanto os homens jogavam pôquer na cozinha da nossa casa, nas noites de sexta-feira. "O dinheiro é o deus deles. São as pessoas mais duronas do mundo para se fazer negócio. Passam a perna na gente assim que a gente vira as costas." Alguns desses garotos sírios chamavam a atenção. Um deles, um dos irmãos Gindi, chegava perto da gente e dava um murro sem razão alguma, chegava de repente e partia a nossa cara, depois ficava só olhando um pouco para a gente e ia embora. Eu ficava hipnotizado pela irmã dele. Eu tinha doze anos. Ela e eu éramos da mesma turma na escola. Miudinha, um hidrante com uma cabeleira. Sobrancelhas enormes. Eu não conseguia tirar da cabeça a sua pele escura. Ela contou ao irmão alguma coisa que eu disse e, certa vez, ele começou a me bater. Eu morria de medo dele. Eu nunca deveria ter olhado para ela, muito menos ter dito *qualquer coisa.* Mas a pele escura me deixava doido. Sempre foi assim. Ele começou a me bater bem em frente do bar Mike and Lou's, e Morty veio lá de dentro com o seu avental manchado e disse para Gindi: "Fique longe dele". E Gindi perguntou: "Vai querer encarar?". E Morty disse: "Vou, sim". Gindi deu um murro nele e arrebentou o nariz todo de Morty. Lembra? Isaac Gindi. Sua forma de narcisismo nunca me atraiu. Morty levou dezesseis pontos. Aqueles sírios viviam em outra faixa de tempo. Viviam cochichando uns com os outros. Mas eu tinha doze anos, dentro das minhas calças as coisas começavam a reverberar e eu não conseguia tirar os olhos da irmã cabeluda deles. Sonia era seu nome. Sonia tinha outro irmão, se bem me lembro, Maurice, que também não era nada humano. Mas então veio a guerra. Eu tinha treze anos, Morty tinha dezoito. Ali estava um rapaz que nunca se afastava de casa, exceto talvez para um torneio de corrida na pista de atletismo. Nunca tinha saído do município de Monmouth. Todos os dias da sua vida, ele voltava para casa. O infinito renovado a cada dia. E na manhã seguinte ele se foi para morrer. Mas, afinal, a morte é o infinito por excelência, não é? A senhora não concorda? Bem, se é que isso interessa, antes de prosseguir quero dizer uma coisa: nunca comi milho na espiga sem lembrar com satisfação o frenesi guloso da senhora e da sua dentadura, e também a repugnância que isso provocava em minha mãe. Isso me ensinou muito mais do que entender sogras e noras: me ensinou tudo. Uma avó exemplar, e mamãe fazia todo o possível para não botar a senhora no olho da rua. E minha mãe não era nada severa — a senhora sabe disso. Mas o que traz felicidade a uns dá nojo a outros. A interação, a ridícula interação, o bastante para matar todo mundo.

Amada esposa e mãe Fannie. Amada esposa e mãe Hannah. Amado marido e pai Jack. E assim por diante. Nossa amada mãe Rose. Nosso amado pai Harry. Nosso amado marido, pai e avô Meyer. Gente. Todos, gente. E aqui está o capitão Schloss e ali...

Na terra revirada onde Lee Goldman, outra esposa e avó dedicada, se unira havia pouco tempo a outro membro de sua família, um ente querido ainda sem identificação, Sabbath encontrou pedras arredondadas para colocar sobre as lápides de sua mãe, seu pai e Morty. E uma para Ida.

Aqui estou.

O escritório de Crawford era um aposento vazio, salvo por uma escrivaninha, um telefone, duas cadeiras surradas e, de forma inexplicável, uma máquina vazia, de vender bugigangas por meio de moedinhas. Um aroma de pelo de cachorro molhado azedava o ar e não havia razão alguma para deixar de imaginar que a escrivaninha e as duas cadeiras tivessem sido apanhadas do inventário amontoado no terreno baldio, do outro lado da estrada. Sobre a escrivaninha, um vidro plano, cruzado de ponta a ponta por uma fita adesiva que mantinha os pedaços colados, proporcionava ao superintendente do cemitério uma superfície apropriada para escrever; um monte de antigos cartões de firmas tinha sido enfiado embaixo do vidro ao longo das quatro beiradas da mesa. O cartão que Sabbath viu primeiro dizia: "Empresa de calçamento As Boas Intenções, Coit Street, 212, Freehold, Nova Jersey".

Para entrar na casa de tijolos em forma de túmulo, Sabbath teve de berrar pedindo para Crawford sair e vir acalmar os cães. 13 de abril de 1924-15 de dezembro de 1944. Morty teria setenta anos. Hoje, seria o seu septuagésimo aniversário! Em dezembro, vai fazer *cinquenta anos* que está morto. Não vou estar mais aqui para a comemoração. Graças a Deus nenhum de nós estará aqui.

O enterro a essa altura já terminara havia muito tempo e a chuva tinha parado. Crawford telefonara para a sra. Weizman a fim de obter os preços para Sabbath e verificar se o jazigo individual estava reservado, e agora já fazia cerca de uma hora que ele esperava que Sabbath viesse ao escritório para que pudesse lhe informar os preços, bem como lhe dar as boas notícias acerca do jazigo individual. Mas, cada vez que Sabbath começava a se afastar do jazigo da sua família, parava e voltava atrás. Não sabia dizer a quem estava privando de quê, quando se afastava depois de ficar ali de pé por dez minutos, e mesmo assim não conseguia se afastar. O repetido movimento de retirar-se e voltar não escapou do seu deboche, mas ele nada podia fazer a respeito. Sabbath não podia ir e não podia ir e não podia ir, e depois — como uma criatura idiota que de repente para de fazer alguma coisa e começa outra, uma criatura a respeito da qual não há como saber ao certo se sua vida é pura liberdade ou ausência total dela — ele já podia ir embora e foi. E nenhum pensamento sensato podia ser extraído disso tudo. Ao contrário, ocorria uma nítida e peremptória retomada da grande burrice. Se houvera um dia algo para ser sabido, agora ele já sabia que jamais soube o que era. E tudo isso enquanto seus punhos se achavam cerrados, provocando um tormento artrítico.

O rosto de Crawford não tinha, ali dentro, o mesmo aspecto que demonstrava ao ar livre. Sem o seu boné de beisebol do time dos Phillies, ele se revelava um homem de queixo muito pronunciado, nariz sem ponte e uma testa de superfície estreita — era como se, por lhe ter dado aquele queixo curvo com a forma inequívoca de uma pá, Deus houvesse assinalado o bebê Crawford, desde o seu nascimento, com as funções de superintendente de cemitério. Era um rosto na fronteira evolucionária entre a nossa espécie e a espécie anterior à nossa, e além disso, atrás da escrivaninha com os pés quebrados e o vidro partido, Crawford assumiu bem depressa um tom profissional apropriado à gravidade da transação. Manter pictoricamente no primeiro plano do espírito de Sabbath todas as inconveniências reservadas para a sua carcaça, para isso servia o rosnar feroz dos cães. Tilintando suas correntes aos pés da janela de Crawford, eles soavam muito bem abastecidos com os sonhos de ódio aos judeus. Além disso, havia correntes e correias para cães espalhadas pelo assoalho sujo, gasto, de linóleo xadrez, e sobre a escrivaninha de Crawford, para segurar seus lápis, canetas, clipes e até alguns papéis de trabalho, ele usava latas vazias de comida para cachorro Pedigree, cujo conteúdo servira para alimentar os animais. Uma caixa de papelão cheia de comida para cachorro, ainda fechada, teve de ser retirada do assento da outra cadeira antes de Sabbath poder se sentar diante de Crawford. Só então Sabbath reparou na bandeira envidraçada acima da porta, uma janela retangular de vidro colorido com uma estrela de Davi desenhada. Aquele lugar fora construído com o propósito de servir como casa de orações do cemitério, o local onde os parentes e amigos do morto se reuniam em torno do caixão. Agora, era uma casa de cachorros.

— Eles querem seiscentos dólares pelo jazigo individual — Crawford explicou. — Querem mil e duzentos pelo jazigo de dois lugares lá adiante, mas consegui que abaixassem para mil e cem. E eu diria que o de dois lugares é melhor para o senhor. Um setor mais agradável. O senhor vai ficar mais bem instalado. No outro túmulo, o portão ia ficar batendo o tempo todo perto do senhor, e o movimento das pessoas entrando e saindo por ali...

— O jazigo de dois túmulos fica longe demais. Me dê o que fica ao lado do capitão Schloss.

— Acho que o senhor ficaria melhor...

— E um monumento, também.

— Eu não vendo monumentos. Já expliquei.

— Mas conhece alguém do ramo. Quero encomendar um monumento.

— Tem um milhão de tipos diferentes.

— Um igual ao do capitão Schloss vai servir. Um monumento simples.

— Não é uma peça barata. Vai custar uns oitocentos dólares. Em Nova York, iam querer arrancar do senhor mil e duzentos dólares por ele. Até mais. Tem o pedestal. Tem o custo dos alicerces, das bases de concreto. As letras da inscrição, eu vou ter que cobrar à parte, um pagamento à parte.

— Quanto?

— Depende de quanta coisa o senhor quiser dizer.

— Tanto quanto o capitão Schloss.

— Ele tem coisa à beça escrita ali. Vai custar caro.

Sabbath tirou do bolso de dentro do casaco o envelope com o dinheiro de Michelle, certificando-se de que o envelope com as fotos Polaroid também estavam ali. Do envelope de dinheiro, retirou seiscentos para o jazigo e oitocentos para o monumento e colocou as cédulas sobre a escrivaninha de Crawford.

— E mais trezentos, não é — perguntou Sabbath —, para as coisas que quero dizer na lápide?

— Estamos falando de mais de cinquenta letras — contrapôs Crawford.

Sabbath contou quatro notas de cem dólares.

— Uma é para o senhor. Para que cuide que tudo seja feito como eu quero.

— Quer que plante alguma coisa? Por cima do senhor? Árvores *yeco* custam duzentos e setenta e cinco dólares, pelas árvores e pelo serviço.

— Árvores? Não preciso de árvores. Nunca ouvi falar em árvores *yeco*.

— São aquelas que tem no túmulo da sua família. Aquilo são árvores *yeco*.

— Muito bem, me dê o mesmo que eles têm. Me arranje umas árvores *yeco* também.

Sabbath meteu a mão no envelope e pegou mais trezentos dólares.

— Senhor Crawford, todos os meus parentes próximos estão aqui. Quero que o senhor cuide do espetáculo todo para mim.

— O senhor está doente?

— Preciso de um caixão, parceiro. Um igual ao que vi hoje.

— Todo de pinho. Aquele custou quatrocentos. Sei de um cara que faz um igualzinho por trezentos e cinquenta.

— E um rabino. Esse baixinho de hoje serve. Quanto custa?

— Ele? Cem. Deixe que eu encontro outro. Acho um tão bom quanto ele por cinquenta.

— Um judeu?

— Claro, judeu. Ele é velho, é por isso.

A porta abaixo da bandeira de vidro com a estrela de Davi se abriu e, no mesmo instante em que o rapaz italiano entrou, um dos cães disparou para dentro, ao lado dele, até esticar a corrente inteira, vindo parar a poucos centímetros de Sabbath.

— Johnny, pelo amor de Deus — exclamou Crawford —, feche a porta e mantenha o cachorro lá fora.

— Sei — disse Sabbath —, o senhor não quer que ele me devore, ainda. Está só esperando eu assinar os papéis.

— Não, esse aí não ia morder o senhor — Crawford garantiu a Sabbath. — O outro, sim, aquele pode pular em cima do senhor, mas esse aí não. Johnny, leve o cachorro para fora!

Johnny arrastou o cão para trás, puxando pela corrente, e obrigou-o a sair pela porta, ainda rosnando para Sabbath.

— Esses ajudantes. A gente não pode sentar aqui e dizer para eles: "Muito bem, agora vocês vão lá e façam esse trabalho". Eles não sabem como fazer. E agora que vou ter que trazer um mexicano? Acha que ele vai ser melhor do que os outros? Vai ser é pior. O senhor trancou o seu carro? — perguntou para Sabbath.

— Senhor Crawford, o que ainda estou deixando de fora, nos meus planos?

Crawford examinou suas anotações.

— Os custos do enterro — disse ele. — Quatrocentos.

Sabbath contou mais quatrocentos dólares e acrescentou as notas ao bolo já na mesa.

— As instruções — disse Crawford. — Como o senhor quer o seu monumento?

— Me dê um papel. Me dê um envelope.

Enquanto Crawford preparava as notas fiscais — tudo com carbono e em três vias —, Sabbath esboçava, no verso do papel que Crawford lhe dera (a frente era uma fatura, "Conservação de túmulos" etc.), as linhas gerais de um mausoléu, desenhava de forma tão ingênua quanto uma criança desenharia uma casa, um gato ou uma árvore e se sentia muito semelhante a uma criança enquanto o fazia. No interior do esboço, dispôs as palavras do seu epitáfio conforme desejava que viessem escritas. Em seguida, dobrou o papel em três, introduziu no envelope e fechou-o. "Instruções", escreveu na frente do envelope, "para a inscrição no monumento de M. Sabbath. Abrir quando necessário. M.S. 13/4/94."

Crawford, pensativo, ficou um longo tempo cuidando da papelada. Sabbath gostou de ficar olhando para ele. Era um belo espetáculo. Crawford desenhava cada letra de cada palavra em todos os documentos e recibos como se fossem da máxima importância. De repente, parecia inspirado por uma profunda reverência, talvez apenas pelo dinheiro que havia arrancado de Sabbath, mas talvez um pouco também pelo significado inelutável daquelas formalidades. Assim, esses dois espertalhões se achavam sentados um diante do outro, junto àquela escrivaninha surrada, homens idosos ligados um ao outro pela desconfiança — como qualquer um, como nós todos —, cada um sorvendo avidamente qualquer coisa que a fonte da vida borbulhasse perto da sua boca. O sr. Crawford enrolou com todo cuidado as cópias das faturas do escritório e enfiou o cilindro de papéis em uma lata vazia de comida para cachorro.

Sabbath voltou uma última vez para junto do jazigo de sua família, seu coração ao mesmo tempo pesado e aos pulos, extirpando de dentro de si a última dúvida. *Isto eu vou fazer direito. Eu prometo a vocês.* Em seguida, foi dar uma olhada no próprio jazigo. A caminho de lá, passou por duas lápides que não vira antes. Amado filho e querido irmão morto em combate na Normandia, a 1º de julho de 1944, com 27 anos, você será sempre lembrado, sargento Harold Berg. Amado filho e irmão Julius Dropkin, morto em combate a 12 de setembro de 1944, no Sul da França, com 26 anos, para sempre em nossos corações. Eles levaram esses rapazes para morrer. Levaram Dropkin e Berg para morrer. Sabbath parou e soltou uma praga em homenagem a eles.

Apesar do terreno baldio e cheio de lixo do outro lado da rua, apesar da cerca avariada, no fundo, e apesar do portão de ferro corroído e meio despencado, um orgulho de proprietário inundou Sabbath por dentro, por mais que aquela nesga de terra arenosa tivesse uma aparência desprezível e ordinária, ali junto ao limite do setor reservado para os jazigos individuais, na orla do cemitério. Ninguém pode tirar isso de mim. Sentia-se tão satisfeito com o fruto do seu previdente trabalho naquela manhã — a criteriosa oficialização de sua decisão, a ruptura dos vínculos, a libertação do medo, o aceno de despedida — que assobiou uma melodia de Gershwin. Talvez o outro setor do cemitério *fosse* mesmo mais bonito, mas se Sabbath ficasse na ponta do pé poderia enxergar, dali, o jazigo da sua família, e lá estava a inspiradora presença dos Weizman do outro lado do caminho, e imediatamente à sua direita — à esquerda de Sabbath, se estivesse deitado — se achava o capitão Schloss. Sabbath mais uma vez leu com vagar o conciso retrato do seu futuro vizinho na eternidade. "Sobrevivente do Holocausto, veterano das Forças Armadas, fuzileiro naval, homem de negócios, empresário. Amado na memória de parentes e amigos, 30 de maio de 1929-20 de maio de 1990." Sabbath recordou ter lido, apenas vinte e quatro horas antes, os dizeres em um cartaz na vitrine do salão de vendas contíguo à casa funerária onde Linc fora enaltecido pelos vivos. Uma lápide sem nome estava exposta e, ao lado, havia um cartaz que começava com a pergunta "O que é um monumento?" e, logo abaixo, letras simples, elegantes confessavam que um monumento "é um símbolo de devoção... uma expressão tangível da mais nobre das emoções humanas — AMOR... um monumento é erguido porque houve uma vida, não uma morte, e com uma escolha inteligente e uma orientação adequada poderá inspirar REVERÊNCIA, FÉ e ESPERANÇA nos vivos... o monumento deve falar como uma voz do passado, para hoje, e para as gerações que estão por vir..."

Muito bem formulado. Fico contente que nos tenham esclarecido o que é um monumento.

Ao lado do monumento para o capitão Schloss, Sabbath teve uma visão do seu próprio mausoléu:

Morris Sabbath
"Mickey"
Amado Cliente de Puteiros, Sedutor,
Sodomita, Corruptor de Mulheres,
Destruidor de Virtudes, Perversor de Jovens,
Uxoricida,
Suicida
1929-1994

...e era ali que o primo Fish morava — e isso punha fim à sua viagem. Os hotéis tinham sumido, substituídos, na linha junto à praia, por condomínios modestos, mas no fundo das ruas as velhas casinhas ainda se mantinham fielmente de pé, os bangalôs de madeira e os de estuque onde todos tinham morado, e como se estivesse seguindo as recomendações da Sociedade da Cicuta,* Sabbath havia passado diante de todos os bangalôs, numa última lembrança e numa despedida final. Mas agora não conseguia imaginar mais nenhum adiamento que pudesse ser interpretado como um ato simbólico de encerramento; agora era hora de agir e levar aquilo a cabo, de uma vez por todas, o grande ato que vai pôr um ponto final na minha história... e assim Sabbath estava deixando Bradley Beach para sempre, quando, na avenida Hammond, surgiu diante dele o bangalô que pertencera a Fish.

A avenida Hammond seguia paralela ao mar, mas a cerca de um quilômetro e meio da praia, depois da Main Street e da linha do trem. Fish devia estar morto havia muitos anos, a essa altura. Sua esposa teve um tumor quando éramos meninos. Uma mulher muito jovem — mas na época não notávamos essas coisas. Num dos lados da cabeça, crescia uma batata sob o solo da sua pele. Ela usava lenços para ocultar a deformidade, mas, mesmo assim, um garoto de olhar aguçado conseguia perceber onde a batata estava germinando. Fish nos vendia legumes no seu caminhão. Dugan vendia bolo, Borden vendia leite, Pechter vendia pão, Seabord vendia gelo, Fish vendia legumes. Quando eu via as batatas no cesto,

* Em inglês, Hemlock Society, associação criada nos EUA por aqueles que defendem a eutanásia e o suicídio como assistência médica. (N. T.)

pensava vocês sabem em quê. Uma mãe morta. Inconcebível. Por certo tempo, não consegui comer batatas. Mas fui ficando maior e mais faminto, e isso passou. Fish criou os dois filhos. Trazia o menino e a menina para a nossa casa quando os homens se reuniam, de noite, para jogar baralho. Irving e Lois. Irving colecionava selos. Possuía pelo menos um selo de cada país. Lois tinha peitos. Aos dez anos, já tinha peitos. Na escola, os garotos às vezes puxavam o casaco de Lois sobre a sua cabeça, apertavam seus peitos e saíam correndo. Morty me disse que eu não podia fazer isso, porque ela era nossa prima. "Prima em *segundo grau.*" Mas Morty disse que não podia, era contra alguma lei judaica. Nossos sobrenomes eram os mesmos. Graças ao alfabeto, eu me sentava a apenas quarenta e cinco centímetros de Lois. Muito tentadoras, aquelas aulas. O prazer era difícil — minha primeira lição no assunto. Ao final da aula, eu tinha de levar meu caderno na frente da calça, enquanto saía da sala. Mas Morty disse que não podia — mesmo no auge da era do suéter, não podia. A última pessoa a quem dei ouvidos, nesses assuntos. Devia ter dito a ele, no cemitério: "Que lei judaica é essa? Você inventou essa história, seu sacana". Ele teria dado uma boa risada. Extasiar-se, estender minha mão e fazer Morty dar uma boa risada, um corpo, uma voz, uma vida com um pouco da satisfação de estar vivo, a satisfação de existir, que mesmo uma pulga deve experimentar, o prazer da existência, puro e simples, do qual praticamente todo mundo do lado de cá da enfermaria dos cancerosos de vez em quando tem um vislumbre, por menos animadores que nossos destinos possam ser, no geral. Tome aqui, Morty, o que chamamos "uma vida", do mesmo modo como chamamos o céu de "céu" e o sol de "sol". Como somos descuidados. Aqui, irmão, tome uma alma viva — por pouco que valha, fique com a minha!

Tudo bem. É hora de pôr em cena o estado de espírito necessário para levar a cabo sua decisão. Que aquilo ia exigir dele *mais* do que um estado de espírito — humildade, grandeza, burrice, sabedoria, covardia, heroísmo, cegueira, visão, tudo o que se achava disponível no arsenal dos seus dois exércitos opostos, unidos como um só —, isso ele já sabia. Inebriar-se com a satisfação que até uma pulga era capaz de sentir não ia tornar as coisas mais fáceis para ele. Pare de ter os pensamento errados e tenha o pensamento *correto*. No entanto, ali estava a casa de Fish — entre tantas outras, logo essa! A casa de sua família, agora habitada por um espalhafatoso casal de hispânicos que Sabbath viu cuidando do jardim, os dois de joelhos, na beira da entrada para o carro (não mais de areia, mas de asfalto), a casa de sua família havia cooperado esplendidamente com a sua resolução, fazendo com que toda a sua desgraça cerrasse fileiras em torno do seu desígnio. As coisas novas, o jardim de inverno envidraçado, as esquadrias de alumínio e as persianas de metal festonadas tornavam ridículo pensar na casa como sendo *deles*, da mesma forma que era ridículo pensar que o cemitério fosse *deles*. Mas *esta* ruína, a casa de Fish, possuía um significado. O exagero inexplicável, a significação: segundo a experiência de Sabbath, representava invariavelmente o prelúdio de alguma coisa mal compreendida.

Onde havia venezianas, estavam quebradas; onde havia telas ainda suspensas, estavam rompidas e rasgadas; e onde havia escadas, não davam a impressão de que pudessem suportar sequer o peso de um gato. A casa devastada de Fish parecia desabitada. Quanto custaria comprá-la, cogitou Sabbath — antes de se matar. Ainda sobravam sete mil e quinhentos dólares — e ainda sobrava *vida*, e onde existe vida existe mobilidade. Ele saiu do carro e, agarrando-se a um corrimão que parecia preso à escada por algo menos sólido do que um pensamento, seguiu até a porta. Com cautela — renunciando totalmente à liberdade própria de um homem para quem a preservação da vida e das pernas havia deixado de ser motivo de preocupação.

A exemplo da sra. Nussbaum do velho *Fred Allen Show* — o favorito de Fish —, ele gritou: "Oi, tem alguém em casa?". Bateu nas janelas da sala. Era difícil ver lá dentro, por causa do tempo sombrio e porque em todas as janelas pendiam trapos de múmia que outrora haviam sido cortinas. Sabbath deu a volta pelo lado da casa e seguiu até o quintal, nos fundos. Tufos de capim e erva daninha espalhados, nada havia ali senão uma cadeira de praia, uma cadeira de praia dobrável que dava a impressão de ter ficado ali ao ar livre desde a tarde de junho em que Sabbath fora (supostamente) ver os selos de Irving e, da janela do quarto dele, no andar de cima, olhou Lois tomando sol, lá embaixo, em trajes de banho, o corpo dela, o corpo dela, o vinhedo que era o corpo de Lois ocupando cada centímetro daquela mesma cadeira de praia. O creme protetor solar. Vinha de um tubo. Ela o esfregava pelo corpo todo. Para Sabbath, parecia esporro. Lois tinha uma voz rouca. Toda coberta de esporro. Sua prima. Quando alguém com apenas doze anos tem que viver com tudo isso ao redor, proibir era pedir demais. Não havia lei judaica nenhuma, seu sacana.

Sabbath deu a volta para a frente da casa à procura de uma tabuleta de "Vende-se". Onde poderia perguntar a respeito da casa? "Ó de casa!", gritou do primeiro degrau da escada, e do outro lado da rua ouviu uma voz responder, uma voz de mulher: "Está procurando o velho?".

Havia uma mulher negra acenando para ele — jovem, sorridente, bonita e arredondada dentro da calça jeans. Ela se achava de pé na varanda, ouvindo rádio. Quando Sabbath era garoto, os poucos negros que tinha conhecido estavam em Asbury ou em Belmar. Os negros em Asbury, na sua maioria, lavavam louça nos hotéis, eram empregados domésticos, gente que fazia serviços subalternos, moravam junto à avenida Springwood, depois dos mercados de frango, de peixe, e depois das lojinhas de comida judaica aonde íamos com um vidro vazio que minha mãe nos dava e para que o enchessem com chucrute, quando estava na época. Tinha um bar de negros também, um lugar animado para se ir durante a guerra, Leo's Turf Club, cheio de mulheres piranhudas e almofadinhas vestidos de terno e colete. Os caras iam para a rua todos embecados, sábado de noite, e ficavam *de porre*. A melhor música nas redondezas era a do Leo's. Ótimos saxofonistas, segundo Morty. Os pretos não eram antagonistas dos brancos, em Asbury, na época, e Morty travou conhecimento com alguns dos músicos e me levou lá algumas vezes, quando eu ainda era menino, para ouvir o jazz sacudido dos negros. Minha aparência fazia Leo rir um bocado, o grandalhão com cara de judeu que era dono do bar. Ele me via entrando e ia logo dizendo: "Que diabo você está fazendo aqui?". Tinha um saxofonista negro que era irmão do campeão de corrida de obstáculos na equipe de atletas de Asbury, na qual Morty arremessava o disco e a bola de ferro. Ele dizia: "Quais são as novas, Mort? Como é que vai, *judeu*?". Judeu! Eu adorava o jeito de ele dizer *judeu*, eu o imitava a toda hora e quase deixava Morty maluco de tanto repetir aquilo, no caminho de volta para casa. O outro bar de pretos tinha um nome mais sonhador — Repouso da Orquídea —, mas não havia música ao vivo, só uma vitrola automática, e a gente nunca entrava lá. Sim, Asbury High, no tempo de Sabbath, era um lugar de italianos, com alguns judeus, aqueles poucos negros e um punhado dessa gente, sei lá como é que vocês chamam, protestantes, brancos protestantes. Na época, Long Branch era estritamente de italianos. Longa Branch. Em Belmar, muitos negros trabalhavam na lavanderia e moravam ali pela 15ª Avenida, 11ª Avenida. Tinha uma família de negros do outro lado da rua, em frente à sinagoga em Belmar, que vinham no Shabbos* apagar e acender as luzes. E durante alguns anos houve um negro vendedor de gelo, antes de Seabord monopolizar o mercado no verão. Ele sempre deixava a mãe de Sabbath admirada, não tanto por ser um negro vendedor de gelo, o primeiro e único que já se viu, mas por causa da maneira como trabalhava. Ela pedia um pedaço de gelo de vinte e cinco centavos, ele cortava um pedaço, colocava no prato da balança e dizia: "Tá aí". Minha mãe levava o gelo para dentro de casa e, durante o jantar naquela noite, ela diria à família: "Por que ele coloca o gelo na balança? Nunca o vi acrescentar mais um pedaço ou tirar o excesso. A quem ele está enganando quando põe o gelo na balança?". "A você", dizia o pai de Sabbath. Sua mãe comprava gelo duas vezes por semana, até que um dia o homem desapareceu. Quem sabe essa é a sua bisneta, a bisneta do vendedor de gelo que Morty e eu chamávamos de "Tá Aí".

— A gente não vê o velho faz um mês — disse ela. — Alguém devia cuidar dele, sabe?

— É por isso que estou aqui — respondeu Sabbath.

— Ele não escuta. Você tem que bater com muita força mesmo. Ficar batendo sem parar.

Sabbath fez algo melhor do que bater com força e por longo tempo — com um puxão, abriu a porta de tela enferrujada, girou

* O mesmo que *Sabbath*, o sétimo dia da semana, o sábado, dia de repouso e retiro religioso entre os judeus. (N. T.)

a maçaneta da porta da frente e entrou na casa. Aberta. E lá estava Fish. Lá estava o primo Fish. Não no cemitério, embaixo de uma lápide, mas sentado no sofá junto à janela. Estava claro que ele não viu nem ouviu Sabbath entrar. Um corpo terrivelmente miúdo para ser o primo Fish, mas era ele mesmo. A semelhança com o pai de Sabbath ainda se fazia notar no vasto crânio careca, no queixo estreito, nas orelhas grandes, mas sobretudo em algo que não se podia descrever com facilidade — o ar familiar que toda aquela geração de judeus possuía. O peso da vida, o jeito simples de arcar com aquela carga, a gratidão por não ter sido inteiramente esmagado, a confiança inocente, inabalável — nada disso havia abandonado o seu rosto. Não poderia. A confiança. Uma grande bênção, neste mundo fúnebre.

Era melhor eu ir embora. Dá a impressão de que bastaria uma sílaba para pôr fim à sua vida. O que quer que eu diga é passível de matá-lo. Mas este é Fish. Naquela época, eu pensava que Fish tinha esse nome porque às vezes ele ousava sair de noite, alugar um barco e ficar pescando com os trabalhadores góis. Não era comum que judeus com sotaque saíssem junto com aqueles beberrões. Certa vez, quando eu era bem pequeno, Fish levou a mim e Morty para pescar. Era divertido sair com um homem adulto. Meu pai não pescava *nem* nadava. Fish fazia as duas coisas. Ele me *ensinou* a nadar. "Quando a gente vai pescar, em geral não apanha nada", me explicou Fish, a menor pessoa dentro do barco. "A gente não pega mais do que tem que pegar. Lá de vez em quando a gente apanha um peixe. Às vezes, a gente esbarra com um cardume e apanha uma porção de peixes. Mas isso não acontece muitas vezes." Num domingo, no início de setembro, houve uma tempestade tremenda e, assim que ela terminou, Fish veio correndo com o caminhão de legumes vazio, seu filho Irving ao lado, e disse para mim e Morty subirmos na traseira com os nossos caniços de pesca e depois saiu em louca disparada até a avenida Newark, na praia — ele sabia até a que praia devia ir. No verão, quando ocorre uma tempestade, a temperatura da água muda e o mar fica muito agitado, os cardumes então aparecem, em busca dos barrigudinhos, e dá até para ver os peixes; eles ficam bem ali, nas ondas. E lá estavam eles. E Fish sabia. A gente via os peixes nas ondas, pulando para fora da água.

Fish pegou quinze peixes em trinta minutos. Eu tinha dez anos e mesmo assim peguei três peixes. 1939. Quando fiquei mais velho — isso foi depois de Morty ter partido; eu já tinha uns catorze anos — sentia saudade de Morty e Fish ficou sabendo disso por intermédio do meu pai e, num sábado, me levou para a praia e passamos a noite inteira juntos. Para suavizar a melancolia. Fish tinha uma garrafa térmica de chá, que compartilhamos. Não posso cometer suicídio sem me despedir de Fish. Se minha voz o assustar e ele cair morto de repente, podem acrescentar "Gericida" na minha lápide.

— Primo Fish, se lembra de mim? Sou Mickey Sabbath. Sou Morris. Meu irmão era Morty.

Fish não escutou. Sabbath teria de se aproximar do sofá. Quando vir a minha barba, ele vai pensar que sou a Morte, um ladrão, um assaltante com uma faca. E olha que não me sinto tão pouco sinistro desde quando tinha cinco anos. Nem mais feliz. Este é Fish. Sem instrução, de boas maneiras, meio brincalhão, mas pão-duro, ah, muito pão-duro, dizia minha mãe. É verdade. O pânico no que se refere ao dinheiro. Mas os homens eram assim. Como podiam ser de outro jeito, mãe? Atemorizados, à parte do resto do mundo, e ainda assim com mananciais de resistência que constituíam um mistério até para eles mesmos, ou assim teria sido, caso não fossem misericordiosamente poupados da tenebrosa tendência para pensar. Pensar era a última coisa que eles sentiam estar faltando em suas vidas. Tudo era mais elementar do que isso.

— Fish — disse ele, avançando com os braços estendidos para a frente. — Sou Mickey. É, Mickey Sabbath. Seu primo. O filho de Sam e Yetta. Mickey Sabbath. — Sua voz gritada fez Fish erguer os olhos de duas cartas que suas mãos seguravam sobre o colo. Quem ainda lhe mandava alguma coisa pelo correio? Eu quase não recebia nada pelo correio. Mais uma prova de que ele não está morto.

— Você? Quem é você? — Fish perguntou. — Você é do jornal?

— Não sou do jornal. Não. Sou Mickey Sabbath. *Sabbath.*

— Ah, é? Eu tive um primo Sabbath. Na avenida McCabe. Você não é ele, é?

O sotaque e a sintaxe são os mesmos, porém já não tinha mais a voz poderosa capaz de gritar da rua para as pessoas dentro das casas e até no quintal: "Legumes! Legumes frescos, madames!". Na voz sem timbre, oca, dava para perceber não só como estava surdo e sozinho, mas também que aquele não havia de ser um de seus dias mais felizes. Apenas o fantasma de um homem. E naquelas partidas de baralho, quando ele vencia, o júbilo era violento — beijava repetidas vezes o oleado da mesa da cozinha, enquanto gargalhava e passava o rodo na grana. Mais tarde, minha mãe explicou que isso ocorria porque Fish era ganancioso demais. Folhas de papel pega-moscas oscilavam presas junto à luminária da cozinha. O *bzzzz* de curto-circuito de uma mosca agonizante acima da cabeça deles era tudo que havia para se escutar na cozinha, enquanto os homens se concentravam em suas cartas. E os grilos. E o trem, aquele ruído não muito sonoro, mas capaz de sacudir um jovem na sua cama até arrancá-lo para fora da pele e chegar à raiz dos seus nervos — naquele tempo, pelo menos, deixava um menino totalmente exposto ao drama e ao mistério da vida —, o assovio que ressoava no escuro, o apito do trem de carga de Jersey Shore, cortando a cidade ao meio. E a ambulância. No verão, quando os velhos vinham passar as férias aqui, para fugir dos mosquitos de North Jersey, a sirene da ambulância soava toda noite. Dois quarteirões ao sul, lá no Brinley Hotel, tinha alguém morrendo quase toda noite. Pulavam na água com os netos na beira da praia, sob o sol forte, e à noite conversavam em iídiche nos bancos nas calçadas de madeira, e depois, invariavelmente, voltavam juntos para os hotéis *kosher* onde, enquanto se preparavam para dormir, um deles tombava de lado e morria ali mesmo. A gente ficava sabendo no dia seguinte, na praia. Apenas tombava de lado, no banheiro, e morria. Ainda na semana passada, o sujeito tinha visto um dos empregados do hotel fazendo a barba no sábado e havia reclamado disso junto ao dono — e hoje ele se foi! Às oito, nove e dez horas, eu não podia suportar aquilo. As sirenes me aterrorizavam. Com um pulo, eu me sentava na cama e berrava: "Não! Não!". Isso despertava Morty na cama ao lado da minha. "O que foi?" "Eu não quero morrer!" "Você não vai morrer. Você é um garoto. Vá dormir." Ele me acalmava. E depois *ele* morreu, um garoto. E o que havia em Fish que aborrecia tanto a minha mãe? O fato de que podia sobreviver e rir sem ter uma esposa? Talvez tivesse namoradas. Encontrando-se com mulheres, na rua, o dia inteiro, ensacando legumes, quem sabe Fish metia no saco também algumas daquelas senhoras? Isso poderia explicar por que Fish ainda estava ali. Um infortúnio das gônadas pode vir a ser uma força dinâmica, difícil de conter.

— Sim — disse Sabbath. — Esse era o meu pai. Na avenida McCabe. Esse era Sam. Sou o filho dele. Minha mãe era Yetta.

— Eles moravam na avenida McCabe?

— Isso mesmo. O segundo quarteirão. Sou Mickey, o filho deles. Morris.

— O segundo quarteirão da avenida McCabe. Juro que não me lembro de você, sinceramente.

— Lembra-se do seu caminhão, não lembra? O primo Fish e o seu caminhão.

— O caminhão, eu lembro. Na época, eu tinha um caminhão. Sim. — Ele parecia compreender o que tinha dito só depois de dizer. — Ah — acrescentou, num vago reconhecimento de alguma coisa.

— E o senhor vendia legumes no caminhão.

— Legumes. Legumes, eu sei que vendia.

— Pois é, o senhor vendia para a minha mãe. E às vezes para mim. Eu vinha com a lista que ela tinha preparado e o senhor me entregava os legumes. Mickey. Morris. Filho de Sam e Yetta. O filho mais novo. O outro era Morty. O senhor costumava nos levar para pescar.

— Juro que não lembro.

— Tudo bem. — Sabbath contornou a mesinha de chá e sentou-se ao lado dele, no sofá. Sua pele era muito morena e, por trás dos óculos grandes, de aro de chifre, seus olhos pareciam receber sinais que vinham do cérebro. De perto, Sabbath via com mais clareza que, em algum ponto lá no fundo, as coisas ainda convergiam. Isso era bom. Podiam de fato conversar. Para sua surpresa, Sabbath teve de conter um desejo de segurar Fish nos braços e colocá-la no colo. — É maravilhoso ver você outra vez, Fish.

— É bom ver você também. Mas ainda não me lembro.

— Tudo bem. Eu era só um menino.

— Que idade tinha, na época?

— No tempo do caminhão de legumes? Foi antes da guerra.

Eu tinha nove, dez anos. E você era um homem jovem, aí pelos quarenta.

— E vendia legumes para a sua mãe, não foi o que disse?

— Isso mesmo. Yetta. Não importa. Como se sente?

— Muito bem, obrigado. Está tudo bem.

A mesma cortesia. Devia cativar as mulheres também, um espécime viril, musculoso, com boas maneiras e algumas piadas. Sim, era isso que deixava minha mãe contrariada, não há a menor dúvida. A virilidade ostensiva.

A calça de Fish estava riscada de manchas de urina e seu cardigã tinha uma cor indescritível, na frente, nos pontos onde restos de comida se haviam grudado e solidificado — uma cor especialmente intensa na faixa junto à casa dos botões —, mas sua camisa parecia em bom estado e Fish não exalava mau cheiro. Seu hálito era surpreendentemente agradável: o aroma de uma criatura que sobrevive no conforto e no luxo. Mas será que esses dentes grandes e curvos eram dele mesmo? Tinham de ser. Não fazem dentaduras com esse aspecto, a não ser talvez para cavalos. Sabbath, de novo, conteve o impulso de segurá-la nos braços e colocar o velho no colo, e contentou-se em passar o braço por trás do sofá, de modo que repousasse, em parte, sobre o ombro de Fish. O sofá tinha muito em comum com o cardigã. Empastamento, é assim que os pintores chamam. Do jeito que uma moça deve oferecer os lábios — ou era assim, segundo uma moda há muito tempo ultrapassada — Fish voltou sua orelha na direção de Sabbath, a fim de ouvi-lo melhor, quando falava. Sabbath podia ter comido aquela orelha, com pelos e tudo. Ele ia ficando cada vez mais feliz, a essa altura. A desvairada voracidade de vencer, nas partidas de baralho. Acariciar uma freguesa atrás do caminhão. O infortúnio das gônadas com os dentes de um cavalo. A incapacidade de morrer. Em vez disso, ir suportando. Esse pensamento deixou Sabbath imensamente excitado: *a absurda teimosia de ficar aqui, de não ir embora.*

— O senhor pode andar? — Sabbath perguntou. — Pode dar uma volta?

— Eu caminho em volta da casa.

— Como é que faz para comer? Cozinha sua comida?

— Ah, sim. Eu mesmo cozinho. Claro. Faço galinha...

Aguardaram, enquanto Fish esperava que viesse alguma coisa depois da palavra "galinha". Sabbath podia ter esperado para sempre. Eu podia me mudar para cá e alimentar Fish. Nós dois fazendo nossa refeição. Aquela moça negra do outro lado da rua viria até aqui, para a sobremesa. Fique batendo na porta sem parar. Não me importaria se tivesse de ouvir aquela moça dizendo isso todo dia.

— Tenho, como é que vocês chamam... maçã em calda, isso eu tenho. Para sobremesa.

— E no café da manhã? Tomou café da manhã, hoje cedo?

— Tomei. Café da manhã. Preparei meus cereais. Cozinhei meus cereais. Fiz mingau de aveia. No outro dia, comi... como é que se chama? Um cereal também, como é que se chama aquilo?

— Flocos de milho?

— Não, não como flocos de milho. Não, antes eu comia flocos de milho.

— E Lois?

— Minha filha? Morreu. Você conhecia?

— Claro. E o Irv?

— Meu filho, ele faleceu. Faz quase um ano. Com sessenta e seis anos de idade. Não tinha nada. Faleceu.

— Estudamos juntos no segundo grau.

— Ah, é? Com Irving?

— Ele estava um pouco mais adiantado do que eu. Estava entre mim e o meu irmão. Eu tinha inveja de Irving, porque ele saía correndo do caminhão para entregar os sacos de legumes para as mulheres na porta da casa delas. Quando eu era menino, achava que Irving era alguém importante porque trabalhava com o pai, no seu caminhão.

— Ah, é? Você mora aqui?

— Não. Agora, não. Morava. Agora moro na Nova Inglaterra. Lá no Norte.

— E o que trouxe você aqui, tão longe?

— Queria ver as pessoas que conheci — explicou Sabbath. — Alguma coisa me dizia que o senhor ainda estava vivo.

— Graças a Deus, estou.

— E aí pensei: "Eu bem que gostaria de ver Fish. Será que ele se lembra de mim ou do meu irmão?". Meu irmão, Morty. O senhor se lembra de Morty Sabbath? Ele era seu primo também.

— Tenho péssima memória. Lembro muito pouca coisa. Moro aqui há uns sessenta anos, nesta casa. Comprei quando era jovem. Tinha uns trinta anos de idade. Na época. Comprei uma casa e aqui está ela, no mesmo lugar.

— O senhor ainda pode subir as escadas sozinho? — Na extremidade da sala, junto à porta, havia uma escada que Sabbath costumava subir apostando corrida com Irving, para poder ficar olhando lá de cima, do quarto dos fundos, para o corpo de Lois. Sea & Ski. Era essa a marca do creme que ela espremia do tubo, ou Sea & Ski veio mais tarde? É uma pena que ela nunca tenha sabido como eu quase morria só de vê-la passar o creme no corpo. Aposto que Lois gostaria de saber disso, agora. Aposto que o nosso bom amigo decoro não significa grande coisa para Lois, agora.

— Ah, sim — respondeu Fish. — Consigo. Subo, sim. Consigo subir a escada. Meu quarto fica no andar de cima. Por isso preciso subir a escada. Claro. Subo uma vez por dia. Subo e desço.

— O senhor dorme muito?

— Não, esse é o meu problema. Tenho muito pouco sono. Quase não durmo. Nunca dormi muito, na minha vida. Não consigo dormir.

Será que isso era tudo o que Sabbath pensava haver ali? Não era uma característica notável da sua parte se estender nas perguntas daquele modo. Mas, na verdade, ele não tinha uma conversa tão interessante como essa havia muitos anos — exceto pelo diálogo da noite anterior, com Michelle, no corredor do apartamento dela. Desde quando fui para o mar, esse é o primeiro homem que encontro que não me mata de tédio.

— O que faz quando não dorme?

— Fico deitado na cama e penso, só isso.

— Pensa em quê?

Uma tosse subiu de dentro de Fish, soando como algo proveniente do fundo de uma caverna. Devia ser o que ele lembrava de um riso. E olha que Fish costumava rir bastante, ria feito um louco, toda vez que ganhava a grana das apostas.

— Ah, muitas coisas diferentes.

— Lembra alguma coisa dos velhos tempos, Fish? Será que o senhor tem alguma lembrança ainda dos velhos tempos?

— O quê, por exemplo?

— Yetta e Sam. Meus pais.

— Eles eram seus pais.

— Eram.

Fish estava se esforçando, se concentrando, como um homem sentado na privada. E alguma vaga atividade, de fato, pareceu transpirar por um momento no seu crânio. Mas, no final, ele teve de responder:

— Juro que não me lembro.

— E então o que é que faz o dia inteiro, agora que não vende mais legumes?

— Ando por aí. Faço exercício. Caminho em volta da casa. Quando está fazendo sol, fico do lado de fora pegando sol. Hoje é dia 13 de abril, correto?

— Correto. Como sabe a data? Acompanha pelo calendário?

Sua indignação era genuína, quando respondeu:

— Não. Eu *sei* que hoje é 13 de abril.

— O senhor escuta o rádio? Antigamente, costumava ouvir o rádio conosco, às vezes. Ouvia T. H. Kaltenborn. Para saber as notícias da guerra.

— É mesmo? Não, não escuto o rádio. Tenho um rádio aqui, sim. Mas não ligo. Escuto mal. Afinal, já estou muito velho. Que idade você acha que eu tenho?

— Sei quantos anos o senhor tem. Está com cem anos.

— E como é que você sabe?

— Porque o senhor era cinco anos mais velho do que o meu pai. Meu pai era seu primo. O homem que vendia produtos granjeiros. Sam.

— Foi ele que mandou você aqui? É isso?

— Foi, sim. Ele que me mandou vir aqui.

— Foi ele, hein? Ele e a sua esposa, Yetta. Você os encontra com frequência?

— De vez em quando.

— Ele mandou você vir aqui me ver?

— Foi, sim.

— Isso não é mesmo uma coisa notável?

A palavra deu a Sabbath um estímulo enorme. Se o velho consegue dizer "notável", então aquilo, o cérebro, pode ainda trazer à tona as coisas que eu quero. Você está lidando com um homem em quem a vida deixou uma marca impressa. Ela se encontra ali. Trata-se apenas de uma questão de ficar com ele, ficar junto dele, até que consiga captar uma impressão dessa impressão. Até que consiga ouvir Fish dizer: "Mickey. Morty. Yetta. Sam". Ouvi-lo dizer: "Eu estava lá. Juro que me lembro. Todos nós estávamos vivos" .

— O senhor está com uma aparência ótima, para um homem de cem anos.

— Graças a Deus. Não estou mal. Sinto-me bem.

— Sem dores ou mal-estar?

— Sim. Graças a Deus.

— O senhor é um homem de sorte, Fish, por não sentir dor.

— Graças a Deus, sou mesmo.

— Mas o que gosta de fazer, agora? Lembra as partidas de baralho com Sam? Lembra as pescarias? Na praia? No barco, com os góis? O senhor gostava de visitar nossa casa, de noite. O senhor me via ali sentado e dava um apertão no meu joelho. Dizia assim: "Mickey ou Morris, qual dos dois?". O senhor não se lembra de nada disso. O senhor e o meu pai costumavam falar em iídiche.

— *Vu den?* Ainda falo iídiche. Nunca esqueci isso.

— Que bom. Então, o senhor às vezes fala em iídiche. Isso é bom. O que mais o senhor faz que lhe dá prazer?

— Prazer? — Ele se mostra espantado por eu fazer uma pergunta dessas. Indago a respeito de prazer e, pela primeira vez, lhe vem à cabeça a ideia de que talvez esteja conversando com um louco. Um maluco entrou na casa e essa é uma boa razão para ficar apavorado. — Que tipo de prazer? — ele pergunta. — Dou só umas voltinhas ao redor da casa, e é tudo. Não saio para ir ao cinema nem nada desse tipo. Não posso. Não conseguiria mesmo enxergar coisa alguma, na verdade. Então, de que adianta?

— O senhor encontra outras pessoas?

— Hmmmm. — Pessoas. Há um grande borrão nesse ponto, obscurecendo a resposta. Gente. Ele reflete, embora eu não tenha a menor ideia do que isso possa acarretar, algo semelhante a tentar pôr fogo em gravetos molhados. — É muito raro — diz ele, enfim. — Vejo meu vizinho aí do lado. Ele é gói. Um gentio.

— É um bom sujeito?

— É, sim, boa pessoa.

— Isso é bom. Assim que deve ser. Eles aprendem que devem amar o próximo. Provavelmente é sorte sua que seu vizinho não seja um judeu. E quem faz a limpeza para você?

— Veio uma mulher limpar a casa, algumas semanas atrás.

Sei, ela vai para o olho da rua assim que eu me encarregar das coisas, por aqui. A sujeira. A poeira. A sala é pouco mais do que o assoalho — além do sofá e da mesinha de chá, há apenas uma cadeira estofada sem braços, junto à escada —, e o assoalho é igual ao chão de uma jaula de macaco que vi, certa vez, num zoológico de uma cidade na bota da Itália, um zoológico que nunca mais esqueci. Mas os detritos e a poeira eram o de menos. Ou essa mulher é mais cega do que Fish ou então é uma escrota e pau-d'água. Ela vai para o olho da rua.

— Não tem nada aqui para limpar — disse Fish. — A cama é que não está muito boa.

— E quem lava suas roupas? Quem lava as roupas para o senhor?

— As roupas... — Essa era difícil. Estão ficando mais difíceis. Ou ele está tentando responder ou então está morrendo. Se isso era a morte, a longamente protelada morte de Fish, não seria fora de propósito que a última coisa que ele ouvisse fosse: "Quem lava suas roupas?". Tarefas. Esses homens *significavam* tarefas. Os homens e as tarefas eram uma coisa só.

— Quem lava suas roupas?

— Lavar— reflete. — Muito pouca coisa. Eu mesmo faço isso. Não tenho muita roupa para lavar. Só umas roupas de baixo e as cuecas, e é só. Não tem muito o que fazer. Eu mesmo lavo, na bacia, no tanque. E penduro na corda para secar. E... ela seca! — Para dar um efeito cômico, fez uma pausa. Em seguida, prosseguiu, triunfal: — Ela seca! — Sim, Fish está se safando muito bem.

Sempre diz alguma coisa para Mickey rir. Não é preciso grande esforço, mas havia certo humor nele, é verdade, ao tratar dos seus milagres e virtudes. Ela seca! "Mas ele é tão pão-duro. Antes que a esposa morresse, a pobre mulher, Fish nunca comprou nada para ela." "Fischel é um homem solitário", respondia meu pai. "Deixe que sinta o prazer de ter uma família por dez minutos, de noite. Ele adora os garotos. Mais até do que os filhos dele. Não sei por que é assim, mas sei que é."

— Às vezes o senhor dá uma saída e vai olhar o mar? — perguntou Sabbath.

— Não. Não posso mais ir. Não dá mais. Fica muito longe para ir andando. Adeus, mar.

— Mas sua cabeça está boa.

— É, sim, minha cabeça está boa. Graças a Deus. Está boa.

— E o senhor ainda tem uma casa. Teve uma vida boa vendendo legumes.

Revoltado, mais uma vez:

— Não, *não foi* uma vida boa, foi uma vida *ruim*. Tinha que sair vendendo pela rua, em toda parte. Asbury Park. Belmar. Eu costumava ir a Belmar. No meu caminhão. Tinha um caminhão aberto. Todos os cestos dispostos em fileiras. Tinha um mercado, aqui. Um mercado de venda por atacado. E anos atrás tinha uns fazendeiros. Os fazendeiros vinham trazer as mercadorias. Foi há muito tempo. Até já esqueci.

— O senhor passou a vida toda vendendo legumes.

— A maior parte, sim.

Um empurrão. É como tentar soltar sozinho um carro atolado na neve, mas as rodas estão presas, então *empurre*. Sim, me lembro do Morty. Morty. Mickey. Yetta. Sam. Ele é capaz de dizer isso. Ajude-o a fazer isso.

Fazer o quê? O que se pode fazer por nós, em nossos últimos momentos de vida?

— Você se lembra do seu pai e da sua mãe, Fish?

— Se me lembro deles? Claro. Ah, lembro, sim. Claro. Na Rússia. Eu mesmo nasci na Rússia. Cem anos atrás.

— O senhor nasceu em 1894.

— Sim, sim. Tem razão. Como é que sabe?

— E lembra que idade tinha quando veio para a América?

— Que idade eu tinha? Lembro. Quinze ou dezesseis anos. Era um garoto. Aprendi inglês.

— E não se lembra de Morty e Mickey? Os dois garotos. Filhos de Yetta e Sam.

— Você é Morty?

— Sou o irmão mais novo dele. O senhor se lembra do Morty. Um atleta. Um astro da corrida. O senhor costumava apalpar os músculos dele e soltar um assovio. O clarinete. Ele tocava clarinete. Sabia consertar as coisas com as próprias mãos. Costumava depenar galinhas para Feldman, depois da escola. Para o açougueiro, que jogava cartas com o senhor e com meu pai e com Kravitz, o estofador. Eu o ajudava. Nas terças e sextas. O senhor também não se lembra de Feldman. Não importa. Morty foi piloto, na guerra. Ele era meu irmão. Ele morreu na guerra.

— Durante a guerra, não foi? A Segunda Guerra Mundial?

— Isso.

— Não faz muito tempo, faz?

— Faz cinquenta anos, Fish.

— Isso é tempo à beça.

A sala de estar dava para uma sala de jantar e suas janelas davam para o quintal. No inverno, nos finais de semana, eles costumavam catalogar os selos de Irving na mesa da sala de jantar, examinar as perfurações e filigranas dos selos, durante uma eternidade, até que Lois entrasse na casa e seguisse para o *quarto dela.* Às vezes, ela ia para o *banheiro.* Sabbath estudava mais o ruído da água fluindo pelos canos acima da sua cabeça do que os selos. As cadeiras da sala de jantar onde ele e Irving se sentavam agora se achavam sepultadas embaixo de roupas, recobertas de camisas, suéteres, calças, casacos. Cego demais para usar guarda-roupa, o velho deixava suas roupas ali mesmo.

Ao longo de uma das paredes, havia um aparador que Sabbath, após voltar os olhos para ele de modo intermitente desde o instante em que sentou ao lado de Fish, afinal reconheceu. Compensado de bordo com os cantos arredondados — era o aparador da mãe de Sabbath, o adorado aparador de sua própria mãe, no qual ela guardava os pratos "bons", em que eles nunca podiam comer, as taças de cristal em que eles nunca podiam beber; onde seu pai deixava o *tallis** que usava duas vezes por ano, o saco de veludo com os filactérios que ele nunca usava para rezar; e onde Sabbath, certa vez, embaixo de uma pilha de toalhas de mesa "boas" demais para gente como eles usarem para comer, encontrou um livro encapado de azul contendo instruções de como sobreviver à noite de núpcias. O homem devia tomar banho, pôr talco, vestir um roupão macio (de preferência, de seda), fazer a barba — mesmo que já tivesse feito a barba de manhã — e a mulher devia fazer toda força para não morrer. Páginas e páginas, quase cem, nas quais Sabbath não conseguiu encontrar uma única palavra a respeito daquilo que estava procurando. O livro tratava, sobretudo, de iluminação, perfume e amor. Deve ter ajudado bastante Yetta e Sam. Eu só queria saber onde eles foram arranjar uma coqueteleira. A noite de núpcias não envolvia nada que dissesse respeito a cheiros, segundo o livro — não havia um único cheiro no índice. Ele tinha doze anos. Os cheiros, ele teria de encontrar longe do aparador de sua mãe, às vezes pomposamente chamado de "credência".

Quando, quatro anos antes de morrer, sua mãe foi internada numa clínica de repouso e Sabbath vendeu a casa, a mobília deve ter sido distribuída entre os vizinhos, ou roubada. Sabbath achou que aquele advogado havia organizado um leilão para pagar as contas. Talvez Fish tenha comprado aquele aparador. Com saudade daquelas noites que passava em nossa casa. Ele já teria, então, noventa anos. Talvez Irving tenha comprado o aparador para ele por uns vinte dólares. Seja como for, aqui está o móvel. Fish está aqui, o aparador está aqui — o que mais está aqui?

— Lembra, Fish, como durante a guerra as luzes se apagavam na calçada de tábuas? Lembra que havia o blecaute?

— Sim. As luzes se apagavam. Lembro também quando o mar ficava tão bravo que arrancava as tábuas da calçada e as empurrava até a avenida Ocean. Isso aconteceu duas vezes na minha vida. Uma tempestade enorme.

* Xale de orações dos judeus. (N. T.)

— O Atlântico é um oceano feroz.

— Claro. Arrancou todas as tábuas da calçada e espalhou pela avenida Ocean. Vi isso acontecer duas vezes na minha vida.

— O senhor se lembra da sua esposa?

— Claro que me lembro dela. Vim para cá. Me casei. Uma mulher muito bonita. Ela morreu, faz uns trinta, quarenta anos. Desde então, estou sozinho. Não é bom ficar sozinho. É uma vida solitária. Mas o que é que a gente vai fazer? Não se pode fazer mesmo nada. Viver da melhor forma possível. Só isso. Quando está fazendo sol lá fora, vou para os fundos da casa. E fico sentado no sol. Assim fico bonito e corado. Essa é a minha vida. É isso que eu amo. A vida ao ar livre. O meu quintal. Fico ali sentado quase o dia inteiro, quando está fazendo sol. Você entende iídiche? "O que está velho fica frio." Mas hoje está chovendo.

Cuidar de uma vez daquele aparador. Mas agora Fish havia colocado suas mãos nas minhas coxas, elas repousavam sobre mim enquanto conversávamos e nem mesmo Maquiavel poderia ter levantado naquele instante, mesmo se ele soubesse, *como eu sabia*, que dentro daquele aparador se achava tudo o que viera procurar ali. Eu sabia disso. Há alguma coisa ali que não é o fantasma da minha mãe: ela está no fundo do seu túmulo, junto com o seu fantasma. Há algo aqui tão importante e tão tangível quanto o sol que deixa Fish corado. E no entanto eu não conseguia me mexer. Deve ser assim a veneração que os chineses sentem pelos idosos.

— O senhor cochila lá fora?

— Onde?

— No sol.

— Não. Não durmo. Fico só olhando. Fecho os olhos e olho. Pois é. Não posso dormir lá. Já disse a você. Tenho muito pouco sono. Subo para o andar de cima, de noite, aí por volta das cinco horas. Vou para a cama. Então fico deitado na cama, mas não durmo. Tenho muito pouco sono.

— O senhor se lembra de quando chegou aqui na praia, sozinho, pela primeira vez?

— Quando vim para cá? O que você quer dizer? Quando cheguei da Rússia?

— Não. Depois de Nova York. Depois que deixou o Bronx. Depois que deixou seu pai e sua mãe.

— Ah, sim. Eu vim para cá. Você é do Bronx?

— Não. Minha mãe era de lá. Antes de casar.

— Ah, é? Bom, eu casei e vim logo para cá. Pois é. Casei com uma mulher muito boa.

— Quantos filhos vocês tiveram?

— Dois. Um menino e uma menina. Meu filho, o que morreu há pouco tempo. Era contador. Um bom emprego. Numa firma de varejo. E Lois. Você conhece Lois?

— Conheço, sim.

— Uma criança linda.

— Era mesmo. É muito bom ver o senhor, Fish. — Pego as mãos dele nas minhas. Chegou a hora.

— Obrigado. É um prazer ver você, também, com certeza.

— Sabe quem eu sou, Fish? Sou Morris. Sou Mickey. Sou filho de Yetta. Meu irmão era Morty. Lembro-me muito bem de você, na rua, com seu caminhão, todas as senhoras saindo de casa ao seu encontro...

— Vinham até o caminhão.

Ele está me acompanhando, está voltando para lá — e está apertando minhas mãos com uma força maior até do que eu mesmo!

— Até o caminhão — eu disse.

— Para comprar. Não é uma coisa notável?

— É, sim. Essa é a palavra exata. Era tudo notável.

— Notável.

— Tantos anos atrás. Todo mundo estava vivo. Será que posso ver as fotografias que tem aqui na sua casa? — Havia fotografias dispostas em fila sobre o aparador. Sem molduras. Apenas encostadas na parede.

— Quer tirar um retrato do móvel?

Eu bem que queria tirar uma fotografia do aparador. Como é que ele sabia?

— Não, só queria ver as fotografias.

Retirei suas mãos do meu colo. Mas, quando me pus de pé, ele se levantou também e me seguiu até a sala de jantar, andava muito bem, colado aos meus calcanhares, me seguiu até o aparador, como o boxer Willie Pep perseguindo um merdinha qualquer em volta do ringue.

— Você consegue ver as fotografias? — ele perguntou.

— Fish — exclamei — este é o senhor, com seu caminhão! — Lá estava o caminhão, com os cestos dispostos em fileiras, junto às laterais inclinadas, e Fish na rua, ao lado dele, de pé, em uma postura militar.

— Acho que sim — disse ele. — Não consigo enxergar direito. Parece eu mesmo — disse ele, quando pus a foto bem diante dos seus óculos. — Sim. E aquela ali é minha filha, Lois.

Lois tinha perdido sua boa aparência, no final da vida. Ela também.

— E quem é este homem aqui?

— É o meu filho, Irving. E quem é esse? — ele perguntou, pegando uma foto que estava deitada em cima do aparador. Eram fotografias antigas, desbotadas, com manchas de umidade nas bordas e um pouco pegajosas, nos dedos. — Sou eu ou quem é, então? — ele perguntou.

— Não sei. Quem é essa aqui? Essa mulher. Uma mulher linda. Cabelo escuro.

— Pode ser minha esposa.

Sim. A batata, a essa altura, talvez não fosse mais do que um broto. Entre as mulheres que viviam aqui, não consigo me lembrar de nenhuma cuja beleza sequer se aproximasse dessa. E foi logo ela quem morreu.

— E esse aqui é o senhor? Com uma namorada?

— Sim. Minha namorada. Era minha, na época. Mas já morreu.

— O senhor sobreviveu a todo mundo, mesmo às suas namoradas.

— Pois é. Eu tive umas namoradinhas. Umas poucas, na minha juventude, depois que minha esposa morreu. Foi, sim.

— O senhor tinha prazer com isso?

As palavras não fizeram o menor sentido para ele, a princípio. Nessa pergunta, ele pareceu ter encontrado um adversário forte demais. Aguardamos, eu com minhas mãos aleijadas sobre o aparador de minha mãe, que estava grudento de gordura e poeira. A toalha sobre a mesa da sala de jantar tem todas as manchas que é possível imaginar. Nada aqui é mais fétido e imundo do que a toalha de mesa. E aposto que é uma das peças que nós mesmos jamais usamos.

— Perguntei se o senhor tinha prazer de ficar com suas namoradas.

— Bem, sim — ele retrucou, de repente. — Sim. Era bom. Fiz umas tentativas.

— Não recentemente.

— Não fiquei contente?

— Não *recentemente.*

— Como assim, não fiquei contente?

— Não *há pouco tempo.*

— Há pouco tempo? Não, estou velho demais para essas coisas. Parei com isso. — Fez um aceno quase zangado com a mão. — Isso *acabou*. Está *terminado*. Adeus, namoradas!

— Tem mais fotos? O senhor possui uma porção de velhas fotografias interessantes. Talvez tenha mais aí dentro.

— Aqui? Aqui dentro? Não tem nada.

— Nunca se sabe.

A gaveta de cima, onde antigamente se encontravam um saco de filactérios, um *tallis*, um manual de sexo e as toalhas de mesa, agora se mostra vazia, de fato, quando é aberta. A vida toda de minha mãe foi dedicada a manter as coisas dentro das gavetas. Coisas que pudéssemos chamar de nossas. As gavetas de Debby, também, coisas para chamar de suas. As gavetas de Michelle. Toda e qualquer existência, nascida ou não nascida, possível ou impossível, dentro das gavetas. Mas gavetas vazias, contempladas durante certo tempo, podem até deixar a gente doido.

Ajoelhei a fim de abrir a porta para alcançar a gaveta alta, do meio. Tinha uma caixa, ali dentro. Uma caixa de papelão. A gaveta *não* estava vazia. Em cima da caixa está escrito "Coisas de Morty". A letra da minha mãe. Do lado, de novo com a letra dela, "Bandeira de Morty e outros objetos".

— Não, o senhor tem razão. Não tem nada aqui — e fechei a porta de baixo do aparador.

— Ah, que vida, que vida — murmurou Fish, enquanto me conduziu de volta ao sofá da sala de estar.

— Pois é, e foi boa, a vida? Foi bom viver, Fish?

— Claro. Melhor do que estar morto.

— É o que as pessoas dizem.

Mas o que eu estava pensando, na verdade, era que tudo começara quando minha mãe veio olhar por cima do meu ombro o que eu tinha feito com Drenka, no Grotto; o que eu estava pensando era que foi o fato de minha mãe ter ficado para assistir a tudo, por mais desagradável que fosse para ela, que foi o fato de ela me ver tendo todas aquelas ejaculações que não levavam a parte alguma, que me trouxe até aqui! As patetices em que a gente tem que se meter para chegar aonde precisa chegar, a extensão dos erros que devemos cometer! Se nos avisassem de antemão de todos os erros que teríamos de cometer, a gente diria não, não posso, vocês vão ter de arranjar outra pessoa, sou esperto demais para cometer todas essas burradas. E aí eles me responderiam: Nós temos fé em você, não se preocupe, e eu retrucaria: Não, de jeito nenhum, vocês precisam de um *schmuck** muito maior do que eu, mas eles repetem que têm fé em que eu seja a pessoa certa, acham que vou evoluir e me tornar um *schmuck* colossal, mais consciencioso até do que sou capaz de imaginar, acreditam que vou cometer erros em uma escala que, agora, não posso sequer sonhar — *porque não existe outro modo de chegar ao final.*

O caixão veio para casa coberto por uma bandeira. Seu corpo queimado ficou enterrado, primeiro, em Leyte, em um cemitério do Exército, nas Filipinas. Quando eu estava na marinha mercante, o caixão veio para casa; o mandaram de volta para casa. Meu pai me escreveu, na sua letra de imigrante, contando que havia uma bandeira sobre o caixão e que, após o enterro, “o sujeito do Exército dobrou a bandeira e deu para sua mãe, com um jeito solene”. Ela está nessa caixa de papelão, dentro do aparador. Está a quatro metros e meio daqui.

Os dois estavam juntos de novo, no sofá, segurando as mãos um do outro. E ele não tem a menor ideia de quem eu seja. Não

* Em iídiche, pessoa vil e desprezível. (N. T.)

tem a menor importância se eu roubar a caixa de papelão. É só uma questão de escolher a hora certa. Seria melhor que Fish não tivesse de morrer, no curso dessa ação.

— Eu fico pensando, quando penso em morrer — Fish houve por bem dizer —, penso que gostaria de nunca ter nascido. Gostaria de nunca ter nascido. Isso é verdade.

— Por quê?

— Porque a morte, a morte é uma coisa terrível. Você sabe. A morte não é boa. Por isso eu queria nunca ter nascido. — É com irritação que ele afirma isso. *Eu* quero morrer porque não preciso morrer; *ele* não quer morrer porque precisa morrer. — Essa é a minha filosofia — diz ele.

— Mas o senhor tinha uma esposa linda. Uma mulher maravilhosa.

— Ah, é, eu tinha, sim.

— E dois filhos muito bons.

— Sim, sim. É isso mesmo. — A raiva diminui, mas apenas lentamente, de forma gradual. Ele não está disposto a se deixar convencer facilmente de que a morte pode ser compensada por qualquer outra coisa.

— O senhor tinha amigos.

— Não. Não tinha muitos amigos. Não tinha tempo para amigos. Mas a minha esposa, ela sim era uma mulher boa. Morreu já faz quarenta ou cinquenta anos. Boa mulher. É como eu lhe digo, eu a conheci por intermédio da minha... espere um instante... o nome dela era Yetta.

— O senhor conheceu sua esposa por meio de Yetta. É isso mesmo. Por intermédio da minha mãe.

— O nome dela era Yetta. Sim. Fui apresentado a ela no Bronx. Ainda me lembro disso. Elas estavam conversando em frente ao parque. Eu tinha ido dar uma volta. E as encontrei no caminho. E elas me apresentaram à minha esposa. Foi a moça por quem me apaixonei.

— O senhor tem uma memória boa para a sua idade.

— Ah, é. Graças a Deus. É, sim. Que horas são, agora?

— Quase uma hora.

— Já? É tarde. Está na hora de preparar a costeleta de cordeiro. Eu cozinho minha costeleta de cordeiro. E, de sobremesa, como maçã em calda. Já é quase uma hora, não é?

— Certo. Faltam só alguns minutos para a uma.

— Ah, é? Eu ponho a costeleta no forno. Leva uns dez, quinze minutos e fica pronta. Pois é. Tenho maçãs Deliciosas.* Ponho a maçã para assar. É a minha sobremesa. E depois como uma laranja. E é isso que eu chamo de uma boa refeição.

— Muito bem. O senhor sabe se cuidar. Pode se lavar na banheira sozinho? — Leve-o para o banho e então fuja com a caixa de papelão.

— Não. Tomo banho de chuveiro.

— E é seguro, para o senhor? Dá para se virar?

— Claro. É um chuveiro fechado, sabe, com uma cortina. Tenho um chuveiro aqui. É ali que tomo banho. Não tem o menor problema. Uma vez por semana, sim senhor. Tomo banho de chuveiro.

— E ninguém leva o senhor de carro para ver o mar?

— Não. Eu adorava o mar. Costumava tomar banho de mar. Já faz muitos anos. Eu era um ótimo nadador. Aprendi a nadar aqui neste país.

— Eu lembro. O senhor era membro do Clube do Urso Polar.

— O quê?

— O Clube do Urso Polar.

— Não me lembro disso.

— Era, sim. Um grupo de homens que iam nadar na praia, na água gelada. Eram chamados o Clube do Urso Polar. Vocês entravam na água gelada com calção de banho, mergulhavam e saíam logo depois. Nos anos 20, 30.

— O Clube do Urso Polar, foi o que você disse?

— Sim.

— Sim, sim. É isso mesmo. Acho que me lembro disso.

— O senhor tinha prazer em fazer isso, Fish?

— O Clube do Urso Polar? Eu detestava.

— Então, por que fazia aquilo?

* Variedade de maçã vermelha ou amarela, cultivada nos EUA. (N. T.)

— Juro por Deus, não me lembro por que eu fazia aquilo.

— O senhor é que me ensinou, Fish. O senhor me ensinou a nadar.

— Eu? Ensinei Irving a nadar. Meu filho nasceu em Asbury Park. E Lois nasceu aqui mesmo, no andar de cima desta casa. No quarto. No mesmo quarto onde agora eu durmo, ela nasceu lá. Lois. A caçula. Ela já morreu.

No canto da sala de estar, atrás da cabeça de Fish, há uma bandeira americana enrolada em um pequeno mastro. Tendo lido havia pouco tempo as palavras "Bandeira de Morty e outros objetos", Sabbath só agora a percebe, pela primeira vez. Será a mesma? Estará a caixa de papelão vazia, já sem nenhum dos objetos de Morty, e a bandeira do seu caixão não será por acaso essa, presa a esse mastro? A bandeira parece tão desbotada quanto a cadeira de praia, no quintal. Se essa faxineira estivesse mesmo interessada em limpar alguma coisa, há muito tempo já teria feito a bandeira em pedaços para usar os trapos como panos de limpeza.

— Como foi que conseguiu uma bandeira americana? — Sabbath perguntou.

— Arranjei essa bandeira já faz alguns anos. Nem sei como veio parar aqui, mas é minha. Ah, espere um instante. Acho que foi o banco de Belmar. Quando eu guardava dinheiro lá, eles me deram essa bandeira. Essa bandeira americana. Em Belmar, eu era depositante do banco. Agora, adeus depósitos.

— Quer almoçar, Fish? Quer entrar e comer sua costeleta de cordeiro? Vou ficar aqui sentado, se o senhor permitir.

— Tudo bem. Tenho tempo. A comida não vai fugir.

O riso de Fish soa, cada vez mais, semelhante a um riso de verdade.

— E o senhor ainda tem senso de humor — disse Sabbath.

— Nem tanto.

Assim, mesmo que nada mais haja sobrado na caixa de papelão, vou sair daqui, hoje, tendo aprendido duas coisas: o temor da morte nos acompanha para sempre e um farrapo de ironia perdura até o fim, mesmo no mais simples dos judeus.

— O senhor alguma vez imaginou que chegaria a viver cem anos?

— Não, na verdade, nunca imaginei. Tinha lido sobre isso na Bíblia, mas de fato nunca imaginei. Graças a Deus, consegui. Mas quanto tempo ainda vou durar, só Deus sabe.

— E o seu almoço, Fish? Que tal comer sua costeleta de cordeiro?

— O que é isso aqui? Você consegue enxergar? — No seu colo, de novo, estão as duas cartas que ele revolvia entre os dedos, quando cheguei. — Podia ler para mim? É uma conta ou o quê?

— Fischel Shabas, avenida Hammond, 311. Deixe que eu abro. Foi enviado pelo doutor Kaplan, o optometrista.

— Quem?

— Doutor Kaplan, o optometrista. De Netune. Dentro, tem um cartão. Eu vou ler para o senhor. "Feliz aniversário."

— Ah! — A lembrança lhe provoca um alvoroço de contentamento. — Qual é mesmo o nome dele?

— Doutor Benjamin Kaplan, o optometrista.

— Optometrista?

— É, sim. "Feliz aniversário para um paciente formidável."

— Nunca ouvi falar dele.

— "Espero que seu aniversário seja um dia tão especial quanto você é para nós." O senhor fez aniversário, nos últimos dias?

— Sim, claro.

— Quando foi o seu aniversário?

— 1º de abril.

Correto. O dia dos tolos. Minha mãe sempre achou essa data muito adequada para Fish. Sim, a aversão que ela sentia era pelo pênis de Fish. Se não for isso, não faz o menor sentido.

— Pois é, é um cartão de aniversário.

— Um cartão de aniversário? Como é o nome?

— Kaplan. Um médico.

— Nunca ouvi falar desse médico. Talvez alguém tenha falado a ele do meu aniversário. E o outro?

— Posso abrir?

— Sim, claro, vá em frente.

— Da Companhia de Seguros Garantia de Reserva de Vida. Acho que não é nada.

— O que diz aí?

— Querem vender ao senhor uma apólice de seguro de vida. Diz assim: "Apólice de seguro de vida disponível para pessoas entre quarenta e oitenta e cinco anos".

— Pode jogar fora.

— E essas são as únicas cartas que o senhor tem aqui.

— Pro inferno com isso.

— É, o senhor não precisa mesmo dessas coisas. Não precisa de um seguro de vida.

— Não, não. Já tenho um. Creio que no valor de uns cinco mil dólares, mais ou menos. O meu vizinho ali é quem paga sempre. Aquela é a apólice. Nunca fiz um seguro grande. Para quem? Para quê? Cinco mil dólares são o bastante. Assim, é ele que cuida de tudo. Quando eu morrer, ele vai cuidar do meu enterro e ficar com o que sobrar. — Quando Fish pronuncia a palavra "morte", faz lembrar "amortizar".

— Quem sabe — continua Fish — quanto tempo ainda vou viver? O tempo passa depressa. Pois é. Quantos anos mais posso viver depois de completar cem anos? Muito pouco. Se ainda tiver um ou dois anos, sou um sujeito de sorte. Se tiver uma ou duas horas, sou um sujeito de sorte.

— E a sua costeleta de cordeiro?

— Parece que vem um sujeito do jornal *Asbury Park Press* para me entrevistar. Ao meio-dia.

— Ah, é?

— Deixei a porta aberta. Ele não apareceu. Não sei por quê.

— Para entrevistar o senhor por ter feito cem anos?

— É. Por causa do meu aniversário. Ao meio-dia. Talvez tenha ficado com medo, ou algo assim. Qual é o nome do senhor?

— Meu primeiro nome é Morris. Mickey é como me chamam, desde menino.

— Espere um instante. Eu conheci um Morris. De Belmar. Morris. Estou lembrando.

— E meu sobrenome é Sabbath.

— Como meu primo.

— Exatamente. Da avenida McCabe.

— E o outro cara, o nome dele também é Morris. Ah, puxa. Morris. Ahn. Vou acabar lembrando.

— Vai lembrar depois que tiver comido a costeleta de cordeiro. Vamos lá, Fish — disse eu, e o fiz ficar de pé. — Agora o senhor vai comer.

Sabbath não pôde ver Fish preparar a costeleta de cordeiro. Bem que teria gostado disso. Teria gostado muito até de ver a costeleta de cordeiro. Teria sido divertido, refletiu o titereiro, observar o velho preparar a costeleta de cordeiro e, quando virasse as costas, pegar a costeleta bem depressa e comer. Mas assim que deixou Fish na cozinha, pediu licença para ir ao banheiro no andar de cima e voltou para a sala de estar, retirou a caixa de papelão de dentro do aparador — não estava vazia — e a levou consigo para fora da casa.

A mulher negra ainda estava no degrau de cima da varanda, sentada ali, vendo a chuva cair enquanto ouvia música no rádio. Extremamente feliz. Mais uma que tomava Prozac? Feições que podiam ser, em parte, indígenas. Jovem. Ron e eu fomos levados por outros marinheiros para um distrito nos arredores de Veracruz. Uma espécie de casa noturna, metade ao ar livre, um lugar desmazelado e miserável, uma espelunca sórdida com fileiras de lâmpadas presas em fios, dúzias e mais dúzias de mulheres jovens e marinheiros em mesas grosseiras. Quando acertavam o preço e terminavam de beber, se retiravam para uma comprida fileira de casinhas mal-ajambradas onde ficavam os quartos. Todas as moças eram mestiças. Estávamos na península de Yucatán — o passado maia não está muito distante. A mistura de raças sempre ilude. Leva uma pessoa para as profundezas da vida. Aquela moça era um doce, com uma personalidade encantadora. Muito escura. Digna, sorridente, envolvente, afetuosa em todos os aspectos. Sem dúvida, com vinte anos ou menos. Era adorável, sem a menor pressa, sem nenhuma afobação. Lembro que ela passou em mim algum unguento, depois que levei uma picada. Talvez acreditasse que aquele remédio adstringente prevenisse toda e qualquer doença. Uma moça muito bonita. Exatamente como ela.

— Como está o velho?

— Comendo sua costeleta de cordeiro.

— *Yipee* — exclamou a moça.

Caramba, bem que eu gostaria de ficar com ela! Não pare de

bater na porta. Não. Sou velho demais. Isso acabou. Está *terminado*. Está *acabado*. Adeus, namoradas.

— Você é do Texas? Onde foi que pegou esse jeito de dizer "*Yipee*"? *Yipee-ki-yo-ki-yay!*

— Isso é só quando tem gado no meio — ela respondeu, rindo, com sua boca bem aberta. — *Whoopee ti-yi-yo*, toca a se juntar, garraiozinho!

— E o que é um garraiozinho?

— Um bezerro desgarrado da mãe, no rebanho. Um bezerro que se perdeu da mãe.

— Você é um autêntica vaqueira. No início, tomei você por uma moça nativa de Asbury. Gostei de você, sabia? Ouço suas esporas retinir. Como é que você se chama?

— Hopalong Cassidy — ela respondeu. — E você, como se chama?

— Rabino Israel, o Baal Shem Tov, Mestre do Bom Nome de Deus. Os garotos aqui da escola me chamam de Calçada de Tábuas.

— Prazer em conhecer.

— Deixe-me contar uma história — disse ele, esfregando a barba com um dos ombros, ao lado do seu carro, enquanto segurava com carinho nas duas mãos a caixa com os pertences de Morty. — O rabino Mendel certa vez se jactou diante de seu mestre, o rabino Elimelekh, que de noite via o anjo que enrola a luz antes de escurecer, e de manhã via o anjo que enrola a escuridão antes de o dia clarear. "Sei", disse o rabino Elimelekh, "na minha juventude eu também via essas coisas. Daqui a alguns anos você não vai ver mais isso."

— Eu não entendo as anedotas dos judeus, senhor Calçada de Tábuas — Ela estava rindo, de novo.

— Que tipo de anedota você *entende*?

Mas de dentro da caixa de papelão a bandeira americana de Morty — que eu sei que está dobrada ali dentro, lá no fundo, dobrada da maneira oficial — me diz: "Isso é contrário a uma lei judaica", e portanto Sabbath tratou de entrar logo no carro com a caixa e, em seguida, partiu em direção à praia, à calçada de tábuas, que já não estava mais lá. A calçada de tábuas tinha ido embora.

Adeus, calçada de tábuas. O mar finalmente levou você embora. O Atlântico é um oceano feroz. A morte é uma coisa terrível. Nunca ouvi falar desse médico. Notável. Sim, essa é a palavra exata. Tudo isso era notável. Adeus, coisas notáveis. Egito e Grécia, adeus, e adeus, Roma!

Eis aqui o que Sabbath encontrou na caixa de papelão naquela tarde chuvosa, enevoada, no aniversário de Morty, quarta-feira 13 de abril de 1994, no seu carro, com placa de outro estado, o único carro na avenida Ocean, junto à praia, na esquina da avenida McCabe, estacionado na diagonal, sozinho, voltado para o inexpressivo deus mar que chapinhava na beirada, enquanto corria, grisalho, rumo ao sul, arrastado pelos últimos golpes da tempestade. Nada houvera antes, na vida de Sabbath, igual a essa caixa de papelão, nada que se aproximasse daquilo, mesmo quando remexia todas as roupas ciganas de Nikki depois que já não existia mais Nikki alguma. Por mais terrível que fosse aquele guarda-roupa, em comparação com essa caixa não era nada. A pura, a monstruosa pureza do sofrimento era nova para ele, fazia todo e qualquer sofrimento que houvesse conhecido anteriormente se assemelhar a uma mera imitação do sofrimento. Era a matéria apaixonada, violenta, a pior de todas, inventada para atormentar apenas uma espécie, o animal de memória, o animal dotado de uma memória extensa. E despertada simplesmente por erguer de dentro da caixa de papelão e segurar nas mãos aquilo que Yetta Sabbath havia guardado ali e que pertencera ao seu filho mais velho. Eram coisas que ele sentia como algo semelhante a uma venerável calçada de tábuas que o Atlântico tivesse arrancado de suas amarras, uma calçada de tábuas gasta, benfeita, fora de moda, que se estendia ao longo de uma cidadezinha à beira-mar, aparafusada de forma inabalável em estacas creosotadas, tão sólida quanto o tórax de um homem vigoroso e, quando as velhas ondas conhecidas vieram arrebentar com força na praia, as tábuas saltaram para fora e se desprenderam como os dentes de leite de uma criança.

Apenas coisas. Apenas umas poucas coisas e, para ele, ali estava o maior furacão do século.

O emblema que Morty usava na pista de atletismo. Azul-escuro com ornamento preto. Uma firula com asas no traço que corta o A. Atrás, uma pequena etiqueta: "The Standard Pennant Co. Big Run, Pa". Ele o usava sobre o suéter leve e azul da equipe do colégio. Os Bispos de Asbury.

Fotografia. Bimotor B-25 — não o modelo J em que caiu, mas o modelo D, em que treinou. Morty em roupas de baixo, calça de faxina, etiqueta de identificação, boné de oficial, correias de paraquedas. Seus braços fortes. Um bom garoto. Sua tripulação, cinco ao todo, todos eles na pista de decolagem, uns mecânicos mexendo no motor ao lado deles. "Fort Story, Virginia" estampado atrás. Parecia feliz, louco de contente. O relógio de pulso. O meu Benrus. Este relógio.

Retrato tirado por La Grotta, de Long Branch. Um rapaz de boné e uniforme.

Fotografia. Arremessando o disco de ferro no estádio. Aprontando-se para dar o giro, o braço virado para trás do corpo.

Fotografia. Instantâneo. O disco foi lançado, está um metro e meio à sua frente. Sua boca aberta. A roupa escura com o emblema do A, o calção azul apertado. Foto colorida desbotada. Apagada feito uma aquarela. Sua boca aberta. Os músculos.

Duas pequenas gravações. Não há a menor lembrança disso. Uma enviada por ele de C.T.D. 324 (tripulação aérea), Escola de Professores Públicos, Oswego, Nova York. "Esta gravação foi registrada no USO* Club, sob a responsabilidade técnica da Associação Cristã de Moços." Era a voz dele na gravação. "Enviada para o senhor e a senhora S. Sabbath e para Mickey."

Um barulho de metal no fundo da segunda gravação. "Esta carta gravada é um dos muitos serviços à disposição dos homens das Forças Armadas, quando utilizam o programa UM LAR LONGE DO LAR, fornecido pelo uso." GRAVADOR DE VOZ. Um Gravador de Voz Automático. Para o senhor e a senhora S. Sabbath e para Mickey. Ele sempre me incluía.

* Sigla de United Service Organizations (Organizações Unidas do Serviço Militar). (N. T.)

Triângulos isósceles de cetim vermelho, um branco e um azul, costurados um no outro para formar um *yarmulke.** O triângulo branco na frente mostra um *V* traçado com linha pontilhada — o código Morse para *V* "Deus abençoe a América", escrito embaixo. Um *yarmulke* patriótico.

Uma Bíblia em miniatura. *Escrituras sagradas judaicas.* Dentro, em tinta azul-clara, "Que o Senhor o abençoe e o proteja, Arnold R. Fix, capelão". A folha de rosto indicava "A Casa Branca". "Na condição de Comandante Supremo, tenho o prazer de recomendar a leitura da Bíblia a todos aqueles que prestam serviço militar..." Franklin Delano Roosevelt recomenda "a leitura da Bíblia" à minha mãe. O jeito que eles levaram esses rapazes para morrer. Recomenda, sim.

Livro de orações abreviado para judeus nas Forças Armadas dos Estados Unidos. Um livro marrom do tamanho da palma da mão. Em hebraico e em inglês. Entre as duas páginas do meio, uma fotografia sépia da família. Estamos no quintal. A mão dele está no ombro do meu pai. Meu pai está de terno, colete, até um lenço dobrado no bolso. O que houve? Rosh Hashanah?** Eu estava todo alinhado, com um paletó e uma calça comprida de "malandro". Minha mãe, de casaco e chapéu. Morty, de paletó esporte, mas sem gravata. O ano em que se alistou. Levou a foto consigo. Olhe só que rapaz bom ele era. Olhe só o pai — feito Fish, mal aparece uma câmera fotográfica e ele logo fica todo duro. Minha mãezinha embaixo do seu chapéu com um véu. Morty levava nossa fotografia dentro do seu livro de orações para judeus nas Forças Armadas dos Estados Unidos. Mas não morreu porque era judeu. Morreu porque era americano. Eles o mataram porque tinha nascido na América.

Sua bolsinha de apetrechos sanitários. Couro marrom com a inscrição MS. Quinze por dezoito por sete centímetros. Dois pacotes de cápsulas, lá dentro. Cápsulas de ação prolongada. Dexamyl. Para aliviar ansiedade e depressão. Dexedrine 15 mg e amobarbital 1,5 gr.

* *Yarmulke*: gorro judaico usado sobretudo durante as orações. (N. T.)

** *Rosh Hashanah*: dia santo dos judeus que assinala o início do ano-novo judaico. (N. T.)

(Amobarbital? De Morty ou da mamãe? Será que ela usou o conteúdo da bolsa de Morty quando ficou doida?) Meio tubo de creme de barbear Mennen, para usar sem pincel. Pequenos recipientes de papelão verde e branco, iguais aos de colocar pimenta na comida, contendo talco Mennen para homens. Xampu Shasta Beauty, um presente da Procter & Gamble. Tesouras de unha. Pente cor de bronze. Pomada de cabelo Mennen, para homens. Ainda perfumada. Ainda cremosa! Um vidro sem rótulo, o conteúdo secou. Uma caixa imitando esmalte, com um sabonete Ivory dentro, fechado. Um aparelho para barbear Majestic preto, em uma caixinha vermelha. Com sistema de cordão. Uns pelinhos na ponta. Os microscópicos cabelos da barba do meu irmão. É isso que são.

Um cinturão de couro preto para guardar dinheiro, macio, para se usar bem colado à pele.

Um tubo plástico preto contendo: uma medalha de bronze com a inscrição "Campeonato de 1941, Terceiro Arremesso de Disco Sênior". Etiqueta de identificação. "A" para o tipo sanguíneo, "H" para judeu. Morton S. Sabbath 12204591 T 42. O nome da mãe abaixo do seu: Yetta Sabbath, av. McCabe 227, Bradley Beach, N.J. Um broche amarelo arredondado com a inscrição "Tempo para Saraka". Duas balas. Uma cruz vermelha em um escudinho branco, com a inscrição "Eu presto serviço militar", no alto. Divisas de segundo-tenente, dois jogos. Broche com asas de bronze.

Caixinha de chá vermelha e dourada, do tamanho de um tijolo pequeno. Chá Sweet-Touch-Nee. (Não teria levado a caixa de casa, para guardar aquelas bugigangas ali dentro, fios, chaves, pregos, ganchos para quadros? Será que o Morty levou aquilo consigo ou será que a mamãe pôs suas coisas ali quando voltaram?) Emblemas. Os Apaches do Ar. Esquadrão 498. Grupo Bombardeiro 345. Ainda sei distinguir um do outro. Fitas. As asas que usava no boné.

Clarinete. Em cinco partes. A boquilha.

Um diário. O Minidiário Ideal do ano de 1939. Apenas duas anotações. Em 26 de agosto: "Aniversário de Mickey." Em 14 de dezembro: "Shel e Bea se casaram". Nossa prima Bea. Meu décimo aniversário.

Um estojo de costura para soldado. Mofado. Alfinetes, agulhas, tesouras, botões. Ainda restavam algumas linhas cáqui.

Documento. A águia americana. *E pluribus unum*. Em grata memória do segundo-tenente Morton S. Sabbath, que morreu a serviço do seu país no sudoeste do Pacífico, a 15 de dezembro de 1944. Ele integra a fileira invencível dos patriotas que tiveram a bravura de morrer para que a liberdade pudesse viver, crescer e ampliar suas bênçãos. A liberdade vive e, por meio dela, ele também vive — e de tal maneira que ofusca as maiores proezas da maioria dos homens. Franklin Delano Roosevelt, presidente dos Estados Unidos da América.

Documento. A medalha Coração Púrpura. Os Estados Unidos da América, para todos que porventura virem este documento, saudações: este instrumento tem o propósito de certificar que o presidente dos Estados Unidos da América, em conformidade com a autoridade a ele concedida pelo Congresso, conferiu a medalha Coração Púrpura, criada pelo general George Washington em Newburgh, N.Y., a 7 de agosto de 1782, ao segundo-tenente Morton Sabbath As#0-827746, por mérito militar e ferimentos recebidos em combate, que acarretaram sua morte a 15 de dezembro de 1944, lavrado de meu próprio punho na cidade de Washington, a 6 de junho de 1945, secretário de Guerra Henry Stimson.

Certificados. Árvores plantadas na Palestina. Em Memória de Morton Sabbath, Plantadas por Jack e Berdie Hochberg. Plantadas por Sam e Yetta Sabbath. Para o reflorestamento de Eretz Yisrael. Plantadas pelo Fundo Nacional Pró-Palestina.

Duas estatuetas de cerâmica. Um peixe. A outra, um banheiro fora de casa, com um garoto sentado na privada e outro garoto esperando a sua vez, do lado de fora. *Nós* éramos crianças. Ganhamos aquilo uma noite, numa partida de Pokerino, na calçada de madeira. Uma piada entre nós. O cagão. Morty o levou consigo para a guerra. Com a enchova de cerâmica.

No fundo, a bandeira americana. Como é pesada uma bandeira! Toda dobrada do jeito oficial.

Sabbath levou a bandeira consigo até a beira da praia. Lá, desdobrou-a, uma bandeira com quarenta e oito estrelas, enrolou-se nela e, ali no meio da névoa, chorou e chorou sem parar. Como eu me divertia apenas olhando para ele, Bobby e Lenny, olhando-os enquanto se divertiam, brincavam, riam, contavam piadas. Como eu ficava contente por ele me incluir entre os destinatários de suas cartas. Ele sempre me incluía!

Só duas horas depois, quando Sabbath parou de vaguear pela praia enrolado naquela bandeira — caminhando sobre a areia até a ponte levadiça do rio Shark e depois voltando, sem parar de chorar por todo o trajeto, falando sozinho e, em seguida, ficando ferozmente mudo, depois entoando em voz bem alta palavras e frases inexplicáveis até para ele mesmo — só depois de duas densas horas desse delírio em torno de Morty, em torno do seu irmão, em torno da única perda que nunca conseguiu sacudir de cima dos ombros, ele voltou para encontrar no seu carro, no piso ao lado do pedal do freio, o pacote de envelopes sobrescritados com a letra bem legível de Morty. Eles haviam tombado da caixa de papelão quando Sabbath a abriu, mas na hora ele estava comovido demais para pegá-los do chão, quanto mais para ler o que havia neles.

E Sabbath havia retornado porque, após duas horas olhando para o mar e para o céu e vendo tudo e nada, pensou que o desvario tinha acabado e que havia recuperado o controle de 1994. Imaginou que a única coisa capaz de o devorar desse modo outra vez havia de ser o oceano. E tudo isso tinha saído de uma simples caixa de papelão. Imagine só a história do mundo. Somos exagerados porque a dor é exagerada. Todas as centenas, todos os milhares de tipos de dor.

O endereço do remetente era a agência postal do Exército em San Francisco, em nome do Tenente Morton Sabbath. Seis centavos, via aérea. Com carimbos do correio relativos aos meses de novembro e dezembro de 1944. Envoltas numa ressecada fita elástica, que se desfez em pedaços tão logo Sabbath introduziu o dedo sob ela, cinco cartas vindas do Pacífico.

Receber uma carta dele era sempre uma emoção forte. Nada mais importava. A insígnia do Exército americano no alto da folha e a caligrafia de Morty embaixo, como um olhar de relance do próprio Morty. Todo mundo lia as cartas dez vezes, vinte vezes, mesmo depois que sua mãe tinha lido em voz alta na mesa de jantar. "Tem uma carta do Morty!", ela anunciava para os vizinhos. E no telefone. "Uma carta do Morty!" E estas eram as últimas cinco cartas.

3 de dezembro de 1944

Queridíssimos pai, mãe e Mickey,

Oi para todo mundo, como vai tudo aí em casa? Chegou o correio hoje & pensei que na certa tinha alguma coisa para mim mas estava enganado. Acho que alguém fez bagunça com as cartas e vou tentar localizar as que eram para mim. Se puder vou voar até a Nova Guiné e verificar o que houve.

Acordei às nove e vinte esta manhã e fiz a barba e depois tomei café da manhã. Começou a chover de novo por isso fui para a minha barraca de aeronavegador e pintei a insígnia do nosso grupo na minha mochila B.4. É a cabeça de um índio e vou estampar nela o nome Apaches do Ar. Se alguma vez vocês ouvirem falar dos Apaches do Ar vão saber que é o nosso grupo. Passei a maior parte da tarde pintando e depois preparamos um pouco de chá e arranjamos uns biscoitinhos para um lanche.

Mãe, será que já cortaram de minhas cartas alguma coisa que eu escrevi? Jantei e depois fui ver se amanhã eu teria de voar.

Ficamos jogando cartas hoje à noite e ouvindo rádio. Pegamos um pouco de jazz. A propósito, venci a partida.

Arranjei um pão no rancho e já tínhamos geleia de uva, assim fizemos chocolate quente & comemos pão & geleia esta noite.

Bem, pessoal, acho que é tudo por enquanto e assim termino a carta com todo o meu amor. Não trabalhem demais & cuidem-se direitinho. Mandem um abraço meu para todo mundo & Tudo de Bom.

Que Deus os Abençoe & os mantenha com saúde.

Do filho que ama vocês,
Mort

7 de dezembro de 1944

Queridíssimos pai, mãe e Mickey,

Oi, pessoal, bem, mais um dia está quase terminando e esta noite sou chefe de operações. Andamos voando muito por aqui como na certa vocês devem ter lido nos jornais.

Não há muitas novidades por aqui que eu já não tenha contado a vocês. Aliás, se por acaso lerem sobre os Apaches do Ar, este é o nosso grupo e assim vocês vão ficar sabendo que éramos nós que estávamos naquela missão. A guerra começou faz três anos hoje.

Hoje levantamos nossa barraca e amanhã vou tentar instalar um chão de madeira. Madeira é coisa rara por aqui mas se a gente sabe o lugar certo em geral consegue arranjar. Estamos consertando um chuveiro e uma porção de outros detalhes para dar um aspecto mais de casa mesmo. Os nativos se mostram ansiosos para nos ajudar. Eles não têm muitas roupas porque os japas levaram a maior parte delas e assim entregamos para eles algumas peças de roupa & por isso eles são capazes de fazer quase qualquer coisa por nós.

Temos tido ataques aéreos com muita frequência mas não atingem muita coisa.

Como vão as coisas aí em casa? A comida por aqui melhorou & tivemos peru no jantar & uma porção de legumes.

Bem, pessoal, uma vez que não há mais muito o que contar ponho o ponto final por hoje. Cuidem-se direitinho & Que Deus os Abençoe. Amo vocês muito & sempre penso na minha casa.

Aqui vai um grande abraço e beijo para todos.

Boa noite.

Do filho que ama vocês,
Mort

9 de dezembro de 1944

Queridíssimos pai, mãe e Mickey

Oi, pessoal, recebi a carta de vocês outro dia com data de 17 de novembro e foi mesmo sensacional ter notícias de vocês. Mãe, não use o correio especial pois leva muito mais tempo para chegar do que as cartas por via aérea e você ainda pode escrever mais coisas na carta. Sua carta chegou agora depois de uns catorze dias, portanto as coisas estão melhorando. Contem-me onde está Sid L. assim que vocês descobrirem, pois se ele vier para cá eu gostaria de me encontrar com ele. Por enquanto ainda não recebi os seus pacotes, mas devem estar chegando.

Uns dias atrás voltei para o nosso antigo acampamento a fim de trazer um avião novo. Fiquei aqui dois dias esperando e me encontrei de novo com Gene Hochberg e ficamos muito contentes de ver um ao outro. Comprei um novo par de sapatos de soldado e um lençol para forrar o colchão de que eu estava precisando. Achei aqui umas roupas minhas que tinha deixado na lavanderia quando parti. Tudo estava intato e aproveitei para comprar aqui mais umas peças. Comprei também mais uma caixa de suco de toranja pois isso é bom quando a gente fica com sede, numa missão. Noite passada assisti a *Quando os olhos irlandeses sorriem* e foi muito bom. Choveu na noite passada e aí fiquei com preguiça e só me levantei às dez e meia da manhã.

Fico feliz em saber que todo mundo em casa está bem. Acho que hoje vou ver como vai Eugene. Ontem instalei um piso de madeira na barraca dele.

Bem, pessoal, isso é tudo por ora. Tudo de bom & Que Deus os Abençoe. Penso sempre em vocês.

Do filho que ama vocês,
Mort

10 de dezembro de 1944

Queridíssimos pai, mãe e Mickey,

Oi, pessoal, bem, ainda estamos esperando um avião novo. Ontem fui ver Gene mas não fiquei muito tempo com ele pois eu tinha de trazer o jipe de volta para o esquadrão. Li o livro de Bob Hope *Nunca saí de casa* e achei muito bom. Começou a chover e aí fiquei quieto até a hora da boia. Fui até a barraca de uns amigos e jogamos bridge durante algumas horas. Depois preparamos um lanchinho com presunto & ovos & cebolas & pão & chocolate quente.

Fui dormir bem tarde e acordei para o café da manhã às sete e dez. Passei a maior parte da manhã limpando meus mocassins com óleo e depois meu copiloto e eu pegamos nossas pistolas e fomos praticar pontaria em garrafas e latas. Quando voltei desmontei minha arma e pus óleo nela. Terminei de ler meu livro e depois jantei. Toquei um pouco de clarinete.

De noite fui ver um de nossos rapazes que está no hospital e deve sair daqui a alguns dias. Neste momento estou ouvindo rádio e escrevendo para vocês.

Como vão as coisas aí em casa? Enviei para casa 222 dólares um mês atrás e vocês não disseram se tinham ou não recebido a ordem de pagamento. Se receberam me avisem. E avisem também se estão recebendo meus bônus e a fração de 125 dólares do meu pagamento todo mês.

Bem, pessoal, tudo de bom e cuidem-se direitinho. Tenho muita saudade de vocês & torço para que a guerra acabe logo.

Boa noite e Que Deus os Abençoe.

Do seu filho que ama vocês,
Mort

12 de dezembro de 1944

Queridíssimos pai, mãe e Mickey,

Bem, enfim voltei hoje e voei num avião novo aqui. Vi um bom filme na noite passada e quando voltei para a minha barraca ficamos algumas horas jogando conversa fora e depois caí direto na cama. Preparei meu avião de manhã e decolei. Voamos em formação e os novos aviões são bem mais ligeiros do que os outros.

A comida aqui é muito boa e ainda estamos trabalhando para melhorar nossa barraca. Vamos conseguir um chão de madeira em breve.

Tivemos carneiro para jantar e um bom café. Juntei um bocado de material para a nossa barraca enquanto estava no nosso antigo quartel. As coisas vão correndo muito bem por aqui e acho que vocês leram acerca da invasão por estas bandas. Naturalmente nós tomamos parte.

Como vão as coisas aí em casa? Não tenho recebido cartas nos últimos dias mas amanhã deve chegar alguma coisa.

Fiquei contente à beça de saber que Mickey está se saindo muito bem no arremesso de disco e de peso. Deem duro nele e façam com que treine bastante e quem sabe ele vai para a Olimpíada.

Avisem-me se receberam minha ordem de pagamento de 222 dólares e meus bônus de guerra.

Acho que vamos ser dispensados daqui a poucos meses.

Bem, pessoal, isto é tudo por ora. Vou continuar escrevendo com a maior frequência possível quando tiver alguma coisa para contar.

Bem, Boa Noite e Que Deus os Abençoe. Penso em vocês o tempo todo e espero vê-los logo.

Do filho que ama vocês,
Mort

Os japas o derrubaram no dia seguinte. Ele completaria setenta anos. Nós estaríamos comemorando o seu aniversário. Só por um breve tempo tudo isso foi dele, por um tempo muito breve.

O B-25 D tinha uma velocidade máxima, a 15 mil pés, de 7756 quilômetros por hora. Tinha um raio de alcance de 1500 milhas. Vazio, pesava 9130 quilos. A envergadura daquelas asas achatadas de gaivota tinha 21 metros e 23 centímetros. Comprimento de dezesseis metros e treze centímetros. Altura de quatro metros e 79 centímetros. Duas metralhadoras de cinco polegadas no nariz e metralhadoras duplas de cinco polegadas nas torres retráteis dorsal e ventral. A carga normal de bombas era de 907 quilos. A sobrecarga máxima permitida era de 1634 quilos.

Não havia coisa alguma que Sabbath não tivesse tentado saber a respeito do bombardeiro médio norte-americano Mitchel B-25 e pouca coisa que não conseguisse lembrar, e lembrar com precisão, enquanto dirigia seu carro rumo ao norte, no escuro, com as coisas de Morty ao seu lado, no banco do carona. Continuava enrolado na bandeira americana. Não a tirou do corpo — por que deveria? Na cabeça, trazia o *yarmulke* patriótico vermelho, branco e azul, com o *V* da vitória. Vestir-se assim não fazia a menor diferença para coisa alguma, não modificava coisa alguma, não suprimia coisa alguma, tampouco o fundia com aquilo que tinha ido embora, nem o separava daquilo que se achava aqui, e todavia Sabbath estava resolvido a nunca mais usar qualquer outra roupa senão aquela. Um homem de espírito alegre deve sempre se vestir com os trajes sacerdotais de sua seita. Afinal, as roupas são sempre uma fantasia. Quando a gente sai para a rua e vê todo mundo vestido, pode ter mesmo a certeza de que ninguém faz a menor ideia da razão pela qual nasceu, e de que, cientes disso ou não, as pessoas estão sempre representando um papel no meio de um sonho. É o ato de enfiar cadáveres nas roupas que efetivamente trai os grandes pensadores que nós somos. Gostei de ver que Linc estava de gravata. E um terno Paul Stuart. E com um lenço de seda no bolso do peito. Agora podem levá-lo para onde bem entenderem.

O ataque aéreo Jimmy Doolittle. Dezesseis B-25, aviões com base em terra, decolando de um porta-aviões a fim de despejar suas bombas a 1078 quilômetros de distância. Decolando do *USS Hornet*, a 18 de abril de 1942, faz cinquenta e dois anos na semana que vem. Seis minutos sobre Tóquio, seguidos de horas de pandemônio em nossa casa, dois copos de aguardente para Sam, o consumo de um ano em uma única noite. Voaram direto na direção do Palácio do Deus Imperador (que poderia ter detido os seus almirantes malucos antes de tudo ter começado se Deus tivesse dado ao Deus Imperador um vulgar e trivial par de colhões). Apenas quatro meses após o ataque a Pearl Harbor, o primeiro ataque aéreo contra o Japão na guerra — dez, onze toneladas de um bombardeiro de médio alcance decolando do convés, dezesseis vezes seguidas. Depois, em fevereiro e março de 1945, os B-29, as Superfortalezas, vindo das Marianas, torraram os japoneses até virarem cinza, de noite: Tóquio, Nagoya, Osaka, Kobe — mas o maior e mais bem realizado pelos B-29, que ocorreu em Hiroshima e Nagasaki, veio com oito meses de atraso, para nós. A data para pôr um fim naquela porra toda foi o Dia de Ação de Graças de 1944 — *isso* sim havia de ser uma coisa para a gente se sentir grata. Jogamos baralho à noite e ouvimos rádio. Pegamos um programa de jazz. A propósito, vencemos o jogo.

O bombardeiro japonês era o Mitsubishi G4MI. O avião de caça era o Mitsubishi Zero-Sen. Sabbath toda noite ia dormir preocupado com o Zero. Um professor de matemática, na escola, que tinha voado na Primeira Guerra Mundial, dizia que o Zero era "formidável". Nos filmes, era chamado de "mortífero" e, quando

Sabbath ficava sozinho no escuro, ao lado da cama vazia de Morty, nada conseguia fazer para tirar da cabeça o tal "mortífero". A palavra lhe dava vontade de berrar. O avião japonês levado em porta-aviões no ataque a Pearl Harbor fora o Nakajima B5NI. O caça para grandes altitudes era o Kawasaki Hien, o "Tony", que deu um bocado de trabalho para os B-29 até que LeMay se mudou da Europa para o 21º Comando de Bombardeiros e trocou do dia para a noite os ataques aéreos incendiários. Nossos aviões de porta-aviões: Grumman F6F, Vought 54U, Curtiss P-40E, Grumman TBF-I — o Hellcat, o Corsair, o Warhawk, o Avenger. O Hellcat, com motor de dois mil cavalos, era *duas* vezes mais poderoso do que o Zero. Sabbath e Ron conseguiam identificar, em modelos recortados em papel, a silhueta de todos os aviões que os japas lançavam contra Morty e a sua tripulação. O P-40 Warhawk, o caça americano predileto de Ron, tinha uma boca de tubarão pintada embaixo do nariz, e foram usados pelos Tigres Voadores,* na Birmânia e na China. O predileto de Sabbath era o avião do coronel Doolittle e do tenente Sabbath, o B-25: dois motores radiais Wright R-2600-9, de catorze cilindros e mil e setecentos cavalos, cada um dotado de uma hélice Hamilton-Standard.

Como ele poderia se matar agora que estava de posse das coisas de Morty? Algo sempre surge para fazer a gente continuar a viver, que inferno! Estava dirigindo seu carro rumo ao norte porque não sabia mais o que fazer, senão levar a caixa de papelão para casa, colocá-la no seu gabinete e deixá-la ali trancada, para maior segurança. Por causa das coisas de Morty, Sabbath estava voltando para uma esposa que nada possuía, salvo a admiração por uma mulher na Virginia que havia cortado o peru do marido enquanto ele dormia. Mas a alternativa seria devolver a caixa de papelão para Fish e depois retornar para a praia e se atirar de encontro à maré cheia. A lâmina do barbeador elétrico continha partículas da barba de Morty. Na caixa com as partes desmontadas do clarinete, estava a palheta. A palheta que tocara os lábios de Morty. A apenas alguns centíme-

* Tigres Voadores: apelido dos pilotos de caça americanos, do Grupamento de Voluntários, que combateram na China. (N. T.)

tros de Sabbath, na bolsa de apetrechos sanitários estampada com as iniciais MS, estava o pente com o qual Morty havia penteado seu cabelo e a tesoura com a qual Morty tinha cortado as unhas. E havia também as gravações, duas delas. Em ambas, a voz de Morty. E no seu Diário Ideal do ano de 1939, sob a data 26 de agosto, "Aniversário de Mickey", escrito pela mão de Morty. Não posso simplesmente caminhar para as ondas e deixar tudo isso para trás.

Drenka. A morte *dela*. Não tinha a menor ideia de que seria sua última noite. Todas as noites, via a mesma imagem. Me acostumei. O horário de visitas terminava às oito e meia. Eu chegava lá um pouco depois das nove. Cumprimentava a enfermeira da noite, uma loura boa-praça e peituda chamada Jinx, e seguia direto pelo corredor até o quarto escuro de Drenka. Não é permitido, mas é permitido se a enfermeira permite. Na primeira vez, Drenka pediu e, depois disso, nada mais precisava ser dito. "Já estou indo." Eu sempre avisava a enfermeira quando ia embora, querendo dizer com isso: *Não tem ninguém ao lado dela agora.* Às vezes, quando eu partia, Drenka já havia adormecido, graças às gotas de morfina, com os lábios ressecados abertos e as pálpebras não totalmente fechadas. Dava para ver o branco dos seus olhos. Entrando ou saindo, eu tinha certeza de que ela estava morta quando via isso. Mas o peito se mexia. Era apenas sua condição sob o efeito da droga. O câncer estava em toda parte. Mas seu coração e seus pulmões ainda estavam bons, e eu nem de longe esperava que ela partisse naquela noite. Me acostumei com o tubo de oxigênio no seu nariz. Me acostumei com o saco do dreno preso à cama. Seus rins estavam fraquejando, mas sempre havia urina, quando eu olhava o saco. Me acostumei com isso. Me acostumei com o tubo intravenoso preso ao suporte vertical ao lado da cama e com o gotejar do recipiente de morfina, pendurado no alto. Me acostumei com o fato de a parte de cima do corpo de Drenka não parecer mais que pertencia à parte de baixo. Definhada da cintura para cima e da cintura para baixo — puxa, ah, meu Deus — inchada, edematosa. O tumor pressionava a aorta, reduzia o fluxo sanguíneo — Jinx explicou tudo, e ele se acostumou com as explicações. Embaixo do lençol, fora de vista, tinha um saco para que a merda pudesse sair por algum lugar — o câncer no ovário afeta rapidamente o cólon e o intestino. Se a operassem, ela sangraria até morrer. O câncer se havia espalhado demais para permitir uma cirurgia. Eu também me acostumei com isso. Espalhado. Tudo bem. A gente pode viver com esse espalhamento. Eu aparecia, a gente conversava, eu me sentava e via Drenka respirar através daquela boca aberta, adormecida. Respirando. Sim, ah, sim, como eu me acostumei com a respiração de Drenka! Eu entrava e, se ela estivesse acordada, diria: "Meu namoradinho americano está aqui". Olhos e malares abaixo de um turbante cinzento, parecia ser isso que falava com ele. Uns tufos de cabelo, era tudo que restava. "A quimioterapia não funcionou", ela lhe disse certa noite. Mas Sabbath se acostumou com isso. "Ninguém tem que dar certo em tudo", ele disse para Drenka. Ela apenas ficava ali dormindo um tempão com a boca aberta e as pálpebras não totalmente fechadas, ou então esperando, recostada em seu travesseiro, confortável graças ao gotejar da morfina — até que, de repente, não estava mais confortável e precisava de uma dose maior. Mas Sabbath também se acostumou com isso. Estava sempre ali. "Ela precisa de um pequeno reforço de morfina", e Jinx estava sempre ali para dizer: "Vou trazer sua morfina, meu bem", e assim aquilo era resolvido e poderíamos prosseguir desse jeito para sempre, não é mesmo? Quando Drenka tinha de ser virada e mexida, Jinx estava sempre ali para mover seu corpo, e Sabbath estava ali para ajudar, colhendo nas mãos em concha a conchinha dos olhos e dos malares, beijando sua testa, segurando seus ombros a fim de ajudar a movê-la; e quando Jinx erguia os lençóis para virar Drenka de lado, ele via que os lençóis e absorventes estavam todos amarelos e molhados, o fluido escorria sem parar para fora dela. Quando Jinx a virava para deitar seu corpo de costas, ou de lado, as reentrâncias dos seus dedos ficavam estampadas na carne de Drenka. Até com isso ele se acostumou, se acostumou com a ideia de que aquilo fosse a carne de Drenka. "Alguma coisa aconteceu hoje." Então, Drenka sempre contava uma história, enquanto eles a mudavam de lugar. "Pensei ter visto um ursinho de pelúcia azul brincando com as flores." "Bem", ria Jinx, "é só a morfina, meu bem." Após a primeira vez, Jinx cochichou para Sabbath, no corredor, para acalmá-lo: "Alucinação. Acontece com muitos pacientes". As flores com que os ursinhos de pelúcia azuis brincavam eram enviadas pelos clientes da pousada. Havia tantos buquês que a enfermeira-chefe não podia permitir que todos ficassem no quarto. Muitas vezes, havia flores sem cartões. De homens. De todo mundo que havia trepado com ela. As flores nunca paravam de chegar. Ele se acostumou com *isso*.

A última noite de Drenka. Jinx ligou na manhã seguinte, depois que Rosie saiu para trabalhar. "Ela soltou um coágulo, um êmbolo pulmonar. Ela morreu." "Como? Como é que pôde acontecer?" "A sua circulação sanguínea estava toda destrambelhada, o longo tempo deitada na cama... olhe, é um jeito bom de morrer. Uma morte abençoada." "Tudo bem, obrigado." "Eu não queria que você ficasse sem saber e aparecesse aqui de repente esta noite." "Ela disse alguma coisa?" "No final, ela disse alguma coisa, mas foi em croata." "Tudo bem. Obrigado."

Levando as coisas de Morty para o norte a fim de guardá-las de forma segura, enrolado na bandeira dele e usando o seu *yarmulke*, dirigindo no escuro com os pertences de Morty e Drenka e a última noite de Drenka.

— Meu namoradinho americano.

— *Shalom*.

— Meu namoradinho secreto americano. — A voz dela nem era tão fraca assim, mas Sabbath puxou a cadeira para perto da cama, ao lado do saco de irrigação, e segurou a mão dela na sua. Era assim que eles faziam, agora, noite após noite. — Ter um amante nativo do país... eu fiquei pensando nisso o dia inteiro, para dizer a você, Mickey. Ter um amante do país que me desse... a sensação de abrir a porta para mim. Fiquei o dia todo tentando me lembrar disso.

— De abrir a porta.

— A morfina não ajuda o meu inglês.

— Devíamos ter dado morfina para o seu inglês há muito tempo. Está melhor do que nunca.

— Ter o amante, Mickey, estar bem perto, desse jeito, ser aceita por você, o namoradinho americano... isso me deixava com menos medo por não compreender, por não ter ido à escola aqui... Mas ter o namorado americano e ver o amor nos seus olhos, então tudo ficava bem.

— Está tudo bem.

— Com um namorado americano eu não tinha tanto medo. Foi nisso que fiquei pensando o dia inteiro.

— Nunca pensei em você como uma pessoa com medo. Penso em você como uma pessoa corajosa.

Ela riu dele, embora apenas com os olhos.

— Puxa — disse Drenka. — Como eu tinha medo.

— Por quê, Drenka?

— Porque... por causa de tudo. Porque eu não tenho a intuição, o sentimento intuitivo do país. Eu trabalhei nesta sociedade por um longo tempo e tive um filho que foi criado aqui e frequentou a escola aqui... mas no meu país eu teria me virado num estalar de dedos. Aqui, tudo para mim dependia de trabalhar muito, para superar meu complexo de inferioridade por ser estrangeira. E quantas coisinhas eu pude compreender graças a você.

— Que coisinhas?

— "*I pledge a legion to the flag.*"* Não fazia sentido. E a dança. Lembra? No motel.

— Sim, sim. O motel Bo-Beep-Lysol.

— E não é alhos e baralhos, Mickey.

— O quê?

— A expressão em inglês. Jinx me explicou hoje, "alhos e bugalhos", e então eu pensei "Ah, meu Deus, não é alhos e baralhos". Matthew tinha razão, é "alhos e bugalhos".

— Ah, é mesmo? Mas não pode ser.

— Você é um garoto malvado.

— Pode dizer que sou um sujeito prático.

— Hoje fiquei pensando que estava grávida de novo.

— Ah, é?

— Pensei que estava de volta a Split. Estava grávida. Outras pessoas do passado estavam presentes.

— Quem? Quem estava presente?

* A personagem deturpa as palavras do juramento solene à bandeira americana ("*I pledge allegiance to the flag of the USA*": juro obediência à bandeira dos EUA). (N. T.)

— Na Iugoslávia eu também me divertia, você sabe. Na minha cidade, eu me divertia quando era nova. Lá tem um palácio romano, sabe. Um palácio antigo que fica na parte central da cidade.

— Em Split, sim, eu sei. Você me contou, anos atrás. Anos e anos atrás, querida Drenka.

— Foi, sim. Aquele cara romano. O imperador. Diocleciano.

— É uma antiga cidade romana junto ao mar — disse Sabbath. — Nós dois fomos criados perto do mar. Nós dois fomos criados amando o mar. *Aqua femina.*

— Perto de Split fica uma cidade menor, um balneário.

— Makarska — disse Sabbath. — Makarska e Madamaska.

— É, sim — respondeu Drenka. — Que coincidência. Os dois lugares onde tive mais alegria. *Era* divertido. A gente nadava, lá. Passávamos o dia inteiro na praia. Dançávamos de noite. Minha primeira trepada foi lá. Às vezes jantávamos. Eles serviam sopa numas tigelinhas e passavam e entornavam sopa na gente porque não tinham experiência, os garçons. Vinham com uma bandeja cheinha e carregavam tudo na mão; vinham com aquilo e serviam a sopa e derramavam em cima da gente. A América ficava muito distante. Eu nem podia sonhar com isso. Depois tive que aprender a dançar com você e ouvir você cantar a música. De repente fiquei bem perto dela. Da América. Eu estava dançando com a América.

— Meu coração, você estava dançando com um adúltero desempregado. Um sujeito à toa.

— Você *é* a América. É, sim, você é, meu garoto malvado. Quando fomos para Nova York e viajamos pela autoestrada, sei lá qual era, e tinha aqueles cemitérios cercados de automóveis e todo o trânsito, aquilo tudo era muito atordoante e assustador para mim. Virei para Matija e disse: "Não gosto disso". Estava chorando. A América motorizada com aquela infinidade de automóveis que nunca mais acabavam, e depois, de repente, o lugar do repouso final no meio *daquilo.* E eles ficam jogados um pouquinho aqui e um pouquinho ali. Era tão apavorante para mim, tão contrário e diferente que eu nem conseguia entender. Por intermédio de você, agora tudo ficou diferente. Sabe? Graças a você, agora posso pensar naqueles túmulos com compreensão. Agora eu só queria poder ir visitar os lugares com você. Hoje eu estava querendo isso, o dia inteiro, pensando nos lugares.

— Que lugares?

— Onde você nasceu. Eu gostaria de ter ido ao litoral de Jersey.

— Devíamos ter ido lá. Eu devia ter levado você.

Iria, Deveria, Poderia. Os três camundongos cegos.

— Até para Nova York. Para mostrar a cidade através dos seus olhos. Eu bem que teria gostado. Aonde quer que fôssemos, íamos sempre às escondidas. Odeio me esconder. Eu não teria me importado de ir para o Novo México com você. Para a Califórnia com você. Mas sobretudo para Nova Jersey, para ver a praia onde *você* foi criado.

— Compreendo. — Tarde demais, porém compreendo. É um milagre que a gente não morra por compreender as coisas tarde demais. Mas na verdade a gente *morre* disso — e *só* disso.

— Se ao menos — disse Drenka — a gente pudesse ter ido passar um final de semana no litoral de Jersey.

— Não seria preciso passar um final de semana. De Long Branch até Spring Lake e Sea Girt são cerca de dezoito quilômetros. A gente segue para Neptune, vai pela Main Street e antes que a gente perceba já está em Bradley Beach. Atravessa oito quarteirões em Bradley e está em Avon. É tudo muito pequeno.

— Me conte. Me conte. — No motel Boo-Peep também, Drenka ficava pedindo para que ele contasse, contasse, contasse. Mas para descobrir alguma coisa que ainda não tivesse contado, Sabbath tinha de quebrar a cabeça. E vamos admitir que ele se repetisse. Será que isso teria importância para uma pessoa prestes a morrer? Para alguém prestes a morrer, a gente pode se repetir o tempo todo. Elas não se importam. Desse modo, elas podem ainda continuar a ouvir a gente falando.

— Bem, era só uma cidadezinha pequena. Drenka, você já sabe como era.

— Me conte, por favor.

— Nada muito sensacional acontecia comigo. Eu nunca me dei muito bem com os garotos certinhos, você sabe disso. Um pigmeuzinho selvagem, minha família nem sequer pertencia ao "clube da praia", as mulherzinhas ricas de Deal não ficavam se empurrando umas às outras loucas de vontade de se atirar em cima de mim. Dei um jeito de tirar uns sarros na escola secundária, mas foi puro acaso, não conta grande coisa. Na maioria das vezes, a gente sentava e ficava conversando sobre o que daria se conseguisse trepar com uma garota. Ron, Ron Metzner, a quem ninguém dava muita bola por causa da cor da pele, ficava tentando se consolar dizendo para mim: "Tem que acontecer, mais cedo ou mais tarde, não é?". A gente não queria nem saber com quem ia ser ou o que ia ser, a gente só queria ir para a cama e trepar. Então eu fiz dezesseis anos e tudo o que eu desejava era botar para quebrar.

— Você foi para o mar.

— Não, foi um ano antes disso. No verão, fui salva-vidas durante o dia. Difícil de aturar. Na praia, ficavam as moças judias dramaticamente bem-dotadas, vindas do sul de Jersey. E eu trabalhava de noite para suplementar o salário de merda que ganhava como salva-vidas. Arranjava todo tipo de trabalho, depois do colégio, empregos de verão, de sábado. O tio de Ron tinha uma franquia de sorvete. Ele se deu bem com o nome de Good Humor, um palerma. Era um sucesso arrasador na praia. Trabalhei para ele, uma vez, vendendo sorvetes em copinhos de papel, em uma carrocinha presa à bicicleta. Eu tinha dois, três empregos em um só verão. O pai de Ron trabalhava em uma empresa de charutos. Vendedor da fábrica de charutos Dutch Master. Uma personalidade bem interessante para um garoto meio caipira. Foi criado no sul de Belmar, filho do *mohel** e cantor da sinagoga de lá, o qual naquela época possuía um cavalo, uma vaca e um banheiro no quintal, além de um poço no terreno dos fundos. O senhor Metzner era do tamanho de um quarteirão. Homem enorme. Adorava piadas de sacanagem. Vendedor da fábrica de charutos Dutch Master e ouvia ópera no rádio, nas tardes de sábado. Morreu de um ataque do coração tão grande quanto o Ritz, quando estávamos em nosso

* *Mohel*, indivíduo que executa a circuncisão no rito judaico, no oitavo dia após o nascimento do bebê do sexo masculino. (N. T.)

último ano na escola secundária. Por que Ron foi para o mar comigo, abandonando a chance de vender picolé para o resto da vida? A fábrica Dutch Master tinha uma sede em Newark, naquela época. O senhor Metzner ia lá duas vezes por semana a fim de pegar charutos. No inverno, aos sábados, durante a guerra, quando a gasolina estava racionada, Ron e eu fazíamos entregas por todo o município, para ele, em nossas bicicletas. Num inverno, trabalhei com sapatos de senhora, na loja de departamento Levin, em Asbury. Uma loja bem instalada. Asbury era uma cidade próspera. Só na avenida Cookman, tinha cinco ou seis sapatarias. I. Miller e as outras. Tepper. Steinbach. Pois é, Cookman era uma bela avenida antes de os tumultos de rua acabarem com ela. Saindo da praia, a gente ia direto até a Main Street. Mas será que nunca contei a você que, já com catorze anos, eu era um especialista em sapatos de senhora? O mundo maravilhoso da perversidade, descoberto bem ali na loja Levin, em Asbury Park. O vendedor mais antigo costumava levantar as pernas das senhoras quando experimentava os sapatos em seus pés e eu conseguia ver por baixo de seus vestidos. Quando as freguesas entravam, ele costumava levar os sapatos delas e colocar um pouco longe, para que elas não pudessem alcançar. E aí começava a diversão. "Agora, experimente este aqui", ele dizia à freguesa, "é um autêntico *shmatte*",* e o tempo todo levantava a perna delas um pouco mais para cima. Na sala de estoque, eu sentia o cheiro da parte de dentro dos sapatos, depois que elas experimentavam. Um amigo do meu pai costumava vender meias e calças de trabalho, de porta em porta, para os fazendeiros nos arredores de Freehold. Ele ia aos atacadistas de Nova York e depois voltava e eu saía junto com ele, no sábado, no seu caminhão, quando o caminhão pegava, e eu vendia e conseguia ganhar cinco dólares para mim, no final do dia. É, sim, tive vários empregos. Muita gente para quem eu trabalhei ficaria muito surpresa em saber que, quando adulto, eu queria me tornar um cientista de foguetes. Isso não parecia estar previsto nas cartas, naquela época. O trabalho em que eu conseguia meter a mão numa grana mais

* Em iídiche, *shmatte*, peça de roupa em farrapos. (N. T.)

firme era estacionando carros para Eddie Schneer. De noite, lá no lugar mais animado de Asbury, trabalhávamos Ron e eu, e olha que naquele verão eu também era salva-vidas. A gente estacionava um carro para o Eddie e metia um dólar no bolso dele, estacionava outro carro e metia um dólar no nosso bolso. Eddie sabia, mas meu irmão tinha trabalhado para ele e Eddie o adorava porque Morty foi um atleta judeu e não saía com os outros astros do atletismo, uns caras metidos e sebosos, mas ia direto para casa depois de treinar, a fim de ajudar o pai. Além do mais, Eddie andava metido na política e tinha bens de raiz e era ele mesmo um ladrão sem-vergonha, e andava ganhando tanto dinheiro que nem se importava com aquilo. Mas gostava de me apavorar. O cunhado dele costumava sentar do outro lado da rua e ficar me marcando.

— O que é "ficar marcando"?

— Bernie, o cunhado, contava cem carros no setor da gente e aí a gente devia ter cem dólares no bolso. Eddie tinha um grande Packard e então vinha no seu carro até aquele setor em que eu estava trabalhando. Estacionava o carro e, através da janela, me dizia: "Bernie está marcando você. Ele acha que você não está me dando a grana direito. Ele acha que você anda exagerando e está passando a perna demais em mim." "Não, não, senhor Schneer. Ninguém aqui está passando a perna no senhor." "Quanto é que você pegou, Sabbath?" "Eu? Muito pouquinho, só meio dólar e mais nada."

Pronto, Sabbath tinha conseguido — uma risada veio do fundo da garganta de Drenka e os olhos dela eram os olhos de Drenka! Drenka, a risonha.

— Você é a *shiksa* mais fácil de fazer rir que já existiu. O senhor Mark Twain foi quem disse isso. Pois é, o verão antes de meu irmão morrer. Todo mundo estava preocupado porque, como Morty estava longe de casa, eu andava saindo com a turma errada. Aí ele foi morto em dezembro e, no ano *seguinte*, fui para o mar. E foi *aí* que eu me meti com a turma errada de verdade.

— Meu namoradinho americano. — Agora ela estava chorando.

— Por que está chorando?

— Porque eu não pude estar naquela praia quando você era

salva-vidas. Aqui, no princípio, antes de conhecer você, eu vivia chorando com saudades de Split, Brač e Makarska. Vivia chorando com saudade da minha cidade, com suas ruas estreitas, as ruazinhas medievais, e todas as velhinhas de preto. Eu chorava por causa das ilhas e enseadas do litoral. Chorava pelo hotel em Brač, quando eu era guarda-livros, ainda com a ferrovia, e Matija era o garçom simpático que sonhava em ter a sua pousada. Mas aí começamos a ganhar dinheiro... — Ela se sentiu perdida e buscou refúgio atrás dos olhos fechados.

— É dor? Está com dor?

Os olhos dela entreabriram com um tremor.

— Estou bem. — Não foi a dor, mas o terror. Porém Sabbath havia se acostumado também com isso. Se ao menos ela pudesse se acostumar. — Diziam que os americanos eram ingênuos e que não eram bons amantes. — Corajosamente, Drenka prosseguiu. — Isso é absurdo. Os americanos são mais puritanos. Não gostam de se mostrar despidos. Os homens americanos, eles não eram capazes nem de falar sobre foder. Todo esse clichê dos europeus. Eu aprendi muito bem que isso era conversa fiada.

— Conversa fiada. Muito bem. Ótimo.

— Está vendo, namorado americano? No final, não sou uma *shiksa* católica e croata tão burra assim, não é? Aprendi até a falar: "conversa fiada".

Drenka também tinha aprendido a falar "morfina", uma palavra que Sabbath nunca havia pensado em ensinar-lhe. Mas sem a morfina ela se sentia como se estivesse sendo rasgada ao meio, em carne viva, como se um bando inteiro de pássaros pretos, pássaros enormes, ela dizia, estivesse caminhando por cima da sua cama e do seu corpo todo, beliscando violentamente com os bicos bem no fundo da sua barriga. E a sensação, ela contava a Sabbath... sim, Drenka também adorava contar para ele... a sensação do seu esporro jorrando dentro de mim. Na verdade, eu não sinto o esguicho, não consigo, mas a pulsação do pau e minhas contrações, ao mesmo tempo, e tudo tão completamente encharcado, nunca sei se é o meu líquido ou o seu líquido, e minha boceta está escorrendo e meu cu está escorrendo e sinto as gotas descendo pelas pernas, ah, Mickey, é tanto caldo, Mickey, por toda parte, tudo tão ensopado, um enorme molho escorrendo... Mas agora estavam perdidos o molho, a pulsação, as contrações; agora estavam perdidas para ela as viagens que nunca fizemos, perdido para ela estava *tudo*, seus excessos, seus caprichos, suas espertezas, suas imprudências, seus arroubos amorosos, sua impulsividade, sua autodivisão, seu autodesprendimento — o sarcástico e satírico câncer convertendo em carniça o corpo feminino que, para Sabbath, fora o mais intoxicante de todos. A sofreguidão de continuar a ser eternamente Drenka, de continuar e continuar a ser quente e saudável e ser ainda ela mesma, tudo de trivial e tudo de extraordinário, agora, estava consumido, órgão por órgão, célula por célula, tudo devorado pelos pássaros pretos famintos. Agora, apenas os cacos da história, e os cacos do inglês dela, apenas as migalhas do coração da maçã que foi Drenka — só isso havia restado. O sumo que escorria de dentro dela, agora, era amarelo, escoando para fora de Drenka, amarelo em seus chumaços absorventes, e bem amarelo, amarelo concentrado, no saco do dreno.

Surgia um sorriso no rosto de Drenka, depois do reforço de morfina. E, veja só, aquele pouquinho dela que havia restado quase parecia sensual! Espantoso. E Drenka tinha uma pergunta a fazer.

— Vá em frente.

— Porque eu estou quase com um bloqueio nesse assunto. Hoje eu não estava conseguindo lembrar. Talvez você tenha dito: "Sim, eu quero mijar em você, Drenka", e não sei se eu realmente queria isso, não acho que eu tenha refletido tanto assim no assunto, como é que ia ser e tudo, mas eu ia acabar dizendo isso para você, pois é, você podia, para que você ficasse excitado e para deixar você feliz, fazer coisas que dessem certo para você, ou alguma coisa...

Imediatamente após a morfina, não era fácil acompanhar suas ideias.

— E sua pergunta, qual é?

— Quem começou? Foi você que pôs seu peru para fora e disse: "Eu quero mijar em você, Drenka. Posso? Quero mijar em você, Drenka", foi você? Foi assim que começou?

— Parece coisa minha.

— E depois eu pensei: "Ah, bem, essa transgressão agora, por que não? A vida é mesmo tão maluca".

— Mas por que você foi pensar nisso logo hoje?

— Sei lá. Eles estavam mudando minha roupa de cama. A ideia de sentir o gosto do mijo de outra pessoa.

— Foi desagradável?

— A ideia? Foi desagradável, mas também era excitante. Assim, depois me lembrei de você em pé ali, Mickey. No riacho. Na floresta. E eu estava no riacho, sobre as pedras. E você ficou ali de pé, acima de mim, e foi muito difícil para você começar a pôr para fora até que afinal veio um pingo. Ahhh — disse ela, recordando aquele pingo.

— Ahhh — Sabbath murmurou, apertando com força a mão de Drenka.

— O pingo foi descendo e, quando caiu em cima de mim, percebi que era quentinho. Será que tenho coragem de provar? E comecei com minha língua a lamber em volta dos lábios. E havia aquele mijo. E a ideia de que você estava em pé, acima de mim, e no princípio fez força para fazer ele sair, e depois de repente lá veio aquele mijo enorme e caiu direto no meu rosto e era quentinho e foi simplesmente fantástico; foi excitante e caiu por toda parte e era como um turbilhão, o que eu estava sentindo, as emoções. Não sei como descrever aquilo a não ser assim. Provei o gosto e tinha um paladar adocicado, feito cerveja. Tinha aquele tipo de gosto, e também alguma coisa de proibido que tornava tudo tão maravilhoso. Pensar que eu podia fazer uma coisa que era tão proibida. E eu podia beber aquilo e eu queria mais enquanto estava ali deitada e eu queria mais, e queria nos meus olhos, queria no meu rosto, queria que jorrasse muito no meu rosto, queria que esguichasse sem parar em cima da minha cara, e eu queria beber e depois eu queria tudo de uma vez, já que tinha me permitido aquilo. E então eu queria em cima de mim toda, queria nos meus peitos. Me lembro de você em pé, acima de mim, e você também mijou na minha boceta. E eu comecei a brincar comigo mesma enquanto você fazia tudo isso, e você me fez gozar, você sabe; eu estava gozando enquanto você estava apenas esguichando por cima da minha boceta. Era bem quentinho, muito quentinho mesmo, eu me senti totalmente... sei lá, dominada por aquilo. Depois fui para casa e me sentei na cozinha, recordando tudo, porque eu tinha que pôr as ideias em ordem, será que gostei disso ou não, e compreendi que sim, era como se a gente tivesse feito um pacto; a gente tinha um pacto secreto que nos ligava um ao outro. Eu nunca tinha feito aquilo. Não pretendo fazer isso com outra pessoa e hoje estava pensando que nunca vou fazer mesmo. Mas realmente aquilo me fez selar um pacto com você. Era como se estivéssemos unidos para sempre, graças àquilo.

— E estávamos. E estamos.

Os dois agora choravam.

— E quando você mijou em mim? — Sabbath perguntou.

— Foi divertido. Eu estava insegura. Não é tanto que eu não estivesse com vontade. Mas me soltar, sabe como é... Será que você ia gostar do meu mijo, e a ideia de eu me entregar desse jeito a você, porque eu estava assim meio, não que eu não fosse gostar, mas como será que você ia reagir, o meu mijo caindo no seu rosto? Você não ia gostar do sabor que tinha, ou será que ia ficar ofendido? Assim fiquei meio tímida com aquilo, no princípio. Mas depois que comecei, e percebi que estava dando certo, que eu não precisava ter medo, e quando vi a sua reação... você pegou um pouco do mijo, chegou até a beber um pouquinho... e... e... Eu gosto. E tive de ficar em pé, por cima de você, e isso me deu a sensação de que podia fazer qualquer coisa, qualquer coisa com você, e qualquer coisa está certa. Estamos nisso juntos e podemos fazer qualquer coisa juntos, tudo juntos e, Mickey, foi mesmo maravilhoso.

— Tenho uma confissão a fazer.

— Ah, é? Esta noite? É mesmo? Qual?

— Não tive tanta satisfação assim em beber aquilo.

Uma risada brotou daquele rostinho, uma risada muito maior do que o rosto.

— Eu queria fazer — Sabbath explicou. — E quando o mijo começou a escorrer de você, primeiro veio num pinga-pinga. Até aí, estava tudo bem. Mas depois, quando saiu o troço todo junto...

— "Quando saiu o troço todo junto"? Você está falando igual a mim! Fiz você falar feito uma tradução do croata! Eu também ensinei a você!

— Claro que sim.

— Mas então me conte, me conte — Drenka pediu, ansiosa. — O que aconteceu quando começou a sair o troço todo junto?

— O calor. Fiquei espantado com o calor.

— Isso mesmo. Mas é por estar quente que fica gostoso.

— E lá estava eu, no meio das suas pernas, e tive que apanhar o seu mijo com a minha boca. E, Drenka, eu não tinha certeza se queria ou não.

Ela fez que sim com a cabeça.

— Ahn-han.

— Você sabia?

— Sim. Sim, meu querido.

— Eu vibrava ainda mais porque via que você estava vibrando também.

— E estava mesmo. Estava, sim.

— Eu via isso. E era o bastante para mim., Mas eu não conseguia me entregar ao ponto de beber do jeito que você tinha conseguido.

— Logo você. Que esquisito — disse ela. — Explique isso.

— Acho que eu tenho lá minhas idiossincrasias, também.

— Que tal você achou o gosto? Era adocicado? O seu era bem doce. Cerveja e doce juntos.

— Sabe o que você falou, Drenka? Logo assim que você terminou?

— Não.

— Você não lembra? Quando acabou de mijar em cima de mim?

— E você lembra? — ela perguntou.

— Como podia esquecer? Você estava radiante. Estava fulgurante. Você disse, em triunfo: “Eu fiz! Eu fiz!”. E isso me fez pensar o seguinte: “Pois é, Roseanna todo esse tempo ficou tomando a bebida errada”.

— Sim — ela riu —, sim, posso ter dito isso mesmo. Sim, sabe, isso combina com o que eu contei a você, que eu estava muito tímida. Exatamente. Era como se eu tivesse sido aprovada num exame. Não, não é bem aprovada num exame. É como se...

— Como se o quê?

— Talvez o que me preocupasse era que mais tarde eu viesse a me arrepender de ter feito aquilo. Muitas vezes a gente tem a ideia de fazer certas coisas ou talvez acabe sendo levada a fazer certas coisas e depois vem um sentimento de vergonha. E eu não tinha certeza... será que ia sentir vergonha daquilo? Era isso que tornava aquela história tão incrível. E agora chego até a adorar ficar aqui falando com você sobre isso. Foi uma sensação de luxúria... e um sentimento de entrega, também. De uma maneira que eu não conseguiria fazer com nenhuma outra pessoa.

— Mijar em cima de mim?

— É, sim. E deixar que você mijasse em cima de mim. Sinto que, eu senti que... você estava totalmente comigo. Em todos os sentidos, quando fiquei ali deitada, depois, no riacho ao seu lado, abraçando você no riacho, em todos os sentidos, não só como meu amante, como meu amigo, como alguém, sabe, quando você está doente e eu posso ajudar, e como um irmão de sangue, completo. Sabe, foi um rito, a passagem por um rito, ou como é que se diz?

— Um rito de passagem.

— Isso. Rito de passagem. Bem definido. É verdade. É uma coisa tão proibida e apesar disso possui o significado mais inocente do mundo.

— É, sim — disse Sabbath, enquanto a contemplava morrer. — Como é inocente.

— Você foi o meu professor. Meu namoradinho americano. Você me ensinou tudo. As canções. Um monte de coisas. Ser livre para trepar à vontade. Tirar proveito do meu corpo. Não sentir raiva por ter uns peitões assim tão grandes. Você fez isso.

— No que diz respeito a trepar, você já sabia muito bem antes de me conhecer, querida Drenka, pelo menos alguma coisa.

— Mas na vida de casada eu não tinha muita prática nesse terreno.

— Você se saiu muito bem, menina.

— Ah, Mickey, foi maravilhoso, foi divertido, todas as nossas maluquices. Foi como *viver*. E se eu tivesse ficado sem toda essa parte seria uma perda enorme. Foi você quem me deu isso. Você me deu uma vida dupla. Eu não ia ter aguentado levar uma vida só.

— Tenho orgulho de você e da sua vida dupla.

— A única coisa de que me arrependo — disse ela, chorando de novo, chorando com ele, os dois em lágrimas (mas ele já tinha se acostumado com isso — podemos viver com o câncer disseminado pelo corpo e podemos viver com lágrimas; noite após noite, podemos viver com *tudo* isso, contanto que não pare). — A única coisa de que me arrependo é que não pudemos dormir juntos muitas vezes. Misturar-me com você. É misturar que se diz?

— Por que não?

— Gostaria que você passasse a noite comigo, hoje.

— Eu também. Mas vou estar aqui amanhã à noite.

— Eu quis dizer lá no Grotto. Eu não ia querer trepar com nenhum outro homem, mesmo que não tivesse câncer. Eu não faria isso mesmo que ainda continuasse viva.

— Você está viva. É aqui e agora. É esta noite. Você está viva.

— Eu não faria isso. É com você que eu sempre gostei de trepar. Mas não me arrependo de ter trepado com uma porção de homens. Seria uma grande perda se tivesse sido diferente. Com alguns deles, era mesmo um tempo perdido. Você deve ter tido essa experiência também, não é? Com mulheres de que você não gostava de verdade?

— Sim.

— Pois é, eu tive experiências em que os homens queriam apenas trepar, sem ligar se gostavam ou não de mim. Isso, para mim, era sempre mais difícil. Entrego o meu coração, entrego o meu eu, quando trepo.

— É verdade.

E então, após devanear um pouco, ela adormeceu e Sabbath foi para casa — "já estou indo" — e duas horas depois Drenka soltou um coágulo e morreu.

Portanto, essas foram suas últimas palavras, pelo menos em inglês. Entrego o meu coração, entrego o meu eu, quando trepo. Difícil imaginar algo melhor.

Misturar-me com você, Drenka, misturar-me com você, agora.

Entre os campos escuros, a meio caminho do topo do morro, as luzes da sala de estar brilhavam suavemente. Na estrada no fundo da encosta, onde ele parou a fim de refletir sobre o que estava fazendo — sobre o que já havia feito, meio sem pensar —, as luzes faziam a casa parecer aconchegante o suficiente para que a chamasse de lar. Mas, de fora, à noite, todas as casas parecem aconchegantes. Tão logo a gente não está mais olhando de fora, mas lá dentro, olhando para fora... No entanto, a coisa que ele possuía mais parecida com um lar estava ali e, como não podia se desfazer do que havia restado de Morty, foi para aquela casa que se dirigiu, com os pertences dele. Teve de fazer isso. Já não era mais um mendigo, não era mais um intruso maligno, tampouco o mar largaria seu corpo na praia em algum ponto ao sul de Point Pleasant, tampouco alguém que tivesse ido correr, ao crepúsculo, na beira do mar, em companhia do seu cão labrador, encontraria seus restos mortais junto aos detritos da noite. Tampouco estava encurralado junto ao túmulo do capitão Schloss. Ele tinha a custódia dos pertences de Morty.

E Rosie? Aposto que consigo evitar que ela corte fora o meu peru. Comece por aí. Estabeleça para si objetivos modestos. Veja se consegue chegar ao fim do mês de abril sem que ela corte o seu peru. Depois disso, você já pode alargar um pouco seu raio de visão. Mas comece só com isso e veja se é factível. Se não for, se ela cortar o seu peru, bem, você vai ter de repensar sua situação. Aí, você e os pertences de Morty terão de achar um lar em outra parte. Nesse meio-tempo, não demonstre a ela o menor receio de ser mutilado, enquanto está dormindo.

E não esqueça as vantagens da burrice dela. Uma das primeiras regras de qualquer casamento. 1) Não esqueça as vantagens da burrice dela (dele). 2) Ela (ele) não pode aprender coisa alguma com você, portanto nem tente. Havia dez regras assim que ele elaborou para Drenka, a fim de ajudá-la a superar uma fase difícil com o marido, quando o jeito meticuloso de Matija dar dois nós no cadarço dos sapatos a fazia ver a vida como uma treva absoluta. 3) Tire férias de suas mágoas. 4) A regularidade da coisa não é inteiramente desprezível. Etc.

Você pode até trepar com ela.

Mas essa era uma ideia esquisita. Pensando bem, ele não conseguia se lembrar de ter tido uma ideia mais aberrante do que aquela em toda a sua vida. Quando eles se mudaram para o Norte, é claro, Sabbath costumava trepar com Rosie o tempo todo, se enterrando dentro dela até a raiz do seu pau, o tempo todo. Mas quando vieram para cá Rosie tinha vinte e sete anos. Não, a primeira preocupação era evitar que ela cortasse o seu peru. Tentar trepar com ela poderia até prejudicá-lo. Objetivos modestos. Você está apenas à procura de um lar, para você e Mort.

Na sala, ela estaria lendo, ali, com a lareira acesa, estirada no sofá, lendo algo que alguém lhe dera na reunião. Era só isso que ela lia, agora — o Grande Livro, o Livro dos Sete Passos, livros de meditação, folhetos, livretes, um estoque infinito deles; desde que saíra de Usher, ela não havia parado de ler um novo livro que vinha a ser exatamente igual ao anterior e sem o qual ela não conseguia mais viver. Primeiro as reuniões, depois os livretes junto à lareira, depois ir para a cama com o copo de Ovomaltine e a "Seção da história pessoal" do Grande Livro, anedotas de alcoólicos com as quais ela se embalava para adormecer. Sabbath acreditava que, quando as luzes se apagavam, ela rezava alguma prece dos AA, na cama. Pelo menos, Rosie tinha a decência de, na sua presença, nunca murmurar aquilo em voz alta. Se bem que às vezes Sabbath pegasse no pé dela — e quem poderia resistir? "Você sabe qual é o meu Poder Supremo, Roseanna? Saquei qual é o meu Poder Supremo. É a revista *Esquire*." "Será que você não podia se mostrar mais respeitoso? Você não entende. Esse é um assunto muito sério para mim. Estou em recuperação." "E quanto tempo vai durar essa história?" "Bem, é um dia de cada vez, mas vai ser para sempre. Não é uma coisa que a gente possa simplesmente deixar de lado. Tem que continuar." "Acho que eu não vou ver o final disso, vou?" "Você não pode. Porque é um processo incessante." "Todos os seus livros de arte naquelas prateleiras. Você nunca bota os olhos neles. Nunca olha um quadro em nenhum dos seus livros." "Não me sinto culpada, Mickey. Não preciso de arte. Preciso disto. Isto é o meu remédio." "*Passe a acreditar. Vinte e quatro horas. O pequeno livro vermelho.* É um orifício muito estreito para a vida passar, minha querida." "Estou querendo obter um pouco de paz. Um pouco de paz interior. Serenidade. Estou entrando em contato com o meu eu interior." "Me diga, o que aconteceu com a Roseanna Cavanaugh que podia pensar sozinha?" "Ah, ela? Casou com Mickey Sabbath. Isso deu cabo dela."

De roupão, lendo aquela merda. Sabbath a imagina, o roupão meio aberto, segurando o livro com a mão direita enquanto se masturbava preguiçosamente com a esquerda. Ambidestra, mas por acaso se sente mais confortável se masturbando com a esquerda. Lendo e nem sequer consciente, por certo tempo, de que ia começar a gozar. Meio distraída pela leitura. Tende a gostar de ter uma peça de roupa entre a mão e a xoxota. Camisola, roupão — esta noite, a calcinha. O tecido a deixa com tesão; por que motivo, é coisa de que ela não tem a menor ideia. Utiliza os três dedos: os dedos exteriores nos lábios, o dedo médio pressionando o botão. Movimento circular dos dedos e, logo, a pélvis também num movimento circular. O dedo médio no botão — não a ponta do dedo, a parte arredondada. Primeiro, uma pressão muito leve. Sabe automaticamente, é claro, onde se acha o botão. Depois uma breve pausa, porque ela ainda está lendo. Mas vai ficando mais difícil se concentrar no que está lendo. Não tem mais certeza de que quer continuar a ler. A pressão da parte arredondada dos dois dedos em torno do botão. À medida que vai ficando mais excitada, a parte arredondada do dedo se coloca diretamente sobre o botão, embora a sensação de algum modo se espalhe para os outros dedos. Por fim, põe o livro no chão. De forma intermitente, seus dedos se imobilizam enquanto sua pélvis executa o movimento. Depois voltam para o botão, girando e girando, a outra mão no peito, nos mamilos, apertando. Ela agora resolveu que não vai mais ler por um tempo. Baixa a mão direita do peito e esfrega tudo com força, usando as duas mãos, ainda por fora do tecido. Depois, três dedos, ali onde está o botão. Sempre sabe exatamente onde fica, o que é mais do que posso dizer a meu respeito. Há quase cinquenta anos no ramo e até hoje a porra do troço está ali e depois aqui e depois sumiu e posso passar meio minuto procurando por todo lado antes que as mãos da mulher delicadamente me recoloquem na posição certa. "Aqui! Não, *aqui*! Bem aqui! Sim! Sim!" E agora ela estica bem as pernas, um gato se espreguiçando, e suas mãos apertam com força bem entre as coxas. Espremendo. Consegue um pré-gozo desse jeito, um *forshpeis,*[*] apertando a xoxota inteira com toda a força, e agora resolveu: não quer mais parar. Às vezes ela faz isso através da roupa, até o final; esta noite, quer os seus dedos na parte interna dos lábios vaginais e empurra a calcinha para o lado. Agora, indo para cima e para baixo, direto para cima e direto para baixo, não mais num movimento circular. E mais rápido, se movendo muito mais rápido. Em seguida, usando a outra mão, ela introduz o dedo médio (é também um elegante dedo comprido) na xoxota. Mexe bem depressa com ele, até que sente as primeiras convulsões premonitórias. Agora, mexe as pernas para cima, abre bem as pernas enquanto dobra os joelhos e junta os pés, de sorte que, quase embaixo de suas nádegas, os dedões ficam tocando um no outro. Se abre toda até em cima. Agora, totalmente aberta. E o contato constante de dois dedos com o clitóris, e dedo médio e o anelar. Para cima e para baixo. Retesando-se. As nádegas agora para cima, se levantando em suas pernas dobradas. Agora ela reduz o ritmo um pouco. Estica as pernas a fim de desacelerar, levando tudo quase a uma pausa. Quase. E então dobra as pernas de novo para cima. Essa é a posição em que deseja gozar. Aqui começam os balbucios. "Posso? Posso?" O tempo todo em que ela fica resolvendo *quando,* não para de murmurar em voz alta: "Posso? Posso? Posso gozar?". A quem ela pergunta? O homem imaginário. Homens. Todos eles, um deles, o líder, o mascarado, o menino, o preto, talvez perguntando a si mesma ou ao seu pai, ou perguntando para ninguém. As palavras sozinhas são o bastante, o começo. "Posso? Posso gozar? Por favor, já posso?" E agora ela mantém a pressão constante, agora um pouco mais forte, aumentando a pressão, a pressão constante, *é bem aí,* e agora ela sente, ela sente, agora ela precisa se soltar — "Posso? Posso? Por favor!" — e ali estão os ruídos, senhoras e senhores, em combinações peculiares a cada mulher isoladamente, os ruídos que podiam perfeitamente servir como impressões digitais para individualizar o sexo inteiro para o FBI — ohh, hmmmmm, ahhh —, porque agora ela começou, está

[*] Em iídiche, *forshpeis,* aperitivo. (N. T.)

gozando, e a pressão é mais forte mas não extremamente forte, não tão forte que machuque, dois dedos para cima e para baixo, uma pressão ampla, ela deseja uma *pressão ampla* porque quer gozar de novo, e agora a sensação vai se movendo para baixo, rumo à boceta, e ela coloca o dedo lá dentro, e agora reflete que gostaria de ter um pênis artificial ali, mas está com o seu dedo ali, e é ISSO! E agora ela sobe e desce com o dedo como se alguém a estivesse fodendo e deliberadamente retesa a boceta a fim de intensificar a sensação, estreita bastante para proporcionar a si mesma uma sensação mais forte, sobe e desce, e o tempo todo mexendo com o clitóris. O que ela sente muda quando introduz o dedo na boceta — no botão é bem preciso, mas com o dedo enfiado na boceta a sensação fica distribuída e é isso que ela quer: *a distribuição da sensação*. Embora não seja fácil coordenar fisicamente as duas mãos, com suprema concentração ela trabalha a fim de superar a dificuldade. E consegue. Ohhhh. Ohhhh. Ohhhhh. E depois fica ali deitada e arqueja por um tempo, e depois pega o livro do chão e recomeça a leitura e, no conjunto, há muito aqui a ser comparado com Bernstein regendo a oitava sinfonia de Mahler.

Sabbath se sentia como se estivesse aplaudindo de pé. Mas, sentado no carro, no início da longa estrada barrenta que subia cerca de noventa metros até a casa, ele podia apenas bater com os pés no chão e gritar: "Bravo, Rosie! Bravo!" e erguer o seu *yarmulke* patriótico em sinal de admiração com os *crescendos* e *diminuendos*, com o desvario e a loucura, com o controlado descontrole, com a força arrebatadora do *finale* impetuoso. Melhor do que Bernstein. A sua esposa. Sabbath esquecera tudo sobre ela. Faz doze, quinze anos que ela me deixou a ver navios. Como *seria* trepar com Roseanna? Certa percentagem de homens ainda faz isso com suas esposas, ou pelo menos é o que os institutos de pesquisa querem que a gente acredite. Não seria totalmente aberrante. Como será o cheiro dela? Se tiver algum. O aroma de brejo que Roseanna exalava com vinte e poucos anos, singularíssimo, não um cheiro de peixe, mas algo vegetativo, de raízes, a imundície em putrefação. Eu adorava. Deixava-me prestes a vomitar e aí, das suas profundezas, emergia algo tão sinistro que, bum!, me impelia para além da repugnância, direto na terra prometida, onde o ser inteiro da pessoa se aloja no seu nariz, onde a existência se resume a nada mais, nada menos do que a boceta selvagem, espumante, onde a coisa que mais importa no mundo — que *é* o mundo — é o êxtase no seu rosto. "Aí! Não... *aí*! Certo... *aí*! Aí! Aí! Aí! Sim! Aí!" O maquinário do êxtase das mulheres teria deixado Tomás de Aquino desnorteado, caso os sentidos do santo tivessem experimentado a sua economia. Se algo servia para Sabbath como um argumento a favor da existência de Deus, se algo assinalava a criação com a essência de Deus, eram os milhares e milhares de orgasmos dançando na cabeça daquele alfinete. A mãe do microchip, o triunfo da evolução, juntamente com a retina e a membrana timpânica. Eu bem que gostaria de ter um desses eu mesmo, bem no meio da minha testa, como o olho do Ciclope. Por que elas precisam de joias, quando já possuem isso? Que rubi existe que se compare a isso? Está ali sem nenhum outro propósito senão aquele para o qual está ali. Não é para jogar água, não é para espalhar sementes, mas está inserido num invólucro como o brinquedo que vinha no fundo dos velhos pacotes de biscoito Cracker Jack, um brinde de Deus para todas as meninas do mundo. Todas saúdam o seu Criador, um cara generoso, formidável, amigo do prazer, com um verdadeiro fraco pelas mulheres. Bem parecido com o próprio Sabbath.

Havia um lar e, dentro, uma esposa; no carro, havia coisas para reverenciar e proteger, substituindo o túmulo de Drenka como o propósito e o sentido da vida de Sabbath. Ele nunca mais precisaria tombar chorando sobre o túmulo de Drenka e, refletindo sobre isso, viu-se assombrado pelo milagre de ter sobrevivido por todos esses anos nas mãos de uma pessoa como ele mesmo, espantado por haver descoberto no meio das tralhas imundas de Fish uma razão para continuar à mercê da experiência inexplicável que vinha a ser ele mesmo, e espantado em face do pensamento insólito de que não estava ali, de que não tinha sobrevivido na verdade, de que havia perecido lá em Jersey, muito provavelmente morto pelas próprias mãos, e de que estava no pé da estrada de terra do outro mundo, penetrando no conto de fadas, enfim liberto da ansiedade que constituía a marca registrada da sua existência: o desejo avassalador de estar em outro lugar. Ele *estava* em outro lugar. Havia alcançado a sua meta. Agora, estava claro, para ele. Se aquela casinha a meio caminho do topo do morro, nos arredores dessa cidadezinha do interior onde sou o maior escândalo das redondezas, se isso não é outro lugar, nada mais será. Outro lugar é o lugar onde a gente está; outro lugar, Sabbath, é o seu lar, e ninguém é o seu par e, se alguma vez alguém já foi ninguém, só pode ter sido Rosie. Vasculhe o planeta inteiro e não vai achar, em latitude alguma, uma situação mais apropriada do que esta. Este é o seu nicho: o morro solitário, o chalé aconchegante, a esposa que segue os Doze Passos. *Este* é o Teatro Indecente de Sabbath. Notável. Tão notável quanto as mulheres saindo de suas casas e caminhando pela rua a fim de comprar feijão-verde no caminhão de Fish. Oi, aqui estou, coisa notável.

Mas cerca de uma hora depois de as luzes terem se apagado na frente da casa e acendido de novo no quarto, na parte lateral, ao lado do abrigo para o carro, Sabbath ainda se achava a noventa metros de lá, no pé da estrada. Será que a vida após a morte seria uma coisa realmente para ele? Sabbath voltava a pensar seriamente se já teria mesmo se matado. Tudo que tivera de superar, antes, fora a perspectiva do esquecimento. Enterrado ao lado do companheiro da marinha, o capitão Schloss, diante dos muito prezados Weizman, uma lápide em honra de toda a família, mas no final o esquecimento é o esquecimento, e ter se preparado para isso não foi nada fácil. O que Sabbath nunca poderia imaginar era que, após ter sido deixado ali para apodrecer sob a vigilância daqueles cães, ele não se encontraria no esquecimento, esquecido, mas em Madamaska Falls; que, em lugar de encarar o nada eterno, estaria de volta àquela cama ao lado de Rosie, para sempre procurando a paz interior. Mas, naquela altura, ele nem sonhava ainda encontrar as coisas de Morty.

Percorreu as curvas da entrada para carros, no jardim da sua casa, o mais lentamente que o automóvel podia tolerar. Se ele demorasse anos para chegar à casa, já não fazia a menor diferença. Estava morto, a morte era imutável e já não havia mais a ilusão de poder escapar. O tempo era infinito ou então havia parado. No final, dava no mesmo. Toda a flutuação havia desaparecido — essa era a diferença. Não havia mais fluxo, e o fluxo era a vida humana inteira.

Estar morto e saber disso é um pouco como sonhar e estar ciente disso, mas, por estranho que pareça, tudo se achava *mais* solidamente estabelecido agora, quando morto. Sabbath não se sentia nem de longe espectral: não poderia ser *mais aguçada* sua sensação de que nada crescia, nada se alterava, nada envelhecia; de que nada era imaginário e nada era real, já não havia mais objetividade e subjetividade, não havia mais dúvidas sobre o que as coisas eram ou não eram, tudo se mantinha coeso simplesmente por força da morte. Não havia como escapar da sua consciência de que ele já não se achava mais submetido ao correr dos dias. Nenhuma preocupação com o fato de vir a morrer de repente. Tudo o que era repentino estava terminado. Para sempre, aqui, no não mundo onde não há escolha.

Todavia, se isso era a morte, de quem seria a picape estacionada no abrigo de carro, ao lado do jipe velho de Roseanna? Uma ondulante bandeira americana estava pintada, com resplendor, ao comprido, na porta traseira do bagageiro. Placa local. Se todo o fluxo havia desaparecido, que porra era essa? Alguém com placa local. Na morte, havia mais coisas do que as pessoas imaginavam — e mais ainda para Roseanna.

Na cama, elas viam tevê. Por isso é que ninguém ouviu Sabbath chegar. Todavia, ele teve a sensação — olhando as duas ali aninhadas uma na outra, mordendo uma de cada vez uma pera verde e bem fornida, cujo sumo elas lambiam da barriga retesada uma da outra, quando um pouco do caldo escorria de suas bocas —, ele teve a sensação de que nada teria dado mais satisfação a Rosie do que saber que o seu marido estava de volta e não pudera deixar de descobrir o que vinha acontecendo enquanto estivera longe. Num canto do quarto, todas as roupas de Sabbath tinham sido atiradas no chão, tudo que era dele fora retirado do armário e das gavetas da escrivaninha e amontoado num canto, à espera de ser embrulhado ou enfiado em caixas de papelão ou, quando chegasse o final de semana, arrastado para o alto do morro, até a beirada da ravina, e empurrado encosta abaixo pelas duas parceiras de cama.

Destituído. Ida tinha usurpado o seu jazigo no cemitério e Christa, a moça da loja de comidas finas — por cuja língua Drenka tinha alta estima e a quem Rosie certa vez havia cumprimentado com um aceno, na cidade, apenas mais uma conhecida dos Alcoólicos Anônimos —, havia tomado o seu lugar em casa.

Se isso era a morte, então a morte nada mais era do que a vida mascarada. Todas as bênçãos que transformaram este mundo no lugar divertido que é também existem, de forma não menos risível, no não mundo.

Elas viam tevê enquanto, no escuro; do lado de fora da janela, Sabbath as observava.

Christa, a essa altura, teria vinte e cinco anos, mas a única alteração que ele conseguia perceber era que o cabelo louro preso com grampo havia ficado preto e que sua boceta tinha sido raspada. Não a criança-modelo — isso nunca, bem longe disso —, mas a modelo criança, e da forma mais provocante. Os cabelos tombavam como os de um elfo, em pontinhas enfurecidas, junto à sua cabeça, como se um menino de oito anos de idade tivesse aplicado golpes de tesoura no cabelo de Christa, até desenhar uma coroa de ponta-cabeça. A boca ainda não era nada de sensacional, mas a mesma fenda fria para introduzir moedas em uma máquina de apostas fabricada na Alemanha. Mesmo assim, a surpresa violeta dos olhos dela e a encosta teutônica coberta de neve da sua bunda, a isca doce daquelas curvas não corroídas, não a tornavam menos agradável para o olhar voluptuoso do que quando Sabbath assumiu as funções de eficiente instrumentador enquanto Christa operava sua magia lésbica sobre o corpo de Drenka. E Roseanna, embora quase trinta centímetros mais alta do que Christa — até Sabbath era mais alto do que Christa —, mal parecia ter o dobro da idade dela: era até mais magra do que Christa, de peitos pequenos como ela, os peitos na certa com a mesma forma que tinham quando foi morar com sua mãe, aos treze anos... Quatro anos sem birita, seguidos de quarenta e oito horas sem Sabbath, e sua esposa sem filhos, na sua sexta década de vida, miraculosamente parecia estar ainda em botão.

O programa que elas viam era sobre gorilas. De vez em quando, Sabbath via de relance o andar gingado dos gorilas no meio do capim alto, ou os via sentados, coçando as cabeças e as bundas. Ele descobriu que os gorilas se coçam à beça.

Quando o programa terminou, Rosie desligou o aparelho e, sem dizer uma palavra, começou a fingir que era uma mãe gorila cuidando do seu filhote, que era Christa. Olhando da janela enquanto elas se faziam passar por gorila-mãe e gorila-filha, Sabbath começou a lembrar como era grande o talento que Rosie havia demonstrado, em tempos passados, para seguir suas instruções quando ele experimentava falas de personagens na mesa de jantar ou a divertia na cama, nesse mesmo espírito, desenhando com batom uma barba e um boné na cabeça do seu peru e usando o seu pau duro como se fosse um fantoche. Depois do espetáculo, Roseanna tinha de brincar com o fantoche, o sonho de todas as crianças. O verdadeiro tilintar de receptividade que ressoava no riso dela, então — fogoso, desprevenido, um pouco travesso, sem nada para esconder (exceto tudo), nada para temer (exceto tudo)... sim, a distância, Sabbath podia lembrar-se de Rosie se divertindo bastante com as bobagens dele.

Nada poderia ser mais sério do que a atenção que Rosie dedicava à pele de gorila de Christa. Era como se ela não estivesse apenas catando os insetos e piolhos, mas purificando ambas mediante aquele contato meticuloso. Todas as emoções estavam invisíveis e, no entanto, não se passava um só segundo sem vida entre elas. Os gestos de Rosie eram de tamanha delicadeza e precisão que pareciam estar a serviço consciencioso de alguma ideia religiosa pura. Nada mais ocorria senão aquilo que estava ocorrendo, mas para Sabbath parecia algo tremendo. Tremendo. Ele havia chegado ao momento mais solitário da sua vida.

Sob seus olhos, Christa e Rosie desenvolviam personalidades completas de gorila — as duas vivendo na dimensão dos gorilas, encarnando a profundidade da nobreza de espírito dos gorilas, encenando o mais elevado momento da racionalidade e do amor dos gorilas. O mundo inteiro era outro mundo. A grande importância do outro corpo. A unidade entre elas: o tomador era doador, o doador era tomador, Christa tinha absoluta confiança nas mãos de Rosie que a roçavam de leve, um mapa no qual os dedos de Rosie traçavam uma expedição de tato sensual. E, entre elas, aquele olhar intensamente mudo, líquido, dos gorilas, nada mais do que gorilas, o tempo todo! Na verdade, elas apenas vinham fingindo, e fingindo muito bem, que eram seres humanos.

Quando as duas já estavam satisfeitas, caíram aos risos uma nos braços da outra, dando uma à outra um suculento e palpável beijo humano, e as luzes foram apagadas nos dois lados da cama. Mas antes que Sabbath pudesse tomar pé da situação e resolver como agir em seguida — ir embora ou entrar —, ele ouviu Rosie e Christa recitarem juntas. Uma prece? Claro! "Deus querido..." A prece noturna dos AA, de Rosie — enfim, Sabbath ia ouvir a prece em voz alta. "Deus querido..."

O dueto foi executado de forma impecável, nenhuma das duas vacilou, quer nas palavras, quer na emoção, duas vozes, duas fêmeas, entrelaçadas harmoniosamente. A jovem Christa era a voz mais ardente, ao passo que a declamação de Rosie vinha marcada pela reflexão cuidadosa que ela havia nitidamente dedicado a cada palavra. Havia em sua voz, ao mesmo tempo, circunspecção e jovialidade. Rosie tinha lutado muito para alcançar aquela paz interior, por tanto tempo inatingível; o tormento daquela infância — privação, humilhação, injustiça, abuso — tinha ficado para trás, e as atribulações da — para ela — inescapável vida adulta, ao lado de um substituto selvagem para o seu pai, haviam ficado também para trás, e o alívio da dor era audível. O seu murmúrio soava mais sossegado e sereno do que o de Christa, mas o efeito era de uma comunhão profundamente integrada. Um novo começo, um novo ser, um novo amor... se bem que, conforme Sabbath podia lealmente garantir a ela, formado mais ou menos no mesmo molde que o amor antigo. Sabbath podia adivinhar a carta que seria enviada ao Inferno, um dia depois de Christa fugir levando a prataria antiga da mãe de Roseanna. *Se minha mãe não tivesse sido obrigada a se virar para ganhar a vida sozinha, se eu não tivesse de frequentar aquela escola de meninas até que minha mãe voltasse, se você não me tivesse obrigado a vestir aquele casaco verde impermeável, se você não tivesse gritado com as governantas, se você não tivesse* trepado *com as governantas, se você não tivesse casado com aquela monstruosa Irene, se você não me tivesse escrito aquelas cartas malucas, se você não tivesse aqueles lábios e mãos nojentas que me apertavam feito um torno... Pai, você conseguiu,* de novo! *Você tomou de mim um relacionamento normal com um homem normal, você tomou de mim um relacionamento normal com uma mulher normal! Você tomou tudo de mim!*

"Deus querido, não tenho a menor ideia do lugar para onde estou indo. Não enxergo o caminho à minha frente. Não posso saber ao certo onde ele vai dar. Tampouco conheço a mim mesma, e o fato de pensar que estou obedecendo à Sua vontade não significa que esteja de fato fazendo isso. Mas eu creio nisso. Eu creio..."

Em Sabbath, a prece delas não encontrava a menor resistência. Quem dera todas as outras coisas que ele detestava deixassem também nada mais do que um furinho de alfinete no seu cérebro. Ele mesmo rezava para que Deus fosse onisciente. Caso contrário, Deus não ia poder saber porra nenhuma do que as duas mulheres estavam falando.

"Eu creio que o desejo de agradar a Ti de fato agrada a Ti. Espero ter esse desejo em tudo que eu faça. Espero nunca fazer coisa alguma fora desse desejo. E sei que, caso eu aja dessa forma, Tu me guiarás pelo caminho correto, embora eu possa não ter noção disso, no momento. Portanto, vou sempre confiar em Ti, embora eu possa parecer perdida e, quando estiver nas sombras da morte, não terei medo porque sei que Tu nunca me abandonarás para enfrentar sozinha os meus problemas."

E aqui começa a beatitude. Enrolar-se uma na outra não levou mais do que um piscar de olhos. Não eram mais os cacarejos de dois gorilas alegres que Sabbath ouvia, agora. As duas já não estavam mais brincando do que quer que fosse; nada mais havia de absurdo em um único ruído que elas produziam. Nenhuma necessidade do Deus querido, agora. Elas tomaram para si a tarefa da divindade e traziam à cena o êxtase com a ajuda de suas línguas. Um órgão admirável, a língua humana. Um dia desses, dê uma boa olhada nela. Ele mesmo se lembrava muito bem da língua de Christa — a língua musculosa, palpitante, vibrante de uma cobra — e o pasmo que ela suscitou em Sabbath, não menor do que o espanto de Drenka. Admirável tudo o que uma língua pode exprimir.

O mostrador verde de um relógio digital era o único objeto que Sabbath conseguia discernir no interior do quarto. Estava na mesa invisível junto à cama invisível, no lado que antes fora o de Sabbath, naquela cama. Ele achava que ainda devia haver ali alguns de seus livros sobre a morte, a menos que tivessem sido atirados no meio das roupas amontoadas no canto do quarto. Ele se sentia como se tivesse sido expelido de uma enorme boceta, em cujo interior circulara livremente por toda a vida. A casa mesma onde havia morado tinha se transformado em uma boceta, na qual ele nunca mais poderia introduzir-se de novo. Essa observação, nascida de forma independente do intelecto, apenas se intensificou quando os odores que existem somente dentro das mulheres exalaram delas numa lufada e atravessaram uma abertura na janela, envolvendo Sabbath, todo enrolado na bandeira, no brutal desgosto de tudo aquilo que havia perdido. Se a irracionalidade tivesse cheiro, seria esse; se a raiva, o ímpeto, o apetite, o antagonismo, o ego... Sim, esse sublime fedor de deterioração era o aroma de tudo aquilo que converge a fim de se tornar a alma humana. Seja lá o que for que as bruxas estavam cozinhando para Macbeth no seu caldeirão, devia ter esse cheiro. Não admira que Duncan não tenha conseguido escapar vivo, naquela noite.

Pareceu, por um longo tempo, que elas nunca iam chegar ao fim e que, por conseguinte, nessa encosta do morro, nessa janela, oculto no meio dessa noite, ele se veria acorrentado ao seu ridículo para sempre. Elas pareciam incapazes de encontrar aquilo de que precisavam. Um pedaço ou um fragmento de alguma coisa estava faltando e elas falavam juntas, com fluência, supostamente a respeito da peça que faltava, em uma linguagem constituída inteiramente de soluços e gemidos e arquejos e guinchos, uma miscelânea musical de guinchos explosivos.

Primeiro, uma delas pareceu imaginar que tinha encontrado e a outra pareceu imaginar que *ela* é que havia encontrado, e depois, na volumosa escuridão da sua casa-boceta, em um mesmo e imenso instante, as duas se atiraram sobre aquilo ao mesmo tempo e nunca antes Sabbath ouvira, em qualquer língua, nada semelhante ao discurso que se derramava de Rosie e Christa, por terem descoberto o paradeiro daquela pequenina peça que completava a imagem.

No final, ela satisfez a si mesma de um modo que, se fosse Drenka, Sabbath poderia ter gostado. Ele se sentia expulso e tragicamente abandonado porque Roseanna estava fazendo algo que, em outras circunstâncias, teria de fato despertado nele um sentimento de solidariedade. Por que ele não deveria encarar como um eco de suas próprias e maiores criações a criação de um refúgio orgásmico por parte de Roseanna, uma vez separada dele? A viagem de circunavegação de Roseanna, ao que tudo indicava, a trouxera de volta ao ponto em que eles dois haviam começado, como amantes insaciáveis, escondidos de Nikki na oficina de fantoches dele. De fato, toda aquela fantasia de Sabbath, em que imaginara Rosie se masturbando, vinha a ser precisamente aquilo com que ele se entretinha, como uma parte de sua preparação para voltar e tentar... tentar o quê? Retomar o quê? Recomeçar o quê? Retornar ao passado para quê? Para os resíduos de quê?

E foi então que ele estourou. Quando os gorilas machos ficam com raiva é uma coisa terrível. O maior e mais pesado dos primatas, os gorilas ficam aborrecidos em grande escala. Ele não sabia que podia abrir sua boca tanto assim, tampouco havia calculado, antes disso, mesmo quando encenava suas peças de fantoche, o rico repertório de ruídos apavorantes que era capaz de produzir. Os piados, os latidos, os rugidos — ferozes, desafiadores — e o tempo todo saltando para cima e para baixo e socando o seu peito e arrancando pela raiz as plantinhas que cresciam ao pé da janela, e depois arremetendo para a frente e para trás e, por fim, martelando seus punhos aleijados contra a janela até que a esquadria cedesse e tombasse com estrépito dentro do quarto, onde Rosie e Christa gritavam histéricas.

Do que ele mais gostou foi bater no peito feito um tambor. Por todos aqueles anos, era para isso que Sabbath possuía um peito, e havia deixado isso passar em brancas nuvens. A dor nas mãos era atroz, mas ele não desistia. Era o mais selvagem dos gorilas selvagens. Não se atrevam a me desafiar! Batendo e batendo no peito amplo. Fazendo a casa estremecer.

No carro, com um piparote, ele acendeu os faróis e viu que tinha assustado também os guaxinins. Eles estavam fuçando as latas de lixo nos fundos da cozinha. Rosie devia ter se esquecido de aferrolhar a porta de ripas de madeira que protegia a prateleira onde as quatro latas ficavam guardadas e, embora os guaxinins agora tivessem fugido, havia lixo espalhado por toda parte. Isso explicava o cheiro de deterioração que, de pé, do lado de fora da janela, Sabbath atribuíra às duas mulheres sobre a cama. Ele bem devia saber que elas não tinham aquele cheiro dentro delas.

Sabbath estacionou na entrada do cemitério, a não menos de vinte e oito metros do túmulo de Drenka. No verso de uma conta da oficina que desencavou do fundo do porta-luvas, redigiu seu testamento. Trabalhou sob o brilho do para-lama e da lanterna, acesa acima de sua cabeça. As pilhas da sua lanterna tinham se esgotado — força suficiente apenas para um fiozinho de luz, mas afinal Sabbath vinha usando aquelas pilhas desde quando ela morrera.

Do lado de fora do carro, a escuridão era enorme, impressionante, uma noite tão desafiadora do espírito quanto as que ele vira no mar.

Deixo 7450 dólares e mais uns trocados (ver envelope no bolso do casaco) a fim de criar um prêmio de quinhentos dólares, a ser concedido anualmente para uma mulher da última série de qualquer curso de bacharelado — quinhentos paus para quem tiver trepado com mais membros da faculdade do sexo masculino do que qualquer outra formanda ao longo dos anos de seu curso de graduação. Deixo as roupas que trago no corpo e no saco de papel marrom aos amigos da estação de metrô Astor Place. Deixo meu gravador para Kathy Goolsbee. Deixo vinte fotos de sacanagem da dra. Michelle Cowan para o Estado de Israel. Mickey Sabbath, 13 de abril de 1944.

Noventa e quatro. Ele riscou o 44. 1929-1994.

No verso de outra conta de oficina, Sabbath escreveu: "Os pertences do meu irmão devem ser enterrados juntos comigo a bandeira, o *yarmulke*, as cartas, tudo que está na caixa de papelão. Deitem-me pelado no caixão, com as coisas dele em volta". Enfiou isso junto com os recibos do sr. Crawford e escreveu no envelope: "Instruções adicionais".

Agora, o bilhete. Coerente ou incoerente? Zangado ou complacente? Malévolo ou afetuoso? Pomposo ou coloquial? Com ou sem citações de Shakespeare, Martin Buber e Montaigne? Deviam vender modelos prontos. Era impossível enumerar todas as grandes ideias que ele não realizara; não havia fim para tudo aquilo que ele tinha a dizer a respeito do sentido da sua vida. E algo engraçado é supérfluo — o suicídio *é* engraçado. Pouca gente se dá conta disso. Não é provocado pelo desespero ou pela vingança, não nasce da loucura ou da amargura ou da humilhação, não é um homicídio camuflado ou uma monumental exibição de autorrepugnância — é o toque: final de uma piada em série. Sabbath consideraria um fiasco ainda maior vir a bater as botas de algum outro modo que não aquele. Para qualquer um que adora piadas, o suicídio é indispensável. Para um titereiro, em especial, nada existe de mais natural: desaparecer por trás da tela, introduzir a mão e, em vez de encenar ele mesmo, representar o *finale* na condição de fantoche. Pense só. Não existe outra maneira tão absolutamente divertida de partir. Um homem que quer morrer. Um ser vivo que escolhe morrer. Isso é diversão.

Nenhum bilhete. Os bilhetes são uma fraude, não importa o que a gente escreva.

E, agora, vamos enfim às últimas coisas.

Sabbath saiu do carro para o mundo de granito negro dos cegos. Ao contrário do suicídio, não enxergar coisa alguma não era nada engraçado e, avançando com os braços estendidos para a frente, sentiu-se tão velho e alquebrado quanto o seu Tirésias, o primo Fish. Tentou distinguir o cemitério, mas a sua familiaridade de cinco meses de duração com o local não o impediu de perder-se quase que imediatamente no meio dos túmulos. Logo estava sem fôlego de tanto tropeçar, cair e se colocar de pé outra vez, apesar dos cautelosos passinhos curtos que dava. O solo se achava encharcado da chuva forte que caíra durante o dia e o túmulo dela ficava no alto do morro, e seria uma vergonha se, tendo chegado até ali, um ataque do coração viesse agora dar cabo de Sabbath. Morrer de causa natural seria o maior dos insultos. Mas o seu coração já havia tido o suficiente e não ia mais carregar esse piano nas costas. Seu coração não era um cavalo, e tratou de informar Sabbath a respeito, de modo um tanto malévolo, escoiceando seu peito com os cascos.

Desse modo, Sabbath subiu sem ajuda. Imagine uma pedra carregando a si mesma, e assim você terá uma ideia de como ele lutou para alcançar o túmulo de Drenka, onde, naquilo que havia de ser a sua grande despedida para os afetados, urinou sobre ela. O fluxo demorou penosamente a começar e, no início, Sabbath teve medo de que estivesse pedindo a si mesmo algo impossível e de que, nele mesmo, já não houvesse sobrado nada dele. Imaginou a si mesmo — um homem que não conseguia vencer uma noite sem ir três vezes ao banheiro — ali de pé, no próximo século, incapaz de soltar uma gota de água para ungir esse solo sagrado. O que impedia a urina de fluir não seria porventura aquele muro de consciência que despoja a pessoa daquilo que é mais intrinsecamente seu? O que tinha acontecido com toda a sua concepção de vida? Ele pagara muito caro para desmatar à sua volta um terreno onde pudesse existir, no mundo, de uma forma tão antagônica quanto era do seu desejo. Onde tinha ido parar o desprezo com o qual havia sobrepujado o ódio dos outros? onde estavam as leis, o código de conduta mediante o qual tanto lutara para se libertar das expectativas burramente harmoniosas dos outros? Sim, as restrições que inspiraram suas palhaçadas estavam, enfim, se vingando dele. Todos os tabus que tentam sufocar nossa monstruosidade haviam fechado as torneiras de Sabbath.

Uma metáfora perfeita: uma cisterna vazia.

E, em seguida, o fluxo começou... primeiro, um pingo, apenas um gotejar frouxo, como quando a faca corta fatias de uma cebola e o choro consiste em uma ou duas lágrimas escorrendo pelas bochechas. Porém, a seguir, veio um jato, e outro jato, e depois um esguicho, e depois uma torrente, e depois uma enxurrada, e depois Sabbath estava mijando com uma força que surpreendeu até a ele mesmo, assim como pessoas estranhas à dor podem se ver assombradas pelo copioso e irreprimível rio das próprias lágrimas. Sabbath não conseguia lembrar-se de outra vez que tivesse mijado como naquela. Talvez cinquenta anos atrás. Abrir um furo no túmulo dela! Atravessar a tampa do caixão até a boca de Drenka! Mas ele poderia igualmente tentar, mijando, pôr em ação uma turbina — Sabbath nunca mais poderia alcançar Drenka, de um modo ou de outro. "Eu fiz!", Drenka gritou, "eu fiz!" E nunca ele havia adorado alguém tanto assim.

Sabbath não parou, contudo. Não podia. Ele era, para a urina, o mesmo que uma ama de leite é para o leite. Encharcada Drenka, fonte borbulhante, mãe da umidade e da inundação, ondulante, torrencial Drenka, sorvedora dos sucos da vinha humana — meu coração, levante-se, antes que você se transforme em pó, volte e reviva, derramando em volta todas as suas secreções!

Porém, ainda que ele ficasse ali, durante toda a primavera e o verão, regando o canteiro que todos os homens de Drenka haviam semeado, não poderia trazê-la de volta, nem Drenka, nem quem quer que fosse. E por acaso ele pensava de outro modo, ele, o anti-ilusionista? Bem, às vezes é difícil, mesmo para pessoas com as melhores intenções, lembrar, vinte e quatro horas por dia, sete dias por semana, trezentos e sessenta e cinco dias por ano, que ninguém que morreu pode voltar a viver. Nada existe sobre a Terra estabelecido de maneira tão inabalável quanto isso, é a única coisa de que podemos ter certeza — e ninguém deseja saber disso.

— Me desculpe, senhor!

Alguém dando tapinhas por trás dele, alguém batendo no ombro de Sabbath.

— Pare com isso, senhor! *Pare agora!*

Mas Sabbath não havia terminado.

— O senhor está mijando no túmulo da minha mãe!

E, com fúria, puxado pela barba, Sabbath voltou-se e, quando a luz de uma lanterna poderosa foi apontada para os seus olhos, ele jogou as mãos para cima como se algo que pudesse perfurar o seu crânio estivesse vindo na direção do seu rosto. A luz deslizou por toda a extensão do seu corpo e depois subiu dos seus pés até os olhos. Sabbath foi pincelado desse modo, tinta sobre tinta, seis ou sete vezes, até que por fim a luz iluminou apenas o seu peru, aparentemente enfiando a cabeça para fora a fim de dar uma espiada entre as abas da bandeira, um esguicho destituído de qualquer tipo de ameaça ou importância escorria de forma intermitente, como se estivesse precisando de reparos. Não tinha o aspecto de nada capaz de inspirar a mente humana, ao longo dos milênios, nada capaz de merecer cinco minutos da sua reflexão, muito menos de suscitar a ideia de que, se não fosse a tirania desse tubo, a história da nossa espécie aqui na Terra teria sido alterada ao ponto de se tornar irreconhecível, o início, o meio, o final.

— Suma da minha vista!

Sabbath poderia facilmente ter arrumado as calças e fechado o zíper. Mas não fez isso.

— Esconda isso aí!

Mas Sabbath nada fez.

— O que *é* você? — Sabbath foi interrogado, com a luz deixando-o cego mais uma vez. — Você profanou o túmulo da minha mãe. Você profanou a bandeira americana. Você profanou o seu próprio povo. Com a sua pica para fora, essa pica idiota que só sabe foder, usando o gorro da sua própria religião!

— Este é um ato religioso.

— Enrolado na bandeira!

— Com todo orgulho, com todo orgulho.

— *Mijando!*

— Até secar.

Matthew, então, começou a se lamentar:

— Minha mãe! Esta era a minha mãe! Minha mãe, seu aleijado escroto, nojento! Você perverteu a minha mãe!

— Perverti? Guarda Balich, você é velho demais para idealizar os seus pais.

— Ela deixou um diário! Meu pai leu o diário! Ele leu as coisas que você fez com ela! Até mesmo a *minha prima*, minha pequena *priminha!* "Beba, Drenka! Beba!".

E tão arrebatado ele estava pelas próprias lágrimas que já não iluminava mais o rosto de Sabbath. O foco apontava, em vez disso, para o chão, iluminando a poça que se formara ao pé do túmulo.

A cabeça de Barrett tinha sido partida ao meio. Sabbath estava esperando o pior. Assim que percebeu quem o estava prendendo, não acreditou que fosse sair dali vivo. Nem desejava isso. Tinha chegado ao fim aquele troço que lhe permitira improvisar de modo incessante e que o mantivera vivo até então. A espalhafatosa maluquice tinha acabado.

Todavia, mais uma vez, ele escapou, assim como desistira de se enforcar no apartamento dos Cowan, assim como desistira de se afogar na praia — ele fugiu, deixando Matthew aos soluços junto ao túmulo e, impelido ainda pela coisa que lhe permitia improvisar de modo incessante, saiu aos tropeções em meio à escuridão, morro abaixo.

Não que ele não tivesse vontade de perguntar a Matthew mais coisas a respeito do diário de Drenka, não que não tivesse uma enorme vontade de ler todas as palavras que ela havia escrito. Nunca passara pela sua cabeça que Drenka anotasse tudo aquilo em um diário. Em inglês ou servo-croata? Com orgulho ou com desconfiança? Para traçar o curso da sua ousadia ou da sua depravação? Por que ela não o avisou, no hospital, de que esse diário existia? Estaria doente demais para pensar nisso? Teria deixado que o diário fosse encontrado por um descuido, por uma imprevidência, ou teria sido essa a coisa mais corajosa que já havia feito? Eu fiz! Eu fiz! Era essa a pessoa que vivia por baixo de todas aquelas roupas bonitas — e nenhum de vocês nunca soube disso!

Ou teria deixado o diário por lhe faltar força para jogá-lo fora? Sim, esses diários têm um lugar privilegiado no arcabouço de uma pessoa; não é fácil se livrar de palavras finalmente libertas, elas mesmas, do dever diário de justificar e esconder. Requer mais coragem do que se pode imaginar destruir diários secretos, cartas, fotos Polaroid, fitas de vídeo e de gravador secretas, as mechas de pelos pubianos, as peças não lavadas dos paramentos íntimos, extirpar para sempre a força de relíquia sagrada que essas coisas possuem, coisas que, sendo quase que só nossas, respondem de forma definitiva à pergunta: "Será possível que eu seja mesmo assim?". Um registro do nosso eu mascarado em pleno Carnaval, ou do nosso eu em sua existência autêntica e sem disfarces? Em todo caso, esses perigosos tesouros — ocultos das pessoas próximas e queridas embaixo das peças de lingerie, no reduto mais escuro do armário, trancados a sete chaves no banco local — constituem um registro daquilo de que a pessoa não consegue se apartar.

E mesmo assim, para Sabbath, havia um enigma, uma incoerência em que não conseguia penetrar, uma suspeita que não conseguia eludir. Que favor ela estaria prestando, e para quem, ao deixar ser descoberto seu diário sexual? Contra qual de seus homens estaria protestando? Contra Matija? Contra Sabbath? Qual de nós você pretendia aniquilar? Eu não! Com toda certeza, eu não! Você me *amava*!

— Quero que coloque as mãos para cima!

As palavras desabaram sobre ele, vindas do nada, e a seguir Sabbath se viu preso na luz da lanterna, como se estivesse sozinho entre as lápides a fim de apresentar um show individual, Sabbath, o astro do cemitério, o encenador de *vaudevilles* para os fantasmas, uma estrela do primeiro time no entretenimento oferecido para as legiões dos mortos. Sabbath curvou-se para agradecer. Devia haver música, atrás dele, a música antiga, dançante e timidamente carnal, introduzindo Sabbath no palco, deveria haver o prazer mais fidedigno do mundo, a inocente alegria do sexteto de Benny Goodman, "Ain't misbehavin'", Slam Stewart tocando contrabaixo e o contra baixo tocando Slam... Em lugar disso, havia uma voz desencarnada, pedindo polidamente que ele se identificasse.

Voltando depressa à posição ereta, Sabbath declarou:

— Sou Necrofílio, em sua edição noturna.

— Se fosse o senhor eu não me abaixaria de novo desse jeito. Quero que fique com as mãos para *cima*.

O carro-patrulha que iluminava o teatro de Sabbath era manobrado por outro guarda, que agora saía com a arma na mão. Um estagiário. Matthew estaria rodando sozinho a menos que estivesse treinando alguém. "Quando ele leva estagiários para treinar", Drenka se vangloriava, "faz questão de que eles dirijam o tempo todo. Recém-saídos da Academia de Polícia, os garotos ficam um ano inteiro de teste, e é Matthew que eles costumam usar para treinar os novatos. Matthew diz assim: 'Tem uns garotos bons que querem realmente trabalhar e trabalhar direito. Mas tem uns bundões, também. Caras ruins com uma atitude do tipo é-melhor-deixar-para-lá, caras que só pensam em tirar o seu da reta. Mas para fazer um bom trabalho, para fazer aquilo que esperam de nós, para manter a viatura sempre pronta para arrancar, para ter sempre as balas na agulha na hora certa, para manter o carro do jeito que deve ser... É isso que Matthew ensina a eles. Fica rodando na companhia de um novato durante três meses e o garoto lhe dá de presente um prendedor de gravata. Um bom prendedor de gravata. Vem escrito assim: 'Matt é o meu melhor camarada'."

O estagiário o ameaçava com a arma, mas Sabbath nada fez para resistir à prisão. Bastava começar a correr, e o estagiário, com ou sem razão, com toda certeza enfiaria um teco na sua cabeça. Mas quando Matthew veio para o pé do morro, tudo o que o estagiário fez foi fechar as algemas nos pulsos de Sabbath e ajudá-lo a entrar na traseira do carro. Era um negro jovem, mais ou menos da idade de Matthew, e se conservou em silêncio absoluto, não pronunciou uma única sílaba, de nojo ou indignação, em face do aspecto de Sabbath, ou do modo como estava vestido, ou daquilo que havia feito. Ajudou Sabbath a sentar no banco de trás, cuidando para que a bandeira não se soltasse dos seus ombros e arrumando com delicadeza, na cabeça careca dele, o *yarmulke* patriótico, que havia tombado para a frente, sobre a sua testa, quando ele se enfiou no carro. Se isso patenteava um excesso de gentileza ou desprezo, o prisioneiro não podia saber ao certo.

O estagiário se incumbiu da direção. Matthew não estava mais chorando, porém, do banco de trás, Sabbath podia ver algo incontrolável acionando os músculos do seu pescoço largo.

— Como está o meu parceiro? — indagou o estagiário, enquanto começavam a descer a montanha.

Matthew nada respondeu.

Ele vai me matar. Ele vai fazer isso. Estou livre da vida. Enfim, está acontecendo.

— E para onde vamos? — perguntou Sabbath.

— Estamos levando o senhor preso — respondeu o estagiário.

— Posso saber quais são as acusações?

— As acusações? — Matthew estourou. — As *acusações*?

— Respire fundo, Matt — disse o estagiário. — Faça a respiração que você me ensinou.

— Se me for permitido dizer — Sabbath propôs, com demasiada precisão, em um tom que ele sabia muito bem que deixava Roseanna doida —, creio que o seu sentimento de ultraje reside em um mal-entendido fundamental...

— Fique calado — sugeriu o estagiário.

— Eu apenas quero dizer que estava acontecendo algo que ele não pode, de modo algum, compreender. Ele não tem como apreender o lado sério do assunto.

— *Sério!* — gritou Matthew, e bateu no painel com o punho fechado.

— Vamos levar o cara preso, Matt, e acabar com o assunto. Esse é o nosso trabalho, vamos fazer isso, e pronto.

— Não pretendo usar as palavras a fim de confundir quem quer que seja. Não estou exagerando — disse Sabbath. — Eu não disse correto ou palatável. Não disse aparente ou mesmo natural. Eu disse sério. Espetacularmente sério. Indescritivelmente sério. Solene, desprevenida e ditosamente *sério*.

— É imprudência da sua parte agir desse modo, senhor.

— Sou um cara imprudente. Para mim, também, é uma coisa inexplicável. Isso substituiu praticamente tudo o mais na minha vida. Parece constituir o único objetivo do meu ser.

— E é por isso que estamos levando o senhor preso.

— Pensei que estavam me prendendo para que eu pudesse contar ao juiz como foi que perverti a mãe de Matthew.

— Olhe aqui, o senhor já fez meu parceiro sofrer demais — disse o estagiário, sua voz ainda sob rígido controle. — Já fez a família dele sofrer muito. Tenho que dizer ao senhor que agora está dizendo coisas que estão fazendo sofrer também *a mim*.

— Sei. É o que as pessoas vivem me dizendo o tempo todo, as pessoas vivem me dizendo, sem parar, que a única coisa que vim fazer neste mundo foi provocar o sofrimento dos outros. O mundo estava seguindo seu caminho muito bem, livre de toda dor, a humanidade toda feliz da vida, num longo e alegre feriado, e de repente Sabbath despenca no mundo e, do dia para a noite, tudo se transforma em um alucinado celeiro de lágrimas. Por que é *assim*? Será que alguém pode me explicar?

— Pare! — gritou Matthew. — Pare o carro!

— Matty, vamos prender o sacana de uma vez.

— Pare a porra deste *carro*, Billy! Nós não *vamos* prendê-lo!

Sabbath se debruçou todo para a frente, no banco — se *atirou* para a frente, sem ter as mãos para se apoiar.

— Me leve preso, Billy. Não dê ouvidos a Matty, ele não está sendo objetivo, está se deixando envolver de forma pessoal. Me leve preso para que eu possa me purgar publicamente dos meus crimes e aceitar o castigo que fiz por merecer.

Dos dois lados da estrada, havia uma floresta densa. Billy parou o carro e apagou os faróis.

De novo, o negro domínio da noite. E agora, Sabbath refletiu, a atração principal, a coisa que mais importa, o ponto culminante nunca antes visto, pelo qual ele tanto lutara ao longo de toda a sua vida. Ele não havia percebido por quanto tempo desejara ardorosamente ser morto. Não tinha cometido suicídio porque esperava que alguém o matasse.

Matthew saltou do carro, foi para a parte de trás, abriu a porta e puxou Sabbath para fora. Em seguida, abriu as algemas. E foi só. Abriu as algemas e disse:

— Se você, seu escroto porra-louca, se você algum dia mencionar o nome da minha mãe para qualquer um, ou disser *qualquer coisa* sobre a minha mãe para *qualquer pessoa, para qualquer pessoa em qualquer tempo ou lugar,* juro que vou te pegar! — Com seus olhos a apenas alguns centímetros de Sabbath, ele recomeçou a gritar: — Você ouviu, velhinho? *Ouviu bem o que eu disse?*

— Mas por que esperar, quando você pode ter sua satisfação agora mesmo? Eu entro na floresta e você atira. Tentativa de fuga. O nosso Billy aqui vai dar cobertura a você. Não vai, Bill? "A gente parou para que o velho desse uma mijada e ele tentou fugir."

— Seu escroto nojento! — gritou Matthew. — Seu escroto filho da puta! — E, abrindo com um puxão a porta da frente do carro, atirou-se violentamente de volta ao assento.

— Mas, então, estou livre! Eu me deleitei com todas as aberrações, muitas e muitas vezes! E continuo aqui livre! Sou um demônio violador de sepulturas! Um demônio! Depois de ter provocado todo esse sofrimento, o demônio ainda sai livre de tudo! *Matthew!* — Mas o carro-patrulha já tinha partido, deixando Sabbath enterrado até as canelas no pudim da lama de primavera, cego e tragado pela indiferente floresta nativa, pelas árvores que faziam chover e pelas rochas lavadas pela chuva — e sem ninguém para matar, senão a si mesmo.

E Sabbath não podia fazer isso. Não podia morrer porra nenhuma. Como é que ia deixar tudo isso para trás? Como é que podia ir embora? Tudo o que ele odiava estava aqui.

1ª EDIÇÃO [1997] 1 reimpressão
2ª EDIÇÃO [2010] 1 reimpressão

ESTA OBRA FOI COMPOSTA EM ELECTRA PELA VERBA EDITORIAL E IMPRESSA EM OFSETE PELA GEOGRÁFICA SOBRE PAPEL PÓLEN SOFT DA SUZANO PAPEL E CELULOSE PARA A EDITORA SCHWARCZ EM JUNHO DE 2018

FSC
www.fsc.org
MISTO
Papel produzido a partir de fontes responsáveis
FSC® C019498

A marca FSC® é a garantia de que a madeira utilizada na fabricação do papel deste livro provém de florestas que foram gerenciadas de maneira ambientalmente correta, socialmente justa e economicamente viável, além de outras fontes de origem controlada.